Über die Autorin:
Ava Innings, Jahrgang 1979, studierte Kommunikationsdesign und machte sich, nach ihrem erfolgreichen Abschluss, als Hochzeitsfotografin und Designerin selbstständig. Im Jahr 2014 ereilte sie eine Midlife-Crisis und sie beschloss, endlich ihren langersehnten Lebenstraum vom eigenen Roman zu verwirklichen. Im Dezember 2014 veröffentlichte sie unter dem Pseudonym Violet Truelove über neobooks ihren Roman »Ein Surfer zum Verlieben«, der es auf die Shortlist für den Indie-Autor-Preis schaffte. Kurze Zeit später wurde die Autorin durch ihren Debütroman entdeckt.
Sie lebt zusammen mit ihrem Mann und ihren zwei Kindern in einem Mehrgenerationenhaus im Taunus, also viel zu weit vom Meer, welches sie so liebt und das ihre Geschichten prägt, entfernt. Doch nicht nur für das Wellenreiten kann sich die 35jährige begeistern, sondern auch für Yoga, die Fotografie und das Lesen.

Ava Innings

Waves of Love – Sam & Dean: Haltlos verloren

Roman

feelings
* emotional eBooks

Bitte besuchen Sie uns im Internet:
www.facebook.de/feelings.ebooks

FSC
www.fsc.org
MIX
Papier aus verantwortungsvollen Quellen
FSC® C083411

Ein Imprint der Verlagsgruppe Droemer Knaur GmbH & Co. KG, München.

Redaktion: Ulla Mothes
Covergestaltung: Truelove Coverdesign
Coverabbildung: © FinePic®, München
Druck und Bindung: CPI books GmbH, Leck
ISBN 978-3-426-21641-5

Für meinen Ehemann Markus, weil du mein Dean bist.

»Her heart was a secret garden and the walls were very high.«
– William Goldman, The Princess Bride –

Prolog

SAM | 11.02.2014 | Lāhainā | Maui | Hawaii

Ich spüre seine Lippen auf meinem Hals. »Aufstehen, Sonnenschein!«, flüstert er mir ins Ohr und beißt zärtlich hinein. Er saugt an meinem Ohrläppchen. »Jetzt!« Er reicht mir seine Hand und ich ergreife sie. Rus zieht mich mit sich, und im nächsten Moment sind wir an einem wunderbaren kleinen See, der von einem Wasserfall gespeist wird. Wir sind ganz allein dort. Um uns herum ist nichts als Natur. Rus und ich sitzen in einem kleinen Wasserloch. Sonderbarerweise ist das Rauschen und Tosen des Wasserfalls kaum zu hören, obwohl wir uns in unmittelbarer Nähe befinden. Ich gleite auf Russels Schoß und klammere mich an ihn.

»Es tut mir leid, Sammy!« Seine Stimme ist kaum mehr als ein Flüstern. Er streichelt meinen Rücken, und ich weine an seinem Hals. Ich kann nicht glauben, dass er tot ist. Mein wunderschöner, lustiger, liebeswerter und verrückter Verlobter. Rus ist eine Legende, und Legenden sterben nicht. »Doch, tun sie, Sonnenschein, aber sie sind unvergessen. Du wirst mich doch nicht vergessen, oder?«, versichert er sich.

»Niemals«, verspreche ich und küsse erneut seinen Hals. Seine Haut schmeckt nach dem Meer, das er so geliebt hat.

»Du musst ganz tapfer sein, Sammy! Ich weiß, dass du im Moment nicht weißt, wie es weitergehen soll, aber versuche einfach jeden Tag zu überstehen. Anfangs wirst du dich morgens aus dem Bett quälen müssen, aber ich möchte, dass du mir versprichst, dass du genau das tust.«

»Ich verspreche es.« Ich würde alles für ihn tun. Er küsst die Tränen von meinen Wangen, und dann sucht sein Mund den

meinen. Ich verliere mich – wie so oft in den letzten Wochen – in seinem leidenschaftlichen Kuss. Er ist so ein toller Mann, wie soll ich bloß ohne ihn leben? Wie soll ich …

»Du bist stark, Sam! Du schaffst das! Sei für Joe da!« Er kennt mich gut. Er weiß, dass ich eine Aufgabe brauche. Etwas, an das ich mich klammern kann, wenn das Leben unerträglich wird … und mein Leben ohne ihn wird unerträglich sein. »Anfangs. Aber es wird weitergehen, und irgendwann wird es nicht mehr so wehtun. Es ist wie mit Liebeskummer. Mit der Zeit wird es besser. Ich verspreche es.« Ich schüttle den Kopf, denn das kann ich beim besten Willen nicht glauben. »Ich schwöre, dass es wahr ist. Es wird seine Zeit dauern, aber nach und nach tut es nicht mehr ganz so weh, mein Sonnenschein.« Ich möchte nicht mit ihm darüber diskutieren, also gebe ich an dieser Stelle nach. »Und ich bin auch nicht wirklich weg, Sammy. Ich werde da sein und auf dich aufpassen.« Als ob er auf mich aufpassen müsste, denke ich mit einem Mal wütend. Hätte er bloß mal auf sich selbst aufgepasst. Er lacht sein wunderbares Rus-Lachen, und ich schmelze dahin. »Glaub mir, ich wollte dich nicht verlassen.« Mit einem Mal wird er ganz ernst. »Da gibt es eine Sache, Sam: Du wirst es erfahren, und ich will nicht, dass du mich deswegen hasst. Ich konnte nicht anders. Es ging einfach nicht. Nach unserer Nacht auf Gabs Hochzeit gab es nur dich. Ich wusste, dass du die Richtige bist und ich …« Er seufzt herzzerreißend. »Ich konnte wirklich nicht anders, Sammy!«

»Wovon redest du?«

»Du wirst es früher oder später herausfinden.«

»Ist es so schlimm?«, frage ich ihn, und als er stumm nickt, küsse ich ihn und verspreche: »Ich werde dich nicht hassen.«

»Du wirst maßlos enttäuscht sein«, meint er. »Aber ich liebe dich, Sam! Ich liebe dich wirklich.«

»Weiß ich doch«, murmle ich, verdränge, was er gerade gesagt hat, und küsse ihn erneut. Ich lasse meine Hände über seinen Körper wandern und sauge jedes Detail auf – jede Pore, jedes Haar, jeden Muskelstrang. Rus liebt mich zärtlich, und ich suche Trost in seinen Armen.

Als ich aufwache, finde ich mich jedoch in genau dem Albtraum wieder, zu dem mein Leben an dem Tag verkam, als Russel starb.

Kapitel 01

SAM | 01.03.2014 | Lāhainā | Maui | Hawaii

Ich starre die junge Frau im Spiegel an, die so gar keine Ähnlichkeit mit mir hat. Mein Gesicht ist blass, meine Augen sind verquollen, und ich stehe auch achtzehn Tage nach Russels Tod sichtbar unter Schock. Ich fühle mich schwach und habe das Gefühl, dass meine Beine mich nicht tragen können. Mein ganzes Leben ist aus dem Gleichgewicht geraten, doch nicht nur meins, sondern auch das von Joe, Rory, Dean und Sean, denn irgendwie waren wir so etwas wie eine Familie. Keine Vorzeigefamilie, denn Sean war ein grässlicher Vater … ist es auch jetzt noch, um genau zu sein. Er trinkt sogar wieder, aber wer könnte ihm daraus einen Vorwurf machen? Der Mann hat schließlich seinen Sohn verloren. Dean gibt wie immer sein Bestes, um die Familie zusammenzuhalten, doch obwohl er Übung darin hat, habe ich Angst, dass alles auseinanderbricht. Joe ist so fertig, dass ich ihren Anblick kaum ertragen kann – der Grund, weshalb ich für ein paar Stunden nach Hause gegangen bin. Ich muss für die bevorstehende Beisetzung Kraft sammeln.

Rory, Dean und ich haben uns darauf geeinigt, Joe nichts von Russels und meiner Verlobung zu erzählen, also streife ich mir den Ring, den ich im Moment nur trage, wenn ich in meinem Zimmer bin, vom Ringfinger der linken Hand und verstaue ihn sorgsam in meiner Wäscheschublade. Es widerstrebt mir, weiterhin Geheimnisse vor meiner besten Freundin zu haben, doch ich fürchte, dass Rory und Dean recht haben: Joe ist nach dem Tod ihres Zwillingsbruders völlig am Ende, und es ist einfach der falsche Zeitpunkt, um die Bombe platzen zu lassen. Zumal mir nach wie vor nicht klar ist, warum Russel so ein großes Tamtam um unsere Beziehung gemacht hat. Immer mal wieder dachte ich, er will mich verleugnen, weil ich ihm peinlich bin oder weil er sich in seinen Gefühlen nicht sicher ist – umso überraschender kam sein Antrag. Unwillkürlich muss ich schmunzeln, als ich daran denke, wie aufgeregt und nervös Rus war – ausgerechnet er, der sonst so verdammt selbstsicher rüberkam. Es war schon beinahe niedlich, ein Gedanke, über den er mit Sicherheit empört gewesen wäre. Doch während unserer viel zu kurzen Beziehung ist Russel nun einmal zuckersüß zu mir gewesen. Er hatte nichts gemein mit dem knallharten Burschen, zu dem die Medien ihn gern hochstilisierten, und obwohl ich ihn seit unserer Kindheit kannte, war diese liebevolle, fürsorgliche Seite an ihm auch für mich neu. Es war eine Facette, die vermutlich bis dato nur Joe kannte, denn sie hat er immer auf Händen getragen. Die Zwillinge haben einander vergöttert.

Und doch hatte Russel Angst, Joe von uns zu erzählen. Er hat sich davor fast noch mehr gefürchtet, als Dean reinen Wein einzuschenken. Ich frage mich, warum, denn Deans Reaktion, als wir ihm von unserer Verlobung erzählt haben, war so heftig, dass ich beim besten Willen nicht weiß, was Joe hätte sagen oder tun können, um diese zu toppen. Doch was auch immer Russels Ängste und Bedenken waren, sie haben durch seinen Tod an Bedeutung verloren.

Ich seufze leise, greife nach dem Abdeckstift und mache mich ans Werk. In der Öffentlichkeit habe ich bisher kein einziges Mal geweint. Ich bin stolz auf mich, denn Russels Tod treibt mich beinahe in den Wahnsinn. Nach wie vor kann ich nicht recht glauben, dass er für immer von uns gegangen ist. Vielleicht ändert der heutige Tag das. Wir werden seine Asche vor Maui ins Meer streuen. Wir nehmen Abschied von ihm, und nicht nur wir, sondern die Surfszene an sich, seine Fans sowie die Bewohner dieser Insel, die unser Zuhause ist. Ich atme tief durch, als bei dem Gedanken an die bevorstehenden Stunden Übelkeit in mir aufwallt.

Das Klingeln an der Haustür erinnert mich daran, dass ich losmuss. Am liebsten würde ich mich drücken, doch das geht nicht. Ich muss dort und für Joe stark sein. Ich straffe meine Schultern, atme ein letztes Mal ganz bewusst ein und aus und gehe dann aus meinem Zimmer. Meine Mutter steht mit Rory im Flur und unterhält sich leise mit ihm. Sie verstummt, als sie bemerkt, dass ich die Treppe herunterkomme.

»Alles klar?«, erkundigt sich Rory, bevor ich fragen kann, worüber sie geredet haben. Natürlich kenne ich die Antwort. Sie haben über mich gesprochen, und ich weiß, dass Mum sich große Sorgen macht, aber das ist unnötig. Ich komme zurecht. Zugegeben, die erste Nacht war der blanke Horror, und ich bin völlig zusammengebrochen, doch mittlerweile habe ich mich im Griff.

»Ja, natürlich«, erwidere ich und umarme Rory zur Begrüßung. Er hält mich einen Moment lang fest, drückt einen Kuss auf meinen Scheitel und sagt: »Du bist wirklich sehr tapfer. Rus wäre stolz.« Ich nicke beklommen und weiß, dass er recht hat. In dieser ersten Nacht nach Russels Tod hatte ich einen sonderbaren Traum von ihm und habe ihm versprochen, dass ich mich zusammenreiße und um Joe kümmere, und ehrlich, ihr geht es so viel schlechter als mir.

»Bereit?«, fragt Mum und greift nach den Autoschlüsseln. Rory nimmt meine Hand in seine, und wir verlassen gemeinsam das Haus. Nach einer kurzen Fahrt erreichen wir den Strand. Wir steigen aus, und Rory reicht mir mein Surfboard, das auf der Ladefläche des Pick-ups gelegen hat, ehe er seines ebenfalls herunterholt.

Ich drehe mich um, will zum Strand und ins Wasser gehen, doch meine Mutter hält mich zurück. »Schaffst du das?«

Ich presse meine Kiefer aufeinander und nicke stumm. Mein Blick schweift zum Ozean. Es sind bereits eine Menge Leute draußen. Rory schiebt sich an uns vorbei. Ich kann seine krasse Anspannung spüren. Seine Nerven liegen blank, doch auch er will keine Schwäche zeigen. Wie hat Russel immer gesagt? Das Line-up ist kein Ort für Weicheier und Schwächlinge … und doch weinen eine halbe Stunde später selbst die toughsten Veteranen der Surfszene mit ihrem Kumpel Sean Reynolds um seinen verlorenen Sohn. Auf den Surfboards sitzend, haben die Anwesenden einen mehrreihigen Kreis gebildet. Mein Bein berührt das von Joe auf der einen und das von Dean auf der anderen Seite. Sean hält eine Rede. Er bedankt sich für das Erscheinen der zahlreichen Menschen, die gekommen sind, um Abschied von Russel zu nehmen.

All die Gefühle um mich herum rauben mir beinahe den Atem. Da ist so viel Schmerz und Trauer, aber auch Liebe. Der »Spirit of Aloha« ist deutlich spürbar. Rus wurde wahrhaftig verehrt – ich bezweifle, dass ihm das Ausmaß bewusst gewesen ist. Mir jedenfalls nicht, aber für mich war Russel auch einfach immer nur Russel. Ich äuge zu Rory, bei dem es sich genauso verhält. Ich kann in ihm nicht den Surfstar sehen, auch wenn er einer ist. Ich bin mit ihm und Rus aufgewachsen und kann die Heldenverehrung, die beiden zuteilwird, einfach nicht nachvollziehen – dafür kenne ich sie einfach viel zu gut, beziehungsweise kannte. Sean spricht über Russels Leben, seine Erfolge, seine Niederlagen, seine Träume und Hoffnungen. Obwohl er von mir weiß, verschweigt er mich – ich frage mich, ob Dean das mit ihm abgesprochen hat oder ob Sean andere Gründe dafür hat. Ich weiß schließlich, dass er gegen unsere Verlobung war. Den Grund dafür kenne ich jedoch nach wie vor nicht, aber inzwischen ist es auch egal. Das Geheimnis, das Russel vor mir verborgen hat, ist mit ihm gestorben, genau wie seine Träume auch.

Ich senke den Blick und schlucke hart, als die Trauer sich Bahn brechen will. Nein, sage ich mir entschieden. Du heulst jetzt hier nicht rum wie ein Mädchen. Ich atme zittrig aus und spüre plötzlich eine Hand auf meinem Oberschenkel. Als sich aufblicke, sehe ich in Deans Augen, in denen sich ein Ausdruck tiefer Besorgnis spiegelt. Ich verziehe meinen Mund zu einem traurigen Lächeln und forme mit meinen Lippen ein lautloses »Danke«. Er nickt lediglich, wartet einen Augenblick lang, ehe er seine Hand zurückzieht. In den vergangenen Tagen habe ich ihn kaum zu Gesicht bekommen. Er war damit beschäftigt, die Beisetzung zu organisieren, und ich habe versucht, Joe den Halt zu geben, den sie so dringend braucht, doch ehrlich gesagt ist sie untröstlich, so wie wir alle.

Und als die Menge schließlich beginnt, mit den flachen Händen auf das Wasser zu schlagen und Russels Namen zu skandieren, ist es mit meiner Selbstbeherrschung vorbei, und ich weine stumm. Joe neben mir schluchzt hemmungslos, und ich schlinge meinen Arm um sie. Sie lehnt ihren Kopf an meine Schulter, und ich versuche sie zu beruhigen. Diese Aufgabe lenkt mich von meinem eigenen Elend ab – wie es auch die vergangenen achtzehn Tage der Fall gewesen ist. Russels Asche wird zusammen mit Leis und Blüten dem Meer übergeben. In diesem Augenblick fühle ich mich in meinem Kummer trotz all der Menschen um uns herum unfassbar allein.

Später am Strand werde ich unfreiwillig Zeugin eines Gesprächs zwischen ehemaligen Klassenkameraden, die darüber reden, dass Russel selbst schuld an seinem Tod ist. Ihre Kommentare sind abfällig und respektlos – angeblich sei er betrunken gefahren. Ich bin froh, dass seine Familie nicht mitbekommt, wie diese Idioten über ihn sprechen. »Habt ihr denn gar keinen Anstand?«, zische ich.

»Und das ausgerechnet von dir?«, kontert einer der Typen. Greg ist ein Armleuchter. Das war er schon immer. »Fakt ist, dass Russel betrunken war. Er ist auf dem Tisch von meinem Onkel gelandet, und ja, die Reynolds mögen einflussreich sein und die Unfallursache vertuschen können, aber es ist und bleibt die Wahrheit, Sam. Mein Onkel lügt nicht. Sie hingegen …« Er nickt in Richtung von Dean, Sean und Joe. »… haben allen Grund, sein Andenken zu wahren, und dabei dürfte es in erster Linie nicht um seinen Ruf, sondern ums Geld gehen. Die Marke ›Russel The Ripper Reynolds‹ darf schließlich unter keinen Umständen Schaden nehmen.«

»Glaubst du das wirklich?«, fauche ich Greg an. »Meinst du ernsthaft, dass daran im Moment einer von ihnen auch nur einen einzigen Gedanken verschwendet? Sie haben ganz andere Probleme. Sie alle haben einen geliebten Menschen verloren …«

»… der unverantwortlicherweise betrunken hinter dem Steuer saß. Sieh es ein: Russel war nicht halb so toll, wie ihn immer alle dargestellt haben.«

»Günstiger Zeitpunkt, um ihn mit Dreck zu bewerfen, aber zu seinen Lebzeiten haben dir dafür wohl die Eier gefehlt«, knurre ich, was zu Gelächter von zwei anderen Typen führt. Ich drehe mich herum und marschiere verärgert davon. Ich sollte mich daran gewöhnt haben, dass meine Wahlfamilie Neider hat, doch das eben war ein Schock. Wir befinden uns schließlich auf Russels Beisetzung. Gregs Verhalten war nicht nur unangemessen und pietätlos, sondern es zeugt auch von seinem tiefsitzenden Groll gegenüber Rus, der es so weit gebracht hat.

Ich versuche, Gregs Unterstellungen aus dem Kopf zu bekommen, doch es will mir nicht gelingen. War Russel vielleicht wirklich betrunken? Das Gerücht macht die Runde, und ich stolpere an diesem Tag noch mehrfach darüber. Russel war kein Kind von Traurigkeit, und er schlug gern über die Stränge, doch er ist nie gefahren, wenn er Alkohol getrunken hatte. Was Greg behauptet, kann unmöglich wahr sein, und ich finde dieses Verhalten entsetzlich und schäbig.

Nach der Beisetzung weiche ich Joe nicht von der Seite. Ich bringe sie schließlich nach Hause und lege mich zu ihr ins Bett. Mitten in der Nacht bin ich es jedoch, die sich schäbig verhält. Ich habe einen wahnsinnigen Durst, weshalb ich hinunter in die Küche schleiche und mir ein Glas Wasser hole.

Auf dem Weg zurück nach oben bleibt mein Blick am Sideboard hängen, auf dem zahlreiche Bilder von Russel und seiner Familie stehen. Unwillkürlich greife ich nach einem Porträt von Rus. Er lacht und sieht blendend aus. Sein blondes kinnlanges Haar ist leicht gewellt, und seine strahlend blauen Augen funkeln spöttisch. Ich starre auf das Foto in meinen Händen und bin unfähig zu atmen. Sein Anblick und der Schmerz, der damit einhergeht, rauben mir die Luft. Ich keuche leise auf und schlage eine Hand vor meinen Mund, um den Schluchzer, der in meiner Kehle aufsteigt, zu unterdrücken. Ich stehe da, nicht dazu in der Lage, mich zu bewegen und einen klaren Gedanken zu fassen. Ich bin gefangen, verstrickt in meinen Schmerz, der mit voller Wucht zuschlägt. Ich war für Joe da, habe großartig funktioniert, doch nun kann ich nicht mehr zurückhalten, was mich quält und innerlich auffrisst.

Rus ist tot. Er wird nie wieder da sein! Er ist für immer fort! Meine Gedanken wandern zu unserem letzten Abend. Diese Nacht war so wunderbar, jedenfalls nachdem Rus lockerer geworden ist. Ich weiß noch, dass er wegen seiner Reise nach Maui entsetzlich nervös war. Er war während der ganzen Geburtstagsparty von Ulises im Mad-Crush-House unruhig. Auf dem Rückweg in die Stadt schlug er mir vor, Party zu machen. Er war so angespannt, und ich wusste, dass er sich ablenken wollte. Wir haben heftig gefeiert, waren in einem Club, in dem wir noch nie zuvor waren, und haben ausgelassen getanzt. Ziemlich betrunken sind wir erst im Morgengrauen ins Bett gefallen, und obwohl wir beide todmüde waren, war an Schlaf nicht zu denken. Stattdessen wurde der großartige Start in den Tag durch großartigen Sex noch besser. Ich erinnere mich an seine Küsse und daran, wie schwer uns der Abschied am Flughafen fiel. Ich wünschte, ich hätte ihn begleitet. Vielleicht hat er ja doch getrunken? War es so? Musste er sich Mut antrinken, um sich seiner Familie zu stellen? Ich denke an den heftigen Streit mit Dean, der in einer körperlichen Auseinandersetzung endete. Ich denke an Sean, der ebenfalls Einwände gegen unsere Beziehung hatte, und auch daran, dass Russel seine Liebe zu mir vor Joe geheim gehalten hat.

Allerdings habe ich es nicht länger ertragen, Geheimnisse vor ihr zu haben. Ich war egoistisch, doch sie ist schließlich meine beste Freundin. Ich wollte mein Glück mit ihr teilen, aber vielmehr noch wollte ich meinen Lieblingsmenschen nicht belügen. Ich habe für Russel geschwindelt, weil ich ihn so liebe, und obwohl ich gespürt habe, dass es nicht richtig ist.

Doch jetzt, jetzt verfluche ich mich dafür, dass ich ihn unter

Druck gesetzt habe. Wenn ich nicht so versessen darauf gewesen wäre, dass er die Dinge ins Reine bringt und klärt, was auch immer es zu klären gab, dann hätten wir den Tag, an dem er gestorben ist, vermutlich im Bett verbracht. Ich bereue zutiefst, dass ich Russel nicht die Zeit gegeben habe, die er benötigt hat. Ich habe ihn gedrängt, Joe alles zu sagen und die Dinge mit seinem Vater und Dean wieder ins Lot zu bringen. Ich wusste, dass er sich vor diesem Gespräch gefürchtet hat. Großer Gott, hätte ich ihn doch bloß begleitet und ihm zur Seite gestanden. Warum habe ich das nicht getan? Warum war mir mein Job wichtiger, als die Grundsteine für unsere gemeinsame Zukunft zu legen?

Ich merke, wie sich eine Panikattacke brachial aufbaut. Wie ich vollständig die Kontrolle über meinen Körper, mein Denken und Fühlen verliere. Es ist wie eine gewaltige Welle in meinem Inneren, die über mich hereinbrechen und mich verschlingen wird.

Meine Knie sind so zittrig, dass meine Beine jeden Augenblick nachgeben werden. Ich japse wie ein Fisch auf dem Trocknen verzweifelt nach Luft. Mir wird schwindlig. Gerade als ich mich nicht mehr auf den Beinen halten kann, spüre ich einen harten Körper hinter mir. Einen Moment lang glaube ich verwirrt, dass es Russel ist, und als ich erkenne, welch furchtbarem Irrtum ich in meiner kopflosen Panik unterliege, schluchze ich laut auf und drohe endgültig zu zerbrechen.

Hände nehmen mir das Bild ab. Stellen es dorthin, wo es vorher gestanden hat. Ich klammere mich an die Konsole, denn noch immer drohen meine Knie unter mir wegzusacken. Haltsuchend kralle ich mich daran fest, und Dean – es war Dean, der mir das Foto aus der Hand genommen hat – zieht mich an sich. Er dreht mich, und ich schlinge meine Arme um seine

Taille. Er hält mich ganz fest, und ich erschlaffe in seinen Armen, gebe jeden Widerstand auf, denn ich kann einfach nicht mehr. Ich kann nicht mehr! Die mühsam aufrechterhaltene Fassade zerfällt in tausend Einzelteile, alle Anspannung weicht aus meinem Körper, und ich breche unter der Trauer und der Last meiner Schuld zusammen.

Einen Augenblick lang ist es mir schrecklich unangenehm, dass er da ist und meine Schwäche sieht. Dean und ich haben nun einmal ein sehr angespanntes Verhältnis zueinander, doch mir fehlt die Kraft, stark zu sein, und so lasse ich seine Nähe und meinen Zusammenbruch gleichermaßen zu. Dean presst mich an sich, und unsere Tränen vermischen sich. Ich weiß nicht, wie lange wir eng umschlungen dort stehen und weinen. Wir sind beide bis in die Grundfesten erschüttert und nicht dazu imstande, einen vernünftigen Gedanken zu fassen. Die Erschöpfung und Hoffnungslosigkeit ist unerträglich. Ich habe keine Ahnung, wie ich ohne Russel weiterleben kann. Ich …

Ich spüre Deans Lippen an meiner Wange, er küsst meine Tränen fort, und einen Augenblick später liegen sie auf meinem Mund. Mein erster Impuls ist, ihn wegzustoßen, weil ich mich ganz roh und wund fühle und jede Faser meines Körpers schmerzt und seine Lippen nicht auf meine gehören, aber irgendwie ist es doch so. Sie fühlen sich vertraut und tröstend an, und wie von selbst erwidere ich seinen Kuss. Er erinnert mich an Russels Küsse. Ich weine immer noch, und er auch, aber unsere Tränen versiegen, während sich seine Zunge an meiner reibt.

Er hat getrunken. Ich kann den rauchigen Whiskey in seinem Mund schmecken. Genauso hat Russel in unserer letzten Nacht geschmeckt. Whiskey und die Reynolds-Brüder hegen eine innige Liebesbeziehung. Einerseits will ich Dean sagen, dass wir das nicht tun sollten, doch andererseits bringe ich es nicht über mich, in die Einsamkeit, Leere und Verzweiflung zurückzukehren. Stattdessen lasse ich zu, dass er mich aus dem Wohnraum und in Richtung seines Schlafzimmers schiebt.

Kaum sind wir drin, presst er mich gegen die Tür. Er nagelt mich daran fest, küsst mich wild und ungestüm. Ich werde hochgehoben, schlinge meine Beine um Deans Mitte und schließe die Augen. Ich gebe mich der Illusion hin, dass es Rus ist, der mich küsst und seine freie Hand um meine rechte Brust schließt, sie knetet und mit seinem Daumen über meinen Nippel reibt, der sich dadurch begierig aufrichtet. Ich fühle so etwas wie Leben in mir. Erregung, die sich langsam über den Schmerz schiebt und mir ein wenig Linderung verschafft.

Russel greift zwischen uns und öffnet seinen Gürtel und dann den Reißverschluss seiner Hose. Ich spüre seine Finger an meiner Pussy, lasse zu, dass er den Slip, den ich trage, zur Seite zieht und seinen Schwanz in mich steckt. Ich keuche an seinem Mund auf, weil er ziemlich groß ist und ich keineswegs bereit war, doch auch, weil ich darüber erschrecke, was hier gerade passiert. In diesem Moment ist er nicht Russel, sondern Dean, und es ist mir völlig bewusst. Allerdings bin ich eine Meisterin im Verdrängen von Unangenehmem. Ich schließe wieder die Augen, tauche ab in meine Wunschvorstellung und labe mich an Russels Küssen, der mit seinen Lippen wiedergutmacht, was sein Schwanz eben angerichtet hat.

Russel schiebt sich unablässig in mich. Er stößt mit kräftigen Zügen zu, fickt mich richtig hart. Ich wimmere an seinem Mund. Er packt meinen Hintern mit seiner rechten Hand, hält mich, indem er mich gegen die Tür pinnt. Unser Keuchen und Stöhnen erfüllt den Raum, und eine gefühlte Ewigkeit später sein heiserer Schrei, als er in mir kommt. Er legt seine Stirn gegen meine, und sein Schweiß benetzt meine Haut. Er hält mich noch immer, und ich schlinge meine Beine so fest ich kann um ihn, denn ich will nicht, dass er sich aus mir zurückzieht und mich loslässt. Ich will mich noch nicht der Realität stellen, sondern in seinen Armen Vergessen finden. Russel atmet schwer, und ich streichle seine Schultern und seinen Rücken.

»Fuck!«, murmelt Dean und beraubt mich mit diesen vier Buchstaben jeglicher Illusion.

Ja, Fuck!, stimme ich ihm gedanklich zu. Das … Gott, was haben wir getan? Verdammt! Mit einem Mal bin ich ganz klar. Ernüchtert, wenn man so will, und ertrage seine Nähe nicht mehr. »Setz mich ab, Dean!«, befehle ich, und er kommt meiner Aufforderung umgehend nach. Ich zupfe mein T-Shirt und den Slip zurecht, drücke mich an ihm vorbei und bin einen Augenblick später zur Tür hinaus.

»Scheiße! Scheiße! Scheiße!«, fluche ich leise, während ich die Treppe zu Joes Zimmer hochhaste. Leise schleiche ich mich in ihr Badezimmer und unter die Dusche. Ich fühle mich widerlich. Mein Verlobter ist gerade erst gestorben, und schon lasse ich mich von seinem Bruder ficken – ich meine, was für eine abgebrühte Schlampe muss man sein, um das zu tun? Ich schäme mich so sehr, doch da hilft auch das heiße Wasser nichts. Ich wasche mich gründlich mit Seife zwischen den Beinen. Deans Sperma flockt bei der Wassertemperatur, und ich habe Mühe, die klebrigen Klümpchen wegzuwaschen.

»Verfickte Scheiße!«, entfährt es mir, als mir klar wird, dass wir kein Gummi benutzt haben. Ausgerechnet bei einem Typen wie Dean, der alles knallt, was nicht bei drei auf den Bäumen ist. Dean, der mich hasst und verachtet – und das nach eben absolut zu Recht. Oh mein Gott, wie konnte ich das bloß zulassen? Unfassbar, aber wahr, es gibt eine Steigerung zu dem Zustand, in dem ich mich vorher befunden habe. Ja, man kann sich noch schlechter fühlen. Vor diesem Fick mit Dean war ich lediglich verzweifelt. Jetzt bin ich verzweifelt, restlos beschämt und empfinde mich selbst als unerträglich ekelhaft, und ich habe Angst. Angst davor, mir etwas eingefangen zu haben.

Der metallische Geschmack von Blut breitet sich in meinem Mund aus, als ich mir fest auf die Unterlippe beiße. Ich bin so wütend auf mich, so bestürzt und sauer. Wie konnte das passieren? Nie wieder wollte ich in diese Situation geraten. Einmal solche Ängste ausstehen zu müssen hat mir gereicht. Und dann ist da noch die moralische Komponente. Ich habe mich von Dean ficken lassen. Von DEAN! Das ist selbst für meine Verhältnisse einfach nur abartig dämlich. Erneut beiße ich mir fest auf die Lippe. Der Schmerz, den ich deshalb verspüre, ist unmittelbar und trägt mich einen Moment lang über die Qual, die ich wegen Russels Tod und meines schlechten Gewissens ihm gegenüber verspüre, hinfort. Das war der ultimative Verrat. Ich habe, kaum dass er tot war, mit seinem verdammten Bruder gevögelt.

Ich schließe die Augen einen Moment lang und versuche mich zu beruhigen, doch sofort bin ich wieder in Deans Zimmer, und er ist in mir. Aber als es passiert ist, da war es nicht er. Nicht wirklich jedenfalls, also natürlich schon, aber … nein, eigentlich war ich mit Russel zusammen und ihm ganz, ganz nah. Es hat so gutgetan und … Blödsinn, Sam, herrsche ich mich an. Russel würde sich im Grabe umdrehen, wenn er davon wüsste, was wir getan haben.

Ich komme mir wie eine miese Heuchlerin vor. Zu behaupten, er sei die Liebe meines Lebens, und dann so eine Nummer abzuziehen … die Verzweiflung wird übermächtig. Ich atme ganz bewusst ein und aus. Meine Hände liegen auf meinem Bauch, weil mir so schrecklich schlecht ist. Ich darf nicht aufgeben, erinnere ich mich. Ich darf mich nicht in der Verzweiflung verlieren. Ich habe es ihm versprochen. Ich habe ihm in meinem Traum versprochen weiterzumachen.

Ja, Sammy, aufgeben ist nicht, sage ich mir nachdrücklich. Wenn Rus noch am Leben wäre, dann würde er mir jetzt in den Arsch treten. Er würde seine Kampfparolen auspacken und so was von sich geben wie »Zähne zusammenbeißen und durch« oder »Das Leben ist nichts für eierlose Softies«.

Dabei war er selbst so ein Softie. Gott, er war echt süß, ich kann es nicht begreifen. Dass er für immer fort sein wird, geht über meinen Verstand und lässt mich gebrochen zurück. Ich schluchze laut auf und weine hemmungslos.

Nachdem ich eine Weile meinem Schmerz und meiner Verzweiflung freien Lauf gelassen habe, steige ich aus der Dusche, trockne mich ab und krabble zu Joe ins Bett. Ich falle in einen unruhigen Schlaf, der durch schreckliche Albträume unterbrochen wird, die jedoch alle von der Realität getoppt werden.

Am Morgen kann ich mich gar nicht im Spiegel anschauen. Mein Anblick widert mich an, und das erste Mal in meinem Leben bin ich selbst der Meinung, die Bezeichnung »Schlampe«, die ich mir so oft anhören musste, verdient zu haben.

Im Lauf des Tages gelingt es mir, Dean abzufangen und mit ihm zu reden. »Hör zu, das mit gestern Nacht …«

Er schaut auf mich herab und hat wieder diesen kühlen Blick drauf. »Ja, Sam?«

»Das war ein Fehler! Es tut mir leid, es ist einfach so passiert …«

Spöttisch zieht er eine Augenbraue hoch und meint: »Also ist es wie immer. Was, Sam?«

Betreten schaue ich zu Boden. »Ich … wir …«, stammle ich und bringe dann heraus: »Wir haben kein Kondom benutzt, und ich möchte wissen, ob du …«

Er schnaubt freudlos und schaut mich aus traurigen Augen an. »Ob ich dich mit irgendwas angesteckt haben könnte, ja?« Ich nicke. »Da müsste ich mir doch genauso viele Gedanken bei dir drüber machen, oder? Schließlich hast du einen gewissen Ruf und, wie du gestern Nacht eindrucksvoll unter Beweis gestellt hast, absolut zu Recht.« Ich schlucke trocken, als er sich vorbeugt. Der Geruch nach Whiskey umgibt ihn und dann auch mich, als er mir ins Ohr raunt: »Dein Verlobter ist nicht mal drei Wochen tot, und schon fickst du mit seinem Bruder – scheint, als wäre es wirklich die ganz große Liebe zwischen dir und Rus gewesen, was?«

Die schallende Ohrfeige, die ich seinen Worten folgen lasse, hat er mehr als verdient. Denn was er gesagt hat, schmerzt mit absoluter Sicherheit mehr. Deans ätzende Worte sind wie ein Schlag in den Magen. Sie vergiften mich. Ja, es war ein ganz übler Ausrutscher, den wir – und darauf liegt die Betonung – uns geleistet haben. Ich kämpfe gegen die aufsteigenden Tränen an. Nein, vor Dean will ich mir diese Blöße nicht geben.

»Ist schon perfekt, wenn man eine Hure im Haus hat, wenn man eine braucht«, ergänzt er höhnisch.

»Du bist betrunken«, werfe ich ihm vor.

»Und du bist eine Schlampe! Rus war viel zu gut für dich«, lallt Dean.

»Ja, Dean, und er war so viel besser, als du es jemals sein wirst, und damit meine ich nicht den verschissenen Sex oder das Surfen oder …«

Er rückt bedrohlich näher. »Was, Sammy, was meinst du dann?«, grollt er, und zu meinem absoluten Entsetzen reagiert mein Körper erfreut auf den tiefen, heiseren Tonfall. Ich muss verrückt sein, denke ich noch, ehe ich ihm einen letzten wütenden Blick zuwerfe und – vor ihm und seinen brutalen Worten, doch vor allem vor der einsetzenden Erregung – die Flucht ergreife.

Ich verlasse hastig die Villa der Reynolds und jogge durch den Nieselregen nach Hause. Mum gibt einen ihrer Kurse. Sie ist Künstlerin und bringt anderen Menschen die Acrylmalerei näher. Unauffällig schleiche ich mich nach oben in mein Zimmer. Das Zimmer, in dem Russel mich vor einigen Wochen nach Gabs Hochzeit besucht hat. Ich erinnere mich an den Moment, als er durch das Fenster geklettert und dann regelrecht über mich hergefallen ist. Es war die erste Nacht, die wir zusammen verbracht haben. Wir sind nach dem Sex einfach eng umschlungen eingeschlafen, und ich weiß noch, dass ich mich sicher und geborgen gefühlt habe. Rückblickend war ich schon damals haltlos in ihn verliebt, wollte es mir aber noch nicht eingestehen.

Ich schließe die Tür hinter mir und trete ans Fenster heran, um hinauszustarren. Einen Augenblick lang meine ich, eine Gestalt auf der gegenüberliegenden Straßenseite zu sehen. Mein Herzschlag beschleunigt sich, denn mein dummes Herz hofft. Ich schließe die Augen und schüttle den Kopf. Nein, Fakt ist, dass Russel nie wieder durch dieses Fenster klettern wird. Da sich das jedoch unerträglich anfühlt, nehme ich zwei der Beruhigungstabletten, die der Arzt mir gleich nach Russels

Tod verschrieben hat, lege mich aufs Bett und schlafe kurz darauf völlig entkräftet ein.

DEAN | 03.03.2014 | Honoapiilani Highway | Maui | Hawaii

»Hi, Arschloch«, sage ich und bin mir nicht sicher, wer von uns beiden das größere Arschloch ist. Ich starre auf den Ort vor mir. Dies ist die Stelle, an der mein kleiner Bruder starb. Es ist früher Morgen. Die Sonne ist gerade aufgegangen, und keine Menschenseele ist weit und breit zu sehen. Doch zweifelsohne waren Leute hier. Eine Menge Leute. Sie haben ihrem Idol gehuldigt, haben Blumen niedergelegt. Russels Gesicht blickt mich von unzähligen Fotos an. Ich kann nicht fassen, dass er wirklich tot ist. Muschelketten, die an die Äste gehängt wurden, klappern im Wind. Es könnte friedlich sein. Idyllisch. Doch das ist es nicht. Wie könnte dieser Ort je wieder so sein?

Die Fassungslosigkeit der letzten Tage weicht der Realität. Russels Beisetzung zu planen war hart. Der Tag an sich jedoch war die reinste Hölle. Und obwohl ich all das organisiert und seine Asche vor zwei Tagen dem Meer übergeben habe, kann ich immer noch nicht begreifen, dass Rus tot ist. Dieser verfluchte Ort brüllt es mir geradezu entgegen, und doch übersteigt sein Tod mein Verständnis. Ich weiß, es ist eine unumstößliche Tatsache, die ich akzeptieren muss, aber ich kann nicht. Nicht jetzt und vielleicht … ja, vielleicht schaffe ich das nie.

»Ich habe sie gefickt«, presse ich hervor, ehe die Trauer mich überwältigen kann. »Ich dachte, das interessiert dich vielleicht. Wenn du gedacht hast, sie würde dir ein Leben lang hinterhertrauern, dann … Pech, Bruder!« Das »Bruder« klingt wie eine Beleidigung, und ja, so ist es auch gemeint. Ich hasse Russel. Ich hasse ihn, weil er sich Sam geschnappt hat, obwohl er wusste, was ich noch immer für sie empfinde, doch vor allem hasse ich ihn, weil er betrunken Auto gefahren ist und es vor einen Baum gesetzt hat. Es klingt schizophren, doch ich hasse ihn vor allem, weil er tot ist. Mit Sam zu ficken war meine Art, auf sein nicht vorhandenes Grab zu schiffen. »Da bist du keine drei Wochen tot und schon macht deine Verlobte für mich die Beine breit«, lasse ich Russel wissen, bevor meine Gedanken weiter um seinen Tod kreisen. Von meinem schlechten Gewissen erzähle ich ihm nichts, aber was soll's: Moral und Anstand werden sowieso überbewertet. Das sind Haltungen, die einem niemand dankt. Russel war schließlich das Paradebeispiel dafür, dass Dreistigkeit siegt. Er hat sich immer genommen, was er wollte. Ich war stets nachsichtig, aber was Sam anbelangt: Da ist er zu weit gegangen.

»Es war ein Superfick! Echt ganz großes Kino«, ergänze ich. Okay, das ist gelogen, aber Scheiß drauf! Wahrscheinlich kann er mich sowieso nicht hören, weil er in der Hölle schmort … nicht, dass ich daran glauben würde, aber es ist wahrscheinlicher, als dass er nun mit den Engeln singt oder, wie Bill, einer von Dads alten Freunden, gestern während der Beisetzung sagte, »in der Ewigkeit die besten Wellen surfen« würde.

»Du bist echt so ein verdammter Wichser«, fluche ich. Ich schiebe die Hände tief in die Taschen meiner Cargohose und lasse meinen Blick in die Ferne schweifen. Ich sehe die Maui Tropical Plantation, die Bergkette, den Pu'u Kukui und etwas weiter links den King Kamehameha Golfclub. Ich versuche in der Weite meinen Frieden zu finden, doch auch das ist ein unmögliches Unterfangen. Selbst von einem schlichten Okay bin ich eine Million Lichtjahre entfernt. Ich fühle mich schwach. Meine Beine sind wacklig und zwingen mich dazu, mich an die gelbe, total verrostete Absperrung, vor der mein Wagen parkt, zu lehnen. Ich starre noch einmal auf die Felder hinaus.

»Wie konntest du das bloß tun?«, stoße ich hervor. Diese Frage quält mich. Wie konnte er sich die Frau, die ich liebe, zu eigen machen, und dann die Frechheit besitzen, zu sterben? Letzteres kann nicht sein! Ganz generell nicht, aber schon gar nicht jetzt, zu diesem Zeitpunkt. Doch es sollte mich nicht wundern. Er hat gern Chaos gestiftet und bloß Scherben zurückgelassen. Nicht selten war ich der Depp, der dann seinen Dreck wegräumen durfte.

»Du bist eine solche Aufmerksamkeitshure. Unfassbar!« Im nächsten Moment lache ich bitter auf und sage mir, was für ein Idiot ich bin. Russels Tod ist schließlich nicht gerade der große Jackpot. »Willst du die Wahrheit wissen, Russel? Es war Scheiße, was ich mit Sam abgezogen habe. Ich hatte nicht vor, sie zu ficken, aber es ist einfach passiert, und ich bin so unglaublich wütend auf mich, weil ich es so weit habe kommen lassen. Ich könnte dir jetzt sagen, dass sie nach meinem Schwanz gelechzt und darum gebettelt hat, dass ich es ihr besorge, aber so war es nicht. Im Gegenteil, ich habe ihren Zustand ausgenutzt. Sie war nämlich völlig fertig. Noch nie habe ich sie so schlimm weinen sehen. Ich habe sie gehalten und geküsst und vergessen, dass ich sie hasse, weil sie sich für dich entschieden hat. Wenn du es genau wissen willst: Es war ein dämlicher Ausrutscher und ausnahmsweise nicht ihre Schuld.« Ich atme langsam aus und gestehe mir ein, wie wütend ich auf mich bin. Ja, es sickt mich an, dass ich sie gevögelt habe, weil es in vielerlei Hinsicht falsch war. Ich habe sie überrumpelt, ihre Verletzlichkeit und Schwäche ausgenutzt, und einerseits bereue ich es, aber andererseits habe ich mich Russel in diesem Moment unfassbar nah gefühlt. Ich verstehe es selbst nicht, doch mit Sam auf diese

Weise zusammen zu sein, mich mit ihr zu vereinen, hat eine Verbindung zu ihm geschaffen. Zum Glück muss ich das niemandem erklären. Ein Psychologe hätte daran bestimmt seine helle Freude und an dem hier auch, aber ich habe ja auch nie behauptet, dass ich normal bin.

Nach einem weiteren tiefen Atemzug, drehe mich zum Ort des Geschehens um und mustere die verbogene Leitplanke, durch die Russels Mustang gebrochen ist. Ich schlage die Kapuze meines Mad-Crush-Hoodies zurück und gehe langsam in Richtung der eigentlichen Unfallstelle. Ich steige über den demolierten Stahl und die aufgewühlte Erde hinweg. Trete näher an den nahezu unversehrten Baum heran, an dem das Leben meines Bruders so unrühmlich zerschellte. Wind kommt auf, die Muscheln klappern, die Blütenketten werden aufgewirbelt, eines der Fotos zittert heftig und droht fortgeweht zu werden. Ich gehe näher heran, strecke meine Hand aus. Meine Finger berühren sein Gesicht. Ich drücke die Reißzwecke tiefer in die Rinde, will, dass das Bild an diesem Ort bleibt. Ich schlucke trocken. Mein Mund fühlt sich ausgedörrt an. Mein Kopf ist leer. Ich weiß nicht, was ich denken oder fühlen soll. In mir brennt es schmerzhaft. Jeder Atemzug tut weh, und einen Moment lag habe ich das Gefühl, erneut keine Luft mehr zu bekommen. Die Trauer und der Schmerz sind schlicht und ergreifend erdrückend.

Ein Wagen hält hinter meinem in der kleinen Einbuchtung. Ich werfe einen erschrockenen Blick über die Schulter zurück und stelle erleichtert fest, dass es sich bei dem Mann hinter dem Steuer nur um meinen Kumpel Darell handelt. Er steigt aus, kommt zu mir rüber, zieht mich an sich und klopft mir auf die Schulter.

»Scheiße, Mann«, murmelt er. Scheiße, Mann, trifft es zwar

nicht mal im Ansatz, aber was soll er auch sonst sagen. Ich beginne zu flennen, wische mir ärgerlich die Tränen weg und suche nach der Wut, die ich auf Russel habe. Diese Wut, dieses Feuer, das ich seit Jahren in mir trage, hält mich aufrecht. Der Hass – erst auf Sam, doch inzwischen auch auf Rus – bringt mich durch mein beschissenes Leben. Darell klopft mir weiter auf die Schulter und hält mich. Ich löse mich von ihm, ehe es peinlich werden könnte, wische die Tränen hastig ab und grolle: »Der kleine Drecksack hat es eigentlich nicht verdient, dass ich ihm auch nur eine Träne hinterherheule.«

»Wegen der Sache mit Sam?«, will Darell wissen, und ich schaue ihn verwundert an. Ich habe nicht mit ihm darüber gesprochen, denn ich kenne seine Meinung über Sam. Mein Mund klappt auf, ich will ihn fragen, woher er von Russel und Sam weiß, doch ehe ich dazu komme, sagt er: »Sorry, Bro! Ich hätte es dir sagen sollen, aber ich wusste echt nicht, wie und …«

»Du wusstest es? Seit wann und woher?«

»Von Russel. Ich bin auf der Weihnachtsparty dahintergestiegen.«

Ich starre Darell fassungslos an. Mein Hirn macht komische Sachen. In erster Linie braucht es unfassbar lange, um zu begreifen, was Dare da gerade gesagt hat. »Du Arschloch!«, entfährt es mir, als ich den ersten Schock überwunden habe. Wie konnte er mich im Unklaren lassen, obwohl er wusste, wie sehr mich diese Sache treffen würde.

»Es tut mir leid, Dean! Ich habe mir Russel vorgeknöpft und ihm den Kopf gewaschen. Ich dachte, es sei eine Phase und er würde anschließend die Finger von Sam lassen, nachdem ich ihm gesagt habe, was ich von ihm und der ganzen Aktion halte und dass er ein Wichser ist.«

»Hat er nicht«, presse ich hervor. »Er hat sich mit ihr verlobt und es mir dann gesagt. Wir haben uns tierisch gezofft, und ich habe ihm gesagt, dass er zur ›Hölle fahren soll‹, was der Pisser dann auch prompt getan hat.« Bei der Vorstellung schluchze ich erneut gequält auf. Fuck, ich kann nicht wütend auf Russel sein. Es ist mir unmöglich. Der kleine Scheißkerl ist schließlich tot. Darell hingegen … ich blicke auf und murre: »Du bist ein beschissener Freund. Hast mich einfach so ins offene Messer rennen lassen. Weißt du, wie ich mich gefühlt habe, als er Hand in Hand mit ihr im Restaurant aufgekreuzt ist, um mir zu sagen, dass sie seine Frau werden wird? Ich dachte, ich sterbe!«

»Sorry, Dean, ich habe angenommen …«

»Einen Scheiß hast du, Darell, wärst du ein wahrer Freund, dann hättest du die Eier gehabt und mir gesteckt, was Sache ist, aber du …« Ich versetze ihm einen Stoß. »… beschissener Feigling, hattest nicht den Mumm dazu. Du bist genauso ein Wichser wie er.« Darell ist einer der wenigen Männer, die mir gewachsen sind. Er ist zwar nicht ganz so groß wie ich, aber er hat deutlich mehr Muskelmasse. Wenn ich auf Maui bin, trainieren wir nahezu täglich zusammen. Der Sport, das Krafttraining und das Surfen helfen mir, die Wut, die in mir lebt, im Zaum zu halten. Doch gerade will ich mich nicht beherrschen. Ich will die Wut rauslassen.

»Du willst mich schlagen?«, fragt Darell, der mich kennt wie kein Zweiter. Er ist mein bester Freund. Er ist wie ein Bruder für mich oder war es, denn sein Verrat schmerzt ebenso wie der von Rus. »Dann schlag zu, Dean. Ich habe es verdient.«

Das sehe ich genauso, weshalb ich ihn im nächsten Moment attackiere. Meine Faust kracht brachial auf seinen Kiefer. Mit links kassiert Darell einen Schlag in die Rippen, woraufhin ihm ein Stöhnen entfährt. Er weicht zurück, bringt Abstand zwischen uns und nimmt seine zu Fäusten geballten Hände hoch. »Die beiden, Bro, hattest du frei. Den Rest musst du dir erkämpfen.« Und das tue ich dann auch. Wir prügeln uns heftig, und als ich wenig später ziemlich lädiert in meinem Wagen sitze, geht es mir dennoch besser als in den vergangenen Wochen. Mein Gesicht und meine Hände schmerzen, aber das ist ein Schmerz, mit dem ich umgehen kann. Anders als der über Russels Tod bringt er mich nicht beinahe um den Verstand. Im Gegenteil, er sorgt dafür, dass ich mich wieder spüre. Er erdet mich – wenigstens einen Moment lang.

Ich werfe einen Blick in den Spiegel. Tote grüne Augen blicken mir entgegen. Mein linkes Auge ist im Begriff, zuzuschwellen, meine Nase blutet, meine Lippe ist aufgeplatzt. Doch Dare hat auch ganz schön einstecken müssen. Meine geschundenen Knöchel zeugen von unserem Kampf. Die Wut ist weg, dafür hat die Traurigkeit Einzug gehalten. Ich fühle mich betrogen und verraten. Dare war der letzte Mensch, von dem ich so etwas erwartet hätte, doch nach dem, was Russel und Sam mit mir abgezogen haben, sollte es mich nicht wundern. Die beiden haben mich zutiefst verletzt und enttäuscht.

Vielleicht liegt es an mir, vielleicht erwarte ich einfach zu viel von den Menschen um mich herum. Ich schlucke hart, wische den Schmerz beiseite und starte den Motor. Es bringt nichts, darüber nachzudenken. Was passiert ist, ist passiert, und ich muss damit leben.

Kapitel 02

SAM | 11.06.2014 | Honolulu | Oahu | Hawaii

Cat ist schwanger!«, platzt Rory statt einer Begrüßung heraus. »Und sie behauptet, dass ich der Vater bin.«

»Fuck!«, stoße ich entsetzt und schockiert hervor. Ich hasse Cat. Diese blöde Tussi ist das Paradebeispiel einer Starfuckerin. Sie lässt jeden Typen, der halbwegs berühmt ist, ran. Wenn ich bloß daran denke, dass Rus auch mal etwas mit ihr hatte, wird mir immer noch ganz anders, denn sowohl er als auch Rory haben etwas Besseres verdient, beziehungsweise hatten. Ich schlucke den blöden Kloß, der sich in meinem Hals bildet, hinunter und verdränge den Gedanken an Russel – genauso wie immer.

»Das kannst du laut sagen. Doppel-Fuck!«

»Aber du … Verdammt, wann hast du sie denn zuletzt gefickt? Ich dachte, du hättest sie an die Luft gesetzt, nachdem sie so scheiße zu mir war.« Damals im Restaurant. Die Erinnerung überrollt mich. Meine Gegenwehr bricht unter ihr zusammen, und mir stockt der Atem. Ich sehe Rus vor mir, wie er sich königlich amüsiert und wettet, dass diese blöde Cat Rory eine Ohrfeige verpasst, weil er sie abgeschossen hat. Russel hatte echt einen kruden Humor und auch scheißviel Glück beim Wetten. Auch diese gewann er mit Leichtigkeit. Cat hat Rory eine geknallt und ist wutentbrannt davongestürmt. Ich hätte nicht geglaubt, dass sie noch mal mit ihm ins Bett fällt – nicht nachdem er sie so vor uns gedemütigt hat, aber es gibt sie, diese Frauen, die so gar keinen Stolz haben.

»Neulich eben, aber ich war immer vorsichtig«, beharrt er.

»Ihn rechtzeitig rausziehen hat nichts mit vorsichtig sein zu tun«, wiederhole ich Russels Worte von damals. Ich weiß noch genau, wie er an diesem Tag ausgesehen, wie er sich angehört, angefühlt und gerochen hat … Wie kann es sein, dass er tot ist? Wie kann … Ich atme tief durch und schaffe es, die aufsteigenden Tränen niederzuringen. Neunzig Tage sind seit seinem Tod vergangen, doch ich habe nicht den Eindruck, als könnte ich mittlerweile besser damit umgehen. Ich bin nicht belastbar. Meine Dünnhäutigkeit wirkt sich negativ auf meinen Job aus. Er erscheint mir sinnlos und hohl. Unvorstellbar, dass ich meine Arbeit einmal geliebt habe und ihr mit Feuereifer und Leidenschaft nachgegangen bin.

»Ich benutze immer Gummis. Ich bin doch kein Idiot, Sammy. Dean-Reynolds-Sexregel-Nummer-Eins!«

»Sorry, so war es nicht gemeint«, erwidere ich geistesabwesend, denn gedanklich hänge ich noch in der Vergangenheitsblase fest.

Rory scheint zu spüren, dass es mir gerade nicht sonderlich gut geht, denn er fragt: »Kommst du klar, Sammy?«

»Ja, alles bestens«, gebe ich mich härter, als ich bin. Es bringt ja nichts, wenn er sich vor lauter Sorge um mich und Joe nicht auf seine Mission konzentrieren kann, und schließlich ist er am anderen Ende der Welt – was also will er schon groß tun? »Was sagt dein Anwalt?«, frage ich Rory, um mich abzulenken.

»Ich habe noch nicht mit ihm geredet. Du bist die Erste, der ich davon erzähle. Ich bin aus allen Wolken gefallen, als ich eben ihre Nachricht bekommen habe. Scheiße, Sammy, das darf doch echt nicht wahr sein. Was soll ich ihr sagen?«

Er will mit der Schlampe reden? Ist er wahnsinnig? »Gar nichts! Du antwortest ihr nicht. Du gehst direkt über deine Anwälte. Es gibt einen nichtinvasiven pränatalen Vaterschaftstest, da wird bloß eine Blutprobe entnommen. Auf dem musst du bestehen, und dann schauen wir weiter.« Er seufzt herzzerreißend. »Komm schon, Rory, das ist kein Weltuntergang«, versuche ich ihn zu trösten und ziehe ihn dann auf, indem ich sage: »Insgeheim hoffe ich, du machst mich zur Patentante und der oder die Kleine bekommt deine niedlichen Goldlöckchen. Deine Babys würden so süß aussehen.«

»Fick dich, Sam!«, murrt er. »Nein, im Ernst, das ist nicht witzig.«

Ich muss mir auf die Unterlippe beißen, um mir ein Lachen zu verkneifen. Natürlich ist es nicht witzig, aber irgendwie nun mal doch. »So oder so, Rory, du kannst jetzt nichts an der Situation ändern. Lass uns einfach cool bleiben und schauen, was dabei rauskommt, und wenn du der Vater sein solltest, dann wird uns schon was einfallen«, beruhige ich ihn. Kurz darauf beenden wir unser Telefonat. Ich habe ihn beschworen, sich sofort zu melden, wenn er etwas Neues weiß. Oh Mann, ich möchte wirklich nicht in seiner Haut stecken. Wobei Rory ein toller Vater wäre, da bin ich mir sicher. Er kann gut mit Kindern, und ich weiß, dass er zwar im Moment seinem wilden Lifestyle frönt, aber eigentlich ein Familienmensch ist und sich nach etwas anderem sehnt.

Für mich kam das nie infrage – das jedenfalls dachte ich, bis aus Russel und mir urplötzlich und gegen alle Erwartungen ein Paar wurde. Es hat sich so richtig angefühlt, seinen Antrag anzunehmen, und ja, ich wollte Kinder mit ihm. Einen Moment lang schließe ich die Augen, dann greife ich nach meinem Handy und gehe die Sache an, vor der ich mich seit heute Morgen drücke. Von meinem Chef Eugen habe ich erfahren, dass ich für zwei Wochen nach L.A. muss.

Früher wäre ich vor Freude, eine Geschäftsreise in die Stadt der Engel anzutreten, schier ausgeflippt. Ich hätte umgehend

Hunter und Cam angerufen und dafür gesorgt, dass ich vierzehn tolle, unvergessliche Nächte mit den beiden verbringe, doch danach steht mir im Moment einfach nicht der Sinn. Ich würde es nicht ertragen, von einem anderen Mann als Russel berührt zu werden.

Unwillkürlich denke ich an Dean. Auch heute noch schäme ich mich entsetzlich dafür, was am Tag von Russels Beisetzung passiert ist. Ich versuche seine Worte zu relativieren, denn mir ist bewusst, wie furchtbar auch er sich deshalb gefühlt haben muss, aber Fakt ist: Sie brennen nach wie vor wie Feuer und fressen mich innerlich auf. Ich hasse es, dass er mich so sieht. Seit unserem Streit haben wir nicht mehr miteinander gesprochen. Wir schreiben uns hin und wieder, und immer geht es um Joe, die nach wie vor entsetzlich unter Russels Tod leidet.

Seufzend tippe ich *So geht das nicht weiter* in mein Handy. Seit fast sechs Wochen war er nicht mehr zu Hause. Er lässt Joe in ihrem Kummer allein, während er sich jedes Wochenende durch irgendwelche Betten vögelt. *Ich kann die nächsten zwei Wochenenden nicht zu Joe fliegen,* füge ich hinzu und schicke die Nachricht ab.

Warum nicht?, schreibt er doch wirklich keine drei Minuten später kackdreist zurück. Ich verdrehe die Augen und unterdrücke nur mühsam ein aufgebrachtes Schnauben.

Weil ich nicht ihr verfickter Babysitter bin, will ich schreiben, doch ich unterlasse es. Die Kommunikation mit ihm ist sowieso schwierig genug. *Weil ich arbeiten muss, Dean. Ich bin in L.A., treffe mich mit Lieferanten und Designern. Bitte sieh zu, dass du das geregelt bekommst. Joe braucht dich.*

Keine halbe Minute später klingelt mein Telefon. In der Annahme, dass es Dean ist, melde ich mich mit einem knappen »Hi!«, doch nicht er ist dran, sondern Joe. Ich schwöre, ihr müssen die Ohren geklingelt haben. Es ist unheimlich, dass sie mich immer dann anruft, wenn ich an sie denke. Wir plaudern eine Weile. Ich rede über meinen Job, denn etwas anderes habe ich nicht zu erzählen. Mich in die Arbeit zu stürzen erscheint mir eine gute Alternative dazu, den Verstand vor lauter Kummer und Schmerz zu verlieren. Auch wenn ich meinem Job nicht mehr mit Feuereifer nachgehe, mache ich ihn dennoch ordentlich. Joe hingegen hat nichts zu berichten. Kein Wunder, denn sie verlässt das Haus so gut wie nie. Sie liest viel, zieht sich irgendwelche Serien rein und ertrinkt in ihrer Trauer. Sie ist haltlos verloren, und genau deshalb muss Dean sich um sie kümmern, wenn ich in L.A. bin. Allein packt sie das einfach nicht, und ihr Vater ist keine Hilfe. Manchmal weiß ich nicht, wem von beiden es schlechter geht. Sie tun mir unendlich leid, aber ich wünschte wirklich, sie würden sich zusammenreißen. Es ist so schwer, immer stark zu sein und immer funktionieren zu müssen. Ich bin unendlich müde.

Nachdem Joe und ich aufgelegt haben, klingelt das Telefon erneut. »Na endlich«, dringt Deans Stimme durch den Hörer zu mir, als ich den Anruf entgegennehme. »Ich versuche dich seit einer halben Stunde zu erreichen, du …«

»Ich war beschäftigt«, lasse ich ihn kühl wissen und füge hinzu: »Anders als du vielleicht annimmst, bin ich nicht jederzeit verfügbar.«

»Was zu beweisen wäre«, brummt er missmutig.

»Fick dich, Dean!«

»Nicht auflegen, Sam. Es geht um Joe«, kommt es hastig aus dem Telefon, und in der Tat schwebte mein Daumen bereits über der Auflegen-Taste. »Du sagtest, dass sie …«

»Ich sagte, dass du deinen verdammten Arsch nach Hause

schwingen und ihr beistehen sollst, weil sie total depressiv ist«, motze ich ihn an.

»Du übertreibst!«, wirft er mir vor.

Ja, weil ich zur Hysterie und zum Drama neige! Was stimmt mit ihm nicht? »Keineswegs, Dean«, informiere ich ihn betont sachlich. »Und das wüsstest du auch, wenn du in den vergangenen Wochen mal zu Hause gewesen wärst.« Mein Blick huscht zur Uhr. Verdammt, ich bin viel zu spät dran. »Hör zu, ich muss los. Ich bin verabredet, aber du darfst dich nicht weiter davor drücken, Dean! Sie braucht dich wirklich.« Ihn und jede nur erdenkliche Hilfe, die sie kriegen kann.

Nach meinem Termin komme ich am Mad-Crush-Store am Waikiki Beach vorbei, und Russels Gesicht starrt mich aus dem Schaufenster an. Ein lebensgroßes Plakat ziert das Fenster, und Menschen haben Blumen davorgelegt und Kerzen aufgestellt. Russels Anblick trifft mich völlig unvorbereitet. Ich keuche schmerzerfüllt auf, und es ist, als hätte mich jemand in den Magen geboxt. Ich bin unfähig zu atmen, unfähig zu denken. Tränen laufen einfach so – unaufhaltsam – über meine Wangen.

Ich haste zurück in meine Wohnung, fliehe vor seinem Anblick und erstarre ein weiteres Mal, als ich Dean vor meiner Tür sitzen sehe. Hastig beseitige ich die Spuren meines Zusammenbruchs, indem ich mir über die Wangen wische. Ich will nicht, dass er sieht, dass ich geweint habe. Früher wäre mir das nicht unangenehm gewesen, doch diese Zeiten sind längst vorbei. Ich habe mit meinem überstürzten Abgang vor rund vier Jahren seinen Groll auf mich gezogen. Zugegeben: Wir hatten Pläne für die Zeit nach meinem Schulabschluss, und vielleicht war es falsch, ihn nicht ins Vertrauen zu ziehen und ihm nicht zu sagen, warum ich nur wenige Tage nach meinem achtzehnten Geburtstag das Land für ein Jahr verlassen habe.

Andererseits hat er nicht gefragt, sondern ziemlich beschissen reagiert. Seitdem lässt er kein gutes Haar an mir und macht mir bei jeder Gelegenheit deutlich, was er von mir hält. Kaum zu glauben, dass er mal mein engster Vertrauter war. Mehr noch, wenn ich ehrlich bin, denn ich war ziemlich krass in ihn verknallt, aber das ist lange her. Heute ist er bloß der Bruder meines toten Verlobten, mehr nicht.

»Was tust du hier?«, frage ich daher tonlos. Die Worte, die er mir nach unserem Ausrutscher nach Russels Beisetzung entgegengeschleudert hat, hallen in meinen Ohren wider. *Und du bist eine Schlampe! Rus war viel zu gut für dich,* höre ich ihn sagen und erinnere mich an die Verachtung, die in seinen Augen geblitzt hat, als er mich so brutal angegangen ist.

Er stand unter Schock, sage ich mir. Und er war betrunken. Doch auch wenn ich ihn und sein Verhalten an diesem Tag nur allzu gut verstehe, hat er mich doch tief verletzt.

Dean verstaut in aller Ruhe die Pappschachtel, die er in der Hand hält. Wie es aussieht, hat er auf meiner Fußmatte zu Abend gegessen, während er auf mich gewartet hat. Er erhebt sich geschmeidig. Etwas in mir, eine tiefe Sehnsucht, regt sich bei seinen vertrauten Bewegungen, und ich presse meine Kiefer fest aufeinander, um nicht erneut zu weinen. Ich bin in einer miesen Verfassung und fühle mich Dean Reynolds an diesem Abend nicht gewachsen.

»Darf ich meiner Beinahe-Schwägerin keinen Besuch abstatten?«, gibt er zurück. Ich muss zu ihm aufblicken, denn er überragt mich um fast zwei Köpfe. Dean ist ein Riese, und ich bin ein Zwerg, und genauso komme ich mir gerade vor.

»Bist du wieder betrunken?«, will ich wissen. Ich schiebe mich an ihm vorbei und schließe meine Wohnungstür auf.

»Nein«, erwidert er.

Ich bleibe im Türrahmen stehen und versperre ihm den Zugang. Er tritt näher an mich heran. Unwillkürlich schnuppere ich. Er riecht gut und in der Tat nicht nach Alkohol.

»Bist du hier, weil du einen Fick willst? Keine Huren im Haus oder bei dir in der Redaktion?«

Ich sehe, wie er sich auf seine volle Unterlippe beißt und dann beschämt den Blick senkt. Als er wieder aufschaut, liegt seine Stirn in Falten. »Sam, wegen dieser Sache: Es tut mir leid. Ich hätte das nicht sagen dürfen.«

»Es gibt eine Menge Dinge, die du niemals hättest sagen oder tun dürfen«, murre ich und weiß nicht, ob ich mich über seine Entschuldigung freuen soll. Es ist leichter, in ihm den Feind zu sehen, denn wenn ich es nicht tue, dann erinnere ich mich womöglich an früher und daran, wie es damals zwischen uns war, und dann werde ich unweigerlich traurig. Er hat mir unendlich viel bedeutet damals in einem anderen Leben, als ich jung, naiv und auf eine gewisse Weise unschuldig war. Ich hätte niemals damit gerechnet, dass mir so etwas passieren könnte, und dann ist es passiert, und dieses Ereignis hat mein ganzes Leben verändert. Nicht nur mein Vertrauen in Männer wurde erschüttert, sondern auch das ins Leben an sich.

Dean nickt betreten. »Ja, das stimmt«, gibt er zu.

Er will noch mehr sagen, doch ich unterbreche ihn und ergänze: »Und andere, die du tun solltest! Joe ist ...«

»Deshalb bin ich hier, okay? Lass mich kurz mit reinkommen. Ich will mit dir über sie reden.« Als ich dennoch zögere, fügt er ein »Bitte« hinzu.

Natürlich ist er wegen seiner Schwester hier und nicht, um

nach seiner Beinahe-Schwägerin zu sehen, wie er mir anfangs weismachen wollte. Die Enttäuschung nagt an mir. Mit einem leisen Seufzen beschließe ich, ihm dennoch Zutritt zu meiner Wohnung zu gewähren – vor allem, weil ich gerade nicht allein sein will.

Ich streife meine Schuhe ab, und er tut es mir gleich. Bei uns auf der Insel betritt man eine Wohnung oder ein Privathaus nicht mit Schuhen. Es gehört zum guten Ton, sie auszuziehen. Natürlich gibt es Ausnahmen. Dean folgt mir hinein.

Kaum sind wir im Inneren, da reicht er mir eine Tüte. Ich schiele hinein und sehe, dass sich darin ein paar kleine Pappkartons befinden. »Ich wusste nicht, was du magst, daher habe ich querbeet bestellt«, sagt Dean auf meinen fragenden Blick hin. »Und weil ich warten musste, habe ich schon mal angefangen.«

»Wir waren zum Essen verabredet?«, frage ich ironisch, denn der letzte Satz klang schwer nach einem Vorwurf. Nun ist er es, der seufzt, und ich unterdrücke den bissigen Kommentar, dass man für solche Verabredungen vorher mal zum Telefon greift oder simst. Ich bin schließlich keine Telepathin, und es nervt mich, dass er glaubt, ich würde zu Hause hocken und bloß auf ihn warten.

»Ich dachte, dass du möglicherweise Hunger hättest und …« Er verstummt und wirft mir einen flehenden Blick zu, unter dem ich unsicher werde.

Ich streiche mir verlegen eine Haarsträhne aus dem Gesicht und erwidere: »Danke, aber ich war gerade essen.«

»Ein Date?«

Seine Stimme klingt angespannt, und obwohl ich versucht bin, ihm zu sagen, dass ihn das einen Scheiß angeht, antworte ich: »Ein geschäftliches Essen, mehr nicht.« Ich habe keine Dates mehr und im Moment keinen Bedarf an Männern.

In der kleinen Küche mache ich dem Mann, der gerade trotzdem in mein Leben geplatzt ist, einen Teller zurecht. Dean beobachtet mich dabei, wie ich das Essen für ihn anrichte, und fragt unvermittelt. »Du siehst verweint aus, Sam. Hast du geweint?« Ich nicke lediglich. »Warum?«, will er wissen. Ich schenke mir eine Antwort, und er hakt nach: »Wegen Rus?«

Ich reiche ihm seinen Teller und schenke mir auch diesmal einen bissigen Kommentar wie »Nein, weil ich mir einen Fingernagel abgebrochen habe«. Natürlich wegen Rus! Wegen wem denn sonst? Ehe ich mich's versehe, beginnen die Tränen erneut zu fließen. Ich wende mich ab, halte mich an der Arbeitsplatte fest und fühle mich heute so wund wie in den ersten Tagen nach seinem Tod.

Dean stellt den Teller beiseite, tritt von hinten an mich heran und nimmt mich in seine Arme. Ich lehne mich gegen ihn, schließe meine Augen und sauge seine Kraft und Stärke auf. Er hält mich eng an sich gedrückt, und ich spüre seine Lippen auf meinem Scheitel. »Ach, Sam«, murmelt er und klingt so unglücklich, wie ich mich fühle.

Nach ein paar Minuten löse ich mich von ihm und sage: »Geht schon wieder. Magst du ein Glas Wein zum Essen?« Ich wische mir verstohlen die Tränen ab. Nur Tussen weinen, und ich bin keine Tussi. Also atme ich einmal tief durch, straffe meine Schultern und erinnere mich daran, dass Russel mich in dem ersten Traum, den ich nach seinem Tod von ihm hatte, ermahnt hat, nicht aufzugeben. Ich versuche es wirklich, aber es ist so verdammt schwer, und an Tagen wie heute stehe ich kurz davor, durchzudrehen.

»Gern«, meint Dean, greift nach seinem Teller und nimmt

Kurs aufs Wohnzimmer. Ich schaue ihm nach und frage mich, was er hier will. Ist er wirklich nur wegen Joe da, oder ist er doch auf eine schnelle Nummer aus?

Doch das kann er vergessen. Noch einmal lasse ich mich nicht übertölpeln. Als ob er es mit Absicht getan hat, sage ich mir dann, aber so war es mit Sicherheit nicht. Er war bloß genauso hilflos und verzweifelt wie ich. Es war ein gemeinsamer Moment der Schwäche. Dieser Tag war damals schließlich auch für ihn die Hölle. Ja, er ist groß und stark, aber er hat seinen kleinen Bruder verloren. Auch wenn sie sich wegen unserer Verlobung zerstritten und sich sogar geprügelt hatten, zweifle ich nicht an Deans Liebe zu Russel. Natürlich war die Beziehung zwischen ihnen nicht so eng wie die zwischen den Zwillingen, denn das kann man schließlich gar nicht miteinander vergleichen. Zwillinge sind … Puh, großartig und irgendwie scary. Mir kam diese Verbindung, dieses Band zwischen Rus und Joe immer etwas unheimlich vor. Es war ein wenig so, als seien sie eine Person in zwei Körpern, und doch waren sie vom Verhalten her völlig gegensätzlich. Joe ruhig und brav, Russel wild und impulsiv. Ich vermisse sein Feuer, seine Leidenschaft, seine dummen Sprüche. Russels Tod hat sie mehr getroffen, als jeden anderen von uns. Ich mache mir schreckliche Sorgen um sie.

Ich schnappe mir eine Flasche Wein und zwei Gläser und folge Dean dann ins Wohnzimmer. Er hat sich bereits in den Sessel gelümmelt und begonnen zu essen. Ich betrachte ihn einen Moment lang. Auch an ihm sind die letzten Monate nicht spurlos vorbeigegangen. Er hat abgenommen und müsste dringend mal wieder zum Friseur. Dean trägt normalerweise einen Faux Hawk, sprich die Seiten kurz und oben länger. Irgendwie der kleine Bruder vom Iro oder so. Egal, von seiner einst so perfekten Frisur ist jedenfalls nicht viel zu erkennen. Er hat die langen Haare mit einem Gummi zusammengefasst und die …

»Was ist?«, fragt er und unterbricht meinen Gedankengang und mein peinliches Starren.

Obwohl es blöd ist, sage ich ihm die Wahrheit: »Du müsstest mal zum Friseur.«

»Sorry, aber ich hatte in den letzten Wochen anderes im Kopf«, kanzelt er mich ab. Ich nicke, nehme auf dem Sofa Platz und ziehe meine Beine an. Ich sitze so weit wie möglich von Dean entfernt, und obwohl seine bloße Anwesenheit mir Unbehagen bereitet, biete ich ihm an, seine Haare zu schneiden.

»Du?«, fragt er, so als sei ich … keine Ahnung, unfähig etwas anderes zu machen, als mich ficken zu lassen. Diesmal schaffe ich es nicht, einen entsprechenden Kommentar für mich zu behalten. Ich bin es leid, dass er mir das Gefühl gibt, der letzte Dreck zu sein.

»Ich habe, anders als du glaubst, noch weitere Qualitäten. Ich bin nicht nur leicht zu vögeln, weißt du!«, fauche ich ihn an.

Ich kann sein Keuchen bis zu mir hören. Er legt das Besteck zur Seite und schaut mich an. »Sam, ich war damals so sauer auf mich selbst, habe mich so mies gefühlt und es unverzeihlicherweise an dir ausgelassen. Ich wünschte, ich könnte die Worte zurücknehmen«, presst er hervor.

»Du hast mich auch vorher schon eine Schlampe genannt«, erinnere ich ihn.

Er schließt die Augen, und ich sehe die bodenlose Verzweiflung, die von ihm Besitz ergreift, nur allzu deutlich. »Ich war verletzt. Wundert dich das wirklich, Sam? Hast du erwartet, dass ich dir all das, was zwischen uns vorgefallen ist, einfach so verzeihe? Sorry, aber das kann ich nicht. Ich …« Er verstummt und sagt einen Moment später: »Du hast mich enttäuscht, Sam. Wirklich enttäuscht.« Seine Worte nagen an mir. Ich finde es blöd, dass wir uns wegen einer solchen Kleinigkeit in die Haare bekommen haben. Ja, wir hatten Pläne, aber ich habe meine über den Haufen geworfen. Das habe ich nicht aus Lust und Laune heraus getan, sondern weil ich es schlicht und ergreifend nicht mehr auf Maui ausgehalten habe. Ich habe mich immer gefragt, wer dieser Mann oder diese Männer waren, die mich missbraucht haben. Ich habe mich in meiner Heimat einfach nicht mehr sicher gefühlt, und daher musste ich weg. Abgesehen davon waren unsere Pläne bestenfalls vage. Ich für meinen Teil habe nie ernsthaft geglaubt, dass er wirklich mit mir die Welt umsegeln wollen würde. Warum auch? Doch scheinbar war es ihm ernst, sonst wäre er wohl kaum derart enttäuscht. Ich schlucke trocken und wünschte, er würde mich verstehen, aber ich werde einen Teufel tun und ihm reinen Wein einschenken. Das habe ich bei Russel gemacht, und er ist deshalb völlig durchgedreht. Mit Schrecken erinnere ich mich an den Moment, in dem ich ihm gestanden habe, dass ich mich an die Nacht meines achtzehnten Geburtstags nicht erinnern kann, weil mich jemand unter Drogen gesetzt und vergewaltigt hat. Es ist völlig okay, dass Rus geschockt war, aber er hat echt beschissen reagiert, und auch Tage danach hat er sich mir gegenüber ganz merkwürdig verhalten. Ich glaube, er hat mich danach mit anderen Augen gesehen. Ehrlich gesagt frage ich mich manchmal, ob unsere Beziehung das auf Dauer ausgehalten hätte. Russel war nach diesem Geständnis so übervorsichtig und beschützend, dass ich kaum noch Luft bekommen habe. Alles, was ich wollte, war, es zurücknehmen, damit er mich wieder normal behandelt – nicht nur im Bett, wo es plötzlich nur noch Bienchen-und-Blümchen-Sex gab, sondern ganz allgemein.

Ich schüttle die Gedanken daran ab. Inzwischen ist es sowieso egal, aber ich für meinen Teil werde diesen Fehler kein zweites Mal machen. Nie wieder will ich das Mitleid im Blick eines Reynolds ertragen und mich danach wie ein Opfer fühlen müssen.

»Glaubst du, dass ich von dir nie enttäuscht war?«, fahre ich Dean stattdessen an. »Denkst du das wirklich? Aber mache ich daraus so ein Drama? Nein, Dean, das tue ich nicht. Ich mache weiter, und ich wünschte, du würdest es auch endlich tun, denn mir fehlt für diese Grabenkämpfe im Moment einfach die Kraft.«

»Inwiefern habe ich dich bitte schön enttäuscht?«, grollt er eisig.

»Du hast dir nicht einmal die Mühe gemacht, mich zu verstehen«, werfe ich ihm vor. »Du hast dich nicht gefragt, was mich dazu getrieben hat.«

Dean lacht auf. Es klingt bitter. »Du bist echt witzig! Natürlich habe ich versucht, es zu verstehen, Sam. Ich habe mir wochenlang den Kopf darüber zerbrochen. Zugegeben, anfangs war ich nicht bereit, dir zuzuhören, denn was du getan hast, hat mich fertiggemacht, aber später wollte ich es verstehen. Ich habe mich immer gefragt, ob es meine Schuld ist, ob ich etwas getan habe, das …« Er verstummt und wirkt ernsthaft mitgenommen.

Sein Anblick versetzt mir einen Stich, und so beteuere ich rasch: »Nein, Dean, nichts davon war deine Schuld. Ich … Gott, es tut mir leid, dass du so denkst.« Gern würde ich ihm die Last nehmen, aber ich kann ihm mein Geheimnis unmöglich anvertrauen, und deshalb zwinge ich mich zu einem unbekümmerten Lächeln: »Du kennst mich doch. Du weißt, wie ich bin. Ich wollte einfach was von der Welt sehen und …«

»Blödsinn, Sam! Du bist weggelaufen, und das wissen wir beide.« Der Vorwurf in seiner Stimme ist nicht zu überhören. Ertappt senke ich den Blick und schlucke beklommen, weshalb Dean sagt: »Na, wenigstens scheint es dir doch etwas leidzutun.«

»Ja«, gebe ich ihm recht. »Das tut es. Das tut es wirklich! Du glaubst gar nicht wie sehr, aber ich konnte nicht anders. Wirklich nicht!« Ich verstumme und werfe hilfesuchend einen Blick in seine Richtung.

»Ja, ich hab's kapiert«, murmelt er und sagt dann: »Ich wünschte, ich würde eine Erklärung bekommen, Sam. Ich finde, dass ich das wirklich verdient habe.«

Ich nicke stumm, kann ihm diesen Gefallen jedoch nicht erweisen. Mir ist absolut klar, dass ich ihm, nach allem, was er in der Vergangenheit für mich getan hat, eine Erklärungen schulde. Das schlechte Gewissen ihm gegenüber verursacht mir Übelkeit. »Alles, was ich sagen kann, Dean, ist, dass es mir leidtut und ich …«

»… nicht anders konnte«, ergänzt er. Er seufzt resigniert, schüttelt den Kopf und sagt dann: »Lass uns einfach neu anfangen, okay?« Er klingt unendlich müde.

Ich schenke uns Wein ein, reiche Dean sein Glas, greife nach meinem und halte es ihm hin: »Waffenstillstand?«

»Ja«, erwidert Dean zögerlich. Wir stoßen an, und nachdem der große böse Wolf, besser bekannt als mein Beinahe-Schwager, gesättigt ist, schneide ich ihm die Haare, und wir unterhalten uns das erste Mal seit einer gefühlten Ewigkeit normal.

»Wo hast du gelernt, Haare zu schneiden, Sammy?«, will Dean wissen, als ich ihm mit dem Langhaarschneider zu Leibe rücke. Sammy? Er hat mich seit Jahren nicht mehr Sammy genannt. Es klingt beinahe liebevoll – fast so wie früher, bevor er zum größten Aufreißer dieses Bundesstaats wurde und dazu überging, mich wie Scheiße zu behandeln. »Sammy?«, fragt er, weil ich nicht geantwortet habe. Wie er meinen Namen sagt, bringt etwas in mir zum Schwingen. Es katapultiert mich in die Vergangenheit zurück, und ich halte unwillkürlich die Luft an. Gott, wie habe ich diesen Mann einmal geliebt. Auch wenn ich Joe immer mit ihren Brad-Hoover-Fantasien aufgezogen habe, so waren meine keinen Deut anders: Nur drehten sie sich eben um ihren großen Bruder. In meiner Fantasie sind wir um die Welt gesegelt, haben Abenteuer in fernen Ländern erlebt und uns stundenlang in der großen Bugkajüte geliebt. Ich atme tief durch, weil alles anders gekommen ist und sich uns diese Gelegenheit nie geboten hat, und dann denke ich an Russel und unsere gemeinsame Zeit auf dem Boot. Der Schmerz droht mich zu überrennen, doch Deans Stimme gebietet ihm Einhalt.

»Erde an Sammy.«

»Was?«, frage ich verwirrt und benommen.

»Haareschneiden. Wo hast du es gelernt?«

»Oh, habe ich nicht, aber bei der Work-and-Travel-Geschichte habe ich in Neuseeland das ein oder andere Schaf geschoren«, erwidere ich, was ihn zum Lachen bringt, weshalb ich ihm eine Macke reinrasiere. »Dean, hör auf zu zappeln! Schau nur, was du angerichtet hast.« Ich zeige es ihm, und er lacht sich schlapp. »Hey! Das ist nicht witzig«, brumme ich und fühle mich in meiner Ehre gekränkt. Fuck! Ich wollte es echt gut machen. Ich wollte Dean schließlich beweisen, dass ich mehr draufhabe, als er glaubt, und jetzt das …

»Beruhig dich, Sam! Es ist alles in Ordnung. Du machst das

toll, und ich habe es versaut, indem ich gezuckt habe.« Er zwinkert mir im Spiegel zu. »Und du kannst es wiedergutmachen, indem du mir verrätst, wie du wirklich Haareschneiden gelernt hast.«

Er als einer der wenigen Menschen auf dieser Erde hat durchschaut, dass ich ihn gerade gefoppt habe. Ich kann gut bluffen, ich erinnere mich gern an die abendlichen Pokerrunden im Mad-Crush-House. Unser Blickkontakt über den Spiegel hat Bestand, und ich betrachte ihn einen Moment lang unverhohlen. Ich fand Dean schon immer ziemlich attraktiv, daran können auch die tiefen Schatten unter seinen Augen und seine eingefallenen Wangen nichts ändern. Bei genauerem Hinsehen wirkt er mitgenommen und ausgelaugt. Der Dreitagebart steht ihm jedoch ausgesprochen gut, und er kaschiert gekonnt seine Blässe. Das Schönste an Dean sind meiner Meinung nach seine vollen, geschwungenen Lippen. Er hat einen ausgesprochen sinnlichen Mund, und er kann küssen wie kein Zweiter. Noch heute träume ich manchmal von unseren Küssen im Wandschrank. Ich war dreizehn, da hat er mir bei einem blöden Partyspiel meinen ersten richtigen Kuss geschenkt. Bei dem Gedanken daran, wie seine Zunge sich schließlich mit meiner vergnügt hat, wird mir heiß, aber so ist das immer, und ich habe mich daran gewöhnt. Keine Ahnung, wie Dean das macht, aber selbst nach all den Jahren, und inzwischen sind es beinahe zehn, gerate ich bei der Erinnerung aus dem Gleichgewicht und emotional ins Trudeln.

Allerdings ist es ja oft so, dass man etwas beim ersten Mal total toll findet und es sich nicht wiederholen lässt. Der Fick nach Russels Beisetzung hatte jedenfalls nicht annährend die magische Qualität dieser Küsse – dennoch krampft sich bei dem Gedanken an dieses wenig rühmliche Ereignis meine Vagina verlangend zusammen. Fuck, ich bin einfach bloß tierisch untervögelt, und Dean, der nun einmal unbestritten ein sehr attraktiver Kerl ist, spricht meine animalischen Instinkte an – mehr nicht. Ich betrachte ihn noch einmal im Spiegel. Er ist auch mit siebenundzwanzig Jahren ein absoluter Hingucker, aber wen wundert das? Schließlich ist er ein Reynolds, und die haben gute Gene.

Joe ist Zucker. Mit ihren blonden langen Haaren, ihrer zierlichen Figur und den Megabrüsten sieht sie unglaublich aus. Sex on legs, der fleischgewordene Traum eines Mannes – jedenfalls optisch. Was ihr Wesen angeht, ist sie zu schlau für die meisten Kerle. Doch ich übertreibe nicht, wenn ich sage, dass sie das Ebenbild ihrer viel zu früh verstorbenen Mutter ist, die im Übrigen mal im Playboy war. Yep, Surfgott Sean Reynolds, der Vater von Joe, Rus und Dean, hat ein verdammtes Playboy-Bunny geheiratet.

Und Rus … allein der Gedanke an ihn bringt mich beinahe um. Er hatte wunderschöne dunkelblaue Augen, ein umwerfendes, strahlendes Lächeln, und von seinem perfekten, braun gebrannten, muskulösen Body will ich gar nicht anfangen. Er war nicht so groß wie Dean, und auch sonst gibt es kaum Ähnlichkeit zwischen ihnen. Ein Fremder hätte sie nie für Brüder gehalten.

»Was ist?«, fragt Dean, dem mein musternder Blick offensichtlich nicht entgangen ist, doch bevor ich etwas antworten kann, schiebt er hinterher: »Ich sehe lächerlich aus, nicht wahr?« Ich schmunzle und zucke mit den Schultern. In der Tat sieht er in meinem pinken Regencape lustig aus, aber einen schönen Mann kann bekanntlich nichts entstellen.

Ich mache mich wieder an die Arbeit und beantworte endlich seine Frage, woher ich Haare schneiden kann. »Meine Mum ist Friseurin. Sie hat es mir beigebracht.«

»Echt jetzt? Ich dachte, sie ist Malerin.«

»Ja, aber früher, bevor sie ihre heimliche Leidenschaft zum Beruf gemacht hat, war sie Friseurin. Was natürlich auch ein kreativer Beruf ist, aber eigentlich wollte sie schon immer malen. Nur wie das bei Künstlern oft so ist, hat sie sich nicht getraut. Sie dachte, sie sei zu schlecht, und war einfach gehemmt.« Die Tragik im Leben meiner Mutter. Sie ist nämlich eigentlich super, also als Künstlerin und als Mensch, aber sie weiß es nicht und macht sich immer klein. Sie lässt sich viel zu viel gefallen und gibt sich mit zu wenig zufrieden. Sie schöpft ihr Potenzial nicht aus und glaubt nicht an sich.

»Ich mag ihre Bilder«, reißt Dean mich unvermittelt aus meinen Gedanken.

»Echt?«, frage ich überrascht. Sie malt toll, es wundert mich nicht, dass Leute ihre Gemälde mögen, doch von Dean hätte ich nicht gedacht, dass er sich für Kunst interessiert.

»Ich habe eins im Büro hängen.« Okay, denke ich verwirrt und rufe mir bewusst in Erinnerung, dass Dean nun einmal kein verwöhnter reicher Schnösel ist – oder zumindest nicht nur –, sondern dass er arbeitet wie andere Leute auch. Irgendwie vergesse ich das immer. Dean Reynolds ist eben nicht nur Sohn reicher Eltern, sondern auch in die Fußstapfen seines Vaters getreten. Er arbeitet für das Wavehunters-Magazin, eine der größten Surfzeitschriften auf dem Markt. Als Junior Chef hat er natürlich ein eigenes Büro und nun, da ich mit ihm fertig bin, auch einen schicken Haarschnitt.

»Fertig«, sage ich und füge hinzu: »Schätze, du kannst dich wieder unter Leute trauen.« Dean mustert sich. »Warte, ich hole dir einen Spiegel«, sage ich und flitze in mein Schlafzimmer. Als ich zurückkomme, hat er sich bereits des pinken Regencapes entledigt. Ich nehme an, sein männliches Ego hat dieses wenig schmeichelhafte Accessoire keine Sekunde länger verkraftet. »Setzen!«, instruiere ich ihn und zeige ihm dann, wie er von hinten ausschaut.

»Wow! Das sieht echt gut aus«, entfährt es ihm, und ich muss über seine unverhohlene Bewunderung lächeln. Ich schnappe mir den Besen und beginne, seine Haare aufzukehren. Dean geht ins Bad, einen Moment später höre ich das Wasser rauschen und Sekunden später einen heiseren Fluch. Ups, ich weiß genau, was passiert ist. Ich lasse alles stehen und liegen und eile ins Bad. Dean ist gerade dabei, sein triefnasses Shirt abzustreifen. »Es tut mir leid, ich habe vergessen zu sagen, dass der Wasserdruck sehr unstet ist.« Mein Blick bleibt an seinem sexy Sixpack kleben. Fuck, Deans Body ist ja noch heißer als in meiner Erinnerung.

»Unstet?«, echot Dean und mault dann: »Ich wurde angespritzt!« Ich beiße mir auf die Unterlippe, um den dummen Spruch, der mir auf der Zunge liegt, zu unterdrücken. Dean sieht mir an der Nasenspitze an, was ich denke. So war es schon immer. Er schüttelt den Kopf. »Sammy, Sammy, Sammy«, murmelt er vorwurfsvoll. »Queen der Eindeutigkeit, wirst du denn nie erwachsen?«

»Nein, mein Petra-Pan-Syndrom wehrt sich mit aller Kraft dagegen.«

»Petra-Pan? Echt jetzt?«

»Aus mir wird in diesem Leben kein Peter mehr«, sage ich und füge hinzu: »Und wegen dem Anspritzen: So siehst du mal, wie das ist.«

»Ich spritze dich gleich mal an, du freches Stück«, erwidert er und schwenkt die Duschbrause in meine Richtung.

Ich quietsche, doch er ist nicht Russel und zieht es nicht durch. Sein Bruder hätte mich in der Tat nass gemacht … Als ich bemerke, wie zweideutig meine Gedanken sich anhören, fällt es mir schwer, nicht zu lachen. »Wasch deine Haare, aber sieh zu, dass du mein Bad nicht völlig unter Wasser setzt. Ich schaue, ob ich ein T-Shirt oder so für dich finde.«

Im Kleiderschrank fällt mir Russels Hoodie entgegen. Nun ja, eigentlich ist es ja Deans. Rus hatte ihn bloß gemopst. Ich drehe mich herum und pralle gegen seinen Bruder, der unmittelbar hinter mir steht. »Huch!«, entfährt es mir erschrocken, weil ich ihn gar nicht kommen gehört hatte. »Kein T-Shirt, aber ich kann mit dem hier dienen.«

»Wo hast du den denn her?«, erkundigt er sich irritiert. »Den suche ich schon ewig.«

»Von Rus. Er hat ihn im Hotelzimmer liegen lassen.« Ich verstumme, denn die Erinnerung an diesen Tag holt mich ein.

Dean schnaubt freudlos, als er mir den Pulli aus der Hand nimmt und ihn sich überstreift. Die Rippbündchen sind inzwischen löchrig. »Er muss ihn mitgenommen haben, als ich ihm nach seiner Niederlage für ein paar Tage meine Wohnung überlassen habe«, rekonstruiert er die Geschehnisse. Er greift mit beiden Händen in den Halsausschnitt und steckt seine Nase darunter. »Er riecht noch nach ihm«, murmelt er. Ich trete dichter an Dean heran und schnuppere ebenfalls an dem Sweatstoff. Dean hat recht. Der Hoodie duftet unverkennbar nach Russel, auch wenn der Geruch nur noch ganz schwach vorhanden ist. »Er konnte einfach nicht seine Finger von Dingen lassen, die mir gehören«, erinnert sich Dean und klingt verärgert. Ich sehe verwundert zu ihm auf und schaue in Augen, in denen ein wütendes Feuer lodert.

»Ist doch inzwischen egal, oder?«, frage ich leise. Russel ist schließlich tot.

Dean presst seine Kiefer aufeinander und sieht einen Moment lang entsetzlich gequält aus. Ich weiß, dass es Dean beinahe in den Wahnsinn getrieben hat, dass Russel ständig seine Sachen benutzt hat, doch es spielt mittlerweile wirklich keine Rolle mehr. »Ich weiß noch, wie beeindruckt ich war, als du mir damals gesagt hast, dass du den Hoodie selbst genäht hast.« Ich zucke mit den Schultern. Nähen ist kein Hexenwerk, und heute würde ich sowieso den Großteil anders machen, aber damals war ich eben noch eine Anfängerin. »Weißt du, was ich mich immer gefragt habe?«

Ich ahne es, schüttle jedoch den Kopf. »Es hat doch dieses Etikett im Nacken.«

»Das ist kein Etikett, es ist ein Label«, korrigiere ich ihn.

»Aber es ist nicht das Nauti-Gal-Logo.« Nein, offensichtlich nicht. Es ist ein Kussmund, der innen auf Höhe der Nackenwirbel angebracht ist. Damals war ich vierzehn, und ich träumte Nacht für Nacht davon, Deans Nacken zu küssen, doch er war eben schon achtzehn und hatte – verständlicherweise – null Interesse an Joes kleiner pubertärer Freundin. Also habe ich den Kussmund in den Pulli gestickt. Saupeinlich und mit Sicherheit nichts, was ich ihm jemals erklären werde.

»Wie scharfsinnig, aber damals dachte ich, es könnte das Logo werden«, behaupte ich.

»Der Kussmund hat dem Pulli immer einen etwas femininen Touch verliehen«, sagt er.

»Nun ja, Nauti Gal wird ja auch ausschließlich eine Marke für Frauen werden.« Dean mustert mich stumm, weshalb ich hinzufüge: »Guck nicht so. Irgendwann werde ich meine eigene Firma gründen.«

»Ich weiß, Sam, und du wirst gut sein.«

»Das hat Rus auch gesagt. Er wollte Teilhaber werden.« Ich schüttle den Kopf bei der Erinnerung an unsere Diskussion darüber.

»Lass mich raten. Du hast ihm gesagt, er soll sein dreckiges Geld nehmen und sich zum Teufel scheren.«

Fuck, Dean kennt mich noch immer verdammt gut. »Etwas in der Art«, gebe ich zu.

»Daher auch sein Geschenk zu Weihnachten«, sinniert Dean. »Jetzt verstehe ich das erst.« Er schaut auf und fragt: »Wie seid ihr eigentlich zusammengekommen?«

»Ist eine längere Geschichte«, erwidere ich und hoffe, dass das Thema damit erledigt ist. Ich weiß nicht, ob ich über die Vergangenheit sprechen kann, ohne wieder mit dem Heulen anzufangen, und ich habe in den vergangenen Wochen genug geheult.

»Ich habe Zeit. Erzähl sie mir bei einem Glas Wein«, entgegnet Dean und wendet sich ab. Er geht ins Wohnzimmer, und ich starre ihm nach, unfähig, meine Gedanken zu ordnen. Schließlich gebe ich mir einen Ruck und folge ihm. Die Macke, die ich Dean reingesäbelt habe, fällt kaum auf, stelle ich beruhigt fest, als ich das Glas mit dem Rotwein entgegennehme. Ich klopfe mir in Gedanken auf die Schulter und freue mich darüber, dass ich diesen Patzer so gut ausgebügelt habe. »Danke für den Haarschnitt, Sam«, meint Dean. Er klingt immer so lässig und selbstsicher.

»Gerne doch, auch wenn die meisten Schafe kooperativer waren«, erwidere ich, woraufhin Dean lacht.

»Touché!«, entgegnet er amüsiert. »Also, du wolltest mir erzählen, wie das zwischen Russel und dir …«

»Müssen wir darüber reden, Dean?«

»Ich finde, dass ich ein Recht darauf habe, es zu erfahren, oder siehst du das anders?«

Ein Recht darauf? Ja, das sehe ich anders. Aber wir haben gerade erst unseren Waffenstillstand ausgelobt, und ich will ihn nicht verärgern, also erzähle ich ihm die Story, gehe jedoch nicht ins Detail. »So war das«, beende ich meine Zusammenfassung von Gabs Hochzeit und den darauffolgenden Tagen. »Es hat sich einfach so ergeben.«

Dean seufzt leise und schwermütig. Gerade will ich ihm sagen, dass er mich schließlich danach gefragt hat, als Dean abrupt das Thema wechselt. »Du sagtest, dass du glaubst, dass Joe depressiv ist und …«

»Ich glaube es nicht, Dean, ich weiß, dass es so ist. Joe kann ihren Alltag nicht meistern. Sie ist antriebslos und in ihrer Trauer gefangen. Er ist seit genau vier Monaten tot … Nun ja, vielleicht sollte ich nach meinem Zusammenbruch heute auf offener Straße vor dem Mad-Crush-Store nichts sagen, aber ich mache mir große Sorgen um sie. Daher bin ich auch in letzter Zeit regelmäßig nach Hause gereist, aber …«

»… du hast auch einen Job, schon verstanden«, ergänzt Dean niedergeschlagen. Ich frage mich, was ihn so bedrückt. Ist es die Sorge um Joe oder sein Widerwille, nach Hause zu kommen?

»Ich kann am Wochenende keinesfalls nach Hause fliegen«, beantwortet er meine unausgesprochene Frage, und im Handumdrehen bin ich auf hundertachtzig.

»Was kann wichtiger sein als deine Schwester?«, blaffe ich und mache mir nicht die Mühe, meine Wut zu unterdrücken. Ich liebe Joe, und ich hasse es, dass sie auf Maui in ihrem Bett liegt, sich die Augen aus dem Kopf weint, während Dean Party macht und irgendwelche Tussen abschleppt. Er ist so ein egoistischer Scheißkerl.

»Das Fortbestehen des Magazins«, erwidert Dean sachlich und schaut mir dabei fest in die Augen.

Oh, denke ich und sage dann schwach »Oh!«, weil mir nichts anderes einfällt, was ich sagen könnte. Dean atmet tief durch und nickt betreten.

»Ich habe am Wochenende einige wichtige Termine, und vielleicht entspannt sich die Lage dadurch ein wenig. Aber Fakt ist, ich kann im Moment nicht weg.« Er sieht mit einem Mal schrecklich verzweifelt aus. »Ich versuche echt alles, um die Firma zu retten, aber ich bin am Ende. Ich habe keine Kraft mehr und weiß nicht, wie ich es schaffen soll, mich auch noch um Joe zu kümmern. Ich weiß, es ist fies, wenn ich das sage, aber sie … sie hat sich da so reinfallen lassen, weißt du?« Ja, irgendwie weiß ich, was er meint, doch vor allem sehe ich, wie überfordert er ist. Dean fährt sich verzweifelt durch die Haare. Ich erhebe mich, gehe zu ihm und lasse mich neben ihm nieder. Er seufzt gequält, und mir wird klar, dass auch er sich keine Schwäche vor mir erlauben möchte. Als ich jedoch die Tränen in seinen Augen sehe, schlinge ich meine Arme um seinen harten Körper, der aus nichts als Muskeln zu bestehen scheint. Er lehnt sich an mich und atmet in mein Haar. Ich spüre den Lufthauch, der seiner Nase entströmt, an meinem Hals, und meine Nackenhaare stellen sich auf. Mein ganzer Körper schreit lautstark nach ihm, doch diesmal lasse ich mich nicht von der immensen Anziehungskraft, die zwischen uns herrscht, überrumpeln. Was in der Nacht nach Russels Beisetzung geschehen ist, wird sich nicht wiederholen. Das war eine einmalige Sache. »Musst du schon am Wochenende nach

Los Angeles?«, fragt er leise und schiebt »Ich bezahle die Flüge auch« hinterher.

Ich seufze und löse mich von ihm. Dann werfe ich meine Pläne eben über den Haufen, was soll's. »Samstag kann ich bei Joe sein, aber Sonntag muss ich nach L.A. fliegen. Der Montag wird super anstrengend, und ich kann dort nicht auf den letzten Drücker erscheinen.«

»Danke, Sammy!«, stößt Dean erleichtert hervor.

»Und die Flüge zahle ich selbst.« Ich bin schließlich nicht auf Deans Almosen angewiesen. Er nickt, und eine Haarsträhne fällt ihm ins Gesicht. Dunkelbraun, seidig und ganz weich … ich strecke meine Hand aus und streiche sie intuitiv zurück. Dean schaut mich lange an, und sein Blick ruht so intensiv auf mir, dass ich vergesse zu atmen. Er hebt seine Hand und legt sie an meine Wange. Seine Fingerspitzen berühren meinen Hals und verursachen dieses frenetische Prickeln, das nur er in mir auslösen kann. Sein Daumen streichelt sanft über meine Wange, und meine Halsschlagader pocht heftig gegen Deans Fingerkuppen. Ich wünsche mir, dass er mich küsst und vergessen lässt, in welchem Albtraum wir uns befinden, doch das tut er nicht. Stattdessen sieht er mich einfach an. Der Drang, ihn zu küssen und tief in mir zu spüren, wird abnorm. Er steigert sich ins Unermessliche, doch gerade als ich ihm nachgeben und Dean küssen will, zieht er seine Hand zurück, erhebt sich und sagt: »Ich sollte jetzt gehen.«

Ich nicke stumm und bin froh, dass wenigstens einer von uns über so etwas wie Selbstbeherrschung verfügt. Als die Tür jedoch hinter ihm ins Schloss fällt und ich allein in meiner Wohnung zurückbleibe, verfluche ich ihn für seine Willenskraft und dafür, dass er einfach gegangen ist.

Kapitel 03

DEAN | 11.06.2014 | Honolulu | Oahu | Hawaii

Die Tür zu Sammys Wohnung fällt hinter mir ins Schloss. Ich lehne mich mit dem Rücken dagegen und versuche zu begreifen, was gerade passiert ist. Plötzlich lag dieses krasse Prickeln in der Luft. Ich musste gehen, denn wenn ich nicht fluchtartig den Raum verlassen hätte, wäre es passiert, und das kann ich Trish unmöglich antun.

Ich nehme die Treppe nach unten. Ich will nicht auf den Aufzug warten, denn mir wird klar, wie kurz davor ich eben war, eine gewaltige Dummheit zu machen. Auf der Straße zücke ich mein Handy. »Hi, Baby!«, melde ich mich, als Trish den Anruf annimmt. »Ich mache mich jetzt auf den Weg.«

»Super. Ich freue mich«, erwidert sie und fügt hinzu: »Ich habe eine Überraschung für dich.«

»Ich beeile mich«, verspreche ich, lege auf und winke ein Taxi heran. Während der Fahrt huschen meine Gedanken zu Sam. Ich weiß nicht, was das ist, doch zwischen uns ist etwas … noch immer und trotz allem. Ich darf es nicht unterschätzen und muss wirklich vorsichtig sein. Viel zu leicht gerate ich wieder und wieder in ihren Sog. Allerdings habe ich beschlossen, einen Neuanfang zu wagen und Sam hinter mir zu lassen. Trish eine echte Chance zu geben war das Beste, was ich machen konnte. Ich beglückwünsche mich jeden Tag aufs Neue zu diesem Entschluss, denn ich weiß wirklich nicht, wie ich die vergangenen Monate ohne sie gemeistert hätte. Sie unterstützt mich nach Leibeskräften, und ich schulde ihr ewige Dankbarkeit.

Das Taxi hält vor dem Haus, in dem sich mein Appartement

befindet. Es steht am Ala Moana Boulevard, unweit der Kahanamoku Lagoon. Ich erinnere mich daran, wie Rus und ich Silvester dort auf dem Boot unseres Vaters gefeiert haben. Den festen Liegeplatz im Yachthafen von Honolulu habe ich vor ein paar Wochen gekündigt. Nun liegt es im Maalaea Harbor. Das ist günstiger. Ich schlucke beklommen beim Gedanken an die finanzielle Situation der Firma, aber auch der unserer Familie. Ich bin nicht gut darin, Firmenvermögen und Privatvermögen zu trennen, und so habe ich bereits einen nicht unerheblichen Teil an Geld in die Firma gesteckt. Klar sollte es umgekehrt laufen, doch ich habe im Moment keine andere Wahl. Ich überlege sogar, die Wohnung zu verkaufen. Es ist ein guter Zeitpunkt. Ich würde ordentlich Gewinn machen, doch ich mag sie. Ich mag die Lage und will sie eigentlich nicht aufgeben, allerdings weiß ich nicht, ob ich auf Dauer eine andere Option habe.

Ich bezahle den Fahrer und steige aus. Als ich in die tropische Nachtluft trete und der Straßenlärm der Großstadt mich umhüllt, gelingt es mir, meine trüben Gedanken abzuschütteln. Die Aussicht auf ein Abendessen mit Trish beflügelt mich. Wegen der vielen Arbeit haben wir kaum Zeit füreinander, weshalb die wenigen Stunden der Zweisamkeit umso kostbarer sind.

Ich nehme den Fahrstuhl nach oben und stehe kurze Zeit später in der Küche. Trish begrüßt mich mit einem flüchtigen Kuss und wendet sich dann wieder dem Essen zu. »Was gibt es?«, erkundige ich mich.

»Lasagne«, erwidert Trish. »Wie war es bei Sam?« Mir entgeht die Anspannung in ihrer Stimme nicht. Kein Wunder, sie kennt die ganze ätzende und schmerzhafte Geschichte. Sie weiß, dass ich Sam viele Jahre lang für die Liebe meines Lebens gehalten habe. Ich trete hinter sie und nehme sie in die Arme. Ihr Körper, schlank und biegsam, wölbt sich gegen meinen. Ich drücke meine Lippen auf die empfindliche Stelle hinter ihrem Ohr, lasse sie über ihren Hals hinunter zur Schulter gleiten. Ich sauge ihre Haut in meinen Mund, und Trish seufzt leise. Ihre Haare kitzeln mich. Sie trägt ihren Bob inzwischen schulterlang und glättet ihn nicht mehr. Es sieht toll aus, wie die weichen Wellen ihr Gesicht umrahmen, ich mag es jedoch nicht, wenn sie mich an der Nase kitzeln. Ich fasse sie ordentlich zusammen, damit sie mir nicht mehr im Weg sind, und beginne Trish zu verführen.

»Die Soße, Dean«, wispert sie. Scheiß auf die verdammte Soße, denke ich, weiß jedoch, dass sie die Sache mit dem Kochen sehr ernst nimmt. Sie ist keine begnadete Köchin wie Sammy. Bei der sieht alles immer leicht und locker aus. Jeder Handgriff sitzt, und man spürt die Routine. Trish hingegen muss sich alles hart erarbeiten, und wenn sie etwas Neues ausprobiert, dann geht es in der Regel erst einmal schief. Ihre Lasagne ist allerdings klasse. Nicht so gut wie Sams, aber das zu erwarten wäre auch vermessen. Sams Lasagne ist unschlagbar.

Ich gedulde mich also, bis das Essen im Ofen ist, ehe ich über Trish herfalle. Meine Hände erkunden ihren Körper, ich ziehe die cremefarbene Seidenbluse aus ihrem engen Bleistiftrock. Ich hasse diese Dinger. Ein Rock sollte den Zugang zu den interessanten Stellen erleichtern. Dieser hier ist so eng, dass er sich nicht nach oben schieben lässt. Ein ungeduldiges Knurren kommt aus meiner Kehle, und Trish lacht amüsiert auf. »Na, da hat es aber einer nötig.« Manchmal, wenn sie es sagt, klingt es wie eine Rüge, doch heute nicht. Heute schwingt Erleichterung in ihrer Stimme mit.

»Ja, ich konnte es kaum erwarten, wieder bei dir zu sein,

Baby. Schon den ganzen Tag über habe ich mich auf das hier gefreut.« Ich umfasse ihre vollen Brüste von hinten und reibe über ihre aufgerichteten Nippel. Ich liebe es, wie sie auf mich reagiert. Trish ist so süß und empfindsam. Sie gibt ein gehauchtes Stöhnen von sich, wie um meinen Gedanken zu bestätigen. »Lass uns duschen«, schlage ich vor, denn der Tag war lang.

Sie nickt und macht sich am Ofen zu schaffen. Ich sehe, wie sie den Timer einstellt. »Reicht uns eine Dreiviertelstunde?«, fragt sie.

»Für die erste Runde bestimmt«, erwidere ich.

»Du bist unersättlich.« Nun klingen Trishs Worte doch schwer nach einem Vorwurf.

»Ich bin bloß total verrückt nach dir«, korrigiere ich sie und entlocke ihr ein Lächeln. Sie dreht sich in meinen Armen um, schlingt ihre um meinen Hals und küsst mich. Sie ist so groß, dass ich sie problemlos küssen kann und mich nicht wie bei Sam verrenken muss. Während ich Trishs Mund mit meiner Zunge aufmische und ihr einen kleinen Einblick auf das gewähre, was ihr bevorsteht, knete ich ihren Hintern durch den Stoff dieses unsäglichen Rocks. Dieses Ding ist eine Art moderner Keuschheitsgürtel. Ich dränge mich dichter gegen Trish, suche den verdammten Reißverschluss und öffne ihn. Heiser raune ich ihr zu: »Und jetzt zieh endlich diesen furchtbaren Rock aus, damit ich dir zeigen kann, wie verrückt ich nach dir bin.«

Später sitzen wir auf der Terrasse bei einem Glas Wein. »Wann warst du beim Friseur?«, erkundigt sich Trish.

Ich schlucke beklommen, denn das könnte ein Problem

werden. Dennoch entscheide ich mich, ihr die Wahrheit zu sagen. »Sam hat mir die Haare geschnitten.«

»Oh! Wow«, entgegnet sie verhalten.

»Ja, sie hat viele Talente. Ich wusste auch nicht, dass sie das kann.«

Trish begutachtet mich eingehender. »Wirklich? Du hast da eine ganz schöne Macke.« Sie streckt ihre Hand aus und berührt besagte Stelle.

»Ich habe gelacht«, entgegne ich wahrheitsgemäß.

Trish hebt eine fein geschwungene Augenbraue und mustert mich erneut. »Schön, dass du dich amüsiert hast«, sagt sie, und ich weiß, dass sie sauer ist. Ich rechne es ihr hoch an, dass sie keine Szene macht, sondern stattdessen fragt: »Und? Wird sie sich am Wochenende um deine Schwester kümmern?« Ich nicke. Just in dem Moment klingelt das Telefon, das auf dem kleinen Loungetisch liegt. Ich greife danach, werfe einen Blick auf das Display und lache leise. »Joe?«, mutmaßt Trish.

»Ich schwöre, sie hat Hexenkräfte«, murmle ich.

»Oder sie ruft dich bloß oft an«, entgegnet Trish, denn es ist nicht das erste Mal, dass Joe anruft, wenn wir über sie reden.

»Sorry, aber da muss ich rangehen«, sage ich zu Trish, erhebe mich und begebe mich in die Wohnung, wo ich den Anruf entgegennehme. Mit Joe zu sprechen erfordert jedes Mal eine unglaubliche Kraft. Für sie stark zu sein, laugt mich aus. »Hi, Schwesterherz«, begrüße ich Joe und bemühe mich, mir nichts von meiner Anspannung anmerken zu lassen. »Was verschafft mir die Ehre deines Anrufs?«, frage ich sie.

»Ich … ich vermisse dich«, entgegnet Joe. Sie klingt todunglücklich, und mein Herz zieht sich schmerzhaft zusammen. Ich hasse es, dass es ihr so schlecht geht, weiß aber auch, dass ich daran nichts ändern kann.

Meine Gedanken huschen zu Sam, denn Joe und ich sind nicht die Einzigen, die unter seinem Tod leiden. Ich hatte mir vorgenommen, auf Abstand zu bleiben, doch bereits als Sam weinend aus dem Fahrstuhl gestiegen ist, hat jede Faser meines Körpers danach geschrien, sie in die Arme zu nehmen, und dann, als ich es in der Küche getan habe … ich schließe die Augen, weil es sich so gut angefühlt hat, sie zu halten und ihren Körper an meinem zu spüren. Der Duft ihrer Haare steigt bei der Erinnerung unvermittelt in meine Nase. Sam benutzt seit einer Ewigkeit ein Kokosnuss-Shampoo und auch eine Bodylotion der gleichen Linie. Der Geruch und Geschmack von Kokosnuss ist unweigerlich an Sam gekoppelt.

Dann erinnere ich mich daran, dass sie mit Russel geschlafen hat, und plötzlich ist die grenzenlose Wut wieder da. Sie gilt Sam, aber viel mehr gilt sie Russel. Ich lasse sie hochkochen, weil sie so viel besser ist als die Trauer und der Schmerz. Ich gebe es zu, ich empfange sie beinahe freudig, denn mich an all das zu erinnern, was Rus und Sam getan haben, an diesen krassen Verrat, hilft mir. Es führt mir deutlich vor Augen, dass Sam nicht gut für mich ist und ich unbedingt meine Finger von ihr lassen muss. Und Russel? Joe ist ohne ihn verloren. Sie hat diesen kleinen Wichser so geliebt, und er? Ihm hat es nicht gereicht, sein verdammtes Leben draußen in den Wellen zu riskieren, nein, er musste betrunken gegen einen Baum fahren und uns alle ins Unglück stürzen. Dieser selbstsüchtige, verantwortungslose Scheißkerl! Was diesen Punkt betrifft, bin ich nach wie vor unfassbar wütend auf ihn. Niemals hätte ich angenommen, dass er so etwas Idiotisches tut, wie sich betrunken ans Steuer zu setzen. Erst konnte ich es gar nicht glauben, doch die Ergebnisse des Pathologen waren eindeutig. Mit Grauen erinnere ich mich an den Bericht. Das Blut, in dem man die erhebliche Alkoholkonzentration festgestellt hatte, war dem Kammerwasser von Russels Augen entnommen worden. Ich schüttle mich bei der Vorstellung seines toten Körpers auf dem stählernen Seziertisch. Dieses Bild entstammt meinen Albträumen. Ich habe Rus dort nie liegen sehen. Unser Vater hat mir verboten, ihn zu begleiten, und dafür bin ich ihm im Nachhinein sehr dankbar.

Ich versuche, mich auf das zu konzentrieren, was Joe sagt. »Ich vermisse dich auch«, stoße ich um Beherrschung bemüht hervor und erinnere mich daran, dass Russel mehr verloren hat als wir anderen. Er war so verdammt lebenshungrig. ›Ganz oder gar nicht‹ war sein Motto, und er hat es hinreichend ausgereizt. Sein Leben war eine einzige Party. Manchmal denke ich, dass er dieses Glücksgefühl, das er im Wasser verspürt hat, einfach auch an Land empfinden wollte und deshalb alles mitgenommen hat. Er war ein Adrenalinjunkie, und beim Wellenreiten hat ihm keiner was vorgemacht – nicht einmal Kane, obwohl der als der größte Surfer aller Zeiten gilt.

»Kommst du am Wochenende heim?«, will Joe wissen. Ich presse meine Kiefer aufeinander. Was soll ich ihr bloß sagen? Schon seit sieben Wochen war ich nicht mehr zu Hause, aber ich mache es ja auch nicht besser, wenn ich vor Ort bin. Joes Zustand ist unverändert. Sie ist völlig in ihrer Trauer gefangen, und ich habe hier ganz andere Probleme. Wenn das Magazin wirklich insolvent geht, dann verlieren vierzehn Leute ihre Jobs. Vielleicht kümmert es Dad im Moment nicht mehr, doch früher wäre das anders gewesen. Ich verstehe die beiden irgendwie, aber ich kann nicht alles stehen und liegen lassen und die gleiche Scheißegal-Einstellung an den Tag legen wie sie. Einer muss den Karren aus dem Mist ziehen, und ganz offensichtlich bin ich das.

»Ich kann nicht«, erwidere ich knapp. »Aber ab dem achtundzwanzigsten habe ich mir eine Woche freigenommen.« In dieser Woche haben die Zwillinge Geburtstag, oder hätten … Ich schließe beim bloßen Gedanken daran die Augen, weil der Schmerz über Russels Verlust so brachial zuschlägt. Um ihn nicht zu spüren, krame ich erneut nach der Wut auf ihn, und es verschafft mir Erleichterung. Ja, diese an Hass grenzende Wut ist wirklich viel besser als die bodenlose Trauer, in die ich zu fallen drohe, wenn ich nicht aufpasse. »Was hast du heute gemacht?«, will ich von Joe wissen – nicht, weil es mich wirklich interessiert, sondern vor allem, um mich von den in mir tobenden Emotionen abzulenken.

»Ferngesehen und gelesen.«

Dachte ich mir nämlich schon. Sam hat recht, das ist nicht normal. »Also das Übliche«, erwidere ich und kann nicht verhindern, dass es bissig klingt. Ich reiße hier seit Wochen Sechzehnstundentage ab, nicht selten sogar mehr, um diese verdammte Firma zu retten, während sie im Bett liegt und liest. Unsere Haushälterin Marge fungiert als Spionin, wenn man so will, daher habe ich einen guten Einblick, was zu Hause los ist. »Sie isst nicht, sie schläft nicht. Ich weiß nicht, was ich mit dem Mädchen machen soll. Wenn sie nicht liest oder fernsieht, dann weint sie«, hat Marge erst vor ein paar Tagen gesagt und hinzugefügt: »Und dein Vater, Dean, ist schon am frühen Morgen betrunken. Ich weiß nicht mehr weiter.«

Ich kann es ihr nicht verdenken, auch ich weiß nicht weiter. Als ich gestern Abend versucht habe, Dad am Telefon die aktuelle Situation des Magazins zu erklären, war das absolut sinnlos, denn er war so verdammt betrunken, dass er gelallt hat. Ich habe wirklich keine Ahnung, was ich noch tun soll. Gestern habe ich den halben Tag auf dem Golfplatz verbracht. Ich habe unter meinem Niveau gespielt und gehofft, Ben, den CEO von Mad Crush, so dazu zu bringen, eine große Anzeigenkampagne zu buchen. Leider konnte ich keinen Abschluss erzielen. Es war reine Zeit- und Energieverschwendung. Das Gefühl, versagt zu haben, macht sich in mir breit.

Joes Schweigen wird so laut und vorwurfsvoll, dass ich mich schließlich entschuldige. »Sorry, das war nicht fair. Ich weiß, wie mies es dir geht.« Es ist eine Floskel, die uns beide beruhigen soll, bei mir jedoch ihre Wirkung verfehlt, denn ich bin trotzdem sauer. Sie lassen mich mit diesem ganzen Scheiß allein, und ich muss sehen, wie ich klarkomme. Ich bin so maßlos überfordert, und ich wüsste wirklich nicht, was ich ohne Trish tun würde. Sie ist mein Halt, ohne sie wäre ich verloren.

»Du hast ja recht. Ich verstehe, dass du sauer bist, aber …« Sie verstummt.

»Ich bin nicht sauer«, behaupte ich. Meine Wut gilt außerdem in erster Linie Dad. Natürlich lässt Joe sich genauso hängen, aber für sie habe ich trotzdem mehr Verständnis. Vielleicht weil es Gewohnheit ist, wer weiß. Ich habe immer Rücksicht auf sie und Rus genommen und meine eigenen Bedürfnisse zurückgestellt. Nach dem frühen Tod unserer Mutter blieb mir gar keine andere Wahl. Den Erziehungsberechtigten zu geben war eine undankbare Rolle … ich habe es gehasst und mir meine Teenagerzeit definitiv nicht so vorgestellt. Besonders Russel hat mich permanent herausgefordert und stets provoziert. Ihm Grenzen zu setzen war keine leichte Aufgabe, denn für ihn gab es kein Limit, und Regeln waren dafür da, sie zu brechen. Dennoch habe ich mir um ihn nie krasse Sorgen machen müssen – bei Sam und Joe sah das hingegen ganz anders aus. Als sie in die Pubertät kamen, bin ich tausend Tode gestorben. Beide zu beschützen war viele Jahre lang meine Aufgabe, kein Wunder also, dass mir das in Fleisch und Blut übergegangen ist und ich auch heute noch nahezu alles für sie tun würde. Ja, selbst für Sam. Ich weiß, dass das völlig bescheuert ist. Nach allem, was Sam mir angetan hat, sollte ich sie nicht mal mit dem Arsch angucken, doch das ist leichter gesagt, als getan. Ich wende meine Aufmerksamkeit wieder Joe zu. »Ich bin einfach bloß erschöpft«, sage ich. »Es war ein langer, arbeitsreicher Tag.« Wobei der Besuch bei Sam mich die meiste Kraft gekostet hat. Der Moment auf dem Sofa, als das Prickeln zwischen uns beinahe greifbar wurde, war es, der mir an die Substanz gegangen ist. Sie nicht zu küssen und der Versuchung nachzugeben, sondern einfach zu gehen, hat mich ausgelaugt.

Ich weiß, dass ich das Richtige getan habe. Trish ist eine tolle Frau, die alles für mich tun würde. Es ist das erste Mal in meinem Leben, dass sich jemand um mich kümmert, und Sam kann ihr nicht mal im Ansatz das Wasser reichen. Dass ich überhaupt nur eine Sekunde lang erneut in ihren Sog geraten bin, ist ein Zeichen dafür, was für ein kaputter Idiot ich bin.

»Dann telefonieren wir einfach ein anderes Mal«, schlägt Joe vor.

»Tut mir leid.«

»Kein Problem. Ich verstehe, wenn du müde bist. Dann geh ins Bett und ruh dich aus.«

Wir verabschieden uns, und ich gehe zurück zu Trish auf die Terrasse. »Und, alles okay mit ihr?«, erkundigt sie sich.

»Geht so.« Ich setze mich neben sie, ziehe sie an mich und trinke von meinem Wein. Trish hat einen fruchtigen Rotwein gewählt. Ich für meinen Teil bevorzuge eigentlich Bier, aber Trish gibt sich immer so viel Mühe, dass alles perfekt ist, und zum Abendessen passte der Wein auch viel besser.

»Wegen Joe, du könntest sie ja auch hierher einladen. Ich könnte mit ihr shoppen gehen und sie besser kennenlernen. Das würde sie vielleicht aufmuntern«, schlägt Trish vor.

»Tja, nur brauche ich dich in der Firma«, entgegne ich. Abgesehen davon bezweifle ich, dass Joe gut auf Trish zu sprechen ist, denn vor ein paar Monaten hat Trish eine Dummheit begangen und während einer Wavehunters-Veranstaltung wild mit Rory Johnson, Joes bestem Freund, rumgeknutscht, um mich eifersüchtig zu machen.

Funktioniert hat das damals nur bedingt. Ich hatte einfach kein Interesse an Trish – oder richtiger: keines, das über eine schnelle Nummer hinausging. Eine Weile hat sie mitgespielt, doch irgendwann hat sie die Notbremse gezogen, weil sie gemerkt hat, dass die ganze Sache sie fertigmacht. Und dann starb Russel. Der tödliche Unfall meines Bruders hat mich komplett aus der Bahn geworfen. Trish war in den ersten Wochen nach seinem Tod immer für mich da. Sie war geduldig, liebevoll und selbstlos … Viel zu gut für einen Typen wie mich, aber ich will ehrlich sein: Ich brauche sie.

Sam | 12.06.2014 | Honolulu | Oahu | Hawaii

Unmöglich kann ich an diesem sonnigen Tag der Versuchung widerstehen und weiß, es wäre in Russels Sinn, wenn ich mir, statt in meiner Wohnung zu hocken und zu arbeiten, eine Pause gönne. Ich ringe mit mir, doch dann gewinnt der Surferanteil in mir. Mein ganzer Körper vibriert voller Vorfreude, als ich endlich das Haus verlasse. Ich bin schrecklich aufgeregt und kann es kaum erwarten, ins Wasser zu kommen. Der Sturm, der über dem Pazifik getobt hat, beziehungsweise seine Folgen treffen in diesem Moment auf Oahus Küste.

Pipeline ruft mich, weshalb ich eilig in meinen Wagen steige. Schon eine Stunde später befinde ich mich bereits im Line-up an der North Shore. Wenn ich vom Surfen zurückkomme, dann wartet ein Haufen Arbeit auf mich, denn auch wenn mein Chef mir viele Freiheiten lässt, kann er Faulheit auf den Tod nicht ausstehen. Allerdings bin ich vieles, nur nicht faul. Unter meinen Freunden gelte ich als Workaholic, und auch wenn ich gerade die guten Wellen nutze, was im Übrigen echt harte Arbeit ist, werde ich heute vermutlich bis spät in die Nacht meinen Job machen. Im Augenblick genieße ich es jedoch, einfach draußen zu sein, auch wenn ich kräftig paddeln muss. Meine Mühe wird allerdings reichlich belohnt, und ich erobere an diesem Tag einige gute Wellen.

Auf Hawaii gibt es nur zwei Jahreszeiten: Sommer und Winter. Der Winter ist etwas kälter und nässer mit Winden aus Nordwest. Ich liebe den Winter, denn dann geht hier richtig die Post ab. Manchmal sind die Wellen so groß, dass ich mich nicht hinauswage. In den Sommermonaten ebben sie jedoch ab, und an den meisten Tagen ist der Ozean ziemlich ruhig und gibt für ambitionierte Surfer wenig her. Allerdings nicht heute, und zu meinem Leidwesen wird es im Lauf des Tages ziemlich voll im Line-up. Die überwiegende Anzahl der Surfer ist männlich, und irgendwann kann man das Testosteron beinahe einatmen. Gut möglich, dass sich meine Vagina spontan nach außen stülpt und mir ein Schwanz wächst. Surfer sind solche Machos, und mehr als einmal spüre ich, dass ich als Frau hier nicht willkommen bin. Ich würde ja zu gern behaupten, dass Russel anders gewesen sei, war er aber nicht. Er war der größte Macho von allen. Doch auch wenn mir nahezu jeder Kerl hier das Gefühl zu vermitteln versucht, nicht hierherzugehören, fühle ich mich nun mal heimisch. Ich ignoriere also die Alphamännchen um mich herum und ziehe mein Ding durch. Mir ist klar, dass mehr als einer jubiliert, wenn es mich zerreißt, und natürlich zerreißt es mich hin und wieder – wäre das nicht der Fall, würde ich es nicht richtig machen. Ich will schließlich an meine Grenzen gehen und Wellen bezwingen, vor denen ich normalerweise zurückschrecken würde. Nachdem ich einen heftigen Wipe-Out hatte, paddle ich noch einmal zurück. Ich will nach dem schweren Sturz noch eine gute Welle mitnehmen. Ich weiß, dass dies die Momente sind, in denen ich mir Respekt verschaffe. Es nach so einer Nummer noch mal zu wagen, zeugt von Biss, aber deshalb mache ich es nicht. Ehrlich: Es ist mir scheißegal, was diese Typen denken. Ich bin hier, weil ich hier sein will, und die Erfahrung eben war unschön. Ich gehe eine weitere Welle an, weil ich mit einer positiven Erinnerung an diesen Tag aus dem Wasser gehen möchte.

»Alles okay?«, höre ich eine Stimme neben mir. Ich drehe mich um und blicke in die hellbraunen Augen von Bradley Hoover – Joes Schwarm aus Jugendtagen und einer der besten Surfer der Welt. Brad kommt ursprünglich von Maui, ist rund neun Jahre älter als ich und atemberaubend schön. Dabei rede ich nicht einmal von seinem durchtrainierten Body, sondern vor allem von seinem Gesicht. Lange, gerade Nase, markanter Kiefer … Joe behauptet immer, dass es nahezu den goldenen Schnitt hätte. Nun ja, sie als Fotografin muss es ja wissen.

»Geht so.« Ich hebe den rechten Arm an und lasse ihn kreisen. »Ist nur eine Zerrung«, murmle ich.

Er hebt eine Augenbraue, sagt jedoch nichts. Brad muss ich auch nicht erklären, weshalb ich nach dem Wipe-Out unbedingt noch eine Welle abbekommen will. Es ist rund zwei Jahre her, da wäre er beinahe ertrunken. Am Horizont zeichnet sich ein Set ab, und ich bringe mich in Position. Ich bin natürlich nicht die Einzige, die sie haben will, allerdings habe ich Glück. Brad macht keine Anstalten, sie zu nehmen, der Typ rechts von mir paddelt sie an, macht jedoch so rechtzeitig einen Rückzieher, dass ich sie mir gerade noch schnappen kann. Beim Surfen ist Timing alles, und ich bin spät – sehr spät, was bedeutet, dass ich richtig tief in die brechende Welle eintauche. Einen Moment lang denke ich, dass mir das Ganze gleich erneut um die Ohren fliegt. Zu meiner eigenen Überraschung werde ich jedoch nicht von der Wasserwalze erfasst, sondern schaffe es gerade so aus der Röhre hinaus, ehe sie zumacht. Ich schnelle über die Shoulder und kann nicht glauben, dass ich wirklich noch mal einen so phänomenalen Ritt hatte. Das Adrenalin rauscht durch meinen Körper, und das Hochgefühl, das ich verspüre, ist nahezu grenzenlos. Ich weiß, dieser euphorische Zustand wird eine ganze Weile andauern. Ich bin total stoked.

Kurz darauf sitze ich am Strand, spüre meinem letzten Ritt nach und schaue Brad zu, wie er Pipeline rockt. Er ist so verdammt gut, und es ist ein Jammer, dass er sein Potenzial in Wettkampfsituationen nicht ausschöpft. Er hat Weltmeisterqualitäten, aber er surft im Heat deutlich schlechter, als wenn er einfach just for fun draußen ist. Keine Ahnung, was sein Problem ist. Vielleicht kann er mit dem Druck nicht umgehen? Möglicherweise steht er sich aber auch selbst im Weg. Es gibt ja so innere Blockaden, wobei Brad auf mich nicht wie jemand wirkt, der glaubt, keinen Erfolg verdient zu haben. Aber solche Leute begegnen einem immer wieder. Ich für meinen Teil halte es da mit Rus und würde nicht zögern zuzugreifen, wenn sich mir die Gelegenheit auf den großen Wurf bietet. Das ist jedoch Auslegungssache. Ich erinnere mich an die Diskussion an Weihnachten. Ja, ich hätte damals die Möglichkeit gehabt, eine Karriere als Surferin zu beginnen, aber ich habe mich bewusst dagegen entschieden. Ich will einfach nicht monatelang um die Welt reisen. Dafür liebe ich Hawaii zu sehr, und die Wellen sind fast nirgendwo so gut wie hier. Abgesehen davon: Ich hasse es, wie stiefmütterlich die ASP die weiblichen Athleten behandelt. Wenn die Wellen mies sind, dann finden die Wettkämpfe der Surferinnen statt. Während die Kerle also nicht nur die besten Wellen und die cooleren Spots bekommen, werden ihnen auch noch gigantische Preis- und Sponsorengelder hinterhergeworfen. Kein Wunder, dass der Großteil von ihnen unweigerlich zu arroganten, selbstverliebten Chauvis mutiert – von besten Freunden, toten Verlobten und Bradley Hoover, der aus irgendeinem unerfindlichen Grund normal geblieben ist, mal abgesehen. Und obwohl Ausnahmen die Regel bestätigen, kann man zu Recht sagen, dass männliche Pro-Surfer überbezahlte Machos sind, die sich für den Nabel der Welt halten. Klar verdient man als Frau auf Weltklasseniveau nicht schlecht, aber ich will ehrlich sein: Für kein Geld der Welt würde ich mir den Scheiß antun. Ich habe bei Russel gesehen, wie eingeengt er sich von den Vorstellungen seiner Sponsoren gefühlt hat, und ich schätze meine Freiheit einfach zu sehr. Und dann wären da noch die vielen Neider, die sich den Mund darüber zerreißen, wenn man mal einen schlechten Tag hatte oder zwei Kilo zugenommen hat, und last but not least irre Fans! Nein, da lobe ich mir mein beschauliches Leben auf dieser großartigen Insel oder auf Maui. Für Russel hätte ich mir den ganzen Wahnsinn trotzdem gegeben. Ich hätte ihn auf der Tour begleitet und bin sicher, wir hätten unseren Spaß gehabt – zumal ich mich mit dem Großteil seiner Teamkollegen ausgesprochen gut verstanden habe.

Brad setzt sich schwer atmend neben mich in den Sand. »Was macht die Schulter?«, will er wissen.

»Ganz okay«, erwidere ich knapp. Ich habe nicht vor zu jammern. Ich bin schließlich keine Pussy.

»Deine letzte Welle war eine echte Bombe. Das war Weltklasse.«

»Yep«, entgegne ich.

»Hast du Hunger?«

Ich betrachte Brad von der Seite. »Ist das eine Einladung?«

»Ja. Warum nicht?«

»Egal, was du gehört hast, ich bin kein Groupie«, sage ich brüsk und ernte amüsiertes Gelächter. Brad Hoover steht so was von gar nicht auf meiner Liste von Kerlen, mit denen ich gern ins Bett gehen würde, aber klar, dass er lacht. Sicherlich hält er sich für unwiderstehlich, und theoretisch ist er das auch. Unter uns, wenn die Dinge anders lägen, würde ich ihn nicht von der Bettkante stoßen, allerdings weiß ich nun einmal, wie sehr meine beste Freundin diesen Kerl liebt, daher werde ich einen Teufel tun und mich von ihm vögeln lassen. Tja, und dann gibt es da noch Russel, und ich erinnere mich nur allzu gut daran, wie entsetzlich falsch es sich angefühlt hat, es mit Dean zu treiben … Ein anderer Kerl würde es nicht besser machen. Was das anbelangt, bin ich einfach noch nicht so weit. Ich weiß genau, hätte ich mich zu einem Kuss oder mehr gestern mit Dean hinreißen lassen, würde ich es jetzt bitter bereuen, und mit Brad würde es mir ebenso gehen … Nein, so attraktiv dieser Mann auch ist, ich kann mir unter keinen Umständen vorstellen, in seinem Bett zu landen – zumal er es sich gerade komplett verscheißt, weil er noch immer über mich lacht.

»Brad, das ist mein Ernst. Auch wenn die Erfahrung zeigt,

dass Profisurfer gut vögeln, würde ich nicht mal mit dir ins Bett gehen, wenn du der letzte Mann auf der Welt wärst.« Nein, ich würde ihn stattdessen in Joes Bett schubsen, aber das verrate ich ihm nicht. Wenn Joe ihn dort haben will, dann muss sie sich schon selbst darum kümmern.

Brad kriegt sich gar nicht mehr ein vor Lachen, und ich versuche ernsthaft, nicht zu schmollen. Gar nicht so einfach, wenn man gerade von einer lebenden Legende ausgelacht wird. »Ob du es glaubst oder nicht, Sam, das war nie meine Absicht.« Er macht eine unheilvolle Pause, und ich weiß, was jetzt kommt. »Ich wollte bloß mal hören, wie es euch so geht«, sagt er ernst.

»Wem genau?«, erwidere ich kühl.

»Dir, den Reynolds, Gab.«

»Es geht. Wir kommen klar«, behaupte ich. Brad war lange Zeit Nachbar der Reynolds. Die Villa befindet sich mittlerweile im Besitz seiner Exfrau. Sie lebt dort mit seinen Töchtern, und Brad ist, soweit ich weiß, hier auf Oahu sesshaft geworden.

»Netter Versuch, und jetzt probiere es noch mal mit der Wahrheit«, meint Brad und mustert mich eingehend. Der Blick aus seinen whiskeyfarbenen Augen ist so mitfühlend, dass ich am liebsten kotzen möchte.

Ich zucke mit den Schultern und erwidere: »Was soll ich sagen, Brad?« Ich atme tief durch, gebe mir einen Ruck und füge schließlich hinzu: »Joe ist am Ende, und wenn ich sage, sie ist am Ende, dann meine ich, dass sie komplett im Arsch ist. Kaputt, und ich glaube nicht, dass sie sich jemals von diesem Verlust erholt.«

»Sie hat ihn sehr geliebt.«

»Sie liebt ihn noch. Das endet nicht, nur weil jemand gestorben ist, Brad.« Er nickt verstehend, und ich seufze. »Ihr

Dad trinkt wieder, und Dean …« Ich zucke mit den Schultern, und weil ich nicht weiß, was in seinem Leben geschieht, sage ich: »Der arbeitet wie verrückt und versucht, das Magazin im Alleingang zu stemmen.«

»Und du?«

»Ich?«, frage ich irritiert.

»Nun ja, ihr wart seit eurer Kindheit befreundet, also …« Er verstummt, und ich fühle mich durchleuchtet. »Außerdem hat Rory gesagt, dass Rus und du, also, dass ihr inzwischen mehr als nur Freunde wart. Ich will ehrlich sein, es hat mich überrascht, denn ich habe dich immer bei Dean gesehen.« Ich schließe die Augen. Ah, also daher weht der Wind. Der große Brad Hoover hat Mitleid mit der kleinen Sam Palmer.

»Warum erzählt Rory dir so was?«, frage ich und versuche, nicht allzu verärgert zu klingen.

»Stimmt es etwa nicht?«

»Doch, aber … ich meine …«

»Wir haben ein wenig Zeit zusammen verbracht. Ich versuche, mich für die Tour zu qualifizieren.«

Gedankenverloren spiele ich mit dem Sand. Heißt das, Rory und er sind jetzt dicke Kumpel oder wie? Und wenn ja, warum hat Rory nichts davon erzählt? »Was machst du dann hier? Solltest du nicht in Südafrika sein?« Wenn ich mich nicht irre, sind die Events der Qualifying Series im Moment dort.

»Ich fliege in ein paar Tagen wieder rüber. Es gab …« Er verstummt und winkt ab. »Ist ja auch egal.«

»Nein, was?«

»Einen familiären Notfall, der letztendlich keiner war.« Ich hebe eine Augenbraue, doch er sagt: »Frag einfach nicht. Meine Ex ist bloß total irre, also nicht Sky, sondern …«

»Nathalie.«

»Wow, du bist gut informiert. Stalkst du mich?«, fragt er neckend.

»Nein.« Ich nicht. Joe schon, auch wenn sie behauptet, dass sie bloß wissen will, wie es ihm geht. Ihre Brad-Hoover-Fixierung hat allerdings stark nachgelassen. Ich wünschte fast, sie würde sich wieder für ihn interessieren oder für irgendwas. Von mir aus sogar für Bowling. Auch wenn wir uns einig sind, dass es nichts Spießigeres und Langweiligeres gibt. Bei der Erinnerung, wie wir zu dieser Erkenntnis kamen, muss ich unwillkürlich schmunzeln. Die Sache werde ich nie wieder los, und wir müssen jedes Mal lachen, wenn wir an einem Bowling-Center vorbeifahren. Joe und ich waren zusammen shoppen, da waren wir siebzehn, ich fast achtzehn, und ich bin über ein unfassbar cooles Schild gestolpert. Während ich noch überlegt habe, ob ich es kaufen soll, las ich es erneut und brach in hemmungsloses Gelächter aus, denn statt *I love blowing* stand dort *I love bowling*. Dumm bloß, dass ich es Joe erklärt habe, aber mal ehrlich: Wer zur Hölle liebt Bowling? Ich schüttle die Erinnerung ab, denn besonders Russel hat mich immer damit aufgezogen. »Hatte das bloß am Rande mitbekommen«, murmle ich, um Brads Frage zu beantworten. Ich werde ihm nämlich unter keinen Umständen erzählen, dass Joe mich jahrelang über jede Kleinigkeit seines Privatlebens auf dem Laufenden gehalten hat. Selbst ich als ihre beste Freundin zweifelte manchmal an ihrer Zurechnungsfähigkeit, wenn es um das Thema Brad Hoover ging. Seit er sie im Alter von fünfzehn Jahren vor einem Hurrikan gerettet hat, schwärmt sie von ihm. Wobei gerettet natürlich sehr hochtrabend klingt. In Wahrheit hat er ihr bloß Schutz in seinem Wagen gewährt. Nein, Moment, er hat ihr außerdem sein Handtuch gegeben, damit sie sich abtrocknen kann, und ihr dann sein T-Shirt geliehen, weil ihr kalt war. Ich bin ja der Meinung, dass sein heißer Body sie umgehauen und sie sich quasi deshalb in ihn schockverliebt hat. Aber natürlich bestreitet Joe das vehement. Sie saßen jedenfalls eine ganze Weile in seinem Wagen fest und haben sich nett unterhalten. Danach war sie hin und weg von Brad. Doof nur, dass der zu dem Zeitpunkt bereits Mitte zwanzig war.

Ich wünschte, ich könnte die Zeit zurückdrehen, denn damals waren unsere größten Sorgen irgendwelche Tests in der Schule und ob der Typ, den wir cool fanden, uns auch cool findet. Es war ein denkbar einfaches Leben. Klar haben wir damals angenommen, wir hätten schon echte Probleme, doch die hatten wir nicht. Wobei das so pauschal nicht stimmt. Für Rory war es hart, als seine Mutter starb, aber bei mir? Am schlimmsten war die Scheidung meiner Eltern, allerdings hatte mein Vater sich nie sonderlich für mich interessiert. Der Gedanke an ihn erinnert mich daran, dass er rund um Weihnachten wieder mehr Kontakt mit mir haben wollte, ich aber seit damals nichts mehr von ihm gehört habe. Er ist und bleibt ein unzuverlässiger Scheißkerl, und ich tue einfach gut daran, ihn zu ignorieren.

»An was denkst du, Sam?«, erkundigt sich Brad, dem meine gedankenverlorene Miene allem Anschein nach nicht entgangen ist.

»An früher und daran, dass damals alles besser war.«

»Weil Russel noch gelebt hat?«

Ich nicke.

»Lass uns doch einfach was essen gehen.«

»Ich bin chronisch appetitlos«, lasse ich ihn wissen, und nun nickt er.

»Aber du musst was essen, ob du Hunger hast oder nicht.«

Ich verdrehe die Augen, weil ich es nicht abkann, wenn man

mich bemuttert, und einem Kerl wie ihm steht so eine fürsorgliche Haltung einfach nicht. »Sag das mal Joe«, murre ich, erhebe mich und lasse mich schließlich doch von ihm zum Essen ausführen.

»Geht es Joe wirklich so schlecht?«, erkundigt Brad sich, als wir wenig später vor unseren Tellern sitzen. Er hat darauf bestanden, mich zu einem ordentlichen Essen einzuladen, und so sind wir in Roy's Beach House gelandet. Ich hätte auch mit einem der Food-Trucks vorliebgenommen, aber wer bin ich, Bradley Hoover einen Wunsch abzuschlagen. Abgesehen davon: In meiner Wohnung erwarten mich nur Einsamkeit und Arbeit. Ich stochere in meinem Salat herum und zögere eine Antwort hinaus. Ich will nicht an Russel, seinen Tod und dessen Folgen denken.

»Ja«, erwidere ich schlicht. »Sie verlässt das Haus nicht, sie isst nicht, sie schläft nicht, sie weint nur, und in Kürze ist Russels und ihr Geburtstag. Das wird der absolute Horror.«

Brad nickt verstehend. »Wirst du da sein?«

»Ja, natürlich.«

»Das ist gut«, murmelt er, und man könnte fast meinen, dass ihm was an Joe persönlich liegen würde. Ich schaue auf das Meer hinaus und frage mich, warum ich hier sitze. Was genau beabsichtigt Brad? Ich meine, er ist der verdammte Bradley Hoover. Er müsste nicht mit mir hier hocken. Klar, er kennt uns seit unserer Kindheit. Mehr als einmal hat er uns morgens vor der Schule ein paar gute Wellen überlassen. Vielleicht ist er einfach nur gerade so nett, weil er inzwischen wirklich dicke mit Rory ist.

Ich lehne mich in meinem Stuhl zurück, schiebe mir die Sonnenbrille in die Haare und frage: »Du und Rory, ihr seid jetzt gut befreundet?«

Brad zuckt mit den Schultern. »Könnte man so sagen.«

»Wie kam es dazu?«

»Na ja, in erster Linie dadurch, dass wir inzwischen im Prinzip Nachbarn sind. Er wohnt ja bloß ein paar Häuser weiter. Ich meine, eigentlich trennt uns lediglich die Waimea Bay.« Wieder ruht sein Blick auf mir. »Es passt dir nicht, dass Rory mir von Rus und dir erzählt hat.«

»Ja, es passt mir nicht«, gebe ich ihm recht. »Joe weiß nichts davon.«

»Warum? Wegen Dean?«

Ich schüttle verwirrt den Kopf. »Nein! Ja. Ach, keine Ahnung«, murre ich unwirsch. »Rus wollte es ihr persönlich sagen, aber …« Ich verstumme, presse die Lippen aufeinander, und Brad ergänzt: »… er ist vorher verunglückt.«

»Genau«, murmle ich kaum hörbar. »Ich will nicht, dass Hinz und Kunz davon wissen, aber Joe keine Ahnung hat. Rory ist ein Idiot, und ich weiß nicht, warum er dir die Sache mit der Verlobung auf die Nase binden musste. Hat er im Moment nicht genug eigene Probleme?«

»Wegen Cat?«

Ich verziehe bei dem Namen angewidert das Gesicht. Ob Brad auch auf der drauf war? Bestimmt. Nach allem, was man von ihm hört, ist er ein ganz schöner Aufreißer, und sie hat sich unter den Jungs echt rumreichen lassen. »Zum Beispiel«, entgegne ich und versuche zu ignorieren, dass ich definitiv die falsche Person bin, um über dieses Miststück zu urteilen. Vermutlich würde ich das auch nicht tun, wenn sie zum einen nicht mit Russel im Bett gewesen wäre, was mich immer noch ansickt, und zum anderen nicht versuchen würde, Rory ein Kind anzuhängen.

»Das Kind könnte von jedem sein«, erwidert Brad, als hätte er meine Gedanken gelesen.

»Auch von dir?«, frage ich ihn spontan.

»Nein«, erwidert er bestimmt, ehe er das Thema wechselt. »Warum hängst du hier ab und bist nicht bei Joe?«

»Ich? Ich habe hier auf Oahu einen Job, Brad. Manche Leute müssen für ihr Geld was tun, weißt du?« Pro-Surfer ... Echt!

»Sieht nach einem wirklich harten Job aus, den du da hast, Sam«, kontert er.

»Hey, ich arbeite nachher noch ein paar Stunden lang, wenn ich zurück in meiner Wohnung bin, und morgen fliege ich gleich nach einem Meeting nach Maui«, fauche ich. Der spinnt doch echt. Mich hier so dumm anzumachen, was glaubt er, wer er ist? Ach, verdammt ... Natürlich. Wie blöd von mir. Ich brauche mir nur den Großteil der anderen Gäste anzuschauen, die ihre Blicke nicht von ihm abwenden können. Brad Hoover ist nun einmal wirklich eine große Nummer in der Szene und für die meisten Bewohner von Hawaii ein Idol. Kein Wunder, er gilt schließlich als einer der besten Tuberider der Welt. »Abgesehen davon: Wenn du dich um Joe sorgst, flieg selbst rüber und statte ihr einen Besuch ab«, schlage ich vor. Sie würde sich freuen – obwohl, keine Ahnung. Im Moment könnte sie vermutlich nicht mal der superheiße Brad Hoover aus ihrer Lethargie reißen.

Brad hebt abwehrend die Hände. Es ist die gleiche kapitulierende Geste, die ich nur allzu gut von Dean kenne. Er grinst und sagt: »Sorry, ich wollte dir nicht zu nahe treten. Bloß ob du es glaubst oder nicht: Ich mache mir wirklich Sorgen um sie. Russel und sie waren sich so verdammt nah. Bis er auf Tour gegangen ist, gab es die beiden schließlich nur im Doppelpack.«

»Zwillinge eben«, stimme ich ihm zu.

»Meinst du, sie packt das? Kommt sie klar?«

»Ja und nein, aber irgendwann wird es besser. Es muss einfach besser werden.« Ich sage es aus tiefstem Herzen, denn ich hoffe es so sehr, auch wenn ich zugleich keine Hoffnung darauf habe – wenn das Sinn ergibt. Doch ich wünsche es mir inständig für uns alle, denn so kann es nicht weitergehen.

Kapitel 04

DEAN | 12.06.2014 | North Shore | Oahu | Hawaii

Verdammt, denke ich, als ich sehe, wie Sam und Brad über den Hotelparkplatz zur Strandbar gehen. Der Anblick der beiden trifft mich hart. Fuck, ich dachte echt, mich könnte nichts mehr berühren, doch die beiden zusammen zu sehen macht mich fertig.

Unbarmherzig stiehlt sich die Erinnerung in meinen Kopf. Ich schließe die Augen, will das Bild abschütteln, doch es ist da. Alles ist mit einem Mal wieder da.

242 Wochen und sechs Tage zuvor

»Geht schon«, behauptet Russel, ehe er seinen Kopf wieder über die Kloschüssel hängt und sich erneut übergibt.

Ich stöhne genervt auf. So lieb ich Rus auch habe, gerade bin ich versucht, ihm den Hals umzudrehen. Ihm beim Kotzen zuzusehen kollidiert nämlich gewaltig mit meiner persönlichen Abendplanung. Mein bester Freund Darell hat mich knapp eine Stunde zuvor von meiner Privatparty weggeholt, weil mein kleiner Bruder halb besinnungslos im Badezimmer der Palmers lag. Dass er sich ausgerechnet an diesem Tag und auf dieser Feier so heftig die Kante geben musste, nehme ich ihm echt übel. Dare hat mich quasi von Sam runtergeholt. Okay, wir waren gerade fertig, aber … Fuck, ich will einfach bloß wieder zu ihr. Ich habe mehr als vier Jahre auf diesen Moment gewartet, und ich brenne darauf, sie wieder in meinen Armen zu halten, sie zu küssen und mich mit ihr zu vereinen.

Verdammt, ich klinge wie ein Mädchen, aber wenn es um Sam geht, dann will ich nicht vom Ficken reden.

Russel würgt geräuschvoll, und ich sage. »Ich hoffe, du lernst was daraus.«

»Ich habe gar nicht so viel getrunken«, behauptet er, wobei sein Gelalle seine Worte Lügen straft.

Eine weitere Stunde später habe ich ihn endlich ins Bett bugsiert. Joe hat sich bereit erklärt, auf ihn zu achten. Dass sie gerade den achtzehnten Geburtstag ihrer besten Freundin verpasst, scheint sie nicht zu stören. Ihre Sorge um Russel ist größer. »Ruf an, wenn was ist«, sage ich zu ihr, schnappe mir die Autoschlüssel und fahre zurück zu Sam. Morgen werden wir den anderen sagen, dass wir jetzt ein Paar sind. Ich grinse breit, denn allein der Gedanke, sie gleich wieder in meine Arme zu ziehen und sie zu küssen, macht mich stoked. Ich dachte eigentlich, dass man dieses Gefühl ultimativer Glückseligkeit nur beim Surfen erreichen kann, aber ich lag falsch. Gott, ich bin so krass verknallt und so unendlich happy. Ich war mir nicht sicher, wie Sammy für mich empfindet, und auch nicht, ob sie schon bereit für eine feste Beziehung ist, aber noch ehe ich den ersten Schritt wagen konnte, lagen ihre Arme bereits um meinen Hals, und sie hat mich geküsst, als wäre das alles, wovon sie jemals geträumt hat. Zu hören, dass sie mich auch liebt, war hingegen alles, wovon ich jemals geträumt habe.

Ich parke den Wagen, steige aus und gehe zum Haus. Auf dem Weg kommen mir Gab und Darell entgegen. »Hey, was ist los?«, frage ich, als ich sehe, dass Dare schwankt. Gab hat einen Arm um seine Taille geschlungen, aber er ist ein Riese, und ich habe einen Moment Bedenken, dass er fällt und sie mit sich reißt.

»Keine Ahnung. Mir ist schwindelig und krass übel.«

»Hast du mit Rus um die Wette gesoffen?«, frage ich.

»Nein. Ich glaube, es ist eine Magen-Darm-Grippe. Meine Nichte hatte so was vor ein paar Tagen.«

»Na, hoffentlich hast du uns nicht alle damit infiziert«, murmle ich. »Dann gute Besserung!«

»Danke, Bro, und dir ganz viel Spaß bei was auch immer du und Sammy so anstellt.« Er ringt sich zu einem gequälten Lächeln durch. Offensichtlich geht es ihm echt dreckig, doch er ist ein guter Freund und weiß, was Sam mir bedeutet und wie sehr ich all die Jahre gelitten habe. Meine Finger von ihr zu lassen war nicht einfach, aber ich bin nach wie vor davon überzeugt, dass ich mich richtig verhalten habe, auch wenn Sam das anders sieht. Nachdem ich ihr meine Liebe gestanden und meine Beweggründe erklärt habe, hat sie sich an mich geschmiegt und gesagt, dass sie sich wünschen würde, dass ich meine moralischen Bedenken einfach über Bord geworfen hätte, doch das konnte ich nicht.

Ich gehe ins Haus und mache mich auf die Suche nach Sam. Die Party ist in vollem Gange, doch von ihr fehlt jede Spur. Ich klappere sämtliche Räume ab, schrecke ein Pärchen auf, das sich ins Schlafzimmer verdrückt hat, und werde langsam echt nervös. Verdammt, wo steckt sie bloß. Schließlich sehe ich in Lillys Atelier nach, und dort entdecke ich Sam. Doch sie ist nicht allein. Sie kniet vor einem Sessel und lutscht Brad Hoover den Schwanz. Mein Herzschlag setzt einen Moment lang aus. Mein erster Gedanke ist, dass das nicht sein kann. Dass ich mich irre und dass Sam mir so was nie antun würde, doch die Frau vor Brad ist zweifellos Sam. Verwechslung ausgeschlossen. Obwohl ich mit eigenen Augen sehe, was gerade geschieht, verstehe ich es nicht, daher verharre ich in der Bewegung. Ich bin wie erstarrt, kann mich nicht rühren und bin unfähig, meine Augen von dem Anblick, der sich mir bietet, abzuwenden. Eine Vielzahl von Gedanken huscht durch meinen Kopf. Manche sind so undeutlich und verschwommen, dass ich sie nicht greifen kann. Manche sind ganz klar und prägnant. Sam würde mir das nicht antun, sagt eine Stimme in mir zum wiederholten Mal. Sie würde es jedoch vor allem Joe nicht antun. Sie tut es aber gerade. Gott, das ist ein Albtraum. Der Schmerz verdrängt den Schock, und ich bekomme keine Luft. Was ich sehe, bringt mich beinahe um den Verstand. Es tut so unfassbar weh. Es scheint, als würde ich nur noch und ausschließlich aus diesem Gefühl bestehen. War Brad nicht in einer Beziehung?

Ich muss etwas getan haben, das seine Aufmerksamkeit geweckt hat. Vielleicht war es ein Geräusch, vielleicht mein intensives Starren, wer weiß. Er schaut auf, und sein Blick trifft auf meinen. In seinen Augen liegt eine stumme Aufforderung zu verschwinden, und endlich gelingt es mir, mich in Bewegung zu setzen. Fluchtartig drehe ich mich rum, durchquere die Küche und dränge durch die Menge der Partygäste, die sich im Wohnzimmer befinden und ausgelassen feiern. Ich taumle durch die Haustür ins Freie, lasse mich auf die Stufen sinken und versuche mit dem, was ich gesehen habe, zurechtzukommen. Ich weiß nicht, wie lange ich so dasitze, betäubt vom Schmerz, fassungslos von Sams Betrug an mir, aber auch an Joe. Ich bin so wahnsinnig enttäuscht, so wahnsinnig verletzt und so wahnsinnig wütend. Sie hätte mir sagen können, dass sie nicht die gleichen Gefühle für mich hat wie ich für sie. Ich wäre damit klargekommen, doch sie … Ich verstehe nicht, wie sie mir das antun konnte.

Meine Gedanken kreisen um das Geschehene, wieder und wieder stellen sich mir die gleichen Fragen, doch ich finde keine Antworten, finde keine rationale Erklärung für ihr Verhalten. Niemals hätte ich ihr so etwas zugetraut. Auf der anderen Seite weiß ich, wie sie Männer behandelt. Ich weiß, dass sie nichts Festes, sondern nur ihren Spaß haben will, allerdings kann ich dennoch nicht glauben, dass sie mich ebenso entsorgt wie jeden anderen Typen, mit dem sie mal im Bett war, denn ich bin nun mal nicht jeder andere Typ. Aber offensichtlich habe ich mir das lediglich eingebildet.

Während ich noch dasitze, kommen nach und nach die Partygäste aus dem Haus. Zunächst bemerke ich nicht, dass die Feier zu Ende ist. Erst als ein Typ sich lautstark über Brad aufregt, der die Party beendet hat, werde ich hellhörig.

»Warum? Was war los?«, will ich wissen.

Der Typ zuckt mit den Schultern. »Keine Ahnung, Mann!«, lallt er. »Aber es ist Scheiße. Wir haben doch noch nicht mal richtig angefangen.«

Nun ja, ich für meinen Teil ahne, warum Brad alle rausgeschmissen hat. Er wollte sich nach der Unterbrechung durch mich sicherlich in Ruhe mit Sam vergnügen. Der Gedanke an die beiden schießt mir in die Eingeweide, und der Schmerz lässt mich atemlos nach Luft schnappen. Ich halte mich an der Brüstung der Veranda fest, und der Typ, der immer noch über Brad herzieht, fragt besorgt: »Musst du kotzen, Alter?«

DEAN | 12.06.2014 | North Shore | Oahu | Hawaii| Gegenwart

Nein, ich musste nicht kotzen. Keine Ahnung, warum, denn die Übelkeit in mir war so groß, dass das nur nachvollziehbar gewesen wäre, doch es war kein Brechreiz. Es war einfach nur ein Gefühl, und nichts hätte dem Linderung verschaffen können – das ist auch jetzt so. Selbst nach all den Jahren, selbst nach der Sache mit Sam und Rus, die mich noch tiefer verletzt hat, tut es weh, die beiden zusammen zu sehen. Ich reiße meinen Blick los, kehre meiner Vergangenheit den Rücken zu und betrete das Resort, in dem alljährlich das Wavehunters-Event steigt. Zwar ist es noch rund ein halbes Jahr hin, doch ich möchte einige Dinge klären und vor allem versuchen, ob ich am Preis rütteln kann.

Allerdings bin ich während des Gesprächs mit der Geschäftsführerin überhaupt nicht bei der Sache und stelle mich total ungeschickt an. Meine Gedanken huschen immer wieder zu Sam und Brad, und ich frage mich, ob zwischen den beiden wieder etwas läuft. Die Vorstellung ärgert mich und wirft auch erneut die Frage auf, was er hat, was ich nicht habe. Ja, ich weiß: Brad Hoover ist eine lebende Legende. Er ist eine verdammte Berühmtheit, und wenn ich mir meinen Bruder und ihn anschaue, dann ist es das, was die beiden grundlegend von mir unterscheidet. Ich bin einfach bloß ein Typ und kein verdammter Surfstar, doch wie es aussieht, scheint genau das auf Sam einen unwiderstehlichen Reiz auszuüben. Warum sonst sollte sie jemanden wie Brad daten? Einen Kerl, der seine schwangere Frau betrügt und seinen Schwanz nicht in der Hose lassen kann? Abgesehen davon: Brads beste Zeiten sind schon lange vorbei. Ich weiß, er arbeitet an seinem Comeback und stellt sich nicht ungeschickt an, aber ehrlich, er ist in einem Alter, in dem es nur noch bergabgeht. Den jungen wilden Kerlen, die alles auf eine Karte setzen, weil sie sich erst noch beweisen müssen, ist er nicht gewachsen. Brad fehlt der nötige Ehrgeiz, und ich könnte mir vorstellen, dass er durch seinen Beinahe-Tod nach wie vor gehemmt ist.

Ich versuche, die Gedanken an ihn abzuschütteln. Ich habe

diesen Typen vor langer Zeit vergöttert, und er war wie ein Bruder für mich. Damals waren wir noch Kinder, und obwohl Brad fünf Jahre älter ist als ich, hat er gern mit mir gespielt. Er ist in unserem Haus ein und aus gegangen. Joe hat ihn schon damals geliebt. Ich weiß noch, wie er sie das erste Mal auf den Arm genommen hat. Wie eifersüchtig ich war, weil meine Mum es ihm erlaubt hat und mir nicht. Aus dieser Zeit habe ich wenige Erinnerungen, weil ich echt noch klein war, doch dieser Moment hat sich in mein Gedächtnis eingebrannt. Joe hat geweint, er hat sie hochgenommen, und sie hat sofort aufgehört, und dann, dann hat sie ihm auf die Schulter gekotzt. Ich hatte ihn gewarnt, dass Babys doof sind, aber er hat mir nicht geglaubt. Allerdings war Joe schon als Baby süß. Russel hingegen hat nur gebrüllt. Er war unglaublich anstrengend. Er konnte superfrüh laufen und hat nur Chaos gestiftet. Joe hat sich Zeit gelassen. Ich weiß noch, wie ich sie animieren wollte, ihre ersten Schritte zu tun, und sie einfach nur dasaß und alles beobachtet hat. Ich dachte schon, irgendwas stimmt mit ihr nicht, weil Russel so viel schneller war – jedenfalls beim Laufen. Sie hat zuerst gesprochen. Mein Vater behauptet immer, dass ihr erstes Wort »Dad« war. Doch das stimmt nicht. Ihr erstes Wort war »Brad«.

Verdammt! Wie kann Sam es wagen, sich mit diesem Typen zu treffen? Weiß sie denn nicht, was sie Joe damit antut? Andererseits ist das vielleicht gar nicht das Schlechteste. Schließlich wäre er dann keine Option mehr für Joe. Damals als er sang- und klanglos, ohne Abschied zu nehmen, aus unserem Leben verschwunden ist, war sie gerade vier. Ich weiß, sie erinnert sich nicht mehr an diese Zeit und auch nicht an ihn, was gut ist, denn sie hat ihn wirklich vermisst. Ich war ebenfalls total traurig und habe die Welt nicht mehr verstanden. Zum

Glück habe ich kurz darauf Darell kennengelernt und mich mit ihm angefreundet. Rückblickend ist Brad einfach in die Pubertät gekommen und hatte plötzlich andere Interessen. Ich nehme es ihm nicht übel, dass er mit mir nichts mehr anfangen konnte und unserer Freundschaft entwachsen ist, doch dass er einfach aus Joes Leben verschwunden ist, ist eine andere Sache, und sein Verhalten von damals ist bezeichnend für alles, was Brad tut. Er benutzt Menschen, und wenn er ihrer überdrüssig ist, dann zieht er ohne zurückzublicken weiter.

Ich hoffe, den beiden nicht erneut zu begegnen, als ich aus dem Hotel heraus auf den Parkplatz trete, doch leider meint es das Schicksal nicht gut mit mir. Ich sehe, wie Brad Sam zum Abschied umarmt, in seinen Pick-up steigt und davonfährt. Sie winkt kurz, dreht sich dann in meine Richtung herum und erstarrt, als sie mich sieht. Ich hebe grüßend die Hand, zücke meinen Autoschlüssel und gehe zu meinem Wagen.

Während der Rückfahrt denke ich ständig über die Begegnung mit den beiden nach. Es sah nicht aus, als wären sie ein Paar. Vielleicht arbeiten sie noch dran, oder der Abschied ist so kurz und wenig herzlich ausgefallen, weil sie sich gleich wiedersehen. Auch den Rest des Tages spukt Sam in meinem Kopf herum, und beim Abendessen entgeht Trish nicht, wie abgelenkt ich bin.

»Was ist los? Wie war dein Gespräch mit der Managerin wegen des Events?«

Ich seufze. »Nicht sonderlich erfolgreich.« Was daran liegt, dass ich nicht alle meine Trümpfe ausgespielt habe, weil ich einfach nicht bei der Sache war. Den Schuh muss ich mir wohl anziehen, aber Brad und Sam haben mich komplett aus dem Konzept gebracht. Es ist ärgerlich, dass mir diese Begegnung derart zugesetzt hat.

Trish greift über den Tisch hinweg nach meiner Hand. Sie drückt sie kurz und sagt: »Das wird schon. Du wirst sehen. Alles wird gut.«

Alles wird gut! Das ist mein Mantra. Ich wiederhole es seit meinem elften Lebensjahr in schöner Regelmäßigkeit. Durch den Tod meiner Mutter war ich gezwungen, eine Rolle einzunehmen, die ich nie haben wollte, und diese drei Worte waren es, die mir Kraft gegeben und mich durch die ersten furchtbaren Jahre getragen haben. Doch inzwischen klingen sie in meinen Ohren wie blanker Hohn, auch wenn ich sie Sam in der Todesnacht von Russel wieder und wieder gesagt habe. Ich habe so lange beruhigend auf sie eingeredet, bis Rory eingetroffen ist und sich um sie kümmern konnte. Ich schiebe den Gedanken daran energisch beiseite, doch Trish ist nicht entgangen, was in mir vorgeht. Kein Wunder. Meine Augen schimmern bei der Erinnerung feucht, und es bedarf meiner ganzen Willenskraft, nicht wie ein Baby loszuheulen. Trish schiebt ihren Stuhl zurück, steht auf und kommt um den Tisch herum. Ich rücke ebenfalls nach hinten, damit sie Platz hat, sich auf meinen Schoß zu setzen. Sie schlingt ihre Arme um mich, hält mich und verspricht mir erneut, dass alles gut wird. Ich glaube ihr nicht. Ich habe die Hoffnung aufgegeben, denn ehrlich: Wie könnte alles wieder gut werden? Russel ist tot, und nichts was wir tun, wird daran etwas ändern.

SAM | 13.06.2014 | Honolulu | Oahu | Hawaii

Ich liege in der Badewanne, und das erste Mal seit Tagen komme ich zur Ruhe.

Das Telefon klingelt, und auf dem Display steht Joe Home, *doch es ist nicht nur Joes Zuhause, sondern auch das von Russel.*

Sicherlich will er mir sagen, dass er gut angekommen ist und mich vermisst, und wer weiß, vielleicht haben wir etwas Telefonsex.

»Hi, Hübscher«, melde ich mich erfreut, denn ich vermisse nicht nur seine Berührungen und den Sex, sondern auch seine Stimme – unfassbar, wo er doch gerade erst ein paar Stunden lang weg ist.

Einen Moment herrscht Stille am anderen Ende der Leitung, dann höre ich Deans brüchige Stimme meinen Namen sagen. »Sammy?« Vielleicht liegt es daran, dass er mich seit einer gefühlten Ewigkeit nicht mehr Sammy genannt hat, oder vielleicht ist es auch einfach nur sein Tonfall, der mich alarmiert. Mir gefriert das Blut in den Adern, und in meinem Bauch tost plötzlich ein arktischer Sturm. »Sammy«, sagt er noch einmal und klingt dabei so verzweifelt, dass ich weiß, dass etwas Schreckliches passiert sein muss. Er hat geweint. Ich kann es hören, und Dean Reynolds weint nie.

Atmen, höre ich auf einmal Russels Stimme in meinem Kopf. Gerade will ich ein ängstliches »Dean?« von mir geben, doch da sagt er: »Rus ist tot!« Er presst die Worte förmlich hervor.

Ein sonderbarer Laut entfährt meiner Kehle, ein schmerzerfülltes Nein, das als solches nicht zu verstehen ist. Ich bin unfähig, etwas zu sagen. Dean schluchzt auf, und ich beginne hemmungslos zu weinen, weil ich weiß, dass er mir die Wahrheit gesagt hat. Russel ist tot. Die Verzweiflung raubt mir den Atem.

»Wie?«, frage ich irgendwann. Denn es kann nicht sein. Dean muss sich irren! Da liegt bestimmt eine Verwechslung vor.

»Autounfall«, wimmert Dean in den Hörer. Das Wort über die Lippen zu bringen scheint ihn all seine Kraft zu kosten. Ich schluchze erneut auf. »Es wird alles gut, Sammy!«, behauptet

Dean, und ich weiß, dass es bloß ein Reflex ist. Er redet mit mir wie mit einem kleinen Kind, so wie er es früher immer getan hat, damals als ich noch eines war. Er tröstet mich, obwohl er gerade selbst Trost braucht. »Alles wird wieder gut, Sammy!«

Nein, nichts wird je wieder gut sein! Er kann diese Worte drehen und wenden, wie er will. Es ist bloß eine hohle Phrase, wie könnte es je wieder gut sein? Russel ist tot. Etwas in mir heult auf, weigert sich, das zu akzeptieren. »Sammy, hör mir zu!« Deans Stimme hat einen dringlichen Klang. »Wir schaffen das, okay? Du musst nur noch ein klein wenig durchhalten, dann ist Rory bei dir. Ich habe ihn angerufen, und er wird sich um dich kümmern.«

Ich will Dean anschreien. Will ihn fragen, wie Rory mir helfen soll, doch ich bringe kein Wort über die Lippen. Alles, woran ich denken kann ist, dass Russel tot ist, und ich wünschte von ganzem Herzen, ich wäre es auch. Dean bleibt am anderen Ende der Leitung. Ich höre ihn weinen, und irgendwie verbindet uns der Kummer. Als es klingelt, ist er es, der sagt: »Sammy! Du musst zur Tür gehen. Das ist Rory.«

Ich stehe auf, befolge seine Anweisungen. Wasser schwappt über den Wannenrand und flutet den Fußboden. Ich rutsche auf den nassen Fliesen aus, verliere beinahe das Gleichgewicht, kann mich jedoch im letzten Moment am Waschbecken festhalten. Mir ist so schlecht. Mein Darm will sich entleeren. Ich zittere und bin kaum dazu fähig, einen Fuß vor den anderen zu setzen. Es klingelt erneut. Ich ziehe meinen Bademantel an und stolpere Richtung Tür. Ich fühle mich betäubt, und gleichzeitig kommt mir jedes Gefühl unbeschreiblich intensiv vor. Aber es fühlt sich an, als wäre es nicht echt, als wäre es falsch. Irgendwie surreal. Auch ich fühle mich falsch an.

Ich öffne die Tür und stehe nicht Rory, sondern Russel ge-

genüber. Ungläubig starre ich ihn an und kann nicht fassen, dass er da steht und lebt. Dean ist so ein Arschloch. Wie kann er mir so einen Scheiß erzählen? Ich lasse das Telefon fallen, schlinge Rus meine Arme um den Hals und küsse ihn voller Erleichterung und Verlangen. Tränen fließen über meine Wangen. Ich bin so froh, dass er unversehrt vor mir steht.

»Du lebst!«, sage ich wieder und wieder. Ich schmiege mich dicht an ihn, halte ihn ganz fest und will ihn nie mehr loslassen.

»Das ist bloß ein Traum, Sonnenschein«, sagt Russel, doch ich will das nicht hören. Er ist da. Ich spüre ihn ganz, ganz deutlich. »Ja, ich bin da, aber es ändert nichts daran, dass du gerade träumst.« Er nimmt mein Gesicht in seine Hände und wischt mir über die tränennassen Wangen, ehe er mich küsst. »Aber auch wenn du aufwachst, bin ich nicht weg. Ich bin da.« Widerstand in mir regt sich, doch ehe ich protestieren kann, schiebt Russel hinterher: »Du hörst mir bloß nicht zu, Sammy. Ja, ich bin nicht bei dir. Mein Körper ist zu Asche verbrannt, Dean hat meine sterblichen Überreste ins Meer gestreut, aber ich bin nach wie vor da. Ich werde nie fort sein, und du wirst nie allein sein. Ich liebe dich unabhängig davon, ob wir nun in getrennten Welten existieren oder nicht. Meine Liebe zu dir ist ebenso unsterblich wie deine Liebe zu mir.« Er küsst mich noch einmal lang und intensiv, und ich frage mich unwillkürlich, wie er das macht. Ich dränge mich gegen ihn, verliere mich in diesem Kuss und will nicht, dass er endet und Russel verschwindet. »Schließ die Augen!«, murmelt er an meinen Lippen. Er liebkost sie erneut. Ich merke, wie die Berührungen schwächer werden, wie Russels Präsenz abnimmt, sich auflöst. Ich halte meine Augen geschlossen, während ich zu Boden sinke und haltlos zu weinen beginne.

Russel hatte recht. Es war ein Traum, und als ich erwache, fühle ich mich schwach und leer. Ich blinzle gegen die Helligkeit an und stelle fest, dass ich verschlafen habe. Breits vor einer Viertelstunde hätte ich in der Firma sein müssen.

»Fuck, fuck, fuck!«, fluche ich, strample die Bettdecke von mir, springe aus dem Bett und haste ins Bad. Kurz überlege ich, ob ich wertvolle Zeit fürs Duschen opfern will, doch als ich den Arm hebe und an meiner Achsel schnuppere, wird mir klar, dass ich nicht darum herumkomme. Ich schlüpfe aus meinem T-Shirt und dem Slip, steige unter die Dusche, wo ich mir zeitgleich die Zähne putze, und stelle einen persönlichen Rekord beim Ankleiden auf. Mir bleibt keine Zeit für einen Kaffee oder gar ein Frühstück, weshalb ich eine halbe Stunde nachdem ich meine Wohnung verlassen habe, mit knurrendem Magen in einem Meeting sitze. Eugen, mein Chef, hält einen seiner Endlosmonologe. »Stil statt Style« ist das Thema, an dem er sich festgebissen hat. Er trauert den alten Zeiten hinterher, in denen Frauen noch wussten, wie sie sich in Szene zu setzen hatten. »Das waren Frauen mit Klasse und Stil. Heutzutage findet man solche Stützpfeiler des guten Geschmacks nur noch selten.« Er deutet auf mich. »Samantha ist eine absolute Ausnahme.« Wenn er wüsste. Ich trage liebend gern die von ihm verhassten Chucks, weite Hoodies und bauchfreie Tops – allerdings nicht im Büro, und ich weiß, dass er einen Narren an meinen Retro-Entwürfen gefressen hat. Eugen lamentiert noch eine ganze Weile herum, weshalb wir mit den eigentlichen Tagespunkten zeitlich hinterherhinken und meine Mittagspause flöten geht.

Erst am späten Nachmittag am Flughafen findet sich die Gelegenheit, meinen Magen, der mir gefühlt bereits in den Kniekehlen hängt, zu füttern. Ich würge angewidert das labbrige Sandwich aus dem Automaten runter und spüle ordentlich mit Cola nach. Der widerliche Geschmack bleibt, und ich hole mir noch schnell ein Päckchen Kaugummis. Als ich in dem kleinen Flughafenlädchen stehe, fallen mir Russels heiß geliebte Skittles ins Auge. Ich entscheide mich spontan für ein Päckchen Crazy Sours, die mochte er besonders gern. Na ja, die meisten davon. Nur die Pinken hat er gehasst. Ich erinnere mich noch daran, wie er behauptet hat, dass ein Pinkes dabei gewesen wäre, als ich ihn mit den Dingern gefüttert habe. »Du willst mich umbringen«, hat er gejammert, und ich habe ihm gesagt, dass er ein Spinner ist. Bei der Erinnerung schnürt sich mir die Kehle zu. Mein Atem gerät ins Stolpern und ich ins Wanken. Ich halte mich am Tresen fest. »Alles in Ordnung?«, erkundigt sich die rundliche Kassiererin polynesischer Herkunft.

»Ja, ja, alles gut. Ich hatte bloß den ganzen Tag noch nichts gegessen«, rede ich mich raus, zahle und verlasse den Laden. Auch wenn der Schwindel dem Trauerschmerz geschuldet war, der mich überwältigt hat, so muss ich Brad recht geben. Ums Essen komme ich nicht herum, aber es ändert nichts daran, dass mir nichts schmeckt und ich auch auf nichts Appetit habe, aber ganz so eklig wie das Sandwich muss es natürlich nicht sein. Statt der Kaugummis öffne ich das Päckchen mit den Skittles und lasse einige in meine Hand gleiten. Acht Kaudragees liegen in meiner Hand, und alle sind pink. Ich schmunzle unwillkürlich, weil Russel daraus sicherlich ein Drama gemacht und sofort von einer groß angelegten Verschwörung gesprochen hätte. Ich esse sie, lasse weitere in meine Hand gleiten und blinzle verwirrt, als auch diese allesamt pink sind. Nach und nach leere ich die komplette Packung, und es ist ausschließlich jene Geschmacksrichtung drin, die

Russel so verabscheut hat, dass es schon beinahe lächerlich war. Ungläubig schüttle ich den Kopf. Wenn ich das erzählen würde, würde mir niemand glauben, aber ich muss unwillkürlich an Russels Worte aus meinem Traum denken. *»Ich werde nie fort sein, und du wirst nie allein sein. Ich liebe dich unabhängig davon, ob wir nun in getrennten Welten existieren oder nicht. Meine Liebe zu dir ist ebenso unsterblich wie deine Liebe zu mir«*, hat er gesagt, und mir kommt diese fehlerhaft bestückte Packung wie ein Zeichen vor.

Während des gesamten Flugs starre ich die leere Skittles-Packung in meinen Händen an. Ich kann es drehen und wenden, wie ich will, was bleibt, ist das Gefühl, dass Rus bei mir ist. Vielleicht bilde ich mir das bloß ein. Vielleicht greife ich einfach nur nach jedem Strohhalm. Vielleicht war das mit der Packung lediglich Zufall, aber wie groß ist die Wahrscheinlichkeit, dass so ein Fehler bei der Produktion passiert und dass es dann ausgerechnet die Sorte ist, von der Russel behauptet hat, dass sie ihn impotent machen würde? Ja, wie groß ist die Wahrscheinlichkeit, dass diese Packung nach Oahu und in meinen Besitz gelangt? Sie geht gegen null. Tränen schießen mir in die Augen. Ich senke meinen Blick, atme tief durch und versuche, mich zu beruhigen, doch das fällt mir schwer.

Was mir jedoch leichter fällt, ist das Weitermachen. Die Vorstellung, dass Rus mich auf meinem Weg begleitet, auch wenn ich ihn nicht sehen, hören und spüren kann, gibt mir Kraft. Sie beflügelt mich regelrecht.

Dieser Zustand hält jedoch nur kurz an. Vielleicht liegt es an Joe. Sie ist so hoffnungslos und verloren, dass es mir schwerfällt, den Kopf oben zu behalten. Als ich am Sonntagmittag im Flieger nach L.A. sitze, bin ich jedenfalls ziemlich erschöpft und habe keine Ahnung, wie ich die Woche überstehen soll. Mein Highlight ist das Abendessen mit Hunter. Cam ist zurzeit in Europa. »Fuck, Sammy, wie siehst du denn aus?«, entfährt es Hunter, als ich aus dem Taxi steige.

»Müde, schätze ich.« Schon in dem Moment ringe ich mit den Tränen.

»Dieser Idiot«, murmelt Hunter und zieht mich in eine Umarmung. Ich nehme an, er denkt, Rus hätte mir das Herz gebrochen und mich verlassen – wenn es doch bloß so wäre.

»Er ist tot, Hunt«, erwidere ich leise. Hunter schüttelt ungläubig den Kopf. Er blickt zum Restaurant und dann zu mir. »Schon gut. Wir können reingehen. Ich heule schon nicht.«

Hunter seufzt leise. »Vielleicht solltest du das mal tun.«

»Mir kommt es so vor, als hätte ich in den vergangenen vier Monaten nichts anderes getan«, erwidere ich und schenke ihm ein schwaches Lächeln.

Hunter bietet mir seinen Arm an und führt mich in das Nobelrestaurant. Mit einem Mann wie ihm an der Seite wird einem der rote Teppich ausgerollt. Das Personal überschlägt sich und liest Hunt jeden Wunsch von den Augen ab. Nachdem Hunter eine Flasche Rotwein für uns geordert hat, fragt er: »Wann ist das passiert.«

»Mitte Februar.«

»Und dann sagst du es mir erst jetzt, Sammy.« Er klingt enttäuscht. »Ich, verdammt … wie kann ich für dich da sein, wenn ich nicht weiß, was in deinem Leben geschieht. Ich weiß, du denkst immer, du müsstest alles allein schaffen und du bräuchtest niemanden, aber …« Er klingt in diesem Moment so sehr wie Russel damals im Mad-Crush-House, dass ich hart schlucken muss, um die Tränen zurückzuhalten. Hunter greift über den Tisch nach meiner Hand. »Entschuldige, Sammy, ich wollte dir keinen Vorwurf machen. Ich wäre nur gerne für dich da gewesen. Es tut mir leid. Das alles tut mir schrecklich leid.«

»Danke«, erwidere ich. Was soll ich auch sonst sagen? Ich beantworte seine unausgesprochenen Fragen, indem ich ihm die komplette Geschichte einschließlich des Ausrutschers mit Dean erzähle.

»Fuck«, murmelt er.

»Yep!«

»War es wenigstens gut?«

Ich werfe ihm einen vorwurfsvollen Blick zu. »Nein, es war nicht sonderlich toll.«

»Gib es zu, dein erstes Mal mit Dean Reynolds hast du dir anders vorgestellt.« Sein wissender Blick ruht auf mir, provoziert mich, doch ich würde nie abstreiten, dass ich in meiner Jugend Sexfantasien über Dean gehabt habe. Ich nippe an meinem Álvaro Palacios L'Ermita und hülle mich in geheimnisvolles Schweigen. »Zier dich nicht so, Sam. Das steht dir nicht.«

»Du bist unmöglich«, lasse ich ihn wissen.

»Das höre ich ständig«, empört er sich. Seine Entrüstung ist lediglich Show. Er ist gern unmöglich und mag es, zu provozieren. Was das betrifft, ist er Russel ziemlich ähnlich, aber ich kann damit umgehen und es einfach ignorieren.

»Der Wein ist gut.«

»Das will ich auch sehr hoffen.« Ich habe keine Ahnung, wie viel die Flasche kostet. Wir sitzen in einem dieser Restaurants, die keine Preise auf der Karte verzeichnet haben. Die Flasche, die wir gerade leeren, könnte so viel kosten wie mein Hotelzimmer für die ganze Woche, doch Hunter spricht nicht über Geld. Für ihn ist es selbstverständlich, welches zu haben. Er ist unverschämt reich, und weil er dazu tendiert, sein Geld sinnlos zum Fenster rauszuschmeißen, habe ich keinerlei Probleme, mich von ihm einladen zu lassen. Wenn er es für mich ausgibt, verprasst er es nicht anderweitig. Hunter öffnet den Mund, und ich nehme an, dass er mir weitere Details zu meinem Ausrutscher mit Dean entlocken will. Er steht tierisch auf ihn, wobei Rus – blond und blauäugig wie Cam – eher seinem Typ entsprach. Doch Hunter fragt zu meiner Überraschung: »Sam, warum bist du nicht zu mir gekommen?«, und ich merke, wie sehr ihn mein Verhalten gekränkt hat.

»Manche Dinge muss man eben mit sich allein ausmachen«, entgegne ich. Sein vielsagender Blick trifft mich. »Was?«

»So wie damals, als du nach Australien abgehauen bist? Hast du wirklich nichts aus der Sache gelernt? Ich meine, wenn du die Dinge wirklich mit dir ausmachen würdest, dann würde ich gar nichts sagen, aber wie ich dich kenne, rennst du bloß wieder davon.« Ich öffne den Mund, will es abstreiten, doch Hunter unterbricht mich: »Liege ich wirklich falsch? Ich glaube nicht. Ich nehme an, dass du dich in Arbeit vergraben hast und dich mit belanglosen Männergeschichten tröstest – nicht, dass ich etwas gegen belanglose Männergeschichten hätte, das weißt du, aber …«

»Außer Dean in jener Nacht, in der ich einfach nicht bei Verstand war, gab es bisher keinen anderen, und ich kann es mir beim besten Willen nicht vorstellen, Hunter. Mein schlechtes Gewissen Russel gegenüber hat mich beinahe umgebracht, und es lag nicht an Dean, auch wenn es natürlich völlig strange ist, weil sie Brüder sind«, erkläre ich, bemerke meinen Fehler und sage: »Waren, meine ich.« Ich blicke auf meinen Teller hinab und schäme mich für das, was zwischen Dean und mir geschehen ist. Allerdings bin ich auch froh, dass ich Hunter davon erzählt habe. Ich weiß, er verurteilt mich deshalb nicht.

»Hey, die ganze Sache hat auch ihr Gutes«, behauptet er.

»So?«

»Ja, allerdings! Der Satz ›Ich hatte Sex mit dem Bruder meines toten Verlobten‹ ist einer, mit dem man auf einer Party, wo man niemanden kennt, gut ins Gespräch kommt.«

Ich schüttle den Kopf, weil Hunt einfach wirklich grundlegend unmöglich ist. »Nein, die Meinung aller Anwesenden dürfte doch recht eindeutig sein«, bekunde ich ernsthaft. »Das Ganze bietet wenig Diskussionspotenzial. Ich weiß selbst, wie daneben diese Sache war.«

»Und? Wirst du diese Sache, die total daneben war, wiederholen?« Hunter sieht mich prüfend an. »Ich weiß, wie viel Dean dir mal bedeutet hat. Ich erinnere mich, wie todunglücklich du warst, weil er keinen Kontakt mehr zu dir haben wollte.«

Ja, daran erinnere ich mich auch noch deutlich, aber nach allem, was geschehen ist, erscheint das banal, und so antworte ich: »Jetzt, Hunter, bin ich todunglücklich. Das damals kommt mir rückblickend wie eine unbedeutende Episode vor.«

Mein Atem stockt, als er sich vorbeugt und leise sagt: »Du bist vergewaltigt worden und hast deine Heimat verlassen, weil du total verstört warst und Abstand gebraucht hast, woraufhin dich der Mensch, der jahrelang deine Bezugsperson war, verstoßen hat. Das ist keine unbedeutende Episode, Sam. Tu nicht so, als würde es sich dabei um eine Nichtigkeit handeln, denn damit liegst du komplett falsch.« Sein aufmerksamer Blick ruht auf mir, und wieder einmal wird mir klar, warum ich Hunter so mag. Er ist nicht der oberflächliche Scherzkeks, als der er sich gern ausgibt. Dieser Mann hat zwei Gesichter und ist viel, viel tiefgründiger, als man vermutet.

»Das weiß ich, Hunt, aber verglichen mit diesem Albtraum, zu dem mein Leben durch Russels Tod mutiert ist, war das das reinste Zuckerschlecken. Und nein, ich habe nicht vor, diesen Ausrutscher mit Dean, denn mehr war es nicht, zu wiederholen.« Der zweifelnde Ausdruck in seinen Augen spricht Bände. »Wirklich!«, füge ich nachdrücklich hinzu und muss an die sonderbare Begegnung mit Dean an der North Shore denken. Mein Beinahe-Schwager sah aus, als ob er mich am liebsten fressen wollte.

Hunter gibt Ruhe, und den Rest des Abends berichtet er mir von Cams aktuellem Projekt, das ihn gerade vorübergehend nach Europa geführt hat. Auch wenn er es nicht sagt, ich weiß, dass er Cameron unglaublich vermisst. Die beiden sind so ein süßes Paar.

Als ich später allein im Hotel liege, hoffe ich auf einen weiteren Traum von Russel, doch ich werde enttäuscht. Keine Träume und keine Zeichen, trotzdem vergeht die Zeit in L.A. wie im Flug, und Russels Geburtstag, vor dem es mir unglaublich graut, rückt mit großen Schritten näher.

Ein paar Tage bevor ich zurück nach Oahu fliege, meldet Rory sich bei mir. Mit klopfendem Herzen nehme ich seinen Anruf entgegen. »Es ist nicht von mir«, platzt er heraus, ehe ich auch nur einen Ton sagen kann.

»Yeah!«, quietsche ich. Das wäre auch echt ein Albtraum gewesen.

»Fuck! Ich kann dir gar nicht sagen, wie glücklich und erleichtert ich bin«, bekundet er.

»Doch, ich kann es mir lebhaft vorstellen. Was lernen wir daraus?«

»Ich werde nie wieder Sex haben.«

»Will ich wissen, wie viele Frauen du geknallt hast, seit sie dich über ›deine‹ Vaterschaft informiert hat?«

»Touché«, murrt er.

»Du musst bloß besser selektieren. Du nimmst doch auch nicht jede Welle, also …«

»Groupie ist Groupie, Sammy, die sind alle gleich und, ja, die würden sich alle gern von mir schwängern lassen. Ich … keine Ahnung«, murmelt er dann. »Das ist so … das ist so albern und blödsinnig.«

Ich zucke mit den Schultern. »Ist es das?«

»Ja. Wer bin ich denn schon?«

»Ein zukünftiger Weltmeister? Ein Surfstar und nicht zu vergessen ein Typ mit einem total abgefuckten Humor.«

Er seufzt leise. »Ich bin vor allem schuld an Russels Tod«, murmelt er tonlos.

»Wie kommst du denn darauf?«, frage ich entsetzt.

»Ich wollte mit ihm nach Hause fahren, wenn du dich erinnerst, und dann …«

»… dann hast du ein Angebot bekommen, das du nicht ablehnen konntest.« Ich erinnere mich an die drei Studentinnen, die ihn und Russel angegraben haben – im Übrigen völlig unbeeindruckt davon, dass ich bei ihnen saß, aber die meisten Frauen, die Jagd auf Profisurfer machen, sehen in mir keine Konkurrenz. Ich bin nun mal nicht der Modeltyp. Bis heute frage ich mich, was genau Russel an mir gefunden hat. Er hätte echt jede haben können. Dass er jedoch nur mich wollte, bringt mich auch nach all den Monaten zum Lächeln. Nie hätte ich geglaubt, dass jemand wie er sich auf jemanden wie mich einlassen würde – nicht, wo ihm doch alle Türen offenstanden und er einfach nur hätte zugreifen müssen. Aber er wollte mich so sehr, dass er mir einen verdammten Ring an den Finger stecken und mich zu seiner Frau machen wollte. Einen Moment lang holt mich die Vergangenheit ein. Ich bin wieder am Strand an der North Shore, Russel fällt vor mir auf die Knie und bittet mich, Ja zu sagen.

»Genau, und weil ich meinen Schwanz nicht in der Hose lassen konnte, ist Russel jetzt tot«, sagt Rory voller Verzweiflung und reißt mich aus meinen Erinnerungen. Schmerzhaft schlägt die Realität zu, hinterlässt eine klaffende Wunde, als mir wieder einmal mit aller Deutlichkeit bewusst wird, dass Russel für immer fort ist.

»Blödsinn«, fahre ich Rory an.

»Wäre ich mitgekommen, dann hätte ich hinter dem Steuer gesessen«, beginnt er wieder.

»Hätte ich nicht gewollt, dass Russel endlich Joe reinen Wein bezüglich unserer Beziehung einschenkt, dann wäre er gar nicht nach Hause gefahren«, gebe ich zu bedenken. »Abgesehen davon: Auch ich hätte ihn begleiten und ihm beistehen müssen.«

»Weiß Joe inzwischen von euch?«, erkundigt Rory sich interessiert.

»Nein«, erwidere ich niedergeschlagen. »Ich kann ihr im Moment unmöglich von Rus und mir berichten. Sie ist zerbrochen, Rory. Ich weiß nicht, ob sie das überlebt, und sie weigert sich, professionelle Hilfe anzunehmen.«

»Du übertreibst«, behauptet er, doch das tue ich nicht. Ich habe entsetzliche Angst, dass sie sich etwas antut. Genau das habe ich ja versucht, Dean deutlich zu machen.

»Schön wär's, aber sie steht völlig neben sich. Sie kommt mir vor wie ein kleines Kind. Du musst ihr alles vorkauen, und dennoch schafft sie es kaum, die einfachsten Anweisungen umzusetzen. Es ist erschreckend. Ohne ihn ist sie bloß eine leere Hülle, die vor sich hin vegetiert.« Rory schluckt hörbar. »Wie siehst du das denn?«, will ich wissen, denn er hat ein gutes Gespür. Rory ist ziemlich feinfühlig.

Es haut mich um, als er kaum hörbar erwidert: »Ich hatte seit der Beisetzung keinen Kontakt mehr mit ihr.« Sein Geständnis ist ein Schock, und obwohl ich ihn anherrschen möchte, was mit ihm nicht stimmt, bin ich einen Augenblick lang so überrascht, dass ich gar nicht reagieren kann. Als dann doch Worte aus meinem Mund kommen, ist es bloß ein unzusammenhängendes Gestammel. »Was? Wieso? Ich meine …«, stoße ich keuchend hervor und setze mich auf die Bettkante. Ich verstehe die Welt nicht mehr, denn er ist nun einmal ihr bester Freund. Wie kann er sie in einer solchen Phase ihres Lebens alleinlassen? »Sag mal, spinnst du?«, blaffe ich schließlich. Rory hat sie doch echt nicht mehr alle. Klar, er ist auf Tour und kann nicht jedes Wochenende bei ihr reinschneien, aber zwischen den Events gibt es Pausen, in denen er heimkommen könnte. Zumindest anrufen sollte er sie.

»Ich schaffe es nicht, mit ihr …«, wispert er, doch ich unterbreche ihn rüde.

»Sie braucht dich, Rory! Ob du es glaubst oder nicht, aber das Leben ist kein Land voller Regenbögen, in dem das Geld auf den Bäumen wächst und einem all die schönen Dinge zufliegen.« Gut, wenn man ein scheißreicher, scheißgutaussehender, scheißtalentierter hawaiianischer Pro-Surfer ist, dann scheint es vielleicht so, aber das wirkliche Leben sieht nun mal anders aus.

»Auch ich habe Rus verloren, Sammy«, erwidert er ärgerlich.

»Ach ja, und deshalb legst du es jetzt drauf an, auch Joe zu verlieren? Sie braucht uns. Wir sind ihre besten Freunde. Rus und sie …«

»Das weiß ich, Sam! Ich weiß, dass sie Rus unglaublich geliebt hat. Mehr als Brad oder sonst wen auf der Welt, und genau deshalb kann ich ihr nicht unter die Augen treten. Ich bin schuld an seinem Tod, wäre ich dabei gewesen, dann …«

»Wenn, wäre, hätte … alles blöder Scheißdreck, Rory! Wir können es nicht ändern, und du bist nicht schuld! Wie oft muss ich dir das noch sagen.« Doch irgendwie weiß ich, dass es nur eine Person gibt, die ihn von seinen Schuldgefühlen erlösen kann. Solange Joe ihm nicht vergibt, ihn nicht freispricht, wird er daran festhalten. Nur sie kann ihm Absolution erteilen, doch das wird schwierig, wenn er nicht mit ihr über seine Gefühle redet.

Einen Moment lang schweigen wir, dann sagt er doch glatt: »Du solltest ihr von dir und Russel erzählen, vielleicht würde es ihr helfen. Ich könnte mir vorstellen, dass ihr euch dadurch in eurem Schmerz näherkommt, aber ich kann auch verstehen, wenn du es ihr nicht sagen willst.«

»Kannst du nicht«, würge ich ihn ab. »Du hast keine Ahnung, wie es ihr geht, Rory, weil du dich einen Scheiß um sie kümmerst.« Aber es ist nicht nur das. Ich weiß, sie würde das irgendwie verkraften, wenn ich es ihr sage, aber sie würde beginnen, an Russel zu zweifeln, und das will ich nicht. Sie würde sich fragen, warum er es ihr nicht vorher gesagt hat, wäre zu Recht gekränkt und käme sich ausgeschlossen vor. Sie hätte womöglich das Gefühl, dass er ihr nicht vertraut hat, und würde mich fragen, warum wir es ihr wochenlang verheimlicht haben. Doch ich habe keine Antworten darauf. Ich weiß nicht, warum Russel aus uns so ein großes Geheimnis gemacht hat. Dean hat er es ja letztendlich auch erzählt und offensichtlich auch Sean, nur Joe wusste nichts davon, also wie könnte sie sich nicht ausgeschlossen fühlen?

»Okay, einigen wir uns also drauf, dass sich jeder um seinen Scheiß kümmert.«

»Hört sich super an«, erwidere ich ironisch. Mir wird immer gesagt, dass ich die bin, die vor ihren Problemen davonlaufen würde, aber ehrlich: Rory ist, was das betrifft, so viel krasser. Er ist total konfliktscheu, und während Russel den Streit und Ärger regelrecht gesucht hat, ist Rory der, der das Doggy Door nimmt, wenn es Stress gibt. Er ist so auf Harmonie bedacht, dass er sich manchmal regelrecht verbiegt. »Hör zu, ich will dir echt nicht sagen, was du zu tun oder zu lassen hast, aber irgendwann musst du dir von Joe den Vorwurf anhören, dass du dich nicht um sie gekümmert hast, als sie dich am dringendsten brauchte, oder willst du sie wirklich nie wiedersehen?«

»Nein, aber …«

»Siehst du! Du musst dich dem stellen, Rory. Irgendwann musst du.« Ich verstumme, und weil er auch nichts sagt, schiebe ich schließlich »Hey, ich bin übrigens echt froh, dass du Catfish nicht geschwängert hast« hinterher.

»Ja, mir tut bloß der arme Teufel leid, der dieses Miststück nun an der Backe hat. Der wird seines Lebens nicht mehr froh.« Ich stimme ihm gedanklich zu und bin erleichtert, dass er aus der Nummer raus ist. »Wegen Joe, ich weiß, dass du recht hast, Sammy, aber ich kann wirklich nicht anders.«

»Okay«, murmle ich. »Da ist noch etwas, Rory. Erzähl bitte nicht Gott und der Welt von mir und Russel, solange Joe es nicht weiß.«

»Nein. Natürlich nicht«, behauptet er. »Hältst du mich für eine Tratschtante?«

»Na ja, Brad hast du es erzählt und …«

»Das ist etwas anderes.«

Ich verdrehe die Augen. »Warum? Weil er jetzt dein neuer bester Freund ist? Ganz egal, was zwischen euch läuft, Rory, das mit Rus und mir geht ihn nichts an. Die Szene ist zu klein. Es wird sich rumsprechen, und dann wird Joe es früher oder später erfahren, und das will ich nicht. Ich will es ihr irgendwann selbst erzählen, okay?«

»Okay«, murmelt er kleinlaut.

»Kommst du zu ihrem Geburtstag heim?«

»Nein«, entgegnet er und schiebt rasch – ehe ich ihm erneut Vorhaltungen machen kann – hinterher: »Ich bin bereits in Afrika. Wir arbeiten an einem Video.« Ich erwidere nichts und lasse ihn einfach reden. Was soll ich auch sagen? Meine Meinung habe ich hinreichend kundgetan. Er erzählt von den Dreharbeiten und wie toll das Team ist. Er klingt begeistert, und ich frage mich, wie er dazu in der Lage ist, dieses Gefühl zu verspüren. Anschließend erzähle ich ihm von meinem Zwangsaufenthalt in der Stadt der Engel.

»Du liebst L.A.«, erinnert er mich.

»Mag sein, aber … irgendwie …« Ich verstumme und weiß nicht, wie ich in Worte fassen soll, was in mir los ist.

Rory seufzt leise. »Es lähmt einen.«

»Was?«

»Der Verlust und die Trauer. Man ist nicht mehr dazu in der Lage, so tief zu empfinden wie normalerweise. Nichts schmeckt mehr, und über nichts kann man sich richtig freuen, weil der Schmerz einen ausbremst.«

Ich schlucke beklommen. Unbehaglich frage ich: »Es geht dir auch so?«

»Ja, ganz oft«, bestätigt Rory meine Annahme. »Aber Rus

hätte das nicht gewollt. Ganz oder gar nicht, Sammy, erinnere dich. Ich versuche alles mitzunehmen, versuche das Beste aus jeder Sekunde zu machen, weil ich weiß, dass das in seinem Sinn gewesen wäre.«

Wir verabschieden uns kurz darauf, doch ich denke noch lange über seine Worte nach, denn ich weiß, dass er recht hat.

Kapitel 05

SAM | 27.06.2014 | Honolulu | Oahu | Hawaii

Am späten Freitagmittag und nach einem stressigen Arbeitstag befinde ich mich am Flughafen. Wie immer sind in der Abflughalle alle Sitzplätze belegt, und so lehne ich mich gegen eine Wand und texte gerade meiner Mutter, als sich jemand vor mich stellt. Ich schaue auf und blicke in Deans grüngold gesprenkelte Augen. Er erwischt mich kalt, und mir stockt einen Moment lang der Atem. Da ist sie wieder, diese blöde Anziehungskraft, die er immer auf mich ausübt und die mich in einen hormongeplagten Teenager verwandelt. Hör auf zu sabbern, rüge ich mich. Er ist der Bruder deines toten Verlobten. Als ob ich das nicht wüsste, beschwert sich der andere Teil in mir, dem das leidlich egal zu sein scheint. »Hi«, murmle ich verlegen.

»Hi«, erwidert Dean und schaut auf mich herab. Sein Blick ist unergründlich.

»Was machst du hier?«, will ich wissen.

»Ich fliege heim. Du nicht?« Touché, denke ich. »Ich habe mir die Woche freigenommen, um für Joe da zu sein.«

»Oh, ich auch«, entgegne ich wenig begeistert. Das Lächeln, zu dem ich mich zwinge, wirkt hoffentlich nicht so verkrampft auf Dean, wie es sich für mich anfühlt, aber die ganze Woche mit ihm zu verbringen, das ist nun mal keine besonders schöne Aussicht. Es kann nur in einer Katastrophe enden. Auch Dean wirkt alles andere als erfreut darüber. »Ich hatte nicht vor, bei euch zu übernachten«, flunkere ich hastig.

»Kannst du aber. Es macht mir nichts aus«, lügt er.

Unwillkürlich muss ich schmunzeln, denn es ist die fetteste

Lüge, die er mir je aufgetischt hat. »Klar!«, meine ich ironisch, doch dieses Mal ist das Lächeln echt. Er legt den Kopf schief, grinst schulterzuckend, und einen Moment lang ist es so wie früher.

Er hockt sich auf den Boden. Ich bleibe stehen, antworte meiner Mutter und habe nicht vor, mich ebenfalls hinzuhocken, doch ein Zupfen an meinem Hosenbein veranlasst mich, zu Dean hinabzuschauen. Ich gebe mich geschlagen, seufze schicksalsergeben und lasse mich neben ihm nieder.

Ich denke an den Wandschrank und unsere Küsse. Damals hat er das auch gemacht. Wäre ich stehen geblieben, hätten wir uns nie geküsst. Ich drehe den Kopf ein wenig und beobachte ihn. Er wirkt erschöpft, und ich frage mich, wie er die kommenden Tage überstehen will. Ein Kloß bildet sich in meiner Kehle. Kümmere dich lieber darum, wie du sie überstehen wirst, sage ich mir. Mit einem Mal ist meine Angst vor den bevorstehenden Geburtstagen ganz greifbar. Ich würde mich in diesem Moment so gern an Deans breite Schulter anlehnen. Sie verspricht Sicherheit, aber ich weiß, dass dieser Eindruck trügerisch ist. Doch vor allem will ich das zarte Band, das gerade dabei ist zu entstehen, nicht kaputt machen. Vielleicht bekommen wir diese Woche doch hin, ohne uns die Köpfe einzuschlagen. Jedenfalls habe ich diese Hoffnung, als Dean sagt: »Du kannst wirklich bei uns bleiben, Sam.«

Ich äuge zu ihm rüber. »Danke«, wispere ich. Ich könnte bei Mum schlafen, doch sie hat – zur Abwechslung – einen neuen Freund, und da mein Kennenlernen mit dem letzten vor Weihnachten so katastrophal schieflief, halte ich es für keine kluge Idee, gleich für eine Woche in mein Kinderzimmer zu ziehen. Dean und ich müssen uns also wohl oder übel zusammenreißen.

Wenig später wird unser Flug aufgerufen, und unsere Wege trennen sich. Die nächsten vierzig Minuten blättere ich in einer Frauenzeitschrift herum, schiele jedoch die meiste Zeit zu Dean, der bloß ein paar Reihen versetzt vor mir am Gang sitzt. Die Stewardessen scharwenzeln um ihn herum, und er flirtet ausgiebig mit ihnen. Allem Anschein nach haben sie noch nicht mitbekommen, dass er der größte Aufreißer dieses Bundesstaats ist. Oder vielleicht interessiert es sie auch nicht, und sie wollen sich von seinem Ruf am eigenen Leib überzeugen, wer weiß das so genau.

Nach der Landung treffe ich Dean wieder. »Was tust du?«, frage ich ihn verwirrt, als er ein Taxi besteigen will.

»Nach Hause fahren?«

»Äh, ja, aber warum fährst du nicht mit mir? Mein Auto steht auf dem Parkplatz.« Meine Mutter hat es heute Morgen hier abgestellt, weil sie wegen ihrer Verabredung keine Zeit hatte, mich abzuholen.

»Okay«, erwidert Dean schlicht. Wir gehen hinüber zu meinem klapprigen Pick-up, den ich seit meinem sechzehnten Lebensjahr besitze und den ich mir von meinem eigenen Geld gekauft habe. »Hi, Baby«, begrüße ich ihn zärtlich, und Dean verdreht die Augen. Er weiß um die Bedeutung, die dieser Wagen für mich hat. Mein Dad hat mir damals zu meinem sechzehnten Geburtstag einen nagelneuen Toyota Land Cruiser vor die Tür gestellt, doch diese war bereits zugefallen. Mit sechzehn hatte ich nichts mehr mit meinem Vater zu schaffen. Im Gegenteil, zu der Zeit war alles, was ich für ihn empfand, ein tiefer Groll, und ich bin nicht käuflich. Also habe ich sein Geschenk abgelehnt und kaufte mir von meinem eigenen Geld einen total abgeranzten, verrosteten Ford Sierra, den ich bis heute fahre. Natürlich könnte ich mir inzwischen einen neueren, teureren Wagen leisten, doch dieser hier hat symbolischen Wert, und abgesehen davon: Jedes Mal, wenn mein Dad mich darin sieht, wird er daran erinnert, dass man manche Sachen mit Geld nicht wiedergutmachen kann. Dieses Auto ist also ein Statement, und ich liebe es. Ich tätschle es einmal zärtlich, ehe ich einsteige und von innen die Beifahrertür öffne.

Bevor ich den Wagen starten kann, erkundigt sich Dean: »Warst du mal da, Sammy?« Ich muss nicht fragen, wo. Ich weiß genau, was er meint. Allein beim Gedanken, die Stelle, an der Russel gestorben ist, auch nur zu passieren, wird mir speiübel. Dean seufzt. »Lass uns tauschen.«

»Warum?«, wispere ich.

»Weil du dich nicht ewig darum drücken kannst, Sammy. Du kannst nicht immer wegrennen, verstehst du? Und ich bin da. Heute bin ich da. Du musst das nicht allein machen.«

Ich knabbere auf meiner Unterlippe rum. Ich will das nicht, aber ich weiß auch, dass Dean recht hat. »Okay, lass es uns tun. Aber wir gehen vorher nicht zu Wayne's Sushi essen. Ich würde bloß alles rauskotzen.«

Dean verdreht die Augen. »Bitte!«, meint er, als käme das sowieso nicht infrage, und ich sage: »It's all about the flavour.« Das ist ihr Slogan.

»Über Russels Geschmack ließ sich schon immer streiten«, gibt er zurück, und seine Worte treffen mich hart, dabei bin ich mir nicht mal sicher, ob er mich damit meint, denn schließlich weiß ich, dass Dean kein Fan von Sushi ist. Trotzdem kommt es mir so vor, als würde er mich wieder einmal ablehnen. Er fügt jedoch hinzu: »Ich sage nur: Taste the rainbow!« Ja, auch die Skittles sind nicht nach Deans Geschmack, erinnere ich mich.

Keine Viertelstunde später bremst Dean meinen Wagen ab

und lenkt ihn rechts in einen schmalen Weg. Von da aus sind es nur ein paar Meter bis zu der Stelle, an der nun ein Kreuz steht. Blumen, Ketten aus Muscheln und Blüten, Schilder und Fotos wurden an die Bäume gehängt, die Russel zum Verhängnis wurden. Sein Gesicht starrt mich hundertfach an und zwingt mich, meinen Blick auf den Boden zu meinen Füßen zu richten. Tränen tropfen auf den Asphalt. Ich schließe die Augen, ignoriere das Rauschen in meinen Ohren, das mich erfasst, als der Schmerz mich überwältigt. Einen Moment lang fühle ich mich haltlos, dann finde ich mich in Deans Armen wieder.

Ich blicke zu ihm auf, und er sagt beinahe entschuldigend: »Du hast geschwankt.«

DEAN | 27.06.2014 | Honoapiilani Highway | Maui | Hawaii

Wir stehen an der Stelle, an der mein Bruder starb, und ich halte sein Mädchen in meinen Armen – seine Verlobte, um genau zu sein. Das rufe ich mir nachdrücklich in Erinnerung, um der Anziehungskraft entgegenzuwirken, die sich immer zwischen uns entfaltet, wenn wir allein sind. Ganz bewusst denke ich auch an Trish. Trish, die mich so gern begleitet hätte, aber die sich an meiner statt um die Firma kümmern muss.

Sam in ihrem Kummer ist untröstlich. Ich hingegen empfinde in diesem Moment rein gar nichts. Ich stehe da, und es ist, als würde mich das alles nichts angehen. Es ist ein gutes Gefühl. Eines, das ich bisher nur substanzinduziert kenne. Auf Koks habe ich mich ähnlich gefühlt. Dennoch stehe ich in diesem Augenblick über den Dingen, bin ungerührt. Was fehlt, ist allerdings die extreme Euphorie, die der Konsum von Blow mit sich bringt. Keine Ahnung, woher diese Teilnahmslosigkeit in mir kommt. Vielleicht hat sie einfach Besitz von mir ergriffen, weil ich stark für Sam sein muss.

Ich halte sie und schaue mich um. Russel sieht mich von unzähligen Fotos, die irgendwelche Leute an die Bäume geheftet haben, an. Ich könnte mir einbilden, sein Blick wäre vorwurfsvoll, doch so ist es nicht. Es sind nur irgendwelche Bilder. Die meisten davon zeigen ihn surfend, einige Porträts sind jedoch auch darunter. Russel war schon ein ziemlicher Selbstdarsteller. Er wusste eben, wie es geht, und war selbstbewusst bis hin zur Arroganz, aber die Leute haben ihn geliebt. Er war ihr Idol. Ich hingegen habe ihn am Ende gehasst. Wir hatten uns überworfen und entzweit und keine Chance, uns wieder zu versöhnen, und das alles wegen der Frau in meinen Armen.

Doch wie könnte ich jetzt gerade böse auf sie sein? Sam ist so verdammt aufgelöst und wirkt so hilflos, dass ich nicht anders kann, als sie festzuhalten, ihren Rücken zu streicheln und ihr gut zuzureden, denn sie atmet viel zu schnell. In diesem Moment bedauere ich die Worte, die ich ihr kurz nach Russels Tod an den Kopf geschmissen habe, erneut zutiefst. Es ist offensichtlich, dass ich mit meinem Vorwurf, sie hätte ihn nicht geliebt und sei deshalb gleich mit mir ins Bett gegangen, falschlag. Sam leidet still vor sich hin, und ich weiß nicht, wie viele Zusammenbrüche dieser Art sie bisher allein durchgestanden hat. Doch so ist sie. Sie vertraut niemandem außer sich selbst. Ich frage mich, wie das mit ihr und Russel auf Dauer hätte gut gehen können. Ganz oder gar nicht, war sein Lebensmotto, und Sammy hätte er niemals ganz gehabt – dafür liebt sie ihre Freiheit, ihre Unabhängigkeit und Selbstständigkeit viel zu sehr.

Ich denke, dass das einen Teil der ungeheuren Anziehungskraft ausmacht, die von ihr ausgeht und die mich willenlos werden lässt. Wie auch jetzt. Ihr Körper dicht an meinen gepresst, lässt mich hart werden … Blödes Arschloch, denke ich über mich, weil es so krass unangemessen ist. Ja, aber sie in der Nacht nach Russels Beisetzung zu ficken, das war natürlich angemessen, höhnt eine spöttische Stimme in mir. Gott, diese Sache werde ich mir nie verzeihen. Am ehesten kann man die Ereignisse dieser unrühmlichen Nacht wohl als Übersprungshandlung bezeichnen.

Ich rufe mir Trishs Gesicht vor Augen. Das habe ich vorhin am Flughafen, als es diesen Moment zwischen Sam und mir gab, auch getan. Die Attraktion, die damals im Wandschrank erwacht ist, ist nach wie vor da, und das ist gelinde gesagt zum Kotzen. Ich drücke Sammy einen Kuss auf ihr volles Haar und behaupte, dass alles gut wird. Wie gesagt, glaube ich seit geraumer Zeit selbst nicht mehr daran, aber das spielt gerade keine Rolle.

Nach einer gefühlten Ewigkeit beruhigt Sammy sich. Ich nehme sie an der Hand, und wir steigen über die Leitplanke, die inzwischen wieder gerichtet wurde. Ich setze mich drauf und betrachte das Meer aus Andenken und Erinnerungsstücken, die Menschen zu Ehren ihres Idols dort am Ort seines Todes angebracht haben. Mein Bruder war eine Legende, und nicht nur wir trauern um ihn, sondern auch seine Fans. Er war der Stolz dieser Insel, und wieder einmal wird mir klar, wie groß der Druck gewesen sein muss, der auf ihm gelastet hat. Wie kann ein Mensch mit so vielen Erwartungen zurechtkommen?

Und dann fühle ich mich wie der letzte Loser, weil ich nicht mal dem bisschen Verantwortung und den geringen Erwartungen gewachsen bin, die an mich gestellt werden. Sammy steht in einigem Abstand von mir da und betrachtet all die Briefe. Manche sind eingeschweißt, andere sind vom Regen durchweicht, von der Sonne ausgeblichen und mittlerweile unleserlich. Zwischen frischen Blumen und Blüten liegen welke, und die Muschelketten klappern leise im Wind. Ich erinnere mich an jenen Morgen, an dem ich das erste Mal hier war – nur wenige Tage nach Russels Tod. Hier fühle ich mich ihm nah, doch diesmal ist es anders. Meine Konzentration gilt Sam und ihrem Befinden. Ich sehe zu ihr, warte eigentlich nur darauf, dass sie erneut zusammenbricht, doch sie hält sich tapfer. Sie ist so verdammt tough. Das war sie schon immer. Als ich sehe, dass sie gut allein zurechtkommt, frage ich mich, warum ich im Augenblick nichts fühle.

Und dann, wie um mich auf die Probe zu stellen, überlege ich, was Rus in dem Moment, als er die Kontrolle über den Wagen verloren hat, gedacht hat. Hatte er die Zeit für einen letzten Gedanken? Wusste er, dass er sterben würde? Musste er leiden? Angeblich ging es sehr schnell. Er war bereits tot, als die Rettungskräfte eintrafen, und man konnte nur noch seine Leiche bergen.

Der konkrete Gedanke daran, was genau hier passiert ist, schnürt mir die Kehle zu. Ich ziehe scharf die Luft ein, weil der Schmerz mich so unvorbereitet trifft. Dieser kleine Moment der Ruhe, der Entspannung hat gereicht, um die Gefühle, die monatelang nicht beachtet wurden, brachial durchschlagen zu lassen. Beinahe heimtückisch haben sie sich Bahn gebrochen und mich hinterrücks überrumpelt.

Ich spüre Sams Präsenz vor mir und dann ihren Körper an meinem. Ich vergrabe mein Gesicht an ihrer Halsbeuge, und nun weine ich, und sie hält mich. Abgefuckte Scheiße, denke ich ärgerlich, als ich erneut beginne, auf sie zu reagieren. Sie riecht wie immer unglaublich gut, und ich muss an mich halten, um ihren Hals nicht zu küssen. Es ist falsch, sage ich mir. Es ist unangemessen, rufe ich mir ins Bewusstsein, und trotzdem ist der Wunsch, es einfach zu tun und auf alle Konsequenzen zu scheißen, schmerzhaft stark. Einen Augenblick lang überlagert er alles, dann brechen die Schuldgefühle über mich herein und fegen ihn beiseite.

Ich bin doch wirklich der größte Drecksack auf Gottes weiter Erde. Fassungslos darüber, wie wenig ich mich unter Kontrolle habe, und zugleich beschämt und wütend, schiebe ich Sam von mir, stehe auf, steige über die Leitplanke hinweg und marschiere, die Hände in den Hosentaschen vergraben, zurück zum Auto. Ich blicke nicht zurück. Keine Ahnung, was sie über mich und mein brüskes Verhalten denkt, aber es ist mir in diesem Moment auch egal. Ja, ich bin auch wütend auf sie. Weil sie mich reizt wie keine Zweite. Diese Frau ist mein verdammter Untergang. Sie ist das komplette Gegenteil von Trish, die so bemüht darum ist, dass es mir gut geht. Sam ist selbstsüchtig und egoistisch. Sie ist schamlos und wild und raubt mir nach wie vor den Atem.

Ich wische mir die Tränen ab und setze mich in die verbeulte Kiste, die sie voller Stolz fährt. Dieser Wagen, wenn man diese klapprige Schüssel überhaupt so bezeichnen kann, ist das Äquivalent zu einem ausgestreckten Mittelfinger, es ist eine Art Fuck-you-Dad. Der tiefe Groll, den Sammy gegen ihren Erzeuger hegt, ist nicht ganz ungerechtfertigt. Dennoch würde ich mir wünschen, dass sie ihren Frieden mit ihm schließt, denn ich weiß nur zu gut, wie es ist, wenn man dazu nicht mehr die Gelegenheit hatte.

Ich blicke zurück zu der Stelle, an der Russel gestorben ist. Sammy hat die Arme um sich geschlungen und wirkt völlig verloren. Alles in mir schreit danach, wieder auszusteigen und zu ihr zu gehen, doch ich bleibe sitzen, denn immer wenn ich in ihrer Nähe bin, will ich etwas Dummes tun. Ich will sie küssen, will ihr die Klamotten vom Leib reißen, mich in sie rammen, sie haltlos ficken und bittersüß lieben, und weil es falsch ist, widerstehe ich diesem Drang. Ich widerstehe ihm, auch wenn es das Einzige ist, was ich schon immer wollte.

Es dauert lange, bis Sam zum Auto zurückkommt und einsteigt. Den Rest der Fahrt schweigen wir. Sie sieht völlig verheult und fertig aus. Ich ertrage ihren Anblick nicht, und irgendwann greife ich nach ihrer Hand, um ihr wenigstens etwas Trost zu spenden. Sie wirft mir einen unsicheren Blick zu, seufzt leise und sieht dann aus dem Fenster. Ich drücke ihre Finger noch einmal aufmunternd, dann lege ich beide Hände ans Steuer.

Die nächsten Tage sind eine Qual. In unserem Haus zu sein ist schrecklich für mich. Ich weiß nicht, wie Joe und Dad es hier aushalten. Einfach alles erinnert an Russel, und er fehlt so sehr. Sein Lachen, seine dummen, taktlosen Sprüche … er hat dieses Haus mit Leben erfüllt. Seine unbändige Energie lag in jedem Raum in der Luft. Sie sirrte umher, außer Rand und Band, genau wie er.

Nun schwebt die Trauer beinahe greifbar in jedem Zimmer. Obwohl das Haus ordentlich geputzt ist – dafür sorgt unsere Haushälterin Marge –, wirkt es muffig. Vergleichbar mit einem Menschen, der eine tödliche Krankheit in sich trägt, die ihn von innen auffrisst, aber sein Äußeres noch unberührt lässt. Dieses Haus, und damit meine ich nicht das Gebäude, sondern das, was es zu meinem Zuhause gemacht hat, zerfällt innerlich.

Doch da sind nicht nur die Erinnerungen, die an jeder Ecke

lauern, sondern da ist auch noch Sam, und Sam Tag für Tag zu begegnen ist eine Herausforderung der besonderen Art. Ich kann mich nicht erinnern, dass wir in den vergangenen vier Jahren einmal so viel Zeit am Stück miteinander verbracht haben. Ich wusste das immer zu vermeiden, denn ich war mir absolut im Klaren darüber, wie entsetzlich es ist, mit ihr zusammen zu sein, ohne dass wir ein Paar sind. Daran hat sich nichts geändert, außer dass ich gar nicht mit ihr zusammen sein will.

Trotz der Sache mit Brad hing mein Herz all die Jahre immer noch an Sam. Ich habe mich verbittert durch die Gegend gevögelt, habe Frauen benutzt, um den Schmerz nicht mehr zu spüren, aber das mit Russel war eine ganz andere Nummer. Der Verrat, besonders der von seiner Seite aus, wog so viel schwerer, aber er hätte mich nicht auf diese Weise hintergehen können, gäbe es Sam nicht. Sie hat sich auf ihn eingelassen, und es war ihr egal, was sie mir damit antut. Dennoch hat ihr Verhalten mich weitaus weniger überrascht als das von Rus, aber es hatte Folgen. Wenn ich bis zu diesem Zeitpunkt nicht kapiert hatte, was für ein Mensch sie ist, dann hat es mir diese Sache deutlich gezeigt, und auch, dass ich niemals eine Zukunft mit Sam haben würde. Ich will schlicht und ergreifend mit niemandem zusammen sein, der so etwas tut. Ich gebe zu, ich verstehe Sams Motive nicht im Geringsten, aber mittlerweile sind sie mir egal.

Okay, das ist eine fette Lüge. Ich zerbreche mir täglich den Kopf, was ich getan habe, um zu verdienen, wie sie mich behandelt hat. Sie muss mich hassen oder ein total kaltherziges, abgebrühtes Miststück sein. Beides kann ich mir jedoch nicht vorstellen, aber andererseits konnte ich mir vieles nicht vorstellen. Ich muss einfach begreifen, dass ich Sam kein Stück kenne. Ja, man kann mit einem Menschen Jahre seines Lebens verbringen und ihn nicht kennen. Das war so bei Rus, dem ich einen derart gravierenden Verrat niemals zugetraut hätte, und das ist so bei Sam, die mich ebenfalls tief verletzt und enttäuscht hat.

Und so sehr ich mir wünsche, ich würde darüber einfach hinwegkommen, so weiß ich doch, wie utopisch das ist. Die Frage nach dem Warum quält mich seit einer gefühlten Ewigkeit, und sie schleicht sich mehrmals am Tag in mein Bewusstsein. Ich glaube manchmal, dass ich mit dem ganzen Sam-Thema erst endgültig abschließen kann, wenn ich darauf eine Antwort bekommen habe.

Ich weiß nicht, ob sie mir gefallen wird. Vielleicht ist Sam wirklich die skrupellose Schlampe, die ich nicht in ihr sehen kann – oder will. Alles, was sie getan hat, passt nicht zu der Sam, die ich großgezogen habe. Aber möglicherweise war ich bloß blind vor Liebe und habe ihr wahres Wesen nicht erkannt.

Ich hatte eine sehr genaue Vorstellung von meiner Zukunft. Ich wollte Sam heiraten, mit ihr Kinder bekommen und mit ihr alt werden, doch sie hat sich für Russel entschieden und ihn mir vorgezogen.

Manchmal frage ich mich, ob sie es bis vor den Traualtar geschafft hätten. Wie ich aus der Vergangenheit weiß, ist Sam alles zuzutrauen, und es hätte mich nicht erstaunt, wenn sie in der Nacht vor der Hochzeit Russels Trauzeugen (in diesem Fall sicherlich Rory, denn ich hätte mir unter keinen Umständen angesehen, wie mein Bruder die Frau heiratet, die ich einmal über alles geliebt habe) verführt hätte und mit ihm durchgebrannt wäre.

Doch es ist müßig, darüber nachzudenken. Was bleibt, ist die Gewissheit, dass Sam und ich durch ihre Verlobung mit

Russel keine Zukunft haben. Als mir das klar wurde, habe ich angefangen, mein Leben zu ändern. Durch die Clubs zu ziehen und von einem Bett ins andere zu fallen erschien mir wie die reinste Zeitverschwendung, denn das war niemals das, was ich wollte. Trish und einer Zukunft mit ihr eine Chance zu geben war die beste Entscheidung, die ich jemals getroffen habe, denn sie ist eine Frau, die ihre Familie niemals im Stich lassen würde. Sam hingegen ist wie ihr Dad: Alles, was sie tun kann, ist davonrennen und vielleicht hasst sie ihn gerade deshalb so sehr, weil sie sich so ähnlich sind.

Und obwohl ich das alles weiß, gibt es jeden Tag diese Momente zwischen uns, in denen das Verlangen beinahe überhandnimmt. Mein Verstand weiß, dass sie nicht gut für mich ist. Mein Herz weiß es, aber meinem verdammten Körper ist es egal. Was stimmt mit dir nicht, Dean, herrsche ich mich an, als wir am Montagabend in der Küche das Essen zubereiten und ich auf ihre Nähe zu reagieren beginne. Ich schüttle die aufkeimende Geilheit ab und konzentriere mich auf meine Aufgaben.

Wie in den letzten Tagen auch fungiere ich als Sams Hilfskoch. Ich schnipple das Gemüse klein, reiche ihr Dinge aus dem Kühlschrank oder einem der Schränke und versuche, ihr nicht im Weg zu stehen, während sie in der Küche herumfuhrwerkt und ihre Magie sich entfaltet. Normalerweise singt sie lautstark dabei – jedenfalls, wenn sie sich unbeobachtet fühlt. Die Zeiten, in denen sie vor mir gesungen hat, sind vorbei. Es ist ein Indiz für unser zerrüttetes Verhältnis, denn früher war es ihr egal, wenn ich anwesend war – sie hat trotzdem gesungen. Wie hat Rus immer zu ihr gesagt? »Du singst wie keine Zweite. Nicht so schön, aber so schief.« Er hat sie ständig geärgert, weshalb sie ihm irgendwann einmal gesagt hat, dass er der kleine nervige Bruder wäre, den sie nie hatte. Er konterte mit: »Wäre ich mit dir verwandt, würde ich mir die Kugel geben.«

Fuck, wie sind die beiden bloß miteinander im Bett gelandet? Okay, wenn man weiß, wie sie drauf waren, dann ist das eigentlich nicht verwunderlich. Im Gegenteil: Das wäre sogar abzusehen gewesen. Aber wie konnte aus ihnen ein Paar werden? Sie waren wie Hund und Katz. Sam, die – wie hat Rus immer gesagt? – Neoemanze. und er, der Hardcore-Chauvi. Sam hat ihm mal ein Shirt mit dem Aufdruck *Line-up-Macho* geschenkt, weil sein großspuriges Gehabe ihr so auf den We cker ging, und ja, er konnte ein echter Arsch und unausstehlich sein. Wehe, wenn Rus einen schlechten Tag hatte. Er war niemand, der seine Wut ungerechterweise an anderen ausgelassen hat … Nein, er hat schon immer einen Grund gefunden. Je nach seiner Laune waren diese Gründe bloß unterschiedlich gravierend.

Wenn Russel jedoch gut drauf war, dann hat er alle mit seiner Euphorie mitgerissen. Er war niemand, der seine Gefühle versteckt hat, sondern er hat sie offen und für jeden gut sichtbar vor sich hergetragen. Das habe ich bewundert, denn dazu gehört Mut. Ich habe es damals sofort gesehen, als sie das Restaurant betreten haben. Ich konnte deutlich erkennen, wie sehr er sie liebt. Alles an seinem Verhalten hat das ausgedrückt, und er hätte seine Gefühle für Sam keine Sekunde verbergen können – weder vor mir, noch vor sonst irgendwem. Ich habe es meisterlich geschafft, mich über vier verdammte Jahre zurückzuhalten, doch Zurückhaltung kannte mein kleiner Bruder nun einmal nicht. Er hat etwas gesehen, das er haben wollte, und hat es sich genommen. Wellen, Titel, Frauen … einfach alles. Es lag in seiner Natur. Er war schon als verdammtes Baby so. Kaum war er auf der Welt, hat er uns alle an seiner Unzufriedenheit teilhaben lassen. Er hat nur geschrien, und ich fand ihn furchtbar. Joe dagegen war genügsam und einfach nur süß. Etwas, das ständig alle Leute über sie gesagt haben. Auch das fand ich nervig, aber ich war noch klein und plötzlich das fünfte Rad am Wagen. Alle haben sich nur für die Babys interessiert, doch dann habe ich Brad kennengelernt, und er wurde mein Freund. Ich war wahnsinnig stolz deshalb, denn er war deutlich älter und so cool. Er hatte ein Gipsbein, weil er sich beim Skaten was gebrochen hatte. Ich weiß noch, dass ich ihn maßlos bewundert habe, weil er skaten und surfen konnte – beides Dinge, die mir damals noch verboten waren.

Inzwischen schwanken meine Gefühle gegenüber Bradley Hoover zwischen Verachtung und Mitleid. Er bekommt sein Leben einfach nicht geregelt. Dabei hatte er alles, was man sich wünschen kann. Eine schöne Frau, die erneut schwanger war, eine süße Tochter, eine Villa am Strand, doch er hat alles für irgendeine Starfuckerin aufgegeben und prompt mit der ein weiteres Kind in die Welt gesetzt.

Nach wie vor empfinde ich es als befremdlich, dass Joe trotzdem noch so für ihn schwärmt, aber wie heißt es so schön? Wer im Glashaus sitzt, sollte nicht mit Steinen werfen. Sam ist schließlich das beste Beispiel dafür, dass ich keinen Deut besser bin als meine Schwester.

»Gehst du hoch und sagst Joe, dass es in einer Stunde Essen gibt?«, fragt Sam just in diesem Moment und reißt mich aus meinen Gedanken.

»Ich glaube, sie wollte sich noch mal hinlegen. Ich wecke sie dann, kurz bevor die Lasagne fertig ist.«

»Das neue Medikament macht sie müde«, murmelt Sam. Ja, das mag sein, aber es hilft meiner Meinung nach einen Scheiß.

Joe ist immer noch am Boden zerstört. Keine Ahnung, wie Sam es schafft, beinahe rund um die Uhr bei ihr zu sein, ohne dass es sie zermürbt. Ich für meinen Teil bin mit meiner Geduld am Ende, denn Joe ist so lethargisch, dass ich sie packen und schütteln will. Diese Teilnahmslosigkeit erstreckt sich auf jeden Bereich ihres Lebens, und mir wird in aller Deutlichkeit bewusst, dass Sam recht hat: Joe ist nach dem traumatischen Verlust hochgradig depressiv.

»Du lagst mit deiner Einschätzung richtig«, gebe ich zähneknirschend zu. »Das mit Joe ist nicht normal. Ihre Trauer, sie ist …« Ich verstumme und suche nach den passenden Worten. »… wie ein schwarzes Loch. Sie schluckt einfach alles. Wie hältst du das nur aus? Ihr Anblick lutscht mich regelrecht leer, er raubt mir jegliche Kraft, ich …«

Sam zuckt mit den Schultern. »Jeder trauert anders. Daraus kannst du ihr keinen Vorwurf machen.«

Ich nicke und weiß, dass sie recht hat, aber ich habe Angst. »Meinst du, sie …« Erneut fehlen mir die Eier, zu sagen, was ich eigentlich sagen will, und der unvollendete Satz schwebt einen Moment lang gepaart mit den Aromen der Tomatensoße in der Luft. Die Worte, die mir durch den Kopf schwirren, auszusprechen, fällt mir unendlich schwer. Schließlich bringe ich sie doch über die Lippen. »Also meinst du, es wäre möglich, dass sie sich etwas antun würde?« Ich schlucke bei dem Gedanken beklommen.

Sam dreht sich zu mir und seufzt leise. »Ich kann es dir nicht mit Gewissheit sagen, Dean, aber ich glaube nicht, sonst würde ich sie keine Sekunde aus den Augen lassen.« Wieder nicke ich. »Du weißt ja, wie Rus zu dem Thema stand. Erinnerst du dich, was er gesagt hat, als Vince sich umgebracht hat?« Meine Gedanken schweifen zurück in die Vergangenheit. Nach einem denkwürdigen und total verstörenden Fernsehabend standen Sam und ich hier in der Küche und haben ein ernstes Gespräch geführt, in dem es um ihren Lover Vince ging. Ich erinnere mich an jede Kleinigkeit und auch, wie alles seinen Anfang nahm. Jeder Fernsehabend mit Sam war ein Graus – ist es vermutlich immer noch. Sie ist berüchtigt für ihre abwegigen Theorien und ihre wilden Spekulationen bezüglich des Handlungsverlaufs. Damals dachte ich, dass sie vielleicht Autorin werden würde, weil die Wendungen, die sie eingebaut hat, meistens besser und unvorhersehbarer waren als die eigentliche Story.

Rund sieben Jahre zuvor

»Samenraub!«, wirft Sam ohne weitere Erklärung in den Raum.

»Was?«, fragt Joe verwirrt und starrt auf den Fernseher.

»Das ergibt doch gar keinen Sinn«, wende ich ein.

»Aber klar doch!«

Ich verdrehe die Augen. Sam kann so eine Nervensäge sein, besonders dann, wenn sie uns an ihren absurden Theorien während unserer Fernsehabende teilhaben lässt.

»Wenn, dann doch Samendiebstahl. Raub geht mit Gewaltanwendung einher«, klugscheißert Rory.

»Aber dann wüsste er doch, dass das sein Kind ist. Sie müsste ja mit ihm geschlafen haben«, gibt Gab zu bedenken.

»Oder eine Freundin hatte mit ihm Sex, und die hat ihr das Sperma weitergereicht«, vermutet Rory.

»Nein. Ich tippe auf Samenraub«, beharrt Sam.

»Niemals! Ich setze einen Zehner dagegen.«

»Das ist leicht verdientes Geld, Rory. Ich würde sogar einen

Hunderter setzen, denn ich kann spüren, dass ich recht habe. Was für eine krasse Story!«

»Keine Wetten in diesem Haus«, erinnere ich sie. Sie wetten ständig. Joe und Sam haben gerade eine Wette laufen, wann die Beziehung zwischen Rory und Gab auseinandergeht. Joe ist so naiv, aber Sam hat den richtigen Riecher. Mein Kumpel Darell ist tierisch scharf auf Gab und baggert sie ständig an, lange wird sie ihm nicht mehr widerstehen können. Er ist zwei Jahre älter als Rory. Er fährt ein schnelles Auto, sieht gut aus, doch viel wichtiger: Gab errötet stets, wenn er mit ihr flirtet.

»Und wie soll das gehen?«, fragt Russel skeptisch. Ich nehme mir ein Sofakissen, vergrabe mein Gesicht darin und stöhne hinein. Warum muss er Sam auch noch ermutigen? Er kennt sie doch schon so lange, hat er in all den Jahren nichts gelernt?

»Das ist doch total klar. Wette angenommen, Rory?« Hat mein Wort in diesem Haus gar kein Gewicht mehr? Als er nickt, erläutert sie: »Sie hat ihn unter Drogen gesetzt. Wie heißt diese Vergewaltigungsdroge noch mal?«

»Roofies«, sage ich.

»Nee, so heißt das nicht«, kommt es von Gab.

»Nein, es heißt eigentlich Rohypnol, doch man nennt die Dinger Roofies«, kläre ich die Kids auf.

»Ist doch auch egal, wie man sie nennt. Also, sie hat ihm diese Roofies verabreicht. Er ist bewusstlos geworden und …«

»Und wie kommt sie an sein Sperma, wenn er bewusstlos ist, du Genie?«, wendet Russel ein.

»Elektrostimulation«, entgegnet Sam, als sei das das Natürlichste der Welt. Rus, Rory und ich geben alle drei einvernehmlich ein schmerzerfülltes »Uhhhhhhh!« von uns. Gab und Joe kichern, vermutlich finden sie das auch noch witzig.

Sam schiebt unbarmherzig hinterher: »Es gibt doch so Analsonden zur Elektrostimulation.«

»Sam«, unterbreche ich sie scharf. Der Typ, mit dem sie zusammen ist, ist ein ziemlicher Freak, aber das … Ich meine ernsthaft, woher weiß eine Sechzehnjährige über so einen Scheißdreck Bescheid? Allein der Gedanke daran, dass er so einen abgefuckten Kram mit ihr macht, bringt mich beinahe um …

»Sammy hat recht!«, quietscht Joe aufgeregt und deutet auf den Bildschirm.

Sam grinst breit und zufrieden. Sie liebt es, wenn sich ihre absonderlichen Theorien bewahrheiten. Allerdings gibt es Redebedarf. Natürlich kann ich ihr nicht sagen, wen sie daten darf und wen nicht. Sam lässt sich keine Vorschriften machen. Sie ist bald siebzehn, Vince hingegen ist nur ein paar Wochen jünger als ich und … wie ich sagte, der Kerl ist mir suspekt. Daher passe ich Sam später in der Küche ab, als sie für uns kocht. Sie ist nicht gerade der mütterliche Typ, im Gegenteil, sie ist eine ziemliche Draufgängerin, aber wenn sie kocht, dann verwandelt sie sich in einen anderen Menschen.

Einen Moment lang schaue ich ihr einfach nur dabei zu, wie sie in den Töpfen herumrührt. Sie ist die aus der Clique, um die ich am meisten bange, und sie bereitet mir regelmäßig schlaflose Nächte. Sam ist so neugierig, so lebenslustig und lebenshungrig. Sie ist wie ein Schwamm, muss alles mitnehmen und saugt jede Erfahrung begierig auf. Das ist toll, aber auch extrem beängstigend.

»Analsonde?«, frage ich sie und habe Angst vor der Antwort. Sie zuckt zusammen.

»Mann, Deany, schleich dich nicht so von hinten an. Willst du mich umbringen?«

Noch nicht, aber vielleicht, wenn ich erfahre, was es mit der Analsonde auf sich hat, obwohl … vermutlich statte ich dann eher ihrem Stecher einen Besuch ab und nehme Darell und einen Baseballschläger mit. Ernsthaft, wenn er so etwas mit ihr gemacht hat, dann gnade Gott dieser perversen Made.

»Sam!«, ermahne ich sie streng, woraufhin sie die Augen verdreht.

»Das war doch echt total logisch«, behauptet sie und wendet sich ihren Töpfen zu.

»Ja, klar! Für jeden offensichtlich. Es lag quasi auf der Hand.« Ich stelle mich neben sie und betrachte sie von der Seite. Ihr entgeht die Ironie nicht, und sie errötet. »Sammy, in deinem Alter solltest du wirklich nicht über solche Dinge …«

»Solche Dinge?«, fragt sie und sieht mich skeptisch an.

»Vince mag ja ein netter Kerl sein …«

Sie verzieht das Gesicht. »Nee, nicht wirklich.«

»Dann lass es, Sam. Beende die Sache.« Meine Stimme hat etwas Flehendes.

»Gott, Deany! Der Typ war nur ein Fick. Ich war nicht mit ihm zusammen. Er ist voll der Freak.« Oh ja, ein komplett tätowierter Freak, der viel zu alt für sie ist. Ich schließe die Augen und weiß nicht, ob ich erleichtert sein oder ihr eine Standpauke über die Wahl ihrer Sexualpartner halten soll.

»Er ist echt gut im Bett, aber sonst unerträglich.« Sie stöhnt genervt. Würde ich auch gern tun, denn das will ich nicht hören. Echt nicht!

»Warum? Was hat er getan?«

»Ständig Scheiß gelabbert, Dean. Von wegen ich sei die Liebe seines Lebens und er würde gern Kinder mit mir haben wollen. Ich habe ihm gesagt, dass ich noch nicht mal siebzehn bin und er sich jemanden in seinem Alter suchen soll, wenn er unbedingt Nachkommen in diese verkorkste Welt setzen will. Ehrlich, ich habe nicht vor zu heiraten, und schon gar nicht einen Typen wie ihn.«

Nun bin ich doch maßlos erleichtert, und dieses Gefühl muss irgendwo hin. Klar, ich versuche meine Finger von Sammy zu lassen, aber gerade geht es nicht. Ich ziehe sie in meine Arme und küsse ihren Scheitel. »Gutes Mädchen«, lobe ich sie.

»Kriege ich jetzt Kekse«, fragt sie und bringt mich zum Lachen. Die Sache mit den Keksen für eine brave Sammy ist ein Running Gag.

»Erst wenn du mir sagst, woher du über diesen perversen Scheißdreck Bescheid weißt.«

»Perverser Scheißdreck?«

»Analsonden und Elektrostimulation«, helfe ich ihr auf die Sprünge.

»Gott, Deany, hast du gedacht …« Sie kichert, und dann fängt sie schallend an zu lachen, dass man sie vermutlich bis Honolulu hören könnte. Glucksend stößt sie hervor: »Es war eine Wiederholung, du Vollidiot!« Sie lacht sich schlapp, ehe sie augenzwinkernd sagt: »Ich sagte doch, es ist leicht verdientes Geld.« Ich falle in ihr überschwängliches Gelächter ein – teils aus Erleichterung, teils weil sie so frech ist und Rory einfach dreist über den Tisch gezogen hat.

DEAN | 27.06.2014 | Honoapiilani Highway | Maui | Hawaii| Gegenwart

Keine Woche später verging uns das Lachen, als Vince seinem unrühmlichen Leben ein Ende gesetzt hat. Angeblich aus Liebeskummer, weil Sam ihn verlassen hat. Gerade für mich durchaus nachvollziehbar. Sie ist wie eine dieser mythischen

Wesen, die Männer in ihren Bann ziehen und dann ins Verderben stürzen, aber eigentlich hatte Vince schon vorher ganz andere Probleme.

Russel jedenfalls hat ihn danach als kompletten Loser bezeichnet und gesagt, dass nur Feiglinge diesen Weg wählen. Er war knallhart und rückte keinen Millimeter von seinem Standpunkt ab. Wobei man zu seiner Verteidigung sagen muss, dass er damals erst sechzehn und angehender Profisurfer gewesen ist. Sein größtes Problem war es, die restlichen Monate auf der Schulbank absitzen zu müssen. In seinem Leben gab es nichts, was man nicht mit einem Bier oder einem guten Fick lösen konnte, also was ich damit sagen will, ist: Er hatte keine Ahnung, wovon er sprach.

Joe hingegen war schon immer sensibler und feinfühliger. Sie hat Rus bei dieser Diskussion vehement widersprochen und ihr Mitleid mit Vince zum Ausdruck gebracht.

»Rus sagte damals über Vince«, holt Sammy mich aus der Vergangenheit zurück, »dass nur Schwächlinge so etwas machen. Joe würde nicht wollen, dass er so über sie denkt. Ich glaube, sie würde es möglicherweise in Betracht ziehen, weil sie wirklich fertig ist, aber Russel oder besser das, was er an diesem Tag gesagt hat, hält sie zurück. Du weißt doch: Aufgegeben wird nicht!«

Ja, ich weiß, sein Standardspruch. Russel wäre nie auf die Idee gekommen, seinem Leben ein Ende zu setzen. Für ihn kam das einer Niederlage gleich, und er war nun einmal aufs Gewinnen fixiert. Ich seufze leise, denn wirklich beruhigen tut mich Sams Einschätzung nicht.

»Wenn du magst, kann ich mit ihr darüber sprechen«, bietet Sam an. Ich nicke schwach. Das ist vielleicht keine schlechte Idee. »Dean, mach dir nicht solche Sorgen. Sie wird weitermachen, weil es das ist, was Rus von ihr erwartet hätte. Sie braucht einfach bloß Zeit.« Sie schenkt mir ein müdes Lächeln, und zum ersten Mal seit Tagen blitzt auch bei ihr die Erschöpfung durch, doch auf meine Seele wirkt das Zucken ihrer Mundwinkel wie Balsam. Mir geht es gleich so viel besser, und wieder einmal wird mir nur allzu deutlich bewusst, welche Macht Sam über mich hat.

SAM | 30.06.2014 | Lāhainā | Maui | Hawaii

»Es ist nicht so einfach, weiterzumachen, als wäre nichts gewesen«, sagt Dean nach einer Weile in die Stille hinein. Er hört auf, die Möhren klein zu schneiden, und schaut mich an. Sein Blick ist todtraurig.

»Ja«, erwidere ich flüsternd.

»Dad bekommt es nicht hin und Joe auch nicht und ich … ich …« Er schließt die Augen und atmet tief durch. Das Messer in seiner Hand zittert. »Ich schaffe das nicht mehr, Sammy«, verrät er mir kaum hörbar.

»Du hast diese Familie schon mal zusammengehalten«, beschwöre ich ihn, trete näher an ihn heran und lege eine Hand auf seine Wange. Normalerweise ist er stets glatt rasiert. Während man Russel ständig mit einem Dreitagebart gesehen hat, beseitigt Dean seine Gesichtsbehaarung täglich, manchmal sogar zweimal, meist wenn er abends loszieht, um Frauen aufzureißen, oder noch ein geschäftliches Meeting hat. In dieser Urlaubswoche, die für keinen von uns erholsam ist, macht er sich jedoch nicht die Mühe, und so piken die kurzen Stoppeln in meine Handfläche. Mir stockt der Atem, denn die Erinnerung an Russel und wie sich seine Bartstoppeln angefühlt haben, erwischt mich kalt.

»Diesmal nicht. Diesmal entgleitet mir alles«, murmelt er und wendet sich ab.

Ich halte ihn zurück und frage: »Was meinst du?« Und dann berichtet Dean mir von den kleinen Erfolgen, die er verzeichnen konnte, aber auch von den vielen Niederlagen, die er im Kampf um das Überleben des Magazins bereits einstecken musste, und mir wird erst in diesem Augenblick bewusst, dass Wavehunters vermutlich wirklich vor dem Aus steht. Irgendwie dachte ich in meiner grenzenlosen Naivität, dass Dean es auf wundersame Weise hinbekommen würde, weil er immer alles hinbekommen hat. Ich seufze leise.

»Langweile ich dich?«

»Nein, nein gar nicht!«, versichere ich ihm hastig. »Es ist nur …« Gott, wie sage ich das denn, ohne dass ich total bescheuert klinge. Wenn ich das ungefiltert rauslasse, was mir auf der Zunge liegt, dann höre ich mich doch wie die Fünfzehnjährige an, die total verschossen in ihn war. Ich meine, damals habe ich echt gedacht, er wäre eine Art Superheld. Ich war so krass verknallt in ihn, und er war immer für mich da. Immer. Ich habe mich ihm damals, nach meinem achtzehnten Geburtstag, nicht anvertraut, weil ich nicht wollte, dass er sieht, was ich seit jener Nacht sehe, wenn ich in den Spiegel schaue. Dieses Wissen ist Gift. Ich habe einen anderen Blick auf mich, und nie würde ich es ertragen, wenn er mich ebenfalls so wahrnehmen würde.

Ich schlucke beklommen, weil mir schmerzlich bewusst wird, dass wir seit geraumer Zeit umeinander herumschleichen, als wäre der andere eine hochexplosive Substanz, die jederzeit in die Luft gehen könnte, und ich will das nicht. Ich will mich nicht immer befangen fühlen und so verdammt vorsichtig sein, weil ich seine Wut, Verachtung und offensichtliche Enttäuschung nicht ertragen kann. Ich will mich nicht ständig fragen müssen, was er von mir denkt, und ich hasse es, wie unsicher ich in seiner Nähe bin.

»Also ich, ich hatte … also …«, stammle ich total bescheuert. »… es ist so, dass ich bis eben nicht eine Sekunde daran gezweifelt habe, dass du – ganz egal, wie es um die Firma steht – es hinbekommst, sie zu retten. Ich meine, du bist Dean Reynolds, du schaffst immer alles.«

Er starrt mich an, und ich senke den Blick und erröte, weil ich mir so kindisch und dumm vorkomme. Verdammt, hätte ich bloß meinen Mund gehalten. »Scheiße, Sam«, murmelt er. Seine Stimme klingt belegt, und als ich zu ihm schaue, da sieht er aus, als würde er gleich losheulen.

»Sei kein Mädchen!«, rüge ich ihn und stoße ihm meinen Ellbogen in die Rippen.

»Autsch!«, zischt er und klingt in diesem Moment so sehr nach Russel, dass ich vergesse zu atmen und ihn einfach nur unverhohlen anglotze.

»Was?«

»Du klangst gerade wie Rus.«

»Wie klang er denn?«

»Wenn ich ihm meinen Ellbogen in die Rippen gestoßen habe, dann meistens wie eine Pussy«, erwidere ich mit brüchiger Stimme. Ich atme bewusst ein und aus und sage dann: »Du gibst dein Bestes!«

»Es ist nicht genug! Ich kriege es nicht hin.«

Ich höre Joe die Treppe herunterkommen. Wie sehen uns an, wenden uns unseren Aufgaben zu und tun beschäftigt. »Kann ich auch helfen?«, fragt Joe, als sie die Küche betritt. Dean und ich stoßen unisono ein beinah panisches Nein hervor. Der letzte Versuch ihrerseits, zu kochen, endete damit, dass die Küche fast abgebrannt wäre.

»Man wird ja mal fragen dürfen«, meint sie und schmollt, worüber ich schmunzeln muss. Sie versucht es immer wieder, aber sie hat die Sache mit dem Kochen einfach nicht drauf. Dean geht zu ihr rüber und nimmt sie in den Arm. Joe kuschelt sich an ihn, und er küsst sie auf den Scheitel.

»Ich will noch irgendwann in diesem Leben wieder was essen, und wenn du die Küche abfackelst …« Joe verdreht die Augen und wirft mir einen stinkigen Blick zu. »Was denn, das ist bloß die Wahrheit. Ich bin echt am Verhungern«, sage ich. Dean und Joe lachen sich schlapp, als ich mir meinen qualvollen Hungertod in allen Einzelheiten ausmale und darüber lamentiere, wie elendig ich verenden werde, wenn ich nicht sofort etwas zu essen bekomme. »Du übertreibst, Sammy! Ist ja nicht so, als hättest du keine Reserven«, meint Dean und schielt in Richtung meines Hinterns. »Und abgesehen davon klingst du gerade erschreckend nach Joe.«

»Hast du eben etwa angedeutet, dass mein Po zu dick ist?«, hake ich nach.

Dean hebt abwehrend die Hände. »Das würde mir nie einfallen.«

Laut Rus bin ich an den richtigen Stellen perfekt gerundet, und er nannte es erotische Nutzfläche. Sein wenig charmanter Bruder hat mich aber gerade durch die Blume als speckig bezeichnet. »Wie soll ich denn ›ist ja nicht so, als hättest du keine Reserven‹ sonst verstehen?«

»Das würde mich auch interessieren«, meint Joe, und wir sehen ihn beide herausfordernd an.

»Ich sage nichts mehr ohne meinen Anwalt«, erwidert Dean mit einem schiefen Lächeln auf den Lippen.

»Ist auch besser so«, lasse ich ihn wissen, senke das Messer und mache mit einer Möhre kurzen Prozess.

»Weck keine Kastrationsängste in mir, Sammy. Das könnte zu Impotenz führen.«

Joe kichert, und ich verdrehe gespielt genervt die Augen, muss jedoch schmunzeln. Als ob es ein Mittel gegen seine überbordende Libido gäbe. Dean ist so ein krasser Aufreißer, doch nur weil ich keinen Sex mehr habe, bedeutet das noch lange nicht, dass er keinen mehr haben darf.

Auch wenn Dean behauptet hat, es wäre nicht einfach weiterzumachen, so scheint es, als würde er es von uns allen noch am besten hinbekommen.

»Sag mal, wo hast du dir denn die Haare schneiden lassen?«, fragt Joe ihn kritisch und reißt mich aus meinen Gedanken.

Dean wirft mir einen hilfesuchenden Blick zu, und kleinlaut antworte ich: »Das war ich.«

DEAN | 30.06.2014 | Lāhainā | Maui | Hawaii

»Du hast ihm voll die Macke reingesäbelt«, meint Joe, woraufhin Sam ihr die Zunge rausstreckt. Die Zunge, die mich um den Verstand bringt. Jedes Mal, wenn ich bloß daran denke, sie zu küssen, dann geht er flöten. Verfickte Kackscheiße, denke ich, als der bloße Gedanke an ihre Zunge mich hart macht.

»Ja, weil er gelacht hat, der Sack!«, verteidigt Sam sich empört und deutet auf mich, als wäre sie die gegnerische Anwältin und ich der Beklagte. »Wie ich bereits zu ihm sagte: Schafe scheren war deutlich einfacher.«

»Ja, ja, Dean und die Schafe«, kichert Joe.

»Oh komm schon, Joe, der Witz ist langsam echt ausgelutscht«, murre ich, und dann erinnere ich mich.

350 Wochen zuvor

Heute ist Sammys sechzehnter Geburtstag, und sie hat ihre Jungfräulichkeit in der vergangenen Nacht an einen Typen verloren, dessen Namen sie mir nicht mal nennen will. Der Gedanke daran bringt mich beinahe um. Ich wünschte, ich wäre ihr Erster gewesen, aber ich werde mich zurückhalten. Werde sie ihre Erfahrungen machen lassen und warten, bis sie achtzehn ist, ehe ich mein Glück bei ihr versuche. Ist ja auch egal, ob ich der Erste bin, sage ich mir immer wieder. Hauptsache, ich bin der Letzte. Nun, da sie auf den Geschmack gekommen ist, wird sie vermutlich sowieso von einem Bett ins andere fallen. Sie ist einfach wahnsinnig neugierig, was diesen Bereich anbelangt, allein deshalb ist es wichtig, dass sie ein paar Erfahrungen sammelt. Wäre ich der Erste gewesen, wir würden zusammen bleiben, heiraten, Kinder kriegen, dann würde sie unweigerlich irgendwann an den Punkt gelangen, an dem sie sich fragt, ob sie nicht was verpasst hat. Sam muss sich die Hörner abstoßen und, ja, auch wenn der Gedanke an sie mit einem anderen Kerl mich beinahe umbringt, bin ich überzeugt davon, dass ich das Richtige tue.

Theoretisch wäre es zwar legal, wenn jetzt etwas zwischen uns laufen würde, aber ich kann das unmöglich mit meinem Gewissen vereinbaren. Ich bin für Sam der wichtigste Mensch in ihrem Leben, und es wäre falsch, wenn wir jetzt etwas miteinander anfangen würden. Sie braucht mich – und zwar nicht als ihren festen Freund, sondern als einen Erwachsenen, dem sie sich anvertrauen kann, wenn sie Probleme hat. Im Moment hat sie offensichtlich welche, wenn auch solche, bei denen ich ihr nicht helfen kann. Russel hat ihren Zorn auf sich gezogen.

»Du bist so eine Sackratte, Rus! Das kannst du nicht machen«, faucht Sam, und ich werfe ihr einen erstaunten Blick zu, weil ich nicht weiß, weshalb sie so aufgebracht ist.

»Klar kann ich, Sammy, siehst du doch!«, meint Russel, baut zwei Straßen und schnappt Sam die längste Handelsstraße vor der Nase weg. Damit fehlt ihm noch ein Punkt, um zu gewinnen. »Hat noch jemand Stroh für mich?«, fragt er in die Runde. Damit er gewinnt oder was, indem er aus seiner Siedlung eine Stadt macht? Das kann er vergessen. Mit ihm tauscht so schnell keiner mehr.

Joe ist dran. Sie würfelt eine zehn und bekommt vier Lehm. Unglaublich! Wie kann man so ein verdammtes Glück haben. Da baut sie zwei verdammte Städte an die dämliche Zehn, und die fällt seitdem ständig, und auch alle Nummern, die sonst an die Städte angrenzen, werden dauernd gewürfelt. Joe baut eine Straße und dann eine Siedlung an dem Drei-zu-eins-Hafen.

»Hat jemand ein Stroh für mich?«, will sie wissen.

»Was bekomme ich denn dafür?«, fragt Rory.

Joe seufzt. »Was willst du denn dafür haben?«

»Zwei Erz oder zwei Wald.«

»Habe ich nicht«, meint sie. Stimmt auch. Woher soll sie das bitte schön haben? Sie sitzt an keinem Minenfeld, und die Zahlen für die Waldfelder wurden seit zwei Runden nicht mehr gewürfelt. Die Zwillinge haben gerade ihr letztes Holz verbaut. »Ich kann dir zwei Lehm geben«, bietet sie an.

»Dann warte bis zu deinem Zug und mach es mit mir«, meint Sammy zu Rory. Die Zweideutigkeit ist sicherlich nicht beabsichtigt. Sammy kann schlicht und ergreifend keinen einzigen Satz sagen, ohne dass dieser sexuell angehaucht klingt.

»Ich will gar kein Lehm«, lässt Rory die Mädels wissen.

»Du bekommst zwei Lehm und ein Schaf«, sagt Joe.

Rory blinzelt verwirrt, zögert aber noch. »Zwei Schafe und ein Lehm«, fordert er.

»Habe ich nicht. Aber ich könnte dir …«

»… deine Jungfräulichkeit anbieten? Da wäre er sicher gern dabei«, geht Sam dazwischen und meint dann in zuckersüßem Tonfall: »Rory, von mir bekommst du alles, was du willst. Zwei Schafe und ein Lehm.« Nur mit der Jungfräulichkeit wird es schwer, denke ich säuerlich. Fuck, darüber muss ich echt hinwegkommen. Es war schließlich klar, dass Sammy, neugierig wie sie ist, alles ausprobieren möchte. Es grenzt an ein Wunder, dass sie bis zu ihrem Sechzehnten gewartet hat – vermutlich hat sie es bloß so lange ausgehalten, weil ich ihr dieses Versprechen abgerungen habe. »Gar kein Problem, warte einfach noch, bis ich am Zug bin«, säuselt sie und klimpert mit den Wimpern. Rory blickt zwischen den Mädels hin und her.

Joe verliert die Geduld, schnaubt frustriert und meint dann: »Wisst ihr was, dann mache ich es mir eben selbst.« Sie tauscht über ihren Hafen drei Lehm gegen ein Stroh.

»Gut so«, stimme ich ihr zu und sage: »Neue Dean-Reynolds-Regel: Beim Siedler-von-Catan-Spielen werden keine sexuellen Gefälligkeiten versprochen oder gehandelt.«

»Warum? Wo bleibt da der ganze Spaß?«, fragt Russel.

»Ja, echt jetzt, Mann! Du kannst nicht mitten im Spiel mit so einer gravierenden Regeländerung um die Ecke kommen«, stimmt Rory ihm zu.

»Ich finde auch, das geht gar nicht, Dean. Ich weiß, du willst ein Schaf haben, und für einen Kuss und ein Erz hätte ich das glatt gemacht«, meint Sammy und nippt an ihrem Glas. Ich starre auf ihren Mund und kann nur daran denken, wie unfassbar gern ich diesen verdammten Kuss hätte.

»Jetzt hast du ihn völlig aus der Fassung gebracht«, kommentiert Russel lachend meinen willenlosen Zustand. Meine Libido jault auf, und ich würde diesem übereifrigen Ding am liebsten den Hals umdrehen – damit meine ich die Libido und nicht Sammy, denn die will ich packen, mit in mein Zimmer nehmen und meine Lippen nie wieder von ihren lösen.

»Ja, hat sie, ich kann an nichts anderes mehr denken als daran, was ich mit dem Schaf anstelle«, lüge ich. Da gibt es schließlich einige Optionen. Am sinnvollsten wäre eine Siedlung, oder doch lieber eine Entwicklungskarte? Das laute Grölen der nervigen Bagage reißt mich aus meiner strategischen Planung. »Was ist?«, frage ich verwirrt.

Sammy zwinkert mir zu. »Na ja, wenn du drüber nachdenkst, was du mit dem armen Tier anstellst, dann hast du wohl kein Interesse an einem Kuss von mir«, meint Sammy, und die anderen lachen sich kringelig.

»Schafe«, brumme ich, nachdem ich es geschafft habe, die Erinnerungen an die Vergangenheit abzuschütteln. Als ob ich das nötig hätte!

Eine Dreiviertelstunde später sitzen wir zusammen am Esstisch. Anfangs ist es sonderbar. Wir schweigen uns an. Um das Eis zu brechen, erzähle ich eine Story aus der Redaktion.

»Aber ihr dürft diese Geschichte unter keinen Umständen weitererzählen«, beschwöre ich Joe und Sam. »Es ist schlimm genug, dass Kane sich jedes Mal einen Ast lacht, wenn er mich trifft.« Ich nehme einen Schluck von meinem alkoholfreien Bier und beginne zu erzählen: »Also, die ganze Redaktion weiß, dass Kane erwartet wird, und ihr könnt euch vorstellen, dass wir alle megaaufgeregt sind.« Kane ist schließlich der größte Surfer aller Zeiten. Joe und Sam sind natürlich im Bilde. Sie nicken zustimmend, und ich weiß, ich habe ihre volle Aufmerksamkeit allein deshalb, weil es eine Story rund um Kane ist. »Kane kommt an, und wir sind noch mitten in den Vorbereitungen, denn es soll ja alles perfekt sein. Er ist über eine Stunde zu früh und trifft ausgerechnet auf die Praktikantin, denn alle anderen wuseln aufgeregt durch die Räume und legen letzte Hand an.«

Bei der Erinnerung muss ich anfangen zu lachen. Mir ist klar, dass ich nahe dran bin, die Pointe zu versauen, aber ich kann nicht anders. Diese Story ist so gut, sie bringt mich jedes Mal so zum Lachen, dass mir die Tränen kommen.

SAM | 30.06.2014 | Lāhainā | Maui | Hawaii

Dean beginnt glucksend zu lachen. Er kann sich kaum einkriegen, und Joe und ich werfen uns einen vielsagenden Blick zu – muss ja eine Wahnsinnsstory sein. Ich für meinen Teil bin jetzt schon amüsiert und erwarte sonst was für eine krasse Geschichte. Ich werde nicht enttäuscht, als Dean fortfährt: »Kane stellt sich also vor, und sie sagt doch glatt: ›Ich bin zwar nur die Praktikantin, aber verarschen kann ich mich selbst. Kane Slade ist der größte Surfer aller Zeiten, und Sie sind maximal eins achtzig, wenn überhaupt.‹«

Ich keuche auf und schlage mir die Hand vor den Mund. Der Lachanfall, der meinem ersten Schock folgt, kann sich sehen lassen. Wir krümmen uns alle drei, und schließlich japst Joe: »Du machst Witze, oder?«

Dean wischt sich über seine tränenden Augen und kichert. »Ich wünschte, es wäre so. Ich wäre am liebsten im Erdboden versunken, als Kane mir die Story erzählt hat. Jedes Mal, wenn wir uns jetzt treffen, meint er: ›Ja, ja, ich weiß, der größte Surfer aller Zeiten.‹«

»Die Praktikantin, wer war das?«, erkundigt sich Joe.

»Mel, weiß nicht, ob du dich an sie von der letzten Wavehunters-Veranstaltung erinnerst«, erwidert er.

»Die Kleine, die, während sie mit Rory rumgeknutscht hat, nur Augen für dich hatte?«

»Nein, das war Trish.«

»Hast du die inzwischen eigentlich vernascht?«

Dean erwidert nichts, doch der Blick, mit dem er Joe misst, sagt alles. »Sie war nämlich total scharf auf ihn, musst du wissen«, informiert sie mich. »Rory hat tagelang geflucht, weil sie ihn am ausgestreckten Arm hat verhungern lassen.« Sie wendet sich wieder Dean zu: »Ihr Plan, dich eifersüchtig zu machen, ist also doch aufgegangen, was?«

Deans Blick wird strenger. Bevor er sie in die Schranken weisen kann, sage ich: »Zurück zu Kane. Das Coole an ihm ist ja, dass er sich selbst nicht so wichtig nimmt und trotz seines bombastischen Erfolgs total bodenständig und normal ist.« Eine haltlose Behauptung, denn Kane ist im Grunde auch nicht anders als die anderen Surfer. Ein Ego bis zum Horizont und darüber hinaus. Mit den Starallüren der Top-Hundert-Athleten könnte man sämtliche Weltmeere fluten, aber ich will nicht über Dean und diese Trish nachdenken, denn irgendwie stört es mich. Ich weiß, dass das Quatsch ist, aber das Gefühl ist nun mal da. In meinen Eingeweiden rumort es. Lass den Scheiß, herrsche ich mich an, als mir klar wird, dass ich regelrecht eifersüchtig bin.

»Stimmt, die meisten anderen von den Typen wären doch

beleidigt abgerauscht, weil sie nicht erkannt worden wären«, stimmt Joe mir zu.

»Rus an Kanes Stelle hätte bestimmt voll die Welle gemacht«, meint Dean, und ich sehe ihm an, dass er es in dem Augenblick, in dem er es sagt, bereut. »Sorry«, murmelt er an Joe gewandt, aber ich weiß, dass er auch mich meint.

»Nein, du hast ja recht.« Sie seufzt. »Er war schon ein ganz schön selbstverliebter Kerl, unser Bruder, was?«

»Manchmal«, stimmt Dean ihr verlegen zu.

»Haben deine Brüder so an sich, Joe«, kommentiere ich trocken, was beiden ein schwaches Lächeln entlockt.

Die Situation eskaliert, als Dean die Augen verdreht und an seine Schwester gewandt sagt: »Deine Freundin ist so eine Pestbeule!«

Ich schnappe mir das Küchenhandtuch, das auf dem Tisch liegt, und schnicke es nach ihm. »Wen nennst du hier Pestbeule, Casanova?«

Der Zipfel des Handtuchs trifft seinen Oberarm, und Dean jault mädchenhaft auf. »Nervensäge«, zischt er, und ich schlage wieder nach ihm, diesmal fängt er das Handtuch ab und reißt es mir aus der Hand. Ups! Ein Blick in seine Augen verrät mir, dass ich in Schwierigkeiten stecke. Ich stehe ruckartig auf, mein Stuhl schabt über den Boden, und auch Dean ist bereits auf den Beinen. Zum Glück steht der Tisch zwischen uns. Er täuscht nach rechts an, und ich wende mich daher ebenfalls nach rechts, doch er wirbelt rasch herum und ist schon halb um die Ecke, bis ich es ebenfalls schaffe, mich zu drehen. Joe bleibt einfach sitzen und schaut uns lachend – ja, echt, sie lacht – zu.

»Renn, Sammy«, grollt Dean hinter mir. Er lässt das Handtuch auf meinen Hintern sausen, und ich quietsche empört auf, als es mich trifft. Fuck, das tut echt weh! So schnell ich kann, flüchte ich nach oben. Ich höre ihn zu Joe sagen: »Mach dir schon mal Gedanken, wie wir ihre Leiche entsorgen«, ehe er mir nachsetzt.

Die Hälfte habe ich geschafft, als das Handtuch erneut auf meinen Po saust. Ich gebe ein lautes »Ahhhhh!« von mir und höre Dean lachen. »Sadist!«, kreische ich und renne weiter.

Von unten höre ich Joe rufen: »Lass sie am Leben, ich brauche sie noch.« Ich flüchte in ihr Zimmer. Dean ist dicht hinter mir, ich weiß es. Gerade will ich mich zu ihm herumdrehen, da prallt er gegen meinen Rücken, und gemeinsam landen wir auf Joes Bett. Ich winde mich unter ihm hervor, doch Dean schnappt mich. Und ich liege wieder schneller unter ihm, als ich Hallo sagen kann, weil er mich auf den Rücken dreht und sich zwischen meine Beine schiebt.

Die ausgelassene Stimmung kippt und bekommt eine andere Komponente. Merkt er, wie sehr sein Körper auf meinem mich plötzlich antörnt? Ich suche in seinen grünen Augen, die noch immer belustigt funkeln, nach einem Hinweis. Erst ist da nichts, doch dann verändert sich sein Blick. Er wandelt sich von amüsiert zu verlangend – oder vielleicht bilde ich es mir auch nur ein. Möglicherweise bin ich gerade nicht dazu in der Lage, das zu beurteilen, denn ich für meinen Teil bin in seinen Sog geraten. Dem Verlagen zu widerstehen, ihn zu küssen, erfordert all meine Willenskraft. Dean über mir bewegt sich. Sein Becken senkt sich gegen meine Mitte, und die winzige Geste wischt alle guten Vorsätze beiseite. Meine Sehnsucht und mein Hunger lassen sich nicht mehr zügeln. Sie überrollen mich, und ich gebe den Widerstand – zumindest für einen Augenblick – auf.

Ich schlinge meine Beine um seine Hüften und kreuze sie

über seinem Po. Instinktiv drängt er sich gegen mich, und sein Körper, hart und massiv, drückt mich tiefer in die Matratze.

Alles in mir giert danach, Dean wissen zu lassen, wie schön ich es finde, in seinen Armen zu liegen. Für einen Moment gibt es nur uns. Keine Joe, die jeden Moment hochkommen und uns erwischen könnte, keinen Russel, der irgendwie zwischen uns steht, auch wenn es ihn nicht mehr gibt. Ich hebe meinen Kopf an, lasse meine Hand in seinen Nacken gleiten und will ihn küssen …

»Ich … ich kann das nicht, Sam«, sagt Dean. Er drückt mit seiner Linken gegen mein Knie, und ich gebe ihn frei. Er erhebt sich und verlässt eilig Joes Zimmer. Schwer atmend und unfassbar erregt bleibe ich auf dem Bett liegen und starre an die Decke.

Was er in mir auslöst, ist nicht normal. In seiner Gegenwart habe ich mich überhaupt nicht unter Kontrolle. Klar könnte ich mich damit trösten, dass es ihm auch so geht, aber ehrlich, das ist eine beschissene Mischung. Eine, die am Abend nach Russels Beisetzung zu ungeschütztem Sex geführt hat, und obwohl Dean brandgefährlich und alles an unseren Ausrutschern grundlegend falsch ist, habe ich mich seit Russels Tod niemals so gut gefühlt wie in den Momenten, in denen er mir ganz nah war. Als er mich in der Nacht von Russels Beisetzung geküsst hat, war es, als würde Dean mir wieder Leben einhauchen.

Kapitel 06

DEAN | 30.06.2014 | Lāhainā | Maui | Hawaii

Wo ist Sam, hast du sie wirklich gekillt?«, begrüßt Joe mich, als ich die Treppe hinunterkomme. Sie ist gerade dabei, den Tisch abzuräumen. Ich rette mein Bier und genehmige mir einen großen Schluck.

»So schlimm bin ich auch wieder nicht«, behaupte ich, denn zugegeben, in der Vergangenheit gab es durchaus Situationen, in denen ich kurz davor war, sie zu lynchen, und auch im Moment bin ich nicht gerade gut auf sie zu sprechen. Klar gilt mein Ärger in erster Linie mir selbst, weil ich so unkontrolliert auf sie anspringe. Und verdammt: Anspringen trifft es mal richtig gut. In dem Moment, in dem sie unter mir lag, ging mein verdammter Verstand flöten, und ich konnte mich geradeso beherrschen, sie nicht einfach zu ficken. Ich schüttle die Erinnerung an die Situation ab, denn wenn ich es nicht tue, ist mein Schwanz gleich wieder bretthart. Wie zum Teufel macht sie es, dass ich in ihrer Nähe binnen kürzester Zeit zu einem willenlosen Spielball mutiere?

»Wer hat denn gesagt, ich soll drüber nachdenken, wie ich ihre Leiche loswerde?«, nuschelt Joe, während sie das benutzte Geschirr in die Spülmaschine stellt. »Aber was das angeht, da habe ich Ideen, denn ich habe gerade so eine coole neue Serie angefangen. Kennst du Dexter?«

»Nein, Schwesterherz, es gibt Leute, die arbeiten«, erwidere ich und versuche, nicht allzu verbittert zu klingen, denn nach wie vor kann ich mich über zu wenig Arbeit nicht beklagen.

»Es geht da um einen Serienkiller«, beginnt Joe. Ich höre die Treppenstufen knarzen, und Sammy gesellt sich zu uns in die

Küche. Wir meiden den Blickkontakt. Während Sam sich um die Essensreste kümmert und die Lasagne in eine kleinere Schale umfüllt, knüpfe ich an Joes und mein Gesprächsthema an: »Okay, dass dürfte erklären, wieso du nun darüber Bescheid weißt, wie man Leichen entsorgt. Da soll noch einer sagen, Fernsehen würde nicht bilden. Dann kann ja nichts mehr schiefgehen, wenn ich Sammy doch irgendwann mal abmurkse, weil sie mich in den Wahnsinn getrieben hat.« Sam wirft mir einen prüfenden Blick zu, und ich halte ihm stand. Sie verzieht ihr Gesicht, denn anders als Joe entgeht ihr nicht, dass ich gerade ziemlich geladen bin. Verdammt, ich bin so wütend auf mich.

»Ihr wisst aber schon noch, dass ich, wenn es um Sex geht, ein selektives Gehör habe? Eben habe ich nur getrieben gehört, so wie es wild miteinander treiben.« Es klingt wie ein Witz, doch ich werde den Eindruck nicht los, dass sie mich provoziert. Sie weiß genau, was sie in mir auslöst und spielt mit mir und ich bin der Idiot, der das zulässt.

»Siehst du«, wende ich mich an Joe und bemühe mich, Sams Worte zu ignorieren – etwas, das mir angesichts der Bilder, die ich nun von ihr und mir im Kopf habe, mehr als schwerfällt. »Kein Richter der Welt würde mich dafür zur Verantwortung ziehen wollen. Im Gegenteil, vermutlich würde ich noch Kohle dafur bekommen. Auf Sam ist bestimmt irgendwo auf der Welt ein Kopfgeld ausgesetzt.«

»Witzig!«, meint sie und fügt hinzu: »Ich lache morgen drüber.«

Joe umarmt Sam und sagt: »Aber schau sie dir doch nur an. Sie ist so putzig und würde mir ganz arg fehlen.« Sam setzt ihren niedlichsten Gesichtsausdruck auf und klimpert so unschuldig mit den Wimpern, dass ich unwillkürlich lachen muss.

Scheiße, sie weiß echt, wie sie mich um den Finger wickeln kann. Hast du denn gar keine Selbstachtung, Mann, knurre ich mich an. Sam zieht an den Strippen, und schon machst du Männchen. Wo sind deine Cojones, Alter? Dennoch entspanne ich mich ein wenig. Im Prinzip ist ja auch eben gar nichts passiert. Du meinst, außer dass ihr euch aneinander gerieben habt wie zwei notgeile Teenies, sagt die ätzende Stimme in mir, die immer alles besser weiß. Hey, halte ich entgegen, immerhin haben wir uns nicht geküsst. Klar, rede dir das bloß ein. Es geht nichts darüber, sich die traurige Wahrheit schönzureden, aber Fakt ist, dass du Sam restlos verfallen bist und dich wieder einmal zum Affen gemacht hast, weil du deine Finger nicht von ihr lassen kannst.

Ich schließe die Augen und atme tief durch. Ich hasse diese verdammte Stimme, die perfektionistische Maßstäbe an den Tag legt und mich ständig dafür kritisiert, wenn ich an dieser extrem hohen Latte scheitere. Mein Gewissen ist so präsent und ausgeprägt, ich sollte ihm einen Namen geben. Vielleicht Fred? Sei nicht albern, mault es empört. Du weißt, dass ich recht habe. Oh ja, das ist das Problem. Fred hat immer recht.

Ich widme mich wieder meiner kleinen Schwester und der Frau, die mich an der Kandare hat wie keine Zweite und gegen die nicht mal mein Gewissen ein wirksames Mittel besitzt.

»Sam ist vieles, Joe, aber gewiss nicht niedlich«, belehre ich meine Schwester. »Das ist wie bei Rory. Er mit seinen engelsgleichen Locken wird ja auch immer für die Unschuld in Person gehalten. Sam tarnt sich dafür mit ihrer Kleinwüchsigkeit«, überspiele ich die Situation. Ich bin echt an Peinlichkeit nicht zu überbieten.

»Kleinwüchsigkeit?«, echot Sam empört. »Ich bin immerhin fast eins sechzig. Nur weil du so ein Riese bist, musst du noch lange nicht auf meiner Größe rumhacken.«

Joe lacht, und Sam zeigt mir den Finger.

»Was hatte ich dir über den Gebrauch von Mittelfingern gesagt?«, frage ich gespielt streng.

»Keine Ahnung. Vergessen«, behauptet sie.

»Du kannst ja lügen, ohne rot zu werden.« Sam stellt gerade die Reste der Lasagne in den Kühlschrank, als ich hinzufüge: »Eins muss man dir echt lassen, du kochst wie eine Göttin. Die Lasagne ist der Hammer. Ich habe das Gefühl, die wird immer besser.«

»Eine Zeit lang hast du mich vermutlich nur hier geduldet, weil du so ein großer Fan meiner Kochkünste bist.«

Ich erwidere nichts, denn ihre Annahme entbehrt nicht jeder Grundlage. Es gab eine Zeit, da habe ich ihre Anwesenheit in der Tat kaum ertragen und sie ausschließlich wegen Joe in diesem Haus geduldet. Unwillkürlich frage ich mich, ob das jetzt wirklich anders ist und komme zu dem Schluss, dass es das nicht ist. Unter keinen Umständen würde ich freiwillig Zeit mit Sam allein verbringen.

»Ja, du bist echt eine Spitzenköchin«, bescheinigt ihr die.

»Yep! Kochen und Haareschneiden sind meine geheimen Superkräfte«, erwidert Sam, und ich fahre mir unwillkürlich durch meinen dunkelbraunen Schopf.

Joe mustert mich und schüttelt den Kopf: »Nein, ich fürchte nicht, Sam. Die Macke ist gigantisch. Die ist so groß, die könnte die neunte Hauptinsel dieses Staates werden.«

»Mensch, wie oft muss ich das noch sagen? Er hat rumgezappelt!«

Joe äugt zu mir. »Ich musste lachen«, verteidige ich mich

und sage dann an Sam gewandt: »Hättest du mich nicht zum Lachen gebracht, dann hätte ich gar nicht gezappelt.«

»Jetzt ist also alles meine Schuld, oder was?«

»Könnte man so sagen«, behaupte ich.

Sam wirft mir einen stinkigen Blick zu und mault: »Dir schneide ich noch mal die Haare, du undankbarer Kerl!«

»Schön zu sehen, dass zwischen euch alles beim Alten ist. Ich habe mir schon ernsthaft Sorgen gemacht, dass ihr euch in letzter Zeit doch wieder nähergekommen seid. Ich wüsste echt gar nicht, wie ich damit umgehen sollte, wenn ihr euch wieder vertragen würdet«, meint Joe und verdreht die Augen. Wenn sie eine Ahnung davon hätte, wie nahe wir uns wieder gekommen sind, dann würde sie mich zwangskastrieren. Wobei: Wenn sie die ganze Story kennen würde, dann lägen die Dinge sicherlich anders. Vor allem würde sie nicht mehr behaupten, dass Sam niedlich ist.

Das Problem ist nur: Auch wenn sie nicht niedlich ist, übt sie doch diese brutale Anziehungskraft auf mich aus, und ich entschließe mich nach einer weiteren qualvollen Viertelstunde, das Haus zu verlassen.

Fuck, denke ich, als ich endlich in meinem Auto sitze und aus der Ausfahrt fahre. Ich habe keine Ahnung, wohin ich soll, aber ich habe es verdammt noch mal nicht mehr in Sams Nähe ausgehalten. Ich hätte vorsichtiger sein und diese Situation in Joes Schlafzimmer vermeiden müssen. Bei der Erinnerung, wie sie unter mir im Bett meiner Schwester lag, werde ich hart. Sam ist Gift für dich, brülle ich mich in Gedanken an, doch diesem Teil von mir, der so wahnsinnig auf sie abfährt, ist das egal. Ich darf nicht zulassen, dass so etwas zwischen uns noch einmal geschieht. Fast hätte ich sie geküsst, fast hätte ich meine Zukunft mit Trish aufs Spiel gesetzt – nur weil ich mich nicht unter Kontrolle habe und mich in ihrer Gegenwart in einen hormongeplagten Teenager ohne jegliche Hemmungen verwandle.

Ich verbringe die Nacht auf dem Boot. Segeln ist wie Camping auf dem Wasser, und ich bin ein großer Fan von beidem. Ich bin gern an der frischen Luft und in der Natur – leider lässt mein stressiger Alltag solche Aktivitäten kaum zu, und auch wenn Dads Boot im Hafen liegt, ist es ein ganz besonderes Gefühl, umgeben vom Meer zu schlafen.

Da ich noch lange am Laptop gearbeitet habe, ist es später Vormittag, als ich aufwache. Orientierungslos blinzle ich gegen die Helligkeit an. Durch die Luke fällt das Sonnenlicht in die Bugkabine, wo ich mich verkrochen und die Nacht verbracht habe. Schritte und Stimmen an Deck alarmieren mich, und ich bin in Windeseile auf den Beinen. Nur um festzustellen, dass Dad einen seiner fürsorglichen Anfälle und Joe und Sam zu einem Segelausflug überredet hat. »Komm doch mit«, sagt er, als ich ihn bitte, mir eine Viertelstunde zu geben, damit ich meinen Kram zusammensuchen und die Fliege machen kann.

»Oh ja, Dean, komm mit«, bettelt Joe. Sie wirkt aufgeräumt. Vielleicht helfen diese stimmungsaufhellenden Medikamente ja doch, denke ich und bin unfähig, ihr ihren Wunsch abzuschlagen. Ich schaue zu Sam. Es ist bloß ein Tag auf dem Boot, sage ich mir, und auch wenn sich alles in mir sträubt, mehr Zeit mit ihr als nötig zu verbringen, nicke ich schicksalsergeben.

Keine zwanzig Minuten später legen wir ab und segeln nach Molokini. Früher waren wir oft dort. Manchmal lagen wir tagelang vor der sichelförmigen Insel vor Anker, waren schnorcheln und tauchen. Ich habe diese Familienausflüge geliebt. Dad war fast immer dabei, und ich hatte die Möglichkeit, die Verantwortung abzugeben und auch mal zu tun, worauf ich

Lust hatte. Die Insel ist nur knapp drei Meilen von Maui entfernt, und doch fühlt es sich an, als wäre man auf einem anderen Planeten. Es ist paradiesisch, und auch heute ist es mir unmöglich, mich der Wirkung zu entziehen, obwohl ziemlich viel los ist und wir eine Weile warten müssen, bis wir einen Ankerplatz haben.

Die leichte Brise trägt Joes und Sams Stimmen zu mir. Sie liegen auf dem Bug in der Sonne und unterhalten sich über den Film, den sie gestern Abend gesehen haben. Joe klingt wirklich gut, fast fröhlich.

Als ich vom Boot in das kristallklare, türkisblaue Wasser springe, flüchte ich nicht vor Sam, sondern komme nur der Verlockung nach, die von ihm ausgeht. Während ich die bunte Farben- und Artenvielfalt unter Wasser genieße, überkommt mich zum ersten Mal seit Wochen ein Gefühl der Ruhe und Zufriedenheit. Ich entspanne mich, komme runter – wenigstens kurz, denn sobald ich die Veränderung, die in mir vorgeht, realisiere, verbiete ich mir, so zu empfinden. Es ist keine bewusste Entscheidung, vielmehr überrennt mich das schlechte Gewissen. Ich sollte nicht glücklich sein, nicht, nachdem mein Bruder erst vor Kurzem gestorben ist. Einerseits weiß ich, dass das unsinnig ist, andererseits fühle ich mich einfach schuldig, weil ich am Leben bin und er tot ist.

Ich bleibe lange im Wasser, selbst als mir kalt wird, zögere ich es hinaus, wieder an Bord zu gehen, und nun ist es doch Sams Anwesenheit, der ich mich zu entziehen versuche. Denn von meinem Dad und Joe fehlt jede Spur. Ich nehme an, dass sie ebenfalls im Wasser sind, und daher wäre ich allein mit Sam auf dem Boot. Schließlich friere ich so sehr, dass ich es einfach nicht länger aushalte, die Leiter erklimme und an Bord zurückkehre. Sam sitzt in einen übergroßen Hoodie gekuschelt auf der Sitzbank vor dem Steuerrad. Ihre Haare sind feucht, weshalb ich davon ausgehe, dass sie ebenfalls im Wasser war. »Alles gut?«, frage ich sie.

»Yep«, murmelt sie und widmet sich dann wieder dem Skizzenblock auf ihrem Schoß. Ich schiele darauf und sehe eine Bleistiftzeichnung des halbmondförmigen Kraters. Sam hat die ankernden Boote skizziert und auch zahlreiche Menschen im Wasser eingefügt. Das Besondere an dem Bild ist allerdings, dass nur ein Teil die Oberfläche zeigt. Ein Drittel des Bildes stellt die Unterwasserwelt dar. Sam hat die Riffe mit Korallen und Fischen belebt. Der Stift huscht schnell über das Papier und fängt die Realität mit wenigen, aber exakten Strichen ein.

»Wow«, sage ich beinahe ehrfürchtig. Sam konnte schon immer gut zeichnen, aber diese hingeworfene Skizze verrät, wie gut sie ihr Talent in den letzten Jahren ausgebaut hat. »Deine geheime Superkraft ist definitiv das Zeichnen.« Ich beuge mich ein Stück über sie, um mehr sehen zu können. Sam schaut zu mir auf und dreht rasch den Block um. Keine Sekunde zu früh, denn ein Wassertropfen perlt aus meinen nassen Haaren und landet auf der grauen Pappe. Ich ernte einen vorwurfsvollen Blick.

»Du kannst es dir anschauen, wenn du trocken bist.«

Das Angebot nehme ich gern an. Nachdem ich mich umgezogen habe, warte ich geduldig, bis Sam mir den Block reicht. »Ich schaue mal nach Joe«, sagt sie und geht unter Deck. Ich sehe ihr nach, wie sie verschwindet, und höre sie dann fragen, ob Joe sich besser fühlt. Sie reden leise miteinander, und da sie sich in der Bugkabine befinden, kann ich nicht viel verstehen. Ich blättere durch die Zeichnungen und erstarre, als mir Russels Gesicht entgegenblickt. Das Bild ist nach seinem Tod entstanden, wie das Datum mir verrät, doch Sam hat ihn so exakt getroffen, dass ich erschauere. Der Ausdruck in seinen Augen ist so intensiv. Es ist, als würde er mich direkt ansehen. Einen Moment lang bin ich versucht, den Block zuzuklappen, dann blättere ich weiter und stoße auf eine Zeichnung von Joe, die die Beine angezogen hat und weint. Die Verzweiflung und Einsamkeit, die diese Zeichnung ausstrahlt, sind beinahe greifbar. Mir wird schwer ums Herz, und diesmal gelingt es mir, nicht weiterzublättern. Ich klappe den Block zu und lege ihn auf die Sitzbank.

Sam kommt wieder hoch. »Was ist los?«, frage ich sie besorgt.

»Joe hat ihre Tage und Kopfschmerzen«, sagt sie und fügt hinzu: »Du bist schlimm!«

»Warum?«

»Weil sie inzwischen erwachsen ist und du sie nicht mehr ständig beschützen musst, deshalb.«

Ich sage Sam nicht, dass das aber jahrelang meine Aufgabe war, oder das Joe sich seit Russels Tod in einem Zustand befindet, der es nötig macht, sich um sie zu sorgen. Und ich erinnere sie auch nicht daran, welche Folgen es damals fast gehabt hätte, als ich nicht richtig auf sie aufgepasst habe.

DEAN | 21.04.2002 | Wailuku | Maui | Hawaii

Es gibt Tage, die vergisst man nie. Man weiß genau, was man gerade gemacht hat, als dies oder jenes passiert ist. Als meine Mutter starb, war ich beispielsweise gerade mit meinem Bruder Russel auf der Krankenhaustoilette. Auch meine Schwester Joe war nicht bei ihr im Zimmer, sondern nur mein Dad. Manchmal kommt es mir so vor, als hätte sie nur darauf gewartet, dass wir nicht bei ihr sind, um dann in Ruhe gehen zu können. Das war vor etwas mehr als vier Jahren. Ich nehme an, wenn sie sehen könnte, was ich mir heute geleistet habe, dann wäre sie entsetzt, denn wenn man mich fragen würde, was ich in dem Moment getan habe, als meine Schwester beinahe in unserem Pool ertrunken wäre, dann müsste ich nämlich antworten, dass ich Sex hatte.

Ich hatte gerade mein erstes Mal mit einem Mädchen, mit dem ich seit einer Weile gehe. Sie heißt Anna, ist drei Jahre älter als ich und ziemlich heiß. Ja, ich weiß, würde sich echt gut auf Joes Grabstein machen. Fuck, ich bin so ein Idiot. Ich hätte auf sie und Sammy aufpassen müssen, aber das habe ich nicht getan. Stattdessen habe ich mit Anna rumgemacht.

Egal, einfach nicht dran denken. Gar nicht so leicht, denn über den Linoleumboden des Krankenhauses eilt mein Dad auf mich zu. »Was ist passiert?«, fragt er. »Wo warst du? Warum hast du nicht aufgepasst?«

Er überschüttet mich mit Vorhaltungen, und ehe ich antworten kann, kommt Sam zu uns. Sie war am Getränkeautomaten und reicht mir eine Dose mit Cola. »Er war in der Küche und hat uns was zu essen gemacht«, flunkert sie.

Ich will Dad die Wahrheit sagen, doch Sammy, die schräg hinter ihm steht, schüttelt mahnend den Kopf.

»Was ist passiert?«, will er von Sam wissen und dreht sich zu ihr herum.

»Wir haben Handstand am Beckenrand gemacht. Joe ist abgerutscht und doof gefallen.«

»Sie hat sich den Oberarm an der Kante vom Pool gebrochen«, erläutere ich, obwohl ich das Ganze nur aus Sams Erzählungen weiß.

»Wie zum Teufel hat sie das denn geschafft?«, fragt mein Vater entsetzt.

»Das fragen wir uns auch«, meint ein Arzt. Er reicht meinem Dad die Hand und stellt sich als Dr. Brown vor.

»Sean Reynolds. Ich bin Josephines Vater.« Zum Glück kann Joe ihn nicht hören. Sie hasst ihren vollen Namen, und wenn er ihn benutzt, verdreht sie immer die Augen. Unser Vater hat manchmal sonderbare Ansichten, und obwohl Joe ihn regelrecht angefleht hat, sie nicht Josephine zu nennen, macht er es trotzdem. Außerdem muss sie Klavierunterricht nehmen, dabei würde sie viel lieber Gitarre spielen lernen.

»Ihre Tochter lebt wohl nach dem Ganz-oder-gar-nicht-Prinzip«, behauptet der Arzt.

»Eigentlich nicht. Ihr Zwillingsbruder Russel ist der mit den tollkühnen Aktionen.« Da hat Dad allerdings recht.

»Na ja, dann hat sie heute wohl alles nachgeholt. Ihre Tochter hat einen Spiralbruch des Oberarmknochens. Es ist ein komplizierter Bruch, und sie muss zur Operation ins Krankenhaus nach Honolulu verlegt werden.«

»Sie muss operiert werden?« Die beiden Brüche, die Russel bisher hatte, sind einfach so zusammengewachsen, da gab es einen Gips und mehr nicht.

»Ja, leider«, bekundet der Doktor, der einer dieser Ärzteserien entsprungen sein könnte. Er ist noch nicht sonderlich alt. Mich wundert, dass Dad ihn für voll nimmt. »Es ist eine größere Sache. Du musst Dean sein, nicht wahr?«, fragt er mich.

»Ja«, entgegne ich.

»Deine Schwester hat schon nach dir gefragt.«

»Dean hat Joe gerettet«, behauptet Sam.

»Habe ich nicht. Ich …«

»Doch, hast du! Du hast sie aus dem Wasser gezogen. Joe war nämlich ohnmächtig«, informiert sie meinen Vater und den Arzt. »Und Dean hat sie wiederbelebt. Er hat …«

»… getan, was getan werden musste«, unterbricht mein Vater Sammys Lobeshymne, und ich bin ihm dankbar dafür. Ich fühle mich schrecklich, denn der ganze Unfall wäre nicht geschehen, wenn ich richtig auf die Mädels aufgepasst hätte.

»Ihr Sohn hat allem Anschein nach vorbildlich reagiert. Das haben auch die Sanitäter gesagt.« Das glaube ich kaum, denn Joe hat neben diesem Armbruch auch noch zwei angeknackste Rippen, wie der Arzt uns im nächsten Atemzug mitteilt, und die habe ich ihr wohl bei meinen dilettantischen Wiederbelebungsversuchen zugefügt.

»Können wir zu ihr?«, frage ich den Arzt.

»Ja, du darfst sie sehen, aber wir machen deine Schwester in Kürze transportfertig, damit sie heute noch nach Oahu geflogen werden kann.«

Ich beobachte Dad, wie er sich von dem Arzt zu Joes Zimmer führen lässt. Die Anspannung steht ihm förmlich ins Gesicht geschrieben, und ich mache mich schon mal auf eine ordentliche Standpauke gefasst. Ich hätte nicht auf Anna hören und mich von ihr verführen lassen sollen. Ich hatte ein mieses Gefühl dabei. Aber ich konnte ihr nicht widerstehen und, ja, ich wollte es unbedingt. Ich meine, das war mein erstes Mal. Sams gellender Schrei hat uns mittendrin unterbrochen. Zugegeben, davor war es bombastisch, aber es war das hier nicht wert.

Wir betreten das Zimmer, und ich starre Joe an. Sie sieht in dem Krankenhausbett völlig verloren aus, ganz klein und hilflos. Sie ist erst neun Jahre alt, und wegen meiner Unachtsamkeit wäre ihr Leben heute beinahe zu Ende gewesen. Ich beiße mir fest auf die Innenseite der Wange, um nicht wie ein Mädchen in Tränen auszubrechen. Der Gedanke daran, was hätte passieren können, ist ganz furchtbar. Ich habe Joe wahnsinnig lieb und will auf keinen Fall, dass ihr etwas zustößt, und doch ist es passiert, und ich bin daran schuld.

Dad setzt sich zu Joe auf die Bettkante, er streichelt ihre Wange und fragt: »Was machst du bloß für Sachen, Josephine?«

»Joe, Dad! Niemand außer dir nennt mich Josephine«, faucht sie. Es scheint, als würden die Schmerzmittel, die sie bekommt, helfen.

Sam quetscht sich an mir vorbei und eilt ebenfalls zu Joe. »So einen Scheiß machst du nie wieder! Ich habe mich zu Tode erschrocken. Du wärst fast ertrunken! Dean musste dich wiederbeleben.«

»Es tat echt weh, da konnte ich nicht mehr«, lässt Joe sie wissen. Sie verstummt und schaut mich dann an. »Heißt das, dass du … dass deine Lippen auf meinen … Oh mein Gott, ich habe meinen ersten Kuss von meinem Bruder bekommen«, jammert Joe und wischt sich mit der linken Hand über ihren Mund. »Das ist so ekelhaft! Kannst du mir was zu trinken holen, Daddy?«, fleht sie. Ich verdrehe die Augen.

»Bleib sitzen, ich mache das schon«, murre ich.

Als ich am Getränkeautomaten stehe, kommt Sam zu mir. »Hi!«, meint sie.

»Hi!«, antworte ich.

»Du warst toll heute.«

Ich drehe mich genervt zu ihr und sage: »Nein, war ich nicht. Joe ist fast ertrunken, und wir wissen beide, warum.«

Sam knatscht auf ihrem Kaugummi herum, legt den Kopf schief und meint dann: »Weil sie superkrass tollpatschig ist?«

»Nein, weil ich …«

»Dean, wir sind aus dem Babysitteralter raus. Rus und Rory waren surfen. Was, wenn die beiden ein Hai gefressen hätte?«

»Alle beide?«

»Ja, an denen ist doch nichts dran. Rory ist total mickrig, und Rus ist auch ein Hemd«, scherzt sie. »Nur Haut und Knochen, die Jungs. Der arme Hai hätte sie mit einem einzigen Haps verschluckt und sich an Rus vermutlich die Zähne ausgebissen.«

»Die wachsen ja nach«, meine ich mitleidlos. Ja, ich weiß, was Sam meint, aber …

»Dean, schau nicht so. Du kümmerst dich so viel besser um uns als meine Mum oder mein verdammter Dad oder dein Vater. Ich weiß echt nicht, was ich ohne dich tun würde. Ich hab dich ganz doll lieb.« Sie kommt auf mich zu und schlingt ihre Arme um mich. In dem Moment fällt die Anspannung ein wenig von mir ab, und ich bin kurz davor, loszuheulen, so erleichtert bin ich mit einem Mal, dass alles glimpflich abgegangen ist. Na ja, wenn man einen komplizierten Bruch und eine notwendige OP als glimpflich bezeichnen kann.

»Ich mag Anna«, informiert sie mich. »Magst du sie auch?« Ich zucke mit den Schultern. Ich weiß es ehrlich gesagt nicht. Ich kenne sie kaum, aber das, was zwischen uns abgeht, ist toll.

»Irgendwie schon«, murmle ich.

»Lass mich raten, auf diese besondere Weise«, meint Sam, schlingt ihre Arme um sich selbst und tut so, als wäre sie in eine innige Knutscherei vertieft. Ich sehe sie strafend an, aber sie zwinkert mir nur kackdreist zu. »Küsst sie gut?«, fragt sie.

»Das geht dich gar nichts an, du Nervensäge.« Sam ist so verdammt frühreif, und ihre frechen Sprüche lassen mich manchmal echt fassungslos zurück. Sie ist zwar erst zehn, aber den anderen deutlich mehr als ein Dreivierteljahr voraus. Ich weiß jetzt schon, dass das mit ihr witzig werden wird, wenn sie beginnt, sich für Jungs zu interessieren. Sam wird mitnehmen, was geht. Sie macht keine halben Sachen. Ganz oder gar nicht, das ist ihr Motto, und sie ist so sehr wie mein kleiner Bruder, dass es hin und wieder unheimlich ist.

»Oh, Deany, sei nicht so, sag bloß, du hast das hier mit ihr gemacht«, meint sie und bildet mit Daumen und Zeigefinger der linken Hand einen Kreis, in den sie dann den Zeigefinger der rechten steckt.

»Sam«, seufze ich matt. Ich bin nicht geschockt von der Geste, denn die Kids benutzen sie ständig, und ich habe mir abgewöhnt, sie deshalb zu ermahnen, und auch dafür, dass sie sich die Mittelfinger zeigen und ständig »Fuck« sagen. Sie sind zu viert, und ich bin allein, also …

»Oh, komm schon Deany. Konntest du einen Stich bei Anna landen?«

»Sam, wie alt bist du? Ich spreche bestimmt nicht mit einem Kind darüber, was ich so treibe oder nicht treibe, verstanden?«, motze ich.

»Tu nicht so, als seist du erwachsen, Dean. Das bist du nicht. Du bist auch ein Kind.«

»Ich bin fünfzehn«, erinnere ich sie.

»Ja, du bist erst fünfzehn, und das heute … Es ist nicht deine Aufgabe, auf uns aufzupassen, weißt du?«

Ich nicke bedächtig. Ja, ich weiß, aber außer mir macht es keiner. Die Hausmädchen, die mein Vater reihenweise einstellt, geben in der Regel rasch auf und sind keine Konstante. Es liegt in erster Linie an Rus. Er kann es nicht lassen, eine nach der anderen zu vergrätzen. Irgendwann hat er bisher alle an den Rand des Wahnsinns getrieben und aus dem Haus geekelt. Ich glaube, er weiß selbst nicht, warum er das macht, aber mir tut jede dieser Frauen leid. Rus kann ein echter Satansbraten sein. Mir hingegen leuchtet es allerdings vollkommen ein, weshalb er mit den Haushälterinnen nicht klarkommt. Rus sieht sie als Bedrohung an. Er fürchtet, sie niesten sich bei uns ein und ersetzen früher oder später unsere Mutter.

Ich für meinen Teil weiß jedoch, dass das nicht passieren wird. Dad hat unsere Mum geliebt … mehr als alles auf der Welt. Ich weiß nicht, wie er das macht. Vielleicht vögelt er seine Sekretärin oder bezahlt dafür. Ich bin nicht so naiv zu glauben, dass er keinen Sex hat, aber er hat auf keinen Fall eine feste Freundin. Außerdem trinkt er. Was für eine Frau will schon einen Säufer? Gut, man sieht es ihm nicht an. Er ist ein funktionierender Alkoholiker, dennoch, in einer Beziehung würde das früher oder später ans Licht kommen.

Dad kommt zu mir und Sam raus auf den Flur. Er schickt sie mit der Wasserflasche zu Joe und nimmt mich beiseite. Ich weiß, was er gleich sagen wird, und wappne mich innerlich dagegen.

»Wie zum Teufel konnte das passieren, Dean?«

»Ich weiß es nicht. Es ging alles so schnell«, erwidere ich und betrachte den Boden zu meinen Füßen aufmerksam.

Dad fährt sich voller Verzweiflung durch die Haare. »Ich habe mich auf dich verlassen, Junge!«

Ich weiß, und ich habe nicht nur ihn enttäuscht, sondern auch Joe und Sam und die Jungs. Ich bin echt so ein unfähiger Trottel. »Es tut mir leid, Dad«, beginne ich, doch er würgt mich ab.

»Dean, das ist eine ernste Sache. Es geht hier nicht um ein runtergefallenes Glas oder so. Joe könnte tot sein, begreifst du das?«

»Ja, das weiß ich, Dad! Ich verspreche, dass so was nie wieder vorkommt. Wirklich, Dad, ich werde von nun an besser auf sie aufpassen.«

»Mr. Reynolds«, sagt der Arzt, mit dem wir uns bereits zuvor unterhalten haben. »Es kann dann losgehen.«

»Ich begleite Joe. Fahr mit Sams Mum nach Hause, und dann denk darüber nach, was heute alles hätte schiefgehen können. Dass Joe noch lebt, ist reines Glück.«

Ich nicke und gehe an ihm vorbei zu ihrem Zimmer. »Hi, du Unglücksrabe«, begrüße ich sie.

»Na, mein mutiger Lebensretter«, entgegnet Joe.

»Lässt du uns einen Augenblick allein, Sammy?«, frage ich und setze mich zu meiner Schwester ans Bett. Als Sam den Raum verlassen hat, sage ich: »Es tut mir leid, Joe.«

»Dean, da ist nichts, was dir leidtun müsste. Es war ein dummer Unfall. Ich habe nicht aufgepasst.«

»Ist ja auch meine Aufgabe, auf dich aufzupassen«, erwidere ich, küsse sie auf die Stirn und füge hinzu: »Dad begleitet dich nach Honolulu, mach keine Dummheiten, verstanden?«

Sie hebt den Daumen. »Grüß Russel von mir und sag ihm, dass es mir gut geht, okay?«

Ich nicke, und sofort sucht mich das schlechte Gewissen erneut heim. Russel, Mist, der weiß noch gar nicht, was passiert ist und wo wir sind.

Wenig später sitzen wir mit Sams Mutter im Auto. Auf der Heimfahrt schweige ich, und selbst Sammy ist für ihre Verhältnisse ziemlich still. Rasch gibt sie es auf, sich mit mir unterhalten zu wollen, und redet stattdessen mit ihrer Mum. Sie macht ein paar Witze über deren Musikgeschmack und lässt uns dann – grausamerweise – an ihrem teilhaben. Echt gnadenlos. Ich hätte ja nicht gedacht, dass mein Tag noch übler werden könnte.

Ich lasse mich zu Hause absetzen und treffe dort auf Russel. »Wo warst du?«, blafft er mich an.

Ich erzähle ihm die ganze Geschichte – okay, nicht die ganze Geschichte. Ich lasse die Sache mit Anna aus, aber informiere ihn über den Unfall, Joes Beinahe-Tod und ihre bevorstehende OP.

»Du hast sie wiederbelebt? Das heißt so richtig mit Mund-zu-Mund-Beatmung?«, ist alles, was er fragt.

Ich seufze leidvoll. »Ja, habe ich«, gebe ich zu und denke, er wird wie Joe reagieren, doch stattdessen sagt er: »Wow, das ist … krass! Woher kannst du das denn?«

»Aus dem Erste-Hilfe-Kurs.« Den ich – nebenbei erwähnt – nur wegen Anna belegt habe. »Mach dir keine Sorgen, Rus. Joe geht es echt gut. Sie wird wieder.« Er nickt, sieht aber ziemlich fertig aus.

»Wann ich sie sehen?«, will er wissen.

»Nach der OP«, schätze ich, »Wir rufen Dad einfach nachher an, dann kannst du sicherlich mit ihr sprechen.«

Er nickt erneut und ich merke ihm die Erleichterung an.

»Ich muss mal telefonieren. Ist das okay?«

»Klar«, murmelt er gedankenverloren.

Er macht sich den Fernseher an, und ich gehe in mein Zimmer, um Anna anzurufen. Ich setze mich auf das zerwühlte Bett und warte darauf, ihre Stimme am anderen Ende der Leitung zu hören.

»Ja?«

»Ich bin es«, erwidere ich.

»Dean!« Sie klingt froh, und mich freut es, dass sie sich als Erstes nach meiner Schwester erkundigt. Ich informiere sie über Joes Zustand. »Oh mein Gott, die Arme«, murmelt sie betroffen. »Kann ich etwas für euch tun? Soll ich vorbeikommen?«

»Das ist, glaube ich, keine gute Idee. Ich …«, beginne ich

und breche dann abrupt ab. Ich will kein Arsch sein. Es wäre ihr gegenüber aber ziemlich daneben, jetzt mit ihr Schluss zu machen, andererseits …

»Du willst Schluss machen, oder?«

»Ja, aber nicht, weil wir jetzt Sex hatten.«

»Sondern?«, fragt sie geradeheraus.

»Sondern weil es nicht geht. Ich kann mir keine Ablenkung leisten. Joe wäre fast ertrunken«, stammele ich entschuldigend.

»Dean, das war nicht deine Schuld. Es war …«

»… ein Unfall, schon klar. Aber ich hätte dabei sein und auf sie achtgeben müssen. Bitte, Anna, mach es mir nicht noch schwerer. Ich will das hier eigentlich nicht tun, aber …«

»Dean, du bist fünfzehn. Du hast ein Recht auf ein eigenes Leben. Du solltest nicht den Papa für diese Horde Kids spielen müssen.«

»Anna«, flehe ich.

»Hör zu, ich mag dich echt, Dean, und ich will nicht, dass es vorbei ist.«

»Das will ich doch auch nicht«, entgegne ich frustriert. »Aber ich sehe keine andere Möglichkeit. Ich kann nicht mit dir zusammen sein.« Anna seufzt leise ins Telefon. Sie klingt traurig. »Es tut mir wahnsinnig leid«, sage ich und lege auf.

DEAN | 01.07.2014 | Lāhainā | Maui | Hawaii

Danach hat es ewig gedauert, bis ich doch wieder Sex hatte. Trotzdem habe ich nie wieder zugelassen, dass eine Frau meinen Verpflichtungen in die Quere kommt. Ist das wirklich so, frage ich mich und schaue zu Sam hinüber.

Klar hat sie recht, wenn sie sagt, dass Joe erwachsen ist, und ja, Russel war es auch, als er starb, aber vielleicht wäre er noch am Leben, wäre Sam unserer brüderlichen Beziehung nicht in die Quere gekommen. Vielleicht hat er sich Mut angetrunken, um sich mir an dem Tag zu stellen. Ich weiß noch, wie aufgeregt und euphorisch Joe war, dass sie ihn endlich wieder zu Gesicht bekommen würde. Kurz nach seinem Tod wäre sie eigentlich bei einem Videodreh mit Kane dabei gewesen. Ein Boattrip, während dessen ein Surffilm produziert worden wäre, aber sie hat ihn abgesagt. Natürlich hatten alle Verständnis dafür, was mich darauf hoffen lässt, dass es ihrer Karriere nicht zu sehr geschadet hat. Ich weiß, dass sie momentan keinen Gedanken daran verschwendet, und eigentlich bräuchte sie sich um Geld auch keine Sorgen zu machen. Rus hat ihr ein Vermögen hinterlassen. Allerdings weigert sie sich, das Geld anzunehmen.

Ich gebe zu, dass ich mehr als einmal versucht war, sie zu überreden, sein Erbe anzutreten, die Millionen, die sie nicht haben will, zu kassieren und mir zu überlassen, denn dann wäre das verdammte Magazin gerettet. Allerdings wäre es falsch, und deshalb lasse ich es. Der leichte Weg ist nun mal nicht immer der richtige. Eigentlich ist das selten so, wenn ich genau drüber nachdenke.

»Das Porträt von Rus ist dir echt gut gelungen«, sage ich zu Sam.

Sie lächelt schwach. »Ich wollte es Joe zum Geburtstag schenken, aber ich habe mich spontan dazu entschieden, lieber das hier zu nehmen.« Sie blättert auf eine Seite, die ein Bild von Joe, Rus und mir zeigt. »Ich habe es erst gestern Nacht angefangen. Keine Ahnung, ob ich es rechtzeitig fertig bekomme.«

Es ist noch nicht sonderlich detailreich, aber Sam hat uns gut getroffen. »Es ist toll.« Ich zögere, doch dann bitte ich sie um das, was mir spontan auf dem Herzen liegt. »Würdest du eine Kopie für mich anfertigen? Ich bezahle es auch.«

»Manche Dinge, Dean, kann man nicht mit Geld kaufen«, erwidert sie beiläufig und sagt dann: »Aber ja, das kann ich machen, und natürlich nehme ich nichts dafür. Alles, was ich brauche, ist Zeit, denn das hier … « Sie deutet auf den Block. »… ist ziemlich schmerzhaft.«

Kapitel 07

SAM | 03.07.2014 | Lāhainā | Maui | Hawaii

Als ich Dean vor zwei Tagen gesagt habe, dass die Zeichnung zu erstellen schmerzhaft sei, war das nicht gelogen. Ich hatte bloß nicht die geringste Ahnung, was Russels Geburtstag mit mir machen würde. Dieser Tag ist nämlich so viel schmerzhafter, dass es dafür keine Worte gibt.

Am Morgen von Russels Geburtstag stehe ich bei Sonnenaufgang auf und gehe surfen. Ich versuche, mich auf die kommenden Stunden vorzubereiten und gegen das zu wappnen, was mir bevorsteht. Ich weiß, ich darf heute nicht zusammenbrechen. Ich muss stark für Joe sein. Vielleicht auch für Dean, wer weiß. Im Anschluss an eine wunderschöne Surfsession – ich bin fast überzeugt, dass Rus mir diese wunderbaren Wellen geschickt hat – fahre ich an die Unfallstelle. Während ich dastehe, schlägt das Wetter um. Nieselregen setzt ein, und am Himmel zeichnet sich ein doppelter Regenbogen ab. Ich muss unweigerlich an den Skittles-Slogan und somit an Russel denken. »Taste the rainbow«, murmle ich und schiebe ein »Danke« hinterher. Ich bleibe noch eine halbe Stunde, dann fahre ich zu meiner Mutter zum Frühstücken. Sie fragt nicht, wie es mir geht. Ich nehme an, meine verquollenen Augen sprechen eine eigene Sprache, und auch wenn sie nie die Mutter des Jahres werden wird, versteht sie doch, wie es mir geht. Wir essen schweigend, und anschließend zeige ich ihr meine Zeichnung. Ich bin fast fertig, nur bei Dean habe ich Probleme. Irgendwas stimmt mit seinen Augen nicht. Ich bekomme sie nicht realistisch genug hin.

»Seine Wimpern, Schatz, sind länger. Er hat unglaublich

dichte und lange Wimpern für einen Kerl. Wenn sein Gesicht nicht so kantig wäre, würden sie weiblich wirken. Und dann musst du natürlich auch den Schatten der Wimpern in den Lichtreflex einbauen.«

Ich hebe eine Augenbraue und sehe sie zweifelnd an.

»Ich weiß, es ist bloß eine Kleinigkeit. Mach einfach mal. Du wirst schon sehen, dass es nur daran liegt.«

Ich hole meine Stifte aus dem Rucksack und beginne mit den Änderungen. Ums Radieren komme ich nicht drum herum, denn die Wimpern einfach zu verlängern würde nicht klappen. Manchmal ist das so, manchmal muss man etwas komplett verwerfen, um es dann ähnlich und doch ganz anders noch einmal neu zu machen. Mum schaut mir zu, wie ich ihr Feedback umsetze, und rasch stelle ich fest, dass sie absolut recht hatte.

»Wow«, entfährt es mir.

Sie grinst zufrieden. Zieht mich an sich und drückt mir einen Kuss auf den Scheitel. »Das finde ich auch. Die drei sind dir wirklich gut gelungen. Lass es mich kopieren.« Ich nicke, reiche ihr den Block und folge ihr in ihr Büro, wo sie den alten Kopierer anschaltet. Er braucht ewig, um sich aufzuwärmen, und ich nehme mir vor, ihr zum Geburtstag oder zu Weihnachten einen dieser platzsparenden, modernen Multifunktionsdrucker zu schenken, damit sie dieses Uraltgerät entsorgen kann. Mum macht drei Kopien und bietet mir dann an, ein Passepartout zurechtzuschneiden. Wir entscheiden uns für einen quadratischen Rahmen und ein ebensolches Passepartout, wodurch Russels und Deans Gesichter leicht angeschnitten werden.

»Geschenkpapier? Schleife?«, fragt Mum und deutet auf ihren unerschöpflichen Fundus an Krimskrams.

»Gern«, entgegne ich und freue mich, dass sie mir dabei hilft, Joes Geschenk perfekt zu machen.

Allerdings war das vergebliche Liebesmüh, wie ich bei meiner Rückkehr ins Haus der Reynolds feststelle. Dieser Tag entpuppt sich als so viel schlimmer als all meine unzähligen Horrorvorstellungen von ihm. Joes Nähe ist so schon oft unerträglich, aber an diesem Tag ist es der reinste Albtraum. Ich mache mir große Sorgen, denn sie hört gar nicht mehr auf zu weinen.

Dean und ich wechseln uns ab. Am späten Nachmittag schläft sie ein, und er kommt raus zu mir auf die Terrasse. »Hi, Sammy«, sagt er und klingt so müde, dass ich nicht weiß, was ich sagen soll.

»Magst du einen Kaffee? Oder ein Bier?«

Er schüttelt den Kopf und nimmt auf der Liege neben mir Platz. Ich mustere ihn und wünschte, ich könnte irgendetwas tun, damit es ihm besser geht. Er atmet tief durch, und dann bricht er völlig unvermittelt in Tränen aus. Ich wechsle die Liege, nehme neben ihm Platz und schließe ihn in die Arme. Da es nichts zu sagen gibt, denn keine Worte der Welt könnten seinen Schmerz lindern, halte ich ihn einfach eine Weile fest und warte, dass er sich beruhigt. Irgendwann schiebt er mich von sich und sagt: »Ich muss raus hier, ein bisschen Druck ablassen. Kannst du die Stellung halten?« Ich nicke und schaue ihm nach, wie er zurück ins Haus geht. Als ich ihm wenig später folge, ist er schon weg.

Ich beschließe, mich zu Joe zu legen, damit sie nicht allein ist, wenn sie erwacht. Ihr geht es so furchtbar schlecht, dass ich es nicht für ausgeschlossen halte, dass sie sich in ihrer Verzweiflung doch etwas antut. Die ganze Situation spitzt sich gegen Abend zu. Ich würde Dean gern fragen, was ich machen soll, doch er ist unauffindbar und ignoriert meine Anrufe. Der blöde Scheißkerl! Ich wette, sein Schwanz steckt mal wieder bis zum Anschlag in irgendeiner Tussi drin. Ich bin in diesem Augenblick wahnsinnig wütend auf ihn. Warum habe ich ihm nur gesagt, dass ich die Stellung halten würde? Mir wächst die ganze Sache über den Kopf, und schließlich rufe ich den Hausarzt der Reynolds an, damit er kommt und Joe ein Beruhigungsmittel gibt.

»Ich kann nicht mehr, Sammy«, murmelt Joe, während sie von Medikamenten benebelt wegdöst. Ich streiche ihr die Haare, die an ihren tränennassen Wangen kleben, aus dem Gesicht. Sie sieht übel aus. Erneut jammert sie, dass sie nicht mehr kann, und ich weiß genau, was sie meint, auch meine letzten Kraftreserven schwinden. Ich bin maßlos erschöpft, und das liegt nicht an Joe oder am stundenlangen Weinen, denn was anderes haben wir an diesem Tag, an dem Russel zweiundzwanzig Jahre alt geworden wäre, nicht getan. Fuck, er hatte sein ganzes Leben noch vor sich. Sein Tod ist so eine Verschwendung von Leben und Talent, aber auch von Leidenschaft und Liebe. Ich vermisse ihn so sehr, und das ist es, was mich zermürbt und mir Tag für Tag Kraft raubt.

Ohne ihn sind wir allesamt haltlos verloren. Ich ringe mit mir, ob ich Joe alleinlassen kann, doch der unnatürlich herbeigeführte Schlaf sollte tief und traumlos sein, also schleiche ich hinunter in die Küche, denn ich brauche einfach etwas zu essen. Es ist nach dem Frühstück bei meiner Mutter die erste Mahlzeit.

Insgeheim hoffe ich darauf, Dean zu sehen, ich brauche ihn und sorge mich auch ein Stück weit um ihn, denn ihm geht es an diesem schrecklichen Tag auch nicht besser als Joe oder mir. Er sah elend aus, als er vorhin auf der Terrasse aufgekreuzt ist.

Natürlich bin ich immer noch sauer auf ihn, weil er einfach abgehauen ist und ich keine Ahnung habe, ob es ihm gut geht. Vielleicht hat er keine Frau aufgerissen, sondern liegt betrunken in seiner Kotze oder Schlimmeres.

Ich seufze niedergeschlagen, ehe ich mir die Reste meines Sandwiches in den Mund stopfe und sie mit einem Bier hinunterspüle. Ich denke an früher und daran, wie verantwortungsbewusst Dean seine komplette Jugend hindurch war. Von heute auf morgen ist er dann zu einem totalen Aufreißer mutiert, der jede Frau flachlegt, die ihm vors Rohr kommt. Angeblich hat er sogar eine Therapie gegen seine Sexsucht gemacht. Ich nehme an, Sean hat ihn dazu genötigt. Freiwillig würde Dean sich niemals auf so etwas einlassen. Eine Therapie … Vielleicht ist es das, was Joe braucht, aber sie ist da wie Dean. Sie kann die Hilfe eines Fremden nicht annehmen, allerdings kann ich das nur allzu gut nachvollziehen. Ich würde es auch nicht wollen.

Was Dean anbelangt, ist es schwer, die Veränderung hinzunehmen. Natürlich verstehe ich, dass er Nachholbedarf hat. Aber wir konnten uns immer auf ihn verlassen, und jetzt? Jetzt ist er keinen Deut besser als sein Vater, den ich im Übrigen den ganzen Tag nicht gesehen habe. Sie lassen Joe in ihrem Kummer allein, und das ist scheiße. Von dieser Familie ist nichts mehr übrig. Dean hat recht: Diesmal gelingt es ihm nicht, sie zusammenzuhalten.

Ich räume rasch die Küche auf und begebe mich nach oben. Einem Impuls oder vielleicht eher einer masochistischen Anwandlung folgend, gehe ich jedoch nicht in Joes Schlafzimmer, sondern steuere auf Russels zu. Ich bleibe vor seiner Tür stehen und frage mich, was mich darin erwartet. Ob dieser Raum noch nach ihm riecht?

Wie viele Abende haben wir dort verbracht? Wir haben auf der X-Box und der PlayStation gezockt und DVDs angesehen. Wir haben jede Menge Quatsch gemacht und … Die Sehnsucht nach damals wird so groß, dass ich ihr entkommen muss und entschlossen die Flucht nach vorn antrete. Ich öffne die Tür und betrete Russels Heiligtum. Die Vergangenheit streckt ihre Klauen nach mir aus und zieht mich zurück in eine andere Zeit.

In diesem Zimmer, das im Dämmerlicht vor mir liegt, wurde ich das erste Mal geküsst – mit Zunge. Es war der legendäre Kuss, den ich von Dean im Wandschrank bekommen habe und der mich auf ewig für alle anderen Männer verdorben hat. Wirklich, keiner kann küssen wie dieser Mann – nach nur einem Kuss war ich süchtig nach seinen Lippen. Selbst jetzt erinnere ich mich noch allzu gut daran, wie seine Zunge meine berührt hat. Ich dachte, ich muss sterben, weil es sich so unglaublich gut angefühlt hat, und dann erinnere ich mich an Russels Küsse und daran, wie wundervoll die waren und dass ich keine Sekunde an Dean dachte, während es uns gab.

Es stimmt, keiner kann küssen wie Dean Reynolds, aber es konnte auch keiner küssen wie Russel.

Ich lehne mich mit dem Rücken an die Tür und muss unwillkürlich lächeln, als ich an diesen dreizehnten Geburtstag der Zwillinge denke. Es ist eine bittersüße Erinnerung an einen jungen Russel und an längst vergangene Zeiten, in denen alles besser war. Doch das wussten wir damals nicht. Wir waren jung, und an diesem Tag ging wirklich alles schief. Das Wetter war furchtbar, und weil es die ganze Zeit regnete, mussten wir drin feiern. Rus war total angefressen, aber Joe – optimistisch und stets positiv – war wild entschlossen, sich den Tag nicht versauen zu lassen. Ich seufze leise. Ja, damals war das Dreckswetter unser größtes Problem.

Wie geht dieser Spruch doch gleich? *Leben heißt, nicht zu warten, dass der Sturm vorüberzieht, sondern lernen, im Regen zu tanzen.* Russel hat das nur bedingt gut hinbekommen, denn er konnte sich in seine Launen unfassbar reinsteigern. Er war kein Mensch, der seine Gefühle kontrollieren konnte. Das ist per se natürlich nicht schlimm. Es ist genau genommen Fluch und Segen zugleich. Wobei diese Affektlabilität vor allem für Russels Umfeld eine Herausforderung war – ebenso wie Russel selbst.

Ich für meinen Teil habe es geliebt, wie intensiv er war, und ich weiß, dass es an seiner Ganz-oder-gar-nicht-Mentalität und seiner Emotionalität lag. Letzteres ist in seiner Branche schon beinahe eine Beleidigung, und trotzdem habe ich es gemocht, dass er mir stets das Gefühl gegeben hat, das Wichtigste für ihn zu sein. Wir gegen den Rest der Welt, mein Sonnenschein, hat er gesagt. Es kommt mir vor, als könnte ich seine Stimme hören. Sein »mein Sonnenschein« hallt in meinen Ohren wider, und ich ringe mit den Tränen.

Anstatt zu weinen, gebe ich mir einen Ruck, gehe zu Russels Bett hinüber und setze mich auf die Kante. Sein Bett wird durch den Mondschein, der durch das große Dachfenster fällt, erhellt. Die riesigen Dachfenster in diesem Haus haben mich schon immer fasziniert. Wie oft habe ich nachts neben einem der Zwillinge auf dem Bett gelegen und in den sternenübersäten Himmel geschaut. Ich streichle über Russels Bettdecke und greife dann nach seinem Kopfkissen. Ich drücke meine Nase hinein, doch alles, was ich rieche, ist das Waschmittel.

Die brüchige Stimme, die aus dem Schatten zu mir dringt, erschreckt mich fast zu Tode. »Sein Geruch hat sich längst verflüchtigt«, teilt Dean mir mit. »Abgesehen davon wechselt Marge alle zwei Wochen seine Bettwäsche.« Er seufzt, und ich sehe im Halbdunkel, wie er sich aus einem der Sessel erhebt und zu mir kommt.

Dean setzt sich neben mich auf die Bettkante, und als ich einen Blick auf sein Gesicht erhasche, zieht sich mein Herz zusammen. Er sieht übel aus. Seine Augen sind ebenso verquollen wie meine. Ich breite meine Arme aus, und er wirft sich förmlich hinein. Er schluchzt an meinem Hals auf, und ich halte ihn ganz fest. Meine Hände gleiten über seinen Rücken. Ich streichle ihn, bis er sich beruhigt hat, und währenddessen schwelge ich in seinem Duft, der mich einhüllt. Er riecht atemberaubend. Dean wirkt wie ein Schutzschild, wenn es um Russel geht. Irgendwie dreht sich immer alles um meinen wunderschönen, toten Verlobten, aber wenn ich mit seinem Bruder zusammen bin, dann ist dies alles ein bisschen weniger schmerzhaft.

»Wo warst du die letzten Stunden?«, frage ich ihn und bemühe mich, nicht vorwurfsvoll zu klingen.

»Surfen«, erwidert er tonlos und fügt hinzu: »Bitte mach mir keine Vorwürfe, Sam. Ich musste einfach raus.« Er seufzt so verzweifelt, dass sich mir der Magen zusammenzieht. »Kannst du das verstehen?« Er löst sich von mir, und ja, ich verstehe ihn.

»Und dann?« Inzwischen ist es dunkel und spät. Er war bestimmt nicht die ganze Zeit surfen, also …

Er seufzt. »An der Unfallstelle, und danach bin ich hierhergekommen. Ich habe Joe weinen hören …«, gesteht er, »… aber ich hätte es nicht besser gemacht, Sammy.« Ein Blick in sein Gesicht reicht aus, dass ich nicht an seinen Worten zweifle. Er ist am Ende. »Tut mir leid, dass ich dich alleingelassen habe, aber …« Er verstummt. Er braucht nicht auszusprechen, dass ihm die Kraft dazu fehlte. Ich sehe es. Ich sehe es überdeutlich und empfinde tiefes Mitleid mit ihm.

»Ist nicht schlimm«, sage ich, obwohl es das natürlich irgendwie doch ist. Aber ich verstehe nur zu gut, dass man manchmal einfach an einen Punkt gelangt, an dem nichts mehr geht, und sich gezwungen sieht auszubrechen. »Sie schläft. Der Arzt musste kommen und ihr was zur Beruhigung spritzen, aber ich denke, ihn anzurufen, war die richtige Entscheidung. Ich habe mich gefragt, was du tun würdest, als es ganz übel wurde.« Ich hoffe, dass er mir nicht böse ist. Ich habe lange mit mir gehadert, ob ich den Hausarzt der Reynolds anrufen soll oder nicht. Ich weiß, welche Ansprüche Dean an sich stellt. Er ist ein verdammter Perfektionist. Zwar erwartet er nicht, dass wir anderen ebenso gut sind wie er, trotzdem will ich ihn nicht enttäuschen.

Man könnte jetzt meinen, dass er Russel gar nicht unähnlich sei, weil dieser auch hohe Erwartungen an sich gestellt hat, aber Dean besitzt nicht die Ganz-oder-gar-nicht-Mentalität seines Bruders. Er will einfach nur ein gutes Vorbild sein. Natürlich gelingt ihm das nicht immer – vor allem nicht, als wir jünger waren. Manchmal hat er auch Dummheiten gemacht, aber das ist meiner Meinung nach okay, denn schließlich war er selbst noch ein Teenager. Ich fand es immer gemein, dass er so viel Verantwortung tragen musste. Andererseits habe ich ihn auch immer bewundert, dass er sein Schicksal angenommen und einfach getan hat, was getan werden musste. Dean war immer zielstrebig. Er wusste, was er wollte, und hat darauf hingearbeitet. Russel war anders. Wenn er etwas wollte, hat er es sich einfach genommen – er war knallhart und, ja, stellenweise auch rücksichtslos und egoistisch. Ein Typ, der über Leichen geht – und auch das habe ich bewundert. Denn die

Ellbogen einzusetzen, um da hinzukommen, wo man hinwill, ist nicht zwingend falsch. Im Gegenteil, es ist eine Eigenschaft, die Russel zu dem erfolgreichen Athleten gemacht hat, der er war.

Dean hingegen ist bemüht, dafür zu sorgen, dass es allen gut geht. Er ist viel fürsorglicher – jedenfalls dachte ich das immer, denn Russel hatte ja auch eine andere Seite. Er hat sie bloß verdammt gut versteckt. Eigentlich ist es erstaunlich, dass sie sich – auch wenn sie auf den ersten Blick wie Tag und Nacht wirken – so ähnlich sind. Dean hat definitiv auf Russel abgefärbt und war ein gutes Vorbild für uns alle.

»Was denkst du, Sammy?«, will Dean wissen, nimmt mein Gesicht in seine Hände und wischt mir die Tränen ab, von denen ich nicht einmal mitbekommen habe, dass ich sie vergieße.

»An früher und daran, dass unser Leben durch Russels Tod komplett aus den Fugen geraten ist. Meins ist jedenfalls regelrecht entgleist.«

»Ja, nichts ist mehr, wie es einmal war, und es wird auch nie wieder so sein«, murmelt er und senkt seine Stirn gegen meine. Seine Schultern beben. »Ich bin so wütend auf mich, weil ich heute nicht für Joe und dich da war«, wispert er. Seine Stimme ist tränenerstickt. Genau das meinte ich mit den Ansprüchen, die er an sich selbst stellt. Er verlangt Übermenschliches von sich. Dean war immer ein vorbildlicher großer Bruder für Joe und Rus, auch wenn der sich vordergründig einen Scheiß dafür interessiert und sein eigenes Ding durchgezogen hat.

Doch Dean wusste instinktiv, was wir alle brauchen. Russel und mir hat er viel mehr Freiheiten eingeräumt als Joe. Sie hat er umsorgt und behütet – ich wäre daran erstickt, aber Joe braucht den Halt, den ihre Brüder ihr geben beziehungsweise gaben. Ich weiß, sie wäre gern so wie ich. Sie hält mich für unabhängig und stark, aber das bin ich nicht. Ich bin bloß verkorkst und unfähig, mich auf andere Menschen einzulassen. Es ist, wie Russel damals im Mad-Crush-House sagte: Beziehungen einzugehen fällt mir schwer, weil ich der Überzeugung bin, dass ich schlussendlich doch nur enttäuscht werde. Es ist sicherer, allein zu sein. Da ist das Verletzungsrisiko minimal, und früher oder später ist man doch wieder auf sich gestellt. Das war bei meinem Vater so, das war bei Dean so, das war bei Russel so. Auf Männer ist scheinbar kein Verlass. Früher oder später sind sie aus dem einen oder anderen Grund weg. Ich verfluche Rus, weil er von uns gegangen ist und ein solches Trümmerfeld hinterlassen hat.

»Rus hat seinen Geburtstag so geliebt«, erinnert Dean sich und rückt von mir ab. Er wischt sich über die Augen. »Er fände es sicherlich furchtbar, wenn er uns so sehen würde, wie wir hier rumhocken und heulen.«

»Ja, da hast du recht«, stimme ich ihm zu.

»Weißt du noch, wie er immer darauf bestanden hat, dass er zuerst die Geschenke auspacken durfte?«, fragt Dean und lächelt bei der Erinnerung so wehmütig, dass es mir das Herz zerreißt.

»Ja, bloß wegen der blöden drei Minuten.«

»Joe hat sich das viel zu lange gefallen lassen. Ich glaube, sie wäre nie auf die Idee gekommen, an dieser Regel zu rütteln, wenn du ihr nicht gesagt hättest, dass sie sich von Russel nichts sagen lassen soll. Du warst schon damals eine Rebellin.«

»Neoemanze«, verbessere ich ihn. »Den Ausdruck hat Russel schließlich eigens für mich erfunden.«

»Du warst so beleidigt, als er ihn dir das erste Mal an den Kopf geworfen hat«, meint Dean und lächelt. »Ich weiß noch, wie du dich aufgeregt hast.«

»Er hat aber auch einfach nicht verstanden, worum es mir ging. Ich meine, mittlerweile komme ich besser damit klar, eine Frau zu sein, aber damals … Ich habe es gehasst. Ich hasse es auch heute noch, dass für mich andere Regeln gelten sollen. Und dann kam er mit diesem Neoemanzenscheiß um die Ecke.«

»Du hast ihn beinahe gefressen.«

Nun muss auch ich schmunzeln. Die Erinnerungen sind bittersüß, und ja, ich gebe es zu, er ist tot und trotzdem ärgere ich mich in diesem Moment wieder über ihn. »Er war so arrogant und hat einfach nicht kapiert, worum es mir ging.«

»Aber du bist emanzipiert, Sammy«, nimmt Dean Russel in Schutz.

»Ja, ich bin aber kein männerhassendes Kampfweib.« Dean, der genau weiß, wie ich über Surfer denke, hebt bloß eine Augenbraue. »Hey, das mit den Line-up-Machos ist was ganz anderes«, sage ich.

»Ich habe gar nichts gesagt«, erwidert Dean und zwinkert mir zu. »Nein, Sam, im Ernst: Es ist gut, dass du dir nie was von ihm oder den anderen Kerlen hast gefallen lassen. Bei dir musste ich mir nie Sorgen machen, dass du an jemanden gerätst, der dich schlecht behandelt. Du würdest das nicht zulassen.«

»Russel hat Joe ja nicht wirklich schlecht behandelt«, murmle ich betreten. »Er hat sie hin und wieder einfach gern geärgert. Ich glaube, Joe hat es vor allem mitgemacht, weil sie ihn so geliebt hat. Sie hat über seine Macken hinweggesehen und hatte Verständnis für ihn.«

»Sie waren wie Tag und Nacht«, wispert Dean kaum hörbar.

»Das Gleiche habe ich erst vor wenigen Minuten über dich und ihn gedacht. Du bist Joe von deinem ganzen Wesen her so viel ähnlicher als ihm.«

»Das mag sein«, erwidert er tonlos. Seine Miene verfinstert sich, bleibt jedoch unleserlich. Etwas, was ich gesagt habe, hat ihn verärgert. Ich kann es spüren. Zwischen uns ist es wie immer. Da ist so viel Unausgesprochenes, das gärt und uns zermürbt. Ich ärgere mich, dass das so ist, aber ich will es nicht ändern. Ich will nicht mit ihm über diese Nacht sprechen. Obwohl ich immer wieder zu dem Punkt komme, an dem es zwischen uns so ist wie jetzt, werde ich die unsichtbare Mauer, die ich durch mein Schweigen erschaffen habe, nicht einreißen. Ich will nicht, dass Dean erfährt, was in jener Nacht geschehen ist und wie es mir damit bis heute geht. Es ist Selbstschutz, sich ihm nicht anzuvertrauen, denn mit einer ähnlichen Reaktion wie der von Russel käme ich nicht zurecht.

Ich wechsle das Thema. »Der Geburtstag in Vegas war so cool. Das war die beste Idee ever!« Dort waren wir im letzten Jahr, als die Zwillinge einundzwanzig Jahre alt geworden sind. Dean hebt zweifelnd eine Augenbraue, und dieses Mal verkneift er sich den Kommentar, der ihm auf der Zunge liegt, nicht.

»Du hast bloß tolle Erinnerungen an den Stripper, den ihr für Joe besorgt habt«, wirft er mir vor. Ja, der war in der Tat ziemlich heiß.

»Komm schon, als ob du an dem Abend allein im Bett gelandet wärst.«

Dean streitet es nicht ab, murrt jedoch: »Ich werde dir nie verzeihen, dass du dafür gesorgt hast, dass meine kleine Schwester auf dem Schoß eines halbnackten Cowboys rumrutscht. Wenn ich dabei gewesen wäre …«

»Warst du aber nicht«, falle ich ihm ins Wort. »Und der Cowboy ist auf ihrem Schoß rumgerutscht – nur um das mal richtigzustellen.«

Dean lächelt gequält, und ich lege meine Hand tröstend auf seine. »Wunderbar!«, meint er ironisch und so genervt, dass ich auch schmunzeln muss.

»Komm schon, du kennst doch deine Schwester. Sie ist in Schockstarre verfallen, als dieser heiße Kerl seine Show abgezogen hat. Joe war wie ein Rehkitz im Scheinwerferlicht. Ich habe sie später gefragt, wie es ihr gefallen hat, und sie meinte, dass der Typ ganz schön ölig gewesen sei. Kein Kommentar über seinen knackigen Arsch oder all die Muskeln! Nein: Ölig, Dean!«

Nun lacht er wirklich. Der Hall breitet sich im Raum aus, trifft auf die Trauer und die Verzweiflung, wischt sie hinfort und hinterlässt stattdessen einen Funken Hoffnung. »Echt?«, fragt er, woraufhin ich nicke.

»Ich fürchte, Gab und ich haben ihr damit keinen Gefallen getan. Aber wie man hört, habt ihr euch im Gegensatz dazu prächtig amüsiert.« Dean dreht seine Hand unter meiner, umfasst und hält sie. Sein Daumen jedoch ist in Bewegung, und ich mag, wie er mich streichelt.

»What happens in Vegas …«

»… stays in Vegas«, vollende ich seinen Satz. »Ich weiß, aber ich weiß auch, dass ihr im Wild Unicorn Gentlemen's Club gewesen seid und den Laden ziemlich aufgemischt habt.« Ich kann mir bildlich vorstellen, wie eine Horde Pro-Surfer, denn Rus hat mit einer Menge befreundeter Kollegen gefeiert, diesen legendären Stripschuppen unsicher gemacht hat. Das war sicherlich nicht nur für die Jungs ein unvergesslicher Abend.

»Ich hatte noch drei Tage später einen Kater«, gesteht Dean leise. Ich weiß nicht, wie es Dean geht, doch die Erinnerung an diese Zeit, in der alles noch normal war, ist bittersüß. Ich mustere ihn und frage mich, was überwiegt. In seinen Augen schimmern erneut Tränen. »Es ist, als lägen ganze Universen zwischen damals und heute.« Ich nicke zustimmend. Ja, auch für mich fühlt es sich so an, und doch ist jeder Gedanke an Russel so schmerzhaft, als wäre der Unfall erst gestern geschehen. »Langsam bin ich an dem Punkt, an dem die Fassungslosigkeit nicht mehr überwiegt.« Ja, auch das kann ich nachempfinden. Anfangs stand ich einfach nur unter Schock, war wie betäubt, und das wochenlang. »Ich fange an zu begreifen, dass nichts je wieder so sein wird, wie es einmal war, und auch …«

»… dass es kein böser Albtraum ist, aus dem wir einfach irgendwann erwachen«, ergänze ich.

Er lächelt schwach. »Oder dass er gleich um eine Ecke biegt und wieder da ist.«

»Manchmal stelle ich mir vor, dass er auf Tour ist – weil das einfacher ist.«

»Ja, aber er wird im Herbst nicht wiederkommen.« Seine Unterlippe zittert, und nun laufen Tränen über seine Wangen. Ich hebe meine Hand und wische sie fort. Dean legt seine Hand auf meine und küsst deren Innenfläche. Seine Lippen jagen einen elektrischen Schlag durch meinen Körper. Ich starre unverhohlen auf seinen Mund, der sich so köstlich auf meiner Haut anfühlt. Er gleitet zu meinem Handgelenk. Deans Zunge leckt über mein Tattoo. Ich habe es mir in Australien stechen lassen, damals als mein Heimweh am größten war. In schwarzer Tinte prangen die acht größten hawaiianischen Inseln auf meiner Haut. Er drückt seinen Mund darauf, und ich würde wetten, dass er meinen galoppierenden Puls unter seinen Lippen spüren kann.

»Sammy«, wispert Dean und blickt auf. In seinen Augen erkenne ich eine abgrundtiefe Sehnsucht und so einen geballten Schmerz, dass es mich beinahe zerreißt, aber auch Verzweiflung und Verwirrung. Es ist, wie in den Spiegel zu schauen. Ja, auch ich verzehre mich regelrecht nach ihm, aber es ist einfach nicht richtig. Und doch ist mir das völlig egal. Der Drang, ihm nahe zu sein, wird stärker. Er lässt sich nicht ignorieren und beiseiteschieben, auch wenn es eine Million Gründe gibt, die dagegensprechen. In diesem Moment will ich keinen hören, und keiner von ihnen hat Gewicht. Ich will in Deans Armen liegen, will von ihm gehalten werden, will, dass der Schmerz nachlässt und ich weiß, dass er ihn mir nehmen kann.

Ich rutsche näher an ihn heran und wispere seinen Namen. Mein Tonfall ist eine Einladung und eine Bitte zugleich. Ich weiß, dass ich mit all den wogenden Gefühlen, die so widersprüchlich und irrational sind, nicht allein dastehe. Ich spüre, dass es ihm auch so geht. Dean muss sich ebenso wund, verloren und hilflos fühlen wie ich. Er packt mich, zieht mich auf seinen Schoß und fällt über meinen Mund her.

Seine Berührungen – so wild, verlangend und stürmisch sie auch sind – sind vor allem eines: heilsam. Sie lindern mein Leid. Meine düsteren Gedanken verfliegen, der Druck auf meiner Brust lässt nach, und ich gebe mich der Leichtigkeit und somit ihm hin. Seine Lippen auf meinem Mund fühlen sich an, als würden sie da hingehören. Ich klammere mich an seine breiten Schultern, öffne meinen Mund und heiße seine Zunge willkommen. Binnen kürzester Zeit sind unsere Küsse von unbeschreiblicher Intensität, und der Schmerz, der mich den ganzen Tag über gequält hat, ist kaum noch spürbar. Stattdessen schwimme ich in einem Meer wunderbarer Emotionen. Deans Küsse spenden mir Trost und geben mir Geborgenheit. Selbst wenn ich diesen Kuss mit meinem Leben bezahlen müsste, könnte ich ihn unmöglich beenden.

Ich lasse meine Hände über Deans Rücken gleiten. Er ist so durchtrainiert und stark. Ich liebe seinen muskulösen Körper, und als er mich packt und mit mir zusammen aufsteht, wird mir wieder einmal bewusst, wie klein ich im Vergleich zu ihm bin. Die Mühelosigkeit, mit der er mich trägt, ist beeindruckend. Auch wenn er mich nur kurz anhebt, um mich dann auf Russels Bett abzulegen und meinen Körper mit seinem zu bedecken, komme ich mir leicht wie eine Feder vor. Dean streift mir mein Kleid über den Kopf und zieht mir die Unterwäsche aus. Ich liege nackt und zittrig vor Erwartung unter ihm, während er noch angezogen ist. Als ich versuche, diesen Umstand zu ändern, schnappt er sich meine Hände und hält sie über meinem Kopf fest. Er pinnt sie in die Matratze, und ich liege wehrlos da.

Erstaunt und auch ein wenig erschrocken schaue ich in seine Augen, doch alles, was ich darin erblicke, ist glühende Leidenschaft. Dean beginnt mich mit seinen Zähnen, seinen Lippen und seiner Zunge zu verwöhnen. Er fängt bei meinem Hals an und arbeitet sich dann zu meinem Dekolleté hinunter. Ich verfalle in ekstatisches Keuchen und Stöhnen, als er sich schließlich meinen Brustwarzen widmet. Seine Zunge umkreist einen Nippel spielerisch, und als er sanft daran nagt, jagen kleine Stromstöße durch meinen Körper. Meine Beine wickeln sich wie von selbst um seine Hüften, und es macht mir Angst, wie gut es sich anfühlt – wie gut ich mich fühle, wenn man es ganz genau nimmt. Egal, sage ich mir und dränge die aufkeimenden Zweifel zurück. Das hier ist wunderbar. Es kann nicht falsch sein, wenn es sich so gut anfühlt.

Ich hebe meinen Kopf und schaue Dean dabei zu, wie er

meine Nippel, die sich ihm steinhart entgegenrecken, liebkost. Er erwidert meinen Blick, und ich finde es heiß, ihn so über mir zu sehen. Er ist – in diesem Augenblick – animalischer als Rus, roher und deutlich dominanter. Ich lasse mich fallen, liefere mich ihm aus und genieße seine Zärtlichkeiten. Ich mag es, dass er das Sagen hat, mag es, bei ihm Halt zu finden.

Nach einer Weile löst er den Griff um meine Hände und robbt tiefer. Er reibt seine Bartstoppeln über die weiche Innenseite meiner Oberschenkel. Küsst mich dort, schürt meine Erwartungen und macht mich ganz verrückt. Ich stöhne seinen Namen, als sich seine Lippen auf meine pulsierende Klit senken und er anfängt, mich zu lecken. Ich öffne mich weit für ihn und lasse ihn machen – Dean weiß schließlich, was er tut. Oh ja, er weiß wirklich, was er da macht. Binnen kürzester Zeit beraubt er mich jedes klaren Gedankens, und ich vergesse alles um mich herum. Er lässt keinen Platz für Zweifel. Er fegt diese verfahrene Situation, den inneren Konflikt, in dem ich mich befinde, mit den Berührungen seiner samtigen Zunge hinfort.

»Dean«, keuche ich erneut, stemme meine Füße in die Matratze und schiebe ihm, voller Verlangen, mein Becken entgegen.

»Geduld, Sammy«, murmelt er. Ich will meine Hand in seinen Nacken schieben, doch er fängt sie ein und schiebt seine Finger zwischen meine. Ich hatte so lange keinen Sex mehr, und ja, ich will ihn! Und wie ich ihn will!

Er leckt mich genüsslich, doch jedes Mal, wenn ich mich meinem Höhepunkt nähere, verändert er sein Tempo, und dieser entschwindet wieder in weite Ferne. Ich schiebe mein Bein über seine Schultern und nagle ihn zwischen meinen Schenkeln fest. »Bitte, Dean, bitte«, seufze ich, als ich das Gefühl habe, vor Lust zu vergehen. »Bitte, bitte lass mich endlich kommen!« Ich weiß, er wird mein Flehen erhören, als er seine Zunge gegen das Zentrum meiner Lust schlägt und dieses im nächsten Moment in seinen Mund saugt. Zwei seiner Finger penetrieren mich, stoßen tief in meine begierige Feuchte, während er an meiner Klit lutscht. Ich zerspringe in einer Wolke aus Ekstase und Befriedigung, komme hart, doch Dean denkt nicht daran aufzuhören, weshalb dieser Orgasmus sich zu einer nicht enden wollenden Welle ausdehnt. Ich kann nicht fassen, was gerade passiert. Das Problem ist nur, dass meine Empfindungen irgendwohin müssen. Ich stöhne und keuche, doch irgendwann bin ich an dem Punkt, an dem ich einfach nur schreien will, weil es so gut ist. Dean bemerkt es und legt seine Hand über meinen Mund, während ich wieder und wieder an seinem komme.

Ich fühle mich an jene Nacht mit Rus erinnert, der meine Lustschreie auf die gleiche Art gedämpft hat – ebenfalls hier in seinem Bett. Was er dazu sagen würde, wenn er wüsste, dass ich nun mit seinem Bruder darin liege? Würde er es verstehen, oder würde er mich deshalb hassen und verachten? Ich weiß es nicht, und eigentlich ist es egal, denn Russel ist tot. Doch Dean und ich sind es nicht. Wir müssen irgendwie weitermachen – es bleibt uns kaum etwas anderes übrig. Ich wische den Gedanken an Russel fort, oder vielleicht macht Dean es, denn er treibt mich erneut auf einen Höhepunkt zu.

Als er sich schließlich zurückzieht, zittere ich vor Erschöpfung, Lust und Wonne. Mein Atem rast. Dean legt sich neben mich. Er wischt sich über seinen Mund und sein Kinn, beseitigt meine Feuchtigkeit, die sein Gesicht ziert und Zeugnis unseres unbeherrschten Treibens ist. Ich schließe die Augen und versuche, ruhiger zu atmen – noch immer rast mein Herz. Ich spüre, wie sein Blick auf mir ruht, während ich mich bemühe, wieder im Hier und Jetzt anzukommen. Ich rolle mich auf die Seite und schiebe eine Hand zwischen meine Schenkel, um das Pochen und Pulsieren zwischen meinen Beinen durch sanften Druck zu lindern.

Nachdem ich mich einigermaßen beruhigt habe, öffne ich die Augen und sehe, dass er seine Hand nach mir ausgestreckt hat. Ich greife danach, beobachte, wie sich seine Finger mit meinen verweben. Sein Daumen streichelt über meinen Handrücken. Wir liegen uns mit großem Abstand gegenüber, mit viel zu großem Abstand. »Zieh dich aus!«, befehle ich ihm. Ich kann hören, wie er trocken schluckt. Er zögert. »Bitte! Ich brauche dich heute Nacht«, flehe ich. Es würde mich maßlos verletzen, wenn er mich zurückweisen würde. Er macht diesen Tag erträglicher, und ich will in seinen Armen liegen. Ich will mir diese Auszeit von all dem Schmerz, der Verzweiflung und der Trauer gönnen. In diesem Moment ist es mir egal, dass es falsch ist. Ich weiß, nur Dean kann den brennenden Schmerz in mir betäuben.

Ich schaue ihm zu, wie er meiner unverblümten Aufforderung nachkommt. Seine Kleidung fällt achtlos zu Boden, und ich bewundere seinen nackten Körper, nach dem ich mich so verzehre. Ich breite meine Arme aus und empfange Dean mit klopfendem Herzen. Seine bloße Haut auf meiner zu spüren fühlt sich wahnsinnig gut an.

Ich rücke an ihn heran, schmiege mich der Länge nach an ihn und küsse ihn. Seine Hände liegen an meiner Taille. Er zieht mich eng an sich. Ich knabbere an seinem Hals, an seinem Adamsapfel, an dem Übergang zu seiner Schulter. Seine Hände umfassen meine Brüste, er streichelt über meine Nippel, ehe er spielerisch daran zupft. Alles in mir zieht sich verlangend zusammen. Ich bin maßlos erregt und will ihn so sehr. »Und du brauchst mich doch auch«, setze ich hinterher. Meine Worte sind ein kaum hörbares Wispern an seinen Lippen, und sie sind mehr Frage als Feststellung. Ich streichle seine Wange.

Seine Stimme ist ebenfalls nicht mehr als ein Flüstern, als er antwortet: »Ja, ich brauche dich auch.« Sein Geständnis, so leise und klar, hängt bleischwer in der Luft. »Diese eine Nacht also?«, fragt er und betrachtet mich eingehend.

Ich nicke nachdrücklich, greife über ihn hinweg. Aus Russels Nachttisch hole ich ein Kondom hervor, reiche es ihm, und wieder ist da dieses Zögern, bevor er es ergreift. Ich küsse ihn, und es dauert einen Moment, ehe ich ihn so weit habe, dass er darauf einsteigt. Seine Zurückhaltung ist irritierend. Ich hatte das Gefühl, als wären wir in den vergangenen Tagen eine Million Mal kurz davor gewesen, übereinander herzufallen. Ich dachte, wenn wir diesem Bedürfnis, das in uns brodelt, nachgeben, dann würde es sich explosionsartig entladen, doch dem ist nicht so – oder vielleicht wohnt dieses Verlangen ja auch nur mir inne. Ich zweifle, nicht weil ich ihn nicht will. Ich will ihn in diesem Augenblick so sehr, dass es wehtut. Nein, ich zweifle daran, ob er mich wirklich braucht. Ich dachte, dass es so sei, weil ich ihn brauche. Ich will mich mit ihm vereinen, will bei ihm Halt und Trost finden – und ja, ich weiß, dass das Konsequenzen haben wird, aber jetzt und hier sind sie mir egal. Nicht egal ist mir jedoch, dass er mich offensichtlich weitaus weniger will als ich ihn. Ich bin kurz davor, das Ganze abzubrechen, als Dean seine Hand in meine Haare schiebt und mich so hart und begierig küsst, dass sich meine Pussy lustvoll zusammenzieht.

Wir knutschen wild und teenagerhaft miteinander rum, bis meine Lippen geschwollen sind. Ich liebe es, wenn er mich in die Unterlippe beißt, daran knabbert und dann seine Zunge tief in meinen Mund schiebt, um sie an meiner zu reiben. Ich keuche erregt auf, als ich seine Latte an meinem Bauch spüre. Ich greife zwischen uns, streichle sie. Die samtig weiche Haut seines Penis', dessen Härte in krassem Kontrast dazu steht, fühlt sich so gut an. Deans Stöhnen verrät mir, dass ihm gefällt, was ich tue. Es nimmt an Intensität zu, als ich den Lusttropfen, der bereits emporgestiegen ist, auf seiner Eichel verreibe.

»Sammy!«, keucht er. Meinen Namen aus seinem Mund zu hören, entfacht mich. Ich will, dass er all seine Hemmungen verliert. Ich weiß, er hält sich zurück, und natürlich kenne ich die Gründe dafür. Ich war die Verlobte seines Bruders. Wir dürften nicht hier in Russels Bett liegen, aber wir tun es nun mal. Ich für meinen Teil bin bereit, das Beste daraus zu machen, und was ich schon immer tun wollte, war, Dean einen zu blasen. Er hat es mir beigebracht, irgendwie jedenfalls. Ich robbe tiefer und widme mich Deans bestem Stück mit meinem Mund. Sein Schwanz ist so verdammt groß, dass es beinahe schon beängstigend ist. Sein Ding reicht ihm beinahe bis zum Bauchnabel, und er ist nicht nur lang, sondern auch dick. Obwohl mir stets nachgesagt wird, dass ich eine große Klappe habe, weiß ich, dass ich ihn niemals ganz in meinen Mund aufnehmen kann. Ich gebe dennoch mein Bestes, als ich meine Lippen über seine Eichel stülpe. Meine Zunge gleitet über seinen Peniskopf, und Dean vergräbt stöhnend seine Hand in meinen Haaren. Seine Haut schmeckt salzig, und ein weiterer Lusttropfen perlt auf meine Zungenspitze. Dean dreht sich vorsichtig auf den Rücken, und ich folge seiner Bewegung, ohne seinen Schwanz jedoch aus meinem Mund zu entlassen. Ich knie mich zwischen seine Beine, lasse seinen Penis tief in meinen Rachen und wieder herausgleiten. Seine Hand liegt an meinem Hinterkopf, doch er interveniert nicht. Dean liegt da und lässt sich von meinen Lippen verwöhnen. Rus, der ganz verrückt nach meinen Blowjobs war, hätte längst angefangen, meinen Mund zu bumsen. Sein Bruder hingegen … sein Bruder … Kurz ist das schlechte Gewissen so präsent, dass ich aus dem Rhythmus komme. Dean krault meinen Nacken, ich beruhige mich, finde wieder in den Takt hinein und bemühe mich, ihm die größtmögliche Lust zu verschaffen. Ich reibe seine Hoden gegeneinander, während ich zeitgleich an seinem Ständer sauge. Ihn tief in meinen Mund und dann wieder fast hinausgleiten lasse. Deans Stöhnen wird lauter, ich spüre, wie sein Körper unter mir sich anspannt, der Griff in mein Haar wird fester, und dann ergießt Dean sich in meinen Mund. In anbrandenden Wellen spritzt sein Sperma in meinen Rachen, und ich schlucke jeden herben Tropfen, den er absondert. Meine Zunge liebkost ihn wieder und wieder, sein Becken schiebt sich mir entgegen, und Deans heiseres Keuchen erfüllt den Raum.

Ich lasse von seinem prächtigen Schwanz ab, krieche über ihn und küsse ihn. Kann es nicht erwarten, dass unsere Zungen sich wieder in dem wilden, hitzigen Spiel verlieren, das mir mehr als einmal schlaflose Nächte beschert hat. Ich liebe seine Küsse einfach, doch er erwidert den meinen nicht. Dean lässt mich auflaufen – so jedenfalls fühlt es sich an, als er mich von sich schiebt und murmelt, dass er das nicht kann.

Er beginnt damit, sich anzuziehen. »Dean?«, frage ich unsicher.

»Nein, nicht jetzt, Sam.« Seine Stimme klingt kalt und schneidend. So verdammt kalt, dass ich mich unwillkürlich frage, was ich falsch gemacht habe. Er schlüpft in seine Klamotten und verlässt dann hastig Russels Zimmer, während ich in der Dunkelheit zurückbleibe. Die Tränen beginnen wie von selbst zu fließen, denn auch mich überkommt das schlechte Gewissen – nun, nachdem die Erregung abgeklungen und mein Kopf wieder klar ist. Ich schalte die Nachttischlampe an und blinzle gegen die Helligkeit an. Die Wände in Russels Zimmer sind bedeckt mit unzähligen Postern von Surfstars. Es ist das Zimmer eines Teenagers und keines erwachsenen Mannes, aber ich weiß, dass er nichts daran verändert hat, weil es ihm das Gefühl gegeben hat, nach Hause zu kommen, wenn er denn mal hier war.

Seit seinem siebzehnten Lebensjahr war er auf Tour. Jahr für Jahr ist er sechs Monate um die Welt gereist, ehe er wieder nach Hawaii kam und den Winter auf Oahu im Mad-Crush-House verbracht hat. Auf Maui war er in den letzten Jahren nur noch sehr selten. Das war der Preis, den er für seine Karriere zahlen musste: ein unstetes Leben aus dem Koffer, das ihm kaum Ruhe und Entspannung gegönnt hat. Ich seufze, klettere aus dem Bett und schlüpfe – unter den Augen von Bradley Hoover, Rick Volabee, Strider Sinclair, Kane Slade und all die anderen namenhaften Surfern, zu denen Rus aufgeschaut hat, ehe er selbst in die Riege der ganz Großen aufgestiegen ist, in meine Unterwäsche und das Kleid, das auf dem Boden liegt.

Die Erinnerung daran, wie Dean es mir ausgezogen hat, blitzt auf, doch ich schüttle sie hastig ab. Der Rausch, dem wir uns hingegeben haben, schmeckt nun, im Nachgang, einfach nur bitter. Das wusstest du vorher, rüge ich mich. Das stimmt zwar, nur hatte ich vergessen, wie schäbig ich mich nach diesem Ausrutscher nach Russels Beisetzung gefühlt hatte. Das schlechte Gewissen nagt an mir, ätzt sich hinunter zu meinen Eingeweiden, und ich beiße mir auf die Unterlippe, um nicht loszuheulen.

»Tut mir leid«, murmle ich in die Leere hinein, lösche das Licht und verschwinde aus Russels Zimmer.

DEAN| 03.07.2014 | Lāhainā | Maui | Hawaii

Während Sam und ich rumknutschen, denke ich unvermittelt an Trish. Ich weiß, dass ich gerade Mist baue, aber ich kann meine Finger nicht von Sam lassen. Nicht hier und heute.

Für heute Nacht bin ich bereit, ihr zu verzeihen, was in der Vergangenheit geschehen ist, denn ja, sie hat recht: Ich brauche sie. Ich habe sie schon immer gebraucht, wenn ich ehrlich bin, aber heute ist dieses Bedürfnis so viel stärker. Ihre Hände gleiten über meinen Körper. Sams verlangende Berührungen lassen mich nicht kalt, sondern entfachen ein Feuer in mir, das nie erloschen war.

Meine Gedanken wandern zurück zu Russels und Joes dreizehntem Geburtstag und zu unseren allerersten Küssen im Wandschrank. In diesem Zimmer hat alles begonnen. Rus hat noch blöde Sprüche darüber gemacht, dass ich Sammy in diesem Schrank ihre Jungfräulichkeit stehlen würde … Er war manchmal so ein Idiot. Oder war es Rory? Gott, das ist so lange her. Ich weiß es nicht mehr und auch nicht, von wem von uns der Kuss im Endeffekt ausging. Ich weiß bloß, dass es nie meine Absicht war, sie zu küssen. Aber sie war an dem Tag furchtbar niedergeschlagen, weil ihr Vater sich mal wieder wie ein Arsch verhalten hat und – anders als versprochen – nicht zu ihrem Surfcontest erschienen ist. Sam war down und hat geweint. Sie lag in meinen Armen, und ich habe sie – ähnlich wie jetzt – getröstet, und dann war da plötzlich dieses Prickeln in der Luft. Ich erinnere mich aber noch genau daran, wie erstaunt ich über diesen Kuss war, denn obwohl unsere Zungen sich nicht berührten, war er ganz wunderbar. Doch Sammy wäre nicht Sammy, wenn es bei diesem unschuldigen und harmlosen Kuss geblieben wäre. Ein paar Sekunden später saß sie rittlings auf mir. Zu dem Zeitpunkt hatte sie nicht nur den Platz auf meinem Schoß erobert, sondern auch meinen Mund.

Danach habe ich Wochen gebraucht, um mich von dieser Knutscherei zu erholen, die so viel besser war als alles andere, was ich je mit einer Frau gemacht hatte. Es war so viel intimer und intensiver als jeder Blowjob oder Fick. Sam ging mir nicht mehr aus dem Kopf, aber sie war erst dreizehn und ich siebzehn, also habe ich meine Finger von ihr gelassen. Darell hat mich – nachdem ich ihm dummerweise von meiner misslichen Lage erzählt habe – die ganze Zeit über aufgezogen. Er hat mich einen Kinderficker genannt, und ich wollte ihm eine reinhauen, weil er mein Dilemma auch noch lustig fand, dieser Schwachkopf.

Einer seiner Sprüche bringt mich allerdings bis heute zum Schmunzeln. »Sam ist wie ein Chihuahua, und wenn du Rottweiler deinen dicken Schwanz in sie steckst, dann platzt das kleine Ding.« Zu meiner Verteidigung, als ich ernsthaft darüber nachdachte, meinen »dicken Schwanz« in Sam zu stecken, da war das »kleine Ding« schon fast achtzehn, und inzwischen sind die etwas mehr als vier Jahre, die uns trennen, kein Problem mehr.

Aber es ist ein Problem, dass ich eine Freundin habe. Ein verdammtes Problem, und dennoch kann ich nicht aufhören. Ich hätte Sam weder küssen noch lecken dürfen. Ich dürfte auch nicht zulassen, dass sie mir einen hammermäßigen Blowjob verpasst, und doch tue ich es. Erst nachdem ich in ihrem Mund gekommen bin, legt sich der lustvolle Nebel, der mein Gehirn sediert hat, und ich erkenne, was ich getan habe.

Das schlechte Gewissen übermannt mich, und ich ziehe die Reißleine, ehe wir auch noch den letzten Schritt zurücklegen können und ich bis zum Anschlag in ihr stecke. »Ich … ich kann das nicht. Sorry«, murmle ich und schiebe Sam, die an meiner Unterlippe knabbert, von mir.

Sie versucht, mit mir zu reden, aber ich will nicht zuhören. … Nein, das stimmt nicht. Ich will ihr zuhören. Will nichts lieber als das, aber ich darf es nicht, denn wenn ich ihr Gehör schenke, dann lullt sie mich ein. Sie ist wie eine verdammte Meerjungfrau. Sie ist das reinste Verderben, und ich bin unfähig, ihren sirenenartigen Verlockungen zu widerstehen. Wenn ich innehalte, wenn ich sie noch mal an mich ranlasse, dann werden wir kurz darauf eng umschlungen auf Russels Bett liegen – ich tief in ihr vergraben. Auch noch auf Russels Bett … Gott! Fuck! Wie ist das passiert? Ich meine, ja, sie hat recht, ich brauche sie, aber … Fluchtartig und ohne weitere Erklärungen verlasse ich Russels Zimmer. Was soll ich auch sagen? Nicht genug, dass mein toter Bruder, dein Verlobter, zwischen uns steht, nein, ich habe auch eine feste Freundin, die ich liebe und nicht verlassen werde.

»Fuck, fuck, fuck!«, fluche ich, während ich die Treppe hinunterpoltere.

Auch mehr als eine Stunde nach diesem unrühmlichen Intermezzo versuche ich mich noch immer zu beruhigen, doch es will mir einfach nicht gelingen. Ich habe Scheiße gebaut. Richtige Scheiße! Ich hätte an meinem Vorsatz festhalten und Sam aus dem Weg gehen sollen. Nein, müssen. Du gottverdammter Wichser wusstest, worauf das hinausläuft, blaffe ich mich an. Schraube den Verschluss von der Whiskeyflasche und nehme noch einen Schluck, aber der blöde Alkohol hilft einfach nicht zu vergessen, was zwischen Sam und mir gerade geschehen ist, und allein der Gedanke daran sorgt dafür, dass ich wieder hart werde.

Da ich es auf meinem Bett sitzend nicht mehr aushalte, stehe ich auf, gehe ins Wohnzimmer und tigere dort unruhig herum. Ich bin unfassbar gereizt. Ich trinke noch einen Schluck. Jack Daniel's pur, so wie Russel ihn geliebt hat. »Auf dich, du Wichser!«, brumme ich.

Verdammt, ich hasse es, Fehler zu machen. In dem Punkt sind Joe und ich uns wirklich ähnlich. Russel hat jeden Fehler als Lektion gesehen, und bei den meisten hatte er seinen Spaß, aber so bin ich nicht, und das hier, das war ein ganz gewaltiger Fehler, der Trish verletzen wird. Ich weiß, ich muss es ihr sagen, aber ich weiß auch, dass ich sie dann verliere, doch das will ich nicht. Sam hatte unrecht. Ich brauche sie nicht. Wen ich jedoch brauche, ist Trish, denn Trish ist großartig. Ich bin ihr wichtig und genieße es. Sie ist toll. Aufmerksam, fürsorglich und schlicht und ergreifend wunderbar. Sie ist meine Zukunft, und Sam ist ein Schatten aus meiner Vergangenheit, der an mir haftet wie Wachs an einem Board, das längst ausrangiert wurde und nur noch in der Ecke steht.

Sam, der Gedanke an sie, weckt erneut die Erinnerungen. Sam, wie sie sich über mich beugt und mir einen grandiosen Blowjob verpasst. Ich konnte meine Augen nicht von ihr abwenden. Mein Schwanz zuckt, als die Erinnerung konkreter wird. Mein Gott, ich war kurz davor, sie zu packen, auf den Rücken zu drehen und sie einfach zu ficken. Ich kann mich nicht erinnern, dass ich jemals zuvor in meinem Leben so geil gewesen bin.

Aber du hast sie nicht gefickt, beruhige ich mich und sage mir dann: Im Prinzip ist nichts passiert. Du hast gerade noch mal die Kurve bekommen. Ja, das habe ich. Ich habe die ganze Sache beendet, ehe es wirklich ernst wurde. Und das war vernünftig, bekräftige ich meine Entscheidung, denn obwohl ich bereits vor mehr als einer Stunde aus Russels Zimmer gestürmt bin, möchte ich am liebsten umgehend dorthin zurückkehren und es zu Ende bringen. Doch das werde ich nicht tun, weil es falsch ist.

Ich atme tief durch und versuche nachzudenken, doch das fällt mir verdammt schwer, weshalb ich, um endlich runterzukommen, die Flasche noch mal ansetze und drei tiefe Schlucke nehme. Ich starre hinaus auf die Terrasse, während der Whiskey sich meine Speiseröhre hinab in meinen Magen brennt, und endlich, endlich beginnt er seine Arbeit zu tun. Ein warmes, wohliges Gefühl breitet sich in mir aus, und um es zu befeuern, trinke ich weiter. Ich gelange zu der Erkenntnis, dass ich Trish nichts von Sam und mir und diesem Ausrutscher sagen werde. Mir erscheint das ein guter Anlass zu sein, um darauf einen zu trinken. Bevor ich zur Couch wanke und einschlafe, schröpfe ich die Flasche noch ordentlich, denn der Alkohol dämpft all meine Probleme und Sorgen. Mein komplettes Leben erscheint mir nicht mehr ganz so schlimm und tragisch, als ich mich sturzbetrunken auf die Seite lege. Das Einzige, was mich in dem Moment echt stört, ist der Raum, der partout nicht aufhören will, sich zu drehen, aber ich habe Erfahrung mit diesem Zustand. Ich rutsche an die Sofakante und stelle ein Bein auf den Boden. Fast augenblicklich lässt das Schwindelgefühl nach. Na, geht doch, sage ich mir und schlafe ein.

Das Klingeln des Telefons holt mich viel zu früh zurück in die Realität. Ein Stöhnen entfährt mir, als ich auf das Display sehe. Trish. Fuck! Sofort ist das schlechte Gewissen wieder da, und ich will ihr umgehend alles beichten. Reiß dich zusammen, Mann, knurre ich mich an, ehe ich den Anruf annehme.

»Hi, Baby!«, begrüße ich sie.

»Hi, Liebling, wie geht es dir? Hast du noch geschlafen?«

»Ja«, entgegne ich kurz angebunden. Ich fühle mich in diesem Moment so mies, dass ich zu keinem klaren Gedanken fähig bin.

»Ich wusste nicht, ob ich gestern anrufen soll, aber ich habe gedacht, dass du dich sicherlich meldest, wenn du Redebedarf hast.« Ich stöhne innerlich auf, weil sie so rücksichtsvoll und lieb ist. Und ja … ja, ich hatte Redebedarf.

»Nein. Ich … also ich …«

»Kein Problem. Ich verstehe das schon. Aber du weißt, dass ich immer für dich da bin, wenn du dir doch mal alles von der Seele reden willst. Es war gestern bestimmt nicht leicht, und ich wünschte, ich wäre bei dir gewesen.«

»Das wünsche ich mir auch«, erwidere ich aufrichtig, denn dann wäre die Sache mit Sam gar nicht erst passiert. »Ich vermisse dich«, füge ich hinzu.

»Ja, ich dich auch, aber es sind nur noch ein paar Tage, bis wir uns wiedersehen. Wie geht es Joe?«

»Nicht so gut. Sam musste gestern den Arzt rufen, und Joe hat eine Beruhigungsspritze bekommen.«

»Und wie läuft es mit Sam?«

»Es ist nach wie vor nicht ganz einfach, aber wir bekommen es irgendwie hin.« Damals, als ich Trish die ganze Geschichte erzählt habe, war sie fassungslos. Ich will gar nicht wissen, was sie von mir denken würde, wenn sie wüsste, dass ich beinahe wieder rückfällig geworden wäre. Sie würde mich für den letzten Idioten halten. Nein, wobei … das würde sie nicht. Sie würde es verstehen. Sie hat eine ähnliche Geschichte. Allerdings bin ich wirklich ein Idiot, und wieder einmal frage ich mich, was mit mir nicht stimmt. Warum kann ich nach all dem, was zwischen Sam und mir vorgefallen ist, meine Finger nicht von ihr lassen? Ich habe eine fantastische Freundin, die mich nach Leibeskräften in allen Belangen unterstützt und mir den Rücken freihält, und dennoch, dennoch hängt ein Teil von mir in der Vergangenheit fest. Diesem »alten« Dean ist es unmöglich, loszulassen und voranzuschreiten, ohne zurückzublicken. Doch ich bin nicht mehr der »alte« Dean. Ich habe mich verändert, nicht zuletzt war es Russels und Sams Verlobung, die mich von meinen dämlichen Vorstellungen kuriert hat. Noch in der Silvesternacht dachte ich, dass es eine Zukunft mit Sam geben könnte. Ich war der Meinung, dass wir möglicherweise noch eine Chance hätten. Ich wollte mich mit ihr aussprechen und versöhnen – so wie Russel es vorgeschlagen hatte. Mir stockt der Atem, als mich die bittere Erkenntnis trifft, dass er dabei vor allem sein eigenes Glück im Sinn hatte. Er wollte eine Aussprache herbeiführen, damit ich ihrer gemeinsamen Zukunft nicht im Weg stehen würde. Dieser kleine Scheißkerl! Ich koche vor Wut, als mir noch einmal überdeutlich wird, wie lange er die Sache mit Sam vor mir verheimlicht hat.

»Alles gut, Dean?«

»Ja, ja«, murmle ich gedankenverloren, doch gar nichts ist gut. Mein kleiner Bruder hat die ganze Zeit über ein falsches Spiel mit mir gespielt und mich an der Nase herumgeführt, und ich war zu doof, zu erkennen, was da zwischen ihnen lief. Darell hat es geschnallt. Er ist an Weihnachten über Sam hergezogen und hat sie ein »verhurtes Miststück« genannt – vielleicht wusste er es zu diesem Zeitpunkt schon. Ich habe keine Ahnung. Ich kann mich an den Abend sowieso nicht wirklich erinnern. Gleich zu Beginn der Party habe ich einiges getrunken, weil ich Sams Gegenwart einfach nicht ertragen habe, und dann waren da ein paar Freunde von früher, die Koks dabeihatten. Ich habe in dieser Nacht eine Line gesnifft. Alkohol und Blow ist keine gute Kombination. Ich werde davon jedenfalls scheißaggressiv. Als Dare Sam dann später beleidigt hat, habe ich rot gesehen und ihn geschlagen …

»Dean?«, fragt Trish.

»Ja?«

»Ich hatte dich was gefragt … was ist denn bloß los?«

»Ich habe einen Kater«, flunkere ich. Und irgendwie ist es auch so, nur kommt er nicht vom Alkohol, sondern ich bin von Sams und meinem Beinahe-Ausrutscher ernüchtert. Der hängt mir schlimmer nach als der fieseste Hangover, den ich jemals hatte. »Und einfach zu wenig Schlaf.«

»Dann leg dich noch mal hin und wir telefonieren später«, schlägt Trish vor.

»Gute Idee, Baby! Bis später.«

»Dean?«

»Ja?«

»Ich liebe dich.« Fuck, denke ich, denn bisher ist das L-Wort noch nicht gefallen. Automatisch erwidere ich: »Ich dich auch«, ehe ich auflege.

Sie liebt mich. Ich wusste, dass es so ist, doch nun hat sie es gesagt. Und ich? Ich habe es erwidert, und es stimmt. Ich liebe Trish. Sie ist ein herzensguter Mensch. Das Ganze ist völlig anders als mit Sam, aber ja, ich liebe Trish – auch wenn das nach gestern schwer zu glauben sein mag.

Der Gedanke an den vergangenen Abend löst eine Woge der Übelkeit in mir aus – nun ja, eigentlich nicht die Erinnerung an sich, sondern eher die Schuldgefühle, die damit einhergehen.

Fuck, so was darf echt nie wieder passieren. Nie, nie, nie wieder!

Nachdem ich mich darauf eingeschworen habe, mich in Sams Gegenwart zusammenzureißen, begebe ich mich in mein Zimmer und versuche, noch einmal zu schlafen, und irgendwie gelingt es mir sogar – jedenfalls bis lautes Geklapper aus der Küche mich weckt. Sam, die das Frühstück zubereitet. Vermutlich in Mengen, die die komplette Besatzung eines Flugzeugträgers monatelang ernähren könnten.

Ich stehe auf, mache mich fertig und treffe in der Küche auf Sam. Unter der Dusche habe ich mir überlegt, was ich sagen werde. Sie muss wissen, dass das Ganze eine einmalige Sache war. Ein Ausrutscher, über den wir nicht reden und der …

Sam dreht sich zu mir rum, und mir stockt der Atem, als mein Blick auf das Shirt fällt, dass sie trägt. Rus hat es ihr zu ihrem achtzehnten Geburtstag geschenkt. *I love Bowling* steht dort. Doch wir wissen, dass es eigentlich eine Anspielung ist und etwas ganz, ganz anderes bedeutet.

»Sehr witzig, Sam!«, grolle ich, denn ja, die Botschaft ist angekommen.

»Dir auch einen schönen guten Morgen, Dean«, entgegnet sie gelassen und ohne meinem gereizten Gemütszustand Beachtung zu schenken.

»Kannst du mir erklären, was der Scheiß soll?«, erkundige ich mich und deute auf ihr Shirt. Sam schaut an sich herab, sieht zu mir auf, und ihre Miene verrät mir bereits, was sie im nächsten Moment stammelnd versucht zu erklären. Es wäre witzig, wenn die Situation nicht so verdammt beschissen wäre. Es ist nur ein weiteres Missverständnis zwischen uns und verdeutlicht mir wieder einmal, dass ein normaler Umgang miteinander unmöglich ist. Ich dachte wirklich, sie will mich provozieren.

»Sorry, ich … nein, so war es nicht … ich …«, sie verstummt kurz, sammelt sich und sagt dann: »Es war ein Sammy. Ich schwöre es. Ich habe mir nichts dabei gedacht.« Ob es auch ein Sammy war, dass sie damals Brad Hoover einen geblasen hat, frage ich mich, schnaube genervt und wende mich der Kaffeemaschine zu. »Ich geh mich umziehen«, wispert Sam und verlässt die Küche fluchtartig.

Ich für meinen Teil mache mir einen Kaffee und werde von einer Woge der Erinnerungen überrollt. Dieses Shirt, das Sam jetzt gerade auszieht, ist der Auslöser dafür. Rus hat es ihr zusammen mit einem Schild, auf dem der gleiche Schriftzug stand, geschenkt – damals, in jener Nacht, die alles zwischen mir und Sam verändert und die jegliches Vertrauen zerstört hat.

246 Wochen zuvor

Ich bin scheißnervös und bringe auf der Fahrt kein Wort heraus. Bis zu Sam ist es nicht weit, aber ich war vorher noch in der Stadt und habe ihr einen Strauß rote Rosen geholt. »Also ist heute der große Tag, was?«, fragt Darell, nachdem ich ihm die Blumen gereicht habe und er in das Einwickelpapier gelunzt hat. Er sitzt auf dem Beifahrersitz, denn er hat vor, ordentlich einen draufzumachen, und schon mal etwas vorgeglüht.

»Was für ein großer Tag ist heute?«, fragt Russel von hinten. Er hängt über dem Beifahrersitz, ist mal wieder mittendrin, statt nur dabei und steckt seine Nase in Angelegenheiten, die ihn nichts angehen.

Doch ich habe keinen Bock, meinem nervigen siebzehnjährigen Bruder zu erklären, was Sache ist. Ich müsste mir doch nur einen Haufen dumme Sprüche anhören. »Sams Geburtstag natürlich«, gebe ich zurück. »Das ist ein großer Tag für sie, und deshalb bekommt sie Blumen. Man wird schließlich nur einmal achtzehn.« Darell schmunzelt belustigt. Er ist der Einzige, der von meinen Gefühlen für Sam weiß, und seit Jahren hört er sich mein Leid an. Es war schwer, zu warten, es war noch schwerer, mitzuerleben, dass es andere Männer in ihrem Leben gab, aber ich weiß, dass es richtig war, Sam die Zeit und den Freiraum zu geben, sich zu entwickeln.

Als wir eintreffen, ist die Feier schon in vollem Gange. Während Rory und Russel sofort die Party stürmen und auf Sammy, die mit Gab, Joe und ein paar Jungs herumsteht, zupreschen, halte ich mich im Hintergrund und betrachte sie. Sam trägt ein enges rotes Kleid und sieht einfach nur megaheiß aus. Sex on legs, gestehe ich mir ein und fühle mich zum ersten Mal dabei nicht wie ein Perversling. Sie ist nun achtzehn, und endlich darf ich solche Sachen über sie denken. Darell war da bei Gab nicht so, aber er ist auch noch mal zwei Jahre jünger als ich. Er strebt zu ihr, nimmt ihr den Becher, den sie hält, aus der Hand und trinkt ein paar Schluck. Ich geselle mich zu ihnen. Russels Geschenk sorgt für Gelächter, und er bringt Sam zum Erröten, indem er den anderen Typen, die dabeistehen, den Kontext erklärt.

Ich lege Sam einen Arm um die Schulter und gebe ihr zur Begrüßung einen Kuss auf die Schläfe. Sie grinst mich bierselig an. Ich lasse sie los – so schwer es mir auch fällt, entwende Joe ihren Pappbecher, der ebenfalls Alkohol enthält, und reiche ihn an Darell weiter, der ihn jedoch einfach Rus in die Hand drückt. Ich werfe ihm einen vorwurfsvollen Blick zu. »Spielverderber«, kommt es von Travor Hall. Der Typ ist ein solcher

Idiot. Ich kann ihn nicht ausstehen, und es gefällt mir nicht, wie er Joe ansieht. Deren komplette Aufmerksamkeit gilt jedoch Russel.

»Kannst du mal die Klappe halten?«, fragt Joe und boxt ihn in die Rippen. »Abgesehen davon warst du gar nicht dabei!«

Doch es ist bereits zu spät, und einer der Umstehenden sagt zu Sam: »Der Typ, der mal mit dir zusammen ist, muss echt auf Schwänze stehen, bei so vielen, die du bereits gelutscht hast.«

Ich werfe ihm einen drohenden Blick zu und richte mich zu meiner vollen Größe auf. Doch Sam ist niemand, der seine Kämpfe von anderen austragen lässt. Sie schenkt dem Kerl, der einer von Travor Halls engen Freunden ist, ein zuckersüßes Lächeln und kontert: »Da haben wir ja was gemeinsam. Vielleicht findest du heute Nacht einen Typen, der zu uns passt, und wir können ihn uns dann teilen – allerdings nicht auf meiner Party.«

Darell grölt laut »Yeah, Sammy!« und hält ihr seine Hand zu einem High Five hin. »Wenn du nicht einstecken kannst, dann solltest du diese Lady besser nicht anmachen, Kleiner«, verkündet er, deutet auf die Haustür und fügt hinzu: »Und nun verpiss dich zusammen mit deinen Freunden, ehe das Geburtstagskind Dean und mir den offiziellen Auftrag gibt, euch rauszuschmeißen!« Die drei Gestalten ziehen murrend ab – nicht ohne Dare vernichtende Blicke zuzuwerfen.

»Hast du super hinbekommen«, beschwert Joe sich bei Russel.

Der jedoch winkt ab. »Sammy ist hart im Nehmen und weiß, was sie von solchen Wichsbirnen und ihren dummen Sprüchen zu halten hat.« Er wendet sich an sie: »Und, wie fühlt man sich mit achtzehn, Sam?«

Sie zuckt mit den Schultern. »Nicht anders als gestern auch.«

»Du hast dich auch nicht wirklich verändert. Du bist noch genauso flachbrüstig wie … Hey!«, beschwert er sich, als ich ihm einen Klapps auf den Hinterkopf verpasse.

»Klappe, Zwerg! Vergiss, was der Armleuchter gesagt hat, Sammy. Du siehst umwerfend aus.«

Sie grinst. »Danke, Dean, aber wie Rus so schön sagte: Ich weiß, was ich von solchen Wichsbirnen und ihren dummen Sprüchen zu halten habe.«

Dare lacht lautstark über ihre Bemerkung und kassiert einen genervten Blick von Rory. Die beiden kommen nicht sonderlich gut miteinander klar, was kein Wunder ist, denn Dare hat ihm Gab vor ein paar Monaten ausgespannt. Die beiden sind tierisch eifersüchtig aufeinander – wobei man sagen muss, dass Dare sowieso immer eifersüchtig ist, aber er ist nun mal mein bester Freund, also müssen Rory und er sich wohl oder übel zusammenraufen. Abgesehen davon hat Darell inzwischen ja, was er wollte.

»Warum war dieser Travor mit seinen Jungs eigentlich überhaupt hier?«, will ich wissen. Sam, Joe, Rus und Rory haben mit diesen Typen sonst kaum etwas zu tun.

»Die sind so vorbeigekommen. Ich habe sie nicht eingeladen«, erwidert Sam und sieht mich entschuldigend an.

»Ist doch auch egal«, meint Darell und zwinkert mir zu. »Entspann dich, Deany-Boy, und genieß den Abend.« Am liebsten würde ich Dare den Finger zeigen, doch ich lasse es bleiben. »Und abgesehen davon, wenn Travor mit seinem Gefolge hier noch mal auftaucht, schmeiß ich ihn eigenhändig raus, und es wird mir ein ganz besonderes Vergnügen sein.« Ich weiß, dass Darell heute auf Krawall gebürstet ist. Heute

Morgen hatte er Zoff mit seinem Vater und sehnt sich danach, Dampf abzulassen. Ihn heute dumm anzumachen, ist keine gute Idee.

»Kannst du dich einmal nicht wie ein Steinzeitmensch benehmen, Dare?«, fragt Gab und sieht ihn vorwurfsvoll an.

Er drückt ihr einen Kuss auf die Lippen und erwidert: »Da stehst du doch drauf, Baby!« Sie kichert amüsiert und lässt zu, dass er sie in die Arme zieht. Seine Hand legt sich wie von selbst auf ihren Hintern. Ich verdrehe die Augen. Sam begegnet meinem genervten Blick und schmunzelt. Ich liebe es, wie ihre Augen dabei blitzen.

Rory, dem die ganze Show auch nicht passt, brummt: »Ich hole mir mal was zu trinken.« Rus leert sein Bier und folgt ihm, während Dare Gab einen leidenschaftlichen Kuss gibt.

»Kann ich dich kurz sprechen, Sammy?«, frage ich, und sie erwidert: »Aber immer doch.« Sie folgt mir zum Atelier ihrer Mutter und wir schrecken dort ein knutschendes Paar auf. »Mein Zimmer?«, fragt sie, und ich nicke knapp. Ich gehe hinter ihr die Treppe hinauf, versuche nicht auf ihren sexy Po zu starren und wische meine schweißnassen Hände unauffällig an meiner Hose ab. Ich bin entsetzlich nervös. Meine Aufregung nimmt zu, als wir Sammys Zimmer betreten. Sie schließt die Tür hinter uns. Mein Herz rast wie verrückt. Sammy stellt ihren Becher mit dem Bier auf dem Nachttisch ab und wendet sich mir zu. »Alles gut, Deany?«, fragt sie und tritt zu mir. Ich stehe noch immer an der Tür, unfähig mich zu rühren oder meine Augen von ihr anzuwenden.

»Klar! Bist du gut in deinen Geburtstag gekommen?«, erkundige ich mich. Sie war zusammen mit ihrer Mutter auf Oahu und hat dort reingefeiert.

»Es war okay«, murmelt sie und beißt sich auf die Unterlippe. Sie ist total angespannt.

»Ich habe eine Kleinigkeit für dich«, meine ich und will ihr die Blumen reichen, doch da hat Sam bereits, die Distanz zwischen und überbrückt, ihre Arme um meinen Hals geschlungen und sich gegen mich fallen lassen.

»Ich hoffe, es ist der verdammte Kuss, den du mir vor fünf Jahren versprochen hast, Dean!« Und dann liegen ihre Lippen auf meinen. Ich lasse die Blumen fallen, denn ich will beide Arme um sie schlingen. Sam ist so stürmisch, dass sie mich aus dem Gleichgewicht bringt und ich rücklings gegen die Tür pralle. Ich gleite an ihr hinab, bis ich sitze, und ziehe Sam auf meinen Schoß, während ihre Zunge hitzig in meinen Mund leckt. Diese Frau ist einfach der Hammer!

»Du hast es nicht vergessen«, keuche ich zwischen zwei Küssen. Sie wirft den Kopf in den Nacken und lacht schallend los. Ich küsse ihren Hals, weil sie ihn mir regelrecht darbietet. Ich bin berauscht von ihr und kann nicht fassen, dass …

»Wie könnte ich diesen Kuss bitte schön vergessen? Es war der beste Kuss, den ich jemals bekommen habe«, wispert sie. Ihre Hände gleiten über meine Schultern, wandern in meinen Nacken, und sie drückt meinen Kopf gegen ihre weiche Haut. Ich knabbere mir den Weg zu ihrem Ohrläppchen hinauf, sauge und lecke daran. Sam erschauert, greift dann fest in meine Haare und zieht daran. Ich beiße sanft in ihr Ohr, bevor ich meine Lippen davon löse und dem Zug folgend meinen Kopf zurücknehme. Sams Lippen prallen hart auf meine, und sie erobert erneut meinen Mund. Mein Ständer drückt verlangend gegen meine Jeans und gegen Sams Unterleib, der über meinem Schoß kreist. Ich fasse in ihre Haare und nehme etwas Tempo raus. Sam seufzt lustvoll auf. »Langsam, Süße«, raune ich ihr zu und stelle meine Füße hinter ihr auf, sodass meine Oberschenkel ihr Halt geben. Das enge Kleid ist ihr über den Po gerutscht, doch Sam stört sich nicht daran, dass sie halbnackt auf mir sitzt. Meine freie Hand gleitet hinab zu ihrem hammergeilen Hintern, und ich massiere ihn zärtlich. Sam schaut mir tief in die Augen, und ich bin im siebten Himmel, denn was ich darin sehe, ist die gleiche Begierde, die auch ich für sie empfinde.

Sie drückt sich gegen mich, presst ihre Brüste gegen meinen Oberkörper und ihre Mitte gegen meinen Schoß. Ich stöhne ihren Namen, und Sam lächelt selig. »Bin ich jetzt alt genug für diese Art von Küssen, bei denen man nicht mehr aufhören kann?«

»Ja! Endlich!« Mehr bringe ich nicht heraus. Sam greift über mich hinweg und schließt die Tür ab.

»Bett, Deany?« Sie sieht mich fragend an.

»Unbedingt«, erwidere ich heiser.

Sam greift über mich hinweg und verriegelt die Tür. Ich warte ungeduldig und erhebe mich dann zusammen mit ihr. Sam quietscht, schlingt ihre Beine um meine Hüfte und klammert sich an mir fest. Ich durchquere den Raum in Windeseile und lege sie auf dem Bett ab.

»Wirst du aufhören?«, fragt sie argwöhnisch und streicht mir eine Haarsträhne aus dem Gesicht.

Ich küsse sie auf ihre Stupsnase und erwidere: »Nur, wenn du es willst. Denn ich wollte seit dem Kuss im Wandschrank immer nur dich.«

»Dean?« In meinem Namen liegt so viel Gefühl, aber auch Unglaube und Verwirrung.

»Wirklich«, versichere ich ihr.

»Aber ich dachte …« Sie klingt erschreckend unsicher.

»Was dachtest du?«, frage ich.

»Dass ich bloß die beste Freundin deiner kleinen Schwester bin. Eine Nervensäge, eine Pestbeule, der Nagel zu deinem Sarg …«

Gott, sie hat es wirklich nicht gewusst. »Fuck, Sammy, du hast keine Ahnung, wie schwer es war, all die Jahre meine Finger von dir zu lassen, und wie sehr ich mich auf diesen Tag gefreut habe. Ich liebe dich«, gestehe ich ihr, und dann küsse ich sie lange und zärtlich. Ihre Hände gleiten über meinen Rücken, hinunter zum Saum meines T-Shirts. Sie schiebt sie unter den Stoff, und als sie meine nackte Haut berührt, nimmt die Erregung ungeahnte Ausmaße an. »Fuck«, brumme ich in ihren Mund. Sie lacht leise, und ihre Augen funkeln belustigt. Ihr Blick ist so warm und zärtlich, dass ich drohe darin zu ertrinken. Ich presse meine Stirn gegen ihre, schließe die Augen und genieße ihre Nähe. Ihre Fingerspitzen gleiten über meinen Rücken, hinauf und wieder hinunter. Sams Mund sucht meinen, und erneut verlieren wir uns in einem dieser göttlichen Küsse.

»Ich will dich«, haucht Sam mir zu und drückt gegen meine Brust. Ich rolle mich von ihr runter, streife mein Shirt ab und lege mich auf den Rücken. Sie kniet sich über mich und macht sich an meiner Hose zu schaffen. »Hintern hoch«, instruiert sie mich und schält mich aus meiner Jeans. Mit den Boxerbriefs hält sie sich erst gar nicht lange auf, die verschwindet zusammen mit der Jeans, und ich liege nackt auf dem Bett. Sams Augen glühen vor Leidenschaft. Keine drei Sekunden später hat sie ihren Mund und ihre samtweichen Lippen um meinen Schwanz geschlossen. Oh, mein Gott! Das ist der geilste Blowjob ever, denke ich, als sie meinen Schwanz tief in ihren Rachen aufnimmt, und dann beraubt sie mich jedes klaren Gedankens.

Sam reibt meine Hoden gegeneinander, saugt und lutscht an meinem Ständer, und ich bin binnen kürzester Zeit jenseits von Gut und Böse. »Sammy!«, keuche ich schwer atmend und schiebe meine Hand unter ihr Kinn, denn ich werde verdammt noch mal gleich kommen. Sie schnappt sich meine Hand und schiebt ihre Finger zwischen meine, während sie fortfährt, mich hartnäckig zu bearbeiten. Die Erregung nimmt zu und ist kaum auszuhalten. Ich explodiere in ihrem Mund, was sie nicht davon abhält, weiterzusaugen. Meine Hoden krampfen sich schon beinahe schmerzhaft zusammen, als sie endlich von mir ablässt. Ich habe das Gefühl, sie hat mich komplett ausgelutscht, kurz darauf wird mir allerdings klar, dass das keineswegs der Fall ist. Wir knutschen rum, und mein Schwanz zuckt bereits leicht. Sam ist so wild und leidenschaftlich, und ich liebe sie noch viel mehr, als sie sagt: »Seit du mir erklärt hast, wie ich das machen soll, habe ich ständig daran gedacht, es mit dir zu tun. Ich habe sowieso ständig an dich gedacht, Deany.«

»Und ich an dich«, versichere ich ihr. Ich öffne den Reißverschluss in ihrem Rücken und streife ihr das Kleid von den Schultern. Sammy trägt einen hübschen schwarzen Spitzen-BH. »Hattest du Pläne für heute Abend?«, frage ich.

»Ja, und sie haben dich beinhaltet.« Sie erhebt sich, stellt sich über mich und entledigt sich des Kleides. Ich streichle über ihre Knöchel und die Waden hinauf. Ihre Beine fühlen sich samtig unter meinen schwieligen Fingerkuppen an. »Ich habe sogar eine Großpackung Kondome besorgt, auch wenn ich mir nicht sicher war, ob es mir gelingen würde, dich zu verführen.«

Ich denke, es ist ein Scherz, und lache, doch die Unsicherheit in Sams Blick sorgt dafür, dass ich abrupt damit aufhöre. »Sammy, ich wollte dich die ganze Zeit über so sehr! Und es ist toll, dass du für Kondome gesorgt hast, denn ich Idiot habe vor lauter Aufregung meine Jacke zu Hause vergessen, und da waren die drin, die ich für heute Nacht gekauft habe.«

»Warum warst du aufgeregt?«

»Weil ich wiederum nicht wusste, ob es mir gelingen würde, dich zu verführen.«

»Oh, bitte! Du bist Dean Reynolds, der große Bruder meiner besten Freundin, es ist schon beinahe klischeehaft, dass ich mich in dich verknallt habe.«

Ich lache erneut, weil sie empört klingt und weil ich wirklich nervös bin. Fuck, von diesem Tag träume ich seit Jahren. Ich streichele noch immer ihre nackte Haut, blicke zu ihr auf und wispere: »Du fühlst dich so gut an.«

Sam kickt das Kleid beiseite und hockt sich auf mich. Sie küsst mich und murmelt: »Du dich auch.«

Meine Hände gleiten über ihren Körper, und ich versuche ihren BH zu öffnen. Kein einfaches Unterfangen, denn ich stelle mich vor lauter Aufregung wie der totale Anfänger an. Ihr Atem, der in meinen Mund zittert, ist da wenig hilfreich. Schließlich muss ich doch beide Hände benutzen, um mit bebenden Fingern den Verschluss zu öffnen. Ich streife den BH von ihren Schultern und streichle beinahe ehrfürchtig ihre wunderschönen Brüste. Sie sind klein, fest und perfekt geformt. Keine Ahnung, warum Russel Sammy immer damit ärgert, dass sie zu wenig Oberweite hätte. Mein Brüderchen hat doch echt einen Schaden! Sams Brüste sind so unglaublich schön. Ich knete sie zärtlich und lasse meine Hände dann auf Sams Rücken gleiten, um sie zu mir herunterzuziehen. Meine Lippen umschließen einen ihrer Nippel, und ich beginne, daran zu saugen. »Dean!«, stöhnt Sam und drängt sich meinem Mund entgegen. Die andere Brust umschließe ich mit meiner linken Hand und zwirble den Nippel zwischen Daumen und Zeigefinger. Sams Keuchen wird lauter, und ihr »Dean« bekommt einen flehenden Unterton. An meiner Einsatzbereitschaft soll es nicht liegen. Ich bin wieder hart. »Ich würde ja, Sammy, aber …«

»Ja, ich weiß. Dean-Reynolds-Sexregel-Nummer-Eins: Niemals ohne!« Niemals ohne. Das gilt auch für Oralverkehr und trotzdem … Sam unterbricht meine Gedanken, ehe sie sich zu einem schlechten Gewissen mausern könnten, indem sie sich zur Seite kippen lässt und versucht, die Nachttischschublade aufzuziehen. In ihrem blinden Eifer stellt sie sich nicht gerade geschickt an. Das Tischchen gerät ins Wanken. Sam entscheidet sich gegen die Nachttischlampe und für den Becher mit dem Bier. Die Lampe fällt zu Boden und geht klirrend zu Bruch. Das Bier schwappt ein wenig über. Sam flucht ein leises »Fuck«, stellt es zurück und zerrt erneut an der Schublade. Sie ist Chaos pur.

»Was machst du da?«, frage ich sie, drehe mich auf die Seite, rolle mich halb auf sie und helfe ihr dabei, die Schublade aufzubekommen. Das blöde Ding hat sich total verkantet, und Sams Po an meiner Latte macht mich nicht gerade zum geduldigsten Menschen dieser Welt. Ich will sie so sehr, und nun scheitert es an einer verklemmten Schublade. Als ich es laut sage, meint Sammy lachend: »Na, wenigstens ist keiner von uns verklemmt.«

Ich küsse ihren Nacken und erwidere: »Ja, was für ein verdammtes Glück.« Ich knie mich aufs Bett und reiche Sammy das Bier. Sie rückt zur Seite, nimmt ein paar Schlucke, während ich versuche, diese bescheuerte Schublade zu öffnen, die zwischen mir und dem Sex mit Sam steht. Ich gebe einen frustrierten Laut von mir, als es selbst mit roher Gewalt nicht gelingen will. »Fuck!«, grolle ich. Sam lacht albern, und ich werfe ihr einen vorwurfsvollen Blick zu. »Das ist nicht witzig. Ich muss losfahren und welche holen und …« Ich bin schon halb aus ihrem Bett draußen, als sie mich zurückhält. Sie schmiegt sich von hinten an mich, und ich wölbe ihr meinen Rücken entgegen.

»Dean, ich weiß, es widerspricht deiner Regel, aber ich nehme die Pille«, säuselt sie in mein Ohr, »und bin sauber, also müsstest du vielleicht nicht unbedingt losfahren, denn ehrlich gesagt, möchte ich dich nur ungern gehen lassen.« Sie rückt von mir ab und beobachtet mich, während sie einen Schluck von ihrem Bier nimmt und meine Antwort abwartet.

»Fuck«, brumme ich erneut, denn sie stürzt mich in einen Gewissenskonflikt. Natürlich bin ich sauber, aber ich wäre ein schlechtes Vorbild, wenn ich nun gegen meine Regel verstoße.

»Dean, ich würde mit einem anderen niemals auf die Idee kommen, aber wir kennen uns so lange, und ich vertraue dir. Ich …«

Ich unterbreche sie mit einem entschiedenen »Zieh dich aus« und schaue ihr dabei zu, wie sie meinem Befehl umgehend Folge leistet. Sam schlüpft aus ihrem Höschen, und ihre Lust zeichnet sich gut sichtbar in Form eines feuchten Flecks darin ab. Sie schnickt es achtlos beiseite, wie ihr Kleid zuvor.

Ich bestaune ihren nackten Körper, von dem ich so oft geträumt habe. »Alles gut, Dean?«, fragt sie.

»Ja, es ist nur: Du bist so wunderschön, und ich habe mir so oft vorgestellt, wie du nackt aussiehst.«

»Hast du?« Ich nicke. »Und, werde ich deinen Erwartungen gerecht?« Erneut klingt sie rührend unsicher.

Ich nehme ihr Gesicht in beide Hände. Ich lege all mein Verlangen, all meine Wünsche, Träume und Hoffnungen in den nächsten Kuss, und als ich ihn beende, sage ich: »Bei Weitem. Du kannst dir nicht vorstellen, wie glücklich ich bin. Ich will dich so sehr!«

»Und ich kann nicht fassen, dass du mich willst. Dass wir hier sind.«

»Ich war mehr als einmal versucht, dir einfach die Klamotten vom Leib zu reißen und dich in der Küche oder im Wohnzimmer zu ficken.«

»Ich wünschte, du hättest es getan«, verrät sie mir.

In diesem Punkt gehen unsere Meinungen definitiv auseinander. Ich schlucke beklommen. »Nein, ich bin froh, dass ich gewartet habe.« Ich küsse Sam erneut. Schnell geraten wir in einen rauschhaften Zustand, und diesmal wäre es mir nicht möglich, diesen Kuss zu beenden – unter keinen Umständen. Sammy drückt gegen meine Brust, ich lasse mich nach hinten aufs Bett fallen und ziehe sie mit mir. Ihr Blick begegnet meinem. Sie schaut mir tief in die Augen, als sie sich so platziert, dass sie meinen Schwanz in sich aufnehmen kann. Langsam senkt sie ihr Becken ab, und ich gleite in sie. Ich seufze leise, denn das hier ist so viel besser als in meinen kühnsten Träumen. Sam kreist mit ihrem Becken über meinem Schritt, und ich stoße langsam und verhalten in sie, denn sie ist wahnsinnig eng.

Meine Hände erkunden ihren Körper, und sie fühlt sich unbeschreiblich gut an. Mit der Zeit werden unsere Bewegungen schneller, unser Stöhnen und Keuchen lauter. Sams Nippel, die ich inzwischen mit beiden Daumen reibe, recken sich mir hart entgegen.

»Dean!«, stöhnt sie, als sie kommt. »Oh Gott, Dean!«

In ihrer Hingabe und Leidenschaft sieht sie so schön aus, dass dieser Anblick ausreicht, um auch mich zum Höhepunkt zu bringen. »Ich liebe dich so sehr, Sam!«, keuche ich, als ich mich in sie ergieße. Es ist die Wahrheit. Ich liebe sie von ganzem Herzen und würde alles für sie tun.

DEAN| 03.07.2014 | Lāhainā | Maui | Hawaii

Ja, damals hätte ich wirklich alles für sie getan. Jedes Mal, wenn ich an diesen Abend denke, ist es für mich unbegreiflich, wie sich alles entwickelt hat. Wieder ist es da, das Bild von Brad mit Sam … Es macht mich immer noch fertig, dass sie mir das Ganze nie erklärt hat und stattdessen einfach nach Australien abgehauen ist. Ein Jahr war sie fort. Australien, Neuseeland, hat Schafe geschoren und wer weiß was alles gemacht. Die anderen waren ebenso überrascht, aber keinen hat es so tief verletzt wie mich. Sie alle haben es ihr nachgesehen und die Story vom großen Streit mit ihrem Vater gekauft, nur ich wusste es besser. Andererseits, was gibt es da noch zu erklären. Was zwischen uns war, hat ihr offensichtlich nichts bedeutet. Ich weiß nicht, ob sie sauer war, weil ich wegen Russel einfach überstürzt verschwunden bin, oder ob sie es getan hat, weil sie Brad einfach nicht widerstehen konnte. Möglicherweise dachte sie, ich finde es niemals heraus. Ich weiß es nicht, was ich jedoch weiß, ist, dass ich sie dabei erwischt habe, wie sie ihm den Schwanz gelutscht hat, und dass sich dieses Bild tief in mein Bewusstsein gegraben hat. Sam hat sich mir gegenüber schäbig verhalten – ebenso schäbig, wie ich mich gestern Nacht gegenüber Trish verhalten habe. Fuck! Ich hasse mein Leben!

Kapitel 08

SAM | 04.07.2014 | Lāhainā | Maui | Hawaii

Als ich zurück in die Küche komme, ist Dean verschwunden. Einerseits bin ich maßlos erleichtert, andererseits wünschte ich, dass wir über das, was gestern zwischen uns passiert ist, reden würden.

Da Joe noch schläft, frühstücke ich allein auf der Terrasse und beschließe dann, surfen zu gehen. Die Session kann mit der des gestrigen Tages nicht mithalten. Es gibt nur wenige gute Wellen, und die, die ich mir schnappe, enden alle in einem Wipe-Out. Ich sehe es als Strafe dafür, dass ich am gestrigen Abend mit dem Bruder meines toten Verlobten rumgemacht habe. Wie heißt es so schön? Kleine Sünden bestraft der liebe Gott sofort, für die großen braucht er etwas länger. Cam sagt das immer, und auch, dass Hunt irgendwann der Schlag treffen wird, weil er immer so über die Stränge schlägt. Wie bei Rus, sinniere ich und kann nicht verhindern, dass mir der Gedanke an ihn das Herz schmerzhaft zusammenschnürt und die Tränen in die Augen treibt.

Nach dem Surfen besuche ich meine Mum, denn ich brauche einfach etwas Ruhe und Zeit für mich. Ich bin noch immer erschöpft vom gestrigen Tag und fühle mich taub und leer. Mit Joe tagelang in einem Bett zu schlafen, ist auch alles andere als erholsam, denn es vergeht keine Nacht, in der sie nicht von Albträumen geplagt aus dem Schlaf schreckt.

Ich liege bereits im Bett, als mir einfällt, dass sie möglicherweise allein zu Hause ist, also schreibe ich Dean: *Wo steckst du?*

Zu Hause. Warum?

Wegen Joe.

Ich bin bei ihr. Alles gut.

Dean wegen gestern. Es tut mir leid.

Ja, mir auch, schreibt er zurück.

Ich bin bei meiner Mum, komme aber später noch mal vorbei, okay?

Als Antwort erhalte ich ein Emoticon mit einem emporgereckten Daumen. Wow, das hier ist selbst für Deans Verhältnisse kurz angebunden. Er ist generell kein Mann der großen Worte – wobei das so nicht stimmt. Denn er kann schreiben wie kein Zweiter. Der Artikel über Bradley Hoovers Comeback war großartig – vor allem wenn man bedenkt, dass Dean nicht gerade ein eingefleischter Brad-Fan ist, doch das ist die hohe Kunst der Berichterstattung: Sich selbst zurückzunehmen, die eigene Meinung hintenanzustellen und objektiv zu bleiben. Ich für meinen Teil könnte das nicht, aber deshalb bin ich Bloggerin, da geht es nur um meine Meinung und meinen Geschmack. Objektivität ist da gar nicht gefragt. Doch zurück zu Dean: Auch wenn er Worte wunderbar zu Papier bringen kann, ist er alles andere als geschwätzig. Während Russel ununterbrochen rumgealbert hat – sein Mund stand echt niemals still – hüllt Dean sich meist in Schweigen. Etwas, das ihn meiner Meinung nach maßlos attraktiv macht. Dieses Grüblerische hat jahrelang eine ungemeine Anziehungskraft auf mich ausgeübt, denn was in seinem Kopf vorging, war ein Geheimnis, und ich liebe Geheimnisse. Aus Dean rauszubekommen, was ihn umtreibt, war jedenfalls eine Herausforderung. Dean redet nicht über sich und seine Gefühle, zumindest nicht mit mir. Ich konnte ihm immer alles erzählen, aber er hat sich mir nie anvertraut. Natürlich weiß ich, warum das so war. Ich war eben bloß die beste Freundin seiner kleinen Schwester, also, warum sollte er sich mir mitteilen und sein Herz ausschütten? Abgesehen davon waren wir die Kids, für die er sich verantwortlich gefühlt hat, klar wollte er uns nicht mit dem belasten, was ihn bewegt. Es war sicherlich alles andere als einfach, er zu sein. Ich hätte nicht mit ihm tauschen wollen. Wir waren wie ein Sack Flöhe, und er musste uns hüten. Ich gebe zu: Rus und ich waren am schlimmsten. Seinen Ruf als Aufreißer und meinen als Schlampe haben wir uns redlich verdient, aber hey: Wir hatten Spaß dabei, und irgendwie ist das die Hauptsache, wenn man bedenkt, dass der Atemzug, den man gerade getan hat, jederzeit der letzte sein könnte. Das verdammte Leben kann so wahnsinnig schnell vorbei sein.

Ich schließe die Augen, denke noch, dass kein Schlaf der Welt diese grundlegende Erschöpfung, die sich in jeder Faser meines Körpers ausgebreitet hat, vertreiben kann, und döse augenblicklich weg.

Wundersamerweise fühle ich mich nach dem Aufwachen dennoch ausgeruht. Ich erinnere mich daran, dass ich von Russel geträumt habe, und in seinen Armen zu liegen war wie Urlaub. Er hat mich gehalten, und ich habe seine Liebe gespürt. Ich war ihm in meinem Traum ganz, ganz nah, und das hat mir Kraft gegeben.

Joe sitzt vor dem Fernseher, als ich ins Haus der Reynolds zurückkehre – von Dean und Sean fehlt jede Spur.

»Hi, wo hast du gesteckt?«, will sie wissen und hält den Film an.

Ich schenke mir eine Antwort, deute auf den Bildschirm und frage: »*Legenden der Leidenschaft*? Wirklich?«

»Brad Pitt in jung!«

»Okay, das ist ein Argument.« Ich gehe zum Kühlschrank und hole aus dem Eisfach eine Großpackung Ben & Jerrys. Mit zwei großen Löffeln bewaffnet kehre ich zu Joe zurück und kuschle mich mit ihr aufs Sofa.

»Wie geht es dir, Baby?«, frage ich.

Sie deutet auf das Eis. »In Kürze besser, nehme ich an.« Sie ringt sich zu einem Grinsen durch und sagt dann: »Ich hätte nicht gedacht, dass ich noch tiefer fallen könnte, aber gestern …« Sie verstummt und schluckt beklommen. Ich gebe ihr Zeit, mit den Emotionen, die in ihrem Innern wogen, zurechtzukommen. »Es war so hart. Nach der ersten Woche dachte ich, dass doch irgendwann keine Tränen mehr übrig sein können, aber ich weine jeden Tag um ihn. Ich kann einfach nicht aufhören, Sammy.« Ich nicke traurig. »Er fehlt mir so wahnsinnig!« Ich stelle das Eis beiseite und schließe sie in die Arme. »Gestern dachte ich irgendwann, dass ich das nicht überlebe. Ich … keine Ahnung. Ich wusste nicht, wie ich das durchstehen soll. Der Schmerz war so stark. Er hat mich beinahe zerrissen. Ich fühle mich so schrecklich unvollständig ohne ihn.« Joe schaut mich flehend an.

»Ich verstehe das, Baby, ich verstehe das so gut«, wispere ich.

»Ich hasse es, dass ich so schwach bin«, wimmert sie.

Auch das kann ich nur allzu gut verstehen. »Wir schaffen das. Irgendwie schaffen wir das, Süße«, spreche ich uns beiden Mut zu, aber ich habe ehrlich gesagt nicht die leiseste Ahnung, wie wir jemals über diesen Verlust hinwegkommen sollen.

Einen traurigen Film zu schauen hilft auch nicht – zumal er frappierende Parallelen mit meiner Situation aufweist, wie ich entsetzt feststelle. Okay, bei mir sind es nicht drei Brüder, sondern nur zwei, aber … Während der heißen Sexszene zwischen Susannah und Tristan muss ich unwillkürlich an gestern

Abend denken. Verdammt, ich kann die beinahe magische Anziehungskraft, die von Dean ausgeht, einfach nicht leugnen. Natürlich wären solche Gefühle für Dean gar nicht vorhanden, wenn Rus noch am Leben wäre, aber das ist er nicht … Oder vielleicht sind sie gerade da, weil Russel tot ist. Natürlich fand ich Dean vorher schon attraktiv, doch unwiderstehlich war er nie. Nun ist es anders. Wenn ich mit ihm zusammen bin, dann bin ich Russel näher als in jedem anderen Moment, aber ohne dass der Kummer und der Schmerz mich zu erdrücken drohen.

Die Sehnsucht nach Dean wird übermächtig, doch ich verkneife mir die Frage, wo er ist. Bestimmt vögelt er gerade irgendeine Tussi. Bei dem Gedanken wird mir schlecht, und ich lege den Löffel beiseite.

»Schon satt?«, erkundigt sich Joe.

Ich nicke und erinnere mich daran, wie Dean mich die beiden Male behandelt hat, nachdem wir dieser Anziehungskraft nachgegeben haben. Beim ersten Mal hat er mich als Schlampe und Hure beschimpft, und sein überstürzter Abgang gestern hat mehr gesagt als tausend Worte.

Bei der Erinnerung daran, wie er aus Russels Zimmer gestürmt ist, breitet sich eine tiefe Traurigkeit in mir aus, und ich nehme mir vor, nachher mit ihm zu reden. Ich finde es richtig, was er getan hat. Dean hat die Notbremse gezogen, und das war sicherlich besser so, doch falsch war, dass er einfach gegangen ist. Wir hätten darüber reden müssen.

»Ich verstehe echt nicht, wie Susannah sich auf Alfred einlassen kann«, unterbricht Joe meine Gedanken, die sich ohnehin nur im Kreis drehen.

Ich zucke mit den Schultern. »Tristan wollte sie nicht. Sie hat auf ihn gewartet und gehofft, dass er zurückkommt, doch irgendwann musste sie weitermachen.«

»Ja, aber doch nicht mit diesem Unsympathen«, brummt sie.

»Ich finde Alfred per se gar nicht falsch. Er ist der Älteste. Er wollte bloß alles richtig machen.«

»Ja, aber Susannah passt gar nicht zu ihm. Er ist zu brav, zu ... Gott, er ist total langweilig, und sie ist wild und unbändig wie Tristan. Sie sind perfekt füreinander.«

Ich seufze leise. »Manchmal klappt es aus den unterschiedlichsten Gründen dennoch nicht, wenn man perfekt füreinander ist, und abgesehen davon, müsstest du dich ja eher mit Isabel ›zwei‹ identifizieren. Schließlich heiratet sie ihren Brad.«

Joes Kehle entsteigt ein Glucksen. Es ist ein Geräusch, das ich in den vergangenen Monaten schmerzlich vermisst habe und das mir unwirklich vorkommt. Sie deutet auf den Bildschirm. »Sorry, aber dieser Brad kann mit meinem nicht mithalten.«

»Du bist echt unverbesserlich«, brumme ich und verdrehe gespielt genervt die Augen. Ihr Brad? Sie ist der Hammer. Dennoch ist es schön zu sehen, dass ihr der Gedanke an ihn Kraft gibt. Vermutlich wird er niemals ihr Brad sein, wobei ... Ich erinnere mich an seine expliziten Fragen in Bezug auf Joe, als wir zusammen essen waren. Er hat gesagt, dass er sich Sorgen um sie macht. Ja, weil er nett sein wollte, dämpfe ich meine hoffnungsvollen Gedanken. Es ist schließlich nicht so, als hätte ich nicht irgendwo tief in mir eine romantische Ader. Aber nur weil Brad sich nach Joe erkundigt hat, bedeutet das noch lange nicht, dass sein Interesse an ihr über eine nachbarschaftliche Fürsorge hinausgeht.

»Ich habe dich immer bei Dean gesehen«, hallen mir seine Worte durch den Kopf. Ja, ich mich auch, wenn ich ehrlich bin, aber die Dinge haben sich anders entwickelt, und wenn ich mich noch einmal entscheiden müsste, dann würde ich auf

Russels Fragezeichen, das er mir damals an der Bar geschickt hat, wieder mit einem *J* antworten. Die Zeit mit ihm war die beste meines Lebens.

Aber gestern … jammert ein Teil von mir, dem ich jedoch kein Gehör schenken möchte. Ja, gestern war toll. Es war wunderbar, Dean so nah zu sein und in seinen Armen zu liegen. Seine Küsse waren unglaublich. Ich seufze leise. Zum Glück an einer passenden Stelle im Film. Das ist einer dieser Filme, da kann man viel seufzen, weil es jede Menge emotionsgeladener Momente gibt.

»Wo warst du eigentlich den ganzen Tag?«

»Zu Hause?«

»Allein?«

»Nee, mit einem Kerl«, erwidere ich und verdrehe die Augen. Was Joe schon wieder von mir denkt, doch wie sagt Hunter immer so schön: Ist der Ruf erst ruiniert, lebt es sich völlig ungeniert. Nach einem Moment stupse ich ihr meinen Ellbogen in die Rippen und stelle die Sache klar: »Blödsinn! Im Moment steht mir der Sinn echt nicht nach einem Typen.«

»Warum nicht? Ist doch eine gute Ablenkung … jedenfalls behauptest du das immer.«

»Nicht alle Probleme kann man mit Sex lösen.«

»Und das aus deinem Mund!«, keucht sie erstaunt.

»Ich? Ich bin harmlos im Vergleich zu deinem Bruder.«

»Welchem?«, fragt Joe, und ich schlucke beklommen. Ich dachte an Russel, aber …

»Ehrlich gesagt, verglichen mit beiden.«

»Sie sind solche männlichen Huren!« Sie verstummt und sagt dann: »Oder waren es.«

»Ja. Alle beide«, gebe ich ihr recht.

»Rus hätte sofort Veto eingelegt, wenn du ihm mit dieser Sex-ist-nicht-alles-Sache gekommen wärst.«

Ich schmunzle, als ich an eine seiner abgefahrenen Thesen denke. »Ficklevel gleich Glückslevel! Weißt du noch?«

Joe nickt und lächelt ebenfalls bei der Erinnerung an ihren durchgeknallten Bruder und seine absurden Theorien. Diese hier besagt, dass man ein glücklicher Mensch ist, wenn das Bedürfnis nach Sex ausreichend gestillt wird. Russel war der Meinung, dass er nie glücklich sein würde, weil seine Libido unstillbar sei. Was unsere gemeinsame Zeit betrifft: Er wirkte sehr glücklich, was entweder bedeutet, dass sein ausgeprägter Sexualtrieb doch nicht unstillbar war oder dass seine Theorie schlicht und ergreifend nicht stimmt.

»Erinnerst du dich an seine Ansicht bezüglich Frauen, die Perlenohrringe tragen, und ihre Qualitäten im Bett?«, will Joe wissen.

Ich schnaube belustigt: »Wie könnte ich die vergessen? Die ist schließlich legendär, und die Erkenntnis beruht auf einer ausgiebigen Feldstudie, wie er immer wieder angemerkt hat.«

Joe schüttelt den Kopf und gibt ein gequältes Wimmern von sich. »Oh, bitte, ich möchte gar nicht daran denken, was Rus so alles getrieben hat. Er war echt so wahllos, wenn es um seine Frauengeschichten ging.«

»Ja, er musste seinen Ich-werde-gleich-Sex-haben-Tanz verdammt oft tanzen, der Arme. Vielleicht hätten wir ihn öfter mit den pinken Skittles füttern sollen.«

»Damit er impotent wird?«, fragt sie. Ich nicke.

»Weißt du noch, dass er behauptet hat, dass er sich dann erschießen würde? Der einzige Grund, weshalb er nicht mehr würde weiterleben wollen …« Sie verstummt. »Er war so ein Idiot.«

»War er«, stimme ich ihr zu.
»Echt, völlig verrückt.«
»Total!«
»Ich weiß nicht, wie ich ohne ihn weiterleben soll, Sammy.« Joes hilfloser Blick begegnet meinem. Ich greife nach ihrer Hand und murmle: »Wir schaffen das, Joe.« Doch mit jedem Mal, wenn ich mir diesen Satz vorbete, schwingt weniger Hoffnung in ihm mit.
»Das Schlimmste sind diese Momente wie eben«, gesteht sie. »Wenn ich es einen Augenblick lang vergesse und alles sich normal anfühlt.« Ich nicke verstehend. »Und dann fällt es mir wieder ein, und ich fühle mich so mies, weil ich einfach weitermache und der Alltag mich einen Moment lang wiederhatte. Und weil die Traurigkeit weg war und ich vielleicht sogar gelacht habe.« Joe beginnt zu weinen, und ich ziehe sie in meine Arme. Sie braucht mir das nicht zu erklären, denn ich weiß ganz genau, was sie meint. Russels Tod hat sich wie ein tiefschwarzer Schatten auf unser Leben gelegt und erstickt jeden Funken Freude und Hoffnung.

Dean | 06.07.2014 | Honolulu | Oahu | Hawaii

Ich habe meinen Flug verschoben, denn unter keinen Umständen möchte ich mit Sam zurückreisen. Trish hat darauf bestanden, mich abzuholen, und ich will auf alle Fälle vermeiden, dass sie sich begegnen. Also nehme ich den ersten Flug nach Oahu und kotze, als ich Brad in der Menge der wartenden Passagiere entdecke. Eine Begegnung lässt sich leider nicht vermeiden, weshalb ich mich kurz darauf gezwungen sehe, mit dem Mann, den ich verachte, Konversation zu machen. Zum Glück beginnt bereits ein paar Minuten später das Boarding, und so trennen sich unsere Wege wieder. Dennoch reicht mir das kurze Zusammentreffen aus, um mich in die Vergangenheit zu katapultieren. Die unschönen Erinnerungen bahnen sich ihren Weg an die Oberfläche, und ich balle meine Hände zu Fäusten, als ich schließlich in meinem Sitz hocke und auf den Start warte.

Damals, als Brad was mit Sam hatte, war er schon eine ganze Weile mit Sky, die er nur wenige Wochen darauf geheiratet hat, zusammen. Mir ist unbegreiflich, wie er das tun konnte, doch dann denke ich an Sam und daran, dass ich Trish beinahe betrogen hätte. Ich komme mir unendlich mies vor. Wieder einmal bete ich mir vor, dass eigentlich nichts passiert ist. Ob sich Sam und Brad genau das damals auch gesagt haben?

Ich weiß es nicht, aber was ich weiß, ist, dass das nie wieder geschehen wird. Ich werde Sam einfach in Zukunft meiden – das hat schließlich am Freitag und gestern auch gut geklappt. Und ihr sagen, dass Weglaufen keine Lösung ist, höhnt diese neunmalkluge Stimme in meinem Kopf.

Ich laufe nicht weg. Ach, warum rechtfertige ich mich eigentlich vor mir selbst. Das ist doch verrückt. Mir ist klar, dass ich Mist gebaut habe. Großen Mist, aber verdammt: Ich habe schon tiefer ins Klo gegriffen. Besonders wenn ich betrunken war, habe ich richtig Mist gebaut. Zum Beispiel der Dreier mit Belinda Sanders und Russel … Vielleicht hat er deshalb keine Bedenken gehabt, Sam zu vögeln, überlege ich einen Augenblick lang. Ja, vielleicht bin ich selbst daran schuld. Aber Sam ist nun mal nicht Belinda, und das wusste Russel auch. Er wusste, wie viel mir Sam bedeutet. Er wusste, wie ich wegen der Sache mit Brad gelitten habe, und hat mich trotzdem auf diese Weise hintergangen. Das ist bitter. Ich kann noch immer nicht fassen, dass er das wirklich getan hat. Ich streife den Gedanken an ihn ab, lande jedoch bei Sam, die mich nicht minder enttäuscht hat. Ich hasse das Gefühl, das sich in mir breitmacht, aber ich kann mich nicht dagegen wehren. Die Wunden sind zu tief. Ja, ich bin verbittert.

Doch dann schweifen meine Gedanken wieder zu Trish, und ich muss mir eingestehen, dass ich keinen Deut besser bin. Zumal ich weiß, dass ihr Exfreund sie monatelang hintergangen hat. Trish ist ein gebranntes Kind, und, ja, ich habe ihr Vertrauen enttäuscht. Schon allein deshalb darf sie nichts von diesem Ausrutscher mit Sam erfahren. Sie würde mir nie wieder vertrauen. Sie würde einfach Schluss machen, denn sie will nie wieder in eine solche Situation kommen. Ihr Ex hat sie nach Strich und Faden verarscht, aber das habe ich nicht vor. Sam hat mich bloß … sie …. Was war es, Dean?, fragt diese verkackte Stimme in mir, die immer allem auf den Grund gehen will, aber ich habe keinen Bock, darüber nachzudenken, was da genau passiert ist. Ich bin mit Samantha Palmer durch! Ich muss mich nur daran erinnern, was sie getan hat. Mit Brad. Mit Russel. Mit Gott und der Welt. Den Freitag hat sie wohl mit einem anderen Kerl verbracht. Ich habe sie und Joe darüber sprechen hören, nachdem ich zurückgekommen war und sie es sich vor dem Fernseher gemütlich gemacht hatten. Dass sie sich sofort einen anderen gesucht hat, der es ihr besorgt, sollte mich nicht überraschen. Sam ist schon immer von einem Bett ins andere gefallen. Ich habe das nie verurteilt. Ich wusste, dass sie sich ausprobieren muss, und habe sie verstanden. Es war okay. Ich wollte ihr die Zeit geben, aber nach unserer ersten Nacht, da wollte ich sie für mich. Ich dachte, sie sei bereit dafür – doch das war ein Irrtum.

Ich seufze leise. Es war naiv von mir, zu glauben, sie könnte das Gleiche empfinden. Nur weil jeder Kuss mit ihr für mich etwas Besonderes ist, gilt das schließlich umgekehrt noch lange nicht.

War!, verbessere ich mich. Jeder Kuss war etwas Besonderes. Das mit Sam hat mich damals total kaputtgemacht. Ich war in den ersten Wochen ein Wrack. Ich war ständig betrunken, habe rumgehurt und irgendwann sogar harte Drogen genommen, weil ich nicht wusste, wie ich sonst mit dem Schmerz klarkommen soll. Heute weiß ich, wie dumm das war – zumal ich hin und wieder immer noch dieses krasse Verlangen nach Koks habe, wenn ich auf einer Party bin. Mir ist klar, dass ich auch in dieser Hinsicht vorsichtig sein muss, zumal mein letzter Rückfall, wenn man es denn so nennen will, denn das klingt so scheißdramatisch, nicht gerade lange her ist.

Erinnerungen an die Weihnachtsfeier kommen hoch. Wenn ich damals gewusst hätte, dass Rus Sam die ganze Zeit ungeniert hinter meinem Rücken fickt, wäre ich wohl völlig abgestürzt. So war es nur ein einmaliger Ausrutscher, weil sich die Gelegenheit geboten hat und ich mich bloß ein wenig in Partystimmung bringen wollte. Vielleicht habe ich damals bereits geahnt, dass irgendwas im Busch ist. Ich weiß jedenfalls noch, dass ich Sams Reaktion auf Russels Weihnachtsgeschenk sonderbar fand, und auch, wie er dazwischengegangen ist, als ich sie zur Rede stellen wollte.

Dass er da war und es verhindert hat, war vermutlich besser. Man soll keine Fragen stellen, auf die man keine Antworten hören will, und was hätte Sammy schon sagen sollen? Dass Brad besser fickt? Oder dass sie sich für ihn entschieden hat, weil er reicher ist? Wobei das nicht der Punkt gewesen sein dürfte. Vermutlich lag es eher daran, dass er scheißberühmt ist.

Ich blicke über die Schulter zu ihm. Ich hasse alles an ihm. Er ist so ein selbstgefälliger Scheißkerl. Echt, wenn ich Brad

Hoover sehe, wie er dasitzt und an seiner Scheißcola nippt, dann will ich ihm einfach nur stumpf die Fresse polieren.

Ehe ich mir einen steifen Nacken holen kann, weil ich mich so verrenken muss, um ihn anzusehen, oder der blöde Bastard es mitbekommt, drehe ich mich zurück.

Erleichterung überkommt mich, als ich nach der Landung die Maschine verlasse und kurz darauf Trish erblicke. Ich schließe sie in die Arme und atme ihren Duft ein. »Hi, Baby«, murmle ich, und sie lächelt zu mir hoch.

»Hi, Dean«, begrüßt sie mich und schenkt mir einen kurzen Kuss. Trish ist niemand, der Zärtlichkeiten an einem öffentlichen Ort austauscht – außer natürlich, sie legt es darauf an, mich eifersüchtig zu machen. Wie ich sagte, sie ist das Gegenteil von Sam, doch selbst für ihre Verhältnisse ist Trish an diesem Tag beunruhigend still und zurückhaltend. Den Grund dafür erfahre ich, als wir bei meiner Wohnung ankommen. Vor meiner Haustür lungert ein Typ rum. »Was tust du hier, Kyle?«, fragt sie ihren Ex.

»Ich … ich …«, stammelt er und wirft mir einen gehetzten Blick zu. Ich starre ihn mordlüstern an. »Ich wollte noch mal mit dir wegen gestern Abend reden«, bringt er schließlich hervor.

Ich sehe Trish an, die blass geworden ist und aussieht, als ob sie sich gleich übergeben muss. Kyle ist ihre Sam … Er ist ihr Schatten, der sie in den Fängen hat und nicht mehr loslässt. Ich lege ihr den Arm um die Schultern, ziehe sie an mich und sage zu ihm: »Es gibt nichts mehr, worüber ihr reden müsst.«

»Das solltest du sie entscheiden lassen«, brummt er.

»Ach ja? Mir hat sie nämlich eben erst gesagt, dass sie mit einem untreuen Arschloch wie dir kein Wort mehr wechseln will.«

»Das klang gestern aber noch ganz anders«, behauptet er.

»Mag sein, aber gestern war gestern, und heute, mein Freund, ist heute, also zieh Leine, ehe ich mich vergesse und dich dort an die Wand klatsche«, sage ich gefährlich leise. Kyle zu verprügeln käme mir gerade recht. Nur zu gern würde ich all die Wut, die in mir hochgekocht ist, als ich den beschissenen Bradley Hoover gesehen habe, an ihm auslassen. Und ja, nicht nur die Wut auf Brad, sondern auch die auf mich, weil ich Trish ebenfalls fast betrogen hätte. Inständig wünsche ich mir, dass der Kerl mir einen Anlass gibt, mich zu vergessen. Leider tut dieser madige Wichser von Exfreund mir den Gefallen nicht.

»Melde dich, wenn du das klären willst«, murmelt er stattdessen an Trish gewandt und zieht Leine.

Trish kramt in ihrer Handtasche nach dem Schlüssel zu meiner Wohnung. Wir wohnen irgendwie zusammen. Es hat sich so ergeben. Sie hat ihre alte Wohnung zwar noch, aber seit wir ein Paar sind, haben wir keine Nacht getrennt verbracht – außer ich war zu Hause auf Maui natürlich oder beruflich unterwegs.

Ihre Hände zittern und ihre Wangen sind gerötet, und ich frage mich, was gestern zwischen ihr und Kyle passiert ist. Sie schließt die Tür auf und tritt ein. »Dean«, beginnt sie kaum, dass wir mein Appartement betreten haben. »Ich …«

»Hattest du was mit ihm? Warst du hier mit ihm in meiner Wohnung? In meinem Bett?« Ich schlucke hart und funkle sie wütend an.

»Nein. Er war mit mir essen, weil er reden wollte. Er hat mich hierhergebracht, und unten vor der Tür hat er mich plötzlich geküsst.« Ich höre mir ihre Geschichte an und nicke, als sie verstummt. Sie versteht den Wink und fährt fort: »Dean, er hat mich überrumpelt. Ich habe nicht damit gerechnet und …«

»Du hast seinen Kuss erwidert?«

»Einen Moment lang, ja. Willst du mir eine Szene deshalb machen, denn dann werde ich dich fragen, was mit Sam gelaufen ist, und wag nicht zu behaupten, dass da nichts war. Ich weiß, dass du sie gevögelt hast.« Ihre Augen füllen sich mit Tränen, und ich fasse sie an den Schultern, als sie sich abwenden will.

»Ich habe sie nicht gevögelt«, versichere ich ihr. Das Misstrauen in ihrem Blick veranlasst mich dazu, hinterherzuschieben: »Zugegeben, ich war in Versuchung, aber es ist nicht bis zum Äußersten gekommen.«

»Warum nicht?«

»Weil ich es beendet habe.« Ich greife nach ihren Händen und nehme sie in meine. »Ich will das hier. Ich will, dass es funktioniert.«

Trish schaut zu mir auf. »Ist es wirklich das, was du willst?«

»Ja«, versichere ich ihr nachdrücklich. »Hör zu, ich weiß, dass das für keinen von uns einfach ist, sich aus der Gravitation dieser früheren und – wenn wir ehrlich sind – ziemlich kranken Beziehungen, oder was es auch immer in meinem Fall war, zu lösen, aber es ist unsere einzige Chance. Wir haben zu lange an jemandem festgehalten, der uns nicht guttut und nur fertigmacht.« Trish nickt. Ich weiß, dass sie mich versteht. Ich weiß auch, dass sie diese Zerrissenheit kennt. Man kann nicht mit, aber man kann auch nicht ohne den anderen. Es ist Wahnsinn! »Was mit Sammy gelaufen ist, tut mir leid. Sie hat mich kalt erwischt … es war an Russels Geburtstag und …« Ich verstumme und zucke hilflos mit den Schultern. Es ist mein absoluter Ernst, als ich sage: »Ich wollte das zwischen uns nicht kaputtmachen, aber ich konnte nicht anders. Ich weiß auch nicht, was mich in jener Nacht geritten hat, Trish, aber es tut mir leid.«

Sammy würde sich jetzt an dem Ausdruck »geritten« festbeißen. Sie würde so was sagen, wie »Ich war es nicht«. Aber Trish ist grundlegend anders und schlingt einfach ihre Arme um meinen Hals.

»Ich weiß«, murmelt sie, ehe sich ihre Lippen sanft auf meine legen. Der Kuss ist zart und unschuldig. Ich frage mich, wie sie Kyle gestern geküsst hat, und bin unvermittelt eifersüchtig. Allerdings bin ich mir sicher, dass Trish mehr Grund dazu hat als ich.

»Ich werde ihr in Zukunft aus dem Weg gehen, und du solltest auch versuchen, den Kontakt mit Kyle zu meiden«, sage ich.

Trish sieht mich ernst an und nickt. »Ich wäre nicht mit ihm essen gegangen, wenn du nicht …«, erklärt sie und verstummt dann.

»Woher wusstest du es?«, will ich wissen.

»An dem Morgen, als ich angerufen habe, da klangst du so fremd … so kenne ich dich nicht.«

»Ich hatte ein schlechtes Gewissen«, gestehe ich ihr. »Habe es auch jetzt noch. Du hast diesen Scheiß nicht verdient.«

»Ach, Dean«, murmelt sie. »In unserer Vergangenheit ist eine Menge Scheiß passiert, den wir nicht verdient haben.«

Ich seufze. Sie ist und bleibt die Beste. »Ich will dich unter keinen Umständen verlieren, daher wird so etwas nie, nie wieder vorkommen«, verspreche ich ihr und sage dann: »Ich liebe dich.« Der Kuss, den ich ihr anschließend schenke, ist keinesfalls zart und unschuldig. Ich fange an, sie zu entkleiden, ziehe die Bluse aus ihrem Rock. Trish kichert, als ich versuche, die verdammten Knöpfe, die so winzig wie Stecknadelköpfe sind, zu öffnen. Als ich mich darüber beschwere, zeigt sie schließlich doch Erbarmen und geht mir zur Hand. Kleidungsstücke landen auf dem Boden, als wir Richtung Schlafzimmer taumeln. Trish ist heute viel verlangender als sonst, und ich genieße diese wilde Seite an ihr. Als ich kurz darauf zwischen ihren gespreizten Beinen liege und mich wieder und wieder in sie schiebe, beteuere ich noch einmal, wie sehr ich sie liebe.

Sie lächelt, küsst mich und sagt: »Ich dich auch.« Dann stöhnt sie leise auf. Wir klammern uns aneinander fest. Nicht gewillt, den anderen loszulassen, weil wir wissen, wie gut das ist, was wir haben, und wie es auch sein kann … Möglicherweise ist unsere Beziehung nicht sonderlich leidenschaftlich, aber keiner von uns legt darauf Wert, denn wir beide wissen, wie es ist, dem Irrglauben anzuhängen, ohne einen anderen Menschen nicht leben zu können. Wir beide haben uns in so etwas schon mal reingesteigert und erfahren, wie verletzend und schmerzhaft das sein kann. Wir waren im siebten Himmel und sind gefallen … tief gefallen. Die dünnen, parallel verlaufenden Narben auf der Seite von Trishs Oberschenkel, wegen denen sie sich so schämt, zeugen davon, wie heftig dieser Schmerz war, und auch davon, dass sie beinahe daran zerbrochen wäre.

Ich war so unendlich glücklich, damals an Sams Geburtstag, als ich dachte, dass sich all meine Träume erfüllt haben. Ich habe mich unsterblich gefühlt in jener Nacht. Ich war berauscht vom Glück, von der Liebe, war hoffnungsvoll und völlig stoked … Und nachdem sie diese Brad-Sache abgezogen hatte, da rutschte ich ins andere Extrem. Ich habe mich nicht geritzt, um mit dem Schmerz klarzukommen. Ich habe gesoffen, rumgehurt und gekokst und, ja, dafür schäme ich mich ebenfalls. Mein Verhalten damals war so armselig, und das alles wegen einer Frau. Mein Dad hat Wind davon bekommen und mir einen Therapeuten besorgt. Joe ist dahintergestiegen und wollte wissen, weshalb ich in Behandlung bin, und ich habe behauptet, ich sei sexsüchtig. Das glaubt sie bis heute. Dass ich ganz andere Probleme hatte, ahnt sie nicht mal. Rus wusste davon, ebenso Darell, der es meinem Vater gesteckt hat. Eine Zeit lang habe ich ihn deshalb echt gehasst, aber inzwischen bin ich ihm dankbar. Fuck, ich vermisse den Wichser, und diesmal meine ich nicht Rus, sondern Darell. Seit der Schlägerei an der Unfallstelle hatten wir keinen Kontakt mehr. Ich kann mich nicht überwinden ihn zurückzurufen – noch nicht. Nicht, weil ich noch sauer auf ihn wäre, sondern weil ich mich und mein Leben einfach noch nicht im Griff habe. Ich wandle noch zu nah am Abgrund und Dare würde wie ein Schießhund auf mich aufpassen und sich ständig in meine Angelegenheiten reinhängen. Doch alles, was ich brauche ist Zeit. Zeit alles wieder unter Kontrolle zu bekommen.

Trish vergräbt ihre Finger in meinen Haaren und zieht meinen Kopf zu sich heran. Ich küsse ihren Hals und atme ihren Duft ein. Er hat etwas Reines und Unschuldiges. Wenn ich Trish ansehe, dann sehe ich jemanden, der durch eine Lebenskrise gegangen ist. Ich sehe eine Frau, die all den Mist, der ihr widerfahren ist, gemeistert hat. Ja, vielleicht habe ich keine Schmetterlinge im Bauch, wenn ich sie anschaue. Vielleicht ist unser Sex anders als der mit Sam – weniger welterschütternd, aber ich lege keinen Wert mehr auf Drama und darauf, dass meine Welt erschüttert wird, denn das wurde sie bereits zur Genüge.

Kapitel 09

Sam | 15.10.2014 | Honolulu | Oahu | Hawaii

Zu sagen, ich würde meinen Geburtstag hassen, wäre übertrieben, aber ich mag ihn nicht sonderlich. Und diesen, diesen mag ich noch weniger als andere. Mein zweiundzwanzigstes Lebensjahr war beschissen. Das Beste, was in diesem Jahr passiert ist, war mein Entschluss, den Job zu schmeißen und mich endlich auf mein eigentliches Ziel zu konzentrieren. Mein Chef, beziehungsweise mein Exchef, sieht das ganz anders. Eugen war gar nicht glücklich, als ich ihm meine Entscheidung mitgeteilt habe. Für ihn kam meine Kündigung aus heiterem Himmel, doch so war es nicht. Ich habe mir das Ganze reiflich überlegt.

Was Nauti Gal betrifft: Ein Unternehmen zu gründen ist schwieriger als gedacht. Es geht einen Schritt vor und zwei zurück. Niederlagen schmerzen bitterer als früher, als es noch nicht um mein Baby ging. Doch eigentlich bin ich, was meine Firmengründung anbelangt, auf einem guten Weg. Ich arbeite jedenfalls wie bekloppt, um nicht an Russel denken zu müssen. Mein Leben zieht an mir vorbei, und ich weiß, dass das nicht in Russels Sinn wäre, aber ich kann nicht anders. Ich muss mich ablenken, sonst werde ich verrückt.

Doch auch an diesem Abend, oder vielleicht gerade an diesem Abend, holen mich Erinnerungen ein. Wir haben unsere Geburtstage immer zusammen gefeiert, weshalb Russel mir noch mehr fehlt als sonst. Ich schaue mich um. Das hier, das ist armselig. Er würde mir ordentlich seine Meinung geigen, wenn er die Möglichkeit dazu hätte.

Ich denke unwillkürlich an den Tag zurück, als Rus mir

klargemacht hat, was er für mich empfindet. Wir waren im Mad-Crush-House, und ich war – was unsere Beziehung anbelangt – noch nicht all-in. Er hat es gespürt und gemerkt, dass ich noch etwas zurückhalte und mich noch nicht hundertprozentig auf ihn einlasse. »Ganz oder gar nicht?«, hat er gefragt und mir dann gesagt, dass das zwischen uns nicht irgendwas ist. »Du begreifst es einfach nicht«, hat er mich angeschnauzt und dann zu der schönsten Liebeserklärung angesetzt, die ich jemals bekommen habe: »Du bist die Liebe meines Lebens. Die Eine, Sam! Ich will dich, und nicht nur jetzt! Vielleicht habe ich das einfach noch nicht deutlich genug gemacht, aber ich will nicht einfach nur mit dir zusammen sein und eine schöne Zeit mit dir haben. Ich will eine Zukunft mit dir. Ich will, dass du irgendwann meinen Ring an deinem Finger trägst. Ich will, dass du Mrs. Samantha Reynolds, die Mutter meiner Kinder, und mit mir zusammen alt, grau und unsexy wirst.«

Doch all diese Zukunftspläne sind dahin. Wir werden nicht zusammen alt, grau und unsexy werden. Denn anders als ich wird Russel für ewig heiß bleiben. Nur die Besten sterben jung, höre ich seine Stimme in meinem Kopf. Sie klingt selbstgefällig, und ich gebe ein freundloses Schnauben von mir. Er war so eingebildet und von sich eingenommen. Er wusste, dass er gut aussah, wusste, dass er surfen konnte wie kein Zweiter …

Und wenn es nur Show war, fragt er.

Ich schaue auf mein Glas. Du hattest zu viele Drinks, rüge ich mich, doch das bringt seine Stimme in mir drin nicht zum Verstummen. Erinnerst du dich daran, dass du mir gesagt hast, dass es armselig sei, allein an der Bar zu hocken und sich zu betrinken?, will er wissen.

Klar, wie könnte ich diese Nacht vergessen? Das war schließlich die Nacht, in der unsere Geschichte begann.

»Ich wünschte, du wärst da«, flüstere ich leise und nippe dann an meinem Drink. Das dreiundzwanzigste Lebensjahr kann nur besser werden. Ich habe Joe dazu überredet, mit mir in einen Club zu kommen und zu feiern – auch wenn keinem von uns danach zumute ist. Wie viel leichter wäre es für uns beide, sich zu Hause einzuigeln, doch irgendwie ist es das, was wir beide seit Monaten tun, und ich weiß, dass Russel das nicht für uns gewollt hätte. Ihm wäre wichtig, dass ich weitermache, also mache ich weiter, auch wenn es mir sinnlos erscheint.

»Ich bin hier. Du siehst, dein Wunsch ist mir Befehl«, ertönt eine Stimme neben mir.

Ich drehe meinen Kopf und mustere den Typen, der mich gerade angegraben hat. Unwillkürlich muss ich schmunzeln. Er ist nicht gerade mein Beuteschema, aber er ist witzig. Trotzdem gebe ich ihm einen Korb. »Sorry, aber ich bin heute keine gute Gesellschaft.«

»Lass mich das beurteilen«, erwidert er und sagt dann: »Tanz mit mir.« Genau dafür sind Joe und ich eigentlich ins DreamWorks, einen angesagten Club, der einem ehemaligen Rockstar gehört, gefahren. Uns betrinken hätten wir nämlich auch zu Hause gekonnt. Ich schaue zu Joe, die einen ziemlich süßen Typen an der Angel hat, mit dem sie sich angeregt unterhält. Was bringt es schon, allein an der Bar rumzuhocken, denke ich, leere meinen Drink und sage: »Okay, aber auf eigene Gefahr.«

»Ich scheue das Risiko nicht.«

Wir checken uns einen Augenblick lang gegenseitig ab, und schließlich grinst er. Ich mag, dass sich dabei nur ein Mundwinkel hebt, auch wenn es etwas spöttisch wirkt. Er erinnert mich an den Hauptdarsteller aus einem Tanzfilm, den ich neulich mit Joe gesehen habe. »Jetzt sag bitte nicht, dass ich Ähnlichkeit mit Magic Mike habe«, bittet er, und ich verstehe ihn nur, weil er mir direkt ins Ohr schreit.

»Wer ist Magic Mike?«, brülle ich zurück und ernte einen Lacher. Der Typ hat raspelkurze Haare, und alles an ihm schreit »Navy«. Er legt seine Hand auf meinen unteren Rücken und dirigiert mich in Richtung Tanzfläche. Trotz der drei Drinks, die ich inzwischen intus habe, fühlt es sich sonderbar an, mit einem fremden Mann zu tanzen. Das letzte Mal, als ich aus war und richtig Party gemacht habe, war mit Rus am Abend vor seinem Tod. Die Erinnerung holt mich ein und schlägt schmerzhaft zu. Ich versuche, mich abzulenken, indem ich Joe und ihre Eroberung beobachte.

Der Navytyp, der eine Ähnlichkeit mit Magic Mike hat, muss meinem Blick gefolgt sein, denn er meint: »Wow, die gehen ja ganz schön ab.« Ich kann nicht widersprechen, denn mir wird vom Zusehen schon ganz heiß. Joe lacht mit dem Kerl, der seine Finger nicht von ihr lassen kann, und ich liebe diesen Typen, der binnen weniger Minuten das schafft, was mir kein einziges Mal in den letzten Wochen gelungen ist.

Nach einigen Songs habe ich genug vom Tanzen. Erstaunt beobachte ich, wie Joe mittlerweile noch heftiger mit dem hübschen Kerl rummacht. »Ich brauche eine Auszeit«, lasse ich den Magic-Mike-G.I.-Verschnitt wissen.

»Terrasse?«, fragt er. Ich habe die Nase voll davon, rumzubrüllen, und nicke lediglich. Er bahnt sich einen Weg durch die zuckenden Leiber, die zu einer wogenden Masse verschmelzen, und ich folge ihm. »Ich bin Lance«, stellt er sich vor, als wir draußen an der Bar stehen. »Darf ich dir einen Drink spendieren?«

»Nichts für ungut, aber ich zahle selbst für meine Drinks«, erwidere ich.

»Ungewöhnlich«, meint er, scheint es aber nicht persönlich zu nehmen, was für ihn spricht. Ich ordere ein Bier für mich. Zum einen, weil ich Bier mag, doch so oder so würde ich in Gegenwart eines Fremden immer ein Getränk, das ich in einer Flasche bekomme, wählen. Ich versuche, mich nicht zu sehr daran zu klammern, wofür es auch mehr als einen Grund gibt. Mein Daumen liegt über der Öffnung, wenn ich nicht trinke. Seit der Nacht meines achtzehnten Geburtstags habe ich meine Drinks immer genau im Blick. Der andere Grund ist jedoch der, dass ich mich gerade äußerst unwohl in meiner Haut fühle, was nicht an Lance an sich liegt.

Ich finde ihn cool. Manchmal hat man das ja, dass man jemanden kennenlernt und die Chemie sofort stimmt. Das ist der Fall, obwohl Lance eindeutig ein Soldat ist und ich unseren militärischen Aktionen doch kritisch gegenüberstehe. Wir setzen uns auf die schicken Lounge-Möbel, die man auf der Terrasse aufgestellt hat, und reden eine Weile, aber es ist kein Flirt oder so, denn irgendwie bekomme ich nicht mal das hin. Ich versuche, meine Frustration zu verbergen. »Als ich dich zum Tanzen aufgefordert habe, da habe ich das nicht getan, weil ich dich abschleppen wollte, weißt du?«, meint er unvermittelt.

»Nicht?«, frage ich und nippe an meinem Bier. Obwohl ich den Alkohol spüre, berauscht er mich nicht. Ich bin weit davon entfernt, dumme Dinge zu tun, weil ich betrunken bin.

»Du sahst so traurig und verloren aus.«

»Traurig und verloren?« Okay, vielleicht ist mein Hirn inzwischen doch etwas langsam. »Nicht heiß?«

Lance schmunzelt wieder. »Heiß, traurig und verloren. Besser?«

»Leichte Beute also«, stichle ich.

»Eher nicht. Aber ja, ich könnte dafür sorgen, dass du ihn vergisst«, bietet er an.

»Ich will ihn gar nicht vergessen«, gestehe ich ihm. »Im Gegenteil! Meine größte Angst ist, dass genau das passiert, wenn ich einfach weitermache.« Ich unterbreche mich und atme zittrig ein und aus. Die Tränen treten unwillkürlich in meine Augen, und ich wische sie ungeduldig beiseite. »Na ja, eigentlich versuche ich genau das, also weiterzumachen. Ich habe nur keine Ahnung, wie ich das schaffen soll. Er fehlt mir so sehr.«

Lance beißt sich auf die Lippen. »Ich bin ein Idiot«, murmelt er und fügt hinzu: »Es tut mir leid.«

»Was genau?«, frage ich unsicher.

»Dass er tot ist.«

Ich brauche einen Moment, um mich von seiner Schlussfolgerung zu erholen, weshalb ich meinen Blick über die Menge schweifen lasse und an meinem Bier nippe. Es gelingt mir, die Tränen dort zu lassen, wo sie hingehören, und als ich zu Lance blicke, versuche ich mich an einem Lächeln. Spätestens jetzt wird er die Biege machen und das Weite suchen, denke ich, doch stattdessen sagt er: »Dann hast du mit ihm geredet, als ich dich an der Bar angesprochen habe, ja?«

»Ja. Strange, ich weiß. « Erklärend füge ich hinzu: »Er war mein Verlobter.«

»Ich finde das gar nicht. Das mache ich auch immer.«

»Ja?«, frage ich unsicher. Gern würde ich wissen, wen er verloren hat, aber ich traue mich nicht zu fragen, denn ich will ihn nicht verletzen. Er scheint nett zu sein.

Lance nickt nachdrücklich. »Also nicht mit meinem toten Verlobten«, präzisiert er so trocken, dass meine Mundwinkel unwillkürlich nach oben zucken.

»Das hätte mich auch schwer gewundert«, meine ich lächelnd. Er ist definitiv hetero.

»Wir haben auch schwule Kameraden«, sagt er und punktet, weil er dabei so lässig klingt und es ihn wirklich nicht zu stören scheint. Das ist cool und nicht selbstverständlich, nicht für die meisten Männer, aber schon gar nicht für jemanden von der Navy.

»Schön, dass man bei deinem Verein inzwischen auch weltoffener ist, aber daran habe ich es nicht festgemacht. Es war vielmehr die Art, wie du meine Freundin gemustert hast.«

»War das die, die mit dem langhaarigen Kerl rumgemacht hat?«

»Ja«, bestätige ich.

»Sie ist süß, aber nicht mein Typ. Ich fand die beiden zusammen lediglich irgendwie …« Er lässt seinen Satz unvollendet.

»Heiß?«, helfe ich ihm auf die Sprünge, woraufhin er nickt. Ich ziehe die Nase kraus und weiß genau, was er meint. »Also, mit wem redest du?«, stelle ich nun doch die Frage, die mir auf der Zunge liegt. Ich rechne damit, dass er mir von einem schiefgegangenen Einsatz und toten Kameraden erzählt, doch er sagt lediglich: »Mit meiner Frau.«

Ich schlucke beklommen. »Wie lange ist das her?« Der Ausdruck in seinen Augen verändert sich. Die Türen gehen auf, der Schmerz tritt ein. Das Gefühl kenne ich nur zu gut. »Bitte entschuldige«, rudere ich rasch zurück.

»Nein, schon gut.« Er atmet tief durch, sammelt sich und sagt dann: »Fast fünf Jahre.« Fünf Jahre? Wie alt ist er? Als hätte er meine Gedanken erraten, sagt er: »Sie war meine Jugendliebe. Wir waren erst neunzehn, als wir geheiratet haben, und sie starb keine drei Jahre später.«

»Wie … wie ist sie gestorben?«, frage ich vorsichtig, denn ich weiß schließlich, wie weh es tut, darüber zu sprechen.

»Ein Hirntumor«, erwidert er knapp. »Und dein Verlobter?«

»Autounfall.«

Er nickt, und dann schweigen wir. »Wird es besser?«, will ich nach einer Weile wissen und bete darum, dass er Ja sagt, doch er schüttelt den Kopf.

»Nein. Es wird anders, aber nicht wirklich besser. Trauerschmerz ist heimtückisch, und die Liebe zu ihm ist ja nicht mit ihm gestorben.« Ich nicke, denn schließlich weiß ich genau, was er meint. »Und du wirst ihn weiterhin vermissen, auch nach fünf Jahren wird es Tage geben, an denen du das Gefühl hast, dass du den Schmerz nicht mehr ertragen kannst, aber das erste Jahr ist dennoch am schlimmsten.«

»Ja? Gerade hast du gesagt, dass es nicht besser wird.«

Er lächelt gezwungen. »Kennst du das? Wenn du es einen kurzen Moment vergisst?« Ich nicke erneut. »Und danach ist es ganz furchtbar, stimmt's?«

»Ja«, murmle ich leise.

»Das verschwindet, aber dafür …« Er verstummt und zuckt mit den Schultern. »Du wirst sehen, was ich meine. Auch die Wut, weil er gestorben ist und dich zurückgelassen hat, wird vergehen. Die ist auch bloß ein Schritt während des Trauerprozesses.«

Ich schenke ihm ein gequältes Lächeln und sage: »Ich habe nicht das Gefühl, dass ich bisher Fortschritte gemacht habe.«

»Wie lange ist es bei dir her?«, will Lance wissen.

»Zweihundertsiebenundvierzig Tage.«

»Rund acht Monate also?«

»Yep«, bestätige ich einsilbig.

»Das ist noch sehr früh, dennoch bin ich sicher, dass du schon welche gemacht hast. Es dauert, zu lernen, mit dem Verlust umzugehen. Am Anfang kannst du dir nicht vorstellen, wie du den nächsten Tag überstehen sollst. Du machst weiter … oder eben auch nicht. Du greifst nach jedem Strohhalm, bist völlig fertig, kannst nicht schlafen, nicht essen, nichts …« Ich erinnere mich an diese ersten, grauenhaften Tage. »Alles erscheint dir sinnlos, du willst auch sterben, jedenfalls in den Momenten, in denen du den Verlust realisierst, doch die meiste Zeit tust du das gar nicht. Die meiste Zeit über bist du völlig fassungslos. Ungläubig, einfach nur erschüttert. Du schleppst dich durch die Trümmer deines Lebens. Bist verloren und hoffnungslos. Doch irgendwann lachst du das erste Mal wieder und fühlst dich schuldig deshalb. Wie kannst du lachen, einen guten Moment haben, wo doch dieser geliebte Mensch in deinem Leben fehlt? Und irgendwann: Wie kannst du dich neu verlieben?«

»An dem Punkt bin ich definitiv noch nicht«, unterbreche ich ihn. »Ich kann mir nicht vorstellen, jemals wieder einen anderen zu lieben.«

»Es fühlt sich an wie Verrat.«

Ich denke an die Ausrutscher mit Dean. Ja, genauso hat es sich angefühlt. »Mir hilft es, Libby alles zu erklären. Ich schreibe ihr regelmäßig. Vielleicht versuchst du das auch mal.«

»Ihm schreiben?«, frage ich zweifelnd.

»Ja, du weißt schon. Du nimmst ein Blatt Papier, einen Stift und dann …«

»Witzig!«

»Irgendwie schon.«

»Aber auch nur irgendwie«, entgegne ich und frage dann: »Was schreibst du ihr denn?«

»Na ja, was ich denke und fühle.« Er zuckt mit den Schultern. »Wenn ich ihr morgen schreibe, dann werde ich ihr von dir erzählen. Ich werde schreiben, dass die Wege des Herrn unergründlich sind und ich das Gefühl hatte, zur richtigen Zeit am richtigen Ort zu sein, um dir zu begegnen.«

»Findest du das wirklich?«

»Ja.«

»Du glaubst, nach allem, was passiert ist, an Gott?«

»Wie könnte ich nach allem, was passiert ist, nicht an Gott glauben?«, kontert er. »Du redest doch mit deinem Verlobten. Das heißt, du spürst ihn, richtig?«

Ich ahne, worauf er hinauswill. »Ich bilde mir ein, ihn zu spüren«, korrigiere ich ihn daher.

Lance lacht amüsiert, greift in die Tasche seiner Jacke und holt eine Packung Skittles hervor. Er schüttet einige in seine Hand, sieht meinen völlig fassungslosen Blick und fragt: »Willst du auch welche?« Das hat nichts zu bedeuten, sage ich mir. »Eigentlich stehe ich ja voll auf die Sauren, aber die gab es nicht.« Er verzieht angewidert das Gesicht, während ich mir wieder und wieder sage, dass das kein Zeichen, sondern nur Zufall ist.

»Mal angenommen, ich würde ihn wirklich spüren. Was beweist das schon?«

»Dass es eine Seele gibt?«, schlägt er vor. »Und wo ist die, wenn sie unsere Körper verlassen hat?«

»Na ja, bestimmt nicht im Himmel, und es beweist noch lange nicht, dass es einen Gott gibt. Es bedeutet in diesem Fall lediglich, dass es eine Seele gibt.«

»Die wir nicht sehen können, aber unter Umständen fühlen, von daher …«

Ich hebe zweifelnd eine Augenbraue. Lance zuckt die Schultern. »Ich glaube an Gott, aber ich werde einen Teufel tun und versuchen, dich zu bekehren. Doch weißt du, woran ich wirklich glaube?« Ich beantworte seine rhetorische Frage mit einem Kopfschütteln. »Daran, dass alles aus einem bestimmten Grund geschieht. Manchmal sehe ich überdeutlich warum Libby sterben musste.« Ich hebe zweifelnd eine Augenbraue. Das kann nicht sein Ernst sein. »Ich weiß, es klingt verrückt, aber ich wäre nicht der, der ich heute bin, wenn sie noch leben würde. Es kommt mir vor, als musste das Leben mich erst ordentlich durchschütteln, damit ich zu mir komme und meinen Weg finde.« Bevor ich nachhaken kann, was genau er meint, taucht Joe auf. Sie lässt sich neben mich auf die schmale Rattansitzbank gleiten und mustert Lance prüfend.

»Hi«, sagt sie gespielt gutgelaunt in seine Richtung.

»Hi, ich bin Lance«, stellt er sich vor und reicht ihr die Hand.

»Joe«, erwidert sie.

»Kräftiger Händedruck.« Er klingt erstaunt und entlockt Joe deshalb ein breites, zufriedenes Grinsen. Wenn man mit zwei älteren Brüdern aufgewachsen ist, dann muss man hart im Nehmen sein, und Joe ist ziemlich stolz darauf, dass sie nicht das Mädchen ist, das sie auf den ersten Blick zu sein scheint. Weil sie superheiß ist, wird sie oft unterschätzt. Männer neigen dazu, sie als hirnlose Barbie abzustempeln, dabei ist sie alles andere als dumm. Das zeigt sich auch im Gespräch mit Lance. Die beiden verstehen sich ausgesprochen gut, und ich frage mich schließlich doch, ob er mich vorhin nicht angeschwindelt hat. Er scheint auf sie zu stehen, allerdings gerät dieser Eindruck ins Wanken, als er sich um halb zwölf von uns verabschiedet, die Tanzfläche stürmt und kurz darauf mit einer niedlichen Rothaarigen auf Tuchfühlung geht.

Joe und ich streben die Bar an, um Drinks zu bekommen,

damit wir um Mitternacht anstoßen können. »Wo hast du eigentlich diesen süßen Typen gelassen, mit dem du so heftig rumgemacht hast?« Sie zuckt mit den Schultern. Vermutlich wollte er mehr von ihr als sie von ihm. Soll ja vorkommen, beziehungsweise in ihrem Fall ist das ständig so. Joe ist eine eiserne Jungfrau … Nein, sie ist natürlich keine Jungfrau mehr, aber sie fällt nicht von einem Bett ins andere, sondern ist ausgesprochen wählerisch. Unsere Drinks kommen, und ich stoße mit Joe an. »Hatte er einen kleinen Schwanz?«, frage ich, um sie aufzuziehen, und nippe an meiner Jacky Coke.

»Nein«, entgegnet sie ernsthaft. »Sein Schwanz war ziemlich toll, um ehrlich zu sein.«

Ich verschlucke mich an meinem Whiskeymix und fange an zu husten. Hat Joe … hat sie … Nein! »Hast du etwa …?«, frage ich noch immer hustend. Sie nickt beklommen. »Und? Was war der Haken?« Irgendwas muss ja schiefgelaufen sein, sonst wäre sie gerade nicht so bedrückt. »Hat er schon nach drei Stößen abgesahnt?«

Joe lacht heiser auf, aber es erreicht ihre Augen nicht. Dieses Lachen ist hohl, ohne Inhalt, einfach nur leer. »Ist nicht wichtig, Sam«, meint sie und nuckelt an ihrem Drink.

»Ist es wegen Rus?«, mutmaße ich. Er würde so eine Aktion nicht gut finden, da bin ich mir sicher, aber er ist tot, und es ist Joes Leben. Es geht ihn einen Scheißdreck an.

»Auch«, gesteht sie. »Aber nicht nur.«

»Dein Dad? Dean?«

Joe seufzt. »Na ja, keiner von ihnen würde in Begeisterungsstürme ausbrechen, wenn sie wüssten, dass ich es gerade mit einem Fremden auf dem Klo getrieben habe.«

»Kanntest du seinen Namen?«

Sie grinst. »Hagen, fünfundzwanzig, er studiert Meeresbiologie und kommt aus Kiel.« Auf meinen fragenden Blick hin ergänzt sie: »Das liegt in Deutschland.«

»So fremd kann er also nicht gewesen sein, wenn du das alles über ihn weißt.« Sie lächelt wieder. »Und? Stimmt es, was man über die Deutschen im Bett sagt?«

»Dazu müsste ich wissen, was man über sie sagt«, murmelt Joe und errötet. Vermutlich geht sie gerade noch einmal die Details durch.

»Ich habe gehört, dass sie experimentierfreudige und fantasievolle Liebhaber sind.«

Joe zuckt mit den Schultern. »Ich nehme an, um das herauszufinden, eignet sich ein Quickie auf dem Klo weniger.«

»Vermutlich«, stimme ich ihr zu. »Was ist das«, will ich wissen und klaue ihr den Strohhalm, um selbst einen Schluck zu nehmen.

»Strawberry Daiquiri und hey, weißt du, wie viel die Drinks hier kosten? Kauf dir selbst einen.« Als ob Joe am Hungertuch nagen würde. Aber sie gehört nicht zu den Leuten, die das Geld mit vollen Händen zum Fenster rauswerfen. Ich gebe vermutlich mehr für Klamotten aus als sie, aber es gehört auch irgendwie zu meinem Job dazu.

»Nimm Russels Erbe an, wenn du so verarmt bist«, sage ich. Ich weiß, er hätte es gewollt. Seine Lebensversicherung lief genau aus diesem Grund auf Joe. Doch sie weigert sich, das Geld anzurühren.

Joe gibt ein frustriertes Schnauben von sich und schüttelt den Kopf. »Ich kann nicht, Sam, und das weißt du auch. Es ist, als würde ich ihn damit durchkommen lassen.«

»Womit?«

»Damit, dass er ein verantwortungsloser Scheißkerl war, der sich betrunken hinters Steuer gesetzt und seinen Wagen gegen einen Baum gesemmelt hat.« Mir stockt der Atem, und ich starre sie nur ausdruckslos an. Sie ordert einen weiteren Drink, und diesmal ist es kein Mädchen-Cocktail. Der Whiskey Sour kommt, und Joe kippt ihn in einem Zug weg. »Noch einen!«

»Das macht es auch nicht besser, Joe«, interveniere ich.

»Fick dich, Sam!«, zischt sie leise, und ihre Stimme ist randvoll mit Trauer. Ich rechne damit, dass Joe jeden Moment zu weinen beginnt, aber sie bleibt stark. Ich schaue ihr zu, wie sie sich betrinkt, und bereue es, das Thema überhaupt angesprochen zu haben. Erst einmal zuvor habe ich sie haltlos betrunken erlebt. Diesmal kotzt sie nicht – was wirklich ein Wunder ist.

Auf der Fahrt mit dem Taxi in meine Wohnung meint sie: »Ich frage mich, wo diese Frau ist.«

»Welche Frau?«, frage ich verwirrt.

»Diese Frau, mit der Rus was hatte, bevor er starb. Wo ist sie? Juckt es sie denn gar nicht, dass er tot ist?«

Ich versuche, mir von meiner Überraschung nichts anmerken zu lassen. »Woher weißt du, dass es da jemanden gab?«, will ich wissen. Ich bin irritiert und schockiert, klinge jedoch relativ ruhig. Joe würde in ihrem Zustand allerdings sowieso kaum merken, wie aufgewühlt ich gerade innerlich bin. Hat Russel es ihr gegenüber doch erwähnt, und wenn ja, was genau hat er gesagt?

»Ich weiß gar nichts«, erwidert sie. Sie lallt ein wenig und würde sich vermutlich verdammt niedlich anhören, wenn sie nicht so offensichtlich fertig wäre. »Er hat mit mir nicht über sie geredet, aber ich konnte es fühlen. Er war so unfassbar glücklich. Schwebte förmlich auf Wolke sieben. Ich dachte, sie sei etwas Besonderes, weil er so verändert gewirkt hat. Aber jetzt, jetzt frage ich mich, ob er sich geirrt hat und ob er ihr gar nichts bedeutet.« Sie seufzt matt, schließt die Augen, und ich betrachte sie von der Seite. Wenige Atemzüge später schnarcht sie leise.

»Doch, Joe, er hat ihr eine ganze Menge bedeutet. Er war ihr Leben«, flüstere ich, während der Wagen durch das nächtliche Honolulu gleitet. Ich küsse sie auf den Scheitel und halte sie, während ich mich an unsere kurze, aber intensive Zeit erinnere. Ich sehe den Diamond Head in der Ferne und denke daran, wie wir uns dort den Sonnenaufgang angeschaut haben – wie Touris. Es war so kitschig, und das zu tun ist ein Klischee. Aber es war toll, und die Aussicht auf Honolulu und auf die Sonne, die aus dem Meer aufzutauchen schien, war herrlich.

Die Sehnsucht nach Russel überwältigt mich auf ein Neues. Ich wische eilig meine Tränen weg, weil das Taxi hält und ich zahlen muss. Kurz darauf bugsiere ich eine verschlafene, total betrunkene Joe in meine Wohnung. Ich schaffe sie ins Gästebett und stelle zur Sicherheit einen Putzeimer daneben.

Ich komme gerade aus der Dusche, als mein Telefon klingelt. »Weißt du, wie spät es ist?«, frage ich Rory, als ich seinen Anruf annehme.

»Hi, Sam, alles Liebe und Gute zum Geburtstag!«

»Danke. Schön, dass du dich meldest. Wie geht es dir? Stimmt es noch immer, was man über die Französinnen sagt?«

Rory lacht heiser auf. Es ist ein kehliger, männlicher Laut, und ich freue mich, ihn zu hören. Unser Goldlöckchen ist auf der World Championship Tour und steckt zurzeit in Frankreich.

»Bei mir ist alles super, und du kannst dich darauf verlassen, dass ich dafür sorge, dass es den Französinnen gut geht. Und bei dir? Wie geht es dir, Sam? Wir haben uns viel zu lange nicht gesprochen.«

»Ja, das stimmt! Es geht. Ich vermisse Rus heute schrecklich …« Keine Ahnung, ob ich ihm das gerade sagen kann oder sollte. »Geht heute was?«, frage ich ihn unsicher.

»Nein, heute geht hier gar nichts. Alles platt wie eine Flunder.«

So ist das beim Surfen. Man ist auf die Bedingungen angewiesen, und wenn keine Wellen da sind, dann gibt es eben keinen Wettkampf, sondern eine Pause. Was aber auch heißt, wir können offen reden, und ich muss keine Rücksicht auf sein Befinden nehmen. Über Rus zu sprechen, kurz bevor Rory in einen Heat geht, wäre nicht sonderlich fair. Im Contest braucht jeder Athlet einen klaren Kopf – besonders in einer kritischen Situation wie im Moment. Denn er kann es schaffen. Seine Chancen stehen richtig gut. Rory Johnson könnte Weltmeister werden. Ein Sieg in Frankreich wäre nützlich, denn er würde wichtige Punkte bringen.

»Ich weiß, dass er dir fehlt, Sam! Ich vermisse ihn auch schrecklich. Ich wünschte so sehr, ich wäre damals bei ihm gewesen, dann wäre das alles nicht passiert …«

»Schwachsinn«, unterbreche ich ihn, bevor er sich weiter mit Selbstvorwürfen quält. »Dann wärt ihr jetzt vielleicht beide tot.« Aber möglicherweise auch nicht, wispert eine leise Stimme in mir. Rory wäre nicht betrunken gefahren. Er ist in diesem Punkt sehr verantwortungsbewusst, was daran liegt, dass er damals seine tote Mutter gefunden hat, als diese durch Diätpillen starb. Er würde nie etwas tun, was anderen Leuten schaden könnte. Ich seufze leise, denn von Russel hätte ich auch nie gedacht, dass er das tun würde. Ich habe mich geirrt.

»Sam, rede mit mir. Was bedrückt dich?«

»Russel … sag mal, wusstest du, dass er betrunken war?«

»War er? Woher weißt du das?«

»Schon auf der Beerdigung bin ich über das Gerücht gestolpert, doch Joe hat es mir vorhin erzählt.«

»An deinem Geburtstag?«

»Sie war gerade selbst ziemlich betrunken, Rory. Es ging um sein Erbe und darum, dass sie es annehmen soll, was sie nicht will, und in dem Zusammenhang hat sie dann diese Bombe platzen lassen.«

»Ich erinnere mich an den Morgen, Sammy«, sagt Rory. »Und an unser gemeinsames Frühstück und an die Groupies.« Ja, die Groupies, die so völlig unbeeindruckt von mir waren. An die erinnere ich mich auch noch sehr gut. »Er wirkte nicht betrunken oder so. Wann soll er sich denn betrunken haben? Ihr seid direkt danach zum Flughafen.«

»Auf dem Flug? Nach der Landung? Ich weiß es nicht, Rory!«, wispere ich verzweifelt.

»Es ist aber auch egal. Er ist tot.«

»Ist es das? Mir ist es nicht egal. Ich will Antworten. Ich meine …«

»Davon wird er auch nicht wieder lebendig, Sammy.«

»Denkst du denn nie darüber nach, wie es passiert ist? Was seine letzten Gedanken waren? Ob er wirklich sofort tot war oder ob er Schmerzen hatte? War er verzweifelt und hatte er Angst, weil ihm klar war, dass er sterben würde? Fragst du dich das wirklich nie?«

Selbst durch das Telefon höre ich, wie Rory hart schluckt. Ich kann es verstehen, denn auch in meiner Kehle sitzt ein dicker, fetter Kloß, der mich am Atmen hindert. »Nein. Das habe ich bisher erfolgreich verdrängt. Ich habe mir einfach eingebildet, dass er sofort tot war«, entgegnet er nach einem Augenblick des Zögerns.

»Vielleicht hilft es uns ja, mit allem fertigzuwerden, wenn wir mehr wissen.« Rory gibt ein abfälliges Schnauben von sich und macht mir ohne ein einziges Wort klar, was er darüber denkt, und irgendwie weiß ich auch, dass er recht hat. Es gibt rein gar nichts, das uns helfen kann. Diese Antworten wären nur wie ein Pflaster bei einem offenen Bruch oder inneren Blutungen – völlig wirkungslos.

»Ich habe einen Typen getroffen«, sage ich. »Er heißt Lance und …«

»… meinst du nicht, dass das ein wenig früh ist?«

Ich verdrehe die Augen. »Nein, du Idiot. Der Typ hat seine Frau verloren. Er hat mitbekommen, wie ich mit Russel rede.«

»Du redest mit ihm?«

»Manchmal. Hört sich verrückt an, ich weiß, aber … Nun ja, Lance sagte, dass ich ihm schreiben soll und dass ihm das geholfen hätte.«

»Versuch es doch mal«, ermuntert Rory mich.

»Ist das nicht albern?«

»Sammy, du probierst doch sonst immer alles aus, weil du so verdammt neugierig bist, was hast du zu verlieren?« Ich denke über seine Worte nach und gebe mich mit einem knappen Nicken geschlagen. »Du warst also nicht mit diesem Lance-Typen im Bett?«

»Nein. War ich nicht«, erwiderte ich mürrisch, beinahe schon beleidigt, weil Rory mir so auf den Zahn fühlt.

»Und sonst?«

»Und sonst was, Rory?«

Er seufzt leise, weil er merkt, dass ich über das Thema nicht reden will, und rudert dann zurück. »Vergiss es, Sam.«

»Nein, raus damit. Du bist nicht gerade dafür bekannt, sonderlich zurückhaltend zu sein.«

»Die Frage ist intim.«

»Das sind doch die, die du am liebsten stellst, du kleiner Perversling!«

Er lacht. Ich vermisse ihn mit einem Mal schrecklich. Zum Glück führt die Tour ihn bald nach Hause. »Warst du mal mit einem anderen Kerl zusammen, seit …«

»Ja«, unterbreche ich ihn.

»Und?«

Ich erhebe mich und gehe zu meiner Whiskeysammlung hinüber, wo ich nach einem guten Schotten greife und mir zwei Finger breit einschenke. Ich nippe an dem Drink und überlege, was ich antworten soll.

»Sam? Du musst darauf nichts sagen, wenn du nicht willst.«

»Doch, ich weiß nur nicht genau, wie ich es erklären soll.« Und gerade weil mir die Worte fehlen, war mein erster Impuls trotz seiner Vorwarnung, seine Frage sei intim, zu erwidern, dass ihn das einen Scheiß angeht. »Es tut weh, also danach, meine ich. Es fühlt sich im Anschluss falsch an. Ein wenig so, als würde ich ihn betrügen, weißt du?« Doch das ist nur die halbe Wahrheit, denn vor allem hat sich Sex mit Russel grundlegend anders angefühlt als mit all den anderen Männern, mit denen ich zuvor zusammen war. Es waren etliche, ich habe sie nicht gezählt, oder anders, als ich auf siebzig kam, habe ich aufgehört – also nicht mit dem Rumvögeln, sondern mit dem Zählen, und das ist schon eine Weile her. Was ich damit sagen will ist, dass irgendwie immer etwas gefehlt hat, auch wenn mir das nicht klar war. Das Problem ist bloß, dass ich es jetzt weiß. Ich kenne die Geheimzutat, die den ganzen Akt perfekt macht, und ohne diese wäre es fad. Eine innere Stimme wendet ein, dass es mit Dean nicht fad war – im Gegenteil, doch Dean ist nun einmal keine Option. »Ich bin dafür im Moment nicht offen«, lasse ich Rory wissen, »und jetzt bitte keine dummen Sprüche darüber, dass ich immer und für alles offen war.« Die Zeiten haben sich geändert. Ich habe mich geändert. Ich denke unwillkürlich an Lance und daran, dass er glaubt, dass das Leben ihn durchgeschüttelt hat, damit er seinen Weg findet. Ich persönlich vermute einfach, dass man an irgendetwas glauben und festhalten muss, sonst verliert man nach einem Verlust wie diesem unweigerlich den Verstand.

Rory wechselt das Thema. »Ich habe mir doch jemanden gesucht, der ein Auge auf die Villa hat und dort für Ordnung sorgt, während ich auf Tour bin. Nun ja, er hat mir vorgestern geschrieben, dass er das in Zukunft nicht mehr machen kann, weil er die Insel verlässt.« Ich ahne, worauf das hinausläuft. »Könntest du vielleicht nach dem Rechten sehen?«

»Ja, kann ich machen.«

»Cool, dann schicke ich dir die Kontaktdaten von dem Typen, damit du von ihm den Schlüssel übernehmen kannst. Er erklärt dir dann auch, wie die Alarmanlage funktioniert. Sammy, wenn du … also wenn du da pennen willst oder so, dann mach das einfach, ja? Fühl dich wie zu Hause.« In seinem hässlichen Klotz aus Stahl und Glas? Nun ja, das wird mir ernsthaft schwerfallen, aber immerhin hat er ein Jacuzzi, und ich liebe Jacuzzis. Unwillkürlich denke ich an Russel und den heißen Sex, den wir in diesem Ding nach Gabs Hochzeit hatten, und muss schwer schlucken. Ich schüttle die Erinnerungen ab und widme meine Aufmerksamkeit wieder Rory. »Hast du eigentlich mitbekommen, dass so eine Tussi behauptet, ich hätte sie geschwängert?«

»Ich dachte, die Sache mit Catfish ist vom Tisch«, entgegne ich überrascht.

»Nee«, meint er und schnaubt belustigt. »Eine andere, aber ich war nicht mal auf ihr drauf, also bin ich wohl aus dem Schneider.«

»Lagst du unter ihr?«, frage ich und füge hinzu: »Egal, was du vielleicht gehört haben magst, auch in der Stellung könnte sie schwanger werden. Und auch wenn du die Socken angelassen hast.«

»Das ist mir durchaus klar! Danke, Sammy, dass du mich daran erinnerst, warum Joe meine beste Freundin ist und nicht du«, grummelt er, weil ich ihn ärgere. »Sie behandelt mich nicht wie einen Idioten.«

»Oh, das sollte sie aber, denn ihr gegenüber benimmst du dich schließlich wie einer.«

»Das Thema hatten wir schon, und wenn ich weiß, was ich ihr sagen soll, dann werde ich mich bei ihr melden.«

»Feigling!« Er streitet es nicht ab. »Hast du eine Lümmeltüte benutzt?«

»Nein! Ich hatte gar nichts mit ihr, und wenn ich nichts sage, dann meine ich nichts. Nada! Niente! Rien!«

»Oh, ich bin beeindruckt von deinen Fremdsprachenkenntnissen, und da sag einer, dass Surfer dumm und ständig bekifft sind. Flugsamen?«, schlage ich vor.

»Sehr witzig, Sam! Ich glaube, du bist bekifft.«

»Nein, das nicht. Ich bin bloß betrunken.« Er schnaubt mürrisch, und ich grinse. »Lass dich nicht ärgern, Goldlöckchen.«

»Samantha, weil du heute Geburtstag hast, werde ich nachsichtig sein«, meint er und imitiert mal wieder Sean – perfekt, wie ich zugeben muss. Ich lache leise in mich hinein. »Du fehlst mir, du Nervensäge.«

Die Worte aus seinem Mund zu hören, tut mir unendlich gut. »Du mir auch, aber du bist ja bald wieder da«, muntere ich ihn auf. Wir telefonieren noch eine Weile und unterhalten uns über alles Mögliche, ehe wir das Gespräch beenden.

Als ich später im Bett liege, schweifen meine Gedanken erneut zurück zu jener ersten Liebesnacht mit Russel. Ich weiß nicht, warum, aber mit Russel war es perfekt … es war so verdammt perfekt und das von Anfang an.

Obwohl mit der Erinnerung auch Schmerz mitschwingt, ist das dominierende Gefühl Erregung, und so lasse ich eine Hand zwischen meine Beine gleiten, während die andere meine rechte Brust umschließt und kurz knetet, ehe ich meinen Nippel zwischen Zeige- und Mittelfinger einklemme und daran zupfe. Meine Rechte platziere ich auf meinem Venushügel, schiebe den Mittelfinger entlang der faltigen Haut. Das ist etwas, das ich an mir nicht sonderlich schön finde. Es gibt diese Frauen, die haben niedliche Pussys mit kleinen äußeren Schamlippen. Die Dinger sehen zum Anbeißen aus – selbst in meinen Augen, und ich stehe nicht auf Brüste. Nicht wirklich jedenfalls. Natürlich hatte ich schon mal was mit einer Frau, weil Rory recht hat mit dem, was er gesagt hat. Ich bin neugierig und probiere Dinge aus. Dazu gehörte auch sie … Sie hat mich umgehauen, und ich fand sie einfach nur abartig heiß. Ihre Pussy war so eine von diesen Zum-Anbeißen-Mösen. Mit zierlichen, zartrosa Labien … Meine hingegen sind irgendwie schlabbrig, groß und faltig. Ein Kerl, mit dem ich mal etwas hatte, meinte, dass ich eine richtige Drecksfotze hätte. Vielleicht klingt es nicht so, aber es war ein Kompliment, denn ihm hat sie gefallen. Er konnte nicht genug von ihr bekommen, aber Geschmäcker sind verschieden, und ich hätte es irgendwie gern … nun ja, dezenter und hübscher. Klar kann man dagegen was machen, aber ich denke nicht im Traum daran, meine Orgasmusfähigkeit zu gefährden, indem ich so etwas Saudämliches mache, wie mir zwischen den Beinen rumschnippeln zu lassen. Eine intimchirurgische Operation kommt für mich absolut nicht infrage. Abgesehen davon mag das ein subjektiver Eindruck sein, denn schließlich hat sich noch kein Typ beschwert. Möglicherweise habe ja nur ich genaue Vorstellungen von meiner Traumpussy.

Allerdings habe ich auch sehr genaue Vorstellungen von meinem Traummann, und so denke ich an Rus, während ich meine Klitoris streichle und an meinem Nippel zupfe. Ich male mir aus, wie er seinen gestählten Körper über mich schiebt, meinen Hals küsst, mir versaute Schweinereien ins Ohr raunt und mich fickt, als gäbe es kein Morgen mehr. Ich stöhne unterdrückt und hoffe inständig, dass Joe tief und fest im Nebenzimmer schläft, dann jedoch konzentriere ich mich ganz auf die Vorstellung ihres heißen Zwillingsbruders, die ich in meinem Kopf heraufbeschworen habe. Russel packt mich an der Hüfte, dreht mich um und besteigt mich von hinten. Ich liebe diese Stellung so sehr.

Etwas in mir windet sich. Ein Flackern geht durch meinen Kopf … Ich kenne das. Es ist ein Fragment, das Bruchstück einer Erinnerung, die an die Oberfläche strebt, und mit einem Mal ist es nicht Russel, der hinter mir kniet, sondern Dean. Die Vorstellung, denn eine Erinnerung ist es definitiv nicht, ist so klar und real, dass mir der Atem stockt. Verwirrt unterbreche ich den Versuch, mich selbst zu befriedigen, und halte einen Moment inne, ehe ich den Gedanken an Dean zur Seite schiebe und wieder Russels Bild vor meinem geistigen Auge heraufbeschwöre. Ich träume mich, in seinen Armen liegend, auf das Boot der Reynolds. Er ist nun doch wieder über mir, und das ist vielleicht auch besser so. Ich bewege mich rhythmisch, presse mein Becken gegen meine Hand und in meiner Vorstellung gegen Russels harten Schwanz. »Ich liebe dich, Sonnenschein«, keucht er über mir. Die Erregung nimmt zu, steigert sich weiter und weiter, raubt mir den Atem. Mein Unterleib zieht sich verlangend zusammen, meine Vagina greift ins Leere, als sie lustvoll zuckt, seine Latte umschließen will. Ich drücke meinen Hinterkopf in das Kissen, habe die Augen geschlossen und den Mund geöffnet … ich seufze seinen Namen, blicke in sein Gesicht und bin ihm so unendlich nah wie schon lange nicht mehr, und dann ist da von jetzt auf gleich wieder Dean, der mich küsst, hart in mich stößt, meinen Namen stöhnt und mich zum Höhepunkt bringt. Ein heiserer Laut, roh, wild und animalisch, entfährt mir, als ich heftig komme. In meinem Kopf wispere ich seinen Namen, ehe ich ermattet in die Kissen sinke und nahtlos in einen tiefen Schlaf gleite.

»Ich sterbe!«, jammert Joe.

»Nach dem Frühstück kannst du ja gleich wieder ins Bett gehen«, tröste ich sie und reiche ihr den Korb mit den Brötchen. »Speck?«

Sie stöhnt nur und sagt dann: »Nie wieder Alkohol!«

Ich verkneife mir ein Lachen. Wie oft habe ich das schon gesagt? Es ist ein haltloses Versprechen. Das letzte Mal habe ich es abgegeben, als ich zusammen mit Russel am Flughafen stand. »Ich bin noch immer so krass betrunken«, murmelt Joe und klingt völlig fertig. »Zum Glück habe ich den Termin bei dem Tätowierer erst morgen.«

»Du hast mir immer noch nicht gesagt, was du dir stechen lassen wirst.«

Sie zückt ihr Handy und spielt mir einen Song vor. »Den Refrain davon in Schreibmaschinenschrift auf meiner Schulter.«

»Das sieht bestimmt gut aus, aber dann darfst du heute nichts mehr trinken. Das weißt du schon, oder?«

»Ich? Hörst du mir nicht zu? Ich werde nie wieder etwas trinken«, behauptet sie, doch diesmal kann ich mir das Lachen unmöglich verkneifen. Joe sieht mich vorwurfsvoll an. »Kannst du bitte leiser lachen«, fleht sie.

Den Rest des Tages verbringen wir damit, unseren Kater auszukurieren. Wir gammeln rum, und ich genieße es, Zeit mit ihr zu verbringen. Das sollten wir jetzt, wo ich keinen Job mehr habe, öfter tun.

Kapitel 10

DEAN | 16.10.2014 | Honolulu | Oahu | Hawaii

Ich streichle geistesabwesend über Trishs Rücken, die sich dicht an mich kuschelt. Ich halte sie in meinem rechten Arm, habe meine langen Beine der Bequemlichkeit halber auf dem Couchtisch abgelegt. Wir haben es uns auf dem Sofa gemütlich gemacht und schauen einen Film, den sie gerne sehen wollte. Es ist irgendeine Schnulze und geht um eine Frau, die zwischen zwei Männern steht und sich nicht entscheiden kann.

Ich für meinen Teil bin unglaublich froh, dass ich mich entschieden habe, und doch kreisen meine Gedanken heute unablässig um Sam. Es ist ihr Geburtstag. Von Joe weiß ich, dass sie den Tag mit Sam verbringt. Sie sind hier auf Oahu.

Während ich im Büro war, habe ich schon ununterbrochen an sie gedacht – also an Sam, nicht an Joe. Ich seufze leise.

»Was ist los?«, erkundigt sich Trish.

»Nichts«, entgegne ich. Ich kann ihr ja schlecht sagen, dass Sam an diesem Tag in meinem Kopf omnipräsent ist und mir die Möglichkeit zu jedem anderen klaren Gedanken verwehrt. Vor lauter Sam war ich im Büro völlig unkonzentriert und habe ständig irgendwelche kleinen Fehler gemacht. Ich war kurz davor, stumpf – mit meinem unbrauchbaren Kopf voraus – gegen eine Wand zu rennen, nur damit sie aufhört, darin herumzuspuken.

Trish krault meinen Unterarm, zupft an den Haaren und fragt leise: »Du wirkst so …« Sie verstummt. »Habe ich was falsch gemacht?«, will sie nach einem Moment wissen. Sie klingt verunsichert.

Ich ziehe sie enger an mich und küsse ihr schwarzes, weiches Haar. »Nein«, murmle ich. »Du bist absolut perfekt.«

Sie schaut zu mir auf, lächelt und haucht mir einen Kuss auf den rechten Mundwinkel. »Aber?«, hakt sie nach.

Ich seufze leise. Ich hasse diese Abmachung, dass wir keine Geheimnisse voreinander haben. »Heute ist Sams Geburtstag«, sage ich schließlich.

»Oh«, entgegnet sie betreten. Diese Abmachung ist eine schwachsinnige Idee, denke ich nicht zum ersten Mal. »Willst du sie anrufen?«, fragt Trish.

»Nein!«, wehre ich entsetzt ab.

»Sicher?«

»Absolut.« Wir schweigen einen Moment. »Du würdest Kyle doch auch nicht anrufen, oder?«

»Das ist ja auch was anderes«, entgegnet sie.

»Sicher?«, frage nun ich.

»Absolut«, entgegnet sie entschieden und imitiert meinen Tonfall so wunderbar, dass ich lachen muss. Ich kann nicht anders.

»Du bist großartig«, lasse ich sie wissen, woraufhin sie erwidert: »Ich weiß.«

Kyle hat es durch sein Verhalten geschafft, dass sie es vergessen hatte. Ich will kein weiterer Kyle in ihrem Leben sein. Ich will, dass sie glücklich ist, und doch frage ich mich, während wir den Film ansehen, immer wieder, ob Trish vielleicht recht hat. Möglicherweise sollte ich Sam anrufen und ihr gratulieren. Dreiundzwanzig … Wenn die Zwillinge so alt werden … Wenn Joe so alt wird, dann sind es zehn Jahre her, seit Sam und ich uns im Wandschrank geküsst haben. Es ist schwer, sie zu vergessen … nicht die Küsse, sondern Sam. Sie war ein Teil meines Lebens, genau wie Russel. Niemand verlangt, dass ich ihn vergesse, doch bei Sam ist das etwas anderes. Ich muss sie und all meine Hoffnungen und Träume endlich begraben. Ich muss weitermachen, und ich werde verdammt noch mal weitermachen.

Die sicherste Möglichkeit, Sam zu vergessen, ist die, meiner schönen Freundin nahe zu sein. Ich drehe mein Gesicht in Trishs Richtung, senke meinen Mund auf die empfindliche Stelle hinter ihrem Ohr und küsse sie. »Ich liebe dich«, raune ich ihr zu.

»Du würdest mich gerne lieben«, antwortet sie flüsternd.

Ich grinse. »Ja, auf jede nur erdenkliche Art«, gestehe ich und ziehe sie auf meinen Schoß. Trish lässt es zu und auch, dass ich meine Hände unter ihre Bluse schiebe und ihre üppigen Brüste umfasse. »Aber noch lieber will ich dich heute hart ficken«, verrate ich ihr.

»Dean!« Ihr Tonfall klingt nicht verlangend, sondern mahnend. Sie benutzt nie schmutzige Wörter, und als ich in ihr Gesicht sehe, überzieht eine beschämte Röte ihre Wangen.

»Gut, dann will ich dich eben ordentlich durchnehmen«, necke ich sie und frage unschuldig: »Besser?« Ich finde es bezaubernd, dass sie so reagiert, zumal ich auch weiß, dass es sie erregt. Ich kann es an ihrem Atem hören und sehe es in ihren Augen.

»Du bist schlimm!«, rügt sie mich.

»Du hast keine Ahnung, wie schlimm ich wirklich sein kann. Bisher habe ich mich immer zurückgehalten.« Eine Aussage, die absolut der Wahrheit entspricht. Trish stöhnt leise, als ich mit meinen Daumen über den Stoff ihres BHs reibe und auf diese Art ihre Nippel liebkose. »Ich werde dich haltlos vögeln, bis wir beide wund sind«, verspreche ich ihr. Ich verkneife mir hinzuzufügen »und du diesen Raum nur breitbeinig humpelnd verlassen kannst«, denn ich kenne Trishs Grenzen. Zu Sam könnte ich es sagen, da bin ich mir sicher. Der Gedanke an richtig harten Sex, an stundenlange wilde Fickerei würde ihr gefallen. Das vermisse ich, wenn ich ehrlich bin. Damals vor fünf Jahren in der Nacht ihres achtzehnten Geburtstags habe ich sie gedreht und gewendet, wie ich wollte, und doch war der Sex keineswegs schmutzig. Sam hat sich mir voller Vertrauen hingegeben. Es war unbeschreiblich intensiv und der beste Sex, den ich jemals hatte.

Mit Trish war es bisher nie so richtig hemmungslos. Ich habe ihre Bedürfnisse gewahrt und meine zurückgestellt, doch heute Nacht will ich sie nicht lieben. Ich will es ihr hart und dreckig besorgen. Ich will, dass sie meinen Namen so laut schreit, dass er von den Wänden widerhallt, wenn sie kommt, und das tut sie schließlich auch. Schweißgebadet liege ich danach auf ihr und müsste glücklich und zufrieden sein, weil meine Mission erfolgreich war, doch das bin ich nicht, denn während ich es heftig mit Trish getrieben habe, hatte ich nur Sam im Kopf.

Später sitze ich allein im Wohnzimmer. Nun ja, nicht ganz allein. Mein guter Freund Jack leistet mir Gesellschaft und sorgt dafür, dass das Gefühl, das sich nach dem Sex in mir ausgebreitet hat, vergeht. Anfangs kam ich mir so schäbig vor. Zu Recht, wie ich zugeben muss, denn ich habe Trish benutzt, um Sam aus meinem Kopf zu bekommen – ein Schuss, der definitiv nach hinten losgegangen ist. Andererseits hatte Trish ihren ersten multiplen Orgasmus, wie sie mir verraten hat, ich sollte mich also nicht allzu mies fühlen. Abgesehen davon kann man daraus natürlich ein Drama machen, man kann es überbewerten und mehr reininterpretieren, als an der Sache eigentlich dran ist, oder man vergisst es einfach, und Jack ist verdammt gut, einem beim Vergessen zu helfen.

Ich leere die Flasche Glas um Glas, und je mehr ich trinke, desto besser geht es mir, jedenfalls bis zu einem bestimmten Punkt. Danach geht es mir noch mieser als zuvor, denn mir wird klar, dass ich niemals haben werde, was ich eigentlich will. Ich frage mich, was Sam gerade macht, oder besser, mit wem sie es macht. Ich vermisse sie. Ich will ihre Stimme hören, will meine Hände über ihren Körper gleiten lassen, so wie vorhin über den von Trish. Ich will sie küssen, sie ablecken, sie hart und hemmungslos ficken, mich tief in sie rammen und mich nie wieder von ihr lösen, doch manchmal reicht es nicht, Dinge zu wollen, manchmal …

»So ein Schwachsinn!«, höre ich Russels Stimme in meinem Kopf. »Wenn du was willst, dann nimm es dir.«

»War klar, dass so ein Rat von dir kommt, Arschloch!«, lalle ich, denn so hat er es schließlich auch mit Sam gemacht. Ich gebe ein abfälliges Schnauben von mir, als ich zu dem Schluss komme, dass er recht hat. Ich erhebe mich schwankend und torkle zum Telefon. Ein mickriger Teil von mir weiß, dass das keine gute Idee ist, aber ich höre nicht auf ihn. Ich werde Sam sagen, was ich ihr schon immer mal sagen wollte. Das ist längst überfällig. Sie ist eine gemeine, kaltherzige Schlampe, die mir das Leben versaut hat, und ich hasse sie. Ich wähle ihre Nummer. Lande irgendwo und bin kurz davor, das Telefon an die Wand zu werfen, als mir einfällt, dass die Nummer irgendwo gespeichert ist. Nach ein paar Anläufen bekomme ich es hin und bin völlig überwältigt, als ich ihre Stimme höre und sie mir tief ins Herz schneidet. Warum habe ich sie angerufen? Was wollte ich ihr noch mal sagen? Sie klingt so …

»Hallo? Wer ist denn da?«, fragt sie noch einmal.

»Ich«, entgegne ich.

»Dean?«

Nein, der Heilige Geist, bin ich versucht zu erwidern, doch meine Zunge macht sonderbare Sachen und will die Worte nicht über meine Lippen schubsen.

»Bist du betrunken?«

»Etwas«, gebe ich zu.

»Wo bist du?«, fragt sie und klingt besorgt.

»Zu Hause«, antworte ich und erinnere mich dann, warum sie mir den ganzen Tag nicht aus dem Kopf gegangen ist. »Ich wollte dir zum Geburtstag gratulieren.«

»Der ist doch inzwischen längst vorbei. Weißt du, wie spät es ist?«

»Oh!«, entgegne ich, und dann platze ich mit allem heraus, was ich ihr sagen wollte. »Ich vermisse dich. Ich vermisse, wie du zwischen deinen Beinen schmeckst.« Oh, Gott, allein beim Gedanken daran werde ich hart. »Ich könnte den ganzen Tag nichts anderes machen, als dich dort zu lecken oder dich ordentlich zu ficken.«

»Gott, Dean, du bist echt betrunken.« Ich ignoriere ihre vorwurfsvolle Stimme. »Du kannst mich nicht anrufen und mir solche Sachen sagen, du …«

Ich lache, weil sie so empört klingt. »Okay, dann sag ich was anderes, aber beschwer dich nicht darüber, dass du es nicht hast hören wollen, wenn ich fertig bin.« Ich mache eine Pause, sammle mich. Versuche die richtigen Worte zu finden. Gar nicht so einfach.

»Bist du noch dran?«

»Ja. Ich denke. Also: Pssssstt!« Ich brauche noch einen Moment, bis ich die Gedanken sortiert habe. »Weißt du, dass es mir noch immer so vorkommt, als könnte ich deine Lippen auf meinen spüren? Dieses Gefühl, ganz so, als hättest du mich mit ihnen gebrandmarkt, schleppe ich schon seit unserem allerallerersten Kuss mit mir herum. Dieser Kuss, Sammy, der war nicht von dieser Welt.«

»Ja«, wispert sie.

Ja, denke ich. »Er war, wie all deine Küsse, süß und absolut köstlich, schlicht unvergleichlich. Ich liebe deine Küsse, Sammy. Du glaubst gar nicht, wie gern ich heute bei dir vorbeigekommen wäre, um dir einen Geburtstagskuss zu geben.«

»Es ist besser, dass du nicht gekommen bist«, sagt sie leise.

»Warum?«

»Das weißt du genau!«

Weil es damit geendet hätte, dass ich bis zum Anschlag in ihr gesteckt und sie wie von Sinnen gebumst hätte. Ich schlucke trocken. Verdammt, jetzt will ich unbedingt bei ihr vorbeikommen.

»Es kann nicht gut gehen«, sagt Sam und verpasst meiner lustvollen Fantasie einen Dämpfer.

»Ist mir egal«, knurre ich, und das ist es in diesem Moment wirklich. Ich will sie, und Russel sagte, dass man sich nehmen soll, was man will.

»Joe ist da.«

»Ich werde ganz leise sein«, gurre ich.

»Du spinnst!«

»Du lässt mich rein …« Sie wird mich reinlassen – im wahrsten Sinne des Wortes. »… und danach verschwinde ich wieder. Es wird sein, als wäre ich nie da gewesen.« Ich höre, wie sie hart schluckt, auch sie lässt diese Vorstellung nicht kalt. »Und ich werde weitermachen wie bisher und vergessen, dass ich dich liebe und …«

»Dean?«, höre ich eine Stimme, doch es ist nicht Sam, die meinen Namen sagt, sondern Trish. Shit, denke ich. Das ist nicht gut … gar nicht gut. Sie kommt auf mich zu, nimmt mir das Telefon aus der Hand, wirft einen Blick auf das Display und sagt: »Hallo, Sam, wir kennen uns nicht, aber ich bin Trish, Deans Freundin. Er wollte dir bloß alles Gute zum Geburtstag wünschen, aber er ist etwas betrunken, und vielleicht ist es besser, wenn ihr ein anderes Mal telefoniert.« Sie legt auf und wirft mir einen vorwurfsvollen Blick zu. Fuck! Das gibt Ärger.

Trish setzt sich zu mir aufs Sofa. »Ich kann nicht fassen, dass du die fast leer getrunken hast«, murmelt sie. Sie beugt sich nach vorn und nimmt die Flasche Jack Daniel's an sich.

»Willst du mir jetzt einen Vortrag halten?« Es nervt, dass sie in diesem Moment ins Zimmer kam. Ihr Blick nervt, und es nervt, dass sie mich wegen des Alkohols rügt. Sie nervt. Wer glaubt sie zu sein? Meine Mutter?

»Bestimmt nicht, wenn du dich in diesem Zustand befindest, Dean. Lass uns einfach ins Bett gehen, okay?«

»Ich will aber nicht ins Bett gehen. Ich bin nicht müde, ich …«

»Dean, es ist kurz vor halb vier am Morgen. Du hast so viel getrunken, dass ich ernsthaft überlege, ob ich dich nicht ins Krankenhaus bringe.«

»Das ist nicht nötig«, murmle ich und versuche, die Flasche zu fokussieren. Was ich jetzt brauche, ist ein Drink. Ich greife danach und schmeiße sie um. Ich schwöre: Ich hatte sie, und sie ist mir aus der Hand gehüpft.

»Dean.« Trish seufzt. Es klingt mitfühlend … Nein, es klingt, als hätte sie Mitleid mit mir – etwas, das mich wütend macht. »Ich … Lass uns ins Krankenhaus fahren.«

»Nein«, protestiere ich energisch und schiebe hinterher: »Die Flasche war schon halb leer.«

»Blödsinn, du hast bisher vielleicht zwei Gläser davon getrunken, und vielleicht sind auch noch zwei oder drei Gläser drin, das heißt, dass du …« Ihre Stimme wird leiser und leiser. Ich schrecke hoch, als mein Kopf auf meine Brust sackt. »So ein Mist«, murmelt Trish. Sie tätschelt meine Wange und sagt dann: »Trink das!«

»Ich will nicht«, nöhle ich. Ich will bloß schlafen. Trish ist das egal. Sie flößt mir Wasser ein und flucht dabei leise vor sich hin. Ich habe sie noch nie zuvor fluchen hören.

»Du bist süß, wenn du so schmutzige Wörter sagst«, lasse ich sie wissen und lächle sie an.

»Ich bin nicht süß, Dean. Ich bin verzweifelt.«

»Ich bin müde.«

»Ja?«, fragt sie und betrachtet mich sorgenvoll. »Ich habe nämlich Angst, dass du im Schlaf an deinem Erbrochenen erstickst.«

»Ich kotze schon nicht«, versichere ich ihr.

»Ich bleibe trotzdem wach und passe auf.«

Keine Ahnung, ob sie das wirklich getan hat, denn ich war mit einem Mal wirklich sehr müde und bin rasch eingeschlafen. Am nächsten Morgen will ich einfach nur sterben. Doch nicht nur der Kater macht mir zu schaffen, sondern auch mein schlechtes Gewissen. Ich habe Sam angerufen und ihr Dinge gesagt, die ich ihr unter keinen Umständen hätte sagen sollen, doch das Schlimmste ist, dass Trish es mitbekommen hat.

»Es tut mir leid«, murmle ich, noch ehe ich ein Auge aufmache. Es ist hell. Viel zu hell. Quälend hell. Ich öffne dennoch ein Auge.

Trish krault meinen Nacken. »Was genau?«

»Das mit Sam.«

»Du warst betrunken …«

»Schon, aber …«

»Auch ich habe Kyle schon angerufen, als ich betrunken war,

und ihm Dinge gesagt, die ich ihm sonst niemals gesagt hätte.«
Ich weiß sehr genau, was sie meint. Ich hätte Sam all diese Sachen niemals gestanden, wenn ich nicht durch den Alkohol enthemmt gewesen wäre. Auch wenn sie wahr sind, wären sie mir nie über die Lippen gekommen. Aus Trishs Mund klingt es anders. Es klingt, als hätte der Alkohol sie dazu verleitet, eine Menge Mist zu erzählen.

»Ich war peinlich«, murmle ich beschämt.

»Warst du«, stimmt sie mir zu. »Du bist nicht sonderlich niedlich, wenn du betrunken bist.«

»Ich bin niemals niedlich«, brumme ich und versuche empört zu klingen, doch dafür fehlt mir die Kraft. Trish zerzaust mir die Haare, und ich ziehe sie eng an mich. Ich küsse ihren Nacken und vergrabe mein Gesicht in ihrer Halsbeuge.

»Du stinkst«, informiert sie mich.

»Ja, ich weiß.« Ich seufze leise. »Willst du mich nicht anschreien? Oder mir sagen, was für ein Arsch ich bin, oder …«

»Hatte ich eigentlich nicht vor«, erwidert sie ruhig.

»Ist es dir egal, dass ich Sam all diese Dinge gesagt habe?«

Nun ist es an Trish zu seufzen. »Nein, aber würdest du sie ihr jetzt sagen?«

»Auf keinen Fall!« Ich besitze schließlich doch noch irgendwo ein Fünkchen Würde und Stolz.

»Siehst du.«

»›Ich war betrunken‹ ist keine Ausrede, es ist …«

»Dean, ich plädiere auf verminderte Zurechnungsfähigkeit wegen deines Vollrausches. Du kannst gern etwas anderes behaupten, aber dann hätten wir ein Problem.« Sie dreht sich in meinen Armen zu mir herum und sieht mich ernst an. »Ich lasse es dir durchgehen, weil du stockbetrunken warst und einfach nicht wusstest, was du da sagst.«

Ich schließe die Augen und gebe ein gequältes Stöhnen von mir. »Kopfschmerzen?« Nein, mein scheißschlechtes Gewissen, weil ich genau wusste, was ich Sam gesagt habe. Weil es die Worte waren, die ich ihr sagen will. Weil es das ist, was ich tun will, weil … Ich räuspere mich: »Es tut mir leid, Trish, aber ja, wir haben ein Problem.«

»Dean, aber du sagtest, dass du es ihr nicht sagen würdest, wenn du nüchtern gewesen wärst.«

»Das ist auch so, aber nicht, weil es nicht stimmen würde, sondern weil sie mir nur wieder wehtun würde«, erkläre ich. »Ich liebe sie.«

»Ich weiß«, erwidert Trish und streicht mir eine Haarsträhne aus der Stirn. »Ich weiß, und ein Teil von mir liebt Kyle auch noch, aber ich liebe auch dich, und ich will das hier. Du hast gesagt, dass du mich ebenfalls liebst, du hast gesagt, dass du es auch willst.«

»Ich habe dich fast betrogen. Zweimal … ich meine … fuck, Trish, ich …« Und als ich sie gestern gevögelt habe, da war ich in Gedanken bei Sam. Das schlechte Gewissen bohrt sich in meine Eingeweide und verursacht mir Übelkeit.

»Du hattest einen Rückfall. Die beiden, Kyle und Sam, sind wie eine Droge für uns. Manchmal sind wir zu schwach, um ihnen zu widerstehen. Ich verstehe das, Dean. Ich verstehe das wirklich.«

Ich nicke beklommen. »Es tut mir so schrecklich leid«, wispere ich, und im Gegensatz zu Trish verstehe ich rein gar nichts – vor allem mich nicht. Ich habe alles, und dennoch sehnt sich ein Teil von mir so wahnsinnig nach Sam, dass es mich beinahe umbringt.

»Es ist okay, Dean«, versichert mir Trish. »Es ist wirklich okay.«

Doch es ist nicht okay. Ich weiß es. Tief in mir drin weiß ich es, aber ich will es nicht wahrhaben, und dann stehe ich Sam rund zwei Wochen später völlig unvermittelt gegenüber, und es zerreißt mich fast.

»Was … was tust du hier?«, frage ich und bin versucht, ihr die Haustür vor der Nase zuzuschlagen.

»Joe besuchen, was sonst.«

»Sie ist beim Segeln mit Dad«, entgegne ich kühl.

»Darf ich reinkommen?« Ich presse meine Kiefer fest aufeinander, wäge das Risiko ab und trete dann einen Schritt beiseite. Sam betrachtet mich prüfend und schiebt sich entschlossen an mir vorbei. Ihr Körper streift meinen, und die Luft um uns herum steht in Flammen. Ich atme scharf ein, und sie blickt zu mir hoch. Scheiße, denke ich und balle meine Hände zu Fäusten. Ich bin versucht, sie zu packen, hochzuheben, in die Küche zu tragen und dort zu vögeln – genauso, wie ich es vor rund zwei Wochen an ihrem Geburtstag vorhatte, stattdessen frage ich: »Magst du was trinken?«

Sam nickt und geht mir voraus in die Küche. Ich starre auf ihren Hintern und werde hart. »Dean, wegen deines Anrufs an meinem Geburtstag …«, meint sie, als wir in der Küche sind und sie sich reckt, um ein Glas aus dem Schrank zu holen. Ihr Top rutscht hoch und gibt den Blick auf ein Stück Haut ihres flachen Bauchs frei. Ich weiß, wie sich diese Haut unter meinen Fingerkuppen anfühlt, weich und geschmeidig. »Dean?«

»Hä?« Ich reiße meinen Blick von ihrem hinreißenden Körper los.

»Kannst du dich nicht erinnern?«, fragt sie, stellt das Glas ab und holt die Packung O-Saft aus dem Kühlschrank.

»Nein«, behaupte ich und frage gespielt verwirrt: »Ich hatte angerufen?« Sie nickt. »Was habe ich gesagt?«

Zu meiner Überraschung senkt Sam ihren Blick und errötet. »Du warst ziemlich betrunken und hast schrecklich schief gesungen.«

Einerseits bin ich wütend, dass sie mich anlügt, andererseits sage ich mir, dass ich sie ebenfalls gerade erst beschwindelt habe. Da sie sich bereits windet und ich ihr Unbehagen irgendwie auch genieße, scheinbar schlummert in mir eine sadistische Ader, frage ich: »Habe ich sonst noch was gesagt?«

Sam schüttelt den Kopf, macht eine unwirsche Bewegung mit dem Arm und fegt ihr Glas – Trampel, der sie manchmal sein kann – von der Arbeitsplatte. Klirrend zerschellt es auf den grau-weißen Fliesen. Der Saft spritzt durch die Gegend, verteilt sich in der gesamten Küche. Sam macht einen erschrockenen Schritt zurück und schreit auf. Sie strauchelt, und ich packe sie am Oberarm, ehe sie fallen kann.

SAM | 28.10.2014 | Lāhainā | Maui | Hawaii

Ich wimmere vor Schmerzen, nicht wegen Deans Griff, der mich am Fallen gehindert hat, sondern wegen meinem Fuß. Ich nehme ihn hoch und werfe einen Blick über die Schulter nach unten. Die Glasscherbe, in die ich getreten bin, steckt noch drin, trotzdem tropft Blut auf den Boden und vereint sich mit dem O-Saft. Das Ganze erinnert mich an einen der Cocktails, die Joe so gern trinkt. O-Saft mit Grenadine, genauso sieht die Lache, in die mein Blut tropft, aus.

»Du blutest«, stellt Dean fest.

»Ach nee, Sherlock«, blaffe ich. Ich bin so sauer auf ihn. Seit zwei Wochen kann ich nur an seinen Anruf und an die Frau denken, die ihm schließlich den Hörer abgenommen hat. Ob sie wirklich seine Freundin ist? Und seit wann sind sie zusammen? Ist es die gleiche Trish, die Joe vor ein paar Wochen beim gemeinsamen Essen erwähnt hat? Hat er deshalb in der Nacht von Russels Geburtstag einen Rückzieher gemacht? Waren sie damals schon ein Paar? Und er? Er kann sich an nichts erinnern, dabei hat er mir gesagt, dass er mich liebt. In dem Moment war ich völlig aus dem Häuschen. Mein Herz schlug mir bis zum Hals, und etwas in mir hat sich geregt, hat gegen unsichtbare Ketten angekämpft und wollte ihn in diesem Moment so sehr, dass es mir beinahe den Verstand geraubt hat. Doch keine drei Sekunden später kam die kalte Dusche, als ich seine Freundin am Telefon hatte. Ich will ihn anschreien und sagen, dass er seine schmutzigen Finger von mir nehmen soll, und ihm echt fies wehtun, weil es schmerzt, und das ist etwas, das mich mehr überrascht als alles andere. Als Dean mir seine Liebe gestanden hat, da hat irgendwas in meinem Innern klick gemacht. Die Worte haben einen geheimen Zugang zu meinem Herzen aktiviert, und mit einem Mal war da ein Licht in der Dunkelheit, und Hoffnung … Und ja, ich habe mir gewünscht, dass er vorbeikommt. Ich wollte, dass er all das tut, was er zuvor gesagt hatte, und es war mir egal, dass es eigentlich keinen Platz für ihn geben kann, weil alles in mir noch immer mit Russel und meinen Gefühlen für ihn angefüllt ist.

»Hör auf, mich anzumotzen«, knurrt Dean, und die feinen Härchen auf meinem Arm plustern sich auf wie das Fell einer buckelnden Katze, als sein Atem meine Haut streift. Seine Stimme, männlich, hart, unnachgiebig, vibriert in mir, und einen Moment sind die Schmerzen vergessen.

»Fuck! Fuck! Fuck!«, jammere ich, und nur mühsam gelingt es mir, die Tränen zurückzuhalten.

»Das kannst du ausnahmsweise mal laut sagen«, murmelt er und schaut zwischen mir und dem Durchgang ins Wohnzimmer hin und her, ehe er mich entschlossen hochhebt und auf die Arbeitsplatte setzt. »Du bleibst da«, ermahnt er mich.

Ich funkle ihn böse an, schenke mir jedoch die patzige Antwort, die mir auf der Zunge liegt. Er schaut auf den Boden, achtet genau darauf, wo er hintritt, und stellt sich bei dem Versuch, das Chaos zu durchqueren, wesentlich geschickter an als ich. Unfallfrei schafft er es aus der Küche heraus und eilt nach draußen, um sich Schuhe anzuziehen. Er trägt seine Vans, als er keine zwei Sekunden später in die andere Richtung läuft, nur um kurz darauf mit einem Kehrblech bewaffnet zurückzukehren. Er beseitigt grob das Chaos, fegt rasch die größeren Scherben zusammen und ist dann wieder bei mir. Er schnappt sich ein Küchenhandtuch und sieht sich meinen Fuß näher an.

»Scheiße«, murmelt er. »Das ist schlimmer, als ich gedacht habe.«

»Lass sie bloß drin«, wimmere ich und schiele in Richtung der gigantischen Scherbe, die in meinem Fuß steckt. Dean nickt und schlingt vorsichtig das Tuch darum. Ich sauge scharf die Luft ein, als ein stechender Schmerz mich durchzuckt, und klammere mich an seinen breiten Schultern fest.

»Alles okay?«, fragt Dean besorgt.

»Mir wird schlecht«, wispere ich. Und nicht nur das, mir ist auch extrem schwindelig. Dean drückt mich an sich und redet leise auf mich ein. Seine Worte schwappen mühsam wie durch dichten Nebel zu mir herüber. Normalerweise bin ich nicht zimperlich, was solche Wunden angeht. Mehr als einmal habe ich mir beim Surfen an einem Riff die Füße aufgerissen – keine Ahnung, was Rus an meinen Füßen fand. Okay, ich weiß, dass er sie geliebt hat, aber hübsch ist nun einmal was anderes. Unzählige Narben zeichnen sie, doch wie dem auch sei, diese Verletzung ist richtig tief, schmerzt höllisch und blutet wirklich schlimm. Ich versuche noch einmal, einen Blick darauf zu werfen.

»Lass das«, grollt Dean, schiebt meine Hände zur Seite und wickelt das Handtuch, das mit meinem Blut getränkt ist, wieder drum herum. »Wir müssen ins Krankenhaus«, sagt er, und im nächsten Moment liege ich in seinen Armen. Er trägt mich durch das Haus und zu seinem Auto. Ich habe meine Hände um seinen Hals geschlungen und versuche, nicht zu kotzen oder zu heulen oder beides. Aber mir ist extrem schlecht.

Ich atme auf, als er mich auf dem Beifahrersitz ablädt und ich aufrecht sitze. Mit zusammengepressten Lippen bringe ich die knapp fünfundvierzigminütige Fahrt ins Krankenhaus hinter mich. Jedes Schlagloch treibt mir die Tränen in die Augen. Als wir da sind, bin ich maßlos erleichtert. Dean trägt mich rein und setzt mich im Wartebereich ab. Er verschwindet und kommt kurz darauf mit jeder Menge Papierkram zurück. Er füllt den Großteil einfach aus und fragt mich nur hin und wieder Sachen. Weil es immer noch ganz schön blutet, macht Dean danach ein wenig Druck und sorgt dafür, dass ich schnell an die Reihe komme. Der Schnitt ist tief, und der Muskel muss mit drei Stichen genäht werden, die Haut mit acht.

Dean ist an meiner Seite und unterhält sich währenddessen mit mir. Er hält mir buchstäblich Händchen, und ich versuche, mich zu entspannen, während ein Kerl, der maximal so alt ist wie Dean, an mir herumdoktert. »So, das haben wir gleich. Noch zwei Stiche, und Ihre Freundin ist so gut wie wieder fit«, lässt der Arzt verlauten.

»Sie ist nicht meine Freundin«, widerspricht Dean rasch. Die Worte kommen so hastig über seine Lippen, dass es mich – obwohl es natürlich der Wahrheit entspricht – kränkt. Dabei will ich doch gar nicht seine Freundin sein oder sonst etwas mit ihm zu tun haben. Du spinnst doch echt, Sam, rüge ich mich augenblicklich und schiebe meine diffusen Gefühle auf die Wirkung des Schmerzmittels.

»Du siehst geschafft aus«, murmelt Dean eine halbe Stunde später, als er mich im Rollstuhl zum Auto schiebt.

»Ehrlich, so fühle ich mich auch«, gebe ich zu. Ich bin unendlich müde und weiß nicht, ob es an den Medikamenten liegt, die sie mir eben gegeben haben, oder an den unruhigen Nächten der vergangenen Tage. Ich mustere Dean von der Seite, während er seinen Dodge Ram Power Wagon Laramie zurück nach Lāhainā lenkt. »Danke, dass du für mich da warst.«

Er dreht seinen Kopf zu mir. »Ich bin immer für dich da, Sammy.« Wir passieren die Unfallstelle.

»Ich kann nicht glauben, dass es inzwischen zweihundertneunundfünfzig Tage her ist.«

»Ja«, erwidert Dean knapp.

»Manchmal fühlt es sich so viel länger an, manchmal ist es aber so, als wäre es gestern erst passiert.« Ich atme zittrig ein und aus. Ich fühle mich in diesem Moment so elend. Es ist einer dieser Augenblicke, in denen ich den Schmerz kaum aushalten kann, er droht mich zu zerreißen und kam so unvermittelt daher, dass mir der Atem wegblieb.

Dean nickt und sagt dann völlig unvermittelt: »Ich habe gelogen.« Er verstummt, und während ich mich noch frage, in welchem Punkt, ergänzt er: »Ich … ich erinnere mich an das, was ich in der Nacht von deinem Geburtstag zu dir gesagt habe.« Weil ich ihn eine Weile lang einfach nur anstarre und versuche, alles zu verstehen, schiebt Dean hinterher: »Sag was, Sam!«

»Du … du …«, stammle ich. »Aber warum?«

Ich schaue zu ihm rüber und sehe, wie sich sein Adamsapfel unter seiner gebräunten Haut bewegt, als er trocken schluckt. Das alles ist ihm offensichtlich äußerst unangenehm. »Weil es stimmt«, presst er schließlich hervor. Er sagt die Worte zwischen zusammengebissenen Zähnen hindurch und sieht dabei so aus, als ob es ihm ernsthaft Schmerzen bereitet. Ich hingegen wünsche mir inständig, dass er mir noch einmal das Gleiche sagt wie in jener Nacht. Ein Schauer rieselt über meinen Rücken, und ein nachdrückliches Ja hallt in meinem Körper wider. Ja, ich will, dass er mir sagt, dass er mich liebt. Ja, ich will, dass er mich in seine Arme schließt und küsst, und ja, ich will ihn. Ich will ihn so sehr, aber … Russels Bild steigt in meiner Erinnerung hoch. Dämpft diese Euphorie. Ich schließe die Augen.

»Du hast eine Freundin«, murmle ich und frage dann: »Oder?« Seine Antwort versetzt mir einen Stich.

»Ja, ich habe eine Freundin«, bestätigt er meine Frage.

»Aber …«, beginne ich, verstumme dann jedoch. Ich wende meinen Blick von ihm ab, starre aus dem Fenster und blinzle gegen die aufsteigenden Tränen an.

»Es geht nicht. Ich weiß, aber ich wollte trotzdem, dass du es weißt.« Er schüttelt den Kopf und fügt schmunzelnd hinzu: »Ich hoffe, du weißt, was ich meine.«

Auch ich muss schmunzeln. »Nein, ehrlich gesagt, weiß ich gar nichts, aber immerhin weiß ich das.« Wir schweigen eine Weile, dann frage ich: »Darf ich dich etwas fragen?«

»Ja, klar.«

»Warum bist du dann mit deiner Freundin zusammen?«

»Es ist nicht so, als würde ich sie nicht lieben«, entgegnet er leise. »Sie ist toll.«

»Sie klang sehr nett«, entgegne ich. Mir ist schlecht, wahnsinnig schlecht, um genau zu sein.

»Das ist sie, und sie tut mir wirklich gut.« Ich höre das Aber, doch diesmal hake ich nicht nach, denn ehrlich gesagt will ich es gar nicht so genau wissen. Ich will nichts über sie wissen, über diese Frau in seinem Leben, die er toll findet und die ihm guttut, denn eigentlich wäre ich gern diese Frau. Ich beiße mir auf die Unterlippe, weil es so wehtut und ich egoistischerweise schrecklich eifersüchtig bin. Dean hat – trotz aller Differenzen, die wir in der Vergangenheit hatten – alles Glück der Welt verdient. Er hat einen schrecklichen Verlust erlitten, und wenn es jemanden gibt, der ihm in dieser schweren Zeit zur Seite steht, dann sollte ich froh und dankbar sein, aber es fühlt sich einfach nur ganz furchtbar an.

Den Rest der Fahrt schweigen wir, und als er den Pick-up vor dem Haus meiner Mutter parkt, weiß ich nicht, was ich sagen soll. Er steigt aus, umrundet das Fahrzeug und kommt zu mir, um mich herauszuheben. Laufen kann und darf ich nicht – nur auf Krücken, doch die habe ich noch nicht. Dean sagte, dass sie welche zu Hause hätten und ich die haben könnte. Bis dahin bin ich auf seine Hilfe angewiesen. Ich schlinge meine Arme um seinen Hals, schließe die Augen und lasse mich von ihm halten. Er riecht so gut, und er liebt mich. Er hat gesagt, dass er mich liebt. Beim Gedanken daran schlägt mein Herz schneller, und in meinem Bauch flattert es wie verrückt.

Ich öffne die Augen und sage: »Danke für deine Ehrlichkeit, Dean.«

»Na ja, einer von uns muss ja ehrlich sein«, entgegnet er kühl, und mit einem einzigen Satz hat er das Glück, das ich verspürt habe, vertrieben. Ich sehe die Distanz in seinen Augen, sehe sogar, dass er bereut, ehrlich gewesen zu sein. Ich weiß, dass er ein schlechtes Gewissen hat. Er fühlt sich schuldig – Rus gegenüber, seiner Freundin gegenüber. So etwas zu mir zu sagen, ist ihr gegenüber nicht fair.

»Weiß sie von mir?«, frage ich und kann nicht verhindern, dass ich mir wie die andere vorkomme, dabei habe ich nie wissentlich etwas mit einem Kerl gehabt, der in einer Beziehung war – aber zugegeben, ich habe auch nicht jeden One-Night-Stand zuvor nach seinem Beziehungsstatus gefragt. Die Antwort wäre ja sowieso ein Nein gewesen.

»Ja, Sam, sie kennt die ganze Geschichte.« Er seufzt leise und stellt mich vorsichtig auf der Veranda ab. »Lass uns das Thema wechseln.«

Es ist keine Bitte, es ist ein verfickter Befehl, und ich ziehe wütend eine Grimasse. »Und was, wenn ich über diese Sache sprechen will, Dean? Vielleicht habe ich Redebedarf?«

Er zieht eine Augenbraue hoch und wirft mir einen seiner berühmten Lass-den-Scheiß-Blicke zu, weil er genau weiß, dass ich eigentlich selbst nicht drüber reden will, sondern nur rumzicke, weil er mir sagen wollte, wo es langgeht. Aber ich lasse mir nun einmal nicht gern sagen, wo es langgeht. Kerle versuchen das ständig. Überall mischen sie sich ein, meinen, sie würden alles besser können und wüssten über alles Bescheid. »Schlüssel, Sam. Oder willst du hier weiter den Flamingo spielen?«, fragt er und nickt in Richtung meines hochgezogenen Beines. Ich halte mich an ihm fest. Zwar verfüge ich über einen guten Gleichgewichtssinn, doch ich will nichts riskieren, da ich kein Gewicht auf den Fuß geben darf, weil sonst die Naht reißen könnte. Ich suche nach meinem Schlüssel und stelle fest, dass er nicht da ist. »Das ist jetzt nicht dein Ernst«, kommentiert Dean meine vergeblichen Bemühungen.

Er greift an mir vorbei, sein Unterarm streift meine Brust, und ich ziehe scharf die Luft ein, als er die Klingel drückt. »Sorry«, murmelt er betreten und schiebt hinterher: »Das war keine Absicht.«

»Weiß ich.« Er klingelt noch mal. »Du, Dean, meine Mum ist nicht da.« Er zückt sein Handy. »Was tust du?«

»Sie anrufen? Du kannst ja sowieso nicht allein hier sein.«

»Sie ist mit ihrem neuen Freund auf Kaui.«

Dean kneift die Augen zusammen. »Und wie lange?«, will er wissen und steckt das Handy wieder weg.

»Drei Wochen.«

»Drei Wochen«, echot er ungläubig. »Was macht sie da? Verfrühte Flitterwochen?« Er klingt alles andere als begeistert. Bevor ich anfangen kann, ihm die ganze Sache zu erklären – denn nein, so weit ist es noch nicht, zumindest hoffe ich das inständig, aber bei meiner Mutter weiß man das ja nicht zwangsläufig –, sagt Dean: »Und wie willst du dann hier zurechtkommen?«

»Na ja, ich habe dann ja die Krücken.«

»Ja, fein, Sammy, aber …« Er verdreht die Augen und ist so offensichtlich genervt, dass ich kaum glauben kann, dass er mich wirklich liebt. »Gott, hattest du schon mal Krücken?« Dann schüttelt er den Kopf. »Nein, natürlich nicht«, murmelt er, ehe ich antworten kann. »Wie stellst du dir das vor? Wenn du Hunger hast und willst was essen?«

»Na, dann gehe ich in die Küche und hole mir was.«

Er seufzt. »Du hast Krücken! Du hast die Hände nicht frei. Du kannst nichts durch die Gegend tragen.«

»Na, dann esse ich halt in der Küche«, gebe ich zurück, obwohl mir in dem Moment dämmert, dass das Ganze vermutlich nicht so einfach ist.

Er schüttelt seufzend den Kopf. »Du wohnst bei uns«, beschließt er. Ich hasse es, wenn er einfach Dinge über meinen Kopf hinweg entscheidet wie früher, als ich noch ein Teenager war. »Halt dich fest!«, instruiert er mich und hebt mich hoch. Geistesgegenwärtig klammere ich mich an ihn, als er mich auch schon mühelos hochhebt und zurück zum Auto trägt.

»Dean«, beginne ich, als wir im Auto sitzen, und will Einwände erheben, denn ich komme bestimmt irgendwie allein klar.

»Vergiss es, Sam«, grollt er. Ich öffne den Mund und will etwas sagen, doch er unterbricht mich harsch. »Ich diskutiere das nicht mit dir. Das hier passt niemandem von uns, aber die Dinge sind, wie sie sind. Du bist auf Hilfe angewiesen.«

»Einen Scheiß bin ich!«

»Ach, weißt du, Sammy, ich kann auch Thomas anrufen.«

»Wag es ja nicht!«, fauche ich wütend. Mir zu drohen, meinen Dad anzurufen, ist wirklich das Letzte.

»Dann sei kooperativ und mach uns diese ganze Sache hier nicht noch schwerer, okay?« Ich funkle ihn aus zu Schlitzen verengten Augen an und kann nicht fassen, dass er mich ernsthaft erpresst. »Sag einfach Ja, Sam, so schwer ist es nicht.« Er sieht zu mir rüber. »Komm, sei eine liebe Sammy. Es gibt auch Kekse, wenn du ein braves Mädchen bist.«

Die kurze Fahrt bis zum Haus der Reynolds schmolle ich stumm vor mich hin. Auch wenn Dean versucht hat, witzig zu sein, finde ich an der Situation rein gar nichts lustig. Dean parkt und trägt mich dann ins Haus. Er setzt mich auf dem Sofa ab. »Ich mache das gern, Sam«, versichert er mir.

»Ja, klar, so gern wie eine Darmspiegelung«, entgegne ich und kann die Tränen kaum zurückhalten. Er will mich nicht hierhaben und hat dafür gute Gründe, und ich will nicht bei ihm sein, und auch ich habe dafür gute Gründe.

»Wann kommt Joe denn wieder?«, erkundige ich mich.

»Sie wollten ein paar Tage unterwegs sein.«

»Und was machst du dann hier?«

»Ich habe hier zu tun«, erwidert er kurz angebunden. Ebenso gut hätte er sagen können: »Das geht dich einen Scheißdreck an«, denn der kühle Ausdruck in seinen Augen spricht Bände, und nun weine ich doch, woraufhin er fragt: »Sind die Schmerzen so schlimm?« Ich nicke und bin froh, dass er mir eine Ausrede geliefert hat. Er wirft einen Blick auf die Uhr, rechnet und sagt: »Rund drei Stunden musst du noch durchhalten, dann darfst du die nächste Tablette nehmen. Packst du das?« Ich nicke erneut. »Okay, ich suche die Krücken, und dann mache ich dir mein Zimmer zurecht.«

»Das brauchst du nicht«, entgegne ich hastig.

»Sam, wo willst du sonst schlafen? Dich immer in den ersten Stock in Joes Zimmer schleppen?«

»Ich kann ja auf dem Sofa schlafen.« So hätte ich es zu Hause schließlich auch gemacht.

»Du kannst mir mal den Buckel runterrutschen«, grummelt Dean, schüttelt mit dem Kopf und zieht Leine. Ich bleibe allein zurück. Er flucht unterdrückt und ärgert sich darüber, dass er die Krücken nicht findet. Erschöpft liege ich da, schließe die Augen und höre ihn herumhantieren. Die Geräusche, die durch sein geschäftiges Treiben entstehen, rücken in den Hintergrund, verkommen zu einem monotonen Summen und lullen mich in den Schlaf.

Kapitel 11

DEAN | 28.10.2014 | Lāhainā | Maui | Hawaii

Sam schläft. Ich kann nicht anders, als sie anzustarren. Ich lehne im Türrahmen, halte meinen Kaffee in der Hand und frage mich, wie ich diese Herausforderung meistern soll. Warum habe ich Trottel ihr gesagt, dass ich mich an unser Gespräch erinnern kann? Warum konnte ich nicht einfach meinen Mund halten? Warum besitze ich in Sams Gegenwart weder Anstand noch Selbstbeherrschung? Ich hätte einfach bei meiner Story bleiben können. Sie hatte sie bereits geschluckt, aber dann war sie mit einem Mal so offen, so verletzlich, und ich Idiot habe diesem Drang, meine Gefühle vor ihr auszubreiten, nachgegeben – wieder einmal und wider besseres Wissen.

Ich reiße mich von ihrem Anblick los, schleiche mich auf die Terrasse hinaus und rufe von dort aus Trish an. »Hi, Baby«, begrüße ich sie.

»Hi, Honey«, erwidert sie, und ihre Stimme nimmt den Druck von meiner Brust. »Wie geht es dir? Wie war dein Meeting?«

»Noch steht ein wenig Überzeugungsarbeit an, aber sie haben definitiv Interesse.«

»Das ist gut«, bekundet Trish.

Ich liebe es, dass sie sich so über meine Erfolge freut. Sie steckt mindestens ebenso viel Energie in die Erhaltung des Magazins wie ich. »Aber es gibt ein Problem.«

»Es ist der Preis, oder?«

»Nein, es geht nicht um ›Best of Pangea‹ und die Anzeigen.« Ich lecke mir über die Lippen, atme tief durch und sage dann: »Es geht um Sam.«

»Was ist mit ihr?«, fragt Trish. Sie klingt hellhörig.

Ich schlendere um den Pool herum und erzähle ihr von dem Unfall. Die Sonne spiegelt sich in dem türkisblauen Wasser und erzeugt blendend helle Lichtreflexe auf der spiegelglatten Oberfläche. Nach dem Telefonat muss ich erst einmal ins Wasser. Dort bin ich in jedem Fall vor Sammy in Sicherheit, denn die Wunde darf mindestens zwei Wochen, eher drei, nicht feucht werden. Für Sam, die nahezu jeden Tag surfen geht, wird das der reinste Horror. »Sie braucht mich«, erkläre ich. »Ihre Mom ist nicht da, Joe ist nicht da und …«

»Sie ist verletzt. Natürlich braucht sie dich«, unterbricht Trish mich. »Keine Sorge, ich verstehe das.« Ich wünschte, sie würde mir eine Szene machen und mir sagen, dass ich meine Finger von Sam lassen und Abstand halten soll. Ich wünschte, sie würde mich retten und nicht ins offene Messer laufen lassen, denn das hier kann nur schiefgehen. Wenn ich mir in einer Sache sicher bin, dann dass ich nicht genug Willenskraft besitze, um Sam auf Dauer zu widerstehen. »Du bist anders als Kyle. Du bist nicht so gedankenlos und egoistisch«, behauptet Trish, und ich wünschte, ich hätte ebenso viel Vertrauen in mich wie sie. Unwillkürlich frage ich mich, ob sie ebenso denken würde, wenn sie wüsste, wie weit ich an Russels Geburtstag gegangen bin. Das schlechte Gewissen wegen dieses Ausrutschers erwacht zum Leben, und doch werde ich hart bei dem Gedanken an den verschissenen Blowjob. Gott, ich hasse mein Leben! Ich hasse meine Schwäche, ich hasse mich, ich …

»Ich weiß, du würdest mir nicht wehtun, Dean«, unterbricht Trish meinen Gedankengang. »Es ist zweifellos gerade ziemlich schwierig, aber ich bin mir sicher, dass du das schaffst. Du hast schon viel Schlimmeres durchgestanden.« Ich atme tief aus und ein und höre Trish zu. Ihre Stimme und ihre Zuversicht sind beruhigend. Aber sie hat einfach keinen blassen Schimmer, wie es in mir aussieht und was für ein Chaos Sam in meinem Inneren anrichtet, wenn ich mich mit ihr in einem Raum befinde. »Du bist so stark, und ich liebe dich wirklich.«

»Ich liebe dich auch«, entgegne ich.

»Ich wünsche dir viel Glück morgen bei den Gesprächen.«

»Danke dir. Ich melde mich danach.«

»Das will ich dir auch geraten haben«, erwidert sie lachend. Wie ich sagte: Sie ist wahnsinnig engagiert. »Bis dann.«

»Bis dann, Baby, und pass auf dich auf.« Ich beende das Gespräch, lege das Telefon auf eine der zahlreichen Sonnenliegen, die ein Überbleibsel aus früheren Zeiten und heute zumeist ungenutzt sind, ziehe mein Shirt aus und springe kopfüber in den Pool. Mit langen Zügen durchtauche ich die Längsseite dreimal, ehe ich prustend wieder an die Oberfläche komme.

»Das konntest du auch schon mal besser«, kommentiert Sam meinen kläglichen Versuch.

»Bleib drin«, befehle ich, als ich sehe, wie sie versucht, mit den Krücken, die ich ihr ans Sofa gestellt habe, auf die Terrasse zu gehen.

»Dean, du musst dringend aufhören, mir zu sagen, was ich …«

Ich tauche wieder ab. Das ist so typisch! Ich hasse es. Es kostet so viel Kraft, immer mit ihr rumzudiskutieren. Warum kann sie keine Hilfe oder keine Ratschläge annehmen? Warum unterstellt sie mir immer das Schlimmste? Warum denkt sie, ich würde solche Sachen nur sagen, um sie zu manipulieren und mir einen Vorteil zu verschaffen? Früher war das anders … früher, da war ich nicht ihr Feind, da war ich ihr Vertrauter, und ich frage mich wieder einmal, was zwischen uns passiert ist. Mit kräftigen Zügen bewege ich mich vorwärts, tauche

Bahn um Bahn, doch mehr als ein halbes Dutzend schaffe ich im Moment einfach nicht. Sam hat recht, früher war ich echt deutlich besser, aber früher war auch alles anders. Trotzdem fühle ich mich nun leichter, nicht nur körperlich, sondern auch seelisch. Ob ich Sam gewachsen bin, weiß ich nicht. Sie ist wie Russel. Sie ist eine Naturgewalt.

Ich bin am Arsch, denke ich, als ich aus dem Pool steige. Sam sitzt auf einer der Sonnenliegen so wie früher. Ihr langes brünettes Haar weht sachte im Wind. Sie hat das Bein mit dem gesunden Fuß angezogen, stützt ihr Kinn auf dem Knie ab und schaut nachdenklich aufs Meer hinaus. Mein Herz zieht sich vor lauter Sehnsucht zusammen, und ich werde unweigerlich in die Vergangenheit katapultiert.

Sieben Jahre zuvor

Als ich Sam die Tür öffne, schaut sie zu Boden, doch dieser winzige Moment, in dem wir Blickkontakt hatten, hat ausgereicht, um es zu erahnen. Ja, es ist bereits passiert. »Hey, Geburtstagskind!«, sage ich und ziehe sie in meine Arme. Ich halte sie ganz fest, denn ich habe Angst, dass sie mir entgleitet. Ich kann kaum atmen, so angespannt bin ich. »Sweet sixteen«, raune ich ihr zu. Ich weiß, sie kann es nicht erwarten, erwachsen zu werden. Auto zu fahren, Sex zu haben … okay, den hatte sie wohl jetzt. Nicht drüber nachdenken, Deany, sage ich mir. Aber fuck, hätte sie nicht noch ein paar Monate warten können? Oder Jahre? Ja, am besten mit dir in der Hochzeitsnacht, du Trottel. Scheiße, Dean! Reiß dich zusammen!

Ich löse mich so weit von ihr, dass ich ihr ins Gesicht sehen kann. »Willkommen im Club«, raune ich ihr zu.

»Woher …«, wispert sie besorgt.

Ich zucke mit den Schultern. »Keine Ahnung. War es schön?« Ich bin mir nicht sicher, ob ich diese Frage stellen sollte, und auch nicht, ob ich die Antwort darauf wirklich hören möchte. »Mit wem …«, setze ich an, entscheide jedoch, dass ich das wirklich nicht wissen möchte. »Sorry, geht mich nichts an.«

»Mit so einem Jungen. Nicht wichtig.« Gut! Nicht gut! Scheiße! Mit den widersprüchlichen Gefühlen komme ich nicht klar. Sam klingt so abgeklärt wie eine, die schon seit zwanzig Jahren auf dem Drogenstrich anschafft. Aber so sollte sie nicht klingen. Sie ist sechzehn. Sie sollte sich verlieben, sollte wollen, dass es für immer ist, und eine romantischere Sicht auf die Dinge haben. Vielleicht nicht so wahnsinnig verklärt wie die von Joe, die den ganzen Tag nur an Brad Hoover denken kann und seit Wochen nur von ihm redet. Ja, ja, ich weiß, er hat sie vor dem Hurrikan gerettet und ihr in seinem Pick-up Zuflucht angeboten. Das ist jetzt fünf oder sechs Wochen her, und seitdem ist er das Thema Nummer eins in diesem Haus. Ich stehe der Sache mit gemischten Gefühlen gegenüber. Nicht nur, dass Brad Hoover zehn Jahre älter als meine süße Schwester ist und ein krasser Aufreißer, sondern er ist immer noch der Brad Hoover, der mich seinerzeit Knall auf Fall links liegen gelassen hat. Abgesehen davon kommen wir inzwischen wieder ganz gut klar. Bleibt schließlich nicht aus, dass wir uns hin und wieder im Line-up begegnen. Nicht oft, denn Brad surft gerade auf der Welle seines Erfolgs. Im Moment befindet er sich in Europa, genauer gesagt in Portugal auf World Tour. Er hat das Zeug zu einem Champion und war schon immer ehrgeizig. Er will der Beste sein.

Ich hingegen habe nur ein Ziel. Ich will der Mann an Sams Seite werden. Ich sollte also froh darüber sein, dass sie sich nicht unsterblich verliebt hat und sich ein Leben ohne diesen Typen, der sie entjungfern durfte, nicht vorstellen kann. Bin ich aber nicht wirklich … oder doch? Ach, ich weiß auch nicht.

Ich löse mich gänzlich von Sam, fest entschlossen, mit ihr über die ganze Sache zu reden. Sie hatte gerade ihr erstes Mal, und egal, was sie sich einredet, es ist ein wichtiger Schritt. Es ist keine Nebensächlichkeit, sondern es ist von Bedeutung.

»Entschuldige«, murmle ich.

»Wofür?«, fragt Sam. Ich weiß, sie ahnt nichts von meinen Gefühlen für sie, aber das ist auch gut so. Das soll sie auch gar nicht. Ich will sie nicht verunsichern oder sie einschränken. Mit meinen fast einundzwanzig Jahren bin ich nun einmal ein ganzes Stück weiter, und es ist meine Aufgabe, sie zu schützen.

»Dafür, dass ich gerade nicht so gut damit umgehen kann. Gib mir einen Moment, dann reden wir. Okay?« Ich deute auf die Terrasse und schaue ihr nach, wie sie hinausgeht. Einen Augenblick lang stiere ich wie hypnotisiert auf ihren scharfen Hintern, dann wende ich mich entschlossen ab, begebe mich in den Trainingsraum, setze mich aufs Spinning-Bike und trete ordentlich in die Pedale, um den Kopf freizubekommen. Ich grüble darüber nach, was ich Sam sagen soll, doch auch nachdem ich eine halbe Stunde später die Terrasse betrete – nicht ohne zuvor noch meinen Frust an dem Boxsack auszulassen –, fehlen mir die passenden Worte. Ich entscheide mich auf mein Bauchgefühl zu verlassen und zu improvisieren. Sam liegt im Bikini auf der Liege und räkelt sich in der Sonne. Ich glaube, sie hat keine Ahnung, wie unfassbar sexy sie ist. Ich setze mich zu ihr und meine: »Also Geburtstagskind, dann lass uns reden.«

»Worüber? Es gibt wirklich nichts, worüber wir sprechen müssten«, lässt sie mich wissen. Das sehe ich anders, und daher werfe ich ihr einen strengen Blick zu. »Ich habe mich an alles gehalten, was du mir gesagt hast. Wir waren super vorsichtig. Ich nehme die Pille …«

»Aber ihr habt auch ein Kondom benutzt, oder?«, platze ich heraus.

»Gott, Dean, schrei es doch noch lauter über die verfickte Insel. Ich glaube, auf Oahu weiß man noch nicht, dass man mich geknackt hat.«

»Verdammt, Sam, sag so was nicht«, herrsche ich sie an. Gott, sie »geknackt« hat! Sie ist zu viel mit Männern wie mir zusammen. Das ist nicht gut. Ich fahre mir mit beiden Händen durch die Haare und versuche, meine Verzweiflung zu unterdrücken. Ich mache alles falsch. Verdammt!

»Was? Verfickt?«, fragt Sam unsicher.

Ich verdrehe die Augen. Sie weiß es nicht mal. Sie sieht nicht mal, wie falsch es ist, so zu reden, so zu denken. »Nein, dass dich jemand geknackt hat.« Doch das ist nicht der wesentliche Punkt. Viel wichtiger ist doch die Frage, ob sie sich geschützt hat. Nicht nur vor einer Schwangerschaft, sondern vor Geschlechtskrankheiten. »Sag mir bitte, dass du ein Kondom benutzt hast.«

»Auch wenn ich keins benutzt habe?«, neckt sie mich. Ich weiß, sie scherzt nur, aber …

»Sam!«, ermahne ich sie. Ich habe keinen Nerv für diese blöden Spielchen. Ich hasse es, mein Alter rauszukehren, aber manchmal tanzen sie mir auf der Nase rum, und dann muss ich ihnen klarmachen, wer das Sagen hat, und das bin nun mal ich. Aus irgendeinem Grund habe ich seit Jahren die Verantwortung für vier Kinder beziehungsweise inzwischen Jugendliche.

Meistens mache ich meinen Job ganz gut. Ich sorge dafür,

dass sie bei der Morning Session nicht als Haihappen enden und gefrühstückt haben, bevor sie in die Schule gehen. Ich kontrolliere ihre Hausaufgaben und übe mit ihnen vor wichtigen Arbeiten. Ihre Noten sind in Ordnung. Okay, Joes lassen etwas zu wünschen übrig, aber alles in allem mache ich meine Sache nicht schlecht – meistens jedenfalls. Doch dann gibt es eben Momente wie diesen hier, und ich habe den Eindruck, dass ich es total versaue. In ein paar Jahren werden Rory, Rus, Joe und Sam sich vermutlich jeder einen guten Therapeuten suchen müssen, der sich an ihrer verkorksten Kindheit dumm und dämlich verdient.

»Natürlich haben wir ein Kondom benutzt«, beruhigt Sam mich rasch. »Ist doch schließlich die Dean-Reynolds-Sexregel-Nummer-Eins.« Ich bin derart erleichtert, dass mir ein tiefer Seufzer entfährt. Ich ziehe Sam in meine Arme und drücke sie an mich. Erst da fällt mir auf, dass ich klatschnass geschwitzt bin und das für sie ziemlich eklig sein muss, dennoch kann ich mich nicht von ihr lösen. Ich brauche die Gewissheit, dass es ihr gut geht, und die verspüre ich nur, wenn sie in meinen Armen liegt.

»Versprich mir, dass du auch weiterhin vorsichtig bist«, bitte ich sie.

»Ich verspreche es.«

»Gut, denn ich möchte nicht, dass dir was passiert. Nicht nur nicht, dass du schwanger wirst oder dir was einfängst. Ich möchte auch nicht, dass dir jemand das Herz bricht.«

»Keine Sorge, Deany, ich passe auf mich auf«, erwidert sie. Ich liebe es, wenn sie mich Deany nennt. Niemand sonst tut das. Nur sie und nur, wenn wir allein sind. Meine Mum hat mich immer Deany genannt, und es erscheint mir passen, dass Sam es ebenfalls tut. »Darf ich dann hoch zu Joe?«

»Alles, was du willst, Geburtstagskind.« Ich lasse sie gehen und springe unter die Außendusche, bevor ich in den Pool springe und eine Bahn nach der anderen zurücklege, um nicht daran zu denken, dass meine Sam ihre Jungfräulichkeit an irgendeinen anderen Kerl verloren hat.

DEAN | 28.10.2014 | Lāhainā | Maui | Hawaii

Dieses Haus und sie erinnern mich an alles, was ich verloren habe. Sie sind wie eine Zeitkapsel. Ich kann einfach nicht aufhören so für Sam zu empfinden, wie ich es tue. Ich wünschte, ich könnte mich bewusst dagegen entscheiden, sie zu lieben.

»Und? Geht es dir jetzt besser?«, fragt sie. Ich verzichte auf eine Antwort, schnappe mir ein Handtuch und rubble mich trocken, ehe ich ins Haus zurückgehe. Ich bin sauer. Sauer, weil sie verhindert, dass ich nach vorn blicken kann, sauer, weil ich so ein Idiot und ihr haltlos verfallen bin. Sauer, weil sie mich immer provozieren muss und nie hören kann. Denn natürlich musste sie raus auf die Terrasse kommen, obwohl die Gefahr bestand, mit den Krücken auf dem nassen Holz wegzurutschen. Ich könnte ihr echt den Hals umdrehen. Sie ist so verdammt verantwortungslos. Sie denkt einfach nie nach. »Was ist dein Problem, Dean?«, höre ich sie hinter mir fragen.

»Was mein Problem ist?«, echoe ich verärgert und speie ihr dann entgegen: »Du, Sam, du bist mein verdammtes Problem! Das warst du schon immer!«

»Was habe ich denn jetzt schon wieder gemacht?«, will sie wissen. Ihre Unterlippe zittert, und sie sieht aus, als würde sie gleich in Tränen ausbrechen.

Ich bin versucht, ihr zu sagen, dass es völlig reicht, was sie alles in der Vergangenheit getan hat, und dass sie hier ist. Ich will ihr an den Kopf werfen, dass ihre Nähe für mich unerträglich ist und dass ich schon den ganzen Tag nur daran denken kann, sie zu küssen, doch alles, was ich erwidere, ist: »Tut mir leid. Ich hatte einen harten Tag, und mir fehlt einfach die Kraft, mit dir ständig über jeden Mist zu diskutieren. Verstehst du das?« Sie nickt, und die Bewegung bringt die Tränen in ihren Augen dazu, über den Rand ihres Augenlids zu perlen.

Reiß dich zusammen, Dean, herrsche ich mich an. Sie hat Schmerzen, ist dadurch dünnhäutig … es geht ihr schlecht. Sei verdammt noch mal nett und rücksichtsvoll. Ich straffe meine Schultern, gehe auf sie zu und nehme sie in den Arm. Ich bin froh, dass sie so klein ist. Um an ihr zu schnuppern, was ich nur zu gern machen würde, müsste ich mich hinunterbeugen, und es bliebe unter keinen Umständen unbemerkt. »Besser?«, frage ich nach einem Moment.

»Geht schon«, murmelt sie und bewegt sich Richtung Küche.

»Warte, die sind viel zu hoch«, sage ich und deute auf die Krücken. Ich helfe ihr bis zum Sofa und mache mich dann daran zu schaffen.

Sam | 28.10.2014 | Lāhainā | Maui | Hawaii

Ich betrachte Dean, der vor mir kniet und die Höhe der Gehhilfen verstellt. Russel muss sie zuletzt benutzt haben oder Joe … Ich überlege, ob einer von ihnen verletzt war und wann. Vermutlich haben die Dinger eine Ewigkeit ungebraucht herumgestanden. »Wo waren die Krücken eigentlich?«

»Im Wandschrank«, murmelt er ohne aufzuschauen.

In unserem Wandschrank, dort wo er mich das erste Mal geküsst hat, da, wo ich mich in ihn verliebt habe … Ich bin versucht, die Hand nach ihm auszustrecken und ihn zu berühren, ich will es so sehr. Allein der Gedanke daran, dass er vergeben ist, hält mich davon ab.

»So, das müsste jetzt passen.« Er reicht mir die Krücken, steht auf und beobachtet meine Bemühungen, vom Sofa hochzukommen, ohne dabei meinen Fuß zu belasten. Dean mustert mich, während ich meine ersten Schritte wage. »Versuch dich aus dem Rücken hochzudrücken«, rät er mir. Er legt seine Hand auf die Stelle zwischen meinen Schulterblättern. Ich versuche es, und als sich die Muskeln unter seiner Hand anspannen, sagt Dean: »Sehr gut. Genauso. Das ist kraftsparender.«

Wenigstens gibt es etwas, das kraftsparend ist, denn diese ganze Situation hier mit ihm ist es nicht. Ich fühle mich nach den wenigen Stunden in seiner Nähe all meiner Energie beraubt – vielleicht liegt das auch an den Schmerzen, die ich heute durchgestanden habe und die im Moment dank der Schmerzmittel zu einem dumpfen Pochen verkommen sind, doch ehrlich gesagt habe ich viel eher sein Geständnis und die tausend Fragen, die es aufgeworfen hat, als Ursache für die maßlose Erschöpfung im Verdacht.

Dean macht einen Schritt zur Seite, als ich mich erneut nach vorn schwinge und die Muskelpartie benutze, die er mir gezeigt hat. Es geht wirklich einfacher. Seine Hand liegt noch immer zwischen meinen Schulterblättern. »Sehr gut«, lobt er mich und nimmt sie weg. Die Leere, die dadurch entsteht, ist überwältigend. Beim nächsten Versuch gerate ich aus dem Gleichgewicht. Bevor ich es selbst zurückerlangen kann, ist Dean da und stützt mich.

»Geht schon«, sage ich.

»Soll ich dich das nächste Mal lieber hinfallen lassen?« Ich beiße mir auf die Zunge, schlucke einen bissigen Kommentar hinunter und konzentriere mich stattdessen darauf, einen weiteren Schritt zu machen. Von der Koordination her ist es schwieriger, es auf die Weise zu machen, die Dean mir gezeigt hat. Ich bin unsicherer, aber das ist vermutlich bloß eine Frage der Übung, denn er hat recht. Es ist kraftsparender. »Meinst du, du bekommst es hin, meine Hilfe anzunehmen, denn wenn nicht, dann müssen wir uns was anderes einfallen lassen«, fragt er nun sanft.

Kein Ahnung, was mit ihm nicht stimmt, aber mit seinen krassen Stimmungswechseln komme ich im Moment echt nicht klar. Seine Laune schlägt schneller um als das Wetter in den schottischen Highlands – und ich spreche aus Erfahrung. Ich habe immer versucht, viel von der Welt zu sehen, und jobbedingt kam ich ordentlich rum.

Ich betrachte ihn aufmerksam, bin auf der Hut und völlig unentspannt. Wäre er eine Frau, hätte irgendein sexistischer Idiot ihm bestimmt schon längst gesagt, dass er mal wieder ordentlich durchgenommen werden müsste. Man gilt ja unter Männern sofort als chronisch untervögelt, wenn man mal schlechte Laune hat und das auch zeigt.

Ich für meinen Teil beschließe, mich – trotz allem – zusammenzureißen und zu kooperieren. Was anderes bleibt mir auch nicht übrig. So schwer es mir fällt, ich verhalte mich den restlichen Tag und den kompletten Abend vorbildlich. Ich nehme seine Hilfe an, auch wenn ich mir dabei doof vorkomme. Er erledigt Sachen für mich, die ich auch machen könnte … irgendwie. Ich könnte in die Küche gehen und mir ein Glas Wasser oder einen Tee machen. Natürlich müsste ich ihn dann dort trinken. Dean bemuttert mich, wie meine Mutter es nie getan hat, und es ist rührend. Als Dean mir zusammen mit meinen Schmerzmitteln Kekse ans Sofa bringt und sagt: »Brave Sammys bekommen auch Kekse!«, lächle ich wehmütig. Bittersüß sind die Erinnerungen an diese Zeit. Dean will wieder an den Tisch zurückkehren, an dem er seit Stunden sitzt, doch ich halte ihn zurück. Er arbeitet an seinem MacBook, ohne sich Pausen zu gönnen. Ich wünschte, er würde sich ebenso um sich kümmern wie um mich.

»Lass uns einen Film schauen«, schlage ich vor.

Er legt den Kopf schief und denkt darüber nach. »Gib mir zehn Minuten«, meint er schließlich. Ich nicke, aus den zehn Minuten wird eine halbe Stunde, doch dann kommt er zu mir, setzt sich neben mich und fragt: »Was sehen wir uns an?«

»Mir egal, solange es nicht *Legenden der Leidenschaft* oder *Titanic* ist.«

»Wie wäre es mit *Die Unfassbaren – Now You See Me?*«, schlägt er vor.«

Ich zucke mit den Schultern. »Kenne ich noch nicht.«

»Nicht? Ist ein Heist-Movie.« Ich liebe Heist-Movies fast ebenso sehr wie die Oreo-Kekse, die Dean netterweise an mich verfüttert hat. »Und er ist richtig gut.«

»Du hattest mich schon, als du ›Heist-Movie‹ gesagt hast.«

»Na dann«, meint er grinsend und schaltet den Film an. Er hat recht, der Streifen ist toll, und ich amüsiere mich prächtig. Zwischendurch mutiere ich doch kurzzeitig zu einer anstrengenden Patientin, weil Dean mir Bier verwehrt. Er kann ein solches Scheusal sein. Allerdings verzeihe ich ihm, weil er sich solidarisch erklärt und ebenfalls keinen Tropfen Alkohol anrührt.

»Kennst du den schon?«, fragt Dean, nachdem der Film zu Ende, es aber definitiv zu früh ist, um schon schlafen zu gehen.

»Joe hat so von dem geschwärmt.« Er zeigt mir eine DVD mit einem kitschigen Bild vorn drauf.

»Nee, aber wenn Joe von dem schwärmt, sollten wir die Finger von ihm lassen, und ohne dass ich den gesehen habe, kann ich sagen, dass das Schicksal in der Tat ein mieser Verräter ist.« Ich klinge bitter, kann es aber nicht verhindern. Ich bin sauer auf das Schicksal, auf Gott, auf das Leben … Ich hatte alles, und es wurde mir genommen. Ich senke den Blick, spiele mit den Fingern in meinem Schoß, versuche die aufsteigenden Tränen zu unterdrücken. Es hat Wochen gedauert, bis ich mich den Trümmern meines Lebens gestellt und mit dem Aufräumen begonnen habe, und selbst jetzt rutsche ich manchmal in diesen Zustand rein. Dann stehe ich unter der Dusche und denke, dass das alles gar nicht sein kann.

Damals nach dieser Nacht, in der ich vergewaltigt wurde, da war das auch so. Ich war fassungslos darüber, dass das geschehen ist. Das hatte nichts mit meinem Leben oder mir zu tun. In meinem Leben passierten solche Dinge nicht. Das hatte ich nicht vorgesehen … Ich glaube, dass andere Menschen in solchen Momenten anderes schlimmer finden, aber ich habe sehr unter dem Kontrollverlust gelitten. Ich musste schmerzhaft erfahren, dass es eine Illusion ist, die Kontrolle über das eigene Leben zu haben. Eigentlich wusste ich sehr wohl, dass man nicht alles kontrollieren kann, aber ich habe mir dennoch eingebildet, dass ich es könnte, weil ich mich dadurch sicherer gefühlt habe. Seit fünf Jahren laufe ich nun durch mein Leben in dem vollen Bewusstsein, dass es nicht so ist. Es gibt keine Sicherheit, und obwohl ich mir seit damals darüber absolut im Klaren bin und mich nicht noch einmal dieser trügerischen Vorstellung hingegeben habe, hat Russels Tod mich völlig aus der Bahn geworfen. Alles, was ich mir für mein Leben gewünscht und erhofft habe, ist mit ihm gestorben. Ich war schrecklich allein und verloren, und dann kam Dean, und ausgerechnet die Gefühle, die ich für ihn hatte, sind nun wieder da. Warum er? Es gibt Milliarden Männer auf der Welt. Und warum sagt er mir all das, wenn er eine Freundin hat, die er angeblich liebt. Ich wünschte, es gäbe sie nicht, doch ob ich es wirklich würde versuchen wollen, weiß ich auch nicht. Ich weiß bloß, dass niemand mich so gut versteht wie er – nicht einmal Joe.

Dean greift nach meiner Hand und drückt sie. Es ist tröstlich, aber es reicht mir nicht. Wie um mir zu demonstrieren, dass er mich kennt wie kein Zweiter, zieht er mich eng an sich und hält mich, und erst dann kann ich weinen. Nicht um Russel, sondern um mein Leben. Wegen des Kampfes, den ich seit mehr als fünf Jahren täglich führe. Mein Leben hat bereits vor fünf Jahren eine Wendung genommen, die es nicht hätte nehmen dürfen. Geheimnisse wie dieses machen schrecklich einsam. Meines hat Dean und mich einander entfremdet, und obwohl ich Dean nichts davon erzählen möchte, komme ich mir in diesem Augenblick weniger verloren vor. Ich fühle mich definitiv vom Schicksal verraten.

»Sorry!«, murmle ich nach einer Weile und rücke von ihm ab. In Selbstmitleid zu baden ist nicht mein Stil. Ich bin jemand, der aufsteht und weitermacht … Zugegeben fiel mir das nach der Vergewaltigung schwer. Auch heute habe ich noch manchmal Albträume. Ich weiß dann nicht, ob es sich um Flashbacks handelt oder ob meine Fantasie nur einfach mit mir durchgeht. Vielleicht kann ich mich, wenn ich schlafe, wirklich an Dinge aus jener Nacht erinnern. Die Ungewissheit, was genau passiert ist, ist Fluch und Segen zugleich.

»Schon okay«, erwidert Dean und zieht mich einfach wieder

an sich, was allerdings dazu führt, dass ich immer weiter weine. Ich kann einfach nicht aufhören. Dean hält mich, streichelt über meinen Rücken und erträgt meinen Zusammenbruch mit stoischer Geduld. Anfangs ist es mir unangenehm, regelrecht peinlich, weil ich so schwach bin. Reicht es nicht, dass die Sache mit dem Fuß passiert ist und ich nicht dazu in der Lage bin, alltägliche Nichtigkeiten zu meistern? Muss ich jetzt auch noch hysterisch zu heulen anfangen? Schluchzend klammere ich mich an ihn und weine, bis ich mich völlig leer fühle und nichts anderes mehr empfinde als grenzenlose Erschöpfung. Meine verquollenen Augen fallen zu, und eng an Dean gekuschelt schlafe ich auf dem Sofa ein.

Als ich durch ein sonores Brummen erwache, liege ich in seinem Bett. Ein Blick auf den Wecker verrät mir, dass es fast zwölf Uhr ist. Ich strecke mich in den Laken, die frisch und sauber duften, und stelle fest, dass ich mich wie erschlagen fühle. Während des großen Heulens war ich völlig verspannt, und mein Nacken tut nun entsetzlich weh. Die Krücken stehen an den Nachttisch gelehnt in Reichweite, und darauf befindet sich ein Glas mit Wasser, unter dem ein Zettel liegt.

Bin gegen Abend wieder zurück. Marge ist da. Sie kocht für dich und hilft dir. Sei brav und mach keinen Unsinn. D.

»Sei brav und mach keinen Unsinn«, murmle ich. Was denkt er von mir. Mal ehrlich! Marge kenne ich inzwischen. Sie ist resolut, und wir kommen gut klar. Russel hätte sie gehasst, weil sie ihm nicht alles hätte durchgehen lassen. Dean hat sie ein paar Wochen nach seinem Tod eingestellt, damit sie seinen Vater und Joe unterstützt.

»Hallo, Sam«, begrüßt sie mich, als ich aus Deans Zimmer

komme, stellt den Staubsauger aus und räumt ihn eilig aus dem Weg.

»Guten Morgen.«

»Na ja, wohl eher Mittag«, meint sie schmunzelnd. »Magst du Frühstück oder gleich was Richtiges?«

»Bloß Frühstück«, entgegne ich.

»Wo willst du essen? Auf der Terrasse?« Ich nicke und mache mich auf den Weg nach draußen, wo ich mich hinsetze und aufs Meer hinaussehe. Ich schließe die Augen und lausche dem Rauschen der Wellen. Ich liebe dieses Geräusch. Keine Ahnung, wie ich es nun wochenlang aushalten soll, nicht zu surfen, ja nicht einmal ins Wasser zu dürfen. Das ist bitter. Mir hilft es so sehr, draußen zu sein. Der Ozean wäscht mich rein, der Wind weht die Sorgen und Ängste aus meinem Kopf und sorgt für Klarheit. Ein Zustand, nach dem ich mich sehne. Das Meer ist meine Kraftquelle. Dort tanke ich Energie.

Marge bringt mir das Essen. Pancakes, Obstsalat … ich bin im Himmel. Sie lächelt mich an und fragt: »Was hast du denn eigentlich gemacht?«

Ich seufze und erzähle ihr die ganze Geschichte, während sie einen Kaffee trinkt. »Dean schien sehr besorgt zu sein.«

»Dean ist immer besorgt«, erwidere ich.

»Ihr versteht euch wieder besser«, stellt sie fest, und ich ziehe eine Augenbraue hoch. Man kann an einer Hand abzählen, wann sie uns mal zusammen gesehen hat. Ich zucke mit den Schultern. Auch wenn sie in diesem Haus für Ordnung sorgt, zwischen Dean und mir herrscht so ein Chaos, das kann niemand entrümpeln. Beim Gedanken an ihn flattert es aufgeregt in meinem Bauch. Es ist ein Gefühl, als würde man eine echt gute Welle anpaddeln. Das weiß man vorher. Man nimmt nicht jede Welle. Man selektiert gut. Schaut sich das Set genau an und nimmt dann die Welle, die am besten aussieht. Und in dem Moment, wenn man sich entschieden hat und sie anpaddelt, da ist auch dieses Kribbeln da. Es breitet sich im ganzen Körper aus, und adrenalingeschwängert gibt man alles, zieht es durch, paddelt, als hinge das eigene Leben davon ab, was bei manchen Spots auch tatsächlich so ist, und nimmt die Welle. Es ist Adrenalin, gepaart mit einer freudigen Erregung, manchmal auch mit Angst und Zweifeln. Es ist ein irres Gefühl, und genauso fühle ich mich jetzt, denn etwas braut sich in mir zusammen. Etwas Großes, Gewaltiges und Weltbewegendes. Etwas, das mich erschüttern wird, und ich will dem nachgeben. Ich will diese Welle nehmen. Das Problem ist nur, dass ich nicht an der Reihe bin. Es ist nicht meine Welle.

Ich bitte Marge, mit mir nach Hause zu fahren. Der Schlüssel hat sich inzwischen gefunden. Er lag auf der Arbeitsplatte, wo ich ihn – nach meinem Tritt in die Scherbe – einfach vergessen habe. Mühsam schleppe ich mich in den ersten Stock und in mein Zimmer. Marge hilft mir beim Packen und dabei, meine Taschen nach drüben zu transportieren. Danach bin ich so erschöpft, dass ich erst noch einmal schlafen muss, ehe ich den Rest des Tages auf der Terrasse sitze, zeichne und einen langen Brief an Russel schreibe. Der Notizblock, in dem ich seit meinem Geburtstag fast täglich meinen Gedanken Ausdruck verleihe, ist ein kostbarer Schatz, den ich sorgsam hüte. In meinen Briefen vertraue ich Rus all meine Geheimnisse und Sorgen an, und es hilft mir wirklich. Ich beende den Brief damit, dass ich ihm sage, dass ich ihn immer lieben werde, klappe den Block zu und stecke ihn in meine Handtasche.

Marge tritt zu mir auf die Terrasse und fragt: »Stört es dich, wenn ich beim Fensterputzen Musik anmache?«

»Nein, gar nicht. Musik wäre toll.«

Sie schaltet ihr Handy an. Die Klaviertöne dringen zu mir, und Tränen treten mir in die Augen. Zum Glück entgeht Marge meine Reaktion, doch was gerade geschieht, berührt mich tief in meinem Innern. Ich schließe die Augen, lausche unserem Song und bin unendlich dankbar für dieses Zeichen. Wie viele Lieder gibt es auf der Welt? Unendlich viele, und hier und jetzt, nachdem ich Rus gerade geschrieben habe, wie sehr ich ihn liebe, wie verwirrt und ängstlich ich bin, da läuft unser Lied, und John Legend singt von der großen, einen wunderbaren Liebe und vom Anfang und Ende … Stumm bedanke ich mich bei Russel und fühle mich ihm mit einem Mal unendlich nah.

Dean kommt gegen neunzehn Uhr zurück. Er sieht erschöpft und abgespannt aus. »Alles gut?«, erkundige ich mich und stelle meinen Laptop beiseite. Ich sitze auf glühenden Kohlen, weil Rory in Portugal im Halbfinale steht und unter Umständen bereits heute Weltmeister werden könnte.

Dean holt sich ein Bier aus dem Kühlschrank und fragt: »Willst du auch was?«

»Ja, ich hätte auch gerne eins.«

»Alkohol. Schmerzmittel«, erinnert er mich vorwurfsvoll.

»Habe keine genommen. Es spricht also nichts gegen ein Bier.«

Kurz darauf setzt er sich neben mich, reicht mir beide Flaschen und sagt: »Walte deines Amtes.«

Ich grinse. Die Flaschen sind noch ungeöffnet. Ich schaue mich um und beschließe, erst mal seine Flasche mit meiner zu öffnen. Billig, aber hey, selbst das kann nicht jeder. Der Kronkorken fliegt in die Höhe, und Dean fischt ihn gekonnt aus der Luft. Profis bei der Arbeit eben. Er legt ihn auf den Tisch, nimmt sein Bier entgegen und bedankt sich artig.

»Fernbedienung!«

»Schwester Reynolds, Tupfer«, scherzt Dean, beugt sich nach vorn und reicht mir das Gerät. Ich setze es an.

»Operation geglückt«, meine ich grinsend, als auch mein Kronkorken Sekunden später auf dem niedrigen Sofatisch liegt.

Dean und ich stoßen an, nehmen beide einen Schluck, und mir entfährt ein: »Ahhhhh!« Es geht doch echt nichts über ein gutes Bier.

»Und? Wie war dein Tag nun?«, hake ich nach.

»Ich kann nicht klagen. Der Deal ist so gut wie unter Dach und Fach.« Er erzählt mir von einer großen Anzeigenkampagne. Mehrere Seiten lang soll sie sein und sich über ein halbes Jahr hinziehen. Das Ganze klingt gut, und es geht um eine Menge Geld. Kein Wunder, dass Dean so bemüht ist, den Deal abzuschließen. »Und bei dir?«, erkundigt er sich.

»Ich habe versucht, brav zu sein.«

»Und? Hat es geklappt? Hast du dir Kekse verdient?« Seine grün-gold-gesprenkelten Augen funkeln spöttisch.

»Ich finde schon«, entgegne ich. »Und was sind deine Pläne für heute Abend? Schaust du dir mit mir zusammen an, wie Rory Weltmeister wird?«

Dean schnaubt belustigt. »Komm schon, wie hoch ist die Wahrscheinlichkeit dafür? Er müsste seinen Heat gewinnen, und Strider müsste Kane schlagen, damit Rory vorzeitig Weltmeister wird. Ich nehme an, dass sich alles erst an der North Shore entscheidet.«

»Ganz bestimmt nicht. Ich hätte hinfliegen sollen!«, murmle ich.

Ich ignoriere Deans Augenrollen. »Sammy, komm schon, du weißt, dass das alles ziemlich unrealistisch ist.«

Ich zucke mit den Schultern. »Dafür sind gute Freunde schließlich da, oder?«

»Sind sie das? Er sollte für Joe da sein.«

»Er lebt Russels und seine Träume, Deany.« Ich seufze leise, denn natürlich sehe ich es so wie er. Rory hätte sich zusätzlich um Joe kümmern müssen. Sie monatelang nicht zu kontaktieren ist einfach falsch.

»Er hat sie im Stich gelassen, aber …« Dean verstummt und leckt sich über die Lippen.

»Aber?«

»Aber was rede ich mit dir darüber? Du bist damals einfach sang- und klanglos nach Neuseeland abgehauen. Ich meine, wie könnte ich erwarten, dass du das verstehst?«

Ich schlucke beklommen und weiß nicht, was ich erwidern soll. »Nach Australien«, korrigiere ich ihn. »Ich war zuerst in Australien und bin dann weiter nach Neuseeland.«

»Mir egal. Als ob das etwas ändern würde.«

»Tut mir leid.«

»Was? Die Klugscheißerei?«

»Nein, mir tut leid, was ich damals getan habe.« Ich schaue ihn an. Er sieht schrecklich bedrückt aus.

»Ja, mir tut es auch leid, was du getan hast. Ich wünschte, du hättest mit mir geredet. Ich … Ich war am Boden zerstört, Sam.« Sam. Nicht Sammy.

»Das wollte ich nicht. Ich schwöre, dass ich das wirklich nicht wollte. Es war nicht meine Absicht, jemandem wehzutun … dir wehzutun, aber …« Es klingt so lahm, und doch ist es die Wahrheit und wirklich nichts als die Wahrheit. »… ich konnte wirklich nicht anders.«

Dean wendet seinen Blick ab, starrt auf den Boden und erhebt sich schließlich. Er wendet mir den Rücken zu, geht zur

Terrassentür und starrt in die Dunkelheit hinaus. Die Solarleuchten, die die Umrandung säumen, leuchten im Dunkeln. Dean spiegelt sich in der Scheibe. Selbst auf die Entfernung von zwei Metern erkenne ich die grenzenlose Traurigkeit in seiner Mimik. »Ich wünschte, ich könnte dich verstehen, aber das kann ich nicht.«

»Das erwarte ich auch gar nicht, Deany«, versichere ich ihm. Wie könnte er auch. Dafür fehlen ihm alle nötigen Hintergrundinformationen. Nein, daraus kann ich ihm wirklich beim besten Willen keinen Vorwurf machen.

Er dreht sich zu mir herum, zuckt mit den Schultern und erwidert: »Hey, ändern können wir jetzt sowieso nichts mehr daran. Lass uns mal schauen, was unser Goldlöckchen in Portugal macht.« Ich strecke mich nach meinem Laptop, der auf dem Sofatisch liegt, doch Dean ist schneller. Als er ihn mir reicht, berühren sich unsere Hände, und ein überirdisches Prickeln ergreift von mir Besitz. »Entschuldige«, murmelt Dean, dem es nicht entgangen ist.

Keine Ahnung, wofür er sich gerade entschuldigt, aber Dean hat sich ja schon immer gerne für Dinge verantwortlich gefühlt, für die er nicht verantwortlich ist … Nun ja, für Dinge, aber auch für Rory und mich. Ich klappe den Laptop auf, gebe erneut die Adresse der World Surf League in das Browserfenster ein und quietsche vor Aufregung. »Oh, mein Gott! Es passiert, Dean. Es passiert wirklich.« Er sieht mich vorwurfsvoll an. »Rory wird heute Weltmeister. Das habe ich im Gespür. Ich schwöre es.« Vielleicht schenke ich auch meinem Traum von letzter Nacht bloß zu viel Bedeutung, denn da meinte Russel, dass ich schon mal den Champagner kaltstellen sollte. Als ich nach dem Warum gefragt habe, erwiderte er, weil Rory sich den Titel holen würde.

»Na, wenn du das so sagst, dann glaube ich es natürlich.« Nun werfe ich ihm einen vorwurfsvollen Blick zu. »Gespür«, murmelt der Blödmann abfällig und augenrollend. »Mein Gespür sagt mir übrigens, dass du noch ein Bier haben magst.«

Okay, ich nehme das Blödmann zurück. »Liebend gerne.« Dean sorgt für Nachschub, und während er weg ist, wird mir klar, wie groß und leer das Sofa ohne ihn ist … wie leer ich mich ohne ihn fühle, und das, obwohl er nur ein paar Meter weiter in der Küche steht.

Das Gefühl des Vermissens und der Sehnsucht weicht erst, als er sich wieder zu mir setzt und mir die beiden Flaschen reicht.

»Und? Schon eine Idee, wie du sie dieses Mal aufbekommst?« Das ist ein altes Ding zwischen uns. Ich muss mir immer neue Wege einfallen lassen. Ich angle nach der Krücke und öffne sein Bier. Dean nickt anerkennend. »Und deine? Darf ich dir etwas bringen?«

»Bekomme ich ein Blatt Papier?«

»Das klappt?«, fragt er und reicht mir meinen Skizzenblock.

Ich reiße eine Seite raus und entgegne: »Wenn man es richtig macht.« Dean schaut mir zu, wie ich das Blatt der Längsseite entlang wieder und wieder falte und es dann einmal in der Mitte knicke. Dort setze ich die Flasche an und heble sie auf.

Dean hebt beide Daumen in die Höhe, nimmt sich seine Flasche vom Tischchen, und wir stoßen an. »Ich bin immer wieder beeindruckt.«

»Das ist mein einziges Ziel«, necke ich ihn. Doch in jedem dummen Spruch steckt ein Fünkchen Wahrheit, sagt man, und in der Tat war es jahrelang so, dass ich nach seiner Beachtung regelrecht gegiert habe. Ich wollte, dass er mich sieht, und zwar mich, so wie ich wirklich bin. Nicht dieses toughe, stahlharte

Abbild meiner selbst, dem niemand etwas kann und das niemanden braucht. »Oh, es geht los«, entfährt es mir aufgeregt, als Rory sein Board wendet und die erste Welle nimmt. Er ist so cool. Er könnte warten, was passiert. Er könnte Cullen den ersten Schritt machen lassen, doch er nutzt die Chance, die sich ihm bietet, und legt vor. Cullen, besser bekannt in der Szene als »Danger«, wird es ihm schwer machen. Der Typ ist der totale Psycho. Der reinste Adrenalinjunkie. Im letzten Jahr hat er den Eddie gewonnen und klar, dass er nun ebenfalls die Hand nach dem Weltmeistertitel ausstreckt – schließlich ist das der Titel, der ihm noch fehlt, und obwohl ich ihn mag, ist ja wohl mal klar, auf wessen Seite ich heute stehe.

Ich juble laut, als Rory einen großartigen Ritt nach dem anderen hinlegt und sich einen spannenden Wettkampf mit Cullen liefert, der nicht daran denkt, sich die Butter vom Brot nehmen zu lassen. »Der Typ ist so sick«, murmelt Dean. Ja, das ist er. Er ist Russel nicht unähnlich. Cullen ist ein Tier und ein hervorragender Surfer, aber er ist auch ein echter Freak. »Ich habe ihn, nachdem er den Eddie gewonnen hat, interviewt.«

»Hatte ich gelesen. War ein großartiges Interview.« Dean hat es echt drauf. Er stellt nicht diese langweiligen Nullachtfünfzehn-Fragen, sondern greift tief in die Trickkiste.

Etwas, das auch Rory in diesem Moment am Strand von Peniche in Portugal tut, um seinen Titel zu erringen. »Gott, hast du das gesehen, Deany!«, quietsche ich euphorisch, als er einen erstklassigen Ritt mit einem großartigen Aerial versieht und einen geschmeidigen Re-Entry hinlegt. Ich denke schon, dass der Ritt vorbei ist, doch dann erkennt er, dass er nur ein kurzes Stück überbrücken muss, um eine weitere Welle, die sich mit den Ausläufern seiner vermischt, zu ergattern.

»Respekt!«, murmelt Dean, als es Rory gelingt, sich in diesen neuen Abschnitt zu manövrieren.

»Wenn das keine glatten zehn Punkte sind, dann nehme ich den nächsten Flieger und verhaue die Wertungsrichter mit meinen Krücken«, gebe ich bekannt.

Dean tätschelt meinen Arm. »Ganz ruhig, Brauner«, meint er beschwichtigend, als wäre ich ein durchgeknalltes Wildpferd und er ein verschissener Cowboy, aber ich kann gerade nicht ruhig sein. Ich starre gebannt auf den Bildschirm und warte auf das Ergebnis. Mein lautes Kreischen erfüllt den Raum. »Du kannst noch so rumbrüllen, Sammy, aber die hören dich auch in Portugal nicht«, wendet Dean ein, als ich anfange, die Richter zu beschimpfen.

»Sind die blind, diese blöden Hohlköpfe? Ich meine, warum geben sie ihm keine zehn Punkte? Die sind doch total …« Ich unterbreche meine Tirade und sehe Cullen bei seinem Ritt zu. »Ich will ihm ja nichts Böses wünschen, aber von mir aus: Bitte verkack es!«

Dean gluckst belustigt. »Du bist echt unmöglich.«

»Bin ich nicht!« Ich sehe, wie Cullen einen wirklich, wirklich sauguten Ritt hinlegt, es aber doch noch versaut und diese Welle nicht gewertet wird, weil es ihn auf dem letzten Abschnitt vom Board gehauen hat. Rory geht als Sieger aus seinem Heat hervor, und ich bin kurz davor, in ein Kissen zu beißen, als Strider und Kane es nicht minder spannend machen. Strider ist im Nachteil. Nicht, weil Kane der Erfolgreichere und Erfahrenere ist, sondern weil er sich erst kürzlich verletzt hat und die Saison für ihn gelaufen ist. Trotzdem kämpft er mit ganzem Herzblut, und Cullen, der am Rand steht, feuert ihn wie verrückt an, während der Großteil der Fans am Strand Kane bejubelt.

»Strider Sinclair, der Kingmaker«, murmelt Dean. Er ist näher an mich herangerückt, um besser sehen zu können.

»Strider surft toll«, wispere ich bewundernd. Scheinbar hat er sich gut von seiner Knieverletzung erholt.

»Ja. Er macht einen großartigen Job, aber Kane ist immer für eine Überraschung gut.« Ich nicke zustimmend. Kane bekommt immer die Wellen, die er braucht. Es gibt Surfer, denen fehlt zum Schluss eines Heats nur noch eine gute Welle, aber die kommt dann nicht. Bei Kane ist das anders. Ganz so, als würde das Universum ihn den anderen Athleten vorziehen – so ähnlich war es auch im letzten Jahr, als Russel beinahe Weltmeister geworden wäre. Dass er dieses Ziel nie erreicht hat, tut mir unendlich leid für ihn.

Es wird auch noch einmal richtig eng. Kane angelt sich tatsächlich noch eine fantastische Welle, die jede Menge Potenzial birgt, und sticht Strider damit kurzzeitig aus, doch der paddelt ebenfalls in eine Welle, erwischt sie gerade noch rechtzeitig, steht, als das Horn ertönt, und legt einen Ritt hin, der mich atemlos den Bildschirm anstarren lässt. »Komm schon, Mann! Komm schon«, beschwört Dean Strider, als es aussieht, als würde die Röhre, in der er verschwunden ist, zusammenbrechen und ihn verschlucken. Doch das geschieht nicht. Sie gibt Strider frei, der beide Arme in die Höhe reißt, weil er weiß, dass er mit diesem Tuberide definitiv eine ordentliche Punktzahl geholt und Kane vermutlich ausgestochen hat. Ich denke es auch, aber hey, bei den Wertungsrichtern weiß man nie genau.

Ich klammere mich an Deans Arm fest. Das Ganze hier ist gerade scheißaufregend. Das Ergebnis wird bekannt gegeben, und die Kamera schwenkt auf Rorys Gesicht, der einen Moment fassungslos aussieht, dann breit und glücklich grinst und schließlich ebenfalls die Arme hochreißt.

»Weltmeister! Er ist wirklich Weltmeister!«, sagt Dean ehrfürchtig. Ich quietsche, schlinge meine Arme um seinen Hals und drücke ihn ganz fest. »Du hattest recht«, raunt er mir zu. »Du hattest echt recht. Er hat es geschafft.«

»Na ja, oder Strider hat es für ihn geschafft …«, werfe ich ein und rücke von Dean ab.

»Blödsinn, den Großteil des Weges hat er allein zurückgelegt. Fuck! Wie geil ist das denn?«

»Du hast Fuck gesagt«, ziehe ich ihn auf, woraufhin er mir ein schiefes Grinsen schenkt, und mir stockt der Atem, als sich plötzlich die Luft zwischen uns zusammenzuballen scheint. Sie verdichtet sich, ist durchdrungen von der ungeheuren Anziehungskraft, die zwischen uns herrscht. Ich würde ihn jetzt so gern küssen … so wahnsinnig gern. Mein Unterleib zieht sich bei dem Gedanken daran lustvoll zusammen, und nur mühsam unterdrücke ich ein Keuchen. »Ich glaube, ich sollte ins Bett gehen.«

»Ja, gute Idee«, bekräftigt Dean meinen Entschluss hastig. »Morgen wird ein harter Tag. Ich hoffe, die B.O.P.-Leute unterschreiben schnell, damit wir nicht erst übermorgen zurück nach Honolulu fliegen müssen.« Wie es scheint, kann er es gar nicht erwarten, nach Hause zu kommen. »Du kommst doch mit, oder?« Ich zucke mit den Schultern. Eine Alternative habe ich eigentlich nicht. Das Gleiche sagt Dean mir auch noch mal, und ich nicke schließlich zustimmend. »Abgesehen davon musst du doch sicherlich auch wieder arbeiten.«

»Nein«, antworte ich kopfschüttelnd. »Ich habe schon vor einer Weile gekündigt.« Ich erhebe mich, will ins Bett gehen, doch Dean hält mich mit den Worten »Nun will ich auch die ganze Geschichte hören« zurück.

»Morgen auf dem Flug«, verspreche ich ihm und unterdrücke nur mühsam ein Gähnen. »Schlaf gut und träum was Süßes.«

Ich liege ewig wach im Bett und denke an Rory, der gerade im siebten Himmel sein muss. Irgendwann in den frühen Morgenstunden ruft er mich auf dem Handy an, und ich gratuliere ihm. Er ist unfähig, auch nur einen vernünftigen Satz zustande zu bringen. Er ist total stoked, weshalb ich ihm einfach nur sage, wie sehr ich mich für ihn freue und dass ich es kaum erwarten kann, ihn zu sehen und mit ihm zu feiern. Er verspricht, sich in den kommenden Tagen, wenn sich die Wogen geglättet haben, die ein Sturm namens Rory Johnson heraufbeschworen hat, zu melden. Ich lege auf und schaffe es endlich, einzuschlafen – wissend, dass es ihm gut geht und er seinen Lebenstraum verwirklichen konnte.

Kapitel 12

DEAN | 30.10.2014 | Honolulu | Oahu | Hawaii

Träum was Süßes! Ich schnaube frustriert. Sams Worte sind der reinste Hohn in meinen Ohren. Wach liege ich in Russels Bett, starre in den Sternenhimmel und denke ununterbrochen an sie. Sobald ich die Augen nämlich schließe, erscheint ihr Gesicht vor meinem geistigen Auge.

Vorhin auf dem Sofa gab es ihn wieder, einen dieser Momente, der so angereichert von unserem Verlangen gewesen ist, dass ich schwer an mich halten musste, sie nicht in die Kissen zu drücken und zu nehmen. Die Vorstellung entwickelt eine sogartige Eigendynamik, und ich werde hart, als mir Bilder von Sam und mir durch den Kopf schießen.

Ich atme tief durch, hake meine Daumen in den Bund der Boxerbriefs, die ich zum Schlafen trage, und ziehe sie hinunter. Das Satinlaken fühlt sich kühl an meinem nackten Hintern an. Entschlossen umfasse ich meinen Ständer, beginne zu wichsen und denke daran, wie Sam über mir kniet und es mir mit dem Mund macht – genauso wie vor ein paar Wochen an Russels Geburtstag. Ein Stöhnen entfährt mir, als ich mir vorstelle, wie ich meine Hand in ihre Haare schiebe. Ich habe kaum angefangen, doch schon läuft mir der Saft den Riemen runter. Ich will sie ficken – jetzt und hier. Ich reibe härter über meine Latte, male mir aus, wie ich sie von hinten besteige, mich tief in ihr versenke und sie ordentlich durchnehme. Als ich kurz darauf auch schon komme, keuche ich ihren Namen.

Danach liege ich schwer atmend im Bett, lausche den stummen Vorwürfen in meinem Kopf, komme mir wie ein Arsch vor, weil ich in Russels Bett liege und mir einen auf seine Verlobte runterhole, obwohl ich eine Freundin habe.

»Du wusstest, dass ich immer an sie denken muss. Du wusstest es, du Wichser«, murmle ich. »Dir war klar, dass ich sie liebe. Dass ich sie trotz allem, was sie getan hat, noch immer liebe und dass ich nicht über sie hinwegkomme. Du wusstest es.« Und auch wenn das, was er getan hat, unverzeihlich ist, liebe ich auch ihn trotzdem. Vielleicht ist das mein eigentliches Problem. Dieses Paradoxon in meinem Herzen. Dass ich ihn liebe und zugleich hasse. Etwas, das auch für Sam gilt, und etwas, das letztendlich sogar für mich selbst gilt. Mit diesen Gedanken im Hinterkopf schlafe ich schließlich ein.

Am Morgen treffe ich mich mit Clive Jenkins, dem CEO von B.O.P., im Café O'Lei zum Frühstück, und als ich kurz vor ein Uhr wieder zu Hause bin, habe ich einen fetten, unterschriebenen Vertrag in der Tasche, der uns fürs Erste etwas Luft verschaffen wird.

Sam liegt draußen auf der Terrasse in der Sonne und kritzelt in einem Block herum. Ich strecke meinen Kopf hinaus und frage sie, ob sie Hunger hat. Ich habe ihr Sandwiches aus dem Café mitgebracht. Wir essen draußen, und ich genieße das Gefühl der Erleichterung.

Am frühen Abend überkommt es mich ein weiteres Mal, als Trish uns am Flughafen empfängt. Ich schließe sie in die Arme und drücke sie fest, ehe ich sie küsse. Aus dem Augenwinkel bemerke ich, wie Sam sich versteift, doch es ist mir egal. Das hier ist mein Leben. Sie hat ihre Entscheidungen getroffen. Sie hatte ihre Chance. Ich stelle die beiden einander vor. Auf der Fahrt zu Sams Wohnung erzähle ich Trish alles über den B.O.P.-

Deal, und sie bringt mich auf den neuesten Stand darüber, was in meiner Abwesenheit in der Firma geschehen ist.

Sam protestiert, als ich darauf bestehe, sie in ihre Wohnung zu bringen. »Bin gleich wieder da«, sage ich zu Trish, die in der zweiten Reihe parkt. Ich geleite Sam ins Haus, und Seite an Seite fahren wir mit dem Aufzug nach oben. Als er ruckelnd zum Stehen kommt und sie einen Augenblick lang das Gleichgewicht verliert, greife ich nach ihrem Arm, um sie zu stützen. Mein Handrücken berührt dabei ihren Brustansatz versehentlich. Sam zieht scharf die Luft ein, und ich lasse sie so hastig los, dass sie erneut ins Taumeln gerät.

»Ganz schön wackelige Angelegenheit«, meint sie, als sie die Balance wiedergefunden hat und in den Flur hinaustritt. Sie nimmt die Krücken in die linke Hand, steht, das rechte Bein angehoben, da und kramt in ihrer Tasche nach dem Schlüssel. Nach einer gefühlten Ewigkeit greife ich schnaubend nach der Tasche, damit Sam sich nicht so anstrengen muss.

»Was zum Teufel hast du da nur alles drin?«, frage ich und verzweifle bei dem heillosen Chaos, das in der übergroßen Handtasche herrscht. Obwohl es darin mehrere Fächer gibt, fliegt bei Sam alles durcheinander. Handy, Skittles – die sauren, die Rus so geliebt hat –, Taschentücher, ein kleines Täschchen … Eine Tasche in der Tasche … Frauen! Ich verkneife es mir, die Augen zu verdrehen. Kondome, Socken … »Socken?«, frage ich und ignoriere die Präservative. Ich will nicht wissen, wofür sie die braucht. Okay, ich weiß, wofür sie die braucht. Ich will lediglich nicht drüber nachdenken.

Sie schnappt sich die Tasche, lässt sich umständlich auf dem Boden nieder und stülpt sie um. Der komplette Inhalt liegt nun auf dem PVC-Boden. Ich knie mich hin und helfe Sam beim Sortieren. Kein Schlüssel. Sie schnappt sich die Tasche und sucht in den Außentaschen. In der letzten wird sie fündig. Ich stopfe den Inhalt zurück in die Tasche und folge Sam nach drinnen. Einen Moment lang starre ich ihr ungeniert auf ihren hübschen Hintern. Fuck! Ich denke daran, wie sich die weiche Haut dort unter meinen Händen angefühlt hat, wie sich meine Finger hineingegraben und sie …

Sams Stimme unterbricht meine Gedanken. »Kannst du die Tasche ins Schlafzimmer bringen?«

»Klar«, murmle ich und begebe mich auf die Suche. Die Wohnung ist größer als auf den ersten Blick angenommen. Außer dem Schlafzimmer, in dem ein breites Bett und ein gigantischer Kleiderschrank stehen, gibt es auch noch einen weiteren Raum, der wohl als Arbeits- und Gästezimmer dient. Dort stehen ein schmales Bett und vor dem Fenster ein Schreibtisch. Sams Wohnung ist bunt, hell und freundlich.

»Die Tasche steht auf dem Bett. Ich kann morgen früh vor der Arbeit einkaufen gehen, wenn du magst«, biete ich ihr an. »Hältst du so lange durch, oder brauchst du jetzt was?«

»Ich komme klar, Dean«, entgegnet sie.

»Okay, dann schaue ich morgen Abend mal rein.«

»Nicht nötig, aber danke.«

»Gut, wenn du was brauchst: Meine Nummer hast du ja. Gute Besserung!«

»Euch noch einen schönen Abend«, sagt sie und folgt mir in Richtung Wohnungstür. Ich merke, wie sie sich bemüht, höflich zu sein. Ihre Freundlichkeit ist aufgesetzt, und ich frage mich, was ihr Problem ist. Bis eben war doch noch alles in Ordnung. Wir haben uns gut auf dem Heimflug unterhalten. Sie hat von der Firmengründung erzählt, und ich habe ihr ein paar Tipps gegeben. Doch so ist es schon immer gewesen: Sam kommt mit Nähe einfach nicht klar, und in den letzten Tagen waren wir uns nun einmal sehr nah. Ich seufze leise, weil wir uns im Kreis drehen … Nein, korrigiere ich mich. Sie dreht sich im Kreis. Sie ist nicht bereit, an sich zu arbeiten. Ich bin durch mit der ganzen Sam-Sache. Ich bin weitergezogen, habe mich entwickelt, das hier, das ist nicht mehr mein Problem.

»Pass auf dich auf«, sage ich zum Abschied und gehe dann nach unten. Ich nehme den Weg durchs Treppenhaus, um ein paar Minuten zu schinden. Einfach, weil ich den Kopf freibekommen muss. Wenn sie mich auf diese Art zurückweist, mir überdeutlich klarmacht, dass ich kein Teil ihres Lebens bin, dann nagt das an mir, aber ich komme drüber weg. Ich habe schon viel, viel Schlimmeres überstanden.

Als ich auf dem Beifahrersitz Platz nehme, bin ich so weit, Sam sich selbst und all ihren Problemen, Komplexen und was sonst noch in ihr gärt zu überlassen. Ich kann sie nicht dazu zwingen, meine Hilfe anzunehmen, dennoch ist es hart, sie ihrem Schicksal zu überlassen.

»Sie ist anders, als ich sie mir vorgestellt habe«, sagt Trish auf der Fahrt nach Hause nachdenklich.

»Wie meinst du das?«, frage ich, aber eigentlich interessiert es mich nicht wirklich. Ich überlege die ganze Zeit, wie Sam allein klarkommen will und was ich tun kann, um ihr doch irgendwie zu helfen. Vielleicht kann Joe, wenn sie mit Dad zurück ist, Sam besuchen. Ich zweifle daran, dass Sam sie um Hilfe bitten würde. Sie ist so verdammt stolz … es ist zum Kotzen. Was bitte schön ist daran so schlimm, wenn man mal Unterstützung braucht?

»Sie wirkte so verletzt und traurig.«

»Sie ist verletzt und hasst es, auf andere angewiesen zu sein. Das ist das verdammte Problem mit ihr. Sie kann sich einfach auf niemanden einlassen, weil sie niemandem vertraut«, entgegne ich ärgerlich.

Trish seufzt leise. »Ich habe sie mir trotzdem anders vorgestellt.«

»Wie denn?«

Sie zuckt mit den Schultern, setzt den Blinker und biegt auf den Ala Moana Boulevard. »Wie eine betrügerische Bitch. Irgendwie aufgetakelt, raffgierig und selbstsüchtig. Ich dachte, sie wäre groß, wunderschön, laut und jemand, der auffällt. Ich dachte, ich würde sie hassen, wenn ich sie sehe, aber sie tat mir irgendwie leid.«

»Du dachtest, sie sei wie die Frauen, mit denen Kyle dich betrogen hat«, fasse ich das Offensichtliche zusammen. Sam ist wunderschön, aber sie ist nicht so schön wie Trish – jedenfalls nicht, wenn man nach den gängigen Idealen urteilt. Sie ist zu klein, ihre Brüste sind zu flach, ihr Hintern zu dick … Ich hingegen finde sie einfach nur perfekt.

Trish lächelt traurig. »Ja, das hatte ich angenommen. Ich dachte, ich könnte mit ihr nicht mithalten, aber sie ist einfach nur eine ganz normale Frau.« Mit einer unglaublichen Ausstrahlung, einer geradezu magischen Anziehungskraft, einer sinnlichen Aura, die nicht zu toppen ist, und einem schrägen Humor, der mich mehr als einmal so zum Lachen gebracht hat, dass mir die Tränen kamen. »Ich verstehe nicht, wieso du so besessen von ihr bist.«

Mein erster Impuls ist, abzustreiten, dass ich es bin, aber Sam ist für mich wie eine Droge. Ich bin ihr vollkommen verfallen. »Das verstehe ich bei Kyle auch nicht. Ehrlich, was findest du an diesem Typen bloß?«, frage ich gespielt entrüstet. »Er ist ein schmieriger Arsch!« Trish lacht amüsiert. »Du lachst, aber er ist so ein eingebildeter Wichser. Echt krass. Und er ist hohl. Macht er eigentlich noch was anderes, als sich den ganzen Tag im Spiegel anzuschauen und zu bestaunen?«

»Na ja, immerhin ist er nicht so langweilig und gewöhnlich wie deine Samantha«, zieht Trish mich auf.

»Ich wette, er war Quarterback und Prom King.«

»War er, und ich wette, sie hatte eine Phase, in der sie total emomäßig drauf war. Oder sie war ein Goth.« Bei der Vorstellung muss ich laut auflachen. Das ist völlig absurd. Sam ist nicht nur eine Neo-Emanze, sie ist auch ein Neo-Hippie. Love, Peace und jede Menge Sex. Aber wenn Trish darauf hinauswill, dass Sam eine Außenseiterin war, dann hat sie recht. Nicht wie Joe, die sich immer in Büchern vergraben und Brad Hoover angeschmachtet hat. Nein, Sam war viel auf Partys und auch beliebt, wenn man so will. Die Jungs standen Schlange, aber eben nur, um in ihr Höschen zu kommen. Sam lebte schon damals nach dem Motto »Alles dürfen, nichts bedürfen«. Sie wollte niemanden von diesen Kerlen in ihrem Leben. Leider war ich wohl nie mehr für sie als einer dieser austauschbaren Typen.

Trish und ich ziehen uns noch ein wenig auf mit der miserablen Wahl unserer Expartner, oder wie auch immer man Sam bezeichnen will, denn in Wahrheit gab es ja bloß diese eine Nacht. Doch kaum ist die Wohnungstür hinter uns ins Schloss gefallen, falle ich über Trish her. Diesmal schaffen wir es nicht bis ins Schlafzimmer, und ich nehme sie im Stehen an die Wohnungstür gedrückt. Als ich kurz darauf das Kondom entsorge, fragt Trish: »Was war das denn?« Sie rückt ihren Rock zurecht und richtet ihre zerzausten Haare, während sie sich mit kritischem Blick im Spiegel anschaut. Ich frage mich unwillkürlich, ob sie sich beziehungsweise uns auch darin angesehen hat, als ich es ihr besorgt habe. Doch das würde Trish nicht machen. Es gibt viele Dinge, die sie nicht machen würde. Ich dachte immer, dass der Vorteil einer festen Beziehung sei, kein Kondom benutzen zu müssen, und doch nehmen wir welche … immer. Es gibt keine Ausnahme. Ich weiß, dass das mit Kyle zusammenhängt und damit, was er so getrieben hat.

»Hatte das mit Sam zu tun?«, will Trish wissen.

»Was?«, erkundige ich mich verwirrt.

»Das eben … Kyle war, nachdem er mit anderen zusammen war, immer ganz besonders … na ja, leidenschaftlich oder so. Den besten Sex hatten wir, wenn er vorher fremdgegangen ist.« Sie verstummt und beißt sich betreten auf die Unterlippe. Ich weiß, dass sie sich schämt, weil er sie so lange an der Nase herumgeführt hat. Irgendwann ist sie dahintergestiegen, als sie seine Notizen (Ja! Er hat sich Notizen dazu gemacht! Er ist so ein krasses Arschloch!) gefunden hat.

»Wenn du wissen willst, ob ich dir untreu war, dann frag doch einfach.«

»Warst du?«

Ich nehme ihr Gesicht in beide Hände, küsse sie und erwidere: »Nein.«

Es ist eine Lüge. Ich war ihr untreu. Eine Million Mal in meinen Gedanken, aber es sind lediglich Gedanken, und die sind frei, oder? Mein Herz ist es jedoch nicht. Mein Herz hängt an Trish und an Sam, aber ich habe mich entschieden, und an dieser Entscheidung halte ich fest. Sam wird meine Hilfe nicht annehmen, und ich werde sie eine ganze Weile nicht zu sehen bekommen, also sind wir auf der sicheren Seite. Wie heißt es so schön? Aus den Augen, aus dem Sinn.

»Dean Reynolds«, melde ich mich drei Nächte später verschlafen. Ich blinzle gegen die Helligkeit der Nachttischlampe an, schiele zum Wecker und kann es nicht fassen. Halb vier! Fuck! Wer auch immer der Wichser ist, der mich nachts um diese Uhrzeit anruft, kann was erleben … Ich erhebe mich, verlasse leise das Schlafzimmer, um Trish nicht zu wecken, und frage: »Wer ist da?«

Stille schlägt mir entgegen. »Sam, bist du das?« Noch immer keine Antwort. Ein ungutes Gefühl macht sich in mir breit. Ich drücke den Anruf weg, zögere kurz und wähle dann Sams Nummer … es ist idiotisch, sie anzurufen, und das weiß ich auch, aber irgendwie lässt sich das beklemmende Gefühl nicht abschütteln, und ich muss einfach wissen, ob es ihr gut geht.

»Ja?«, meldet sie sich und klingt verweint. Geschäftiges Treiben ist im Hintergrund zu hören.

»Was ist los?«, platze ich heraus.

»Sie dürfen hier nicht telefonieren, Miss«, höre ich eine Stimme im Hintergrund sagen.

»Wo bist du?«

»Im Straub Medical Center.«

»Wieso?«

»Die Naht ist gerissen, und ich …«

»Sie müssen auflegen, Miss!«, befiehlt eine herrische Stimme.

»Ich bin sofort da.«

»Nein, das ist nicht nötig …« Doch bevor sie weiterreden kann, habe ich sie weggedrückt. Ich ziehe mich an, schreibe Trish eine Nachricht und mache mich auf den Weg ins Krankenhaus.

Dort angekommen, dauert es einen Moment, bis ich Sam gefunden habe. Sie sitzt in der Ambulanz in einem der Wartebereiche, ist blass und ziemlich verheult. »Was ist passiert?«, frage ich statt einer Begrüßung und setze mich neben sie.

»Ich bin draufgekommen, und da ist die Wunde wieder aufgegangen.« Sie atmet zittrig durch.

»Das nächste Mal sagst du bitte, wenn du meine Hilfe brauchst, okay?«

»Sorry, aber ich hätte dich nicht mit aufs Klo genommen. Der Badezimmervorleger ist weggerutscht und …«

»Ich meine den Anruf«, unterbreche ich sie.

»Welchen Anruf?«

»Der Anruf eben«, knurre ich.

»Ich habe dich nicht angerufen«, widerspricht sie.

»Nicht?«, frage ich erstaunt.

»Nein!«, beharrt sie. »Warum sollte ich? Ich bin in guten Händen.« Ich sehe mich suchend um. Hier interessiert sich niemand für Sam.

»Ach ja?«, erwidere ich und ziehe fragend eine Augenbraue hoch.

»Du kannst ruhig heimgehen. Ich komme echt klar.«

Ein Blick in ihr verweintes Gesicht sagt mir, dass sie lügt. »Nein, ich hatte sowieso nichts vor.«

»Was ist mit deinem Schönheitsschlaf?«

»Ich kann es mir leisten, ihn mal eine Nacht ausfallen zu lassen«, erwidere ich und bringe sie zum Schmunzeln.

Es dauert ewig, bis wir drankommen. Als ich zwischendurch Druck machen will, werde ich angefaucht, dass Sams Verletzung nicht lebensbedrohlich ist und ich mich gefälligst hinsetzen soll. Ich erwidere, dass sie Schmerzen hat, woraufhin ich lapidar gesagt bekomme, dass sie es schon überleben wird. »Junger Mann, unsere Prioritäten gehen nach Dringlichkeit, und diese Wunde muss behandelt werden, aber nicht jetzt. Ich zeige Ihnen später gern mal den Schockraum, dann werden Sie vielleicht begreifen, dass Ihre Freundin einfach noch warten muss.«

Ich hebe entschuldigend die Hände, gehe zu Sam und lasse mich frustriert neben ihr nieder. »Es dauert noch.«

»Schon okay«, erwidert sie. »Und du musst nicht bleiben«, sagt sie noch einmal nachdrücklich.

»Halt die Klappe, Sam«, entgegne ich müde.

»Hör auf, mir zu sagen, was ich tun soll.«

»Sam, du bist meine Beinahe-Schwägerin. Du bist Familie. Ich bleibe hier, ob du willst oder nicht.«

Ich bereue, dass ich geblieben bin. Ich bereue es gegen halb sieben, als wir noch immer nicht dran waren, und bevor ich fast zwei Stunden später Amok laufen kann, werden wir endlich doch noch aufgerufen.

Sam schildert den Vorfall, wird versorgt, und keine fünfzehn Minuten später verlassen wir das Krankenhaus. Der Arzt hat sie zum Abschied ermahnt, vorsichtig zu sein, und mich, auf sie aufzupassen, woraufhin sie genervt die Augen verdreht und erwidert hat, dass sie das sehr gut allein kann. »Neo-Emanze«, zische ich ihr zu, als sie sich während der Taxifahrt darüber aufregt.

»Sag das nicht«, rügt sie mich, und als ich den Schmerz in ihren Augen sehe, setze ich zu einer hastigen Entschuldigung an, doch Sam würgt mich ab. »Schon gut, Dean, und danke wegen allem. Weißt du inzwischen, wer dich angerufen hat?« Ich schüttle den Kopf.

»Nein, das ist wirklich sonderbar. Laut der Anrufliste gab es keinen Anruf.«

»Vielleicht hast du bloß geträumt.«

Nun ist es an mir, die Augen zu verdrehen. Ich habe ganz sicher nicht geträumt, dennoch sage ich: »Ja, vielleicht«, weil es keine andere logische Erklärung gibt. Das Taxi hält, und ich zahle. Schon da öffnet Sam den Mund, um Einspruch zu erheben. »Zick jetzt nicht rum, okay? Ich zahle, ich steige aus, ich mache dir die Tür auf, helfe dir aus dem Wagen, öffne die Haustür, rufe den Fahrstuhl und werde mich auch sonst nicht zurückhalten. Ich weiß, du kannst das alles allein, aber ich mache es trotzdem, also diskutier nicht mit mir.«

Die Taxifahrerin zwinkert mir zu, und ich höre, wie sie zu Sam sagt: »Na, da haben Sie sich ja ein ganz wunderbares Exemplar angelacht.«

Ich verstehe Sams Antwort nicht, denn wenn ich nicht auffällig lauschen will, muss ich die Tür schließen und den Wagen umrunden. Ich versuche, nicht im Weg zu stehen, als Sam aussteigt und in Richtung Eingangstür davonmarschiert. Während wir mit dem Aufzug nach oben fahren, schmollt sie.

»Was ist los?«

»Dir liegen echt alle Frauen zu Füßen. Selbst so eine patente Taxifahrerin.«

Mag sein, doch die einzige Frau, die mir meiner Meinung nach wirklich zu Füßen liegen sollte, steht auf Krücken gestützt vor mir und starrt mich an, als wäre ich die Inkarnation allen Übels. Der Aufzug ruckelt wie beim letzten Mal, doch Sam ist schon viel sicherer. Dennoch trete ich näher an sie heran, um sie zur Not am Fallen zu hindern. Sie weicht zurück und gerät erst dadurch aus dem Gleichgewicht, als der Lift stoppt. Ich greife nach ihr, halte sie und ziehe sie an mich. Einen Moment lang ist es mir unmöglich, sie loszulassen. Ich sehe auf sie hinab und würde sie so gern küssen. Etwas in ihren Augen warnt mich jedoch davor, und nur deshalb tue ich es nicht. Ich würde es machen. Trish spielt in diesem Moment keine Rolle, aber das, was Sam mir stumm sagt, hält mich davon ab, mein Vorhaben in die Tat umzusetzen. Die Türen öffnen sich mit einem Ping, und wir stehen immer noch da. Ich will sie nicht loslassen. Ich … Ein lautes Räuspern erklingt von draußen und veranlasst mich, einen Schritt beiseitezutreten. »Mr. Palmer«, entfährt es mir überrascht, als ich sehe, wer im Flur vor Sams Wohnung herumlungert.

»Dad«, wispert Sam.

Thomas Palmer sieht anders aus, als ich ihn in Erinnerung habe. Besser, um genau zu sein, und – wenn ich die Situation richtig einschätze – wütender. Er scheint alles andere als erbaut darüber zu sein, mich in inniger Umarmung mit seiner Tochter zu sehen. Die Fahrstuhltüren schließen sich wieder, doch Sams Vater tritt energisch dazwischen. »Kommt ihr da auch irgendwann raus?«, grollt er und mustert uns. Sein Gesichtsausdruck ist eindeutig missbilligend, beinahe so, als hätte er uns in flagranti erwischt.

»Nach dir«, sage ich zu Sam. Sie atmet tief durch, ehe sie entschlossen aus dem Aufzug in den Flur humpelt. Ich folge ihr, darauf bedacht, Abstand zu halten, weil ich ihren Krücken nicht im Weg sein möchte. Thomas taxiert mich, und ich ertrage seinen prüfenden Blick stillschweigend.

Sam ist bereits dabei, die Wohnungstür aufzuschließen, als sie sich zu ihm herumdreht und fragt: »Was zum Teufel willst du hier, Dad?«

»Was ich hier will? Nach dir sehen. Deine Mutter hat mir erzählt, dass dein Verlobter umgekommen ist, und ich dachte, ich schaue nach dir.«

»Russel ist vor zweihundertvierundsechzig Tagen gestorben. Das sind mehr als acht Monate, und du kommst jetzt hierher, um nach mir zu sehen? Ernsthaft?«

»Mein Beileid zu deinem Verlust, Sammy, und zu deinem

natürlich auch, Dean.« Er mustert uns nach wie vor eingehend, und es ist klar, dass er sich fragt, wie Sam und ich zueinander stehen.

»Danke, Thomas«, erwidere ich ernsthaft, auch wenn ich Sams Entrüstung nachvollziehen kann, und unwillkürlich frage ich mich, wann sie das letzte Mal Kontakt mit ihm hatte.

Sam jedenfalls ist ernsthaft aufgebracht, denn sie reckt kämpferisch das Kinn nach vorn und funkelt ihn wütend an. »Es grenzt an Frechheit, dass du hier bist und so tust, als würde ich dir was bedeuten und als würdest du dich um mich sorgen. Wo warst du im letzten Jahr? An meinem Geburtstag vor einem Jahr hast du behauptet, dass du mehr Kontakt zu mir haben möchtest, und dann war da plötzlich wieder Funkstille.«

Thomas hebt beschwichtigend die Hände. »Sam, ich …«

»Spar es dir, Dad! Ich weiß genau, was passiert ist. Du hast dir eine neue Freundin zugelegt, mit der du dich über die Trennung von Stephanie hinweggetröstet hast, und dir fehlte schlicht und ergreifend die Zeit, mal zum Hörer zu greifen und mich anzurufen. Außerdem wusstest du vermutlich nicht, was du sagen solltest. War ja alles viel zu schrecklich. Russel noch so jung, die Verschwendung von Leben und Talent und überhaupt …« Sam klingt so bitter, dass es mir das Herz zerreißt. »Aber weißt du was? Du hast mir kein Stück gefehlt. Ich habe vor langer Zeit erkannt, woran ich bei dir bin und dass ich mich nicht auf dich verlassen kann. Und: Ich brauch dich nicht!«

Thomas' Augen verengen sich zu Schlitzen: »Nein, offensichtlich nicht. Du hast ja Dean, der dich tröstet.« Er schleudert ihr die Worte regelrecht entgegen, und es ist klar, welche Schlüsse er gezogen hat. »Ich konnte es nie leiden, wie du sie angesehen hast«, lässt er mich wissen. »Mir war immer klar, dass du keine ehrenhaften Absichten hast.«

»Ehrenhafte Absichten? Hörst du dir eigentlich manchmal zu, Thomas?«, blafft Sam ihn an. Sie nennt ihre Eltern immer beim Vornamen, wenn sie sauer ist. Es ist ihre Art, sie zu bestrafen. »Wo sind wir? Im Mittelalter? Bist du gekommen, um meine Unschuld zu verteidigen? Das fällt dir reichlich spät ein«, faucht Sam.

»Ich habe mich immer gefragt, wer von den beiden Reynolds-Brüdern sie dir genommen hat«, entgegnet er kühl. Weder Rus noch ich, denke ich, hüte mich jedoch, etwas in diese Richtung zu sagen, denn Thomas verdient keine Antwort auf eine Frage wie diese.

»Was, Dad, ist dein Problem?« Sie schnaubt, und noch bevor er antworten kann, setzt sie nach. »Was bildest du dir eigentlich ein? Du kommst hierher, nachdem du mich monatelang ignoriert hast, nur um mir in mein Leben reinzureden? Es interessiert mich nicht, was du denkst. Weder über Dean noch über sonst was.« Ich schaue zu Sam, die diese Behauptung mit einer beeindruckenden Vehemenz vertritt. Wüsste ich es nicht besser, ich würde ihr abkaufen, dass sie es ernst meint. Doch ich kenne sie zu gut. Thomas hingegen nicht. Ich sehe den Schmerz in seinen Augen, und einen Moment lang empfinde ich Mitgefühl mit ihm. Dann jedoch erinnere ich mich daran, wie beziehungsgestört Sam ist und dass ihre Unfähigkeit, sich voll und ganz auf jemanden einzulassen, nicht zuletzt seine Schuld ist.

»Dean!«, grollt er. Er spuckt meinen Namen regelrecht aus. »Du warst noch ein Kind, da hatte er bereits diesen begierigen Blick. Er wollte dich schon immer in seinem Bett haben.«

»Ich habe sie nie angefasst«, stoße ich aufgebracht hervor, und sie war außerdem kein Kind mehr.

»Das war auch dein Glück, sonst hätte ich dir alle Knochen gebrochen.«

»Du?«, echot Sam ungläubig. »Du hast dich damals schon einen Scheiß für mich interessiert. Du hattest ja deine neue Familie. Dean hingegen war immer für mich da. Er hat mehr oder weniger deinen Job gemacht, Dad. Wie kannst du es wagen, ihm etwas Derartiges vorzuwerfen?« Sie presst ihre Kiefer aufeinander und schüttelt ungläubig den Kopf, ehe sie ein frustriertes Schnauben von sich gibt und hinzufügt: »Ich will, dass du gehst. Ich will dich nicht in meiner Wohnung und auch nicht in meinem Leben haben.«

»Ich liebe dich, Sam! Ich weiß, ich habe Fehler gemacht, aber …«

»Spar dir das, Dad! Du behauptest, dass du mich liebst, aber du handelst nicht so. Das hast du nie. Für mich warst du eine einzige Enttäuschung!«

Nun ist er es, der ihre Äußerung mit einem Schnauben quittiert. »Ach ja, glaubst du, du hast mich nie enttäuscht? Meinst du, ich weiß nicht, was die Leute über dich sagen? Sie nennen dich ein Flittchen und bezeichnen dich als Schlampe.«

»Na und? Mir ist es egal, was die Leute denken. Geh einfach!«

»Du schläfst mit dem Bruder deines toten Verlobten, Sam! Besitzt du denn gar keinen Anstand? Habe ich dich so erzogen?«

»Du hast mich gar nicht erzogen. Und nun verpiss dich. Darin bist du doch so verdammt gut!«

Thomas wendet sich an mich. »Dass sie so ist, ist alles deine Schuld! Du hast sie gegen mich aufgehetzt. Hast verhindert, dass sie Kontakt mit mir aufnimmt«, blafft er. Sein erhobener Zeigefinger deutet in meine Richtung.

»Schwachsinn!«, herrsche ich ihn an. »Sie hat so gelitten, weil Sie sich einen Scheiß für sie interessiert haben. Sie haben sie verlassen, Sammy war Ihnen egal. Wer könnte ihr verdenken, dass sie einen Groll gegen Sie hegt?«

Er rauscht auf mich zu. Ich warte darauf, dass er mich schlägt. Den ersten Schlag hat er von mir aus frei, danach werde ich mit diesem Arschloch den Boden aufwischen und ihn windelweich prügeln. Doch nichts dergleichen geschieht. Man kann vieles über Thomas Palmer sagen, aber lebensmüde ist er nicht. Er baut sich lediglich vor mir auf. »Du weißt doch nicht, wovon du redest, Junge! Sie ist meine Tochter. Sie war mir nie egal.«

»Ach ja? Hast du dich auch nur im Entferntesten dafür interessiert, was ich tue? Warst du auch nur bei einem einzigen meiner Surfcontests? Oder bei meiner Abschlussfeier? Dean schon! Dean …«

»… war immer für dich da. Schon klar, aber warum? Weil er dich flachlegen wollte! Deshalb, Samantha. Sei nicht dumm! Dieser Typ hat keinerlei Respekt vor dir. Er ist ein perverses Schwein. Will ich wissen, wann du dich das erste Mal an meiner Tochter vergangen hast?«

Ich öffne den Mund, will ihm sagen, dass ich nie etwas Derartiges getan hätte, doch Sam kommt mir zuvor: »Hör auf rumzuspinnen, Dad! Dean hat mich wirklich nie angerührt. Im Gegenteil. Ich hatte keine Ahnung, dass er …«

»… dass er so empfindet? Bist du blind, Samantha? Wie kannst du das nicht sehen?«

»Dean war immer anständig, Dad, er …«

»Anständig! Er?« Thomas lacht. »Anstand, das ist etwas, das euch beiden völlig abgeht. Du vögelst mit der Verlobten deines toten Bruders«, blafft er mich an. »Wie kannst du moralisch verantworten, was du tust, und wie kannst du überhaupt noch ruhig schlafen?«

»Oh Dad, das ist ganz fantastisch.« Sams Stimme trieft vor Sarkasmus. »Ausgerechnet du hältst mir einen Vortrag über Moral? Ausgerechnet du? Du hast Mum und mich verlassen, hast dich danach jahrelang nicht gemeldet. Du besitzt keinerlei Verantwortungsgefühl. Ganz im Gegensatz zu Dean, wie ich an dieser Stelle anmerken möchte. Deine Versprechen hast du in schöner Regelmäßigkeit gebrochen. Ich weiß wirklich nicht, wie du darauf kommst, dass du dich hier einfach ungefragt einmischen könntest. Uns geht es gut.«

Thomas' Blick huscht von ihr zu mir und wieder zurück. Ihre unverhohlene Wut verunsichert ihn. Kann ich verstehen. Sam ist, obwohl sie so klein ist, furchterregend, wenn sie in Rage gerät, und im Moment ist sie auf hundertachtzig. Dass sie ihm nicht an die Gurgel geht, ist ein Zeichen reiner Selbstbeherrschung. Seine nächsten Worte fordern meine heraus. »Bequem, nicht wahr? Wie wäre das ausgegangen, wenn Rus noch leben würde?«

Sam sieht zu mir. Fassungslosigkeit spricht aus ihrem Blick. In mir jedoch ist alles taub. »Ich will, dass du jetzt gehst, Dad«, erwidert sie, statt auf seine Frage zu antworten. Ihr Tonfall lässt ihm keine Wahl.

Ich bin froh, als Thomas sich abwendet und fluchend die Treppe hinuntermarschiert. Sam schließt die Tür auf. Hastig schlüpft sie in die Wohnung. Erleichterung, dass Sams Vater endlich gegangen ist, macht sich in mir breit, doch nur so lange, bis ich einen Blick zu Sam werfe und sehe, dass sie weint. Ungehalten wischt sie sich die einzelne Träne, die über ihre Wange läuft, weg und gibt einen frustrierten Laut von sich.

Obwohl mir klar war, dass sein Auftauchen Sam aus der

Bahn werfen würde, war mir nicht bewusst, wie sehr ihr Vater sie auch heute noch aus der Fassung bringen kann. Ich folge ihr in einigem Abstand und kann quasi dabei zusehen, wie sie in alte Verhaltensmuster verfällt. Sie kehrt mir den Rücken zu, schließt mich wieder einmal aus. Ich hasse es, wenn sie so ist.

»Rede mit mir, Sammy.«

»Was gibt es zu reden? Er hat recht. Wir sind schreckliche Menschen«, erwidert sie über die Schulter gewandt und starrt zum Fenster hinaus. Honolulu zeigt sich an diesem Tag von seiner verregneten Seite. Ich seufze, trete an sie heran.

»Wir sind, wer wir sind, Sam, und er kann sich kein Urteil erlauben, denn er hat nicht die leiseste Ahnung, wer wir sind.«

»Keine Ahnung, wie es dir geht, Dean, aber ich habe keinen blassen Schimmer, wer ich bin.«

»Du bist du.« Ich verkneife mir das »Und ich liebe dich«, das mir auf der Zunge liegt, und nehme sie stattdessen in den Arm. »Dein Dad ist ein Idiot.«

»Ich weiß«, murmelt sie, und erneut beginnen die Tränen zu fließen. »Warum bin ich ihm egal?«

»Bist du nicht. Behauptet er zumindest.«

»Klar! Nur all das, was er tut, steht dem diametral entgegen. Er hat behauptet, dass er mehr Kontakt will, aber dann meldet er sich monatelang nicht. Nicht zu Weihnachten, nicht, nachdem Mum ihm das mit Russel gesagt hat, nicht zu meinem Geburtstag.« Sie schnaubt frustriert. »Es ist so ätzend, dass er mich immer noch enttäuschen kann. Er sollte mir egal sein.«

»Er ist dein Dad. Er wird dir nie egal sein. Du wirst dich immer nach seiner Zuneigung und Anerkennung sehnen«, sage ich, woraufhin Sam mich anfunkelt und zischt: »Super, dann kann ich mich auch gleich erschießen. Ich will das nicht, Dean! Ich will nicht so empfinden. Warum kann ich das nicht abstellen? Warum ist dieser Mensch, der sich einen Scheiß für mich interessiert und mir nicht guttut, für mich so wichtig?«

Ich zucke mit den Schultern, schenke ihr ein trauriges Lächeln und sehe ihr fest in die Augen, als ich erwidere: »Wenn ich das nur wüsste, Sam, wäre ich bedeutend glücklicher.«

SAM | 02.11.2014 | Honolulu | Oahu | Hawaii

Deans Worte hallen in meinem Kopf wider, und sein unglücklicher Gesichtsausdruck bricht mir beinahe das Herz. Ich bin niemand, der ungefragt Ratschläge erteilt – normalerweise, doch in diesem Moment kann ich nicht anders.

»Wenn sie dich unglücklich macht, Dean, dann verlass sie.« Er hebt eine Augenbraue und sieht mich fragend an. »Ich meine … es ist nicht so wie bei einem Elternteil, oder? Du wirst darüber hinwegkommen … Ich weiß zwar nicht, was euer Problem ist, aber …«

Dean blinzelt verwirrt. »Was unser Problem ist?« Er fährt sich durch die Haare, starrt mich an, und dann platzt er heraus: »Du, Sam, du bist unser Problem.«

»Was? Wieso?«, frage ich, weil er mit einem Mal wieder so zornig und aggressiv ist.

»Weil dein Vater, auch wenn er ein Idiot und absolut unfähig ist, in einem Punkt recht hatte: Ich wollte dich schon immer. Ich wollte dich, seitdem wir uns damals im Wandschrank geküsst haben.«

Nun bin ich es, die verwirrt blinzelt. Ich öffne den Mund, will etwas sagen, doch diese Information hat mir den Boden unter den Füßen weggezogen. Es toppt sein in betrunkenem Zustand gegebenes Geständnis, dass er mich liebt, bei Weitem. Ich will ihn fragen, warum er nichts gesagt hat, doch ehe ich meine wirren Gedanken in das Korsett eines halbwegs vernünftigen Satzes zwingen kann, fährt Dean auch schon fort: »Und daran hat sich nichts geändert. Niemand kann daran etwas ändern. Kein Russel, kein Brad Hoover, kein Hunter und wie sie alle heißen … Tja, und auch Trish kann es nicht ändern«, fügt er resigniert hinzu. »Ich wollte immer nur dich und niemals eine andere, und ich wünschte, ich könnte dich hinter mir lassen. Ich wünschte, ich …« Er verstummt, leckt sich über die Lippen und sagt nach einer kleinen Pause, in der er sich gesammelt hat: »Also ja, Sammy, ich verstehe das nur allzu gut. Vermutlich besser als jeder andere Mensch auf diesem Planeten.«

Ich betrachte ihn ungläubig und weiß beim besten Willen nicht, was ich sagen soll. Seine Worte sickern langsam in mein Bewusstsein. Ich habe sie gehört, aber sie ergeben einfach keinen Sinn. Er wollte mich schon immer? Wie kann das sein? Wieso? Während ich noch versuche, die Bombe zu verdauen, die er gerade hat platzen lassen, räuspert er sich. »Ich gehe dann jetzt lieber mal«, murmelt er und marschiert Richtung Haustür davon.

»Dean!«, presse ich hervor, als er den Türknauf bereits in der Hand hat. »Geh nicht!«

»Pass auf dich auf, Sam«, entgegnet er leise und öffnet die Tür.

Mein Herz zieht sich schmerzhaft zusammen. Ich will nicht, dass er geht. Ich brauche ihn. »Dean!« Er dreht sich über die Schulter zu mir herum. »Ich liebe dich auch!« Ich weiß nicht, ob er meine Worte auf die Entfernung gehört hat, scheinbar nicht, denn er geht einfach und lässt mich allein. Die Tür fällt dumpf hinter ihm ins Schloss, es ist ein bitteres Geräusch, das in mir eine Welle der Enttäuschung auslöst. Ich wünschte, er wäre nicht gegangen. Ich wünschte, er würde uns eine Chance geben.

Ich setze mich, zücke mein Handy und schreibe ihm.

Ich weiß nicht, ob du es gehört hast oder ob es dir egal war, aber ich will, dass du es weißt. Ich will, dass du weißt, dass ich dich liebe.

Es dauert ein paar Minuten, ehe er antwortet:

Wie stellst du dir das vor, Sam? Dein Vater hat recht.
Ja, ich weiß. Ich weiß, dass die Leute sich das Maul über uns zerreißen und es nicht verstehen würden. Ich verstehe es ja selbst nicht, aber ich weiß, dass es stimmt. Ich liebe dich! Mir ist jedoch klar, dass ich nicht verlangen kann, dass du uns eine Chance gibst.
Nein, Sam, das kannst du in der Tat nicht.

Mit seinen Worten geht Hoffnungslosigkeit einher. Ich brauche ihn so sehr. Er macht sich keine Vorstellung davon, wie sehr ich ihn brauche. Tränen laufen über mein Gesicht, und die Leere und Einsamkeit ist so gewaltig, dass ich glaube, an ihr ersticken zu müssen. Ich sterbe. Niemals hätte ich es für möglich gehalten, solche Schmerzen außerhalb meines Trauerschmerzes um Rus empfinden zu können. Ich hätte nicht gedacht, dass ich dazu fähig wäre. Doch ich hatte auch geglaubt, dass ich nach seinem Tod nie wieder lieben könnte. Und dennoch ist es passiert. Ich kann mich weiterhin dagegen wehren, kann das, was zwischen Dean und mir ist, verleugnen, doch mich seiner Anziehungskraft entziehen kann ich nicht. Das ist ein Ding der Unmöglichkeit.

In meiner Verzweiflung rufe ich Gab an. Bei ihr ist es erst sieben Uhr morgens, und sie klingt reichlich verschlafen. Womöglich hat sie die halbe Nacht gefeiert oder was Models sonst so tun. »Moment«, wispert sie. Ich höre, wie eine Tür geöffnet und wieder geschlossen wird. Gab geht irgendwo anders hin. »So, jetzt.«

»Alles okay? Soll ich später anrufen?« Ich versuche, nicht so fertig und verwirrt zu klingen, wie ich mich gerade fühle. Ich mag es, dass die Leute mich für stark und unabhängig halten, aber gerade kann ich nicht mal einen klaren Gedanken fassen.

»Ja, schon okay. Ich musste bloß aufstehen. Marc schläft noch, und ich will nicht, dass er wach wird. Was ist los bei dir? Du klingst fertig!« Ich seufze leise. Gab die Story zu erzählen ist nicht einfach. Ich erinnere mich nämlich noch gut daran, dass sie bereits damals, als ich ihr von Russels und meiner Beziehung erzählt habe, damit um die Ecke kam, dass ich Dean lieben würde. »Sam?«

»Es … also ich …« Ich verstumme und seufze erneut. Zähne zusammenbeißen und durch, sage ich mir. »Es geht um Dean.«

»Warst du mit ihm im Bett?«, platzt Gab heraus. Ich schlucke beklommen. »Keine Antwort ist auch eine Antwort«, murmelt sie. »Wie war es? Ich meine, … wann, wie, wo und wie oft …«

Ich wische die Tränen weg und muss unwillkürlich schmunzeln. Gab ist so viel schlimmer als ich. Okay, ist sie nicht … sie ist verheiratet, aber auch wenn sie wenig Erfahrungen vorher gesammelt hat, ist sie doch unglaublich neugierig und offen, was das Thema anbelangt.

Ich gebe mir einen Ruck und erzähle Gab die ganze Geschichte. »Was soll ich nur tun?«, frage ich, nachdem ich geendet habe.

»Mit seiner Freundin in den Ring steigen und dir mit ihr einen Catfight liefern?«, scherzt Gab.

»Wenn sie mir die Krücken wegtritt, bin ich geliefert. Diese blöde Kuh ist scheißperfekt, aber was habe ich auch anderes erwartet?« Ich schüttle mich bei dem Gedanken an Trish. Ich hatte mir vorgenommen, sie zu mögen, aber ehrlich, als ich sie gesehen habe, als ich gesehen habe, wie er sie küsst und ansieht, da habe ich sie gehasst. Diese Frau sieht aus wie ein Model, allerdings besitzt sie den Grips von Einstein, und witzig ist sie auch noch. Sie ist furchtbar! Ich habe sie abgecheckt und bereits da Komplexe bekommen, aber als sie sich dann auch noch über das Magazin unterhalten haben, wäre ich am liebsten aus dem fahrenden Auto gesprungen. Während ich überwiegend nur Bahnhof verstanden habe, war für sie jederzeit klar, was Dean gemeint hat, und das, obwohl sie uns nebenbei durch den dichten Stadtverkehr kutschiert hat. Das wurmt mich am meisten. Sie fährt verdammt gut Auto – nicht besser als ich, aber nicht wie eine Frau.

»Er hat nun mal Geschmack.«

Ich schnaube. »Er war der totale Aufreißer. Aber ich verstehe, warum sie es geschafft hat, ihn an die Leine zu legen. Sie hat Beine bis zum Mond. Ehrlich, wenn ich nicht das dringende Bedürfnis hätte, mich in ihrer Gegenwart zu entleiben, würde ich sie selbst flachlegen.«

»Mmh, eine Beziehung zu dritt wäre eine Möglichkeit. Wobei ihr auch ohne sie immer zu dritt sein werdet. Ich meine …«

»Mir ist klar, was du meinst.« Kann Gab nicht einmal den Schnabel halten? Muss sie mich immer auf all den Scheiß hinweisen? Ich seufze und jammere dann: »Ich habe mit Joes Brüdern geschlafen. Mit beiden!«

Gab schnaubt. »Sam, du hattest mit so vielen Kerlen Sex, dass da irgendwo Brüder dabei gewesen sein müssen – also rein statistisch.«

»Witzig, Gab«, murre ich. »Nein, mal im Ernst, was soll ich bloß tun? Dean und ich, das wird nicht gut gehen.«

»Ja, die Sache mit Russel ist eine echt heftige Hypothek, das gebe ich gerne zu, aber Dean und du, ihr wart doch schon immer … Keine Ahnung, wie ich das sagen soll.«

»Aneinander interessiert?«

Gab lacht schallend auf. »Ja, klar. So könnte man es natürlich auch nennen, aber ich dachte eher an etwas wie ›total scharf aufeinander‹ oder ›rattig auf den anderen‹, aber von mir aus, dann benutzen wir doch einfach ›völlig aufeinander fixiert‹, wenn du dann ein besseres Gefühl hast.« Ich widerspreche nicht, obwohl ich bezweifle, dass Dean jemals so über mich gedacht hat wie ich über ihn. Ja, ich war echt rattig auf ihn – bin es immer noch. Ich muss bloß an ihn denken, schon werde ich feucht. »Dein Vater ist ein Arschloch«, sagt Gab leise und macht dann eine Pause, die mir verrät, dass mir nicht gefallen wird, was sie mir gleich zu sagen hat. »Aber er hat recht. Das mit Dean und Russel ist schwierig, und zwar auf allen Ebenen.«

»Ich weiß. Ich … Wir haben keine Chance.« Ich seufze, denn ich wünsche mir in diesem Augenblick nichts sehnlicher. Dean ist der einzige Mensch, der versteht, wie es in mir aussieht. Er teilt meinen Schmerz, und vielleicht wird er dadurch weniger. Dean fungiert als eine Art Ventil, und er lindert meine Qualen.

»Kann sein, Sammy«, gibt Gab zu. »Aber wenn du die

Chance hast, mit einem Menschen glücklich zu werden, dann ist er diese Person. Er war es schon immer. Du hast dich nur falsch entschieden.« Nein, das sehe ich anders. Russel und ich waren glücklich. Aber ich verstehe inzwischen, warum Gab so denkt. Sie hat uns nie zusammen gesehen. Für sie war das einfach nicht nachvollziehbar. Nicht einmal ich konnte begreifen, was da zwischen uns passiert ist, denn bis zu Gabs Hochzeitsnacht schien das, was sich zwischen uns entwickelt hat, unmöglich. »Es gibt unzählige Männer auf der Welt, mit denen du dein Glück versuchen könntest, aber Sammy, die willst du alle nicht. Du willst Dean, und du wolltest ihn schon immer.«

»Aber …«, beginne ich, doch Gab würgt mich ab.

»Nichts aber! Das Schöne an der wahren Liebe ist doch, dass sie alle Hindernisse überwindet. Wenn ihr euch bemüht, schafft ihr das. Du weißt doch, es gibt nichts, was Dean Reynolds nicht schafft.« Ich schluchze bei ihren Worten auf. Sie weiß genau, wie ich über ihn denke, wie sehr ich für ihn geschwärmt habe und auch, wie sehr ich gelitten habe, als unsere Beziehung durch mein Verschulden einen irreparablen Knacks bekommen hat. »Ihr könnt das schaffen. Ich glaube an euch.« Ich schlucke beklommen.

»Es liegt nicht in meiner Hand, Gab.«

»Nein, da hast du recht. Ich hoffe, dass es klappt. Ich würde es mir nach allem so sehr für euch wünschen, weißt du.«

»Danke«, wispere ich, doch ich wage es nicht einmal zu hoffen. Es kann nicht gut gehen. Nicht einmal Dean traue ich zu, mit all dem Mist, der zwischen uns steht, klarzukommen.

Kapitel 13

DEAN | 08.11.2014 | Honolulu | Oahu | Hawaii

Sechs verdammte Tage ist es her, dass Sam mir gesagt hat, dass sie mich liebt. Ich bin ein Idiot, dass ich überhaupt in Erwägung ziehe, wie es sein könnte. Trish neben mir schläft tief und fest, während ich eine weitere schlaflose Nacht hinter mich bringe und mich frage, ob ich ihr noch eine Chance geben soll.

Ich wälze mich auf die andere Seite, seufze frustriert und viel zu laut, denn Trish fragt: »Alles gut, Liebling?« Liebling … Ich mag, dass sie mich so nennt. Meine Mom hat das immer getan, danach war ich niemandes Liebling mehr. Joe hatte Rus, der ihr Lieblingsbruder war, und Sams Wahl … nun ja, wir wissen schließlich alle, auf wen Sams Wahl letztendlich fiel, und nun, nun sagt sie mir einfach so, als wäre nichts geschehen, dass sie mich liebt. »Dean?«

»Schlaf weiter, Baby«, sage ich, gebe ihr einen Kuss auf die Schulter und schmiege mich dichter an sie. Obwohl ich die Wärme, die von ihrem Körper ausgeht, spüre, fühle ich mich schrecklich einsam und verloren. Wie kann das sein? Wie kann ich mit jemandem zusammen sein, den ich schätze, respektiere und liebe, und wie kann ich mich dennoch allein fühlen?

»Es ist wegen Sam«, sagt Trish. Ich verstehe die Worte kaum, so leise hat sie sie gesagt.

»Ja«, erwidere ich.

»Was ist passiert? Hast du …«

»Nein! Es ist nichts passiert. Nicht wirklich jedenfalls. Sie hat gesagt, dass sie mich liebt.«

Trish seufzt schwermütig, löst sich dann von mir und schaltet das Licht an. »Wann?«

»Nachdem ich neulich Nacht zu ihr ins Krankenhaus gekommen bin.«

»Sie ist nur verwirrt«, tut sie Sams Liebeserklärung ab. »Sie … Sie hat Panik, weil sie allein, traurig und unglücklich ist.« Ich nicke. Ja, das sage ich mir auch die ganze Zeit, aber so ist Sam nicht. Sie braucht niemanden. Im Gegenteil, sie tendiert dazu, alles mit sich auszumachen.

Ich setze mich auf, nehme Trishs Hände in meine und sage: »Es tut mir leid.«

»Tu das nicht, Dean«, fleht sie, und Tränen treten in ihre Augen.

Ich schlucke beklommen, senke meinen Blick und schaue auf unsere Hände, die einander halten. »Sie wird dich wieder benutzen. Sie wird dir wieder das Herz brechen und …« Trish verstummt und wischt sich eine Träne von der Wange.

Ich schließe die Augen und sage: »Ich kann nicht anders. Ich … Seit sie es gesagt hat, geistern ihre Worte in meinem Kopf umher, ich bin zu keinem klaren Gedanken mehr fähig.« Ich könnte ihr verraten, dass meine Seele nach Sam schreit und ich diesen Ruf, dieses Flehen, das tief aus meinem Innersten kommt, unmöglich länger ignorieren kann, doch ich will sie nicht verletzen. Ich liebe sie wirklich. Sie ist fantastisch. Sie hat bloß einen Fehler: Sie ist nicht Sam.

Ich fühle mich kraftlos und leer. Die vergangenen Tage, aber besonders die letzten Stunden waren so hart, und alles, was ich nun will, ist, die Sache mit Sam zu klären. Ich will es versuchen, auch wenn ich nicht weiß, wie es funktionieren soll.

Es ist früher Morgen. Die Stadt erwacht gerade erst zum

Leben. Trish hat mir die Schlüssel zu meiner Wohnung zurückgegeben, ihre Sachen in einen Koffer gepackt und ist gegangen. Ich will ehrlich sein: Ich habe Angst. Ich habe furchtbare Angst, dass ich die falsche Entscheidung getroffen und das Beste, was mir seit Jahren passiert ist, mit Füßen getreten habe.

Als ich ankomme, verlässt gerade ein Typ das Haus. Er grinst mich an, als ich hineinschlüpfe. Er erinnert mich an Russel. Blond, blauäugig, irre gutaussehend, allerdings größer und breitschultriger … Unwillkürlich frage ich mich, ob er hier wohnt oder die Nacht bei Sam verbracht hat. Du spinnst, rüge ich mich, doch die aufkeimende Eifersucht liefert mir einen Vorgeschmack auf das, was mich erwartet, wenn ich mich auf Sam einlasse. Ich will unter keinen Umständen eine lose Affäre mit ihr oder eine offene Beziehung … Ich will das komplette Paket. Ich will das, was ich schon immer wollte. Klare Regeln und Ordnung. Eine stabile, monogame Beziehung. Die Leute beurteilen mich meistens nach meinem Verhalten in den letzten fünf Jahren. Ja, ich habe nichts anbrennen lassen, aber es war nicht das, was ich wollte. Ich habe bloß immer alles mitgenommen, weil ich nichts anderes kriegen konnte.

Der Aufzug kommt wie immer ruckelnd zum Stehen. Das Scheißding müsste mal dringend gewartet werden. Der Vermieter ist ein Penner, und dass Sam in einem Loch wie diesem wohnt, lässt mich an ihrem Geisteszustand zweifeln. Ich mache einen Schritt in den Flur und befinde mich vor Sams Wohnungstür.

Bin ich ein Idiot, weil ich alles für sie aufgegeben habe? Ein Teil von mir ist definitiv dieser Meinung. Es ist der Teil, der es nicht gewagt hat, Trish zu wiedersprechen, als sie sagte, dass

Sam mir erneut das Herz brechen wird. Es ist der Teil, der ihr glaubte, als sie sagte, dass Kyle auch immer wieder behauptet hat, sie zu lieben und es nur ein Ausrutscher war. Doch der andere Teil hat all diese Zweifel übertönt. Er ist der Meinung, dass ich es mir schuldig bin, es noch einmal zu versuchen. Er sagt, dass wir nun älter sind. Die Karten wären neu gemischt, behauptet er. Ich weiß nicht, welchem Teil ich Glauben schenken soll. Ich weiß bloß, dass ich diese Zerrissenheit nicht mehr ausgehalten habe. Denn ja, auch ich habe Trish betrogen. Und ja, ich habe versucht, es mir schönzureden, habe mir gesagt, dass ich ja noch mal die Kurve bekommen und meinen Schwanz nicht in Sam versenkt habe – zumindest nicht in ihrer Pussy –, aber das schlechte Gewissen war trotzdem da. Es war da, und trotzdem wollte ich es jedes Mal, wenn ich mit Sam in einem Raum war, wieder tun.

Los, Dean! Keine Feigheit vor dem Feind, sage ich mir, hebe meine zur Faust geballte Hand und klopfe.

»Moment«, höre ich Sam von drinnen sagen, und mein Herzschlag beschleunigt sich. Er bricht alle Geschwindigkeitsrekorde, als ich höre, wie sie die Tür aufschließt, und er gerät unvermittelt aus dem Takt, als ich ihr gegenüberstehe. »Dean!«

Ich habe mir so verdammt lange überlegt, was ich sage. Ich will sie wissen lassen, dass sie so einen Scheiß nie wieder abziehen darf. Ich will Nägel mit Köpfen machen, Regeln aufstellen, damit ich nicht noch einmal verletzt werde, doch als ich in ihr Gesicht sehe, will ich sie einfach nur küssen. Die Überraschung, die ihr deutlich ins Gesicht geschrieben steht, weicht einem glücklichen Lächeln, das all meine guten Vorsätze vernichtet. Sie trägt bloß ein weites Shirt, unter dem ihre gebräunten Beine hervorgucken. Ihr rechter Fuß ist noch immer bandagiert, und sie hat ihn hochgenommen, um ihn zu entlasten. Ihr Haar hat sie zu einem unordentlichen Knoten auf dem Kopf zusammengefasst, und als sie sich nervös über die Lippen leckt, halte ich es nicht mehr aus. Ich überbrücke die Distanz zwischen uns, nehme ihr Gesicht in beide Hände und küsse sie voller Verlangen. Sam steht auf ihre Krücken gestützt da, sie kann ihre Arme nicht um meinen Hals schlingen, und dennoch erwidert sie den Kuss so gierig, dass all meine Zweifel sich in Luft auflösen. »Dean«, sagt sie noch einmal. Diesmal ist mein Name von Sehnsucht und Leidenschaft durchdrungen. Sie stöhnt ihn beinahe. Ich möchte sie zurück in ihre Wohnung schieben, doch stattdessen nehme ich ihr die Krücken ab. Lehne sie an die Wand und hebe Sam hoch. Ich trage sie hinein, kicke die Tür hinter uns ins Schloss und setze sie in der Küche auf der Anrichte ab. Die Krücken – irgendwo meterweit hinter uns – fallen scheppernd zu Boden. Sam lacht – vermutlich weil ich so stürmisch bin. Ich will mich umdrehen, nach dem Rechten sehen, doch Sam hat mich am Kragen meiner Lederjacke gepackt, klemmt mich zwischen ihren Beinen ein und küsst mich im nächsten Moment wie von Sinnen. Ihre Zunge findet den Weg in meinen Mund, schmiegt sich an meine, und ich verliere auch noch das letzte bisschen Verstand, das mir bis dato geblieben ist.

Wir knutschen heftig miteinander rum, und ich gerate in den Sog ihrer Küsse, doch irgendwann zieht Sam sich schwer atmend zurück. Ihre Stirn hat sie an meine Brust gelehnt. »Dean.« Ihr Tonfall hat etwas Flehendes.

»Ja?«

»Ich möchte nicht die andere sein.« Nur zu gern würde ich erwidern, dass sie unmöglich die andere sein kann, weil sie die Eine ist, aber ich will sie nicht verschrecken.

»Bist du nicht. Trish und ich haben uns getrennt.«

»Tut mir leid«, sagt sie automatisch, dann schiebt sie hinterher: »Nein, tut es nicht. Ich habe sie gehasst, weil sie so scheißperfekt war. Diese Haare, diese Nägel, diese Haut und Gott, dieser Körper.«

»Willst du wirklich über meine Ex sprechen?«, frage ich zweifelnd.

Sam schaut auf und sieht mir in die Augen. »Nein, natürlich nicht, aber …«

»… aber was, Sam?«

»Wieso bist du hier? Ich meine … sie … ich …«

»Weil ich bei dir sein will und sie nicht du ist, Sammy.« Und dann küsse ich sie erneut, nicht nur, um sie zum Schweigen zu bringen, sondern einfach, weil es so gut ist und ich nicht anders kann. Ihre Hände wandern in meine Haare, graben sich hinein. Ich knurre in ihren Mund, als mein Schwanz verhalten zuckt, und packe ihren Hintern. Ich ziehe sie dichter an die Kante ran, sodass ich schon verdammt nah dort dran bin, wo ich hinwill. Sam scheint das ähnlich zu sehen. Sie lässt von meinen Haaren ab und macht sich stattdessen an meinem Gürtel zu schaffen. Ihre Hand gleitet in meine Hose und umschließt meinen Schwanz. War sie bei Russel auch so forsch? Ist sie da auch so gierig rangegangen? Ich keuche, weil die Gedanken daran so wehtun, aber auch, weil ich so geil bin. Fuck! Sams Finger umfassen meinen Schaft, reiben ihn gemächlich, und ich schließe die Augen. Ich genieße es, von ihr berührt zu werden, inhaliere mit jeder Faser jeden noch so kleinen Kontakt ihres Körpers mit meinem. Ihr Daumen streicht über meine Eichel, verteilt die herausquellenden Lusttropfen großzügig, und ich atme zittrig vor Erregung in Sams Mund.

»Zieh deine Hose runter«, raunt sie mir zu.

»Sicher?«

»Ich sterbe, wenn du mich nicht gleich fickst, Deany, ich schwöre es!«

Ich grinse, lecke mir über die Lippen, die von der Knutscherei nicht minder geschwollen sind als Sammys, und entgegne: »Na, wenn mein Schwanz schon mal in die Rolle eines Lebensretters schlüpfen darf, kann ich ihm ja schlecht im Weg stehen.«

»Er soll nicht in die Rolle eines Lebensretters schlüpfen, sondern verdammt noch mal in mich!« Ich schiebe mir Jeans und Boxerbriefs so weit hinunter, dass ich genug Bewegungsfreiheit besitze, um Sam vögeln zu können.

»Warum so ungeduldig, Sammy?«

»Weil ich dich brauche und weil ich …« Was auch immer sie sagen wollte, geht in einem Keuchen unter, als ich meinen Schwanz vorbei an ihrem Höschen in sie schiebe. »Dean«, wimmert sie, und ja, ich ahne, was sie meint. Es fühlt sich an wie nach Hause kommen, und dabei stecke ich noch nicht einmal bis zum Anschlag in ihr drin. Sie ist so verdammt eng, so feucht und so weich. Eine leise Stimme in meinem Kopf macht mir Vorwürfe, weil ich wieder einmal kein Gummi benutzt habe. Ich benutze immer welche … nur nicht mit ihr. Ich sage doch, dass ich in ihrer Nähe zu einem grunzenden Neandertaler mutiere, der zu keinem klaren Gedanken fähig ist.

Vorsichtig schiebe ich mich weiter in sie. Unwillkürlich muss ich an Darells dummen Spruch denken. »Sam ist wie ein Chihuahua, und wenn du Rottweiler deinen dicken Schwanz in sie steckst, dann platzt das kleine Ding.« Sie ist wirklich verdammt klein, aber hier, so wie es jetzt ist, sie auf der Anrichte sitzend, das ist perfekt, und ja, mein Schwanz ist groß, und sie ist eng, aber es hat bisher immer gepasst. Trotzdem ist es mühsam, und zwar nicht nur für mich, sondern für Sam. Ihre Hände liegen auf meinem Hintern, graben sich regelrecht hinein, und sie atmet schwer. Ich versuche, mich zu beherrschen, denn ich könnte verdammt noch mal sofort kommen, weil ich bereits jetzt jenseits von Gut und Böse bin. Um uns abzulenken, küsse ich sie erneut. Sam hebt mir ihr Gesicht entgegen, öffnet ihren Mund für mich und gibt einen leisen zufriedenen Seufzer von sich. Ich ziehe mich ein Stück aus ihr zurück, gleite wieder in sie, und prompt komme ich ein Stück tiefer. Behutsam vögle ich mir den Weg frei. »Du bist so verflucht eng«, jammere ich, weil ich nicht nur gleich meinen Verstand, sondern auch die Beherrschung verliere.

»Ich hatte eine etwas längere Pause«, sagt sie und präzisiert dann: »Also, es ist schon eine Weile her, dass ich das letzte Mal mit jemandem zusammen war.« Ich verharre in der Bewegung, weil ich etwas Zeit brauche, runterzukommen.

»Schon okay«, murmle ich. »Ich will das hier nur nicht versauen.«

Sam lächelt, nimmt mein Gesicht in beide Hände und wispert: »Wenn du dich gerade so über das hier freust wie ich mich, dann bewundere ich, dass du nicht schon längst gekommen bist.«

»Das ist eine Frage der Ehre«, entgegne ich, denn in der Tat will ich nicht wie ein Anfänger dastehen.

»Ich bin sicher, du sorgst dafür, dass ich im Lauf der Nacht noch auf meine Kosten komme, und es kann nicht schlimmer als bei unserem ersten Mal werden.«

Ich horche auf, denn Sam hat sich bisher noch nie zu jener Nacht geäußert. »Echt?«, frage ich, denn ich habe es komplett anders empfunden. In dieser Nacht hatte ich den besten Sex meines Lebens. Ja, wir waren wild und zügellos. Sie muss ziemlich wund gewesen sein, aber sie machte nicht den Eindruck, als hätte es ihr missfallen.

»Nun ja, du musst zugeben, dass das nicht gerade das Gelbe vom Ei war.« Ich falle aus allen Wolken, als sie es sagt. Habe ich sie dadurch verschreckt? Ist sie deshalb gleich mit Brad ins Bett gesprungen? Fuck, das setzt mich jetzt noch mehr unter Druck, denn die Sache nach Russels Beisetzung war schließlich die reinste Katastrophe. Mist, ich will nicht, dass sie mich für einen miesen Liebhaber hält.

Sam betrachtet mich aufmerksam. »Dean, entspann dich. Es kann nur besser werden.«

Na, sie hat leicht reden. Fuck! »Wunderbar, Sammy«, murre ich frustriert, denn das Problem, dass ich gleich zu früh komme, hat sich gerade erübrigt. Ich stoße sie vorsichtig, ehe mein Schwanz völlig abschlafft. Doppelfuck! Ich komme mir vor wie der letzte Versager. So habe ich mir das Ganze nicht vorgestellt. Ich dachte, dass die aufgestaute sexuelle Energie zwischen uns sich entladen und wir uns um den Verstand ficken würden, und arroganter Idiot, der ich bin, hatte ich nicht die geringsten Zweifel daran, dass es verdammt gut sein würde.

»Es ist schon jetzt so viel besser als damals«, keucht sie kurz darauf leise.

»Vielleicht hören wir einfach auf, darüber zu sprechen, wie mies du es gefunden hast, okay?« Nun ja, zumindest weiß ich jetzt, was ich falsch gemacht habe. Für jemanden wie Sammy ist es natürlich wichtig, dass alles in der Horizontalen passt. Ich packe sie an der Hüfte, ziehe sie auf meinen Schwanz, während ich wieder und wieder in sie stoße. Sams Stöhnen wird lauter. Sie zieht meinen Kopf zu sich, küsst mich gierig, und als sie kommt, dämpfe ich ihre Schreie mit meinem Mund. Ich jage noch einige Male in sie, ehe ich meinen Höhepunkt ebenfalls erreiche und absahne. Ich spüre Sams Hand in meinem Nacken, als ich mein Gesicht zur Decke richte und ein animalisches Geräusch von mir gebe.

»Besser?«, frage ich erschöpft. Schweiß rinnt mir über das Gesicht. Statt von mir abzurücken, wie Trish es nach dem Sex immer gemacht hat, schmiegt Sam sich bloß enger an mich.

»Kein Vergleich«, versichert sie mir.

»Ich hatte es echt nicht so schrecklich in Erinnerung.«

Sam hebt eine Augenbraue und sieht mich abschätzig an, so als könne sie nicht glauben, was ich da von mir gebe. »Es war der reinste Horror, Dean«, informiert sie mich und klingt gequält. Oha, denke ich deprimiert, weil mir klar wird, dass ich es damals offensichtlich wirklich verkackt habe. Aber wie kann das sein? Wie kann es sich für mich so grandios gut angefühlt haben und für sie … Ich würde gern fragen, was genau sie als so unerträglich und störend empfunden hat, doch ich traue mich nicht, und es ist ja im Prinzip auch egal, denn das eben hat ihr eindeutig gefallen, oder? »Aber du hast es ja gerade wiedergutgemacht«, sagt sie und zwinkert mir zu. Sie dreht sich, streckt sich und greift nach der Küchenrolle. Sie zupft ein Blatt ab und reicht es mir, ein zweites nimmt sie selbst, ehe ich mich aus ihr zurückziehe. Wir reinigen uns, ich ziehe meine Hose hoch und schaue Sam dabei zu, wie sie sich ihres Slips, der durch unseren Akt in Mitleidenschaft gezogen wurde, entledigt. Er fällt achtlos zu Boden.

»Und nun?«

»Muss ich dir echt alles vorkauen, Deany-Boy?« Ich muss unwillkürlich schmunzeln als sie mich so nennt. Ich liebe es, dass sie das tut, und sie hat es lange nicht mehr gemacht.

»Das ist vielleicht besser so. Ich will nichts falsch machen. Ich will, dass es klappt, Sam.«

Sie presst die Lippen aufeinander und nickt. »Was würdest du denn gern machen?«, fragt sie einen Moment später.

Ich hebe die Hand, streiche ihr eine lose Haarsträhne hinters Ohr und erwidere: »Das, was wir eben gemacht haben, und zwar ununterbrochen – den ganzen restlichen Tag lang und die ganze Nacht hindurch.«

»Ich mag, wie du denkst und was für Pläne du hast«, nuschelt sie, ehe sie mich wieder küsst. Hungrig und so voller Lust, dass ich nicht glauben kann, dass wir gerade erst Sex hatten.

»Okay, dann gäbe es nur noch eine Frage zu klären: Bett oder Sofa?«

»Bett.«

»Gute Entscheidung.« Ich ziehe sie dicht an mich heran. Sam schlingt ihre Beine um meine Hüfte und ihre Arme um meinen Hals. Ich trage sie in ihr Schlafzimmer und lege sie aufs Bett.

»Das hättest du auch über das Sofa behauptet«, wispert Sam und grinst mich an.

»Möglich«, räume ich ein und schiebe mich über sie. Wir knutschen ausgelassen und hemmungslos miteinander rum. Sam hat ihre Beine um mich geschlungen. Sie liegt halbnackt unter mir, trägt nichts außer diesem Shirt, das irgendwie ständig im Weg ist, wenn ich sie streicheln will. Als ich meine Verärgerung über dieses unkooperative Ding laut äußere, behebt Sam den Umstand umgehend. »Du bist so schön«, raune ich ihr zu und küsse ihren Hals. Sam dürfte dieses Kompliment eine Million Mal gehört haben, und dennoch schließt sie einen Moment lang verlegen die Augen. Ich lasse meine Hände über ihren Körper gleiten und kann nicht genug von ihrer samtweichen Haut unter meinen Fingerkuppen bekommen. Hier mit ihr zu liegen ist alles, was ich mir jemals gewünscht habe, und in diesem Moment gibt es keinen Raum für Selbstzweifel und Ängste. In diesem Moment bin ich einfach nur unfassbar glücklich.

Später, als sie schläft, höre ich die Stimmen in meinem Kopf, die mich daran erinnern, dass ich schon einmal so glücklich war und dachte, alles sei perfekt. Wie konnte ich mich nur so täuschen? Ich meine, klar, ich habe jahrelang auf die Nacht ihres achtzehnten Geburtstags hingefiebert. Ich lasse den Abend Revue passieren, gehe jede Kleinigkeit durch, aber nichts in meiner Erinnerung weist darauf hin, das Sam es schrecklich fand.

Ich betrachte sie nachdenklich. Ich wünschte, sie hätte damals etwas gesagt, statt gleich mit dem Nächsten ins Bett zu gehen. Ob Brad es ihr besser besorgt hat? Und wenn ja, was hat er anders gemacht? Wie schneide ich im Vergleich zu Russel ab? Er wollte sie heiraten, und sie hat seinen Antrag angenommen. Es muss gut gewesen sein. Man bindet sich nicht für immer an jemanden, mit dem der Sex mies ist – da wäre man ja schön blöd.

Die nächsten Stunden drehen sich meine Gedanken im Kreis. Ich sollte glücklich sein, stattdessen bin ich voller Selbstzweifel und frage mich, wie ich dafür sorgen kann, dass Sam auf ihre Kosten kommt. Ich will sie nicht verlieren, aber ich glaube nicht, dass sie bei mir bleibt, wenn es auf der sexuellen Ebene Defizite gibt. Sam braucht Sex wie andere Leute die Luft zum Atmen. Ich ziehe sie enger an mich und küsse ihren Nacken. Sam dreht sich in meinen Armen, gibt einen leisen Seufzer von sich und schmiegt sich dicht an mich. Sie ist mittlerweile dreiundzwanzig, und sie sah nie hübscher aus als jetzt in diesem Moment, in dem sie in meinen Armen liegt. Ich reibe mit meiner Nase über ihre, die so klein und zierlich ist wie Sam selbst.

»Du bist unersättlich«, nuschelt sie im Halbschlaf. Bin ich. Ob das das Problem ist? Fuck, ich weiß gerade gar nicht, wie ich mich verhalten soll. Ich will die Sache mit uns echt nicht in den Sand setzen. Ich ziehe sie enger an mich und halte sie ganz fest. Sam streichelt mich einen Moment lang, ehe ihr Körper schwerer wird und ich an ihren gleichmäßigen Atemzügen höre, dass sie wieder eingeschlafen ist. Ich bemühe mich, es ihr nachzumachen, aber meine wirren Gedanken halten mich davon ab.

Als ich am nächsten Morgen erwache, ist das Bett neben mir leer. Ich höre Sam jedoch in der Küche hantieren. Ich strecke mich, stehe auf, schlüpfe in meine Boxerbriefs und gehe hinaus in den Flur. Mein Herz klopft wie verrückt in meiner Brust. Ich habe keine Ahnung, wie es nach dieser Nacht zwischen uns sein wird. Irgendwie rechne ich mit allem, aber nicht damit, dass sie wie ein Honigkuchenpferd strahlt, als sie mich sieht. Ihre Miene spiegelt pure Freude statt Reue wider.

»Guten Morgen, du Schlafmütze«, begrüßt sie mich. »Perfektes Timing. Gerade wollte ich dich wecken und dir sagen, dass es gleich Frühstück gibt.« Sie klingt so fröhlich, dass ich mich unwillkürlich frage, ob sie mir nicht etwas vorspielt. »Ich habe extra Pancakes für dich gemacht, weil du die so magst, und Ahornsirup habe ich auch da.« Ich liebe Pancakes mit Ahornsirup, während Rus total auf Banana-Pancakes stand. »Und weil ich nicht wusste, ob du nicht vielleicht heute lieber etwas Deftiges magst, gibt es auch noch Rührei mit Speck«, plappert Sam weiter. »Du müsstest es nur zum Tisch tragen.

Das habe ich allein nicht hinbekommen. Warte, ich mach dir noch schnell einen Kaffee. Du magst doch noch Kaffee, oder?« Ich nicke und schaue ihr zu, wie sie mir eine Tasse einschenkt. Ja, ich brauche heute dringend Kaffee, und davon viel. Nach der fast schlaflosen Nacht, die nur eine von vielen in letzter Zeit war, bin ich ohne vermutlich nicht zurechnungsfähig. Die ständige Müdigkeit erschwert es mir, klar zu denken. Ich fühle mich wie ein Zombie auf Zeitlupe, während Sammy wie eine Wüstenrennmaus auf Speed wirkt. Vielleicht ist es meinem übermüdeten Zustand geschuldet, dass ich eine Ewigkeit brauche, bis es klick macht und ich schnalle, warum Sam so aufgekratzt ist.

»Ist alles okay?«, frage ich, als sie mir die Tasse reicht. Sie schüttelt den Kopf, zuckt mit den Schultern und weicht meinem Blick aus. Sie ist so überdeutlich neben der Spur, dass ich nicht anders kann, als sie anzulächeln. Wenn Sam nervös ist, dann ist sie immer hektisch, leicht unkonzentriert, und ihr verdammter Mund steht dann niemals still.

»Ja. Nein. Ich weiß nicht.«

»Nervös?« Ich betrachte sie über den Rand der Kaffeetasse, puste und warte auf eine Antwort.

Sam schaut zu mir auf und seufzt gequält. »Ja, aber das ist doch albern. Ich meine, wie lange kennen wir uns schon?« Ein erneuter Seufzer folgt dem ersten. »Ja, okay, ich bin scheißnervös. Ich … Gott, Dean, mir ist regelrecht schlecht vor Aufregung, und ich habe keine Ahnung, was ich tun soll. Die letzten Tage waren der reinste Horror. Ich habe bloß geheult und daran gedacht, wie sehr ich das hier will, aber auch, wie schwierig alles ist, und dann, dann standst du plötzlich vor meiner Tür und …« Sie verstummt und murmelt: »Ich plappere wieder, stimmt's?«

»Ja, aber du darfst so viel plappern, wie du willst. Ich höre dir gerne zu. Ich mag deine Stimme.«

Sam wirft mir einen finsteren Blick zu, doch ich ignoriere ihn lächelnd. Ich mag es, dass ich nicht der Einzige bin, der unsicher ist. »Das ist nicht witzig, Deany. Wie soll das denn weitergehen und …«

»Und was, Sam?«, hake ich ernst nach, nachdem sie eine Weile geschwiegen hat.

»Wie sieht dein Plan aus? Du hast doch immer einen Plan.«

»Ja, aber du meckerst immer an meinen Plänen rum, wenn ich dich erinnern darf. Also verrate ich ihn dir lieber nicht.«

Ihre Miene verdüstert sich. »Das ist nicht witzig. Ich muss wissen, was das hier werden soll.«

»Reicht es nicht, dass du mich liebst und ich dich und dass wir es miteinander versuchen wollen?«

»Willst du es denn wirklich versuchen? Ich meine, trotz allem und all der Probleme, die es geben wird.«

Ich trete dichter an sie heran, stelle die Tasse ab, nehme ihr Gesicht in beide Hände und küsse sie behutsam. »Ja«, hauche ich gegen ihre sündigen Lippen. »Ich will es probieren, und ich weiß, dass es nicht einfach wird.«

»Schaffen wir das?«, fragt sie unsicher.

»Ich werde mein Bestes geben, Sammy. Versprochen! Du musst mir einfach nur sagen, was du willst und brauchst, und ich sorge dafür, dass du genau das bekommst.« Sie schaut betreten zu Boden. »Ich meine es ernst, Sammy. Keine Geheimnisse. Kein falsches Spiel. Lass uns ehrlich sein und einander vertrauen.« Anders funktioniert es nämlich nicht. Das ist die Basis einer jeden Beziehung.

Sam blickt zu mir auf und sagt: »Wir haben gestern echt Scheiß gebaut.« Okay, ich wollte, dass sie ehrlich ist, und es sollte mich nicht wundern, dass sie nach der gestrigen Nacht zurückrudert. Scheinbar wollte sie bloß vorfühlen, wie ich über das Thema denke, und jetzt, da sie weiß, dass ich alles dransetzen werde, dass das mit uns klappt, bekommt sie kalte Füße. Ich bin so ein riesengroßer Trottel. Nie hätte ich Trish verlassen dürfen, nie … »Ich weiß, du hast genauso das Recht, beunruhigt zu sein wie ich, aber ich bin sauber und nehme die Pille also … aber …«, druckst sie herum.

Ich blinzle verwirrt, greife nach meiner Tasse und umklammere sie fest. Um Zeit zu schinden, nehme ich erst einmal einen großen Schluck Kaffee. Meine wild umhergaloppierenden Gedanken beruhigen sich allmählich, und Erleichterung ergreift von mir Besitz. »Ich bin auch sauber. Keine Panik.«

»Bist du sicher? Ich meine, du und Trish, also ihr …«, stammelt sie, schüttelt den Kopf und gibt einen frustrierten Laut von sich. »Fuck. Warum ist das bloß so schwer.«

»Vielleicht weil wir dieses Gespräch schon einmal geführt haben und ich mich wie ein Arschloch benommen habe?«

»Vielleicht«, gibt sie mir recht.

»Ach, Sammy«, murmle ich. »Es tut mir wirklich leid, was ich damals gesagt habe. Trish und ich haben es nie ohne gemacht. Du bist die Einzige, bei der sich mein Hirn regelmäßig ausschaltet. Ehrlich, sonst bin ich wirklich vorsichtig.«

»Definiere vorsichtig.«

»Sonst mache ich so was nicht. Gar nicht. Außer dir gab es nie eine, bei der ich es weggelassen habe, okay?«

Sie nickt und wispert ein kaum hörbares »Okay«.

»Und du?«

Sam verschränkt die Arme vor der Brust und senkt den Blick. »Ich habe es schon mal ohne gemacht«, murmelt sie. Erst denke ich, dass sie sich schämt und sich vor meiner Reaktion fürchtet. Dann macht es ein weiteres Mal an diesem Tag klick, und ich verstehe, warum sie mit einem Mal so abweisend ist.

»Mit Rus, nicht wahr?«

Sie leckt sich über die Unterlippe und nickt kaum merklich.

»Und sonst nicht?«

Sie schaut zu mir auf, und ich sehe etwas in ihren Augen, was mir nicht gefällt. Ein sonderbarer Ausdruck. Unsicherheit, gepaart mit Trauer vielleicht, oder gar Angst? Was ich jedoch weiß, ist, dass sie lügt, als sie erwidert: »Nein, sonst nicht.«

Fuck, denke ich verärgert. Wir sind kaum zusammen, da werde ich schon von ihr belogen. Ich könnte schweigen, könnte es auf sich beruhen und ihr ihre Geheimnisse lassen, aber … Ich gebe mir einen Ruck und sage: »Erinnerst du dich, was ich eben über Ehrlichkeit gesagt habe, Sammy?«

»Es ist lange her, Dean. Ich habe mich zwischendurch testen lassen – mehr als einmal, um genau zu sein.«

Ich komme mir vor wie ein Bluthund, der eine Spur aufgenommen hat. »Es mag lange her sein, aber du sagst mir noch immer nicht die Wahrheit«, wende ich ein.

Ihr Tonfall hat etwas Flehendes, als sie erwidert: »Die Wahrheit, Dean, wird vollkommen überbewertet.«

»Mag sein, aber ich will sie dennoch erfahren. Hast du mir denn gar nicht zugehört?«

»Doch, doch habe ich«, versichert sie mir und schluckt trocken.

»Aber?«

»Aber es war nicht so …« Sie bricht den Satz ab, vollendet ihn nicht, sondern sagt stattdessen: »Das wird alles zwischen uns ändern.« Mein Herz beginnt in meiner Brust wie verrückt zu hämmern. Mit wem hat sie es gemacht, dass sie nicht mit der Sprache rausrücken will? Mit Brad? Mit Rory? Mit meinem Dad? Nein, das kann nicht sein … »Russel kam damit überhaupt nicht klar«, gesteht sie mir. Oh mein Gott, es ist tatsächlich mein Dad. Sam hat es mit meinem Vater getrieben.

»Ich bin nicht Russel«, erinnere ich sie.

Erneut schluckt sie hart, erneut weicht sie meinem Blick aus. »Ich hatte damals keine Wahl, Dean.« Ich höre ihre Worte, begreife jedoch die Bedeutung nicht. Diesmal ist nicht der Kaffeemangel oder die Müdigkeit schuld daran, sondern irgendetwas in mir weigert sich zu verstehen, was sie meint. Sam schaut hilfesuchend zu mir auf, dann schlingt sie ihre Arme fester um sich, spendet sich selbst Trost.

Meine Gedanken machen erneut komische Sachen in meinem Kopf. Sie sind unstrukturiert, weigern sich, einen Satz zu formulieren, als die Botschaft schließlich doch in mein Hirn sickert. »Fuck!«, murmle ich, denn ich habe keine Ahnung, was ich sonst sagen soll. Ich habe die Bedeutung von »Ich hatte damals keine Wahl.« begriffen, auch wenn ich das nicht möchte, doch was ich will, spielt keine Rolle. Ich schaue Sam an, sehe ihr Leid und frage mich unwillkürlich, wie viel Schmerz ein einzelner Mensch ertragen kann. Sie wirkt verloren und ängstlich. Von der Euphorie und Aufregung ist nichts mehr zu spüren. Ich trete dichter an Sam heran und schließe sie in die Arme. »Wann war das?«

»Vor etwas mehr als fünf Jahren«, murmelt sie.

»Was ist passiert?«

»Ich kann nicht, Dean. Bitte. Ich habe schon viel zu viel gesagt … ich …« Ihre Stimme bricht.

Ich weiß, ich kann sie nicht dazu zwingen mir zu erzählen, was genau geschehen ist – egal, wie sehr ich möchte, dass sie sich mir anvertraut. »Wenn du bereit bist, werde ich dir zuhören, Sammy. Ich verspreche es.«

Sie rückt von mir ab, wischt sich mit dem Handrücken eine Träne aus den Augen und schnieft. »Ist es wirklich okay?«

»Ja, ist es. Ich bin verdammt geduldig und sehr gut im Warten. Erinnerst du dich?«

Sie lächelt schwach. »Das bist du«, stimmt sie mir zu. Aber mein Herz fühlt sich ganz schwer an. Es weitet sich jedoch und wird leichter, als sie sagt: »Ich liebe dich.«

»Ich liebe dich auch.« Mein Magen knurrt lautstark. »Lass uns was essen. Ich sterbe vor Hunger.«

Wir frühstücken, albern etwas herum, als hätte Sam nicht gerade eine Bombe platzen lassen, doch mir schwirren tausend Fragen im Kopf herum. Es muss passiert sein, als sie in Neuseeland oder Australien war. Sonst hätten wir es schließlich mitbekommen. Fuck, sie musste da ganz allein durch. Hatte niemanden, dem sie sich anvertrauen konnte. Ich frage mich, ob sie das Arschloch, das sie zum Sex gezwungen hat, bekommen haben. Hat sie ihn angezeigt? Hat er sie schwer verletzt? Wie geht es ihr jetzt? Kann man über so etwas irgendwann hinweg sein? Sam scheint es halbwegs verkraftet zu haben, aber ich verstehe nur allzu gut, weshalb Russel damit nicht klarkam. Wenn ich ehrlich bin, geht es mir ebenso. Ich hasse die Ungewissheit und all die Fragezeichen.

»Danke, Dean«, sagt Sam als ich später den Tisch abräume. Sie sitzt auf der Arbeitsplatte in der Küche und schaut mir zu, wie ich die Spülmaschine bestücke.

»Das ist doch selbstverständlich. Ich meine, du weißt doch, dass mir so was nichts ausmacht.« Ich bin keiner dieser Kerle, die denken, dass Hausarbeit Frauensache ist. Ich breche mir keinen Zacken aus der Krone, wenn ich mit anpacke, und Sams Zustand lässt mir schließlich gar keine Wahl.

»Das meine ich aber nicht. Ich meine danke, dass du nicht komisch bist, obwohl du es jetzt weißt.«

»Rus war komisch?«, schlussfolgere ich.

Sam seufzt gequält. »Super seltsam. Es hat alles zwischen uns geändert. Der Sex war …« Nun seufze ich. Sam versteht meinen flehenden Blick richtig und schweigt. »Sorry, darüber willst du sicherlich nichts wissen, oder?«

»Nein, ehrlich gesagt nicht.«

»Ich hoffe bloß, dass du nicht so krass eifersüchtig bist wie er.«

»War er das?«, frage ich überrascht. Das sieht Russel gar nicht ähnlich.

Sam schmunzelt bei der Erinnerung. Man sieht ihr in diesem Moment so deutlich an, wie sehr sie ihn liebt, dass ich gar nicht anders kann: Ja, ich bin eifersüchtig. »Er war schrecklich besitzergreifend.« Ich stelle den letzten Teller in die Spülmaschine und schließe die Klappe. »Er dachte, ich würde ihn verlassen. Er war sich sicher, dass ich es tun würde, aber es gab überhaupt keinen Grund. Das zwischen uns war wirklich gut, Dean. Ich finde es schlimm, dass er sich vielleicht darum Gedanken gemacht hat, als er starb.«

Ich betrachte Sam nachdenklich und komme zu dem Schluss, dass die Wahrheit in der Tat überbewertet wird – vor allem, wenn sie so wehtut wie diese Informationen.

Kapitel 14

Sam | 16.11.2014 | Honolulu | Oahu | Hawaii

Die Fäden sind gezogen. Ich darf wieder Auto fahren und ich bin mit Dean Reynolds zusammen. Gäbe es meinen toten Verlobten und meine depressive beste Freundin nicht, würde ich im siebten Himmel schweben.

Yep, dann wäre ich genau dort, wo Rory sich gerade befindet. Wobei, ist das wirklich der Himmel, frage ich mich ein paar Minuten später, als ich ihn im dichten Gedränge und umringt von Fans ausmache. Für mich wäre es die Hölle. So viel Aufmerksamkeit. Ich betrachte die Szenerie vor mir. Rory strahlt breit, aber irgendwie kaufe ich es ihm nicht ab. Er wirkt müde und erschöpft. Wie hat er die Tage nach seinem Sieg verbracht? Haben ihn die Mad-Crush-Leute von einem Interview zum nächsten gejagt?

Ihn vom Flughafen abzuholen erscheint mir jetzt als eine dumme Idee. Sicherlich möchte er einfach nur zurück in seinen Klotz aus Glas, Stahl und Beton, um den ich mich eigentlich hätte kümmern sollen. Zum Glück stand das Ding gestern noch, als ich dort war, und Pflanzen, die eingehen hätten können, gibt es auch nicht. Keine Ahnung, warum er meinte, dass dort jemand hin und wieder nach dem Rechten sehen müsste. Dieser Bunker wird auch den nächsten Tsunami unbeschadet überstehen. Er wird die nächsten hundert Millionen Jahre überdauern. Okay, ich gebe es zu: Ich hasse diesen Schandfleck, der unsere schöne Waimea Bay verunstaltet. Aber Russel hat das damals schon sehr richtig erkannt: Die Villa war eine gute Möglichkeit, sein Vermögen anzulegen. Die Immobilienpreise steigen, und irgendwann möchte Rory vielleicht auch ein echtes Zuhause haben, das mehr zu ihm passt und nicht so gewollt cool und unnahbar ist.

»Er zieht eine ordentliche Show ab, was?«, murmelt jemand dicht hinter mir. Erschrocken zucke ich zusammen, entspanne mich jedoch rasch, als ich realisiere, dass es Brad ist. Wenn Joe ihn jetzt sehen könnte, dann dürfte ich mir tagelang anhören, wie supersexy er aussieht und wie gut er gerochen hat und ja: beides stimmt.

Er ist unrasiert, seine cognacfarbenen Augen leuchten an diesem Tag fast golden, und seine Haare sind etwas zerzaust, fast so, als hätte er gerade erst Sex gehabt. Nicht unwahrscheinlich, wenn man bedenkt, wer er ist und dass die Groupies ihm reihenweise zu Füßen liegen. Ich schaue kurz zu Rory, der sich mit dem gleichen Problem rumschlagen darf und gerade nicht wirklich glücklich aussieht.

Ich schenke Brad ein Lächeln und erwidere: »Ja, sieht ganz so aus.«

»Wir haben die letzten Nächte durchgefeiert«, verrät er mir und fügt hinzu: »Ich bin völlig im Arsch.« Er nickt in Rorys Richtung. »Er auch. Aber ich fürchte, wir müssen noch etwas durchhalten.« Brad nimmt einen großen Schluck von seinem Energydrink und betrachtet den Trubel.

Ich frage mich, wie das für ihn ist, mal nicht im Mittelpunkt zu stehen. Weil Rory noch ziemlich beschäftigt ist und mir die Belastung noch schwerfällt, deute ich auf eine leere Sitzbank. »Können wir uns setzen?«

Brad zuckt mit den Schultern. Nach dem langen Flug kann er sich sicherlich etwas Schöneres vorstellen, als sich gleich wieder irgendwo hinzuhocken. Aber ich hinke zu den freien Plätzen und setze mich. Brad, dem nicht entgangen ist, dass ich humpele, erkundigt sich, was mir fehlt. Ich erzähle ihm die

Geschichte und ende mit dem Satz, dass ich eigentlich nicht die Ungeschickte in unserer Clique bin, sondern Joe.

»Wie geht es ihr?«, erkundigt Brad sich interessiert. Es ist fast so, als hätte er nur darauf gewartet, dass ihr Name fällt. Ich sage mir, dass ich spinne, aber weil ich gerade sehr glücklich verliebt bin, jubele ich aus vollem Herzen und wünsche mir ein Happy End für die beiden.

Ich mustere ihn von der Seite, als ich erwidere: »Ihr Zustand ist unverändert. Sie ist ziemlich fertig.« Er seufzt leise und wirkt mit einem Mal sehr bedrückt. Ich bilde mir das nicht ein. Brad macht sich ernsthaft Sorgen um sie. Die Frage ist bloß, was sein Motiv ist. Ich bin jedoch gern bereit, Mr. Bradley-living-legend-Hoover auf den Zahn zu fühlen. »Aber immerhin habe ich sie überreden können, meinen Geburtstag mit mir zu feiern.« Ich erwähne ihren One-Night-Stand nicht. Das geht ihn schließlich nichts an und auch nicht, dass sie sich am Tag drauf hat tätowieren lassen. Ein Stück eines Songtexts ziert nun ihr Schulterblatt. Das Lied heißt *You and Me* von You +Me. Ich frage mich, an wen sie bei den Zeilen immerzu denken muss. Von wem hätte sie sich gewünscht, dass er ihr in dunklen Zeiten zur Seite stehen und ihr helfen würde, sich selbst nicht zu verlieren? Von Brad? Von Rory? Von Russel? »Und neulich war sie mit ihrem Vater segeln. Wohlwollend betrachtet finde ich, dass man das als Fortschritt werten kann. Schließlich hat sie zuvor monatelang nicht das Haus verlassen.«

Brad nickt nachdenklich. Er hockt da, die Ellbogen auf die Knie gestützt, beobachtet den Hype, der um Rory gemacht wird, und fragt: »Und du? Wie geht es dir? Du siehst gut aus.«

Ich will mein Liebesleben nicht vor ihm ausbreiten. Vielleicht weil Brad etwas Besonderes ist und ich mich vor seinem

Urteil fürchte. Vielleicht aber auch, weil ich einfach noch nicht bereit dazu bin, zu Deans und meiner Beziehung zu stehen. Es ist komisch, dass ich ausgerechnet mit dem Bruder meines toten Verlobten etwas anfange. Ich streite es auch gar nicht ab. Möglicherweise muss ich erst noch sicherer werden, damit ich mich anderen und ihren Vorurteilen und Wertungen stellen kann. »Es gibt bessere und schlechtere Tage«, antworte ich auf Brads Frage. Meine Aussage entspricht der Wahrheit, und doch ist es eine Lüge, denn eigentlich waren die vergangenen Tage wunderbar. Ich erschauere, als ich mich daran erinnere, wie Dean mich heute Morgen genommen hat. Einen Moment lang kann ich seine Präsenz erneut in meinem Rücken spüren, seine Küsse in meinem Nacken, sein Atem, der von hinten an mein Ohr dringt, und den heiseren Schrei, den er ausgestoßen hat, als er schließlich in mir gekommen ist.

Brad scheint zu spüren, dass ich nicht über mein Befinden reden will. Er schluckt die Nullachtfünfzehn-Antwort, die ich ihm zum Fraß vorgeworfen habe, bereitwillig, und dafür bin ich ihm dankbar. Doch nicht nur dafür, sondern auch für die vier Stunden, die er mit mir Smalltalk betreibt, denn so lange dauert es, bis wir Rory aus dem Flughafengebäude rausbekommen und in mein Auto verfrachtet haben.

Kurz umarme ich Rory zur Begrüßung und flüstere ihm noch einmal ins Ohr, wie cool ich es finde, dass er gewonnen hat, dann frage ich, wo ich ihn hinbringen soll.

»Er bleibt erst mal bei mir«, antwortet Brad an Rorys Stelle.

»Da werden deine Fans aber enttäuscht sein«, gebe ich zu bedenken.

Rory zuckt mit den Schultern. »Ich brauche eine Auszeit. Morgen stürze ich mich wieder zurück in den ganzen Zirkus«, versichert er mir. Ich kann verstehen, dass er sich nach all der

Anspannung, Aufregung und Hektik etwas zurückziehen muss. Er erzählt mir, wie sein Tag aussehen wird, und ich möchte definitiv nicht mit ihm tauschen.

Auf der Fahrt hoch an die North Shore unterhalten Rory und Brad mich mit Anekdoten von der Tour, und mehr als einmal muss ich lachen. »Du siehst gut aus«, stellt Rory nach einer Weile fest, und ich weiß, dass er – anders als Brad – nicht lockerlassen wird.

»Was man von dir nicht gerade behaupten kann.«

»Er ist ja auch mit einem fetten Kater in den Flieger gestiegen.«

»Na ja, immerhin hatte ich dort meine Ruhe«, wirft Rory ein. Ich wette, er hat geschlafen wie ein Baby. Er kann das. Ich erinnere mich an unseren Rückflug von Gabs Hochzeit. Da musste er auch Schlaf nachholen, weil er zuvor diese dämliche Belinda Sanders geknallt und sich völlig verausgabt hatte. Wobei, bei seiner Konstitution hat er das sicherlich nicht. Russel jedenfalls war nicht satt zu bekommen, egal, was ich mit ihm angestellt habe. Ich denke daran, wie er nicht mal im Flugzeug und trotz seiner Flugangst die Finger von mir lassen konnte. Er war einfach unmöglich. Die Erinnerung an ihn treibt mir die Tränen in die Augen, und ich umklammere das Lenkrad fester.

»Alles okay, Sam?«, will Brad wissen.

»Ja, geht schon. Ich habe nur eine Fliege ins Auge bekommen«, erwidere ich und ernte einen heiseren Lacher.

»Ist es wegen Rus?«, fragt Rory besorgt.

»Ich bin keine Sissy«, erinnere ich ihn. »Ich muss nicht über meine Gefühle reden.«

»Wenn du es echt männlich machen willst, dann nimmst du

dieses unsägliche Wort nicht mal in den Mund«, coacht Brad mich.

»Werde es mir merken«, entgegne ich.

Rory hingegen findet das Ganze nicht witzig und hakt nach: »Sei nicht so, Sam.«

»Wie bin ich denn?«

»Verschlossen. Wie immer!« Ich schnaube frustriert, greife nach meiner Sonnenbrille, die in der Ablage steckt, und setze sie auf. »Du solltest mit mir reden. Dafür sind Freunde schließlich da.«

»So? Wenn du reden willst, Rory, dann rede mit Joe! Anders als ich hat sie nämlich sicherlich Bedarf.« Mal ehrlich, was soll ich auch sagen? Ja, es gibt sie, die Momente, da trifft mich die Erkenntnis, dass Russel tot ist, nach wie vor wie ein Schlag. Dann drohe ich zusammenzubrechen, dabei gibt es keinen Grund dafür, denn ich vögle munter mit seinem Bruder und bin ziemlich in ihn verliebt. Gott, ich bin eine Verräterin der schlimmsten Sorte. Nichts, was ich sage, könnte mein Verhalten entschuldigen, und dennoch brauche ich Dean so sehr, dass es wehtut. Er allein ist es, der mich aufrechthält. Es tut so gut, in seinen Armen zu liegen und zu hören, dass er mich liebt.

»Das mit Joe sage ich ihm auch schon die ganze Zeit«, wirft Brad ein.

Rory bedenkt ihm mit einem finsteren Blick. »Habt ihr euch abgesprochen?«

»Müssen wir nicht. Die Sachlage ist ja klar und lässt keine anderen Schlüsse zu: Du bist ein rücksichtsloser Arsch, der sie hängen lässt.« Brad nickt zustimmend.

Unser Goldlöckchen gibt einen gequälten Laut von sich. »Ich kann nicht«, sagt er. »Ich kann einfach nicht, okay?«

»Nein, es ist nicht okay!«, beharrt Brad nachdrücklich. »Sie braucht dich.«

»Sag mir nicht, was und wen sie braucht, okay? Du kennst sie nicht«, raunzt er Brad an. »Wenn sie wüsste, was ich getan habe, würde sie mich hassen. Sie würde mir sagen, dass ich mich zum Teufel scheren soll und dass sie mich nie wiedersehen möchte.«

»Das ist doch Quatsch«, entgegne ich.

»Da vorne links«, informiert Brad mich. Ich setze den Blinker und biege dann auf Brads Grundstück ein. Es liegt ein paar Häuser unterhalb der Waimea Bay. Heller Kies bedeckt die Einfahrt und den Vorplatz, der von Pflanzen gesäumt ist. Sein Haus ist hübsch, aber unauffällig. Es ist keine schicke Villa, die schreit: Hier-wohnt-ein-scheißreicher-Kerl. Natürlich war es in dieser Lage, direkt ans Meer grenzend, kein Schnäppchen, doch zwischen diesem Haus und Brads Anwesen auf Maui liegen Welten.

Ich steige aus, lasse den ersten Eindruck auf mich wirken, und irgendwie verändert sich durch dieses Haus mein Bild von Brad. Dieses Haus hat Seele. Ich schaue zu ihm und beobachte, wie er seine Board-Bag von der Ladefläche, die vollkommen mit dem Gepäck der beiden bedeckt ist, nimmt. Dann wende ich mich wieder dem Gebäude zu. Das hier ist nicht das Haus eines Posers, der es nötig hat, mit dem, was er erreicht hat, zu protzen.

Ich warte, bis sie alles abgeladen haben, dann mache ich Anstalten, mich von Rory zu verabschieden, doch der wirft mir nur einen irritierten Blick zu. »Magst du nicht zum Abendessen bleiben?«

»Das wir erst noch einkaufen müssen, vermute ich.« Schließlich waren die beiden eine ganze Weile unterwegs.

»Da irrst du dich. Der Kühlschrank ist voll«, zerstreut Brad meine Bedenken. »Ich habe eine Haushälterin«, ergänzt er. »Komm, gib dir einen Ruck. Ich beiße auch nicht.«

»Und wenn ich es mache?«, kontere ich und zwinkere ihm zu. Ich sage es nicht, weil ich es möchte, sondern weil etwas in mir ihm Kontra geben muss. Ich will nicht, dass er glaubt, ich wäre ein verschüchtertes Mäuschen, das vor Ehrfurcht erstarrt, nur weil er ein superheißer Surfstar ist. Vielleicht versuche ich ihm und mir etwas zu beweisen, denn ich bin nun einmal zutiefst beeindruckt von ihm. Er ist das Idol meiner Jugend. Brad ist einer der besten Surfer seiner Generation, und ich könnte ewig darüber schwärmen, wie er surft. Ich erkenne diese Leistung an und finde, dass das jeder tun sollte, weil er unbestritten großartig ist. Aber das bezieht sich nur auf ihn als Surfer und nicht auf ihn als Mensch. Ich weiß nicht, was für ein Mann er ist, und mir ist durchaus bewusst, dass die wenigsten Leute in diesem Punkt einen Unterschied machen würden. Doch für mich hat das eine mit dem anderen rein gar nichts zu tun.

Brad senkt den Blick und schmunzelt. »Dann wird uns schon was einfallen«, entgegnet er lachend.

»Ich beiße übrigens auch nicht«, wirft Rory ein und bringt mich zum Lachen.

»Nee, du hast viel zu viel Angst vor mir.«

»Zu Recht!« Er wendet sich an Brad. »Habe ich dir mal erzählt, dass ich ihr unter den Rock gucken wollte und dafür einen Tritt in die Eier kassiert habe? Sammy ist schuld, wenn ich zeugungsunfähig sein sollte.«

»Du wärst sowieso ein grässlicher Vater«, behaupte ich.

»Und das aus deinem Mund«, sagt er und informiert Brad darüber, dass ich keine Kinder will. Ich korrigiere ihn nicht.

Ich könnte ihn darauf hinweisen, dass sich durch Russel meine Einstellung zu dem Thema grundlegend verändert hat. Ich wollte die Mutter seiner Kinder sein. Unsere Babys wären perfekt gewesen. Brad mustert mich interessiert. Ich warte darauf, dass er mir sagen wird, dass sich meine Einstellung ändern wird, wenn ich älter bin. Das und viele andere Dinge habe ich mir unzählige Male anhören müssen. Am lustigsten fand ich: »Gott hat dir eine Gebärmutter gegeben, damit du Kinder bekommst.« Ich habe Tränen gelacht und entgegnet: »Gott hat mir aber auch einen freien Willen gegeben, damit ich das selbst entscheiden kann.«

Nein, ehrlich, warum tun die Leute so, als wäre man ein Alien, wenn man sagt, dass man keine Kinder möchte? Es ist ja nicht so, als würde ich keine Kinder mögen. Im Gegenteil. Ich liebe Kinder. Die sind super, aber ich zweifle einfach an meinen Fähigkeiten, eine gute Mutter sein zu können. Ich will mich nicht aufgeben. Ich will nicht, dass mein Nachwuchs dann mein einziger Lebensinhalt ist. Vielleicht ist das der springende Punkt: Mir war klar, dass Rus das nie von mir erwartet hätte. Ich weiß, dass er immer Rücksicht auf mich und meine Bedürfnisse genommen hätte, denn wenn ich während unserer viel zu kurzen gemeinsamen Zeit eines gelernt habe, dann, dass Russel Reynolds nicht ansatzweise der Egoist war, für den er gemeinhin gehalten wurde.

Ich streife meine Sandalen ab und folge Brad und Rory ins Haus. Der Gedanke, dass es eine Seele hat, verstärkt sich, als wir eintreten. Sein Innenleben ist hell und freundlich. Ich blicke mich neugierig im Wohnzimmer um. Als Erstes fällt mein Blick auf den großen Flügel, der vor der breiten Fensterfront steht. »Du spielst?«, frage ich Brad erstaunt.

»Wie ein Gott«, verkündet Rory und klingt so stolz, als

hätte er es Brad höchstpersönlich beigebracht. Etwas, das definitiv nicht der Fall ist, weil Rory hoffnungslos unmusikalisch ist. »Ich würde sogar so weit gehen zu behaupten, dass er besser Piano spielt, als er surft.«

Ich wollte Brad vorher schon spielen hören, doch nun hat Rory mich endgültig neugierig gemacht. »Wie wäre es mit einer kleinen Kostprobe«, schlage ich vor.

»Heute nicht.«

»Ich wette, du kannst gar nicht spielen«, provoziere ich ihn.

Brad zieht eine Augenbraue hoch und entgegnet: »Und warum sollte ich sonst ein Piano hier stehen haben?«

Ich zucke mit den Schultern. »Keine Ahnung, um Frauen zu beeindrucken vielleicht?«, meine ich und lächle ihn zuckersüß an. Ehe er etwas erwidern kann, setze ich nach. »Scheint ja heute nicht mehr so einfach für Pro-Surfer zu sein, genug Mädels klarzumachen. Rory musste sich sogar ein heißes Tattoo stechen lassen, damit er wieder interessant wird.«

Rorys heiseres Lachen erfüllt den Raum. »Ich musste mir sogar den verdammten Weltmeistertitel holen, um endlich wieder Nachschub in mein Bett zu locken«, scherzt er, während ich näher an den ebenholzfarbenen Flügel herantrete und meine Fingerspitzen über das dunkle Holz gleiten lasse. Wow, das Ding ist Luxus pur.

»Ich spiele ein anderes Mal für dich, Sam«, vertröstet Brad mich und fügt hinzu: »Ich verspreche es.« Er öffnet den Kühlschrank, späht hinein und fragt: »Bier?« Rory und ich nicken, und er reicht uns jeweils eine Flasche. Rory gibt mir seine, und ich öffne sie für ihn – mithilfe eines Feuerzeugs, das auf der Arbeitsplatte liegt. Meine mache ich mit meinem Handy auf. Brad beobachtet das Ganze interessiert und öffnet seine dann mit seinen strahlend weißen Zähnen. »Autsch!«, murmle ich, woraufhin er breit grinst.

»Wegen dem Klavier.«

»Piano«, verbessert er mich.

»Okay, von mir aus, was hältst du davon: Du spielst, und ich koche.« Ich bin echt neugierig.

»Oh, bitte lass sie kochen!«, stößt Rory hervor, und er klingt so begeistert von der Idee, dass ich lachen muss.

»Alter, du hörst dich an, als würde dir gleich einer abgehen.«

»Brad, du hast keine Ahnung, wie gut sie kocht. Sammy hat zwar sonst keine Talente, aber kochen kann sie.«

»Hey!«, protestiere ich empört. »Ich habe sehr wohl andere Talente, bloß keine, von denen du weißt.«

Er verzieht sein Gesicht zu einer Grimasse und sagt: »Sammy, du bist eine verdammt Göttin, was das Kochen angeht. Ich kann mir nicht vorstellen, dass du besser bläst, als du kochst, auch wenn Rus das immer behauptet hat.«

»Hat er das?«, frage ich mit hochgezogener Augenbraue. Rory nickt. Unfassbar! Ich verdrehe die Augen.

»Yep, er hat mich echt neugierig gemacht. Ich kann es immer noch nicht glauben.«

»Musst du aber wohl oder übel, denn bevor ich für dich und deinen mickrigen Schwanz auf die Knie gehen würde, müsste echt einiges passieren.«

»Mir reicht es, wenn du kochst, aber mal im Ernst: Mein mickriger Schwanz?«, echot er empört. Er sieht hilfesuchend zu Brad. Keine Ahnung, was er von diesem erwartet. Rückendeckung vielleicht? Doch Bradley Hoover ist ein schlauer Mann und hält sich gediegen aus unserem Zwist raus. »Du solltest das echt zurücknehmen, Sammy, sonst sehe ich mich gezwungen, ihn auszupacken, nur um dir das Gegenteil zu beweisen«, droht Rory, woraufhin ich quietsche und mir die Augen zuhalte, denn bei ihm weiß man nie, ob er so einen Scheiß nicht wirklich durchzieht. Er lacht mich aus. Ich schiele zwischen den Fingern hindurch und sehe, dass er zum Glück seine Jeans anbehalten hat. »Ich verlange eine Entschuldigung, Sam«, fordert Rory und täuscht erneut an, sein Ding rauszuholen.

»Okay, okay, okay«, sage ich rasch. »Dann ist dein Schwanz eben nicht mickrig, aber keine Frau, die bei klarem Verstand ist, würde sich auf einen versauten Spinner wie dich einlassen.«

»Die Weiber sollen sich auch gar nicht auf mich einlassen, die sollen sich nur von mir ficken lassen«, belehrt er mich.

»Du bist unmöglich«, rüge ich ihn.

Rory zieht eine Grimasse, als wäre er eingeschnappt, deutet auf Brad und sagt: »Brad hat mich versaut. Vorher war ich der reinste Pfadfinder.«

Wer's glaubt. Der einzige Pfad, den er gefunden hat, war der, der ihn ohne Umwege in jedes Höschen geführt hat.

»Ich habe damit nichts zu tun«, behauptet Brad und setzt eine unschuldige Miene auf.

»Spar dir diese Unschuldsnummer, Brad. Die kaufe ich dir nicht ab. Zum Glück seid ihr Profisurfer und keine Schauspieler geworden. Ihr würdet elendiglich verhungern.«

»Apropos verhungern. Du musst nicht kochen. Wir bestellen heute einfach was.«

»Ich kann ja auch was Schnelles machen.«

»Nein, entspann dich. Setz dich mit uns auf die Terrasse und sorg dafür, dass ich nicht in den nächsten zwei Stunden einschlafe. Ich bin nämlich echt platt.«

»Du bist vor allem alt!«, neckt Rory ihn.

»Blödsinn, ich das ist bloß der Jetlag.«

»Yep, und den steckt man besser weg, wenn man jünger ist«, triezt Rory ihn. Brad schenkt sich eine Erwiderung, öffnet die Tür zur Terrasse und tritt hinaus. Ich folge ihm und stolpere beinahe über eine Katze, die an mir vorbei in die Freiheit saust.

Pool, Whirlpool und Blick aufs Meer. Brads Haus ist echt ein Traum. Er setzt sich, und ich nehme ihm gegenüber in einem der Sessel Platz. Rory macht es sich auf einer Liege bequem. Er hockt im Schneidersitz auf der Liegefläche und nippt an seinem Bier. Ich hebe meines: »Auf dich, Champ!«, sage ich und toaste ihm zu.

Es wird ein verdammt lustiger Abend. Brad bestellt Pizza für uns, und wir feiern Rorys Sieg und seine Heimkehr. Es ist witzig und gemütlich. Ich bin glücklich und ziemlich betrunken, denn irgendwann sind wir von Bier auf Whiskey umgestiegen.

Spät in der Nacht frage ich Rory nach seinem Tattoo, und ich johle laut auf, als er für mich strippt und seinen gestählten Oberkörper entblößt.

»Fuck, ist das geil«, informiere ich ihn, woraufhin er wild grinst.

»Ist ein ziemlicher Weiber-Magnet«, gibt er zu – was mich kein Stück wundert. Ich finde es extrem heiß, und wäre er nicht Rory, dann … Egal, ich will es trotzdem gern anfassen. Dieses Tattoo ist megasexy, wie es sich von seiner Hüfte über seinen Rippenbogen und seine Brust hinauf bis zu seiner Schulter und dann seinen Arm hinunterzieht.

Die stilisierten Wellen schmücken seinen durchtrainierten Body, und am liebsten würde ich die schwarzen Linien mit meinen Fingern nachfahren oder ablecken. Scheinbar habe ich diesen Wunsch laut kundgetan, denn Rory und Brad brechen in schallendes Gelächter aus.

»Ich glaube, du hast für heute genug, Sammy«, verkündet Rory und nimmt mir mein Glas ab.

»Hey, da war noch was drin!«, protestiere ich.

Rory kippt es auf ex hinunter und sagt: »Jetzt nicht mehr.«

Ich schmolle. Brad, der ebenfalls ordentlich einen im Tee hat, stupst mir den Ellbogen in die Rippen. »Hier wird nicht geschmollt.«

»Sonst was?«

»Sonst landest du im Pool.«

»Das machst du nie!« Rus würde so was machen, aber Brad ist nicht Rus. Er ist deutlich älter. Fast zweiunddreißig, wenn ich mich nicht irre.

Brad beugt sich zu mir, sein Atem streift mein Gesicht, als er leise fragt: »Willst du drauf wetten?«

Ich verschränke die Arme vor der Brust und schiebe meine Unterlippe vor. Im nächsten Moment werde ich gepackt. Ich quietsche, als er mich auf die Füße zerrt, sich unter mir wegduckt und mich über seine Schulter wirft. Er klatscht mir auf den Arsch, und ich zapple mir einen ab, damit er mich wieder runterlässt.

Brad strebt jedoch unbeeindruckt Richtung Schwimmbecken. Ich verstärke meine Bemühungen und quietsche nun lautstark. Rory, der Penner, lacht sich einen ab, während Brad nun am Rand des Pools steht. »Irgendwelche letzten Worte, Samantha«, grollt er. Verdammt, Brads Reibeisenstimme klingt höllisch sexy.

»Untersteh dich, Bradley!«, warne ich ihn und füge hinzu: »Du wirst es bitter bereuen.« Ich denke nämlich gar nicht daran, mich von ihm reinwerfen zu lassen, weshalb ich mich wie verrückt an ihm festkralle. Wenn, dann geht der gute Brad mit mir unter – was dann auch geschieht, denn er sieht es ebenfalls nicht ein, klein beizugeben. Ich kreische lautstark, als wir zusammen in seinen Pool platschen. Prustend und nach Luft schnappend durchbreche ich die Wasseroberfläche.

»Fuck!«, fluche ich, als ich mich daran erinnere, dass sich in meiner Hosentasche sowohl mein Handy als auch ein Tütchen Gras befinden. Mit einem Mal bin ich total nüchtern.

»Das trocknet wieder«, meint Brad lachend, als ich ein paar zerknüllte Geldscheine und das Tütchen mit dem Dope hervorhole.

»Was? Das Handy?«, entgegne ich säuerlich und halte es ihm unter die Nase.

»Ups«, murmelt er schuldbewusst, aber er wäre nicht Brad Hoover, wenn er nicht – verwöhnter Pro-Surfer, der er ist – hinzufügen würde: »Aber du hast es nicht anders gewollt, Sam. Ich habe dich gewarnt.«

Ich zeige ihm den Finger und schwimme zur Leiter. Verfickte Scheiße! Ich heule inzwischen haltlos, denn auf dem Handy sind jede Menge Fotos und Videos von Rus und mir gewesen. Ob man die irgendwie retten kann?

Rory erhebt sich und kommt auf mich zu. »Was ist los Sammy? Hast du dir wehgetan?«

»Nein!«, motze ich und will mich an ihm vorbeischieben, doch er hält mich auf. »Das Handy ist im Arsch!«, erkläre ich, als er mich noch einmal fragt, was los ist.

»Na, dann kauft Brad dir eben ein neues«, meint Rory gelassen.

Brad, der mich inzwischen eingeholt hat, nickt zustimmend.

»Darum geht es doch überhaupt nicht«, stoße ich mühsam beherrscht hervor. »Es geht um die Videos und Fotos. All meine Erinnerungen an die Zeit mit Rus sind da drauf und …

Nein! Es gibt keine Kopien!« Selbst ich höre, wie hysterisch ich klinge.

»Warum nicht?«, fragt Rory, und es klingt wie: Wie dämlich ist das denn!

»Weil ich sie mir bisher nicht anschauen konnte.« Ich schluchze. »Ich habe es immer vor mir hergeschoben.«

Rory nimmt mich in den Arm, und Brad schnappt mir das Handy aus der Hand. Ehe ich protestieren kann, geht er damit ins Haus. Rory und ich folgen ihm. Brad entnimmt den Akku und die SIM-Karte, tupft das Handy mit Taschentüchern trocken, dann packt er es in eine flache Schüssel und fügt Reis hinzu. Auf meinen verwunderten Blick hin erklärt er, dass seines erst kürzlich einen Wasserschaden hatte, weil es ihm ins Klo gefallen ist.

»Genau genommen nicht mir«, brummt er, weil Rory ihn auslacht und fügt hinzu: »Sondern Sienna.«

»Deine Freundin?«, nun ist es an Brad zu lachen.

»Meine Tochter«, klärt er mich auf. »Sie ist die Älteste.«

Ich beobachte sein Treiben trotz seiner Erfahrung skeptisch. »Sollte es so nicht klappen, Sam, dann gibt es immer noch Spezialisten, die die Daten retten können«, beruhigt er mich.

Ich atme erleichtert durch, und Rory drückt mich kurz. »Siehst du, kein Grund zur Panik, und wenn du willst, dann ziehe ich dir die Tage die Sachen auf deinen Rechner.«

Ich nicke und gebe ein schwaches »Danke« von mir.

»Sorry, Sam«, meint Brad betreten.

»Schon gut«, seufze ich leise. Ich bin vorerst beruhigt und schiebe die Vorstellung, dass all die kostbaren Erinnerungen unrettbarer verloren sind, weit von mir.

Die Nacht verbringe ich in Rorys Armen. Wir teilen uns Brads Gästezimmer, und ich bin froh, nicht allein zu sein. Kurz bevor ich einschlafe, fällt mir ein, dass ich ganz vergessen habe, Dean zu sagen, wo ich bin. Ich hoffe, dass er sich keine allzu großen Sorgen macht, denn anrufen kann ich ihn nicht. Ich weiß seine Nummer nicht auswendig. Unwillkürlich huschen meine Gedanken zurück zu meinem Handy und zu seinem wertvollen Inhalt. Inständig hoffe ich, dass die Daten noch zu retten sind.

Es ist qualvoll hell, als ich erwache. Rory liegt halb über mir. Er hält mich fest umklammert – wie eine Krake. Ich knuffe ihn, damit er mich loslässt und sich in die andere Richtung dreht, stattdessen schmiegt er sich nur noch dichter an mich. Sein erigierter Penis drückt unangenehm gegen meine Hüfte. Ich unterdrücke ein gequältes Stöhnen. Kann ein Morgen schlimmer beginnen, frage ich mich und seufze leise. Nicht nur, dass ich einen echt brutalen Kater habe und mein Kopf sich anfühlt, als hätte ihn jemand als Punchingball benutzt, nein zu allem Überfluss entwickelt der gar nicht mal so kleine Freund meines besten Freundes ein morgendliches Eigenleben. Mir ist schon klar, dass Rory nichts dafür kann, aber dennoch hätte ich auf diese Erfahrung gut verzichten können – megaheißes Tattoo hin, megaheißes Tattoo her. Das Ding mag ein Weibermagnet sein, aber Rory bleibt trotzdem Rory – aber zugegeben: Mickrig ist sein Schwanz nicht. Das muss man ihm lassen.

Ich stehle mich unter seinem Körper hervor und falle fast aus dem Bett, weil ich mich in den Decken verheddere. So vorsichtig wie möglich schleiche ich aus dem Zimmer, weil ich Rory nicht wecken will, aber ich muss dringend zurück in die Stadt. Dean ist sicherlich ganz außer sich vor Sorge. Dass ich ihn nicht darüber informiert habe, wo ich bin, und einfach hier versumpft bin, ärgert mich. Es war gedankenlos.

Zu meiner Überraschung treffe ich in der Küche auf Brad, der gerade Frühstück zubereitet. »Guten Morgen«, begrüßt er mich, woraufhin ich ihm ein »Nicht so laut« entgegenzische.

Seine bernsteinfarbenen Augen (klingt super kitschig, ich weiß, aber diese Farbe haben sie laut Joe nun einmal) funkeln amüsiert, als er sich flüsternd entschuldigt. »Kaffee?«, fügt er hinzu.

»Ich muss zurück in die Stadt«, informiere ich ihn.

»Bleib hier und ruh dich aus. Du kannst sowieso noch nicht fahren.« Ich schaue ihn fragend an. Klar, wirklich fit bin ich nach der Nacht nicht, aber … »Du bist noch zu betrunken.«

»Ich bin nicht mehr betrunken. Ich bin bloß verkatert.«

»Noch nie was von Restalkohol gehört, Sam? Wenn sie dich in dem Zustand anhalten, bist du deinen Führerschein los und außerdem …« Er redet weiter, doch ich höre ihm nicht zu. In meinen Ohren rauscht es wie verrückt, weil ich etwas begreife. Die Erkenntnis trifft mich volle Breitseite. Russel war in der Tat total betrunken, als er verunglückt ist. Brad hat recht damit, dass ich definitiv fahruntüchtig bin. Es fühlt sich nicht so an, aber es ändert nichts daran, dass es stimmt, was er sagt. Wir hatten das mal in Bio. Alkohol baut sich furchtbar langsam ab. Hinzu kommt, dass Rus und ich es gewöhnt waren, große Mengen Alkohol zu trinken. Bei uns setzte der Rauschzustand daher erst später ein und ließ bereits früher nach. Ich erinnere mich genau, wie gutgelaunt und fit er war, als wir eng umschlungen am Flughafen standen und die letzten gemeinsamen Minuten ausgekostet haben. Es sollte bloß eine Trennung für ein paar Tage sein. Bereits am Freitag wollte ich nachkommen. Ich hatte das Valentinstagsgeschenk schon besorgt und …

»Alles gut?«, fragt Brad besorgt.

»Ja! Nein! Mir ist schlecht!«, erwidere ich durch zusammengebissene Zähne, und ja, mir ist so entsetzlich übel wie noch nie in meinem Leben. »Ich …« Es gelingt mir nicht, den Satz zu vollenden. Ich überbrücke die Distanz bis zum Waschbecken und übergebe mich lautstark. Mein Magen verkrampft sich wieder und wieder, und ich kann einfach nicht aufhören zu kotzen.

»Sam?«

»Bleib weg, Brad!«, keuche ich und erbreche mich erneut. Minutenlang kotze ich mir die Seele aus dem Leib, weil sich die Puzzleteile zusammengefügt haben und ich endlich Antworten auf meine Fragen erhalten habe. Ja, Russel war zweifelsohne stark alkoholisiert, als er von der Straße abkam und sein Leben an diesem Baum zerschellte … unser aller Leben, und es ist meine Schuld! Oh, mein Gott! Es ist meine Schuld!

Kapitel 15

DEAN | 17.11.2014 | Honolulu | Oahu | Hawaii

Es ist passiert. Es ist wieder passiert. Ich versuche zum x-ten Mal Sam zu erreichen. Die Nacht war der reinste Horror. Ich habe kein Auge zugetan. Sie schickt mich wieder durch die Hölle. Wer weiß, wo sie jetzt ist? Neuseeland? Australien? Oder ist sie, wie damals bei Rus, zu diesem Hunter geflogen?

Ich versuche mich zu beruhigen. Versuche mir zu sagen, dass sie sicherlich bloß, nachdem sie Rory abgeholt hat, bei ihm versackt ist, aber es ist keine Erklärung, warum sie meine Anrufe ignoriert. Möglicherweise hat sie ihr Handy nicht dabei. Sie könnte es in ihrer Wohnung vergessen haben. Ich befinde mich in meiner, die mir im Augenblick viel zu klein und eng erscheint. Ich tigere ruhelos auf und ab und bekomme meinen Kopf einfach nicht frei. Ich denke unzusammenhängendes Zeug. Zum Beispiel erinnere ich mich daran, dass mir die Wohnung in den vergangenen Tagen groß und leer erschienen ist. Ja, seit Trish ausgezogen ist, fühlte es sich ungewohnt und fremd an, hier zu sein. Sie hat all die Dinge mitgenommen, die das Appartement wohnlich gemacht haben, und nun ist es alles andere als gemütlich. Außerdem ist es so, als wäre sie noch immer hier. Es ist wie mit Russels Zimmer zu Hause auf Maui. Sein Geist, seine Aura, seine Präsenz oder was weiß ich hängt noch darin, hoch oben zwischen Wänden und Decke – und hier, hier ist es ebenso. Der Nachhall unserer gescheiterten Beziehung schwebt bleiern und beklemmend wie dichter Bodennebel im Raum – verdichtet sich im Wohnzimmer und in der Küche, wo wir uns oft zusammen aufgehalten haben.

Ich gehe umher, drehe eine weitere Runde, trete hinaus auf

die Terrasse und betrachte das funkelnde Honolulu in der einsetzenden Dunkelheit.

Vielleicht ist der Akku leer, und sie ist deshalb nicht erreichbar, sage ich mir. Klar, und sie hat es in all der Zeit nicht geschafft, ihn aufzuladen, unkt der zynische Part meiner selbst. Die Stimme der Vernunft erhebt sich erneut, gibt zu bedenken, dass Sam ihr Handy auch verloren haben könnte, doch ich vernehme sie nur ganz gedämpft, denn meine Panik ist zu groß.

Nein, ich ahne, was geschehen ist. Sam hat Rory von uns erzählt, und er hat ähnlich reagiert wie ihr Vater. Er hat ihr seine undifferenzierte Meinung zu dem Thema gegeigt und Sam dazu gebracht, einen Rückzieher zu machen. Doch statt sich mir und der Situation zu stellen, läuft sie wieder weg – ganz so wie immer.

Ich seufze und weiß nicht, wo mir der Kopf steht. Ich verstehe sie nicht. In den letzten Tagen war alles okay … nein, es war weitaus mehr als lediglich okay. Es war großartig. Ich war so stoked, und irgendwie hat sie mich eingelullt. Ich wollte vorsichtig sein, wollte insgeheim mein Herz schützen und vor einer weiteren Verletzung bewahren, doch Pusteblume: Sam hat es klassisch geschafft, mich um den Finger zu wickeln. Schneller als ich meinem naiven, dummen Herzen ein mahnendes »Achtung« zuzischen konnte, war ich ihr völlig verfallen.

Ich bin mir sicher, es lag an ihren Küssen und dem verdammten Sex. Mit ihr ist es grandios. Es ist so unfassbar gut, dass ich nicht weiß, wie ich mich jemals mit etwas anderem habe zufriedengeben können, und doch wünschte ich, ich hätte es getan. Ich wünschte, ich hätte ihr widerstanden, doch ich musste ihrem sirenenartigen Gesang folgen und mich sehenden Auges ins Unglück stürzen.

Trish hat mich gewarnt. Sie hat gesagt, dass sich Leute wie Kyle und Sam nie ändern. Damals dachte ich, dass Sam sich nicht ändern muss, weil sie perfekt ist. Es war meine trotzige, romantische und offensichtlich schwer gestörte Seite, die bewirkt, dass ich der Realität nicht ins Auge sehe. Ich habe bei der Polizei und in den Krankenhäusern angerufen und schließlich auch versucht, Rory zu erreichen. Ja, ich bin ihr hinterhergerannt – wie ein Trottel ohne Selbstachtung.

Und ich werde es wieder tun. Einfach weil ich Gewissheit brauche. Ich bin sowieso nicht zu einem einzigen klaren Gedanken in der Lage, ehe ich nicht weiß, was Sache ist. Ich fahre zu Sams Wohnung und gelange mit einem Trick ins Haus. Ich warte Ewigkeiten auf den verdammten Fahrstuhl, gebe schließlich genervt auf und frage mich, während ich Stufe für Stufe nehme, warum es so ein doofes Ding überhaupt gibt, wenn es ständig nicht funktioniert.

Ihre Wohnung war in den letzten Tagen unser Liebesnest. Eigentlich sind die wenigen Quadratmeter eine Zumutung. Das Mini-Appartement könnte ein verkommenes Loch sein, so wie etliche der anderen Wohnungen in diesem Haus, doch Sam hat aus ihrem Refugium mit wenigen Mitteln das Beste gemacht. Ich wünschte, sie hätte ebenso viel Seele wie ihre vier Wände.

Dass das nicht der Fall wird, ahne ich, als ich nur noch einen Treppenabsatz von ihrer Wohnung entfernt bin, denn ich höre ihre Stimme und dann seine. Ich weiß nicht, wer er ist, aber er nennt sie Sammy, und ich erstarre in der Bewegung.

»Du musst mir nicht danken. Nicht dafür. Ich habe das gern gemacht. Wirklich.« Was hat er gern gemacht, frage ich mich unsicher. Mein Herz hämmert wie von Sinnen in meiner Brust.

Ich schleiche näher. Lausche. Ja, es gehört sich nicht, aber es ist mir scheißegal. Ich spähe in den Flur hinein.

Der Kerl ist nicht sonderlich groß. Irgendwas an ihm kommt mir ungemein bekannt vor. Sam hilft meiner mangelnden Kombinationsgabe auf die Sprünge.

»Doch, Brad, das muss ich. Was du getan hast, war toll und nicht selbstverständlich. Also vielen Dank.«

Er zuckt mit den Schultern. Es ist eine lapidare Geste, die in krassem Kontrast zu all dem steht, was ich gerade empfinde. Brodelnde Eifersucht schießt glühend heiß durch meinen Körper. »Es war mir ein Vergnügen«, behauptet er, und Sam schnaubt.

»Klar«, murmelt sie. Sie klingt unsicher, aber so sind die verdammten Weiber, wenn er in der Nähe ist. Bradley Hoover verwandelt selbst die schönsten, klügsten und begehrenswertesten Frauen in dämlich gackernde, auf ihren Unterlippen herumkauende unsichere Wesen.

Mein Magen krampft sich zusammen, als er sagt: »Sammy, ich weiß, du willst das nicht hören, aber die Wahrheit ist, dass ich dich sehr mag. Du hast jemanden gebraucht, der für dich da war, und ich war gern dieser Jemand.« Ich kann mir vorstellen, wie sein verkacktes Gesicht aussieht, als er die Worte zu ihr sagt. Brad hat immer diesen scheißtraurigen Ausdruck in den Augen – seelenvoll, nannte Joe das früher. Ehrlich, er müsste kein berühmter, millionenschwerer Surfstar sein, um Frauen rumzukriegen. Ich bestreite nicht, dass das nicht hilfreich ist – im Gegenteil –, aber Brad verfügt über ein hammermäßiges Aussehen. und gepaart mit diesem wehmütigen Ausdruck in seinen Augen ist er auch so schon der Typ Mann, für den die Mädchen reihenweise ihre Höschen fallen lassen.

Ich nehme eine Bewegung wahr. Sam beugt sich vor und …

Küsst sie ihn? Ja, ich glaube schon. Fuck, sie knutscht hier im Flur vor ihrer Haustür mit dem verschissenen Bradley Hoover herum. Das zu sehen, macht mich wahnsinnig. Einerseits will ich wissen, was geschieht, andererseits will ich diesen miesen Wichser von ihr wegreißen. Fuck! Dieser Scheißkerl kann wirklich jede Frau in diesem verdammten Bundesstaat haben. Doch was tut er? Er schnappt sich Sam – ein weiteres Mal. Sam bedankt sich noch einmal, und ich komme zu dem Schluss, dass es ein hammermäßiger Fick gewesen sein muss. Sie will die Tür schließen, doch er sagt: »Sammy, warte!«

»Ja?«, fragt sie.

»Hast du was zu schreiben?«

»Klar. Moment!«

Sie ist kurz weg, kommt dann wieder, und er greift nach etwas. »Das ist meine Handynummer. Du kannst mich jederzeit anrufen. Wann immer du magst.«

»Danke!«

Mir ist so verdammt schlecht, dass ich mich darüber wundere, dass ich überhaupt noch dazu in der Lage, bin zu stehen.

»Du brauchst dich nicht zu bedanken. Komm einfach drauf zurück, wenn dir danach ist, okay?«

»Okay!« Und dann, dann geht er endlich. Ich traue mich nicht, mich zu bewegen, zum einen aus Angst, entdeckt zu werden, zum anderen, weil ich es gerade nicht kann. Ich bin geschockt und fassungslos. Sam und er … Was soll ich davon halten? Nein, das ist die falsche Frage. Wie kann sie nur. Wie zur Hölle ist das passiert? Wann? Dann erinnere ich mich an damals und dass ich ihr im Prinzip nur zwei oder drei Stunden lang den Rücken gekehrt habe, und schon hat sie für ihn die Beine breit gemacht. Fuck, wie zum Teufel konnte sie mir das antun.

Eine Weile sitze ich wie betäubt im Treppenhaus, versuche zu begreifen, was passiert ist. Ich weigere mich standhaft, das Offensichtliche zu akzeptieren – das war damals auch schon so. Mühsam unterdrücke ich ein lautes Schluchzen. Der Schmerz ist unbegreiflich. Niemals hätte ich gedacht, dass sie die Macht dazu hätte, mir so wehzutun. Ich dachte, ich hätte mich vorbereitet. Ich dachte wirklich, ich könnte mit dem Feuer spielen, ohne mich zu verbrennen. Was bin ich für ein dämlicher Idiot!

Wie heißt es so schön: Fool me once, shame on you. Fool me twice, shame on me. Ich bin ein Esel. Echt! Ich bin der weltgrößte Esel überhaupt.

Ich meine, Scheiß, sie sollte froh sein, dass ich ihr überhaupt eine zweite Chance gegeben habe, doch sie tritt meine Großzügigkeit mit Füßen. Es ist ja nicht so, als würde ich Dankbarkeit erwarten. Alles, was ich will, ist, dass sie begreift, wie schwer es mir gefallen ist, über meinen Schatten zu springen. Ich habe meine Bedenken und meine Beziehung über Bord geworfen. Kann sie das nicht honorieren und sich entsprechend verhalten? Nein, natürlich nicht. Sie ist Sam. Sie ist ein männerfressender Vamp, und ich bin ihr jüngstes Opfer.

Die Erkenntnis macht mich wütend. Dass sie mich wieder verarscht hat – noch dazu mit Brad! Hat sie gar keinen Respekt vor mir? Ich war immer für sie da. Immer! Habe ihr mit all ihrem Scheiß geholfen so gut ich konnte. Ich hätte für sie die Welt aus den Angeln gehoben und die Sterne vom Himmel geholt, wenn es im Bereich meiner Möglichkeiten gelegen hätte. Nein, ich habe es nicht verdient. Das damals nicht und das heute auch nicht.

Mein Handy klingelt, und Sams Nummer wird mir angezeigt. Ich lache bitter auf. Das ist ja wohl mal der größte Witz überhaupt. Ich drücke ihren Anruf weg, nur um ein paar Minuten später eine Nachricht zu erhalten, in der steht, dass sie mich vermisst, hofft, dass es mir gut geht und mich sehen will. Tja, denke ich säuerlich: Wir bekommen nun einmal nicht immer, was wir wollen. Andererseits, ich bin hier. Sie will mich sehen, und ich sollte aufhören, meinen Frust und meine Enttäuschung in mich hineinzufressen. Ich sollte den ganzen Scheiß nicht wortlos schlucken und mir gefallen lassen. Nein! Dieses Mal nicht. Dieses verfickte Mal wird es mit einem lauten Knall enden.

Ich erhebe mich, stecke das Handy weg und marschiere zu Sams Wohnungstür. Alles in mir ist bereit für einen Kampf. Ich werde mir meine Würde zurückholen, indem ich auf den Putz haue und ihr endlich einmal all das an den Kopf werfe, was seit Jahren in mir wütet. Ja, in meinem Inneren tobt ein gewaltiger Sturm, der mich immer wieder zu zerreißen droht, doch heute werde ich es beenden. Ich werde das Band, das uns verbindet, durchschneiden, und dann sammle ich die Scherben auf und mache weiter.

Ich hebe meine Hand, balle sie zur Faust und klopfe energisch an ihre Tür. Den Bruchteil einer Sekunde später reißt Sam die Tür auf. Sie ist völlig verheult und sieht so übel aus, dass mir der Atem stockt. Ihr Anblick berührt mich, fordert meinen Beschützerinstinkt herauf, und meine Wut droht an ihren Tränen zu zerschellen.

Nein, sage ich mir. Nein, sie wird dich nicht weichkochen. Nicht dieses Mal. Es muss mir egal sein, was sie fühlt, doch das ist es nicht. Ihre Verzweiflung ist so greifbar, dass ich mich ihr nicht entziehen kann. Ich sehe sie an, sehe ihr Leid und ihre Seelenqual. Ich sehe, dass das Ganze nicht spurlos an ihr vorbeigegangen ist, erkenne, dass sie das »wir«, das sie mit Füßen getreten und einfach weggeworfen hat, beweint. Sie bereut, was passiert ist, aber das macht es nicht besser. Im Gegenteil! Warum hat sie es überhaupt getan, wenn …

»Es tut mir leid, Deany!«, wispert sie.

Was, will ich fragen, doch da tritt sie auf mich zu, schlingt ihre Arme um meinen Hals und küsst mich. Sie küsst mich so hemmungslos und verzweifelt, dass mein Entschluss ins Wanken gerät … Wobei, nein, das trifft es nicht. Sie reißt ihn einfach nieder. Wie eine gewaltige Sturmflut bricht sie über die wackeligen Reste meiner Selbstachtung her und zerschmettert dieses Konstrukt und mit ihm mein Selbstbild. Ich weiß, dass es falsch ist, ihren Kuss zu erwidern. Es schmerzt – jede Faser meines Körpers und meiner Seele brennt, als ich mich verrate, doch ich kann ihr nicht widerstehen.

Rauschartig fallen wir übereinander her. Gedankenlos. Denn würden wir denken, würden wir es nicht tun. Wir würden die Notbremse ziehen, würden das hier beenden, doch irgendwie sind wir dazu nicht in der Lage, und so ficke ich sie die halbe Nacht voller Verzweiflung. Dieses Mal ist es nicht erfüllend. Kein einziges Mal ist es das, und jedes Mal fühle ich mich danach schäbig, und dennoch kann ich meine Finger nicht von ihr lassen. Ich führe einen aussichtslosen Kampf, weil ich an etwas festhalten will, etwas zurückholen will, das nicht mehr existiert und womöglich niemals existiert hat. Die Sam, die ich liebe, ist nur eine Illusion.

Als der Morgen dämmert, schleiche ich mich davon – voller Reue und mit einer gewaltigen Portion bodenlosem Selbsthass im Herzen. Ich kann nicht fassen, dass ich meinem Verlangen und meiner Begierde nachgegeben habe. Kann nicht fassen, dass ich sie wieder und wieder mit Tränen in den Augen genommen habe, obwohl ich wusste, dass sie erst kurz zuvor mit

Brad im Bett gewesen war. Ich bin angewidert von meiner Schwäche. Ja, ich ekele mich vor mir selbst.

Sam | 18.11.2014 | Honolulu | Oahu | Hawaii

Als ich aufwache, ist das Bett neben mir leer. Dean ist fort, und ich habe ihm nicht gesagt, was mir seit gestern unter den Nägeln brennt. Ich war feige. Maßlos feige und selbstsüchtig. Ich will ihn nicht verlieren … Nun weiß ich, wie Rory sich fühlt, und ich weiß auch mit absoluter Sicherheit, dass ihn keine Schuld an Russels Tod trifft, denn die liegt allein bei uns – bei ihm und mir, weil wir gedankenlos waren.

Brad hatte so recht mit dem, was er gesagt hat. Er war bestürzt über meine Reaktion. Er hat mir die Haare aus dem Gesicht gehalten, als ich gekotzt habe … es war beschämend, dass mir so etwas vor jemandem wie ihm passiert ist. Doch Brad hat getan, als wäre es kein großes Ding, ganz so, als würde er den lieben langen Tag nichts anderes machen. Er hat mein abweisendes Verhalten ignoriert und war einfach für mich da. Er hat nicht nachgehakt, seiner Neugier nicht nachgegeben. Er hat mich stundenlang weinen lassen. Und er hat mich vor Rory abgeschirmt. Brad Hoover war in den schlimmen Stunden, nachdem ich erkannt habe, was für Folgen die durchzechte Nacht vor Russels Tod gehabt hat, mein Schutzschild vor der Außenwelt. Ich habe keine Ahnung, wie ich das jemals wiedergutmachen kann.

Meine Schuld bei Brad zu begleichen ist immerhin möglich. Was ich Dean und Joe und auch Sean angetan habe, lässt sich jedoch nicht aus der Welt räumen. Egal, was ich sagen und tun werde: Russel ist durch mein Verschulden tot. Ich schluchze laut auf und drücke mein Gesicht in das Kissen, das wie verrückt nach Dean duftet. Sein Geruch ist tröstend.

Ich weiß, dass ich Dean verlieren werde. Ich weiß es, denn meine Gedankenlosigkeit hat seinen Bruder das Leben gekostet, und das ist unverzeihlich.

Eine ganze Weile liege ich da, halte das Kissen eng umschlungen und überlege verzweifelt, wie ich es Dean sagen kann. Seit gestern bin ich die Situation etliche Male in meinem Kopf durchgegangen. Ich will ihn nicht verletzen, aber was ich ihm zu sagen habe, wird ihm wehtun – es führt kein Weg daran vorbei. Es dauert lange, bis ich mich aufraffen und unter die Dusche schleppen kann. Das heiße Wasser prasselt auf mich herab, doch es kann mich nicht reinwaschen.

Mir ist so schlecht, dass ich nichts essen oder trinken kann. Ich weiß, dass dieses Gefühl der Übelkeit bleiben wird, bis ich mein Gewissen erleichtert habe. Ich kann es unmöglich vor Dean geheim halten. Ich gebe zu, dass ich darüber nachgedacht habe – mehr als einmal. Immer wieder, wenn ich realisiert habe, dass mein Geständnis gleichbedeutend mit dem Ende unserer Beziehung ist. Und da Dean nun einmal der einzige Lichtblick in meinem völlig verkorksten Leben ist, ist der Gedanke daran unerträglich. Ich liebe ihn. Ich hatte nicht vor, mich in ihn zu verlieben. Das war nicht geplant, und doch ist es passiert.

Ich beginne erneut zu weinen, weil ich so grässliche Angst habe. Was ich ihm zu sagen habe, wird alles zwischen uns verändern. Aus Liebe wird Hass werden, und ich werde erneut haltlos verloren sein. Anders als mein Dad gesagt hat, ist es nicht Dean, der meine Schwäche ausnutzt, sondern es verhält sich genau andersherum. Ich brauche ihn. Ich zehre von seiner Kraft, weil meine zusammen mit Russels Leben an diesem verdammten Baum zerschellt ist.

Ich fahre zur Redaktion. In den letzten Tagen war ich ein paar Mal hier, um Dean etwas zu essen vorbeizubringen oder ihn von der Arbeit abzuholen. Zum Glück bin ich seiner Ex bisher nicht über den Weg gelaufen, und auch heute sieht es gut aus, denn das Büro wirkt wie ausgestorben. Gut möglich, dass sich alle in der Mittagspause befinden, aber Dean macht keine Pausen. Er gönnt sich sowieso viel zu wenig Ruhe.

Ich klopfe kurz, trete ein, weil ich ein heiseres »Ja« höre, und erstarre. Der Anblick, der sich mir bietet, bringt mich beinahe um. Übelkeit steigt in mir auf, und ich will mich übergeben, denn Dean ist nicht allein in seinem Büro. Trish ist da, und er steht mit heruntergelassener Hose zwischen ihren Beinen und vögelt sie. Sein blanker Hintern hebt und senkt sich rhythmisch, während er tief in sie stößt. Sie honoriert seine Bemühungen mit einem weiteren hingebungsvollen »Ja!«. Ich versuche meine Augen abzuwenden, doch diese haben sich an dem Geschehen regelrecht festgesaugt. Ich komme mir vor wie ein Reh im Scheinwerferlicht. Ich will mich rühren, will die Flucht ergreifen, doch ich bin absolut unfähig, auch nur irgendetwas zu tun. Mein Körper gehorcht mir nicht.

Die beiden sind so aufeinander fixiert, dass sie mich bisher nicht bemerkt haben, und ehrlich: Darauf kann ich auch gut verzichten. Schlimmer als sie in flagranti zu erwischen, wäre nämlich nur die Demütigung, wenn er sieht, wie viel mir das Ganze ausmacht. Und es macht mir eine Menge aus.

Der Anblick, wie er eine andere poppt, ist unerträglich, und ich habe das Gefühl, zu sterben. Das Problem ist nur, dass man an seinen akuten seelischen Qualen nicht zugrunde gehen kann. Russels Tod hat das bewiesen, und obwohl es nicht vergleichbar ist, obwohl sein Ableben so viel schlimmer und dramatischer ist, fühlt es sich doch ganz ähnlich an, als erneut ein Teil von mir stirbt.

Und dann ganz plötzlich huscht Deans Blick in meine Richtung, hält mich gefangen. Er könnte aufhören, als er mich entdeckt, aber er tut es nicht. Er bumst Trish ungerührt weiter, und ich verstehe die Welt nicht mehr, weil es für mich nun so offensichtlich ist, dass er mich absichtlich verletzen will, und ja: Das schafft er.

Dann bekommt auch Trish mit, dass ich anwesend bin. Sie sieht geschockt aus und schiebt ihn von sich. Endlich gelingt es mir, mich aus meiner Schockstarre zu lösen und von dem Geschehen abzuwenden. Ich weiß schon jetzt, dass sich dieses Bild vermutlich für alle Zeiten in mein Hirn eingebrannt hat und ich es nicht mehr loswerde.

Fluchtartig verlasse ich die Redaktionsräume des Wavehunters-Magazins. Der Fahrstuhl braucht ewig, und ich bete dafür, dass Dean mir nicht nachläuft. Wie hat er das tun können? Wieso … und … Meine Gedanken sirren in meinem Kopf umher wie Bienen in Alarmbereitschaft. Ich versteh die Welt nicht mehr. Begreife nicht, wie er mir das antun konnte. Es ist ein einziger Albtraum. Gerade als ich anfing, mich zu berappeln, musste er mir einen solchen Tiefschlag verpassen.

Die Türen öffnen sich mit einem geräuschvollen Ping. Der Laut klingt beinahe fröhlich – fast so, als würde er mich verhöhnen. Ich stürze in die Kabine und drücke hektisch den Knopf. Die Türen schließen sich im Zeitlupentempo, und ebenso langsam setzt sich der Fahrstuhl in Bewegung. Und während er in die Tiefe gleitet, gebe ich der sich anbahnenden Panikattacke nach. Mir fehlt die Kraft, meine Emotionen in Schach zu halten. Wie könnte mir das auch gelingen? Mein Leben ist ein einziger Scherbenhaufen.

Ich weiß nicht, wie ich nach Hause gekommen bin. Ich weiß nur, dass ich es dort nicht aushalte. Meine Wohnung erinnert mich entsetzlich an Dean. Sie riecht nach Sex … Wieso vögelt er nach dieser Nacht eine andere? Habe ich ihm nicht genug gegeben? Hat ihm etwas gefehlt, und wenn ja, was? Warum habe ich ihm nicht gereicht? Ja, ich bin nicht so schön wie Trish, nicht so perfekt. Aber die letzten Tage waren es, und irgendwie dachte ich, dass ihm das genügen würde. Ich habe wirklich geglaubt, dass wir es schaffen, über Russels Tod und die Tatsache, dass er und ich ebenfalls ein Paar gewesen waren, hinwegzukommen.

Die Hoffnungslosigkeit ist so erdrückend, dass ich nicht weiß, wie ich damit leben soll. Sie paart sich mit Schuld, mit Trauer und Verzweiflung. Wie immer in solchen Momenten drängt alles in mir danach, abzuhauen. Ich will irgendwohin, wo mich niemand kennt. Wo niemand weiß, wer ich bin, was ich gemacht habe. Ja, was ich brauche, ist ein Neuanfang. Ein klarer Schnitt. Ich muss das Alte hinter mir lassen, um in ein neues Leben zu starten und um endlich wieder frei durchatmen zu können.

Dean | 24.11.2014 | Honolulu | Oahu | Hawaii

Sams Blick geht mir nicht aus dem Kopf. Ich muss immer daran denken, wie sie aussah, als sie mich in flagranti mit Trish erwischt hat. So verletzt und mitgenommen, dabei wäre es nie passiert, wenn sie sich nicht wieder mit Brad eingelassen hätte.

Gott, wie ich diesen Wichser hasse, und ich hasse auch sie. Ich hasse Sam für das, was sie mir angetan hat und zu wem sie mich gemacht hat. Ich habe Trish benutzt. Trish, die immer für mich da war, die immer hinter mir gestanden hat … Sam war nicht die einzige Frau, die mit Tränen in den Augen aus meinem Büro geflüchtet ist. Doch anders als ihr bin ich Trish hinterhergelaufen und habe ihren Zusammenbruch live und hautnah miterlebt. Ich habe versucht, mein gedankenloses und egoistisches Verhalten wiedergutzumachen, aber Trish hat mir gesagt, dass das unmöglich ist, und ich weiß, dass das stimmt. Ich habe ihr wehgetan und sie verletzt.

»Warum hast du dir nicht irgendeine Tussi aufgerissen, wenn du sie verletzen wolltest«, hat sie mich angeschrien.

»Glaubst du, es war geplant, dass sie just in dem Moment, in dem wir zugange sind, in mein Büro kommt? Nein! Ich habe dich gebraucht. Ich …«

Doch Trish wollte meine Erklärung nicht hören. »Benutzt hast du mich, Dean! Mit ihr lief es nicht. Du warst in der Krise, und ich musste dafür herhalten, dass es dir besser geht.«

Unmöglich konnte ich den Vorwurf auf mir sitzen lassen. »Hey, dazu gehören immer zwei. Ich habe dich nicht dazu gezwungen, die Beine für mich breit zu machen. Ich …« Und in dem Moment habe ich eine saftige Ohrfeige kassiert. Ich habe es verdient. Ich hätte das nicht zu ihr sagen dürfen. Ich habe Trish mies behandelt, weil ich sauer auf Sam war, aber Fakt ist, sie ist nicht Sam.

Vermutlich ist das der eigentliche Grund, warum es mir so verdammt dreckig geht. Sam hat mich wieder in dieses Monster verwandelt, zu dem ich vor fünf Jahren schon einmal kurzzeitig mutiert bin. Der Schmerz ist einfach so überwältigend, dass ich nicht klar denken kann – nun ja, vielleicht ist es an diesem Abend auch der Alkohol.

Eine Tussi in einem roten Stretchkleid setzt sich neben mich. Ich checke sie ab, entscheide, dass sie einen Versuch wert ist, und spendiere ihr einen Drink. Im Lauf des restlichen Abends kommen noch zwei weitere hinzu, und er endet damit, dass wir billigen Sex auf dem Klo des Ladens haben. Es ist keine besonders tolle Nummer. Es ist einfach nur Sex, aber er macht, dass ich mich zumindest vorübergehend etwas besser fühle und aufhöre, darüber nachzugrübeln, wie mein Leben sein könnte, hätte Sam nicht wieder einmal alles kaputt gemacht.

Dad ist wieder in der Firma, denn das Wavehunters-Event rückt in schnellen Schritten näher. Er hat mich in den letzten Tagen mehr als einmal gefragt, was mit mir los ist, doch ich habe ihn mit Halbwahrheiten und lahmen Ausreden abgespeist. Was hätte ich auch sagen sollen? Dass ich so dumm war, Russels Verlobte zu vögeln, und für sie eine fantastische Frau verlassen habe, die für mich durch die Hölle gegangen wäre?

Die Tage sind also prall gefüllt mit Terminen, und es gibt jede Menge Dinge, die noch erledigt werden müssen. Abgesehen davon sind gerade die großen Wettkämpfe an der North Shore in vollem Gange. Eigentlich liebe ich diese Events und bin gern vor Ort, um darüber zu berichten, aber in diesem Jahr stellen sich mir allein bei dem Gedanken daran die Nackenhaare auf. Ich schwöre, wenn ich Brad über den Weg laufe, dann haue ich ihm einfach ganz stumpf auf die Fresse, bis dieser Drecksack nicht mehr zuckt.

Wieder ist da diese Fassungslosigkeit darüber, dass Sam mich mit ihm betrogen hat … Ich meine, ausgerechnet mit ihm! Zugegeben, es wäre immer und mit jedem niederschmetternd gewesen, aber mit Brad ist es wie ein Tritt in die Eier. Es ist so viel persönlicher, weil es so viel respektloser ist.

Ich schüttle den Gedanken ab, konzentriere mich auf meine Arbeit, die mich durch die Tage bringt. Trish kommt im Moment nicht zur Arbeit. Dad habe ich gesagt, dass sie krank ist. Ich verstehe sie. Mir ist klar, dass sie Zeit braucht, um mit der

Sache zurechtzukommen. Ihre Arbeit muss jedoch dennoch gemacht werden und es bleibt an mir hängen, mich darum zu kümmern. Gefangen in meinem selbsterbauten Hamsterrad komme ich einigermaßen klar. Ich habe Ablenkung genug. Die Nächte sind es, die mir zu schaffen machen, und ich suche Trost im Alkohol und in den Armen irgendwelcher Frauen, die mich für ein paar Drinks in ihr Höschen lassen. Doch es ist nicht genug, und dann steht der Abend des Wavehunters-Events vor der Tür und ich weiß nicht, wie ich ihn hinter mich bringen soll, denn von Joe weiß ich, dass Sam dort sein wird, um ihr zur Seite zu stehen.

Und wer steht mir zur Seite, frage ich mich bitter. Das Schlimme ist, dass ich sie noch immer brutal vermisse und mich trotz allem nach ihr sehne. Einmal in den letzten Tagen bin ich schwach geworden. Es war die Nacht, in der ich das erste Mal seit einer Ewigkeit wieder gekokst hatte, und außerdem war ich so verdammt betrunken, dass ich mich zu einer Dummheit habe hinreißen lassen. Ich habe Sam per WhatsApp eine Sprachnachricht geschickt und sie minutenlang beschimpft.

Mir die Nachricht im nüchternen Zustand noch einmal anzuhören war eine üble Idee. Lallend erzähle ich Sam, was für eine Schlampe sie ist und wie sehr ich sie hasse. Sie, mein Leben und mich, und ich sage ihr, wie sehr ich es bereue, dass ich Trish für sie verlassen habe und dass das alles ein gigantischer Fehler war und ich ein Idiot bin.

Mein Problem heute Abend ist allerdings, dass ich mich nicht volllaufen lassen kann, um Sams Anwesenheit zu ertragen. Ich muss funktionieren, denn dieses Event muss ein voller Erfolg werden.

Kurz bevor es losgeht, schleiche ich mich auf mein Zimmer

und ziehe eine Line. Ich warte, bis die Wirkung einsetzt, und gehe dann wieder runter. Koks ist mehr als nur eine Droge. In dieser Nacht ist es mein Anker und meine Rüstung zugleich. Wenn man noch nie Blow genommen hat, kann man die extreme Euphorie, die von einem Besitz ergreift, nicht nachvollziehen. Es ist ein unglaubliches Gefühl, und mir geht es mit einem Mal so gut, dass ich mich frage, warum ich mir vor diesem Abend beinahe in die Hose gemacht habe. Das Ding wird großartig! Und warum? Weil ich fantastisch bin! Diese Veranstaltung wird alle bisher da gewesenen toppen, und wegen Sam … Fuck! Sie hat mich nicht verdient. Sie ist eine miese Schlampe, und hey, die Mädels stehen Schlange, um mir den Schwanz zu lutschen oder sich von mir aufs Kreuz legen zu lassen. Die vergangenen Nächte beweisen schließlich, dass ich Sam nicht brauche. Weder sie noch Trish, denn mal ehrlich, Trish ist zwar süß und nett, aber hey: Wer will schon süß und nett? Im Bett konnte sie Sam jedenfalls nicht das Wasser reichen. Okay, das kann fast keine. Sam ist in dem Bereich einfach unschlagbar. Ich sollte sie heute Nacht ficken. Einfach nur weil ich es kann und nicht, weil es was zu bedeuten hat.

Ich stürze mich ins Getümmel, mache Smalltalk. Ich ziehe keine Show ab. Nein, muss ich gar nicht. Ich bin quasi der Hauptact an diesem Abend, und ganz nebenbei ziehe ich mit Leichtigkeit die Strippen hinter den Kulissen. Man kann sagen: Es läuft. Nein, es läuft nicht nur einfach, es läuft wie geschmiert. Sensationell gut!

Und dann, völlig unvermittelt, bohrt sich eine scharfe Speerspitze durch meine Rüstung. Sie trifft mich unvermittelt und mit voller Wucht, und nicht einmal das verdammte Koks kann meinen Schmerz dämpfen.

Sam dicht neben Brad stehen zu sehen, zu sehen, wie er ihr

in aller Öffentlichkeit den Arm um die Schulter legt, macht mich fertig. Sie trägt ein eng anliegendes Kleid und sieht atemberaubend schön aus. Wie macht sie das nur? Trish hat recht: Sie ist bloß ein ganz normales Mädchen. Sie ist eine sieben, maximal eine acht, und doch stellt sie jede andere Frau in diesem Raum in den Schatten – oder es ist Brads Glanz, der auf sie abfärbt.

Ich straffe meine Schultern und bahne mir den Weg durch die Menge zu ihnen. Wie hat Rus immer gesagt? Angriff ist die beste Verteidigung, und heute sollte man sich besser nicht mit mir anlegen.

Kapitel 16

SAM | 06.12.2014 | North Shore | Oahu | Hawaii

Knapp zwei Stunden bevor das Wavehunters-Event anfängt, versuche ich zu kneifen. Denn nein, ich kann Dean nicht begegnen. Ehrlich, ich habe keine Ahnung, wie ich das aushalten soll. Allein der Gedanke an ihn erschüttert mich bis in die Grundfesten.

Aber irgendwie habe ich keine Wahl. Okay, ich habe schon eine, aber sie macht mich zur miesesten besten Freundin aller Zeiten.

»Sam, bitte, du musst kommen«, fleht Joe inbrünstig.

Ich bin versucht, ihr zu sagen, dass ich gar nichts muss. Seit ihr Bruder vor etwas mehr als zwei Wochen seine Ex vor meinen Augen gevögelt hat, steht meine Welt Kopf. Ich stehe Kopf. »Sag deinem Dad, dass du Migräne hast, Joe. Er kann nicht von dir verlangen, dass du da mitziehst.«

Sie seufzt leise. »Sammy, du kennst ihn …«

»Was soll er machen? Dich an den Haaren hinunterschleifen?«

»Nein, aber …«

»Siehst du! Du musst da nicht mitspielen.«

»Es ist Tradition, dass wir alle da sind.«

»Es ist Scheiße, Joe, dass er das von dir verlangt. Ich finde, er darf das nicht«, tue ich meine Meinung kund.

»Du liebst das Event! Du bist völlig versessen darauf«, erinnert sie mich.

Ich schüttle den Kopf, umklammere den Hörer fester und entgegne: »Das war früher. Ja, als Russel noch gelebt hat, war das Ganze ein mordsmäßiger Spaß, aber jetzt?« Ich weiß, dass sie ganz genau weiß, was ich meine. Auch Rory hat keinen Bock hinzugehen. Erst gestern haben wir darüber gesprochen. Er hat sich die Mühe gemacht, meine Handydaten auf meinen Laptop zu übertragen – zum Glück konnten sie gerettet werden.

»Aber Dad ist es wichtig, dass ich dabei bin.« Ich verdrehe die Augen. Warum kann Sean dieses Event nicht auch so scheißegal wie sein verdammtes Magazin oder seine Kinder sein? Aber ich kenne die Antwort auf diese Frage. Es ist alles eine Frage der Außenwirkung. Sean versucht, sein Image aufrechtzuerhalten – knallhart und ohne Rücksicht auf Verluste. »Du kannst mich nicht allein lassen, Sammy«, wispert Joe in den Hörer. »Bitte, bitte, komm!«, fleht sie nachdrücklich.

Ich gebe einen schicksalsergebenen Seufzer von mir. »Fuck!«, knurre ich. »Okay, ich werde da sein, aber du schuldest mir was, Joe!«

»Und das wäre?«

»Lass uns zusammen eine Reise machen. Nur du und ich. Das wird uns beiden guttun.«

Erneut seufzt sie leise. »Das würde ich wirklich gern tun.«

»Aber?«

»Wir reden nachher drüber.«

»Okay.«

Rund eineinhalb Stunden später stehe ich, in Schale geworfen und umgeben von einem Haufen Pro-Surfern, auf dem Wavehunters-Empfang und halte Ausschau nach Joe. Ich trage ein eng anliegendes Kleid, das zum Anlass passt, und mein geliebtes, nicht standesgemäßes Fußkettchen. Ich will es tragen, auch wenn es nicht mit meinem Outfit harmoniert, denn es gibt mir ein tröstliches Gefühl. Ich bin spät dran, und sicherlich beginnt gleich der offizielle Teil des Abends. Wenigstens entdecke ich ein vertrautes Gesicht in der Menge – um genau zu sein so ziemlich das Schönste, das man sich vorstellen kann.

»Hey, Bradley, so nachdenklich?«

»Hi, Sammy«, begrüßt er mich, lächelt und schließt mich in die Arme. Ich genieße die Berührung, denn sie macht den Moment erträglich. Ich will ums Verrecken nicht hier sein. Andererseits bin ich es Joe schuldig. Rus wäre schließlich noch am Leben, wenn ich mal zwei Sekunden lang mein Hirn eingeschaltet hätte. Der Abend muss für sie in der Tat die Hölle auf Erden sein.

Ich schaue mich suchend um und frage Brad, ob er sie gesehen hat. Da er nicht reagiert und ich davon ausgehe, dass er meine Frage nicht gehört hat, zupfe ich an seinem schwarzen Button-down-Hemd, das lässig aus seiner Hose hängt. Er schaut fragend zu mir herab, und ich merke, dass ich ihn gerade aus seinen Gedanken gerissen habe.

Er wirkt in letzter Zeit oft in Gedanken versunken. Ich habe ein paar Abende mit ihm und Rory verbracht. Wir waren die meiste Zeit in Brads Haus und haben gegrillt und auf der PS4 gezockt. Es war gut, Zeit mit ihnen zu verbringen. Allein in meiner Bude zu hocken macht nämlich alles nur noch schlimmer.

»Ja, ihr ging es nicht gut. Rory kümmert sich um sie«, murmelt er. Rory hat endlich seinen Arsch hochbekommen und sich der Situation gestellt? Das ist wunderbar!

»Steckst du dahinter?«, erkundige ich mich. Brad lächelt und sieht sehr selbstzufrieden aus. Und ja, wenn es ihm wirklich gelungen ist, Rory dazu zu bringen, mit Joe zu reden, dann kann er das auch sein. Es grenzt an ein Wunder, denn wie oft haben wir ihm damit in den Ohren gelegen.

»Irgendwie schon«, räumt er ein. Ich kann nicht anders, ich schlinge einen Arm um seine Mitte und ziehe ihn lachend zu mir. Er lässt es geschehen, und ich habe das Gefühl, dass doch irgendwie alles wieder gut werden könnte. Hoffnung nennt man das wohl. »Du bist der Beste, Bradley Hoover, weißt du das eigentlich?«

»Und ich dachte, ich wäre der Beste!« Mein Kopf ruckt zu Dean herum, der sich aus der Menge geschält hat, und ich lasse Brad abrupt los. »Bradley« Dean nickt Brad knapp zu.

»Hi, Mann!«, erwidert Brad das, was eine Begrüßung oder eine Warnung sein könnte.

»Hi, Dean«, sage ich und ärgere mich, weil meine Stimme zittert, als ich seinen Namen sage.

»Hi, Sammy!« Seine nicht, aber sie klingt ganz warm und weich, und ich will in diesem Gefühl, welches darin mitschwingt, baden. Ich will, dass diese Wärme mich umhüllt und mich vollständig umgibt. Wie kann er es wagen, meinen Namen auf diese Art auszusprechen, obwohl er mir so wehgetan hat und der Grund dafür ist, dass es mir die letzten zwei Wochen so verdammt mies ging?

»Hey, Leute, war schön euch zu treffen, aber ich muss los«, meint Brad, hebt die Hand zum Abschied und bahnt sich auch schon einen Weg durch die Menge. Ich starre ihm nach und nehme es ihm krumm, dass er mich mit Dean hier stehen lässt. Ich komme mir nackt und verletzlich vor. In Gedanken flehe ich ihn an, zurückzukommen und für mich ein einziges Mal das zu sein, was er für Joe schon immer war: ein Held.

»Wie geht es dir?«, fragt Dean mich beiläufig. Ich wende mich ihm zu, sehe in seine Augen, die mir unnatürlich fremd erscheinen, und schüttle bloß den Kopf, ehe ich Brad folge. Folgen will trifft es allerdings eher, denn Dean greift nach meinem Handgelenk und hält mich zurück. »Bestens, wie ich sehe. Aber mal ehrlich: Brad? Findest du das nicht etwas schäbig?«

Einen Moment lang sehe ich ihn entgeistert an, dann erwidere ich: »Du willst mir was von schäbig erzählen, Dean? Ernsthaft? Nach der Sache in deinem Büro?« Auch wenn es mich beinahe umbringt, ihn anzusehen, durchbohre ich ihn mit meinem Blick.

Er leckt sich über die Lippen und schnaubt abfällig: »Echt jetzt, Sam? Du willst mir auf die Tour kommen. Das mit Trish war eine einmalige Sache. Nenn es einen Ausrutscher. Du und Brad hingegen … nun ja, lass es mich mal so sagen: Ich dachte, das mit uns wäre etwas Besonderes, aber da habe ich mich wohl geschnitten, was? Wenn du die Wahl hast, mit einem Profisurfer ins Bett zu gehen oder mit mir, dann fällt sie wohl immer auf den Surfer.«

Ich schüttle den Kopf. »Wovon redest du?«

»Von Russel und dir und von Brad und dir. Von wem sonst? Und nun hör endlich auf mit diesen Scheißspielchen.«

Denkt er wirklich, dass zwischen Brad und mir was läuft? So was würde ich Joe nie antun. Ich weiß schließlich, wie verrückt sie nach ihm ist. »Ich weiß nicht, was du gehört hast, aber da ist …«

»Gehört?«, unterbricht er mich. »Ich muss da nichts hören, Sam. Ich habe es gesehen. Ich habe euch gesehen, schon vergessen?«

Seine Stimme ist lauter geworden. Die Leute gucken schon, und ich ziehe ihn zur Seite. Er folgt mir, und schließlich stehen wir in der Nähe einer Feuerschutztür, abgeschieden von der Menge, und ich sage: »Dean, es ist nicht so, wie es aussieht. Was du gesehen hast, war bloß …«

»Was, Sam? Was war es bloß?«, herrscht er mich an. Die Eifersucht steht ihm deutlich ins Gesicht geschrieben.

»Wir sind Freunde, Dean. Womöglich nicht einmal das.« Ich beiße mir auf die Lippe. Mit Brad befreundet zu sein ist vielleicht zu hoch gegriffen. Er war nett zu mir, als es mir schlecht ging. Er war für mich da und ist mir nicht auf die Nerven gegangen, indem er versucht hat herauszubekommen, was mich umtreibt und bedrückt. Ich konnte mich auf ihn verlassen – jedenfalls bis eben, als er mich mit Dean alleingelassen hat.

»Freunde, ja?«, höhnt Dean. »So sah das gerade nicht aus. ›Du bist der Beste, Brad‹, waren das nicht deine Worte, als du dich ihm an den Hals geschmissen hast wie ein billiges Groupie? Der Beste worin, Sam? Ist es das? Hat der verdammte Sex bei uns nicht gestimmt? Oder liegt es daran, dass ich einfach nur irgendein Typ bin, während er – genau wie Russel – erfolgreich und berühmt ist? Stehst du darauf? Auf den Ruhm?«

Einen Moment lang bin ich einfach nur sprachlos, dann unterdrücke ich den Impuls, ihn zu ohrfeigen, und blaffe stattdessen: »Was stimmt mit dir nicht, Dean? Hast du irgendwelchen schlechten Shit geraucht? Das kannst du unmöglich ernst meinen. Weißt du, worauf ich stehe? Auf Kerle, die nicht ihre Ex vögeln und mich dabei zuschauen lassen, um mir wehzutun.« Ich hasse mich, weil mir die Tränen in die Augen schießen und ich Schwäche zeige. Ich wende mich ab, lasse meinen Blick über die Menge schweifen und bleibe an Sean hängen. Er sieht mich direkt an, und ich verschränke die Arme vor der Brust, ehe ich mich wieder seinem offensichtlich völlig verrückten Sohn zuwende. Was soll diese Eifersuchtsszene? Das Recht darauf einem anderen Typen an die Gurgel gehen zu wollen, weil dieser Interesse an mir hat, hat er schließlich verwirkt – nicht, dass das bei Brad der Fall wäre, aber das Dean zu erklären, scheint vergebene Liebesmüh zu sein.

»Dad kommt herüber«, informiert Dean mich, als ich Luft hole, um ihm weiter den Kopf zu waschen.

»Bist du bereit?«, fragt Sean hinter mir und ich schließe meinen Mund wieder.

Dean nickt knapp, dann wendet sein Vater sich mir zu. »Schön, dass du es einrichten konntest, Samantha.«

Ich zwinge mich zu einem Lächeln. »Es ist mir wie immer ein Vergnügen. Danke für die Einladung.«

Sean beugt sich zu mir rüber, und vertraulich sagt er: »Damit habe ich nichts zu tun. Was das anbelangt, musst du dich bei Dean bedanken.« Sean Reynolds lallt nicht, aber er hat eine Fahne, die sich nicht ignorieren lässt. Ich wünschte, ich könnte mich auch betrinken. Sicherlich wäre der Abend dann erträglicher. »Ich nehme an, er wollte, dass du an seinem großen Tag dabei bist. Du hast übrigens noch knapp fünf Minuten, Dean, ehe es losgeht.«

»Gut«, brummt dieser und sieht seinem Vater nach, der sich entfernt und im Getümmel verschwindet.

»Was hat er gemeint?«, frage ich Dean unsicher. »Was für ein großer Tag? Wovon redet er?«

»Er gibt heute bekannt, dass ich der Präsident der Russel Reynolds Foundation werde.« Ich weiß in dem Moment gar nicht, was ich denken soll. Eine Stiftung, die Russels Namen trägt? »Nachwuchsförderung«, informiert mich Dean tonlos.

»Okay, und wie stellt Sean sich das vor? Ich meine, du bist ja so schon …« Völlig überfordert liegt mir auf der Zunge, doch ich streiche es und sage stattdessen: »… am Limit.«

»Kein Plan«, erwidert er.

»Dean, du musst mit ihm reden.«

»Dafür ist es jetzt ein bisschen spät, Sam. Das wäre, als würde man die Braut vor dem Altar stehen lassen.« Er starrt mich durchdringend an. »Schlechter Stil eben.«

»Hauptsache, der Schein wird gewahrt, richtig?«

»Ob du es glaubst oder nicht, aber die Arbeit tut mir gut. Ehrlich gesagt habe ich die vergangenen Tage nur so überhaupt ausgehalten.« Ja, und indem er mir mitten in der Nacht kaum verständliche Sprachnachrichten geschickt hat, in denen er mir sagt, wie sehr er mich hasst und ich ihn ankotze.

»Dachtest du etwa, dass ich dir nachlaufe, Dean? Bist du deshalb so wütend auf mich? Hast du angenommen, dass ich dir nach dieser Nummer mit Trish hinterherjagen würde? Du kennst mich lange genug, um zu wissen, dass das nicht meine Art ist. Reisende soll man nicht aufhalten, ist mein Motto. Du hast deutlich gemacht, dass du mich nicht willst, indem du deine superperfekte Ex gefickt hast. Ich habe lediglich meine Konsequenzen aus dieser Sache gezogen. Also hör auf, so zu tun, als hätte ich dir Unrecht getan und das Herz gebrochen.«

Dean lacht auf. Er klingt verbittert und verächtlich zugleich, als er sagt: »Du hast die Konsequenzen aus meinem Verhalten gezogen? Echt jetzt? Sorry, aber dass ich Trish gefickt habe, war eine Reaktion auf deine Nacht mit Brad.«

»Wovon zum Teufel redest du?«

»Davon, dass du – kaum habe ich dir den Rücken zugedreht – wieder die Beine für Brad breit machst.«

Ich stoße einen Laut völliger Frustration aus, weil er scheinbar besessen von der Idee ist, dass ich etwas mit Brad habe. »Das habe ich nicht getan, Dean.«

»Warum lügst du mich diesbezüglich an, Sam? Warum? Hast du gar keinen Respekt vor mir? Oder hat Brad etwa einen verdammten Zwillingsbruder, von dem niemand etwas weiß?«

Die Worte des nächsten Satzes betont er überdeutlich. Jedes einzelne davon: »Ich. Habe. Euch. Gesehen! Kapierst du das jetzt? Du kannst es abstreiten, aber ich weiß, was ich gesehen habe.«

»Du kannst uns nicht gesehen haben, Dean, weil ich nie etwas mit ihm hatte«, herrsche ich ihn an. Laut, viel zu laut, wie mir bewusst wird, als wir erneut die Blicke auf uns ziehen.

Die Enttäuschung in Deans Augen ist so gravierend, dass ich unter seinem Blick regelrecht zusammenschrumpfe. Müde schüttelt er den Kopf. »Ich verstehe dich nicht, Sam«, meint er traurig. »Ich versuche es. Ich versuche, Antworten zu finden, weil es mich umbringt, keine Erklärung zu haben. Ich dachte, dass das mit uns … Ich dachte echt, du wärst die Frau fürs Leben. Ich dachte, wir haben etwas Besonderes.« Ich will ihm sagen, dass er recht hat. Dass das, was zwischen uns war, wirklich toll und wunderbar und einmalig war, aber es wäre eine Lüge – denn irgendwie hatte ich das Gleiche mit Russel, auch wenn es völlig anders war. Aber er hat recht. Etwas Besonderes war es dennoch. »Ich verdiene die Wahrheit, Sam. Nach allem, was ich wegen dir durchgestanden habe, schuldest du mir das.«

Er wendet sich ab und lässt mich stehen. Gibt mir Zeit zum Nachdenken. Ich sehe, wie er den Raum durchquert. Männer klopfen ihm auf die Schulter, doch er lässt sich in kein Gespräch verwickeln, Frauen flirten ihn an, doch auch das ignoriert er. Er geht zur Bar, redet kurz mit Brad und verlässt dann eilig das Foyer. Ich bleibe zurück und verstehe die Welt nicht mehr. Stimmt es, was er gesagt hat? Hat er Trish lediglich gevögelt, weil er angenommen hat, dass zwischen mir und Brad was läuft? Und wenn ja, wie kommt er auf die Idee? Ich beobachte, wie sich der Raum leert und die Menge in den großen

Saal strömt, weil die Preisverleihung gleich beginnt. Die Hintergrundgeräusche werden leiser, und schließlich folge ich als eine der Letzten der Menge.

Die meisten Plätze sind bereits belegt, doch Ulises winkt mir zu, und ich beschließe, dass es eine gute Idee ist, den Abend mit den Jungs aus dem Mad-Crush-Team zu verbringen, denn von Joe, wegen der ich eigentlich hier bin, fehlt jede Spur.

Vielleicht könnte ich mich noch schnell wegschleichen, überlege ich just in dem Moment, in dem die Türen geschlossen werden und Dean die Bühne betritt. Zu spät! Verdammt! Ich versuche mir einzureden, dass ich gar nicht da bin. Auch wenn ich eine Meisterin der Verdrängung bin, klappt es ehrlich gesagt nur bedingt. Ich versuche, nicht an Dean zu denken. Oder an Rus. Oder an Joe … Verdammt! Gerade kann ich die Reynolds echt nicht leiden. Keinen von ihnen.

Erst einmal geht alles seinen gewohnten Gang wie in jedem Jahr. Preise werden verliehen. Brad wird für sein großartiges Comeback gewürdigt. Natürlich zeigen sie auch Bilder von seinem Beinahe-Tod. Diese Aufnahmen sind dazu da, um zu schockieren, und sie verfehlen ihre Wirkung nicht. Ich bewundere ihn dafür, wie er auf die Bühne geht und seinen Kopf oben hält.

Als Rory den Preis als bester Surfer des Jahres in Empfang nehmen soll, glänzt er durch Abwesenheit, und kurz überlege ich, ob Joe gerade dabei ist, seine Leiche zu entsorgen. Im Saal schauen sich unzählige Leute hektisch nach ihm um, doch auch nachdem er erneut aufgefordert wird, auf die Bühne zu kommen, geschieht nichts. Schließlich geht Dean zum nächsten Programmpunkt über. »Sicherlich hatte Mr. Johnson andere, wichtigere Termine«, meint er lachend und überspielt die ganze Angelegenheit gekonnt.

Ja, als ob es etwas Wichtigeres in der Branche gäbe als diesen Abend, und dann, dann ist es so weit, und ehe ich mich wappnen kann, taucht Russels Gesicht riesengroß auf der Leinwand auf. Nein, denke ich noch. Bitte nicht! Ich versuche zu atmen, kämpfe gegen die Tränen an und verfluche mich für meine Schwäche und Verletzlichkeit.

Ich kann es nicht ertragen, ihn auf diesem scheißgroßen Monitor zu betrachten. Mein Herz blutet bei seinem Anblick, weil er so großartig und so verdammt perfekt war. Gott, was habe ich diesen Mann geliebt. Liebe ihn immer noch.

Das Video von Rus ist beinahe eine Viertelstunde lang, und im ganzen Saal bleibt kein Auge trocken. Was bin ich froh, dass Joe nicht da ist. Sie würde zerbrechen. Russel surft, lacht, lebt … Der Zusammenschnitt ist wirklich gut. Er zeigt ihn, wie er war. Wild, ungezügelt, freiheitsliebend, witzig, auf der Suche nach dem Kick und immer getreu seinem Lebensmotto »Ganz oder gar nicht«. Untermalt wird das Ganze mit großartiger Musik.

Dean steht auf der Bühne und vermittelt den Eindruck, als ginge ihn das alles nichts an. Er schaut mit versteinerter Miene zu mir. Unsere Blicke treffen sich. Er hält meinem einen kleinen Moment lang stand, ehe er seinen abwendet. Der verächtliche Ausdruck um seine Mundwinkel ist wieder da.

Ein Schluchzen ballt sich in meiner Kehle zusammen, und nun ist es mir unmöglich, nicht zu weinen. Die Tränen beginnen zu fließen, und die Verzweiflung ist mit einem Mal überwältigend. Ulises Royo, der zu meiner Linken sitzt, zieht mich an sich, und ich lasse seinen Trost zu. Ich frage mich zum wiederholten Mal, wo Joe ist. Sie hat mich hierhergelockt, und nun sitze ich hier, allein und völlig verloren zwischen all diesen selbstverliebten Kerlen. Normalerweise gebe ich einen Scheiß auf ihr Machogehabe, normalerweise geht mir das alles am Arsch vorbei, aber heute fühle ich mich wund und total zerstört.

Dean wird zum Präsidenten der Stiftung gekürt, und danach zerstreut sich die Menge, und die eigentliche Party beginnt. Während ich zum Ausgang eile, schaue ich auf meine Uhr und stelle fest, dass das ganze Spektakel über drei Stunden gedauert hat. Drei Stunden zusammen mit all diesen Testosteronschleudern eingepfercht zu sein ist wahrlich kein Vergnügen. Zum Glück haben sie nicht mitbekommen, wie ich geheult habe, oder anders: Nur Ulises hat es mitgekriegt, und das ist okay. Allerdings sind die wenigsten dieser Typen so nett wie er.

Ich brauche dringend frische Luft, denn ich bin immer noch völlig aufgewühlt. Ich biege um eine Ecke und pralle mit Dean zusammen. Fuck! Der hat mir gerade noch gefehlt.

»Hast du Joe gesehen?«, erkundigt er sich ohne Umschweife.

»Nein, ich suche sie ebenfalls«, erwidere ich und füge hinzu. »Ich bin nur wegen ihr gekommen.«

»Dachte ich mir.«

»Dean, sie bedeutet mir wahnsinnig viel. Ich liebe sie. Sie ist der wichtigste Mensch in meinem Leben.« Er wirft mir einen Blick zu, den ich nicht deuten kann. Vielleicht ist er gekränkt. »Traust du mir wirklich zu, dass ich …«

»Warum kannst du nicht aufhören zu lügen, Sam? Ehrlich. Das ist das Schlimmste. Ich weiß, dass du neulich die Nacht mit ihm verbracht hast. Ich war im Treppenhaus, als er gegangen ist.«

»Er hat mich nach Hause gebracht, Dean, mehr nicht. Das schwöre ich dir bei meinem Leben.«

»Schwöre es bei Joes.«

Ich schüttle den Kopf. »Nein! Aus Prinzip nicht!«

»Ich wusste es!«

»Einen Scheiß weißt du, Dean. Es ist nicht mein Leben, und deswegen mache ich es nicht – so einfach ist das. Und weißt du was? Du nervst mich. Ja, ich habe bei Brad übernachtet, aber bei ihm zu schlafen ist etwas völlig anderes, als mit ihm zu schlafen.«

»Du hattest keinen Sex mit ihm? Wieso sollte ich dir das glauben?«

»Wieso solltest du mir nicht glauben?«, kontere ich, weil er so scheißanmaßend und dämlich klingt. »Ja, ich lag in dieser Nacht mit einem anderen Kerl im Bett, nämlich mit Rory – und so wie eine Million Mal zuvor ist nicht das Geringste passiert. Ich war bloß zu betrunken, um heimzufahren. Du bist fremdgegangen, nicht ich.«

Dean betrachtet mich prüfend, fast so, als wäre er ein lebendiger Lügendetektor. »Dieses Mal vielleicht …«, murmelt er.

»Ein nächstes Mal wird es nicht geben. Du hattest deine Chance.«

»So? Du denkst, du bist immun gegen das hier?« Er zieht mich an sich und küsst mich. Ich beiße ihn in die Unterlippe und drücke mit meinen Händen gegen seinen Oberkörper, um ihn von mir zu schieben. Doch Dean gibt nicht auf. Er lässt zwar von meinen Lippen ab, doch nur um meinen Hals zu küssen und mir ins Ohr zu raunen: »Habe ich dir erlaubt, mich zu beißen, Sammy?«

»Und hatte ich dir erlaubt, eine andere zu ficken?«, knurre ich. Er lacht leise. Blödes Arschloch! Daran ist nichts lustig. Die letzten zwei Wochen waren die reinste Qual, und doch erschauere ich, als er an meinem Ohrläppchen saugt.

»Du bist eifersüchtig«, stellt er fest und klingt das erste Mal an diesem Abend zufrieden. »Ich mach es wieder gut, wenn du mich lässt.«

»Fick dich, Dean!«

»Ich würde lieber dich ficken.«

»Nur über meine Leiche«, zische ich ihm zu. Ich werde nicht zulassen, dass er mir noch mal so wehtut. »Und jetzt lass den Scheiß.« Denn auch wenn mein Körper ihn will. Ich will ihn nicht.

»Sammy, ich … das mit Trish, wenn da nichts gelaufen ist, dann … Verdammt! Sieh das doch nicht so eng. Gib uns noch eine Chance. Oder wenn nicht, dann …«

»Was dann, Dean? Dann lass es uns einfach tun? Hier und jetzt?«

Er zuckt mit den Schultern. »Ja, warum nicht? Wir beide wissen schließlich, dass Sex manchmal einfach nur Sex ist. «

Ich schließe die Augen. Warum begreift er nicht, was er mir angetan hat? Als ich sie wieder öffne, sage ich nachdrücklich: »Aber das, was wir hatten, das war für mich nicht einfach nur Sex, verstehst du das? Du hast mir das Herz gebrochen, als du sie bestiegen hast.« Ich bin so müde, so ausgelaugt und am Boden zerstört. Seine Nähe schmerzt. Jede Berührung tut weh. Ich will, dass er mich in Ruhe lässt. Vielleicht könnte ich ihm verzeihen, aber das braucht Zeit. »Ich gehe jetzt Joe suchen«, verkünde ich entschlossen und lasse ihn stehen.

Zwei Stunden später gebe ich meine Bemühungen auf. Sie ist weder in ihrem Zimmer noch in einem der Restaurants. Sie ist nirgends, und ich habe sie gefühlt eine Million Mal angerufen. Vermutlich ist sie bei Rory, und ich werte es als gutes Zeichen, dass sie nicht an ihr Handy geht. Sicherlich haben sie eine Menge zu besprechen.

Ich laufe noch einmal den Strandabschnitt, der zum Hotel

gehört, entlang. Rechts ist die Strandbar, in der Brad und ich vor einigen Wochen zusammen essen waren. Ich gehe weiter und denke an Dean und seine unbegründeten Vorwürfe. An diesem Tag hat er Brad und mich zusammen gesehen. Hat er zu viel in diese Begegnung hineininterpretiert? Dachte er, dass damals etwas zwischen uns gelaufen ist und ich rückfällig geworden bin? Irgendetwas in dieser Art muss es sein.

Ich gehe noch ein Stück, ehe ich mich in den Sand setze und über alles nachdenke. Was Dean gesagt hat, ergibt Sinn. Er war an dem Abend, nachdem ich die Nacht an der North Shore verbracht habe, total seltsam. Es ist mir damals nicht aufgefallen, weil ich noch so unter Schock stand. Die Erkenntnis, dass Russel wirklich betrunken war, macht mir auch jetzt noch zu schaffen. Ich fühle mich verantwortlich für seinen Tod. Möglicherweise hat Dean gespürt, dass mich Schuldgefühle plagen, und er hat sie nur falsch gedeutet. Habe ich ihn zurück in Trishs Arme getrieben – oder vielmehr zwischen ihre makellosen schlanken Schenkel?

Ich sitze bereits eine Ewigkeit draußen am Strand und betrachte das Spiel der Brandung. Licht, das von dem Parkplatz, der Bar und dem Hotel herüberstrahlt, erhellt den Strand etwas. Es sorgt für eine schummrige Dunkelheit, in der ich mich verstecke und irgendwie verloren und geborgen zugleich fühle. Ich zucke zusammen, als mir ein Jackett über die Schulter gelegt wird. Ich muss mich nicht fragen, wer sich mir lautlos genähert hat, die Gänsehaut, die meinen Körper mit einem Mal überzieht, verrät ihn.

»Hi, Dean«, murmle ich leise.

»Hi, Sammy.«

»Hast du Joe gefunden?«

»Nein. Du?«

Ich schüttle den Kopf. Er setzt sich neben mich, und wir schweigen beide eine Weile lang. Schließlich sagt Dean: »Es tut mir leid, Sam. Das mit Trish, aber auch, dass ich dich beschimpft und mich wie ein Arsch benommen habe.«

»Schon gut«, behaupte ich.

»Nein«, widerspricht Dean. »Nichts ist gut, Sammy, rein gar nichts ist gut.« Er klingt müde und mein Herz zieht sich unwillkürlich zusammen.

»Ja, ich weiß, aber …«

»Ich wollte dir nicht wehtun, aber ich war so verletzt, dass ich … ich habe sie benutzt, damit es mir besser geht.«

»Dafür gab es keinen Grund. Ich war dir treu«, beteuere ich in die einsetzende Stille hinein. Eine Weile schweigen wir erneut, dann sage ich: »Ich bin sauer auf Joe. Sie hat mich angebettelt herzukommen, und jetzt lässt sie mich im Stich. Das ist eine Scheißaktion.«

»Der Abend war ziemlich unerträglich, was?«

Ich nicke, und wieder droht die Traurigkeit mich zu überrollen. »Ist er noch«, murmle ich. Ihn zu sehen, so dicht neben ihm zu sitzen, ist die Hölle. »Was war vorhin mit dir los?«, frage ich, denn er scheint wie ausgewechselt zu sein.

Statt einer Antwort ernte ich Schweigen, und dann sagt Dean völlig unvermittelt: »Gib mir noch eine Chance.«

»Was?«, stoße ich aufgewühlt hervor. Das kann nicht sein Ernst sein. Hat er immer noch nicht begriffen, wie ich mich fühle und was das, was ich mitansehen musste, mit mir gemacht hat?

Er seufzt leise. »Vielleicht ist es noch zu früh, aber …«

»Es ist garantiert noch zu früh. Ich weiß nicht, ob ich jemals darüber hinwegkommen werde. Der Anblick, wie du …« Ich verstumme, dränge die aufsteigenden Tränen zurück und sage:

»Es hat mich fast umgebracht. Meine Welt ist untergegangen, verstehst du das nicht?«

Er sieht mich einen Moment lang nachdenklich an und erwidert dann: »Doch, ich verstehe das sehr gut. Ich weiß, wie das ist. Das ist ein Bild, das man nicht mehr loswird.« Er legt mir den Arm um die Schulter, zieht mich an sich und küsst meinen Scheitel – ganz so wie früher. Die vertraute Geste bricht mir das Herz. Zu wissen, dass ich ihn verloren habe tut unendlich weh, doch von ihm gehalten zu werden, ist auch tröstlich. Seine Nähe ist heilsam und unerträglich zugleich, wenn das einen Sinn ergibt.

»Wirst du nicht vermisst?«, frage ich und meine eigentlich, dass er verschwinden soll, aber ich schaffe es nicht, es laut auszusprechen, weil ich andererseits den Gedanken, er könne gehen und mich allein zurücklassen, ganz furchtbar finde.

»Nein«, entgegnet er matt und wispert dann: »Ich bin so verdammt müde.« Ich betrachte ihn von der Seite her. Ja, er wirkt völlig fertig. Plötzlich beginnt er zu weinen. »Fuck!«, murmelt er wieder und wieder.

Sein Verhalten irritiert mich und macht mich stutzig. Dean ist heute total strange. Ich frage mich, ob es an dem Event und der Ernennung zum Präsidenten der Russel Reynolds Foundation liegt. Möglicherweise rührt es auch daher, dass er die vergangenen Tage völlig unter Strom stand, um diese Veranstaltung auf die Beine zu stellen. Sicherlich hatte er wenig Schlaf. Und dann macht es unvermittelt klick, und ich begreife, was hier los ist. Ich erinnere mich daran, was Russel mir damals in der Badewanne über Dean erzählt hat. »Es wirkt nicht mehr«, stelle ich sachlich fest, auch wenn mein Körper in heller Aufruhr ist.

»Was?«, fragt er.

»Das Koks. Du hast doch welches genommen, stimmt's?« Ich winke ab. Warum frage ich ihn das überhaupt? Er wird es sowieso nicht zugeben, aber Drogen sind die einzige vernünftige Erklärung für sein bizarres Verhalten an diesem Abend. Nur an diesem Abend, frage ich mich unwillkürlich. Hat er mich vielleicht deshalb mit Trish betrogen? Hatte er sich da auch vorher was reingezogen? Würde das überhaupt einen Unterschied machen? Ich betrachte ihn aufmerksam. Was auch immer er genommen hat, es hat jedenfalls seine Wirkung verloren, weshalb er nun völlig von der Rolle ist.

Ich gehe die Möglichkeiten durch, komme jedoch immer wieder auf Koks zurück. Es hat ihn durch den Abend getragen und ihm bei seinen Aufgaben geholfen. Er hat sicherlich nichts genommen, was ihn runterbringt, sondern es müssen Upper gewesen sein. Er war aufgekratzt, unterschwellig aggressiv, triebig. Auf der Bühne strotze er nur so vor Selbstbewusstsein, war charismatisch ohne Ende. Ja, es ist nicht sonderlich schwer draufzukommen, was er sich reinzieht, wenn man alle Hinweise zusammenzählt. Er kokst, deshalb ist er mal so extrem von sich überzeugt, wie vorhin, als er versucht hat, mich zu verführen, und mal so wie jetzt, voller Zweifel und komplett am Boden zerstört. Hinzu kommen die erweiterten Pupillen, die Grundanspannung des gesamten Körpers, die latente Aggressivität … Ja, das passt alles zusammen und ist wirklich übel. Richtig übel sogar.

Ich rutsche näher an Dean heran und schmiege mich an ihn. Jetzt gerade ist er es, der Trost braucht. Ich streichle seinen Rücken, und er seufzt leise. »Ich bin ein Idiot«, murmelt er und wischt sich die Tränen aus den Augen.

»Ja, das bist du«, gebe ich ihm recht. Wie kann er dieses Teufelszeug bloß anrühren? Ein einziges Mal, auf einer Party von Hunter, habe ich Koks gesnifft, und mein Gott, was war das für ein geiles Gefühl. Ich habe mich unbesiegbar gefühlt. Ich, die ich immer das Gefühl habe, nicht gut genug zu sein, habe mich so stark und unantastbar gefühlt. Nichts und niemand konnte mich berühren – warum auch sollte ein anderer Mensch so viel Macht über mich besitzen? Es war so wunderbar, dass ich wusste, ich muss einen weiten, weiten Bogen um dieses Teufelszeug machen, und das habe ich bisher getan.

»Seit wann kokst du?«, frage ich ihn. Ich will es wissen. Ich will wissen, wie tief er schon drinsteckt.

»Nicht regelmäßig, Sam, reg dich ab. Es gibt kein Problem.«

»Das, Deany, sagen alle Junkies.«

»Ich bin kein Junkie.«

»Auch das sagen alle Junkies.«

»Hör zu, mach aus einer Mücke keinen Elefanten, Sammy. Ich nehme nicht oft was, also …«

»Definiere das.«

»In den letzten zwei Wochen habe ich halt hin und wieder was genommen.«

»Seit der Trennung, ja?«

»Ja, in der Nacht, als ich dich angerufen habe, das erste Mal und dann … Keine Ahnung, vielleicht noch vier- oder fünfmal.« Er betrachtet mich von der Seite her. Das ist jeden zweiten Tag – was glaubt er, wie lange sein Körper es mitmacht, dass er ihn in diese Extreme treibt? Wenn er in dem Tempo weitermacht, dann … »Willst du mir einen Vortrag über Drogen halten, Sammy? Wie alt warst du noch mal, als du deinen ersten Joint geraucht hast? Dreizehn?«

Kacke! Ja, war ich. Doch das tut gerade nichts zur Sache. »Wir reden hier aber nicht von ein bisschen Dope, Dean«, fauche ich. »Koks ist eine ganz andere Liga. Das Zeug fickt dein Hirn. Ja, ich weiß, dass sich das megagut anfühlt, aber es ist ein Pakt mit dem Teufel, denn im Nachhinein bekommst du genau das, was du jetzt hast, und fühlst dich total scheiße.«

»Ob du es glaubst oder nicht, Sam, ich habe es unter Kontrolle.«

»Auch das sagen alle Süchtigen.« Er seufzt genervt. »Du musst damit aufhören.«

»Muss ich das? Bis du nicht diejenige, die ungebetene Ratschläge hasst wie die Pest, weil jeder Ratschlag letztendlich doch in erster Linie – egal wie gut gemeint – ein Schlag ist? Sind das nicht deine Worte?« Das ist ja wohl was anderes, denke ich. »Und bist du die gleiche Frau, die ausrastet, wenn man ihr sagt, was sie tun soll?«

»Aber jetzt bist du down, und es geht dir scheiße, Dean! Und die logische Konsequenz, damit es dir besser geht, ist, dass du nachlegst. Und schon befindest du dich in einer Abwärtsspirale, die kaum noch aufzuhalten ist.« Ich versuche, nicht panisch oder hysterisch zu klingen, aber ich bin panisch und hysterisch. Ich habe nämlich einfach Angst um ihn.

»Die einzige Droge, nach der ich süchtig bin, Sammy, bist du, und das ist das ganze Problem. Ich wollte dich, aber …«

Ich drehe mich zu ihm und sage nachdrücklich: »Du hattest mich! Du hattest mich!«

Er leckt sich über die Lippen und sagt kaum hörbar: »Das weiß man bei dir ja nie so genau.« Auf meinen fragenden Blick hin ergänzt er: »Wäre ja nicht das erste Mal, dass du vor mir oder einem anderen Kerl davonläufst.«

»Redest du von der Sache mit Rus?«

»Auch. Das Ganze hat einfach System, Sammy. Es wird dir zu eng, und du suchst das Weite, so war es doch schon immer, und irgendwie wusste ich das von Anfang an.« Erneut seufzt er.

Er ist so down, dass es mir das Herz zerreißt. Scheißkoks! Ich greife nach seiner Hand, verwebe meine Finger mit seinen und drücke sanft zu, als er sagt: »Wir hatten nie eine reelle Chance.« Das sehe ich anders, und genau das sage ich ihm auch. »Du liebst Russel noch immer. Wenn ich heute Abend eines begriffen habe, dann das. Du hast so schlimm geweint.«

»Ja, Dean, ich liebe ihn noch immer, und das wird sich niemals ändern, aber es heißt nicht, dass ich keinen anderen lieben kann, und ich habe mich wahnsinnig in dich verliebt. Und heute Abend habe ich nicht nur um ihn, sondern auch um uns geweint. Ich wollte, dass es funktioniert.«

»Hat es aber nicht«, murmelt er. »Weil ich es versaut habe. Fuck!« Er starrt in den Nachthimmel hinauf, als könnte er dort Antworten finden. »Es tut mir so leid«, schluchzt er mit einem Mal, und erneut ziehe ich ihn am mich, halte und streichle ihn. Ich küsse seine Stirn, er hebt sein Gesicht, und sein Atem liebkost meine Lippen. Einmal, zweimal, dreimal. Während seiner hektischen Atemzüge wünsche ich mir, dass er mich küsst. Die Spannung zwischen uns ist nicht auszuhalten. Seine Lippen nähern sich meinen, und ich sehne diesen Kuss herbei. Anders als vorhin, als er auf diesem Teufelszeug war, zögert er jedoch. »Sag Ja«, wispert er.

»Ja!«, hauche ich, und dann treffen seine Lippen auf meine. Verzweiflung und brennendes Verlangen liegen in diesem Kuss. Er erobert nicht nur meinen Mund, sondern er erobert auch mein Herz zurück – zumindest ein Stück weit. Ich lasse mich nach hinten in den Sand sinken, als Dean sich über mich schiebt. Unsere Lippen prallen erneut aufeinander – ungestüm, wild, verlangend, und meine Welt explodiert. Wenn er in diesem Moment nur einen Bruchteil von dem empfindet, was ich empfinde, dann wird es nicht bei diesem Kuss bleiben, der schon jetzt so viel mehr ist als bloß ein einfacher Kuss. Er ist eine Abbitte, ein Zugeständnis, ein Versprechen … Ich gebe mich diesem Kuss, der so intensiv und betörend ist, hin, lasse zu, dass mein Kleid hochrutscht, als ich meine Beine um seine Hüfte schlinge und über seinem Po kreuze. »Deany«, wispere ich.

»Ich liebe es, wenn du mich so nennst. Das hast du früher so oft getan«, seufzt er zufrieden. Seine Lippen lösen sich von meinen und gleiten über meinen Hals, was mich dazu bringt, leise zu stöhnen. »Gott, Sammy, du spielst noch immer gern mit dem Feuer, nicht wahr?« Doch bevor ich etwas erwidern kann, ist sein Mund wieder über meinem und verschließt ihn. Seine Zunge leckt in mich hinein, nicht gierig und sehnsüchtig. Sie stupst meine an, und der wohlige Laut, der meiner Kehle entsteigt, strömt in Deans Rachen. »Was machst du nur immer mit mir?«

»Das Gleiche könnte ich dich fragen«, murmle ich zwischen zwei Küssen. Doch eigentlich will ich gar keine Antwort darauf bekommen. Ich will lediglich mit ihm hierliegen und den Moment auskosten. Deans Becken drängt gegen meine Mitte. Er imitiert unbewusst das, was in Kürze unweigerlich folgen wird.

Gott, ich will ihn so sehr. Kurz denke ich an ihn und Trish, aber Dean vertreibt das Bild aus meinem Kopf, indem er sagt: »Du bist mein Verderben, Sam!« Ich spüre seinen Schwanz, der sich hart gegen meinen Bauch drückt, und weiß, dass er mich ebenso will wie ich ihn. Seine Hände gleiten verlangend über meinen Körper. Dean streichelt meine Brüste durch den Stoff meines Kleides, und ich keuche erneut hitzig in seinen Mund, als seine Liebkosungen Wirkung zeigen. Meine Brustwarzen drücken sich hart gegen seine Daumen, die wieder und wieder über sie reiben.

Dean saugt meine Unterlippe in seinen Mund und beißt hinein. Als wir uns einen Moment voneinander lösen, brennen meine Lippen. Er rollt sich von mir runter und bleibt schwer atmend auf dem Rücken liegen. »Ich …«, beginnt Dean und will offensichtlich einen verdammten Rückzieher machen, aber dabei habe ich auch noch ein Wort mitzureden.

Ich setze mich auf ihn, streichle seinen Bauch, seine Brust und beuge mich über ihn, um ihn erneut zu küssen. Meine Haare fallen auf ihn herab, streicheln sein Gesicht und veranlassen ihn, sich eine Strähne zu schnappen und sie sich um den rechten Zeigefinger zu wickeln. Er zupft daran, als ich meine Lippen von seinen entferne, und ich muss schmunzeln. »Du liebst meine Küsse«, raune ich ihm sehr selbstzufrieden zu.

»Ja«, bestätigt er heiser. Es klingt markig und verursacht mir eine Gänsehaut. Ich lege mich der Länge nach auf ihn, und er gibt meine Haare frei, um seine Hände wieder auf Wanderschaft zu schicken. Er streichelt meine Oberschenkel und meinen Po, während wir uns küssen. Seine Küsse allein reichen aus, um mir den Verstand zu rauben. Wir knutschen eine gefühlte Ewigkeit herum, bis Dean endlich seine Hand von hinten unter mein Kleid schiebt und mit den Fingerspitzen meine Pussy berührt.

»Du bist so gierig«, wirft er mir vor. Wobei, ist es wirklich ein Vorwurf? Nein, es ist eher eine Feststellung, denn ja, ich bin unglaublich feucht von unserer teenagerhaften Knutscherei.

»Du allein sorgst dafür, dass ich so gierig bin«, verrate ich ihm mit bebender Stimme. »Schlimm?«, will ich noch wissen, doch die zwei Finger, die er in mich schiebt, verraten mir mehr als sein geflüstertes »Nein, gar nicht«.

Dean schafft es sehr schnell, mich an den Punkt zu bringen, an dem mein Verstand sich völlig ausklinkt. Meine fliegenden Finger machen sich zittrig an seinem Gürtel zu schaffen. Ich öffne ihn und den Reißverschluss, befreie Deans prächtigen Schwanz, was jedoch bedeutet, dass ich mich so weit aufrichten muss, dass seine Finger aus meiner Möse gleiten. Dean hebt seine Hüfte an, und ich ziehe seine Hose mitsamt den Boxerbriefs herunter, um gleich darauf mein Becken auf seinen einsatzbereiten Penis herabzusenken. Dean unter mir stöhnt lustvoll auf, und ich verharre einen Moment, um mich zu sammeln und um unsere Wiedervereinigung zu genießen. Ganz, ganz langsam und genussvoll beginne ich schließlich, ihn zu reiten. Dean öffnet den Reißverschluss meines Kleides und streift mir die Träger hinunter. Die des BHs folgen.

Der Blick, mit dem er mich ansieht, ist hinreißend – ganz weich und voller Wärme. Seine Finger streichen ganz leicht über meine Haut, und schließlich klappt er die Schalen meines BHs hinunter. Meine Bewegungen werden nun schneller und fordernder, denn als er beginnt, meine Brüste zu liebkosen, verliere ich jegliche Zurückhaltung. Dean beißt sich auf die Unterlippe und stöhnt auf. Es klingt eher schmerzerfüllt als trunken vor Lust und Leidenschaft. Er greift mir unter das Kleid, und ich spüre einen kurzen Ruck, als er meinen Tanga in Stücke reißt. »Das Ding hat an meinem Schwanz gescheuert«, verrät er mir, zieht es zwischen uns hervor und schmeißt es achtlos in den Sand neben uns. Seine Hände wandern wieder nach oben, und nur mit Mühe unterdrücke ich ein Kopfschütteln. Ich kann nicht fassen, dass er das gerade wirklich getan hat.

»Sehr männlich, Deany«, necke ich ihn.

»Soll ich dir zeigen, was wirklich männlich ist?«, brummt er, und allein der Grundton, der in seiner Stimme mitschwingt, das Timbre, verursacht mir eine Gänsehaut. Er wartet keine Antwort ab, sondern packt mich und wälzt sich mit mir herum, um dann kraftvoll in mich zu stoßen. Ich schreie leise auf, denn es ist überwältigend – wieder einmal. Oh mein Gott, schießt es mir durch den Kopf, doch ich sage nichts, sondern stoße ihm stattdessen mein Becken entgegen. Sein Mund sucht meinen, während er mich nimmt, und wir verfallen wieder in unseren ekstatischen Kussrausch. Würde er meinen Mund nur eine Sekunde freigeben, dann würde ich ihm entgegenkeuchen, dass ich ihn liebe, doch seine Zunge an meiner beraubt mich dieser Möglichkeit. Wir kommen gleichzeitig, dämpfen die leidenschaftlichen Laute durch unsere hitzigen Küsse und klammern uns aneinander wie Ertrinkende. Danach liegen wir schwer atmend zusammen im Halbdunkeln, ehe wir unsere Sachen zusammensuchen. Ich taste nach meinem Höschen, bis mir einfällt, dass es zerrissen ist.

»Du bist so viel schlimmer als Koks«, murmelt Dean neben mir.

»Tut mir leid«, erwidere ich leise. Ob er sich auch so ernüchtert fühlt wie ich mich?

Offensichtlich schon, denn er fragt: »Was zum Teufel war das gerade?«

»Verdammt guter Sex«, schlage ich vor und greife nach seiner Hand. Und nur damit er es weiß, denn schließlich hat er vorhin etwas anderes angedeutet, füge ich hinzu: »Ich liebe den Sex mit dir. Er ist so großartig.« Es ist anders als mit Russel. Meistens ist Dean vorsichtiger, und er ist auch nicht so gierig wie Russel. Hin und wieder habe ich mich gefragt, ob er sich zurückhält, und auch warum. Doch heute Nacht war es nicht so – und auch nicht in jener Nacht, bevor er zu Trish zurückgegangen ist, erinnere ich mich. Trish! Ist er wieder mit ihr zusammen? War ich gerade die andere, oder …

»Wirst du mir noch eine Chance geben, Sammy?«, fragt er mich, was meine Frage irgendwie beantwortet. Das würde er schließlich nicht wollen, wenn sie ein Paar wären, oder? Aber spielt das eine Rolle? Denn ganz sicherlich will er mich nicht, wenn er erfährt, weshalb Russel gestorben ist.

»Es gibt da etwas, das ich dir sagen muss, Dean«, erwidere ich ernst.

»Bitte sag jetzt nicht, dass du doch was mit Brad hattest!«

»Quatsch!«, fauche ich genervt, weil er – was diese Brad-Sache anbelangt – so ein paranoider Trottel ist. »Nein. Es ist schlimmer, Dean. Viel schlimmer! Und ich habe Angst, dass du mich danach hasst und nie wieder etwas mit mir zu tun haben willst, wenn du erfährst, was ich getan habe.«

»Was hast du getan?«, fragt er emotionslos, und dann erzähle ich ihm alles.

Kapitel 17

DEAN | 07.12.2014 | North Shore | Oahu | Hawaii

Ich bin platt. Nur langsam sickern Sams Worte in mein – wie nannte sie es doch gleich? – vom Koks geficktes Hirn.

Fuck, denke ich, als ich begreife, was sie mir da erzählt. Ich gebe ihr nicht die Schuld. Ich weiß, wie das ist. Man unterschätzt das. Zu dem Zeitpunkt fühlt man sich ja schon lange nicht mehr berauscht. Ich weiß, dass ihre Beichte mich nicht kaltlassen sollte, aber ihr Geständnis löst nicht das Geringste in mir aus. Es ist mir egal, wie es zu dem Unfall kam. Wir müssen uns schließlich so oder so mit seinen Folgen herumschlagen. »Es tut mir so leid«, wimmert Sam wieder und wieder.

Anders als sie bin ich in diesem Moment nicht dazu in der Lage, etwas zu empfinden. Ich sehe ihren Schmerz, aber anders als früher ist es nicht mehr mein Schmerz. Zum ersten Mal berührt es mich nicht, Sam weinen zu sehen. Ich fühle nichts außer dieser bleiernen Erschöpfung und dem Drang, sie abzuschütteln. Ja, Sam hat recht: Ich sehne mich nach Koks. Ich hasse alles an dem Zustand, in dem ich mich jetzt befinde, und ich weiß, wie ich ihn beheben kann. »Fahr heim, Sam«, sage ich zu ihr.

Sie schluchzt auf. Nur nach Russels Tod habe ich sie schon einmal ähnlich verzweifelt gesehen. Aber jetzt und hier ist es mir gleichgültig. Alles, was ich will, ist auf mein Zimmer zu gehen und eine weitere Line zu sniffen, damit dieser Albtraum ein Ende hat. »Dean, bitte«, winselt sie, aber es berührt mich nicht. Ich stehe auf, klopfe mir den Sand von meinen Klamotten und gehe. Ich kehre ihr den Rücken zu, lasse sie mit all ihrem Elend allein, denn nur so kann ich meinem entkommen. »Was denkst du? Sag was«, fleht sie, während sie versucht, mit mir Schritt zu halten.

»Was ich denke, Sam? Das weiß ich gerade nicht. Ich bin unfähig, zu denken oder zu fühlen.« Es ist die Wahrheit. Die nächsten Worte sind es nicht: »Es ist ein Schock. Ich brauche Zeit, um darüber nachzudenken.«

»Ich liebe dich!«, stößt sie hervor. Es macht mir eine Heidenangst, dass ich bei ihren Worten nichts empfinde. Weder Freude noch Triumph, keine Genugtuung, dass sie mir gerade hinterhergerannt ist. »Dean, ich liebe dich so sehr.«

»Das ändert aber gerade nichts«, erkläre ich und gehe zurück zum Hotel.

Mein Vorrat neigt sich erschreckend schnell dem Ende zu, wie ich feststelle, als ich eines der beiden kleinen Tütchen mit dem weißen Pulver aus seinem Versteck hole. Als ich mir das Blow vor ein paar Tagen besorgt habe, habe ich sechs Gramm gekauft und rund sechshundertsechzig Dollar gezahlt. Hier auf den Inseln ist es teurer als auf dem Festland, weil auf den Inseln einfach alles teurer ist.

Ich überschlage, wie lange das Zeug, das ich hier habe, noch reicht. Die zwei Gramm entsprechen rund zehn Portionen, damit dürfte ich die nächsten anderthalb Tage auskommen. Ich muss mir das echt besser einteilen. An dem, was Sam sagt, ist was dran. Ich habe das Bedürfnis, ständig nachzulegen, aber das Ganze hier ist schließlich auch ein Ausnahmezustand – die letzten Tage waren es. Damals vor fünf Jahren habe ich nicht mal ansatzweise so viel konsumiert wie jetzt. Nur mal abends nach der Arbeit, wenn ich feiern war. Aber dieses Mal ist es anders. Die Verlockung ist größer … Nun ja, mein Leidensdruck ist auch stärker, und das Koks hilft mir nun mal. Ich schnupfe eine Line. Genieße das taube Gefühl, das sich in meinem Rachen ausbreitet und Vorbote für den Kick ist, der in Kürze folgen wird.

Ich muss nicht lange warten, ein paar Minuten. Dann ist mein Körper von null auf hundert. Mein Herz klopft ekstatisch in meiner Brust, ist zu allen Schandtaten bereit, und meine Seele jubelt, weil all der Schmerz von ihr abfällt. Ich fühle mich pudelwohl – unsterblich, um genau zu sein. Sam? Vergessen! Sie bringt nur Ärger, und ich glaube, das ist das wirklich Großartige am Koks. Sam ist mir egal. Sie verkommt zu irgendwem. Irgendeiner bedeutungslosen Schlampe. Ich gehe runter an die Bar, denn nun bin ich hellwach und verdammt gut drauf. Die Nacht ist außerdem noch jung, und wer weiß, was noch so geht. Mir wäre jetzt nach einem Fick, und es dauert nicht lange, bis ich fündig werde. Die beiden Blondinen, die ich später mit auf mein Zimmer nehme und mit denen ich meine spärlichen Vorräte teile, versüßen mir die Nacht auf eine Weise, wie Sam es nie gekonnt hätte.

Erst als der Morgen dämmert, erinnere ich mich daran, dass Joe verschwunden ist, und mache einen Abstecher zu ihrem Zimmer. Ich klopfe, aber sie öffnet nicht. Ich rufe sie noch einmal an, aber auch das vergeblich. Die Sorge schleicht sich in mein Hirn, durchdringt die letzten rauschartigen Schwaden, die sich dort noch festklammern, und es ist, als würde man einen Schalter umlegen. Sehr unsanft und sehr abrupt komme ich von meinem Trip runter und lege eine brutale Bruchlandung hin. Die Angst um Joe schlägt zu. Ich male mir aus, was ihr alles passiert sein könnte. Stelle mir vor, dass sie tot im Straßengraben liegt, so wie Rus, und dann denke ich an Sam und habe ein schlechtes Gewissen, weil ich die zwei Schlampen aus der Bar gefickt habe, als gäbe es kein Morgen. Ich bin ein schrecklicher Mensch! Ein mieser Bruder und … Fuck, keine Ahnung, was genau ich für Sam bin, aber ich hasse mich in diesem Moment so sehr. Ich stürme zurück in mein Zimmer, werfe diese dämlichen Weiber, die nach dem Sexmarathon erschöpft zwischen den verschwitzten Laken liegen, raus und frage mich, was bloß aus mir geworden ist.

SAM | 07.12.2014 | North Shore | Oahu | Hawaii

Auf der rund einstündigen Fahrt zurück in die Stadt denke ich über Dean und seine Reaktion nach. Er war strange. Er war den ganzen Abend lang nicht er selbst. Ich mache mir schreckliche Sorgen wegen des Koks. Damals als Russel es mir erzählt hat, habe ich im ersten Moment gedacht, er würde einen Witz machen. Ein dummer Scherz. Ich meine, Russel hatte einen echt kranken Humor, und es wäre ihm zuzutrauen gewesen, aber heute habe ich es mit eigenen Augen miterleben müssen, und es hat mir schreckliche Angst gemacht, Dean in diesem Zustand zu sehen. Ausgerechnet ihn, der immer alles unter Kontrolle hat.

Abgesehen davon juckt es tierisch zwischen meinen Beinen. Sex am Strand ist nur in Büchern und Filmen romantisch. Der blöde Sand ist echt in jeder Ritze. Ich hasse ihn. Nein, okay, ich liebe ihn. Genau wie den Strand, das Meer und Dean. Verdammter Mist, denke ich, als mir klar wird, dass wir uns zu einer großen Dummheit haben hinreißen lassen. Wir hatten Sex. Ungeschützt. Und das, nachdem er fremdgegangen ist. Verdammt! Ich bin so dämlich. Nicht weil ich mich habe verführen lassen, sondern weil ich die ganze Safer-Sex-Sache nicht zum Thema gemacht habe.

Jetzt habe ich wieder Angst und tausend Fragen, und Dean ist im Moment scheinbar nicht in der Lage, sie mir zu beantworten, weil er bis zum Hals in der Scheiße steckt. Er war so erschreckend down, aber so ist das mit dem verdammten Koks. Je höher man fliegt, desto tiefer ist der Fall. Wieder frage ich mich, ob er auch auf Koks war, als er Trish gevögelt hat? Nein, er hat ja gesagt, dass er erst danach rückfällig geworden ist. Doch in wie weit kann ich ihm glauben? Und wen gab es danach noch. Koks ist schließlich nicht umsonst als Sexdroge verschrien und wenn er drauf war, hat er dann überhaupt an Kondome gedacht? Wohl kaum. Fuck, wer weiß, wie viele andere es noch seit unserer Trennung gab. Er ist schließlich kein Kind von Traurigkeit. Ich bin so verzweifelt, als ich mir ausmale, was er in den vergangenen zwei Wochen alles getrieben haben könnte, dass ich zu atmen vergesse. Nur mit Mühe gelingt es mir, einer Panikattacke zu entgehen. Ich lasse das Fenster runter. Die tropische Nachtluft, erfüllt von dem Duft des Meeres und der zahlreichen Pflanzen, strömt ins Wageninnere.

Hätte ich um Dean kämpfen oder zumindest das Gespräch mit ihm suchen sollen? Vielleicht, aber ich konnte es nicht. Als ich ihn mit Trish zusammen gesehen habe, da ist etwas in mir zerbrochen, und ich war einfach nur unglaublich verletzt. Ich habe mich wie ein verwundetes Tier zurückgezogen, habe meine Wunden geleckt, und das Warum war mir, auch wenn ich mich ständig danach gefragt habe, letztendlich doch egal – möglicherweise, weil ich Angst hatte, dass er mir sagt, dass er sie liebt und sie so viel besser ist als ich. Vielleicht auch einfach nur, weil es letztendlich nichts daran geändert hätte, dass er mir mit seinem Verhalten schrecklich wehgetan hat. Dieser Seitensprung hat einfach alles geändert.

Wenn er dachte, ich vögle mit Brad, warum hat er mich nicht einfach zur Rede gestellt? Warum musste er seinen blöden Schwanz in Trish stecken? Ich schlucke beklommen. Morgen muss ich mit ihm sprechen – ob er will oder nicht. Ich muss mich schließlich absichern und wissen, ob ich mir Sorgen machen muss. Ich hoffe inständig, dass er mich in diesem Punkt beruhigen kann, aber im Lauf der vergangenen Jahre habe ich einige Kokser kennengelernt – Jungs und Mädels –, und ihnen ist eines gemein: Wenn sie drauf sind, dann können sie nicht treu sein, und an ein Gummi denken sie in diesem Zustand, in dem sie sich unsterblich fühlen, in der Regel auch nicht. Er muss unbedingt die Finger von diesem Dreckszeug lassen, ehe es zu spät ist und er nicht mehr ohne kann.

Zurück in meiner Wohnung dusche ich ausgiebig und versuche, den vermaledeiten Sand abzuspülen. Er ist wirklich überall. Ich wasche meine Haare zweimal, doch als ich sie danach föhne und ordentlich durchbürste, rieselt immer noch Sand aus ihnen. Von dem stürmischen Akt am Strand bin ich wund, und jeder Schritt erinnert mich an mein fahrlässiges Verhalten. Ich überlege, ob ich Dean schreiben und ihn an meinen Bedenken teilhaben lassen soll. Vielleicht kann er sie mit einer kurzen Nachricht bereits zerstreuen, aber ich lasse es, denn das ist nicht das Einzige, über das wir sprechen müssen.

Meine Angst um ihn hält mich in den kommenden anderthalb Stunden vom Schlafen ab. Ich denke über das ganze Desaster nach. Über Dean und darüber, wie sehr ich jetzt, nachdem wir unserer Begierde nachgegeben haben, leide. Was im Übrigen nicht nur daran liegt, dass ich Angst habe, sondern auch daran, dass es unfassbar gut war. Ich erschauere, als ich daran denke, wie er meinen Tanga in Stücke gerissen hat. Mist! Ich darf nicht an Sex mit Dean denken, denn sonst bin ich zu keinem anderen Gedanken mehr fähig. Als ich schließlich realisiere, dass es mit dem Schlafen einfach nichts wird, knipse ich das Licht an, schnappe mir meinen Block, der sich inzwischen gut gefüllt hat, und schreibe einen weiteren langen Brief an Russel, in dem ich ihm alles erzähle, was heute passiert ist.

Es ist bereits zehn Uhr, als ich erwache, einen Happen esse und erneut an die North Shore fahre.

Auf meiner To-do-Liste stehen:

1. Mit Dean reden und ihm den Kopf wegen seines Drogenkonsums waschen.
2. Mit Dean darüber sprechen, dass wir es ohne Kondom getan haben, und was er so in der Zwischenzeit getrieben hat. Vor diesem Punkt fürchte ich mich aus mehreren Gründen, denn zum einen will ich nichts über sein Sexleben wissen, außer es findet mit mir statt natürlich, und zum anderen habe ich einfach Angst, dass ich mir nun monatelang Sorgen machen muss. Und last but not least:
3. Vor dem klärenden Gespräch mit ihm muss ich erst noch mal ins Wasser. Ein paar Wellen nehmen, um einen klaren Kopf und meine Gefühle unter Kontrolle zu bekommen.

Auf dem Weg in den Norden, den Kam Highway hinauf, denke ich unentwegt an Dean, und zu all meinen Bedenken gesellen sich jede Menge Schmetterlinge. Vielleicht hat der Seitensprung doch nicht alles verändert, denn meine Gefühle für ihn sind offensichtlich immer noch da.

Ich nutze die guten Wellen, denn in Kürze beginnen die Pipemasters, und dann ist es erst einmal nicht möglich, an diesem Spot zu surfen, daher bleibe ich, so lange wie es geht, im Wasser.

Später stehe ich auf der Terrasse des Mad-Crush-Hauses und sehe, wie Rory voll über die Lippe einer echten Bombe geht. Fuck, denke ich noch, als er mit den Füßen voran ins Wasser eintaucht. Mein Herz macht einen mächtigen Satz, und mir wird einen Moment lang übel, denn er wäre schließlich nicht der Erste, der sich an diesem Spot die Knochen bricht. Wenn man auf das Riff trifft, kann das wirklich unschöne Verletzungen geben. Ich atme erleichtert auf, als er die Wasseroberfläche durchbricht und zurück an den Strand kommt. Er hockt sich in den Sand, und ich beschließe, zu ihm zu gehen und zu schauen, ob alles mit ihm in Ordnung ist.

Wir begrüßen uns, und ich setze mich zu ihm in den Sand. Rory zieht mich an sich und drückt mir einen Kuss auf den Scheitel. Obwohl er der Witzige in unserer Clique ist, hat er ein wirklich gutes Gespür, und sein Wipe-Out hängt mir – ebenso wie der vergangene Abend – nach. Ich kann ihm ansehen, dass er mein gefaktes Grinsen nicht schluckt.

»Alles klar bei dir?«, erkundige ich mich und füge hinzu: »Krasser Wipe-Out, was?«

Er nickt knapp. »Geht so«, murmelt er und ergänzt: »Es sah vermutlich viel übler aus, als es war.« Trotz seiner Worte, die mich beruhigen, tut es gerade unglaublich gut, ihn so dicht und unversehrt neben mir zu spüren. Ich lege meine Hand auf sein Bein und genieße seine Nähe.

»Was machst du eigentlich hier?«, fragt er. Er weiß schließlich, dass ich normalerweise der reinste Workaholic bin und gern auch mal die Wochenenden durcharbeite. Warum er in den vergangenen zwei Wochen nicht gecheckt hat, dass ich zu den unmöglichsten Zeiten bei ihm oder Brad aufgeschlagen bin, zeigt, wie sehr er selbst gerade eingespannt ist. Seit er Weltmeister geworden ist, hatte er kaum eine ruhige Minute, und wegen der Hawaiian Pro und dem Vans World Cup hatte er außerdem nicht einmal die Gelegenheit, sich zu akklimatisieren. Er kam an und war zwei Tage später wieder im Wasser.

»Ich habe gekündigt«, sage ich, und Rory schaut so ungläubig drein, dass ich mich genötigt fühle, hinzuzufügen: »Hey, morgen könnte ich tot sein, also sollte ich das machen, was mich wirklich erfüllt, und der Job tat es nicht mehr. Da war einfach kein Feuer mehr.« Er nickt, aber ich glaube nicht, dass er das versteht. Sein Job ist schließlich großartig, und mit dem Weltmeistertitel hat er sich all seine Träume erfüllt. Man merkt, dass er dadurch eine Menge Auftrieb bekommen hat.

»Warst du schon draußen?«, erkundigt er sich.

»Ja, heute Morgen. Vielleicht gehe ich gleich noch mal rein«, beantworte ich seine Frage, doch dann werfe ich einen Blick auf die Uhr, und mir wird klar, dass ich dafür keine Zeit habe. Ich muss unbedingt noch mit Dean reden. Ich habe bloß keinen Plan, wie ich ihn dazu bringen kann, mir zuzuhören und seine Finger von dem Scheißkoks zu lassen.

»Kannst du dich heute Abend etwas um Joe kümmern?«, unterbricht Rory meine Gedanken.

Joe? Ich horche auf. Lag ich mit meiner Vermutung richtig und sie war gestern Abend bei ihm? »Warum? Was ist mit ihr?«, will ich wissen, denn die Art, wie er seine Bitte formuliert hat, gefällt mir nicht. Irgendwas in seinem Ton sagt mir, dass er denkt, dass es Joe nicht gut gehen könnte, und mir stellt sich instinktiv die Frage, was er wieder angestellt hat.

Er schaut gequält drein. »Wirst du dann schon sehen«, brummt er, erhebt sich und verschwindet mit einem knappen »Bye« in Richtung Mad-Crush-Haus. Ich schaue ihm nach und sehe, dass er humpelt. Aber solange er aus eigener Kraft stehen und gehen kann, ist es nichts Ernstes, und abgesehen davon: »Wirst du dann schon sehen?« Was ist das denn für eine Aussage, und überhaupt, was bildet er sich ein? Mir sagen, ich soll mich um sie kümmern, während er sich wochenlang – nein, monatelang – einen Scheiß für sie interessiert hat. Der soll mal schön auf dem Teppich bleiben, unser Weltmeister. Wenn das der Beginn eines Höhenflugs ist, dann werde ich höchstpersönlich dafür sorgen, dass er wieder runterkommt, indem ich ihm die Flügel stutze.

Ärgerlich starre ich auf das Meer hinaus und beobachte die Jungs, die sich dort draußen tummeln, und versuche, mich zu beruhigen, denn eigentlich bin ich nicht wirklich sauer auf ihn, sondern meine üble Laune und meine Gereiztheit sind der Anspannung wegen des Gesprächs mit Dean geschuldet.

Ich habe mich schon fast wieder unter Kontrolle, als mein Handy piept und ich eine SMS von Joe erhalte, in der steht: »Wir müssen uns sehen. Dringend!«

Augenblicklich bin ich wieder auf hundertachtzig, denn ganz offensichtlich stimmt etwas nicht, und wenn Rory Joe wehgetan hat, weil er ein selbstsüchtiges, egoistisches Arschloch ist, dann kann er was erleben. Ich bin schon halb auf dem Weg zum Mad-Crush-Haus, um Rory zur Rede zu stellen, als ich – einer Eingebung folgend – beschließe, sie lieber anzurufen. Allerdings erreiche ich sie nicht. Ich hocke mich in meinen Pick-up und versuche es erneut. Erst zehn Minuten später nimmt sie ab. Sie klingt schrecklich verheult, und ich mache mir ernsthaft Sorgen, auch wenn sie umgehend sagt, dass ich es nicht tun soll.

»Rory hat mich gerade angesprochen, dass ich mich um dich kümmern soll. Und dann hatte ich diese Nachricht von dir, dass du unbedingt reden willst.«

»Hat Rory noch etwas gesagt?«, will sie wissen.

»Ja. Als ich gefragt habe ›Warum? Was ist los?‹, hat er geblafft: ›Mach's einfach!‹ Als ob ich seine Sekretärin wäre oder so. Was ein Arsch! Jetzt, wo er Weltmeister ist, leidet er wohl unter Größenwahn«, ereifere ich mich.

Joe lacht auf, und es klingt beinah abfällig. Scheint, als würde sie mir zustimmen, und ich frage mich, was Rory sich geleistet hat. Sie fragt mich, wo ich bin, und nachdem ich es ihr sage, ob ich schon surfen war. »Ja«, erwidere ich, und im nächsten Augenblick beginnt sie völlig unvermittelt, erneut zu weinen. Mühsam bekomme ich aus ihr raus, wo sie steckt, und verspreche, mich umgehend auf den Weg zu machen. Keine zehn Minuten später lenke ich meinen Wagen auf das Hotelgelände, in dem am gestrigen Abend auch die Veranstaltung des Wavehunters-Magazins stattgefunden hat. Joe wartet bereits auf mich, und nachdem ich sie zur Begrüßung kurz umarmt habe, frage ich: »Was hast du?«

»Nichts, was man zwischen Tür und Angel klären kann«, entgegnet sie. Shit, das hört sich gar nicht gut an, denke ich. Ich weiß genau, was sie tut. Sie hält mich hin, spielt auf Zeit, und das bedeutet wohl, dass die Kacke am Dampfen ist. Ob es um Dean geht? Hat sie rausbekommen, dass er Drogen nimmt? »Lass uns kurz auf mein Zimmer gehen, damit ich mich umziehen kann«, bittet sie mich.

Im Aufzug dann lässt sie die Bombe platzen. »Sam, wir müssen möglicherweise leise sein, wenn wir oben sind.«

»Warum?«

»Weil Brad in meinem Bett liegt. Oder da gelegen hat, bevor ich zum Strand gegangen bin. Vielleicht hat er sich inzwischen auch schon aus dem Staub gemacht.« Einen Augenblick lang frage ich mich völlig begriffsstutzig, welchen Brad sie meint, doch dann schnalle ich es. Nein! Joe hat den verdammten

Bradley Hoover abgeschleppt oder sich von ihm abschleppen lassen. Dennoch hake ich ungläubig nach, »Brad Hoover?«, woraufhin sie strahlend nickt. Das ist der Hammer! Der absolute Wahnsinn! Ich quietsche, weil ich es so geil finde, und hüpfe aufgeregt auf der Stelle rum. Gott, ich freue mich so sehr für sie – und ja: auch für ihn. Ich wusste, dass da irgendwas zwischen den zweien vor sich geht. Er war so wahnsinnig besorgt um sie und hat sich ständig nach ihr erkundigt. Tausend Fragen liegen mir auf der Zunge, und ich wäre nicht ich, wenn ich nicht mit ihnen rausplatzen würde. »Wie ist das passiert, und wann, und warum zum Teufel liegst du nicht unter oder auf ihm und …«

Joe lächelt belustigt. »Ich glaube, er brauchte eine Pause«, meint sie, woraufhin ich ungläubig auflache.

Sie hat Brad plattgemacht. Wie geil ist das denn? »Mit Mitte zwanzig hätte er die nicht gebraucht«, unke ich. Verdammt, Rory und ich sagen ihm doch immer, dass er steinalt ist – ganz offensichtlich nicht ohne Grund.

»Tja, das werden wir nie erfahren.«

»Ich bin neidisch«, behaupte ich und umarme sie erneut. Gott, was freue ich mich für sie. Sie wollte ihn seit so vielen Jahren. Doch das Zimmer ist leer, und Brad Hoover ist aus Joes Leben ebenso schnell verschwunden, wie er hineingeplatzt ist. Ich will ihm den Hals umdrehen, als ich sehe, wie sehr sein Verschwinden sie trifft. Was hat er sich dabei gedacht, einfach abzuhauen? Sie ist nicht irgendein verdammtes Groupie …

»Scheiße, Joe«, murmle ich betreten und nehme mir vor, Brad seinen verdammten Blondschopf zu waschen. Diese blöden Surfer-Typen sind solche Egoisten.

Joe blinzelt gegen die Tränen an. »Ich kann nichts dafür. Ich liebe ihn eben!«, wispert sie.

Oh Mann, ich weiß das nur allzu gut, weshalb ich mich zu einem verständnisvollen Nicken durchringe und sie dann in meine Arme ziehe.

Joe schlägt vor, essen zu gehen, und ich werde dabei den Eindruck nicht los, dass ihr noch immer etwas unter den Nägeln brennt. Sicherlich hat es mit Rory zu tun, und mir schwant Böses, weil sie partout nicht mit der Sprache rausrücken will, und sie deutet an, dass sie weinen wird. Gott, Brad und Rory, man sollte diese Idioten echt mit ihren Schädeln aneinanderklatschen. Ich werde den beiden was erzählen, wenn ich sie das nächste Mal sehe. Die können was erleben. Beim Essen lästern Joe und ich ein wenig über Gab beziehungsweise über Marc, und ich informiere sie darüber, dass es bei den beiden im Moment heftig kriselt. Am liebsten würde ich ihr auch von Dean erzählen, aber ich weiß nicht, wie. Während des Essens bietet sich keine Gelegenheit, und die Rückfahrt zum Hotel dauert – nachdem wir das Marc-Thema angeschnitten und uns auf ihn eingeschossen haben – auch nicht lange. Bis ich mich also dazu durchgerungen habe, mit der Sprache rauszurücken, haben wir das Hotel bereits wieder erreicht.

Während der Fahrt mit dem Aufzug hoch in Joes Zimmer überlege ich, wie ich das Ganze am besten angehe. Möglicherweise ist es doch sinnvoller, erst mit ihm zu sprechen. Joe schließt die Tür zu ihrem Zimmer auf, und eine männliche Stimme dringt zu uns herüber. Brads Stimme, um genau zu sein. Sie ist tief und ziemlich rauchig. Er klingt ein wenig wie Rus, wenn der angetörnt war, nur dass Brad sich eben immer so anhört – vielleicht ist er aber auch immer geil, wer weiß das schon. Es klingt jedenfalls geschäftlich, und Joe schließt die

Tür so schnell, dass ich nicht mal einen Blick auf ihn erhaschen konnte.

»Brad ist da«, informiert Joe mich und fügt hinzu: »Er telefoniert.« Ich grinse, denn plötzlich habe ich eine geradezu geniale Idee. Verdammt, ich kann mich genau dran erinnern, wie verrückt es mich gemacht hat, als Russel angefangen hat mich mit dem Mund zu verwöhnen, während ich am Telefonieren mit meiner Mum war. Selbst ein abgebrühter Knochen wie Brad, der schon so einiges mitgenommen hat, wird auf so eine Nummer abfahren.

»Perfekt! Geh rein und blas ihm einen«, ermuntere ich Joe.

Ungläubig starrt sie mich an. »Was?«, stammelt sie, und dann: »Es scheint geschäftlich zu sein, Sam.«

»Umso besser, Joe! Glaub mir, er wird es lieben! Go for it!« Sie lässt sich meinen Vorschlag durch den Kopf gehen, und als ich den Grund für ihr Zaudern erkenne, briefe ich sie kurz und sage ihr, was sie zu tun hat. Ich erzähle ihr genau das, was Dean mir damals gesagt hat. »Es ist gar nicht so schwer, Joe. Aber es soll nicht nur ihm Spaß machen, sondern auch dir.« Da sie jedoch tierisch auf ihn steht und so ziemlich alles für ihn tun würde, wird es ihr Spaß machen, ihm Freude zu bereiten. »Achte einfach darauf, wie er reagiert. Schau ihn dabei an, darauf stehen alle. Es macht sie unglaublich geil, zu sehen, wie ihr Schwanz in deinem Mund steckt.« Keine Ahnung, aber wenn ein Kerl mich leckt, dann habe ich in der Regel keinen Nerv, ihm zuzuschauen. Im Gegenteil, ich bin dann mit meinem Kopf ganz woanders. »Benutz viel Spucke, damit es richtig schön flutscht. Du brauchst ihn nicht supertief in den Mund zu nehmen. Das kann unangenehm sein, also probiere es einfach aus und schau, was für dich passt, und vergiss seine Eier nicht, aber sei vorsichtig, die Jungs sind empfindlich.« Ich grinse sie an. Sie packt das schon. So schwer ist es ja wirklich nicht. »Und wenn er gekommen ist, dann zeig ihm sein Sperma auf deiner Zunge, bevor du schluckst. Männer stehen darauf!« Russel stand da tierisch drauf.

Endlich gibt Joe sich einen Ruck und verschwindet in ihrem Zimmer. Zwar ist es unangebracht, auf dem Flur rumzulungern, während Joe gerade vor Brad kniet und seinen Schwanz im Mund hat, andererseits habe ich keinen Plan, was ich sonst machen soll. Ich checke also meine E-Mails und texte Joe dann, dass ich auf sie warte. Kurz überlege ich, auch eine Nachricht an Brad zu schicken à la Ich-weiß-was-du-in-den-letzten-fünf-Minuten-getan-hast, doch bevor ich dazu komme, öffnet sich am Ende des Ganges eine Tür, und Dean kommt im Stechschritt auf mich zugerauscht. Fuck, denke ich, als ich in seine Augen blicke. Er vibriert förmlich, so sehr steht er unter Strom. Seine Pupillen sind extrem geweitet, und er ist so abartig auf Koks, dass mir ganz elend zumute wird.

»Hey, was machst du hier?«, fragt er mich. Ich hasse alles an diesem Dean. Er ist so drauf wie gestern, als er mich bedrängt hat. So großkotzig, so kalt.

»Deine Schwester besuchen«, gebe ich unverbindlich zurück und darf mir einen Moment später anhören, dass ich Leine ziehen soll, weil er Dinge mit Joe zu regeln hätte. »Du hast sowieso schon genug angerichtet. Ich will, dass du dich in Zukunft von Joe fernhältst.«

»Merkst du eigentlich, was für ein elender, selbstgefälliger Scheißkerl du bist, wenn du was genommen hast? Aber lass mich raten, das interessiert dich gerade einen feuchten Dreck, was?«

»Treib es nicht zu weit, Sam«, warnt er mich. »Ich bin schon mit ganz anderen Problemen fertiggeworden …«

»Wovon zum Teufel redest du überhaupt?« Nichts erinnert mehr an die Nähe, die wir gestern Abend hatten. Dean ist völlig außer sich.

»Von Joe, dem Club und was sie da verdammt noch mal getrieben hat.« Im ersten Augenblick weiß ich gar nicht, wovon er überhaupt spricht. »Mit diesem Typen an deinem Geburtstag«, ergänzt er, und endlich macht es klick.

»Sie ist erwachsen, Deany«, versuche ich ihn zu beschwichtigen, doch er ist wie ein wütender Stier.

»Nenn mich nicht so!«, blafft er mich an. »Nenn mich nie wieder so! Wag es nicht! Wie konntest du meine Schwester nur auf so eine bescheuerte Idee bringen, Samantha? Ein One-Night-Stand, die Idee ist doch nicht auf Joes Mist gewachsen. Du bist so eine dumme, verhurte Schlampe! Erst die Sache mit Rus, und nun das?«

Er ist nicht der erste Kerl, der mich als Schlampe bezeichnet, aber es tut weh. Es tut viel mehr weh, weil ich ihn liebe, auch wenn er gerade ein unaussprechliches Ekel ist. Aber ich weiß, dass er nicht das Arschloch ist, das in diesem Moment spricht. Verfluchtes Koks! Ich versuche noch immer, seine Worte zu verdauen, deshalb entgeht mir, wie sich die Situation gefährlich zuspitzt, als Joe ihren Kopf aus der Zimmertür steckt. Ich nehme an, sie will schauen, wer auf dem Flur so rumbrüllt. Als Brad hinter ihr erscheint, rastet Dean völlig aus.

»Ich dachte, du schläfst nicht mit Bradley Hoover«, schreit er.

»Ähhh, jetzt schon«, gibt Joe von sich, bevor Dean sich wie ein tollwütiger Hund auf Brad stürzt. Die Schlägerei ist in vollem Gange, ehe ich auch nur dazu komme, »Lasst den Scheiß, Jungs!« zu sagen.

Wie angewurzelt stehe ich auf dem Flur und starre in Joes

Zimmer, wo der Punk abgeht. Dean schickt Brad mit einem einzigen Schlag zu Boden. Ich zucke zusammen, als eine Stimme hinter mir fragt: »Was ist los?«

Doch Rory – weiß der Geier, wo er hergekommen ist – schiebt sich ohne eine Antwort abzuwarten an mir vorbei, während ich nach wie vor außerstande bin zu reagieren. Deans verächtliches »dumme Schlampe« fräst sich einmal durch meinen gesamten Körper. Es ist das Koks, versuche ich mich zu beruhigen, doch das ändert nichts daran, was seine Worte mit mir machen. Als ich es endlich schaffe, meine Gefühle unter Kontrolle zu bekommen, und Joes Zimmer betrete, ist die Show bereits gelaufen. Rory steht dicht bei Dean, während Brad Joe mit seinem Körper abschirmt und sie in meine Richtung schiebt. Ich schließe Joe in meine Arme und sehe, wie Brad sich merklich entspannt, als er Joe in guten Händen weiß. Brad tut gerade so, als sei Dean eine Gefahr für sie, was natürlich Quatsch ist, denn er würde Joe nie wehtun.

»Was ist mit dir passiert, Joe? Wann bist du so eine billige, kleine Schlampe geworden?«, greift er sie jedoch einen Augenblick später an, und ich erkenne, dass Brad mit dem, was er da tut, verdammt richtigliegt. Ich selbst hingegen habe einen ganz gravierenden Fehler gemacht. Ich bin davon ausgegangen, dass Dean Dean ist und sich verhält wie er, aber so ist es nun einmal nicht. Ich führe mir deutlich vor Augen, dass er auf Koks ein anderer Mensch ist. Ein gewaltiges Riesenarschloch, das seine kleine Schwester in diesem Moment zum Weinen bringt.

Ich lasse Joe los, durchquere den Raum und baue mich vor Dean auf – lächerlich, ich weiß, denn er ist verschissene dreißig Zentimeter größer, rund vierzig Kilo schwerer und ein echtes Tier, aber ich bin so scheißwütend auf ihn, dass es mir egal ist.

Also fauche ich ihn an: »Du bist so jämmerlich, Dean! Das zu mir zu sagen ist eine Sache, aber deine Schwester hatte in ihrem Leben lediglich eine Handvoll Kerle.«

»Mal abgesehen davon, dass sie Brad schon immer wollte«, mischt sich Rory ein.

»Das mit Bradley ist nur die Spitze des Eisbergs«, ereifert sich Dean und fügt hinzu: »Oder findest du es okay, dass sie sich von irgendeinem Typen auf einem Klo ficken und – nicht zu vergessen – hat schwängern lassen?« Rory steht die Missbilligung ins Gesicht geschrieben, doch davon bekomme ich nur am Rande etwas mit. Joe ist schwanger? Scheiße, sie … Wie? Ich fasse es nicht, und jetzt verstehe ich, warum Dean so außer sich ist.

»Dann ist das immer noch Joes Problem, und nicht deins«, wirft Brad ruhig ein. Auch wenn die Ader an seinem Hals sichtbar hervortritt und wie wild pocht, hört man ihm nicht an, wie aufgebracht er ist. Auch die Neuigkeit mit Joes Schwangerschaft scheint ihn nicht umzuhauen. Ich schiele zu Rory. Sie beide sind so gelassen, dass ich überzeugt davon bin, dass sie bereits Bescheid wussten. Warum Brad dann trotzdem was mit Joe angefangen hat, würde mich allerdings schon interessieren. Fuck, das darf doch echt nicht wahr sein. Wie um mich zu überzeugen, frage ich sie: »Du bist schwanger?«

»Ja!«, erwidert sie und schaut betreten, ja beinahe schuldbewusst zu Boden. Ich schließe sie in meine Arme. »Gott, es tut mir leid, Süße! Von diesem Typen aus dem Club?« Joe nickt.

»Das ist alles deine Schuld«, faucht Dean mich an. »Wenn du nicht so eine verdammte Hure und ihr ein schlechtes Vorbild wärst …« Auch diesmal sind seine Worte wie Schläge. Er trifft mich hart, und mir bleibt im ersten Augenblick die Luft weg, dann jedoch sage ich mir, dass er alles Recht der Welt hat, sauer auf mich zu sein. Es ist, wie er sagte: Erst habe ich Russels Leben versaut und nun das von Joe.

Rory nimmt mich in Schutz, doch das ändert nichts daran, dass etwas an dem dran ist, was Dean gesagt hat. Ich hätte Joe an dem Abend aufhalten müssen, doch sie wirkte glücklich. Dieser Typ hat sie zum Lachen gebracht … Ja, und ihr einen Braten in die Röhre geschoben, denke ich fassungslos.

»Ich akzeptiere dein Benehmen ganz bestimmt nicht, Joe!«, herrscht Dean sie an, woraufhin sie verächtlich schnaubt: »Das ist lächerlich, Dean. Was willst du machen? Mich einsperren? Mich zwangsverheiraten?«

Kapitel 18

DEAN | 07.12.2014 | North Shore | Oahu | Hawaii

Ich starre meine Schwester fassungslos an. Bin ich der Einzige, der den Ernst der Lage begreift? Sie hat sich von irgendeinem Heini in einem Club schwängern lassen. Ein Typ, von dem sie nicht einmal den vollständigen Namen weiß, und jeder in diesem Raum scheint das in Ordnung zu finden. Aber ja, es ist nicht nur die ungeplante Schwangerschaft, die mich fertigmacht. Nein, sie muss es auch noch mit Brad treiben, und ich bin mir absolut sicher, dass sie das getan hat, denn der ganze verdammte Raum riecht nach Sex.

Wir diskutieren uns die Köpfe heiß, und jeder versucht, mich davon zu überzeugen, dass ich auf dem Holzweg bin, aber ich will nun einmal nicht, dass meine Schwester rumhurt, und schon gar nicht, dass sie sich von Bradley Hoover ficken lässt.

Diese ganze Scheiße hier ist Sams Schuld. Sam hätte ein Auge auf Joe haben müssen. Aber ich kann mir bildlich vorstellen, wie sie Joe sagt, dass der Typ sie ansieht und sie einfach mal ein bisschen Spaß haben soll.

»Ich will nicht, dass du meine Schwester weiter triffst«, erkläre ich Brad so ruhig wie möglich.

»Das ist eine Sache, die nur Joe und mich etwas angeht«, entgegnet dieser trotzig. Eins muss man diesem Schweinehund lassen. Er kann echt was einstecken. Ich habe ihm einen fiesen Schlag verpasst, und man sieht schon jetzt, dass er ein ziemlich übles Veilchen bekommen wird. Ich muss ihm hoch anrechnen, dass er noch dazu in der Lage ist, zu stehen, schwöre mir aber, dass ich ihn beim nächsten Mal erledige, und es wird schon bald ein nächstes Mal geben, wenn er so weitermacht.

»Du kannst doch nicht ernsthaft mit zweierlei Maß messen, Dean. So bigott bist nicht mal du«, sagt Sam.

»Ich will nicht, dass sie Brads Groupie ist«, zische ich, woraufhin Joe zu heulen beginnt.

»Du bist so ein Arsch, Dean«, faucht Sam mich an. Sie ist sexy, wenn sie so wütend ist. Ja, aber sie ist auch immer noch eine Schlampe, erinnere ich mich. Fuck, ich bin umgeben von Schlampen. In meinem Zimmer liegt vermutlich auch noch eine rum. Die Tussi, die ich vorhin vor Brad gerettet habe, denn er war drauf und dran, sie abzuschleppen, hat sich als echter Glücksgriff erwiesen. Andererseits: Wäre er mit der im Bett gelandet, hätte er Joe vermutlich nicht gebumst.

Brad betastet sein Auge. Geschieht dem blöden Wichser recht. Ich habe ihn schließlich gewarnt und ihm gesagt, dass er es bitter bereuen wird, wenn er etwas mit Joe anfängt. Erst Sam, dann Joe … Warum kann der Scheißkerl seine Finger nicht von den beiden lassen? Sam plappert wie eine Verrückte auf mich ein. Erzählt mir, dass Joe schon immer in Brad verliebt war und wie viel er ihr bedeutet. Als ob ich das nicht wüsste. Und mich nennt sie bigott, dieses verlogene Miststück. Wenn sie das alles weiß, warum lässt sie ihn dann ran? Warum vögelt sie mit ihm herum?

»Natürlich weiß ich das noch!«, sage ich verärgert. Ich wende mich an Joe. »Aber für Brad bist du nun einmal nur ein billiges Flittchen. Eine von vielen, Joe. Willst du das? Brad ist wie ich. Früher oder später wird er dich betrügen. Er kann nicht treu sein. Du wirst ihm zu langweilig werden oder zu alt oder zu …«

»Ich bin kein Stück wie du, Kumpel«, meint Brad und funkelt mich böse an. »Ich würde deine Schwester nie als Schlampe, Hure oder als Flittchen bezeichnen.« Er schenkt Joe ein Lächeln, und ich sehe, wie sie erblüht. Ich hasse es, dass sie ihn so ansieht.

»Wenn du ihr wehtust, bringe ich dich um«, drohe ich ihm.

Er schaut mich durchdringend an und sagt: »Werde ich nicht. Und hör auf, sie so gemein zu behandeln, vielleicht hört sie dann auch auf zu weinen.«

Er geht zu ihr, wischt ihr die Tränen von den Wangen, und ich werde beinahe wahnsinnig, weil ich nicht will, dass er seine Drecksgriffel an sie legt. »Ich meine es ernst, Brad! Wenn du mit ihr spielst, bist du ein toter Mann.«

»Ich kann verdammt noch mal selbst auf mich aufpassen, Dean«, faucht Joe ihn an. »Lass endlich diesen machomäßigen Mist!«

»Er meint das nicht böse«, mischt Rory sich ein. Dieser blöde Scheißkerl will gut Wetter bei mir machen, nachdem er Joe die ganzen letzten Monate hat hängen lassen, doch da hat er sich geschnitten. Ich werde ihm das nicht verzeihen. Wie könnte ich auch. Sie war so verdammt verloren und hilflos, und er hat sich einen Scheiß für sie interessiert. »Er hat dich lieb und Angst, dich zu verlieren«, erklärt Rory. Und ja, er hat recht, dennoch nervt es, dass er sich auf meine Seite schlägt. »Er hat Angst, dass dir etwas passiert und dass du unglücklich bist.« Joe schaut mich fragend an, und ich nicke knapp.

»Wir wissen alle – außer Brad vielleicht –, dass er die Macht hat, dich zu zerstören. Und seit Russels Tod bist du sowieso total labil.«

»Dean, ich kann selbst auf mich und mein Herz aufpassen«, behauptet sie erneut, aber das nehme ich ihr nach allem, was vorgefallen ist, einfach nicht ab.

Fuck, als ob. Nicht mal ich habe es gekonnt. Mein Herz ist irreparabel in Mitleidenschaft gezogen. Unbewusst wandert mein Blick zu Sam, die sich an der Minibar einen Drink einschenkt. »Das mit euch hat doch keine Zukunft«, erkläre ich Joe nachdrücklich. Brad ist zehn Jahre älter. Er hat bereits Familie. Joe will Kinder und … Nein, das ist völlig undenkbar. Er ist und bleibt ein notorischer Aufreißer. Er hat Drogenprobleme, er …

»Es muss auch keine Zukunft haben«, behauptet sie, und erneut erkenne ich meine kleine Schwester nicht wieder. »Es ist gut, wie es ist. Im Moment ist es perfekt. Es fühlt sich gut an.« Den letzten Satz flüstert sie fast und schaut dabei fragend Brad an. Ich könnte kotzen, weil er sie so eingelullt hat.

»Und das Baby?«, will ich wissen.

»Was soll damit sein?«

»Du darfst es nicht bekommen«, informiere ich sie. Doch scheinbar hat sie genau das vor. Wie naiv und dumm sie doch ist. Ich dachte immer, meine Schwester sei klug und gebildet, aber im Moment hege ich ernste Zweifel an ihrer Zurechnungsfähigkeit. Glaubt sie wirklich, sie kann dieses Baby bekommen? Joe wirft Sam einen Blick zu, unsicher und ängstlich. Woraufhin diese sofort für sie in die Bresche springt – so wie immer.

»Sag ihr nicht, was sie darf oder nicht darf«, geht Sam mich an.

»Du musst es wegmachen lassen!« Irgendwer muss hier schließlich mal Tacheles reden. Und ja, es ist nicht schön, aber eine andere Wahl hat Joe nicht. Sie versaut sich ihr ganzes Leben, wenn sie das Kind behält.

»Spinnst du, Dean?«, kommt es von Rory.

Ich werfe ihm einen vernichtenden Blick zu und sage: »Wie

soll das denn funktionieren? Ich meine, Brad erträgt nicht mal seine eigenen Kinder, da wird er …« Alles, was danach geschieht, passiert rasend schnell. Brad macht zwei, drei schnelle Schritte in meine Richtung und boxt mir so hart ins Gesicht, dass ich zu Boden gehe. Sein Angriff kommt völlig überraschend. Seine Augen sprühen vor Wut.

»Du bist echt ein Arschloch!«, grollt er über mir und schiebt hinterher: »Du hast keine Ahnung, wovon du redest! Gar keine!« Er weicht von mir zurück, fährt sich mit beiden Händen durch seine blonden Haare und atmet tief durch. Etwas Warmes läuft mir über die Lippen, rinnt über mein Kinn. Ich versuche, mich aufzurappeln. Sam betrachtet mich voller Entsetzen, und am liebsten würde ich ihr den Finger zeigen – schließlich trägt sie die Schuld an dem ganzen Desaster.

SAM | 07.12.2014 | North Shore | Oahu | Hawaii

»Es ist gut, wie es ist. Im Moment ist es perfekt. Es fühlt sich gut an«, wispert Joe und wirft einen Blick in Brads Richtung. Er geht zu ihr, nimmt ihr Gesicht zärtlich in seine Hände und wischt ihr die Tränen von den Wangen.

Ohne Scheiß, das hier gerade zu sehen ist der romantischste Film aller Zeiten. Brad, dieser supercoole, beinharte Typ, wirkt so weich, so glücklich und so zufrieden. Wie er Joe anschaut, ist einfach nur hinreißend – anders kann ich das nicht sagen. Er betrachtet sie, als wäre sie ein Wunder, und vielleicht ist sie das für ihn sogar. Nie habe ich ihn zufriedener erlebt als in diesem Moment. Joe schmiegt ihr Gesicht in seine Hände, und ich beobachte sie, wie sie dastehen, völlig ineinander versunken, und bin unfähig, meinen Blick von ihnen zu lösen.

Dean hat überhaupt keinen Plan, wie falsch er mit seinen

Anschuldigungen liegt. Brad liebt Joe. Das ist für mich unübersehbar, und nicht nur für mich. Rory steht noch immer wahnsinnig dicht bei ihnen, und seine Miene ist beinahe schmerzverzerrt. Was geht denn bitte schön hier ab, frage ich mich, und dann huscht sein Blick zu Joe, und er sieht sie verdammt noch mal genauso an, wie Brad sie ansieht. Ich brauche einen Drink! Das Chaos hier ist … Oh, Scheiße! Das ist nicht gut. Gar nicht gut. Dean wird durchdrehen, wenn er checkt, was hier abgeht.

Während ich die Minibar plündere, beobachte ich, wie Brad Joe anlächelt. Rorys Arm legt sich wie selbstverständlich um ihre Taille, wodurch er ihre Aufmerksamkeit erlangt. Es ist eine beschützende, aber auch besitzergreifende Geste. »Ich will auch nicht, dass dir etwas passiert«, raunt er ihr kaum hörbar zu. Er sagt es so leise, dass ich mir nicht sicher bin, ob er es überhaupt gesagt hat. Doch seine Stimme, sein Blick … Oh, mein Gott! Dieses Verlangen darin. Ich nehme einen tiefen Schluck von dem verdammten Whiskey, der brennend meine Kehle hinabströmt.

Ich betrachte mir das Schauspiel und komme mir vor wie ein Fremdkörper. Ich gehöre gar nicht hierher. Auch Dean passt hier nicht rein. Ich war in letzter Zeit oft mit Brad und Rory zusammen, und was auch immer binnen der letzten vierundzwanzig Stunden passiert ist, hat beide verändert. Ihr Fokus liegt auf Joe, und ich weiß, wie man sich fühlt, wenn man für einen anderen Menschen ALLES geworden ist. Wenn der Rest zur Nebensache wird und man diese volle Aufmerksamkeit und Zuneigung verspürt. Das ist der Himmel auf Erden.

Und dann stürmt Dean den Himmel wie ein blutrünstiger Racheengel und sagt Joe, dass sie das Baby nicht behalten kann.

Er provoziert Brad so lange, bis diesem der Kragen platzt und er ihn einfach so niederschlägt.

Ich zucke erschrocken zusammen, als seine Faust mitten in Deans Gesicht kracht und dieser zu Boden geht. Respekt! Brad ist einen halben Kopf kleiner als Dean und hat nicht annähernd dessen Statur, und dennoch hat er ihn einfach so umgehauen. Okay, ich wusste immer, dass Bradley Hoover ein zäher Scheißkerl ist. Eben ein richtig harter Ficker, aber das hier … Wow!

Und Fuck, ich bin froh darüber, dass er es getan hat. Ehrlich, hätte er es nicht getan, dann hätte ich es getan. Wie konnte Dean von Joe verlangen, dass sie das Baby abtreibt? Ist er wahnsinnig? Sie ist niemand, der so etwas verkraften würde. Joe liebt Kinder. Kennt er seine eigene Schwester so schlecht, oder ist es ihm schlicht und ergreifend egal, dass sie sich so etwas niemals verzeihen könnte? Zum Glück ist es jedoch ihre Sache – ebenso wie die Geschichte mit Rory und Brad.

Ich helfe Dean auf die Beine und hole einen Lappen für seine blutende Nase. Auf dem Rückweg klopfe ich Brad, der wild fluchend und außer sich vor Wut Dean anstarrt, kurz auf die Schulter, und er zuckt merklich zusammen, weil er so sehr unter Strom steht.

»Du bist in so vieler Hinsicht so ein Idiot, Dean!«, knurrt Brad bedrohlich und fängt an, im Zimmer auf und ab zu tigern.

Ich widme mich Dean und seiner Nase. »Danke.« Das Raunen geht mir durch Mark und Bein. Ich weiß nicht, wie er das macht. In einem Moment hasse ich ihn, weil er sich aufführt wie das weltgrößte Arschloch, und im nächsten möchte ich meine Arme um seinen Hals schlingen und ihn küssen. Nicht nur, weil er so verloren und fertig wirkt, ich weiß, dass es ihm richtig beschissen geht, sondern auch, weil … Nun ja, weil ich ihn eben liebe. Das, was ich für Dean empfinde, ist eine sehr krude und verwirrende Mischung aus Gefühlen. Liebe, Hass, Wut, Mitleid, Verständnis, Sorge, ja beinahe schon Angst, all diese Emotionen wirbeln durch meinen Kopf und lassen mich schwindelnd zurück.

»Was machst du nur?«, flüstere ich, doch wenn er mich gehört hat, dann ignoriert er mich, oder vielleicht weiß er es einfach selbst nicht. Er ist nicht der Mensch, den ich kenne und liebe. »Dean?«

»Lass mich einfach in Ruhe, Sam«, wispert er.

Ich bekomme erst mit, dass Brad verschwunden ist, als Dean sagt: »Was für ein Arschloch!« Er lässt sich in den Sessel fallen.

»Was für ein Arschloch, sagt das Arschloch«, fauche ich ihn an und werfe ihm einen vernichtenden Blick zu. Brad ist kein Arschloch. Gerade eben war er für Joe ein verdammter Held. Er hat sich für sie starkgemacht. Sie beschützt. Ich verstehe, warum sie sich in ihn verliebt hat, denn ich habe heute das erste Mal gesehen, was sie in ihm sieht.

»Ach, halt doch die Klappe, du …« Ich bin dicht bei Dean und scheißwütend. Wenn er mich noch einmal Schlampe oder Hure nennt, haue ich ihm eigenhändig auf seine verschissene Nase.

»Was, ich?«, raune ich ihm warnend zu. Bei aller Zuneigung, allem Verständnis, aller Liebe – so nicht! Nicht mit mir. Egal, aus welchem Grund. Ja, ich weiß, dass er auf Koks ist. Ja, ich weiß, dass Joes Schwangerschaft ihn umhaut. Ich weiß, dass er allen Grund hat, mich zu hassen, weil Russel meinetwegen tot ist, aber er hat kein Recht, mich eine Schlampe zu nennen. Deans Überlebensinstinkte setzen ein, und er hält den Mund.

Rory kommt zu uns und schaut sich Deans Nase an. »Die ist gebrochen«, stellt er fest.

»Danke, Dr. Johnson«, ätzt Dean und drückt das Handtuch wieder dagegen.

»So, dann wird die blöde Schlampe den unglaublich tollen Dean Reynolds mal ins Krankenhaus fahren«, sage ich und versuche, mir nicht anmerken zu lassen, wie tief er mich getroffen hat und wie verletzt ich bin. Es ist eine Sache, wenn das irgendein dämlicher Typ zu einem sagt, aber eine ganz andere, wenn es von dem Mann kommt, den man liebt.

»Brauchst du nicht, ich rufe einen von den Jungs an«, brummt er und betrachtet mich mit eisigem Blick. Ich hasse es, wenn er mich so abspeist, mir das Gefühl gibt, ich sei der letzte Müll.

»Mach, was du willst, du Idiot!«

Joe beginnt, ihre Sachen zusammenzupacken, und Rory folgt ihr ins Bad. »Ich hasse dich«, lasse ich Dean wissen, denn es muss raus. Dieses Gefühl frisst mich auf.

»Willkommen im Club.«

»Du«, fauche ich ihn an, »hast keinen Grund, mich zu hassen. Du benimmst dich wie das letzte Arschloch. Was du zu Joe gesagt hast, ist unverzeihlich!« Er schaut betreten drein, und ich kämpfe gegen die Tränen an. Am liebsten würde ich ihn fragen, ob er mich wirklich für eine dumme Hure hält. Doch ich habe Angst vor seiner Antwort, habe entsetzliche Angst davor, dass er es nicht nur im Affekt aus einem dummen Impuls heraus gesagt hat. Ich will ihn anflehen, dass er es zurücknimmt, denn es tut so weh. Es bringt mich schier um. Ich schluchze auf und wende mich von ihm ab, denn ich ertrage seinen Anblick nicht mehr. Wenn er so ist, dann ist er nicht der Mann, für den mein Herz schlägt. Es ist zwar sein Körper, aber nichts von dem, wie er sich verhält, erinnert an Dean.

»Du musst das mit den Drogen lassen«, flehe ich.

Er stöhnt, und ich drehe mich wieder zu ihm herum. »Bitte, Dean«, beknie ich ihn. »Wir beide wissen, dass du nicht so bist. Du wirst dich so mies fühlen, wenn du von deinem Trip runter bist.« Ja, und es wird ihm wie der ideale Zeitpunkt vorkommen, um erneut nachzulegen. »Du bist nicht so ein fieses Arschloch!«

»Weißt du, warum ich das Zeug nehme, Sam? Weil du mich kaputtmachst. Du zerstörst mich, wie du auch Russel zerstört hast und Joe. Wusstest du, dass Rus und ich uns wegen dir zerstritten haben?« Ich presse meine Kiefer fest aufeinander und nicke schuldbewusst. »Ich habe ihm gesagt, dass er zur Hölle fahren soll. Ich wollte nichts mehr mit ihm zu tun haben. Nie wieder! Er hat gewusst, wie viel du mir bedeutest und wie sehr ich dich liebe, aber er hat das getan, was er immer getan hat. Er hat sich genommen, was er wollte, und dafür habe ich ihn gehasst.« Er schluckt hart und ergänzt: »Er kam in meine Wohnung und hat so getan, als wäre das alles gar kein Problem. Als wäre es keine große Sache, dass er dich heiratet. Dieser dämliche Wichser!« Seine Worte schocken mich. Niemals zuvor habe ich Dean so abfällig über Russel reden hören, allerdings auch nicht über Joe oder mich. Es ist das Scheißkoks, erinnere ich mich. Deans Kiefer mahlen, als er mich ansieht, und in seinem Blick liegt so viel Schmerz, dass ich nicht anders kann, als Mitleid für ihn zu empfinden.

Ich setze mich auf die Sessellehne und schaue ihn aufmerksam an. »Warum bist du so sauer?«, frage ich ihn. Ja, mir ist klar, dass Koks aggressiv macht. Mir ist klar, dass es reizbar macht, aber in seinen Augen sehe ich noch etwas anderes.

»Ich bin nicht sauer. Ich bin kaputt. Du machst mich kaputt, Sam!«, wirft er mir erneut vor und fragt dann: »Was treiben die da drin so lange?« Er erhebt sich und geht zum Badezimmer. Er öffnet die Tür und blafft im nächsten Augenblick: »Das wird ja immer besser!« Sein Tonfall ist so ätzend, dass ich sofort in Alarmbereitschaft bin. Ich brauche keine zwei Sekunden, um dicht hinter ihm zu stehen. Ein Blick an ihm vorbei zeigt mir, warum er wieder auf hundertachtzig ist. Die Situation, in der er Rory und seine Schwester vorgefunden hat, ist harmlos. Joe sitzt auf dem Waschtisch, und Rory steht dicht vor ihr. Jeder hat seine Klamotten an, und alles ist okay … theoretisch jedenfalls. Dean schnaubt vor mir wie ein wild gewordener Kampfstier. Er macht zwei Schritte in den Raum hinein.

»Geh da weg, Rory! Sonst bist du der Nächste, dem ich eine reinhaue. Ich meine es ernst, meine Schwester ist tabu.«

Rory lässt dieses ganze Drohgebaren relativ kalt. »Das entscheidet nur Joe, Dean.«

»Ich kann nicht fassen, was aus dir geworden ist«, geht Dean nun Joe an. »Eine dämliche Hure wie dich will ich nicht als Schwester.«

Ich bin kurz davor, ihn auseinanderzunehmen, als ich sehe, wie Joe um Fassung ringt, doch dann gleitet sie vom Waschtisch und geht auf ihn zu: »Egal, was du sagst, Dean. Egal, was du tust. Ich werde dich immer lieben, weil du mein Bruder bist und weil du so, wie du bist, richtig bist. Allerdings macht mich das nicht falsch.« Sie beugt sich vor, um ihn zu küssen, doch Dean wendet sich abrupt von ihr ab. Als sich unsere Blicke treffen, erkenne ich, wie hilflos und verloren er ist. Ich will nach ihm greifen, doch auch diese Berührung lässt er nicht zu. »Geh jetzt lieber, Dean«, sage ich so sanft wie möglich.

Ich schließe die Tür hinter ihm und atme tief durch, als er weg ist. Aus dem Badezimmer heraus höre ich ein lautes Schluchzen. Ich brauche einen Moment, um mich zu fangen und um mit allem, was in der letzten halben Stunde geschehen ist, zurechtzukommen. Dann gehe ich ins Bad und kümmere mich um Joe, die auf dem Boden liegt und hemmungslos weint. Rory hält sie in seinen Armen, und ich lege mich zu ihnen. »Schhhhhhh, ist ja gut, Süße!«, beruhige ich sie. Dean hat so eine Macke. Echt! Ausgerechnet Joe so anzugehen. Sie ist ein Engel, wirklich! Ich habe so viel mitgenommen in meinem Leben, so viel rumgepoppt und Scheiß gebaut, aber Joe ist wirklich »brav«. Das mit diesem Typen im Club ist ja auch nur passiert, weil sie wegen Rus so fertig war. Sie wollte sich einfach wieder gut fühlen. Ich verstehe das. Unfassbar, dass sie nicht verhütet hat. Ich hätte sie wirklich nicht für so naiv und kopflos gehalten. Während wir auf dem warmen Boden liegen und versuchen, Joe zu trösten, denke ich darüber nach, wie schrecklich verfahren die Situation ist.

Rorys Stimme, die Joe beruhigende Worte zuflüstert, lullt auch mich ein. »Ich liebe dich, Joe«, murmelt er. »Und ich bin da. Ich pass auf dich auf. Hab keine Angst.« Irgendwann hört sie auf zu weinen. Rory trägt sie ins Bett und legt sich zu ihr. Ich für meinen Teil stelle fest, dass ich am Verhungern bin, und gehe uns etwas zu essen organisieren. Ich will aber auch nach Dean sehen. Wenn er auf seinem Zimmer ist, dann öffnet er mir nicht die Tür. Vielleicht ist er auf dem Weg ins Krankenhaus, wer weiß. Das mit seiner hübschen Nase ist nicht tragisch. Die wird früher oder später wieder heilen. Das mit den verdammten Drogen ist eine ganz andere Geschichte. Er ist nicht wiederzuerkennen, wenn er etwas genommen hat. So fremd und seelenlos ist er zum Fürchten. Vor allem aber habe ich Angst um ihn, denn ich kann ihn nicht auch noch verlieren.

Während Rory und ich essen, schläft Joe ein. Ich muss mich wieder daran erinnern, dass sie schwanger ist. Sind diese

Schwangeren nicht ständig müde? War da nicht was? Keine Ahnung. Ich persönlich finde ihren Zustand beinahe schon bedrohlich. Ich betrachte sie, um sicherzugehen, dass sie eingeschlafen ist, ehe ich mir Rory vorknöpfe. Ich will wissen, was hier läuft, denn eines ist ganz sicher, so habe ich Rory noch nie erlebt. Wie immer, wenn es ernst wird, versucht er es mit einem Scherz. »Dein Exlover ist ein Arschloch, das ist los.« Da kann ich ihm nur vorbehaltlos zustimmen.

»Nein. Was läuft zwischen dir und Joe?«, hake ich nach.

»Sie ist meine beste Freundin.«

Ich boxe ihn auf den Oberarm – einfach weil der sture Bock es verdient hat und meine Geduld für heute zu Ende ist.

Ich bekomme mehr oder weniger die Geschichte des gestrigen Abends aus ihm raus. Er und Joe haben wohl rumgemacht, aber der Idiot hat es vergeigt, weil er ihr doch ernsthaft unterstellt hat, dass sie ihm das Kind unterschieben wollte. Kennt er sie denn so wenig? Mit wie viel wandelnder Dummheit um mich herum bin ich eigentlich gestraft? Ich boxe ihn erneut. »Joe hat es nicht mal mir erzählt, du Blödmann«, raunze ich ihn an.

»Das wusste ich da aber noch nicht«, rechtfertigt er sich. Als ob das eine Rolle spielen würde. Er kennt sie praktisch sein ganzes Leben lang. »Egal, Joe ist abgehauen und Brad direkt in die Arme gelaufen, und tja, den Rest kennst du …«

Yep, sie ist mit Brad im Bett gelandet. Aber ich weiß, dass da auch etwas zwischen ihr und Rory ist, und mir ist das Gerücht zu Ohren gekommen, dass Rory und Brad eine Vorliebe für »Teufelsdreier« haben. Bisher habe ich das für Quatsch gehalten, aber jetzt? Ich spreche ihn direkt darauf an, und natürlich ist es ihm total unangenehm. Nun ja, ich halte es da mit Hunter. Es ist so viel einfacher, sich keinen Kopf mehr darüber machen zu müssen, was die Leute denken, wenn die Katze aus dem Sack ist.

Dennoch bin ich mir nicht sicher, ob Joe für so was offen wäre, und abgesehen davon hat sie im Moment schließlich ganz andere Probleme. Sie ist schwanger! Irgendwie will das nicht in meinen Kopf rein. Das ist unvorstellbar. Ich sehe Joe nicht mit einem Kind. Sie ist doch erst zweiundzwanzig und hatte eine Menge Pläne. Ja, aber das war, bevor Russel starb, erinnere ich mich. Was er wohl über all das Chaos denken würde?

Rory und ich unterhalten uns noch eine ganze Weile, dann legt er sich zu Joe. Die beiden geben ein süßes Bild ab, wie sie da aneinandergekuschelt liegen. Ich versuche ebenfalls, etwas zu schlafen, aber die großen Sessel sind kein Ersatz für ein Bett, und meine Gedanken drehen sich wieder und wieder um Dean und die verdammten Drogen.

Irgendwann klingelt Rorys Handy und weckt uns. Es ist Brad, der wissen will, was mit Joe ist. Als er erfährt, was passiert ist, kommt er wieder ins Hotel. Rory ist total genervt, als Brad sich neben Joe legt – dorthin, wo Rory nur Minuten zuvor gelegen hat. Die Eifersucht steht ihm ins Gesicht geschrieben, und ich folge ihm auf den Balkon, wo wir uns leise unterhalten.

Ich bin überrascht über das, was er denkt und wie er sich verhält – schließlich haben wir in den vergangenen zwei Wochen, seit er wieder da ist, etliche Stunden zusammen verbracht. Er ist in erster Linie eifersüchtig, weil er sich ausgegrenzt fühlt und behauptet, dass es sicherlich anders wäre, wenn er dabei wäre. Ich für meinen Teil kann mir das nicht vorstellen. Also Dean, eine andere und mich … Ich würde verrückt werden. Ich will ihn nicht teilen. Du solltest ihn gar nicht wollen, rüge ich mich. Nicht nach dem, was er sich heute geleistet hat. Gott, er war so ein Arschloch.

Rory hingegen ist so niedlich. Er ist völlig in Joe verknallt. Erst denke ich, dass er mich verarscht, als er sagt, dass er sie heiraten will. Er schaut mir tief in die Augen, und ich glaube ihm schließlich. Was seine Motive anbelangt, bin ich mir jedoch weitaus weniger sicher. Vielleicht will er sie bloß, weil Brad sie hat. Manchmal ist er so, doch er wehrt sich mit Händen und Füßen gegen diese Unterstellung.

Später fahre ich mit Rory nach Hause. Ich habe keine Ahnung, wo ich sonst bleiben soll, und zurück in die Stadt will ich nicht fahren, denn nach wie vor habe ich das dringende Bedürfnis, mit Dean reden zu wollen – am besten zu einem Zeitpunkt, zu dem er gerade nicht auf Koks ist.

Und obwohl es mir unter den Nägeln brennt, ihn zu sehen, gestaltet sich der nächste Tag komplett anders. Ich wache auf, und in dem riesigen Haus ist es unheimlich still. Nachdem ich geduscht habe, gehe ich in die Küche, in der ich mich inzwischen ziemlich gut auskenne – schließlich habe ich in den letzten Tagen ein paar Mal für Rory, Brad und ihre Kumpels gekocht. Ich liebe es zu kochen. Keine Ahnung, was genau dahintersteckt, aber psychologisch betrachtet wäre es sicherlich interessant. Ich für meinen Teil fühle mich einfach wohl dabei. Es rückt etwas in mir gerade, gibt mir Geborgenheit. Ja, kochen! Wirklich. Und abgesehen davon verwöhne ich nun einmal gern die Menschen, die mir etwas bedeuten.

Während ich Speck anbrate, Rührei (für mich) und Spiegeleier (für Rory) zubereite, höre ich über meine Kopfhörer einen Song von den Rockin' Romeos, einer noch relativ unbekannten Band aus L.A., die ich vergangenes Jahr dort auf einem Festival habe spielen hören. Wie einfach mein Leben damals war, wie vollkommen. Nicht, dass ich das damals gesehen hätte. Irgendwie dachte ich, dass ich Probleme hätte. War genervt von meinen Eltern und davon, dass Dean sich aus unerfindlichen Gründen auf mich eingeschossen hatte. Ich war traurig, dass Cam unterwegs war, weil ich mich sowohl auf ihn als auch auf Hunter gefreut hatte, aber rückblickend war es perfekt, und dieser Song erinnert mich an diese tollen drei Tage, an denen ich gefeiert, gekifft und gevögelt habe, als gäbe es kein Morgen mehr.

Ich tanze zu dem Song, denke an Hunt und wie wir in der Menge standen, uns zu der melancholischen Musik gewiegt haben und es in diesem Moment nur uns gab. Ich frage mich, was er macht und wie es ihm im Moment geht. Wenn das alles hier überstanden ist, werde ich ihn besuchen und mich in seine und Cams Arme flüchten. Hunt würde mir nämlich niemals sagen, dass ich eine Schlampe bin, und das, obwohl er mich zu meinen wildesten Zeiten erlebt hat.

Erschrocken zucke ich zusammen, als Rory sich unbemerkt nähert. Er drückt mir einen Kuss auf die Wange, beäugt das Essen mit gierigem Blick, ehe er sich zu mir umdreht. Ich nehme die Kopfhörer ab. »Hi, Sonnenschein«, begrüßt er mich. Die Verwendung von Russels Spitznamen trifft mich unvorbereitet und hart. Ich schlucke beklommen. Blinzle gegen die Tränen an und atme tief durch.

Er schenkt mir ein entschuldigendes Lächeln und fährt sich mit der Rechten durch seine blonden Locken, die noch feucht sind und dadurch viel dunkler wirken. Sein Lächeln kann mit Russels nicht mithalten, aber das ist einfach ein Ding der Unmöglichkeit – zumal Russels breites Grinsen immer ein wenig dreckig wirkte. Rory hingegen sieht immer bezaubernd unschuldig aus, auch wenn ich spätestens seit unserem Gespräch gestern Nacht weiß, dass er es faustdick hinter den Ohren hat. Ich frage mich, wie das mit ihm und Brad im Bett ist. Haben sie auch was miteinander so wie Hunter und Cam, oder … Nein? Nein! Mit Sicherheit nicht! Oder doch?

Bevor meine Fantasie weiter Amok laufen kann, erwidere ich: »Na, du Langschläfer.«

»Hey, ich bin schon seit Stunden wach!«, behauptet er.

»So? Wo hast du gesteckt? Warst du schon draußen?«

»Nein, surfen war ich noch nicht. Wenn du magst, können wir nach dem Frühstück rausgehen.« Und ob ich mag. Nach dem gestrigen Abend und Deans unmöglichem Verhalten zieht es mich ins Wasser. Wenn es eine Sache gibt, die noch tröstlicher ist als kochen, dann surfen.

Auf den drei Meilen bis Banzai Pipeline bedankt sich Rory noch einmal für das Frühstück. »Daran könnte ich mich echt gewöhnen«, verkündet er, und ich erwidere: »Tja, aber dann musst du dir wohl Joe aus dem Kopf schlagen.«

»Du könntest es ihr beibringen.«

»So wie sie dir das Klavierspielen?«, frotzele ich. Er wirft mir einen gespielt schmollenden Blick zu, und ich setze noch einen obendrauf: »Hey, du hast eben andere Talente.« Beispielsweise ist er gerade Weltmeister im Surfen geworden, doch das sage ich nicht, sondern füge stattdessen hinzu: »Mir fällt zwar spontan nichts ein, worin du besonders gut bist, aber gib mir eine Viertelstunde …«

Er lacht schallend los, und ich zwinkere ihm zu. »Was würde ich ohne dich bloß machen, Sammy?«, fragt er und berührt mich damit ein weiteres Mal an diesem Tag, weil er mich in diesem Moment so schmerzhaft an Russel erinnert.

Ich erwidere das, was ich Rus in der Nacht von Gabs Hochzeit gesagt habe, als wir zusammen an der Bar saßen: »Du wärst voll am Arsch.«

»Damit hast du wohl recht. Ich hab dich lieb.«

»Ich dich auch. Sag mal, gibt es hier gar keine verfickten Parkplätze mehr? Das ist doch echt nicht zu glauben.« Schließlich finde ich doch noch eine Möglichkeit, den Wagen abzustellen. Weit entfernt und halb im Graben parke ich. Völlig unnötig, wie sich nur zehn Minuten später zeigt, denn Joe ruft mich an und bittet mich, zu ihr in Brads Haus zu kommen. Sie klingt aufgewühlt, und dennoch ringe ich mit mir. Ich muss ins Wasser, aber sie ist schwanger, und nach gestern … nein, ich muss zu ihr. Alles andere – Dean eingeschlossen – muss warten.

»Klar, Joe. Ich brauche noch eine halbe Stunde oder so, okay?«

»Ja. Ich freue mich!«

Gerade will ich mich aus dem Gespräch, in das Rory und ich gleich nach unserer Ankunft verwickelt worden sind, zurückziehen, als Brad die Bühne betritt. Das trifft es ehrlich gesagt ziemlich gut. Er zieht keine Show ab. Das hat er nicht nötig. Er kommt an, steigt aus, nimmt sein Board von der Ladefläche, und die Blicke aller Anwesenden sind ihm sicher. Ich frage mich, wie man sich fühlt, wenn man ständig so beobachtet wird. Ob die Aufmerksamkeit Brad inzwischen egal ist, oder sonnt er sich darin? Ich würde mich unwohl fühlen – wie ein exotisches Tier im Zoo oder eine Amöbe unter einem Mikroskop. Möglicherweise liegt es aber auch an dem krassen Veilchen, dass alle ihn anglotzen, als sei er ein Alien. Puh, das ist echt heftig! Andererseits: Einen schönen Mann kann nichts entstellen, und Brad macht nicht den Eindruck eines geprügelten Hundes. Im Gegenteil, er trägt es mit einer Selbstsicherheit, als wäre es ein Accessoire. Ich lächle ihm zu und nutze die Gunst der Stunde, um die Biege zu machen.

Brad fasst nach meinem Arm und raunt mir »Warte noch« zu. Er wendet sich an Rory. »Ich würde gern noch mal mit euch reden.« Die Art, wie er es sagt, veranlasst Rory, zum Mad-Crush-Haus hinüberzugehen. Er führt uns in eines der Schlafzimmer im ersten Stock – Russels Zimmer. Nun ja, nicht wirklich, aber es war das Zimmer, in dem wir waren, wenn wir uns hier aufgehalten haben. Ich schlucke beklommen, als die Erinnerung hochkommt. Rus, wie er am Fenster stand und mir gesagt hat, dass er mich liebt und dass das zwischen uns nicht einfach nur irgendwas ist.

»Was gibt es?«, fragt Rory und reißt mich aus meinen Gedanken.

»Wir brauchen deine Hilfe, Sam«, sagt Brad und bittet mich dann, meinen Einfluss auf Joe geltend zu machen, denn er will, dass sie sich auch auf Rory einlässt. Er stellt sich scheinbar eine Beziehung zu dritt vor. Ich weiß nicht, was ich sagen soll. Ich habe Bradley Hoover immer für einen Realisten gehalten, doch scheinbar habe ich mich grundlegend geirrt. Er ist ein Träumer, und zwar einer von der schlimmsten Sorte. Oder er ist so von sich überzeugt, dass er glaubt, für ihn gäbe es keine Limits. Die Wahrheit ist jedoch: Nicht nur für uns Frauen gibt es eine gläserne Decke. Nicht einmal ein Bradley Hoover bekommt immer, was er haben möchte, und ja: Joe hat sowohl Gefühle für ihn als auch für Rory, aber sie ist ein Mädchen, das an die große, eine wahre Liebe glaubt. Bei dem, was Brad von ihr möchte, wird sie niemals mitspielen.

Und dann keimt der Verdacht in mir auf, dass Rory nur ein Mittel zum Zweck ist, weil Brad uns darüber informiert, dass er Joe nicht das geben kann, was sie sich wünscht: Kinder und eine Familie. »Ich kann ihr keine machen. Der Zug ist abgefahren«, informiert er uns tonlos. Man sieht ihm an, dass er die Entscheidung in diesem Moment bedauert. Irgendwann in seinem Leben war er an einem Punkt, wo es unvorstellbar war, noch einmal ein Kind zu zeugen, und dann kam Joe, und nun hadert er mit allem, was er hat und was er ist … Seine Unsicherheit ist beinahe greifbar, und es tut mir leid für ihn.

Ehe ich aufbreche, bringt er noch ein anderes Thema zur Sprache. Er redet mir ins Gewissen und sagt mir, dass ich Joe endlich von Rus und mir und auch von Dean und mir erzählen soll. Ich hasse unerbetene Ratschläge, und noch viel mehr hasse ich, dass er recht hat, aber als ich schließlich mit einer halben Stunde Verspätung vor seinem Haus parke, weiß ich genau, was ich zu tun habe. Ich muss endlich mit ihr reden, zumal sich die Situation ohnehin zuspitzt und mir jederzeit um die Ohren fliegen kann. Sie hat Kontakt mit Rory, Brad und Dean – es ist nur eine Frage der Zeit, bis sich einer verplappert oder in Deans Fall ihr eher die ganze Sache steckt, um mir eins reinzuwürgen.

Schlampe! Und dieses Unwort ausgerechnet aus seinem Mund. Er ist das männliche Pendant dazu. Ich persönlich finde ja, dass wirklich niemand das Wort in den Mund nehmen sollte, und dennoch habe ich es viel, viel zu oft in meinem Leben gehört. Trotzdem sehe ich selbst mich einfach nicht so. Ich bin eine Frau, die Spaß am Sex hat, aber keine feste Partnerschaft will – wobei das natürlich auch nicht uneingeschränkt gilt. Ich wollte sie mit Rus und auch mit Dean, bevor er dank der beschissenen Drogen in Rekordzeit zu einem ausgewachsenen Arschloch mutiert ist. Hat er recht? Ist das alles meine Schuld? Bin ich der Grund dafür, dass er was nimmt?

Blödsinn, sage ich mir. Dämliche Junkie-Mentalität! Die

Schuld auf andere schieben und einen Grund suchen, um der Sucht zu frönen, passt perfekt ins Muster. Fuck, ich muss mich dringend um ihn kümmern, aber ein Schritt nach dem anderen. Erst ist Joe dran, dann Dean.

DEAN | 08.12.2014 | North Shore | Oahu | Hawaii

Ich erwache am späten Nachmittag – orientierungslos und klatschnass geschwitzt. Dröhnende Kopfschmerzen martern mich. Vom Balkon her dringt eine schrille Stimme zu mir. Fuck, ist die Olle immer noch da? Das darf doch echt nicht wahr sein. Die hat mir gerade noch gefehlt. Ich rapple mich hoch, schlurfe ins Bad, klappe den Klodeckel hoch und pinkle. Mein Schwanz brennt. Ich bin so wund vom vielen Sex, dass ich ihn kaum anfassen kann.

Natürlich war ich gestern nicht im Krankenhaus. Ich bin zurück auf mein Zimmer, und nachdem die Wirkung des Koks nachgelassen hat, hatte ich brutale Schmerzen. Eins muss man Brad lassen, sein Schlag war nicht von schlechten Eltern, aber ich tippe auf einen Glückstreffer. Andererseits war er früher ständig in irgendwelche Prügeleien verstrickt. Die Kleine, die auf der Terrasse hockt, kam dann auf die glorreiche Idee, das Koks oral zu konsumieren statt nasal. Eine echte Verschwendung, denn ich habe fast doppelt so viel gebraucht, um die gleiche Wirkung zu erzielen – aber letztendlich hat es gewirkt, und nur darauf kommt es an. Sex auf Koks ist der Hammer. Keine Ahnung, wie lange wir gefickt haben – stundenlang.

Kurz bekomme ich Schiss, weil ich irgendwann kein Gummi mehr benutzt habe. Aber ich war so verdammt geil, die Kondome waren aufgebraucht, und sie sagte, dass sie sauber ist.

Ich betrachte mein Spiegelbild. Zugegeben, ich sehe beschissen aus, aber es wird schon nichts passiert sein. Wie hoch ist die Wahrscheinlichkeit dafür denn?

Rede dir das bloß schön, sagt eine andere Stimme in mir.

Halt die Klappe, raunze ich sie an. Ich will das nicht hören. Alles, was ich will, ist eine Line sniffen, doch den Spaß hat Brad mir gehörig verdorben. Die Nase sieht übel aus. Echt übel.

Ich gehe unter die Dusche. Eine Weile stehe ich dort, versuche damit klarzukommen, dass ich gerade nichts genommen habe – es ist biestig. Ich hasse es.

Lautes Geschrei von draußen alarmiert mich, ich stelle das Wasser ab, schlinge mir ein Handtuch um die Hüfte und betrete die Suite, in der mein Dad steht und rumbrüllt, als wäre er wahnsinnig. »Was ist denn hier los?«, frage ich.

»Das sollte ich dich vielleicht fragen.« Er deutet auf die Tussi von letzter Nacht und auf das weiße Pulver, das sie auf dem Sofatisch angerichtet hat.

»Er kam einfach rein«, meint sie anklagend und fügt hinzu: »Und dann hat er gleich angefangen, mich zu beschimpfen und …«

»Sie hat gesagt, dass das dein Zeug ist«, unterbricht er sie scharf.

Ich werfe der dummen Nuss einen vorwurfsvollen Blick zu. »Und? Selbst wenn? Wir wollten bloß etwas Spaß haben.«

Dad sieht mich schockiert an. »Das verstehst du unter Spaß? Hast du eine Ahnung, wie gefährlich dieser Scheiß ist?«

»Ich finde nicht, dass du in der Position bist, mir einen Vortrag darüber zu halten, Dad«, entgegne ich unwirsch. Schließlich säuft er wie ein Loch. Er war vorgestern Abend schon beinahe peinlich betrunken.

Er starrt mich an, schüttelt traurig den Kopf und sagt: »Wie lange geht das schon so, Dean?« Ehe ich antworten kann, wendet er sich an die Kleine: »Nimm deine Sachen und verschwinde und komm nie wieder in die Nähe meines Sohnes.« Sie schiebt trotzig das Kinn vor, verschränkt die Arme vor der Brust, zuckt jedoch zusammen, als Dad sie anbrüllt. »Sofort!« Seine Stimme ist wie ein Peitschenknall, und Brads Möchtegerngroupie springt wie ein dressiertes Hündchen auf.

»Aber was ist mit dem Segeltörn?«, winselt sie. »Du sagtest, dass wir zusammen segeln gehen, D.«

»Geh einfach! Ich melde mich bei dir«, sage ich. Nicht, dass ich ihre Nummer hätte oder ihren Namen wüsste.

Sie schnappt sich ihre Sachen, wirft noch mal einen sehnsüchtigen Blick auf das Koks und verschwindet dann. Als die Tür hinter ihr ins Schloss gefallen ist, sagt mein Dad: »Was machst du bloß für Sachen, Deany.« Er nimmt in einem Sessel Platz und starrt vor sich hin. Ich setze mich auf die Bettkante und betrachte ihn. Er sieht um zehn Jahre gealtert aus.

»Als Russel starb, da ist eine Welt für mich zusammengebrochen«, sagt er kaum hörbar. »Ich weiß, nicht nur für mich, auch für Joe und dich.« Ich schlucke beklommen. »Ich weiß, dass ich für euch hätte da sein müssen, doch irgendwie habe ich es nicht verkraftet. Ich …«

»Dad, das …« Ich deute auf das Koks. »… ist nicht deine Schuld, okay?« Ich verstumme, seufze leise und weiß nicht, wie ich ihm erklären soll, wie ich in die ganze Sache hineingerutscht bin. Er weiß schließlich, dass ich bereits früher damit Probleme hatte. Vielleicht hätte ich sie immer noch, wenn er mich nicht zu einer Therapie gezwungen hätte.

»Seit wann nimmst du das Zeug wieder?«, will er wissen.

»Ich hatte nicht vor, wieder damit anzufangen, aber …«

»Das beantwortet meine Frage nicht«, fällt er mir ins Wort.

Ich schlucke beklommen. »An Weihnachten hatte ich einen Rückfall.«

»Wegen Sam?«, mutmaßt er, und ich nicke.

»Sie war bei uns und später auch auf der Party. Irgendwelche Leute hatten ein bisschen was dabei, und mir ging es so elend wegen ihr, also habe ich zugegriffen. Ich habe mir nichts dabei gedacht.«

»Aber da wusstest du es noch nicht, oder?«

»Was?«, frage ich. Ein Verdacht keimt in mir auf, und Dad bestätigt ihn, als er sagt: »Dass Russel was mit ihr hatte.« Ich schüttele den Kopf. »Ich kann dir gar nicht sagen, wie entsetzlich enttäuscht ich von ihm war. Es hat mich fassungslos gemacht, dass er dir das angetan hat.«

Tränen tropfen von meinen Wangen auf meine Hände, die in meinem Schoß liegen. »Mich auch«, entgegne ich wimmernd. »Er hat es dir gesagt?«

Dad schnaubt freudlos und erwidert: »Einen Scheißdreck hat er. Er hat mir natürlich nicht gesagt, dass es um dich geht, sondern nur, dass er einem anderen das Mädchen ausgespannt und dafür Prügel bezogen hat. Aber ich bin kein Idiot, Dean. Als du spontan wegwolltest, völlig überstürzt und nicht mit der Sprache rausgerückt bist, was los ist, da dachte ich, ich rede mit ihm. Ich dachte, vielleicht weiß er, was in deinem Leben vorgeht und weshalb du so fertig warst und aufgeplatzte Knöchel hattest. Als ich allerdings sein Veilchen gesehen habe, da … nun ja, da habe ich eins und eins zusammengezählt. Ich wusste, dass irgendwas zwischen euch vorgefallen ist.« Er verstummt. »Ich wusste, es kann bloß um Sammy gehen. Mir ist schon ziemlich früh aufgefallen, wie du sie angesehen hast. Mehr als einmal war ich kurz davor, dich zur Seite zu nehmen und dir ins Gewissen zu reden, weil ich den sehnsüchtigen

Ausdruck in deinen Augen bemerkt habe. Ich dachte, ich müsste eingreifen und sie schützen und auch dich, aber andererseits habe ich dir vertraut. Du warst immer so zuverlässig und verantwortungsbewusst.« Er verstummt und leckt sich über die Lippen. »Es gab da diese eine Situation, wo du dich ihr entzogen hast. Ich habe es beobachtet, und in dem Moment war mir klar, dass ich mir keine Sorgen machen muss.«

»Musstest du auch nie, Dad. Ich hätte mir eher die Hand abgehackt, als sie anzurühren.«

»Warum?«, fragt er und mustert mich durchdringend.

»Weil es falsch war. Weil ich so viel älter bin, weil sie mir vertraut hat und weil … Verdammt, es wäre einfach falsch gewesen. Alles in mir hat es mir verboten, auch wenn ich es so sehr wollte.«

Er nickt verstehend. »Und das, Dean, ist der Unterschied zwischen dir und deinem Bruder. Russel wusste, dass das, was er tut, falsch ist, aber er hat es dennoch getan, ohne Rücksicht auf Verluste. Du hingegen hast immer versucht, das Richtige zu tun. Und nun … nun sieh dich bloß an … Kokain und irgendein billiges Flittchen, das du in einer Bar aufgerissen hast.« Er seufzt, und in diesem Laut liegt all seine Enttäuschung. »Hatten Rus und du die Möglichkeit, euch vor seinem Tod auszusöhnen?«, will er wissen. Als ich den Kopf schüttle, sagt er bedauernd: »Ich auch nicht.«

»Ihr hattet Streit?«, frage ich erstaunt, denn davon hatte ich gar nichts mitbekommen.

»Ich habe ihm gesagt, dass er in meinem Haus nicht mehr willkommen ist, solange er diese Sache nicht geklärt hat. Er sagte, dass er Sam auf keinen Fall verlieren will. Er sagte, dass er weiß, dass es falsch ist, aber er es nicht ändern kann. Das, Dean, war der große Unterschied zwischen euch. Du warst immer integer. An deinen Überzeugungen konnte niemand rütteln. Du warst ein Fels in der Brandung.« Er schluchzt auf, wischt sich Tränen von den Wangen und fügt hinzu: »Und nun sieh dich an.«

Ich schließe die Augen, denn das Bild, das ich abgebe, erscheint qualvoll klar vor meinen Augen. Ich senke den Kopf, weine stumm und kann nicht aufhören, weil ich erkenne, wie maßlos enttäuscht er von mir sein muss. Und nicht nur ihn habe ich enttäuscht, sondern auch den Rest meiner Familie: Joe, Sam, Rory. Ich habe mich gestern schrecklich verhalten. Ich sollte für Joe da sein und sie unterstützen, und das Gleiche gilt für Sam. Ich sollte stolz auf Rory sein, doch ich habe einfach um mich geschlagen aus lauter Panik und Angst. Ich will nicht, dass Brad Joe wehtut oder dass Leute schlimme Dinge über sie sagen … was überhaupt keinen Sinn macht, weil ich gestern einen Haufen wirklich übler Sachen zu ihr gesagt habe.

Dad steht auf. Ich spüre gleich darauf, wie sich die Matratze neben mir senkt. Er legt einen Arm um mich und flüstert: »Ich kann nicht noch einen Sohn verlieren, Dean. Ich weiß, dass ich ein schrecklicher Vater bin, aber ich liebe dich. Ich liebe dich wirklich.« Keine Ahnung, wann er mir das das letzte Mal gesagt hat, doch seine Worte sorgen dafür, dass ich laut aufschluchze und mich an ihn klammere wie ein Ertrinkender. Er streichelt meinen Kopf und raunt: »Alles wird wieder gut, Deany! Alles wird wieder gut.«

Kapitel 19

SAM | 08.12.2014 | North Shore | Oahu | Hawaii

Marc hat eine andere«, stößt Gab hervor. Sie beginnt, bitterlich zu weinen. Ich verstehe kein Wort, habe aber ein übles Déjà-vu. Schließlich hat sie vor etwas mehr als zwei Wochen einen ganz ähnlichen Anruf von mir bekommen.

»Was ist passiert?«, frage ich Gab, nachdem sie sich etwas beruhigt hat.

»Er hat mich betrogen. Ich habe ihn in flagranti erwischt.«

»Shit!« Ich setze mich in einen von Brads Sesseln, die auf der Terrasse herumstehen. Schmuse mit seinem Kater und lasse Gab reden. Sie ist völlig aufgelöst, aber fest entschlossen, die Sache zu beenden. Ich blicke zu Rory, der bei Joe einen Annäherungsversuch startet, und beobachte, wie sie ihn zurückweist und zum Strand hinuntereilt – sie flüchtet regelrecht vor ihm. Mit hängenden Schultern schlurft Rory Richtung Haus – vermutlich um Brad sein Leid zu klagen. Joe hat die Sache mit mir und Rus und auch die mit Dean und mir mit Fassung aufgenommen. Etwas, das ich ihr hoch anrechne. Nur als ich ihr von Russels Spitznamen für mich erzählt habe, war sie etwas eifersüchtig – schließlich hat er sie immer so genannt. Andererseits ist ihr dadurch klar geworden, wie viel er für mich empfunden hat, und als ich ihr den Ring gezeigt habe, den er mir geschenkt hat, als er mir den Antrag gemacht hat, mussten wir beide weinen. Nun trage ich ihn wieder und fühle mich gut und schlecht zugleich dabei – gut, weil ich Rus wieder ein Stück in mein Leben gelassen habe, aber schlecht, weil es gemein Dean gegenüber ist. Aber ist es das wirklich? Wir sind schließlich nicht mehr zusammen. Daran ändert auch der Ausrutscher am Abend des Wavehunters-Events nichts.

»Was soll ich bloß tun?« Gab wimmert am anderen Ende. Sie tut mir schrecklich leid, denn ich weiß genau, wie sie sich fühlt. Sobald ich die Augen schließe, sehe ich Dean vor mir, wie er Trish vögelt.

»Vielleicht redest du einfach mit ihm«, schlage ich vor. »Ein Seitensprung ist schließlich nicht zwangsläufig ein Trennungsgrund.«

Gab lacht freudlos auf. »Bist du die gleiche Sam, die gedroht hat, Dean zu kastrieren, wenn er ihr noch einmal unter die Augen tritt?«

»Das war allerdings, bevor ich mich mit ihm ausgesprochen und mit ihm geschlafen habe.«

»Du hast mit ihm geschlafen? Ich kann ständig nur daran denken, wie Marc dieses blöde, dürre Miststück von nebenan in unserem Bett gefickt hat. Ehrlich, beim Gedanken daran, dass er mich noch einmal anfasst, muss ich mich übergeben. Okay, wenn ich ehrlich bin, dann mache die ganze Zeit nichts anderes«, wispert sie und beginnt erneut zu weinen. Ich kann sie verstehen, aber die Sache ist die, dass es nach ein paar Tagen oder Wochen möglicherweise doch anders aussieht, und bei Dean kommt erschwerend hinzu, dass ich nachvollziehen kann, warum er es getan hat. Er war schließlich felsenfest davon überzeugt, dass ich fremdgegangen bin. Natürlich ändert das nichts daran, dass es verdammt wehgetan hat, und zwar bis heute, aber irgendwie macht es sein Handeln nachvollziehbar. Er hat sich einfach zurück zu seiner perfekten Trish geflüchtet.

»Denk einfach gut drüber nach, Gab«, sage ich.

»Ich dachte, du würdest auf meiner Seite stehen, schließlich hast du nie ein gutes Haar an ihm gelassen«, schnieft sie.

»Mag sein, aber irgendwas hast du in ihm gesehen, also …« Ich verstumme, denn ich bin zwiegespalten. Nehme ich Marc nur in Schutz, damit ich Deans Verhalten weiterhin rechtfertigen kann? Was Marc anbelangt, habe ich ein wenig Mitleid mit ihm, denn Gab war ja bereits auf dem Sprung. Sie findet diesen einen Fotografen so toll. Nicht, dass sie das explizit gesagt hätte, aber ich kenne sie. Das war damals bei Rory auch schon so. Da fiel Darells Name eben ein- oder zweimal zu oft, und so ist es jetzt bei Tim auch. Tim dies, Tim das … Vielleicht hat Marc das einfach nur gemerkt. Andererseits ist Marc ein ziemlicher Idiot, und seinen Schwanz in eine andere zu stecken ist garantiert nicht der Weg, eine Ehe zu retten. Dennoch, manchmal ist es einfacher zu agieren als zu reagieren. Doch das alles behalte ich für mich, denn Gab hilft es in diesem Moment herzlich wenig.

Wir beenden das Gespräch, und ich sitze einen Moment lang einfach nur da und habe das Gefühl, dass überall die Welt untergeht. Joe schwanger, Gab so gut wie geschieden, wenn sie an ihrem Entschluss, Marc zu verlassen, festhält, und danach sieht es aus, denn sie hat bereits einen Flug hierher gebucht. Dean, der angefangen hat, Drogen zu nehmen, und ich mittendrin. Da ich ahne, dass ich Dean heute sowieso nicht mehr sehen werde, schicke ich ihm eine knappe Nachricht. »Geht es dir besser, Deany?«

Den ganzen Abend über warte ich auf eine Nachricht von ihm, doch er meldet sich nicht. Nach dem Essen verzieht Brad sich, um einen Joint zu rauchen. Ich schließe mich ihm heimlich an, während Joe und Rory den Tisch abräumen und im Haus für Ordnung sorgen. Das Gespräch mit Gab hängt mir nach, und Brad hat Joe auf den Kopf zu gesagt, dass er ihr nicht treu sein wird. Ehrlich, ich verstehe das nicht. Ich bin nie fremdgegangen … Okay, ich war ja auch erst wenige Male in einer Beziehung. »Warum könnt ihr Scheißkerle nicht einfach mal eure Schwänze in der Hose behalten?«, frage ich ihn, nachdem er von mir wissen wollte, was mit Joe los gewesen ist. Ich meine, wenn mir ein Kerl die Frage beantworten kann, dann Brad Hoover – schließlich sind seine außerehelichen Aktivitäten der Scheidungsgrund gewesen.

»Dean?«, fragte er und bringt mich zum Heulen. Gott, wie ich das hasse. Mir kommt es so vor, als hätte ich die letzten Wochen und Monate nichts anderes gemacht. Erst wegen Russels Tod, dann wegen Dean, und ich will das nicht mehr. Ich habe in dieser kurzen Zeitspanne genug für den Rest meines Lebens geweint. Unwillkürlich denke ich an den Spruch, der in Joels Tattoostudio in Honolulu hängt: *Der einzige Kerl, der mir wehtun darf, ist mein Tätowierer.* Genauso sollte es sein. Andererseits, wenn der andere einem nicht wehtun könnte, dann ist wohl verdammt wenig Gefühl da, sinniere ich niedergeschlagen. Brad tröstet mich eine Weile, hat aber auch keine Antwort auf meine Frage. Er weist mich lediglich darauf hin, dass Dean mich, egal was er gerade anstellt, nicht betrügt, weil wir nicht zusammen sind. Ich jedoch kann mir nicht vorstellen, mit jemand anderem ins Bett zu gehen – okay, natürlich kann ich das, rein theoretisch jedenfalls, aber ich will es nun einmal nicht.

Rory fährt mich heim, was ziemlich lieb ist, denn ich bin ziemlich breit. Es ist ewig her, dass ich das letzte Mal gekifft habe, und das Zeug, das Brad da hatte, konnte echt was. Während der Fahrt bin ich schweigsam und hänge meinen Gedanken nach. Ich erinnere mich an etwas, das Brad zu mir gesagt hat: »Wenn du Dean ärgern willst, erzähl ihm, dass du es mit mir getrieben hast.« Scheinbar hat er Brad ausdrücklich davor gewarnt, mich anzubaggern. Ich weiß ja, dass er eifersüchtig ist, aber er hat nun einmal wirklich keinen Grund – ganz im Gegensatz zu mir.

Mitten in der Nacht schrecke ich durch Sturmklingeln aus dem Schlaf. Mein Herz rast – einerseits, weil ich hoffe, dass es Dean ist, andererseits, weil ich mich erschrocken habe.

»Ja?«, frage ich.

»Lass mich rein, Sam.«

Dean. Ich schließe die Augen, sammle mich, bin erleichtert und zugleich verärgert, weil er einfach hier aufkreuzt und erwartet, dass ich tue, was er sagt. »Warum sollte ich? Damit du mir wieder sagen kannst, was für eine Schlampe ich bin?«

»Nein«, erwidert er leise und schuldbewusst. »Weil ich mich bei dir entschuldigen möchte.«

»Wofür? Dafür, dass du mir das Herz gebrochen hast, indem du fremdgegangen bist? Dafür, dass du mir vorgeworfen hast, dass ich dein Leben ruinieren würde, oder …«

»Für alles, Sam. Und nun lass mich rein. Bitte!«

Ich gebe mir einen Ruck, springe über meinen Schatten und drücke den Türöffner. Er nimmt nicht den Fahrstuhl. Ich höre ihn durchs Treppenhaus sprinten. Stockwerk um Stockwerk nähert er sich. Ich stelle mich an den Treppenabsatz und blicke ihm entgegen. Als er um die Ecke biegt und mich sieht, hält er einen Moment inne. In seinen Augen sehe ich alles, was ich wissen muss.

Vor mir steht mein Dean. Der Mann, an den ich mein Herz verloren habe, und nicht die groteske und entstellte Version, zu der ihn das Koks gemacht hat. Ich sehe die Liebe in seinen Augen und auch die Reue. Er weint, und ich weiß, dass er sich für das, was geschehen ist, hasst ... Ich weiß es, weil ich ihn kenne. Weil er zu mir gehört, und auch wenn ich versucht habe, mir einzureden, dass ich ohne ihn besser dran wäre, auch wenn ich Pläne geschmiedet habe, zu Hunter und Cam zu flüchten, und Dean bereits mehrfach abgeschworen habe, so weiß ich eines mit absoluter Sicherheit: Diesen Dean hier kann und werde ich niemals vergessen. Ich werde niemals über ihn hinwegkommen, und ich kann ihn auch nicht hängen lassen, denn er hat mich schließlich auch nie hängen lassen.

Ich breite meine Arme aus, und er überbrückt die letzten Meter zwischen uns mit raschen Schritten. Auf der vorletzten Stufe bleibt er stehen und ist dadurch nur ein winziges Stück größer als ich. Vorsichtig nehme ich ihn in die Arme. Er sieht übel aus. Die gestrige Schlägerei mit Brad hat seine Spuren hinterlassen. Sein Gesicht ist blau und geschwollen, er hat gerötete Augen, und unablässig laufen ihm Tränen über die Wangen.

»Hast du was genommen?«, frage ich ihn, obwohl ich mir sicher bin, dass dem nicht so ist. Er schüttelt den Kopf. Ich bin erleichtert und komme mir wie eine Heuchlerin vor, weil ich mit Brad nach dem Essen eine Tüte geraucht habe. »Magst du reinkommen?«

»Wenn ich darf.«

»Immer«, erwidere ich und meine es so. In dieser Nacht kommt der Schlaf ein weiteres Mal zu kurz – nicht weil wir Sex haben, denn den haben wir nicht. Stattdessen reden wir so lange, bis wir heiser sind. Wir reden und weinen und lachen auch mal zwischendurch. Wir kauen alles noch mal durch, drehen uns im Kreis, sagen uns, dass wir enttäuscht voneinander sind, aber auch, dass wir uns lieben. Irgendwann habe ich einfach nur noch krasse Kopfschmerzen. Mein Hirn hat sich in einen Bienenstock verwandelt, in dem es unablässig sirrt. Gedankenfetzen huschen hin und her. Ich kuschle mich an Dean, versuche zu verdauen, dass er mit einer der Tussis, die er in letzter Zeit gevögelt hat, keinen Gummi benutzt hat. Dass sie angeblich sauber ist und die Pille nimmt, beruhigt mich nur bedingt. Ich weiß keine Details, aber ich weiß, dass sie nicht die Einzige war, die es außer mir gab. Seit unserer Trennung hat er eine nicht unerhebliche Anzahl von Tussen gepoppt. Er versichert mir, dass er vorher immer Safer Sex praktiziert hat und ich mir keine Sorgen machen müsste, weil das eine Mal, als er es nicht getan hat, nach unserem Ausrutscher am Strand passiert ist.

Es tut weh, dass er es einen Ausrutscher nennt, und auch, dass es danach diese anderen Frauen gab. Ich mache mir Sorgen, dass er die Tussi geschwängert haben könnte, und auch, dass er sich vielleicht was eingefangen hat. Chlamydien, Tripper, Syphilis oder im schlimmsten Fall HIV. Ich bin panisch und googele schließlich, was man machen kann. »Hattet ihr Analverkehr?«, frage ich ihn.

»Leg das weg, Sam«, murmelt er.

»Also, ja«, sage ich.

Er nimmt mir das Handy aus der Hand. »Nein, hatten wir nicht«, versichert er mir seufzend. »Ich habe schon nachgeschaut, was man machen kann … aber wir werden wohl einfach abwarten müssen.« Wir, denke ich. Als ob es nach allem noch ein Wir geben würde. Aber wir liegen hier, reden und sind füreinander da. Irgendwie gibt es also doch ein wir. Die Frage ist bloß, was für ein wir das ist. »Glaub mir, ich habe auch Angst und kann nicht fassen, wie ich so dämlich sein konnte.« Das wiederum kann ich auch nicht.

Dean redet weiter, lässt mich an seinen Gedanken teilhaben.

Ich bin da und höre zu. Er erzählt mir, dass Sean von seinen Drogenproblemen weiß und dass er sich geschworen hat, ab jetzt die Finger davon zu lassen. Ich bin skeptisch, aber das sage ich nicht. Ich sage, dass er es schafft – wer, wenn nicht er. Ich sage ihm, dass ich an ihn glaube und ihn liebe. Ich sage, dass er für mich noch immer eine Art Superheld ist, und er liegt weinend da, den Kopf in meinem Schoß wie ein kleines Kind – völlig verloren und am Ende seiner Kräfte. Ich streichle über seine Haare, bis er eingeschlafen ist, und bete dafür, dass alles gut ausgeht, denn ich würde es nicht aushalten, noch einen Reynolds-Bruder zu verlieren.

DEAN | 09.12.2014 | Honolulu | Oahu | Hawaii

Als ich aufwache, ist Sam weg, und wenn ich nicht in ihrer Wohnung und auf ihrem Sofa liegen würde, dann käme mir womöglich der Gedanke, dass ich mir die vergangene Nacht nur eingebildet habe.

Auf dem Couchtisch liegt ein Skizzenblock. Ich betrachte die Zeichnung, die sie gemacht hat, und auch ihre Notiz. Offensichtlich schlafe ich nicht mit offenem Mund, was vorteilhaft ist oder zumindest so aussieht. Das Porträt ist schön. Es zeigt mich nicht so, wie ich bin, aber so wie Sam mich sieht. Ich wäre gerne der Mann, den sie in mir entdeckt, wenn sie mich anschaut.

Ihre Nachricht besagt, dass sie zu Joe ins Krankenhaus gefahren ist, dass ich brav sein soll, weil es sonst keine Kekse gibt, und sie mich liebt.

Was ist mit Joe?, texte ich ihr besorgt und füge hinzu: *Ich liebe dich auch.*

Ihre Antwort lässt nicht lange auf sich warten. *Sie hat sich die halbe Nacht übergeben. Wie geht es dir?*

Müde!, schreibe ich zurück.

Ich auch.

Hast du überhaupt geschlafen oder mir bloß dabei zugesehen?

Ich habe nicht wirklich geschlafen. Kommst du klar? Mache mir Sorgen.

Yep, ich komme klar, lüge ich, denn da bin ich mir nicht so sicher.

Melde dich, wenn was ist, schreibt sie und schickt mir das Smiley mit dem Kussmund.

Ich rapple mich auf, schäle mich aus meinen Klamotten und gehe unter die Dusche. Während das heiße Wasser auf mich herabprasselt, denke ich an Sam und das Gespräch von letzter Nacht. Es war schlimm, ihr alles zu beichten, aber ich bin auch erleichtert. Vor allem deshalb, weil sie mich trotzdem liebt und an mich glaubt.

Dass meine kleine Schwester schwanger ist, kann ich noch immer nicht fassen, und auch nicht, dass sie was mit Brad hat. Er wird ihr wehtun und sie enttäuschen. Ebenso, wie ich es bei Sammy getan habe. Ich schlucke hart. Ich habe keine Ahnung, was sie nach all dem, was passiert ist, noch in mir sieht und warum sie mir überhaupt noch eine Chance gibt.

Nach der Dusche lege ich mich in ihr Bett, denn ich will schlafen, aber meine Gedanken kreisen ums Koks, und ich realisiere zum ersten Mal, was für einen großen Stellenwert es bereits eingenommen hat. Es ist schwierig, standhaft zu bleiben. Zumal Sammy eine gefühlte Ewigkeit wegbleibt. Erst gegen Abend taucht sie wieder auf, und ich bin erleichtert, weil ich weiß, dass sie nun ein Auge auf mich haben und verhindern wird, dass ich mir irgendwas reinpfeife.

Ihr entgeht nicht, dass ich extrem reizbar bin. »Du carvst«, stellt sie fest.

»Fick dich!«, murmele ich.

»Dean«, sagt sie sanft. »Das war kein Vorwurf. Es ist bloß …«

»… dass du recht hattest und ich ein Junkie bin, ja?« Sie schluckt beklommen, und mir ist zum Heulen zumute. Ich fühle mich schwach, bin hochgradig unkonzentriert und weiß nicht, wo mir der Kopf steht. Jeder Gedanke endet letztendlich in der Vorstellung, dass ich mir eine Line reinziehe.

»Kann ich irgendwas tun?«

Mir fallen da eine Million Dinge ein, und alle haben mit Koks zu tun. »Nimm mich in den Arm«, sage ich, weil ich weiß, dass es sie beruhigt, denn mir persönlich bringt das gerade rein gar nichts. Das jedenfalls denke ich, ehe sie es tut und ich mich doch merklich entspanne – jedenfalls kurz.

»Wie geht es Joe?«, erkundige ich mich.

»Sie hat Infusionen bekommen, und danach ging es ihr besser.«

»Was habt ihr gemacht?«

»Wir waren bei Brad, haben geredet, und ich habe gewartet, bis er von seinen Terminen zurückgekommen ist, um mich abzulösen. Er wollte nicht, dass sie allein ist.«

»Rücksichtsvoll«, murre ich, denn auch wenn es wirklich nett und umsichtig war, Joe in ihrem Zustand nicht allein zu lassen, so will ich nach wie vor nicht, dass sie mit Brad zusammen ist. Er hat sie schließlich schon einmal sang- und klanglos verlassen.

»Brad hat mir gestern ein Foto gezeigt, auf dem er Joe auf

dem Arm hat. Da war sie noch ein Baby«, sagt Sam und fügt hinzu: »Du sahst voll niedlich aus.« Ich gebe ein abfälliges Schnauben von mir und verdrehe die Augen. Niedlich! Ernsthaft? »Mir war nicht klar, dass er der Junge auf dem Foto ist. War er oft bei euch?«

»Ja, fast jeden Tag. Er war dreizehn, als er verschwunden ist.«

»Einfach so?«

»Yep. Einfach so. Wir hatten keinen Streit. Ich nehme an, die Mädchen und das Surfen und alles waren interessanter, aber Joe konnte das nicht verstehen. Noch monatelang hat sie nach ihm gefragt.«

Sam schüttelt irritiert den Kopf. »Ich kann mich gar nicht daran erinnern, also weder an Brad noch daran, dass Joe immer nach ihm gefragt hat.«

Ich zucke mit den Schultern. »Na ja, sie war vier und du fünf, also … Es ist eine Ewigkeit her, aber denk an die Sache mit seiner Ehe. Er war Sky weder vor der Hochzeit treu noch danach.« Ich verstumme frustriert und sage dann: »Scheiße Sam, ich will einfach nicht, dass er ihr wehtut.«

»Er ist total verrückt nach ihr«, versichert Sam mir.

»Im Moment«, werfe ich ein. »Und was ist mit ihr? Sie kann ja nicht so wahnsinnig in ihn verliebt sein, wenn sie dann mit Rory rummacht.«

Sam gibt einen unterdrückten Seufzer von sich, verkneift es sich jedoch, mich darauf hinzuweisen, dass ich sie liebe und trotzdem was mit Trish hatte. Sie lässt mich einfach der besorgte große Bruder sein, der ich bin, ohne mich darauf aufmerksam zu machen, dass ich ihr auch wehgetan und vermutlich kein Recht dazu habe, über Joe und ihr Verhalten zu urteilen. Ich weiß nicht, wie oft ich es gesagt habe, doch ich wiederhole es erneut: »Es tut mir leid, Sam.«

»Ich weiß, Deany«, entgegnet sie und gibt mir einen Kuss auf die Stirn. Mein Kopf ruht in ihrem Schoß. »Lass uns was im Fernsehen gucken, okay?«

»Okay«, brumme ich. »Ablenkung kann ich dringend gebrauchen. Auf was hast du Lust?«

»Es gibt einen Film mit Johnny Depp, den ich ewig nicht mehr gesehen habe.« Ihre Augen funkeln spöttisch. Ich weiß genau, dass sie irgendeinen Mist im Kopf hat. »Wie hieß der doch gleich?« Ehe ich fragen kann, worum es geht, sagt sie: »Ach, jetzt fällt es mir wieder ein. *Blow*.«

Auch wenn mir nicht danach ist, muss ich lachen. Sie hat so einen scheißkranken Humor. Echt übel. Genau wie Russel. »Du bist unmöglich«, rüge ich sie. »Keine Kekse für Sammy.«

»Was? Ich bin so brav gewesen!«

»Das ist ja mal eine absolut haltlose Behauptung. Gibt es dafür Beweise?«

»Ja, ich sitze hier und rede mit dir«, erwidert sie schlicht und wendet den Blick von mir ab, wie immer, wenn sie nicht will, dass jemand die Tränen in ihren Augen sieht.

Ihr Anblick schnürt mir die Kehle zu. Ich schlucke den dicken Kloß, der mich am Atmen hindert, hinunter, greife nach ihrer Hand, hebe sie an meine Lippen und küsse sie. »Ja, und dafür werde ich dir auf ewig dankbar sein.«

Eine einzelne Träne fällt auf mein Gesicht. »Ich will deine Dankbarkeit aber nicht. Ich will einfach, dass alles wieder gut wird.«

SAM | 10.12.2014 | Honolulu | Oahu | Hawaii

Ich fühle mich so wahnsinnig verloren und jeglicher Kraft beraubt. In Deans Nähe zu sein ist unendlich schwer, und du glaubst gar nicht, wie sehr ich dich gerade jetzt vermisse. Ich will dir keine Vorwürfe machen, weil du letztendlich mehr verloren hast als wir anderen, aber … Nun ja, ich schätze, dass das alles nicht passiert wäre, wenn du noch am Leben wärst, weißt du?

Ich setze den Stift ab und denke nach, wie ich Russel erklären soll, was in mir vorgeht.

Mir ist schon klar, dass ich Dean vertrauen muss, aber es fällt mir schwer. Ich habe Angst um ihn und fühle mich schrecklich hilflos. Dumme Witze über den ganzen Scheiß zu machen hilft nur bedingt, denn ehrlich: Lustig ist an der ganzen Sache nichts. Woher soll ich wissen, ob er gerade wirklich bei deinem Dad in der Redaktion ist? Vielleicht liegt er mit irgendwelchen Nutten im Bett, nachdem er wieder was genommen hat.
Ich weiß wirklich nicht, wie ich das alles durchstehen soll, Rus. Ich weiß, ich weiß: Aufgegeben wird nicht, und das habe ich auch nicht vor, aber ich fühle mich schrecklich im Stich gelassen. Wäre es zu viel verlangt, dich um Zeichen zu bitten? Es müssen ja keine pinken Skittles sein. So was wie damals mit dem Song würde mir auch schon reichen. Es muss nichts Großes sein, wirklich nicht!

Mein Handy klingelt, und auf dem Display erscheint Rorys Name. »Hey, Bro! Was verschafft mir die Ehre deines Anrufs?«, frage ich.

Er druckst erst ein wenig herum. Wir unterhalten uns über

dies und das. Ich erzähle ihm von Gab und der Trennung. Vorhin haben wir noch mal telefoniert. Sie ist nach wie vor fix und fertig, und ich kann es ihr nicht verdenken. Das Ganze ist auch eine Scheißsituation. Rorys Mitleid hält sich jedoch in Grenzen. Damals, als sie ihn wegen Darell verlassen hat, war er am Boden zerstört. Ich glaube, er war wirklich sehr in sie verliebt, auch wenn er mir erst vor ein paar Tagen anvertraut hat, dass das nicht mit dem zu vergleichen ist, was er für Joe empfindet. Anfangs habe ich an seinen Motiven gezweifelt, aber inzwischen ist mir klar geworden, dass er sie nicht nur begehrt, weil Brad es tut. Es ist kein bizarrer Wettkampf, wie Männer ihn manchmal ausfechten, weil sie sich was beweisen müssen. Es geht nicht darum, wer von ihnen sie haben kann: Nein, sie wollen sie schlicht und ergreifend beide.

»Sammy, sag mal, hast du zufällig …« Rory verstummt, atmet tief ein und aus. Ich will gerade den Mund aufmachen und sagen, deine Eier gesehen, weil er sich eben, als er über Joe gesprochen hat, wie eine Sissy angehört hat, da fragt er: »Hast du zufällig Russels Handy?«

Ich schwöre, der Raum ist schlagartig fünf Grad kälter, und ich habe Gänsehaut am ganzen Körper. »Ja«, presse ich angestrengt hervor und unterdrücke den Drang, mir über meine Arme zu reiben. Die feinen Härchen dort ragen steil in die Höhe, und ich spüre ein Kribbeln im Nacken. Ich schließe die Augen und bilde mir ein, dass Russel seine Lippen auf meinen Halsansatz drückt. Verrückt, ich weiß. Ich reiße meine Augen auf, schnappe nach Luft und erkläre: »Ja, er hat es im Hotel vergessen.« Es hing am Ladekabel, und dieser Chaot hat einfach nicht dran gedacht – ebenso wenig wie an den Hoodie, der inzwischen wieder bei seinem rechtmäßigen Besitzer ist. »Ich weiß, ich hätte es Joe oder Sean geben müssen, aber …«

Ich verstumme. Ist es mir peinlich, dass es auf Russels Handy ein Video gibt, auf dem wir Sex haben? Nein, aber es ist nun mal auch nichts, was ich Rory auf die Nase binden will. Er würde sich die nächsten hundert Jahre darüber lustig machen.

»Oh, wegen so einem Film!«, platzt er heraus und lacht. Hat er meine Gedanken gelesen? Ich meine, woher weiß er das? Hat Russel vor seinem Tod damit geprahlt und ihn ihm womöglich gezeigt? Fuck! Wenn ich könnte, dann würde ich ihm echt den Marsch blasen, und zwar nicht auf den Knien. Mistkerl! Er hat versprochen, dass er es niemandem zeigt.

»Ja, Rory, wegen so einem Film«, erwidere ich säuerlich und betone das »so einem« überdeutlich. Und dann gibt Rory mir die PIN oder das, was er dafür hält. Ich schlucke beklommen. Da hätte ich schließlich auch selbst draufkommen können. Russel hatte die Zahlen 1874 schon damals in der Schule für seinen Spind gewählt. In diesem Jahr wurde David Kalākaua, der letzte männliche Monarch des hawaiianischen Königreichs, zum König gewählt.

»Danke Rory«, wispere ich ein wenig sprachlos. Ich lege auf und verharre einen Weile fassungslos. Ich brauche minutenlang, ehe ich dazu in der Lage bin, ein »Danke« in die Luft zu hauchen. Es ist kaum hörbar, aber ich bin fest davon überzeugt, dass es dort ankommt, wo es hinsoll.

Kapitel 20

DEAN | 13.12.2014 | Honolulu | Oahu | Hawaii

Seit ein paar Tagen benimmt sich Sam sonderbar. Mein Problem ist, dass ich im Moment gar nicht weiß, was wir eigentlich sind: Bekannte, Freunde oder ein Liebespaar in der Krise. Zusammen sind wir nicht, auch wenn es sich anders anfühlt. Seit dem Abend des Wavehunters-Events, als wir am Strand Sex hatten, haben wir uns nicht einmal mehr geküsst. Ja, wir haben uns gesagt, dass wir uns nach allem, was geschehen ist, immer noch lieben, aber es ist zu viel passiert. Nein, wir sind definitiv kein Paar, also ist es ihre Sache, was sie tut. Sie ist mir keine Rechenschaft schuldig, dennoch ahne ich, dass irgendetwas vor sich geht, denn sie igelt sich ein. Wie so oft zieht sie sich zurück, aber ich habe nun mal kein Recht darauf, mich einzumischen. Ich kann froh sein, dass sie überhaupt mit mir redet, und wenn sie es nicht tut, dann muss ich damit wohl oder übel klarkommen.

Ich bin bei Dad auf dem Boot zum Frühstück. Er hat es natürlich wieder hergeholt – jetzt, wo er wieder hier arbeitet, und heute will er mit ein paar Leuten rausfahren. Das gemeinsame Essen ist Strategiebesprechung und dient seiner Kontrolle. Ich weiß, er traut mir im Moment nur so weit, wie er mich werfen kann – und das ist gut so, denn ich traue mir selbst nicht. Abgesehen davon: Ich habe durchaus Geheimnisse vor ihm, aber sie haben nichts mit Koks zu tun. Ich weiß Dinge, die er nicht weiß, und ich sollte ihm vielleicht davon erzählen, doch noch immer ringe ich mit mir, weshalb ich ihn nachdenklich betrachte.

Joe hat mir gestern eine Nachricht geschickt. Sie ist wieder im Krankenhaus – diesmal hat man sie dabehalten. Sie hat mich gebeten, Dad darüber zu informieren, deshalb bin ich eigentlich hier, aber ehrlich gesagt habe ich dazu nicht die geringste Lust. Er ist gerade dabei, darüber hinwegzukommen, was in meinem Leben in den letzten Wochen schiefgelaufen ist. Wenn er von der Sache mit Joe wüsste, dann … Ich bin ehrlich, ich will nicht, dass sie dieses Kind bekommt. Sie ist dem, was da auf sie zukommt, nicht gewachsen. Sie ist labil. Ich weiß, es ist ein Hohn, das aus meinem Mund zu hören, aber auch ich würde mir im Moment nicht zutrauen, Vater sein zu können. Das ist nicht böse gemeint, sondern lediglich eine realistische Einschätzung, und wie ich in Joes Zimmer im Hotel gesagt habe: Brad hat seine eigenen Kinder nicht ertragen, warum sollte er dann ein fremdes großziehen?

»Was ist los, Dean?« Nicht mehr Deany – zum Glück! Dad hat aufgehört, mich wie ein rohes Ei zu behandeln. Sam hingegen … Sie wirkt die meiste Zeit ziemlich geistesabwesend. Seit zwei Tagen bekomme ich sie kaum noch zu Gesicht. Eine Nacht hat sie bei Rory verbracht, und die Eifersucht hat mich wahnsinnig gemacht. Ich war kurz davor, etwas zu nehmen. Andererseits bin ich ständig kurz davor, etwas zu nehmen.

»Dean?«, hakt Dad nach. Ich blicke in seine müden Augen, und in dem Moment fallen die Würfel. Nein, ich will ihn nicht belasten, denn gerade geht es auch bei ihm bergauf. Ich habe den Eindruck, dass er realisiert, dass er gebraucht wird, und sich deshalb zusammenreißt. Er mischt wieder kräftig beim Magazin mit, und es ist ein wenig so, als wäre er nie weg gewesen. Ich kann ihm die Sache mit Joe jetzt einfach nicht zumuten.

»Sam«, entgegne ich, als würde das alles erklären. Ich habe in den vergangenen Tagen viel mit Dad gesprochen und auch mit Darell. Es war gut, sich mit ihm auszusöhnen. Er nimmt es mir nicht krumm, was damals kurz nach Russels Tod passiert ist. Als ich ihm jedoch gesagt habe, was mit Sam gelaufen ist, hat er mich angeraunzt und gefragt, ob ich denn in all den Jahren gar nichts dazugelernt hätte, und auch, warum ich nicht gleich zu ihm gekommen bin. Ich habe erwidert, dass ich nicht das Bedürfnis hatte, mit ihm zu sprechen, weil er mich sowieso nur gefragt hätte, ob ich in all den Jahren nichts dazugelernt hätte. Daraufhin hat er gelacht und gesagt, dass ich unbedingt vorbeikommen soll, wenn ich wieder auf Maui bin.

»Ach, Dean, das tut mir leid«, sagt Dad und fragt dann: »Gibt es etwas, das ich tun kann?«

Ich zucke mit den Schultern. »Nein, es ist nur wie immer: Wir sind uns verdammt nah gewesen, und dann macht sie einen Rückzieher.« Sie hat ein echtes Nähe-Distanz-Problem. Ich hasse es. Immer dann, wenn ich denke, dass es ein Wir geben könnte, macht sie die Hoffnung durch ihr unnahbares Verhalten zunichte. Ein weiteres Problem ist, dass ich ihr schlicht und ergreifend nicht traue. Manchmal glaube ich, dass wir eine Chance haben – zumal wir ja jetzt auch irgendwie quitt sind. Sie ist damals mit Brad fremdgegangen, ich mit Trish. Theoretisch könnten wir sagen, dass wir beide Scheiße gebaut haben, und uns auf einen kompletten Neuanfang einigen, aber so funktioniert das irgendwie nicht. Auch nach all den Jahren bin ich nun einmal immer noch verletzt, und sie ist es unter Garantie auch. Vielleicht ist sie deswegen so komisch im Moment. Vielleicht schleiche ich mich wieder in ihr Herz, und sie macht deshalb die Schotten dicht.

»Dein Bruder hatte auch Angst davor, dass sie ihn für dich verlässt.«

»Was, wieso?« Soweit ich nämlich weiß, war bei ihnen alles

eitel Sonnenschein – etwas, das mich wahnsinnig macht. Warum konnte sie sich Russel einfach so ohne Wenn und Aber hingeben? Warum? Ich begreife das nicht. Ich war immer für sie da. Bei mir hat sie sich ausgeweint. Russel hat nie gecheckt, wenn es ihr schlecht ging, oder er hat dumme Witze gerissen, die meistens völlig unangemessen waren. Austeilen konnte er gut, aber mit dem Einstecken hat es echt gehapert. Er war ein schlechter Verlierer und hin und wieder ein unsensibler Trampel. Aber Sam war ihm offensichtlich verfallen, sonst hätte sie seinen Antrag ja nicht angenommen. Wobei, ihr wäre auch zuzutrauen gewesen, dass sie ihn am Tag der Hochzeit vorm Altar stehen lässt.

Dad runzelt seine Stirn und denkt angestrengt nach. »Ich weiß nicht, ob ich das noch genau zusammenbekomme, was er gesagt hat. Ich war so schrecklich wütend auf ihn, aber im Prinzip ging es darum, dass Sam sich gar nicht für ihn entschieden hätte. Er meinte, dass er das gedacht hat, aber sich geirrt und erkannt hat, dass es zwischen euch ein Missverständnis gegeben hätte.«

»Ein Missverständnis«, echoe ich ungläubig. »Unsere gesamte Beziehung ist eine einzige Aneinanderreihung von Missverständnissen.« Mühsam unterdrücke ich den Seufzer, zu dem mich das Thema nötigen will. Ich bin so müde. Bin es so leid. Ich will und kann nicht mehr, und mein Bedürfnis, etwas zu nehmen, ist gigantisch. Ich würde jetzt wirklich alles für eine einzige Line tun. Es ist nicht mein Körper, der danach schreit, denn Koks verursacht nun einmal keine körperliche Abhängigkeit. Meine Psyche will mehr davon. Ich habe es so satt, mich unzulänglich zu fühlen und mich zu fragen, was Rus hatte, was ich nicht habe, oder auch Brad. Sam hat sich für Russel entschieden, und zwar eindeutig. Dad muss da was missverstanden haben. Ich war nur ihre zweite Wahl und werde es auch immer sein. Ich bin nämlich einfach bloß der Bruder, der übrig geblieben ist.

»Aber du kommst klar?«, erkundigt Dad sich. Ich nicke. Mir bleibt schließlich nichts anderes übrig. Kurz darauf verabschiede ich mich und fahre ins Krankenhaus.

Joe liegt in einem großen Krankenhausbett. Sie ist entsetzlich blass, hat tiefe Augenringe und hängt am Tropf – allerdings schläft sie friedlich.

Ich setze mich neben sie, greife nach ihrer Hand und nehme sie in meine. »Was machst du bloß für Sachen?«, wispere ich. Ich kann echt nicht fassen, dass sie sich von irgendeinem dahergelaufenen Typen hat schwängern lassen. Wie oft habe ich ihnen gesagt, dass sie ein verdammtes Kondom nehmen sollen. Und dann erinnere ich mich im nächsten Moment daran, dass ich erst kürzlich selbst irgendeine Fremde ohne gefickt habe. Mir wird schlecht, weil ich so nicht bin … In diesem Augenblick sehe ich den galaktischen Unterscheid zwischen meinem »wahren« Ich und dem Ich, zu dem ich verkomme, wenn ich auf Blow bin. Es ist erschreckend, und ich hasse mich in diesem Augenblick so sehr. All meine Fehler, alle schlechten Entscheidungen prasseln auf mich ein, überrollen mich, und ich komme mir wie der letzte Loser vor.

Ich presse die Kiefer aufeinander, versuche mit dem Zustand klarzukommen, ihn auszuhalten und zu ertragen. Und obwohl das Koks mich nachweislich zu einem Unmenschen macht, brauche ich es in diesem Moment so sehr. Die bleierne Müdigkeit, die ich seit Tagen verspüre, übermannt mich.

Während ich mich noch verfluche, weil ich so krass unfähig bin und auf ganzer Linie versagt habe, fallen mir die Augen zu. Ich träume davon, auf Koks zu sein. Mich unendlich lebendig und frei zu fühlen. Alle Zwänge abzustreifen und alle negativen Gefühle hinter mir zu lassen. Das Blow lässt keinen Platz für meine Versagensängste, meine Sorgen und Zweifel. Es gibt kein Limit. Ich kann alles erreichen, habe unendliche Möglichkeiten und muss einfach nur zugreifen. Ob Russel sich so gefühlt hat? Gab es für ihn keine Grenzen, war er wirklich einer dieser Menschen, denen alle Türen offenstehen?

Ich wache auf, weil mir jemand die Haare zerzaust. Ich blinzle träge und sehe in das lächelnde Gesicht meiner Schwester. Obwohl sie mich anstrahlt und mich mit offenen Armen empfängt, hasse ich es, hier zu sein. Ich hasse es, mich mit mir und dieser Lähmung, die von mir Besitz ergriffen hat, rumzuschlagen. Ich will verdammt noch mal eine Line, und zwar jetzt!

»Hi, Großer«, sagt Joe. Sie klingt, als hätte sie zu viel geraucht und zu viel getrunken. Um ihre Augen herum sehe ich kleine Einblutungen – rötliche Sprenkel, die sich bis auf ihre Wangen erstrecken. Ihr Haar ist strähnig, und sie sieht angestrengt und abgespannt aus.

»Hey, Joe«, erwidere ich ihre Begrüßung.

»Was machst du denn hier?«, fragt sie erstaunt. Nach unserem krassen Streit, in dem ich ihr gesagt habe, dass sie nicht mehr meine Schwester ist, hat sie scheinbar nicht damit gerechnet, dass ich sie besuchen komme. Dabei war ich immer für sie da. Habe sie, wie Sam es auszudrücken pflegt, mit meiner Fürsorge halb totgeliebt.

»Schauen, wie es meiner kleinen Schwester geht«, erwidere ich. Ihr Blick sagt mehr als tausend Worte. Es ist ein stummer Vorwurf. »Ich bin so ein Idiot, Joe«, schiebe ich rasch hinterher, denn ich will mich nicht streiten, und dennoch eskaliert die Situation binnen kürzester Zeit, als Joe mich darüber informiert, dass sie nicht nur mit Brad etwas hat, sondern auch mit Rory.

Ich kann es nicht fassen. Ist sie von allen guten Geistern verlassen? Ich weiß, wie Männer über eine Frau sprechen, die solche Dinge macht. Ich habe oft genug gehört, wie jemand Sam als Flittchen und Hure bezeichnet hat. Was diesen Punkt angeht, sind wir Männer bigott. Ja, wir mögen schwanzgeile Schlampen, aber nur fürs Bett, und das ist Joe niemals genug. Sie will etwas Festes, etwas Ernsthaftes, aber das kann sie von den beiden nicht bekommen. Sie ist für sie bloß ein williges Bückstück, und genau das sage ich ihr auch. Die beiden haben kein Interesse an ihr als Person. Sie sind gelangweilt und bloß auf der Suche nach einem neuen Spielzeug, und wenn sie es überhaben, dann werfen sie es weg. »Wenn du wirklich denkst, die beiden lieben dich, dann bist du dümmer, als ich dachte«, herrsche ich sie an.

Joe beginnt zu weinen und zischt mir ein wütendes »Raus!« entgegen. Ehrlich, mir ist es lieber, ich verletze sie, als dass es diese beiden größenwahnsinnigen Arschlöcher tun. Irgendwer muss Joe die Augen öffnen. Wenn sie sich einfach nur von ihnen durchnehmen lassen würde, wenn sie so wie Sam und Sex für sie einfach nur Sex wäre, dann würde ich meine Klappe halten. Ich würde sie es probieren lassen. Ja, ich fände es nicht gut und hätte Angst um sie und ihren Ruf, aber was Joe sich erhofft – was auch immer das sein mag – ist utopisch. Es passt nicht in unsere Welt. Ob sie will oder nicht: Sie wird sich zwischen den beiden entscheiden müssen. Ich stehe auf und sage: »Die Wahrheit tut weh, was Joe? Mach die Augen auf! Alles, was die beiden brauchen, ist ein Fick, mehr nicht. Du bist nichts Besonderes, du bist absolut austauschbar. Du bist für sie nur irgendeine Schlampe von vielen.«

Eine Stimme, angereichert mit unverhohlener Wut, blafft von der Tür her: »Nein! Das ist sie nicht.« Brad Hoover. Der Drecksack hat mir gerade noch gefehlt. Das hier ist der falsche Zeitpunkt, um den Helden zu spielen, doch Brad weiß es nicht. Er ahnt nicht mal, wie gern ich ihn einfach erwürgen möchte.

»Lüg doch nicht rum, Brad!«, sage ich und schnaube freudlos, weil ich nicht fassen kann, wie dreist er ist. Dass er Joe die große Liebe vorspielt, widert mich an.

»Warum, Dean, sollte ich das tun? Warum?«, will er wissen. Ich ignoriere die Frage und antworte stattdessen mit einer Gegenfrage.

»Du liebst sie doch nicht ernsthaft, oder?« Denn wenn sie ihm so viel bedeuten würde, wie er sagt, dann würde er sie nicht an Rory weiterreichen. Dann würde er die Vorstellung von ihr mit einem anderen Mann unerträglich finden.

»Doch, ich liebe sie«, entgegnet er mit einer eisigen Ruhe. Er weiß, dass er Joe bereits um den Finger gewickelt hat. Er ist sich seiner Sache sicher, und ja, ihr Gesichtsausdruck lässt nicht die geringsten Zweifel übrig. Sie sieht ihn voller Bewunderung an – so wie mich früher. Ich hasse es, wie naiv sie ist und wie leicht er sie manipulieren kann. Ich frage mich, wie lange es dauert, bis er anfängt, hinter ihrem Rücken in der Gegend rumzuvögeln, wie es seine Art zu sein scheint. Nur ist Joe nicht Sky. Sky hat Brad bluten lassen. Hat ihn ausgenommen wie eine Weihnachtsgans und sich die Hälfte seines Vermögens unter den Nagel gerissen. Joe hingegen würde daran zerbrechen. Sie ist so verletzlich und empfindsam, und Russels Tod hat sie noch fragiler gemacht. Brad lügt weiter und sagt die Dinge, die sie hören muss: »Sie ist ein wundervoller Mensch, und wage es nie wieder, ihr etwas anderes zu sagen.« Ich habe nie was anders behauptet, denn ja, sie ist großartig, nur leider auch völlig verblendet. Sie kauft ihm jedes Wort ab, und ich fürchte fast, dass sie es auf die harte Tour lernen muss – genau wie ich. Ich hoffe nur, sie erholt sich von der üblen Bruchlandung, die sie zweifelsohne hinlegen wird, besser.

»Tu, was du nicht lassen kannst«, sage ich zu Joe, »aber komm dann nicht angekrochen, wenn sie dich satthaben.« Ich verlasse den Raum und bete inständig dafür, dass sie sich meine Warnung zu Herzen nimmt. Ich hocke mich ins Wartezimmer und baue darauf, dass Joes Romeo irgendwann Leine zieht, damit ich noch einmal in Ruhe mit ihr reden kann. Das Ganze ist doch der blanke Wahnsinn!

Ich schicke Sam eine kurze Nachricht und frage, wie es ihr geht, als Brad sich zu mir gesellt und wissen will, was ich hier noch mache. Er setzt sich neben mich und behauptet, dass ich hier nichts zu suchen hätte, weil er nun auf Joe aufpassen würde. Arroganter Wichser! Typen wie er und Russel bekommen immer, was sie wollen. Das ist so scheißunfair! Ich wollte immer nur Sam, und beide konnten ihre Finger nicht von ihr lassen. Ob Joe inzwischen von dieser Sache weiß? Ich wette, Brad hat ihr nichts davon erzählt. Vielleicht sollte ich das nachholen. Als ich Brad davon erzähle, ihm drohe, diese Sache ans Licht zu bringen, wird er aschfahl. Reue spiegelt sich in seinem Gesicht. Ich weiß, wie die aussieht. Ich habe sie oft genug in den vergangenen Tagen in meinen Augen gesehen, wenn ich mich im Spiegel betrachtet habe. Noch immer nagt der Anblick an mir. Noch immer erkenne ich mich nicht wieder. Ich sehe dort diesen Mann, der ich nun bin und der mir so entsetzlich fremd ist.

»Mach das nicht, Dean«, fleht Brad regelrecht. Er wirkt schockiert.

»Warum sollte ich das nicht tun, Brad?«, will ich von ihm

wissen. Der Arsch geht ihm auf Grundeis, und ich will ehrlich sein: Ich genieße es!

»Weil du keine Ahnung hast, was in dieser Nacht geschehen ist.«

»Du und Sam habt es miteinander getrieben. Mehr muss ich nicht wissen.« Und es ist Grund genug, ihn bis aufs Mark zu hassen.

»Nein! Nein, Dean, das haben wir nicht«, beschwört er mich kopfschüttelnd. »Sam hatte in dieser Nacht irgendwas genommen. Sie war nicht sie selbst, Dean! Ich habe es zu spät gecheckt.«

»Was meinst du damit?«, frage ich, hellhörig geworden. Sam und Drogen? Der Kerl lügt doch wie gedruckt. Ja, hin und wieder ein Joint, aber verdammt, wer hat denn bitte schön noch nie gekifft – vor allem in unserer Szene.

»Sie war auf Drogen, Dean. Und ich schwöre, ich habe sofort aufgehört, als es mir klar geworden ist«, versichert er mir. »Nachdem ich es geschnallt habe, habe ich meine Finger von ihr gelassen, das musst du mir glauben.« Ich starre ihn an, denke, dass ich ihm einen Scheiß glauben muss, und schon gar nicht diese krude Story. »Bitte sag Joe davon nichts. Ich wollte Sams Situation nicht ausnutzen. Ich dachte anfangs, sie sei lediglich etwas angetrunken. Sie war lustig und etwas überdreht, erst als sie sich übergeben musste und apathisch wurde, habe ich geschnallt, dass da gerade etwas entsetzlich schiefläuft. Bei allem, was mir heilig ist, Dean, ich hatte keinen Sex mit ihr. Ich habe die Party beendet und mich den Rest der Nacht um sie gekümmert. Ihr ging es schrecklich.« Irgendetwas regt sich in meinem Innern. Einerseits will ich ihm glauben. Vielleicht, weil er mich direkt ansieht, als er mir diese Geschichte auftischt. Andererseits steht er mit dem Rücken zur Wand, und er hat Panik. Er würde mir alles erzählen, damit ich diese Sache mit Sam und ihm nicht auffliegen lasse, denn er weiß, er würde Joe verlieren.

»Egal«, knurre ich, denn selbst wenn diese Story stimmen sollte: Ich weiß, wie er ist. Man kann ihm nicht trauen, und früher oder später lässt er Joe hängen. »Ich weiß aus Erfahrung, dass man sich auf dich nicht verlassen kann und du dazu in der Lage bist, von heute auf morgen andere Menschen aus deinem Leben zu streichen.«

Er scheint zu verstehen, wieso ich dieser Meinung bin, denn er sagt mit kratziger Stimme: »Fuck! Dean, so war das damals doch gar nicht.«

»Nicht? Nachdem du behauptet hast, du wärst mein Bruder, hast du dich nie wieder blicken lassen. Jahrelang bist du bei uns ein und aus gegangen, und als du plötzlich verschwunden bist, hast du nicht nur mir wehgetan. Joe hat ständig nach dir gefragt. Sie konnte einfach nicht verstehen, warum du auf einmal nicht mehr da warst. Sie war erst vier Jahre alt, Brad. Ich werde nicht zulassen, dass so was noch mal passiert.« Mit diesen Worten erhebe ich mich und lasse ihn einfach sitzen. Er schleicht sowieso wie ein Wachhund um sie herum und schirmt sie vor mir ab. Abgesehen davon will ich nicht, dass er checkt, wie sehr er damals auch mich verletzt hat. Ich war so verdammt stolz darauf, als er vor diesem Fremden behauptet hat, dass er mein Bruder sei. Es ist erschreckend, wie naiv ich damals war, und auch, wie leichtgläubig Joe jetzt immer noch ist.

Am Abend bekomme ich unerwarteten Besuch von Sam. Sie sieht übel aus. Zum ersten Mal fällt mir auf, wie krass sie abgenommen hat, und willkürlich überlege ich, ob ich daran die Schuld trage.

»Hi!«, sage ich, weil ich nicht weiß, was ich sonst sagen soll.

»Hi. Hast du Zeit für mich?«, erkundigt sie sich. Ich nicke, trete beiseite und lasse sie ein. Ich will sie fragen, was los ist und warum sie wieder dichtmacht, doch ich traue mich nicht. Etwas hat sich verändert, und ich weiß nicht, was. Ich fühle mich unbehaglich.

»Was gibt es?«, will ich wissen und gebe mir Mühe, nicht genervt zu klingen, denn das Letzte, was ich gerade gebrauchen kann, ist ein Streit mit ihr.

Sie mustert mich. »Hast du was genommen?«

»Nein«, erwidere ich.

»So? Und wie kommt es, dass du Joe im Krankenhaus diesen ganzen Mist an den Kopf geworfen hast?« Sie funkelt mich wütend an. »Weißt du, es ist eine Sache, wenn du dich wie ein Arschloch verhältst, weil du auf Koks bist. Damit kann ich für meinen Teil irgendwie umgehen. Ich kann das relativieren, weil ich weiß, was das für ein übles Dreckszeug ist. Aber Joe kann das nicht. Sie …«

»… ist völlig naiv und unerfahren. Sie …«

»Sie ist nicht völlig unerfahren, Dean. Sie hat so viel durchmachen müssen in ihrem Leben.«

»Russels Tod …«

»Ich rede nicht von Russel, Dean. Ich rede von …« Sie beißt sich auf die Unterlippe und verstummt abrupt. »Wovon redest du?« Sie atmet zittrig ein und aus. »Sammy!«, hake ich nach. Mein Tonfall ist schneidend, denn ein unbehagliches Gefühl breitet sich in mir aus. Eine schlimme Ahnung, die mir Übelkeit verursacht.

»Setz dich«, wispert sie und deutet auf das Sofa. Das beklemmende Gefühl nimmt schlagartig zu. »Flipp jetzt nicht aus, okay?«

»Kann ich nicht versprechen«, entgegne ich ehrlich.

»Du hast es auch hinbekommen, als ich dir gesagt habe, was mir passiert ist.« Einen Moment lang weiß ich nicht, was sie meint, dann macht es klick, und die Erkenntnis erschüttert mich. Sam greift nach meiner Hand, drückt sie und sagt: »Es tut mir leid, Dean.«

»Nein!«, stoße ich hervor. »Nein! Wenn Joe etwas Derartiges widerfahren wäre, dann wüsste ich davon.«

»Dean, das ist nichts, worüber man gern spricht. Ich kann dir aus Erfahrung sagen, dass ich …«

»Das ist etwas anderes, Sam. Du …«

»Was ich?«, faucht sie und zieht ihre Hand zurück. »Ich habe es verdient, weil ich schon immer gern mit dem Feuer gespielt habe? Weil ich eine Schlampe bin und …« Die Worte, die sie mir wütend entgegenschleudert, haben nichts mit dem gemein, was ich sagen wollte, aber sie machen mir eines überdeutlich: Ich bin nicht der Einzige, dem es an Vertrauen mangelt.

»Nein!«, unterbreche ich sie harsch. »Das wollte ich nicht sagen. Das würde ich nie sagen!«

»Ach ja? Aber du denkst es. Du denkst, dass Joe so etwas nicht passieren kann, weil sie ein gutes Mädchen ist, aber du irrst dich. Es kann jeder Frau passieren, und zwar immer und überall, und entgegen der landläufigen Meinung trägt sie niemals die Schuld daran. Egal, wie kurz ihr Rock war. Egal, zu welcher Uhrzeit sie an welchem Ort war. Egal, ob sie Alkohol getrunken oder einen miesen Ruf hat.« Sie spricht inzwischen so schnell, dass ihre Stimme sich beinahe überschlägt.

»Sam!«, falle ich ihr ins Wort. Sie sieht mich an, und ich weiß, dass sie sich diese Dinge eine Million Mal selbst vorgebetet hat, weil sie tief in ihrem Innern die Schuld für das, was vorgefallen ist, doch bei sich sucht. Eine wilde Verzweiflung, gepaart mit Wut und Traurigkeit, spiegelt sich in ihren Augen. »Es tut mir leid. Es tut mir unglaublich leid, dass dir das passiert ist. Es dürfte nicht passieren. Weder dir noch irgendwem auf der Welt. Was ich sagen wollte, war, dass Joe es mir gesagt hätte. Sie hätte …«

Sam schüttelt den Kopf. »Nein, Dean, du irrst dich. Sie konnte es dir nicht sagen.«

»Aber …«, presse ich hervor. Und kann nicht begreifen, dass Joe solch ein grausames Geheimnis mit sich herumschleppt. Sie ist meine Schwester. Ich meine … Hätte ich das nicht sehen müssen? Hätte ich nicht merken müssen, dass etwas mit ihr nicht stimmt?

»Dean! Es liegt nicht an dir. Sie …« Sam verstummt erneut. Schüttelt den Kopf und ringt mit sich. »Ich dürfte mit dir nicht darüber sprechen, aber ich muss das tun. Du musst begreifen, dass Joe nicht die ist, für die du sie hältst. Sie ist nicht naiv und dumm.«

»Ich halte sie nicht für dumm!«, widerspreche ich heftig.

»Aber genau das hast du ihr im Krankenhaus an den Kopf geworfen.«

Ich stöhne leise auf. Habe ich das wirklich gesagt? Ich war so angespannt und so gereizt, wusste nicht, wo mir der Kopf steht, weil ich mich so sehr nach einer Line gesehnt habe.

»Dean! Es ist ihr Leben. Du musst sie ihre Fehler machen lassen und kannst sie nicht immer beschützen. Sie hat es sich reiflich überlegt. Genau genommen ist sie noch dabei. Noch ist nichts passiert, wofür du sie verurteilen müsstest.«

»Es liegt mir fern, sie zu verurteilen, Sammy, verstehst du das nicht?«

Sie schnaubt, sieht mich an und schüttelt erneut fassungslos den Kopf. »Wie nennst du es dann, wenn du sie als Schlampe oder dämliche Hure betitelst?«

»Ich will vor allem nicht, dass jemand anders so über sie denkt. Sie ist …«

»… verliebt in Brad und Rory! Ja, gleichzeitig! Was ist daran so schlimm, Dean? Ich weiß, dass das nicht in das Schema passt, in das die Gesellschaft uns zu pressen versucht, aber sie tut niemandem damit weh. Im Gegenteil: Sich auf beide einzulassen, würde dazu führen, dass sie alle glücklich sind und niemand leiden muss.«

Ich schlucke beklommen und begreife, was sie meint, aber es geht nicht. »Das kann nur böse enden«, prophezeie ich. »Stell dir doch mal vor, was passiert, wenn das rauskommt. Das ist …« Ich suche nach den passenden Worten.

»Unkonventionell?«

»Ich wollte eigentlich sagen, dass es der reine Wahnsinn ist, Sammy! Es wird einen Skandal geben, der sich gewaschen hat.«

Sie nickt und erzählt mir dann, dass Joe genau davor Angst hat. Zu Recht fürchtet sie sich vor all den Menschen, die über sie urteilen und schlecht über sie reden werden. »Aber, es wird so viel einfacher für sie, wenn wir hinter ihr stehen, Dean!«

»Ich kann nicht.«

»Aber du wirst es auch nicht verhindern können«, erklärt sie nachdrücklich. »Liebe hat nun einmal viele Facetten.«

»Das ist mir klar, Sam, und ich lehne es nicht grundlegend ab. Ich will es bloß nicht für meine Schwester.«

»Wenn ich es wäre, dann wäre es also okay?«, fragt sie, und mir entfährt ein verzweifeltes Stöhnen.

»Nein, Sam, es wäre niemals okay für mich, wenn es in deinem Leben einen anderen gäbe!«

»Ich rede ja auch von zwei anderen«, neckt sie mich, und ich werfe ihr einen bösen Blick zu. »Sorry«, nuschelt sie und senkt ihren Blick.

»Wenn ich dich nicht lieben würde und du hättest so eine Beziehung, dann wäre es okay. Ich weiß, du würdest dich nicht darum kümmern, was andere Leute über dich denken. Du würdest einfach dein Ding durchziehen wie immer. Du bist stark genug, um all dem Gegenwind, den du erfahren würdest, zu trotzen, aber Joe …«

»… ist nicht die, für die du sie hältst, Dean«, erinnert Sam mich. »Sie hat diese Sache allein durchgestanden.«

»Das hätte sie nicht müssen. Ich wäre für sie da gewesen. Weißt du, wer der Typ war, der sie …« Ich bringe es nicht über mich, das Wort Vergewaltigung zu benutzen, und beende meinen Satz nicht.

Sam nickt. »Ja, ich weiß, wer es war, aber ich werde es dir nicht sagen.«

»War es der Gleiche, der dich …« Einen Moment zögere ich, doch dann sage ich: »… missbraucht hat?«

Sam seufzt. »Dean, findest du nicht, dass du gerade andere Probleme hast?«

»Du sagtest, dass wir darüber reden.«

»Ja, aber wann, das entscheide ich, okay?«

Ich senke meinen Blick, starre auf meine Hände, und wieder habe ich das Gefühl, dass sie mir nicht vertraut, aber wie könnte sie auch, nach allem, was geschehen ist.

Sam seufzt schicksalsergeben und überrascht mich, indem sie sagt: »Über diese Nacht zu reden, Dean, ist unglaublich schwer.« Ich blicke auf und sehe sie an. »Ich kann mich an nichts erinnern. Ich habe einen Blackout von mehreren Stunden. Mir fehlt fast ein ganzer Tag, und in dieser Zeit kann alles

Mögliche geschehen sein. Meine Fantasie spielt Amok und füllt diese Lücke seit Jahren mit den grausamsten Vorstellungen. Aber Fakt ist: Ich hatte Sex, ungeschützten Sex, und es gab einen Kampf.«

»Oh, Sammy«, wispere ich mitfühlend und lege meine Hand auf ihre.

Ihre Kiefer mahlen, und sie weicht meinem Blick aus. »Genau deshalb wollte ich es dir nicht sagen. Bitte sieh mich nicht so an, Deany!«

Ich schaue zur Seite. Ich weiß, was sie meint, aber ich kann nicht anders. Ihre Schilderung zerreißt mir das Herz. Das Mitleid, das ich verspüre, ist überwältigend. Ich will sie in meine Arme schließen und alles wieder in Ordnung bringen, aber ich weiß auch, dass das nicht in meiner Macht liegt. Hilflosigkeit übermannt mich.

»Ich denke, dass Joe es dir deshalb nicht erzählt hat«, meint Sam und fügt hinzu: »Es ist nicht deine Schuld.«

»Nicht? Ich habe auf ganzer Linie versagt. Ich hätte auf euch aufpassen müssen, und auch auf Russel.«

»Nein, Dean!«, widerspricht sie vehement. »Wir sind erwachsen, und es ist nicht deine Aufgabe. Genau genommen hätte es niemals deine Aufgabe sein dürfen.« Sie beugt sich zu mir und drückt mir einen Kuss auf die Wange. »Du musst lernen loszulassen.«

Ich schlucke trocken und fühle mich ertappt. »Ich weiß nicht, wie«, gestehe ich ihr.

»Indem du die Vergangenheit hinter dir lässt und endlich anfängst, dich auf dich zu konzentrieren. Finde heraus, wer du bist und was du willst, und hör auf, dich für Menschen und Dinge verantwortlich zu fühlen, für die du nicht verantwortlich bist.«

Ich nicke beklommen, schließe die Augen, als sie mich erneut küsst und dann verschwindet. Ich denke sehr lange über ihre Worte nach, und am nächsten Tag nehme ich das Boot und steche in See. Ich habe keine Ahnung, wo ich hinsegle, aber was ich weiß, ist, dass ich wegmuss und Abstand zu allem brauche.

SAM | 19.12.2014 | Honolulu | Oahu | Hawaii

Einerseits bin ich stolz auf Dean. Joe liegt im Krankenhaus, das Überleben des Magazins steht nach wie vor auf dem Spiel, und dennoch hat er sich meine Worte zu Herzen genommen und in die Tat umgesetzt. Er hat mir eine Nachricht geschickt und mich darüber informiert, dass er einen Segeltörn macht, um sich über alles klar zu werden. Er hat geschrieben, dass er mich liebt und ich mir keine Sorgen machen soll, denn er würde wiederkommen.

Obwohl ich überzeugt davon bin, dass ihm dieser Ausflug guttut, leide ich schrecklich und würde gern mit ihm reden. Ich vermisse ihn und mache mir trotz seiner Worte Sorgen um ihn. Ich hoffe, er bleibt standhaft und kann dem Verlangen nach Koks widerstehen.

Während er fort ist, versuche auch ich mit der Vergangenheit abzuschließen. Ich weiß bloß nicht, ob ich es auf die richtige Weise tue, denn die Sache mit Russels Handy hat mich völlig aus der Bahn geworfen, wie ich zugeben muss. Nachdem ich die PIN ausprobiert habe und mich einloggen konnte, überkam mich ein unwiderstehlicher Drang, mir alles anzusehen. Einerseits hatte ich ein schlechtes Gewissen, weil ich in Russels Privatsphäre herumgeschnüffelt habe – und ja, ich bin der Meinung, dass auch ein Toter ein Recht darauf hat, dass seine

Geheimnisse gewahrt bleiben. Allerdings kam ich nach kurzem Zögern zu dem Entschluss, dass ich den Login nie bekommen hätte, wenn Rus das nicht gewollt hätte.

Ich bin überzeugt davon, dass es so ist wie in dem Traum, den ich von ihm hatte. Er ist da. Immer. Er sieht alles, weiß alles und hat ein Auge auf uns.

In den vergangenen Tagen habe ich versucht zu verstehen, was Russel mir sagen will. Ich war überzeugt davon, dass das Handy ein Schlüssel ist, aber ich hatte nicht die geringste Ahnung, in welches Schloss er passt. Ich war besessen von dieser Idee und habe aus den Augen verloren, was wirklich wichtig ist. Inzwischen bin ich davon überzeugt, dass ich mich in eine fixe Idee verrannt habe. Russel wollte mir nichts zeigen, beziehungsweise dass ich Zugang zu dem Handy bekommen habe, war mein Zeichen. Aber ich wollte wieder einmal mehr. Nachdem ich die verfänglichen Dateien gelöscht und den Rest auf meinem Laptop gesichert habe, fahre ich in die Redaktion, um Sean das Smartphone auszuhändigen. Zum Glück laufe ich Trish an diesem Freitagnachmittag nicht über den Weg. In der Redaktion ist nicht viel los, und ich schätze, dass die meisten Mitarbeiter sich an der North Shore rumtreiben, wo gerade die Pipemasters stattfinden.

Ich gehe an Deans Büro vorbei und wappne mich gegen die Erinnerung an den Tag, als ich das letzte Mal in diesem Gebäude war. Das Bild von ihm und Trish beim Sex auf seinem Schreibtisch manifestiert sich vor meinem inneren Auge. Ich atme bewusst ein und aus, versuche den Schmerz abzublocken, doch es gelingt mir nicht, und dann geht die Tür von Seans Büro auf und er tritt in den Flur hinaus.

»Samantha! Was machst du denn hier?« Er klingt überrascht, aber auch kühl.

»Ich … ich …«, stammele ich und versuche, mich aus dem Gefühlschaos, in das ich so abrupt gerutscht bin, zu befreien.

»Dean ist nicht da. Er ist segeln.«

Ich nicke. »Ich weiß. Er hat mir eine Nachricht hinterlassen.«

»Er musste einfach mal raus und den Kopf freibekommen.« Ich nicke erneut. Ja, auch das weiß ich, denn es war ja schließlich mein Vorschlag. »Ich halte es für eine gute Idee, wenn du ihn eine Weile in Ruhe lässt, Samantha.« Ich starre ihn an – überrascht und fassungslos zugleich. »Du denkst sicher, dass das nicht meine Angelegenheit ist und was ich mir einbilde, dass ich mich in euer Leben einmische, stimmt's?« Ich nicke lediglich, denn er hat verdammt gut erfasst, was in mir vorgeht. »Liebst du meinen Sohn?« Ich schaue zu Boden, versuche mich zu sammeln, doch ehe ich etwas erwidern kann, sagt er: »Wenn du ihn liebst, Samantha, dann gibst du ihm den Freiraum, den er braucht, um zu sich selbst zu finden. Er muss Frieden mit der ganzen Sache schließen.« Ich presse die Lippen aufeinander und nicke stumm. Sean betrachtet mich mitfühlend. »Das ist kein Grund zu weinen, Samantha.«

Ich blicke auf und ihm direkt ins Gesicht. »Ich weine nicht, Sean.«

Er ringt sich zu einem traurigen Lächeln durch. »Dean hat ernste Probleme, und du bist eine Belastung für ihn.« Okay, scheinbar legt er es drauf an, mich zum Weinen zu bringen, denn seine Worte treffen zielsicher ins Schwarze. Er verstummt und sagt dann: »Ich mag dich, das weißt du hoffentlich. Aber du tust meinem Sohn einfach nicht gut. Hast weder Rus noch Dean gutgetan, wenn man es genau nimmt. Hat Rus dir von unserem Streit erzählt?«

»Ja«, erwidere ich.

»Weder Dean noch ich hatten Gelegenheit, uns mit ihm auszusöhnen«, erklärt er und klingt todunglücklich.

»Das tut mir leid.«

»Ich konnte nicht akzeptieren, dass Russel sich an dich rangemacht hat, obwohl er um Deans Gefühle für dich wusste. Du weißt, wie stolz ich auf ihn war, oder?«

»Natürlich.« Jeder wusste es. Russel war so was wie der Vorzeigesohn. Nicht wegen seiner tadellosen Manieren natürlich, sondern weil er es einfach draufhatte und ein Ausnahmetalent war. Er hatte das Zeug zum Champion, und Sean wusste das. Vielleicht hat er ihm deshalb mehr durchgehen lassen als Dean oder Joe.

»Ich war oft zu nachsichtig mit ihm, und das hat sich gerächt. Er dachte, er käme mit allem durch, was er an Mist verzapft, und auch, dass für ihn keine Regeln gelten würden. Als ich hinter die Sache mit euch gekommen bin, da war ich wahnsinnig enttäuscht und unfassbar wütend.«

»Ich weiß, aber Sean: Das war keine Sache«, stelle ich mit ruhiger Stimme klar. »Russel und ich waren verlobt. Er wollte mich heiraten.«

Er nickt. »Ja, das wollte er, und zwar auf Teufel komm raus und koste es, was es wolle. Ich kann dich nicht für sein egoistisches Verhalten verantwortlich machen. Das wäre nicht fair, Samantha, doch Fakt ist: Du bist der Grund dafür, dass wir uns zerstritten haben.« Und nicht nur dafür, denke ich und erinnere mich daran, welche Mitschuld ich an seinem Tod trage.

Mühsam gelingt es mir, zu verhindern, dass ich nach Luft schnappe, als der Schmerz mich mit voller Wucht trifft. Ich muss hier raus, und zwar schnell. Ich fühle mich unendlich schuldig. Wortlos und ohne ein Wort des Abschieds verlasse ich die Redaktion.

Erst auf der Straße fällt mir auf, dass Russels Blackberry sich noch immer in meiner Handtasche befindet, doch ich werde einen Teufel tun und zurück in die Redaktion gehen. Ich werde es Dean geben, denke ich, nur um im nächsten Augenblick zu realisieren, dass ich Sean versprochen habe, Dean aus dem Weg zu gehen. Der Gedanke daran, ihn nicht wiederzusehen, versetzt mich regelrecht in Panik. Ehe die Verzweiflung und die Hoffnungslosigkeit, die die verfahrene Situation mit sich bringt, mich überwältigen können, stapfe ich zu meinem Wagen. Ich fahre hinauf an die North Shore, um einen klaren Kopf zu bekommen.

Am nächsten Tag hole ich Gab vom Flughafen ab, und wir besuchen Joe im Krankenhaus. Ich bin gereizt und total übernächtigt, weil ich die halbe Nacht wieder nur die Fotos und Videos von Russel und mir gesichtet habe. Anders als ich gibt Gab sich redlich Mühe, ihre wahren Gefühle zu verbergen. So war sie schon immer. Sie will niemandem zur Last fallen. Ihre Eltern, besonders ihre Mutter, sind sehr perfektionistisch. Gab musste immer und überall die Beste und die Schönste sein … Dafür muss sie sich allerdings nicht mal sonderlich anstrengen. Sie ist schließlich ein verdammtes Model.

»Nicht erschrecken, Joe sieht ziemlich fertig aus«, warne ich Gab vor, die noch immer nicht weiß, was Joe hat. Ich habe ihr gesagt, dass Joe es ihr selbst sagen will, aber auch, dass es nichts Schlimmes ist. Allerdings guckt sie ziemlich pikiert, als wir Joe und Rory beim Knutschen erwischen. Ich schnappe mir unser Goldlöckchen und gehe mit ihm zum Getränkeautomaten, damit Joe die Möglichkeit hat, Gab alles zu erklären. Während wir noch in der Schlange stehen und darauf warten, dass wir drankommen, gesellt sich Brad zu uns. Wir reden kurz, und ich informiere sie darüber, dass das mit Dean endgültig vorbei ist, ehe wir in Joes Zimmer zurückkehren. Es ist besser so. Sean hat recht. Ich tue seinem Sohn nicht gut. Je länger ich darüber nachdenke, desto besser verstehe ich ihn. Ich bin es den Reynolds schuldig, nicht noch mehr Schaden anzurichten.

Keine Ahnung, was Gab zu Joe gesagt hat, doch diese lässt sich sowohl von Brad als auch von Rory zu einem innigen Kuss verführen, nachdem wir wieder in ihrem Zimmer sind, und ich werde vom Zusehen allein ganz feucht. Fuck! Die drei zusammen sind echt eine sehr explosive Mischung. Joe wird die ganze Sache jedoch rasch zu viel, und sie bittet die beiden zu gehen. Gab und ich ziehen sie auf, weil sie so verlegen und bis in die Haarspitzen errötet ist. Wir sind nicht gemein oder so. Ich glaube, insgeheim würden wir beide uns gerade zwei heiße Typen, die uns mit ihrer Aufmerksamkeit überschütten, wünschen.

Joe muss allerdings kurz darauf zu einer Untersuchung, sodass wir gar keine Zeit haben, uns großartig zu unterhalten. Als sie wiederkommt, ist die Stimmung gedrückt. Brad verschwindet zusammen mit Gab und Rory unter einem fadenscheinigen Vorwand. Ich kenne Brad inzwischen gut genug, um zu wissen, wenn was faul ist, und was auch immer geschehen ist: Die Sache stinkt zum Himmel. Was auch erklärt, weshalb Rory meinen Blick meidet.

Joe setzt mich rasch ins Bild. Sie ist völlig aufgelöst, und ich habe Mühe, die Dinge wieder ins Lot zu bringen. Brad und Rory sind solche Vollpfosten. Am liebsten würde ich sie mit den Köpfen aneinanderschlagen. Sie hatten Sex mit Joe. Im Behandlungsraum. Sie haben sie – nach Joes Erzählung – benutzt wie eine Gummipuppe. Sie waren nicht liebevoll und vorsichtig, sondern haben einfach die Gunst der Stunde ergriffen. Ich gebe gern zu, dass die Vorstellung davon mich maßlos erregt, aber ich bin ich, und Joe ist Joe. Joe hat so was noch nie zuvor gemacht. Seit fast drei Wochen versuchen die beiden, sie dazu zu bringen, mit ihnen ins Bett zu steigen, und dann leisten sie sich so was. Joe war so wahnsinnig enttäuscht von dieser Erfahrung. Ihre Erwartungen an dieses erste Mal zu dritt müssen extrem hoch gewesen sein, und dann war es einfach nur mies.

Am schlimmsten ist für sie, dass in diesem Moment alles wahr geworden zu sein scheint, was Dean ihr prophezeit hat, aber so sind Brad und Rory nicht. Sie lieben sie, das kann man deutlich sehen. Ich wasche Joes Männern gehörig den Kopf. Aber nachdem ich sie ordentlich zur Sau gemacht habe, händige ich ihnen die Schlüsselkarte zu einem kleinen Hotelzimmer in unmittelbarer Nähe zum Krankenhaus aus, in dem Joe bereits auf sie wartet. Ich hoffe, sie wissen, wie sie das wiedergutmachen können.

Als ich einige Stunden später ein Foto von den dreien zugesendet bekomme, das sie zusammen im Bett zeigt, muss ich schmunzeln. Es ist züchtig und zeigt nur ihre Oberkörper und Gesichter. Ein Laken verhüllt Joes Brüste. Zugegeben, man kann erahnen, dass sie darunter nackt ist, doch ich störe mich nicht daran. Für mich ist nur wichtig, dass die drei zusammen unglaublich glücklich aussehen. Wir schreiben kurz hin und her, und ich freue mich wahnsinnig für Joe, Rory und Brad. Wie es scheint, gibt es zumindest für eine von uns ein Happy End.

Gab, die bei mir untergekommen ist, und ich reden viel an diesem Wochenende und kommen doch zu keiner Lösung. Sie versteht nicht, wie ich Dean seinen Seitensprung mit Trish vergeben konnte, und ich weiß nicht, ob ich das wirklich getan habe. Was ich allerdings weiß, ist, dass er mir unfassbar fehlt, ich jedoch nur das Beste für ihn will, und wenn das Beste für ihn ist, dass ich mich von ihm fernhalte, werde ich das tun.

DEAN | 22.12.2014 | Honolulu | Oahu | Hawaii

Am späten Montagnachmittag vertäue ich im warmen Nieselregen das Boot. Ich lege den Kopf in den Nacken und kann mein Appartement auf der gegenüberliegenden Straßenseite sehen. Nichts daran reizt mich, dorthin zurückzukehren. Ich habe mich entschlossen, es zu verkaufen, und auch, dass ich das Magazin aufgeben und eigene Wege gehen werde. Dad wird schon ohne mich klarkommen. Ich für meinen Teil werde das tun, was ich damals machen wollte, nachdem Sam mit der Schule fertig war. Es war schon immer mein Traum, die Welt zu umsegeln, und ja, ich werde sie fragen, ob sie mitkommen mag, aber egal, wie ihre Antwort ausfallen wird: Ich werde gehen.

Mein Handy meldet eine eingegangene Nachricht. Joe hat mir geschrieben. Ich hocke mich auf die Stufen, die unter Deck führen, und lese ihre Mitteilung.

Was hast du Dad gesagt?, schreibt sie.

Nichts, texte ich zurück und füge hinzu: *Klär deinen Scheiß selbst. Ich erledige doch nicht deine Drecksarbeit.* Etwas brutal vielleicht, aber das ist der neue Dean, und der neue Dean kümmert sich bloß um seinen eigenen Mist. Zumindest ist das mein guter Vorsatz, der keine drei Sekunden hält, denn Joes nächste Nachricht informiert mich darüber, dass sie Dad nicht erreichen kann und sich große Sorgen macht.

Ich seufze schicksalsergeben und schreibe zurück, dass ich mich darum kümmere. Anschließend texte ich Sam, dass ich wieder da bin, und dann mache ich mich auf den Weg in die

Redaktion, wo ich Dad wohlbehalten vorfinde. Keine Ahnung, warum Joe es dort nicht versucht hat. Erst in dem Moment wird mir bewusst, dass sie gar nicht weiß, dass er wieder arbeitet. Vermutlich ging sie einfach davon aus, dass er – wie ursprünglich geplant – zurück nach Maui gereist ist.

Mein Vater steckt bis zum Hals in Arbeit, lässt jedoch alles stehen und liegen, als er mich bemerkt. Er steht auf, breitet die Arme aus und zieht mich an sich. »Und? Wie geht es dir?« Ich zucke mit den Schultern. »Los erzähl schon.«

»Es war gut. Mit etwas Abstand sieht alles anders aus, weißt du?« Er nickt verstehend. »Es wird sich jedoch einiges ändern, Dad«, warne ich ihn vor.

»So?«

»Ja, aber es ist nichts, was man zwischen Tür und Angel besprechen kann. Lass uns die Tage mal in Ruhe drüber reden, okay?«

»Gern. Melde dich, wenn es dir passt.«

Ich verabschiede mich von ihm, kehre jedoch nicht zurück in meine Wohnung, sondern bleibe auf dem Boot. Irgendwie bin ich noch nicht bereit, wieder an Land zu leben. Hier auf dem Wasser ist alles anders, und auch wenn das Boot nun sicher vertäut im Hafen liegt, statt in einer türkisblauen Bucht zu ankern, so schätze ich die intime Atmosphäre unter Deck. Ich fühle mich geborgen – nicht verloren, wie es in meiner Wohnung der Fall sein würde.

Den restlichen Montag verbringe ich wegen des unablässigen Nieselregens unter Deck. Es ist bereits dunkel, als ich höre, wie jemand das Deck betritt. Ehe ich auf den Beinen bin, ist dieser Jemand auch schon die Treppe hinuntergekommen und durch die Tür hindurch.

Ich starre Sam an, und mein Herz schlägt mir vor lauter Freude, sie zu sehen, bis zum Hals.

»Hi!«, begrüße ich sie. Sie ist patschnass. Regen rinnt ihr aus den Haaren und über das Gesicht.

Sie lächelt matt. »Hi!«, entgegnet sie. Ich breite meine Arme aus, und sie überbrückt die Distanz zwischen uns mit zwei schnellen Schritten und wirft sich hinein.

»Du bist nass!«, beschwere ich mich und schiebe sie etwas von mir. »Warte, ich hole dir ein Handtuch.« Ehe ich mich abwenden kann, hat Sam jedoch mein Handgelenk gepackt und hält mich zurück.

»Was ist denn?«, frage ich, und erst da fällt mir auf, dass sie weint. »Hey, Sammy, es ist bloß Regen. Kein Grund, gleich loszuheulen«, scherze ich.

»Ich wusste es nicht!«, stößt sie hervor, ohne auf meinen Witz einzugehen. Sie wirkt völlig aufgelöst, und ein ungutes Gefühl macht sich in mir breit.

»Was wusstest du nicht?«, frage ich unsicher. »Warte, ich hole nur rasch ein Handtuch, dann reden wir in Ruhe.«

»Nein, Dean! Ich will nicht, dass du auch nur eine Sekunde länger denkst, was du bisher gedacht hast. Ich …« Sie holt ein Blackberry hervor, das ich unweigerlich als das von Russel identifiziere.

»Wo hast du das her?«, frage ich brüsk. Es hat uns immer stutzig gemacht, dass sein Smartphone nicht am Unfallort gefunden wurde.

»Später«, vertröstet sie mich und sagt: »Ich habe ein Video entdeckt.« Sie steht total neben sich. Wirkt verwirrt und gar nicht wie sie selbst. Was auch immer sie gefunden hat, muss sie völlig aus der Bahn geworfen haben. Als ich sehe, wie Tränen über ihre Wangen fließen, schließe ich sie in meine Arme.

»Dein Vater wollte, dass ich mich von dir fernhalte, und das werde ich auch tun«, schnieft sie, »aber als ich vorhin auf das hier gestoßen bin, da wurde mir alles klar, und ich …«

»Sam, was auch immer du gefunden hast, es war bestimmt vor deiner Zeit«, sage ich und greife nach ihren Händen. Sie schaut vom Display auf und beginnt so heftig zu weinen, dass sie kaum Luft bekommt. Sie wischt unwirsch die Tränen fort und bekundet: »Du bist der beste Bruder der Welt. Nein, der beste Mann der Welt.« Sie schlägt sich die Hand vor den Mund und wimmert leise. »Wie kannst du ihn in Schutz nehmen? Wie …«, stammelt sie, unterbricht sie sich erneut und schluchzt lautstark auf.

»Gott, Sammy, was hast du gefunden? Tierpornos?«, scherze ich lahm.

Sam lacht bitter auf. »Du traust deinem Bruder auch echt alles zu, was? Na ja, wer könnte dir das nach allem verübeln?«

Sie schaltet das Video an, und ich erkenne meine und Russels Stimme. Wir sind offensichtlich total betrunken. Ich höre es daran, wie wir lachen. »Manchmal reicht eine Nacht, um dir unwiderruflich den Kopf zu verdrehen.«

Russel lallt ordentlich, als er mich fragt: »Was ist so toll an dieser Frau? Ich verstehe es nicht.«

Ich sehe mich. Wir sind hier. Wir sind auf diesem Boot, und mir wird schlagartig klar, wann diese Aufnahme entstanden ist. Silvester vor knapp einem Jahr. Rus und ich haben es hier gefeiert. Allein.

»Weiß nicht, ich kenne sie ja nicht«, werfe ich ein. Das dachtest du, denke ich, und irgendwie tut mir mein armes, unwissendes Video-Ich leid.

»Und, was ist so toll an Du-weißt-schon-wem? Warum lässt sie dich nicht mehr los? Ich meine, seit vier Jahren bist du wegen ihr völlig von der Rolle, dabei hast du sie bloß einmal flachgelegt und …«

»Ich habe sie nicht flachgelegt«, widerspreche ich energisch. »Ich habe …«

»… was? Liebe mit ihr gemacht?« Rus lacht sich kaputt, doch ich sage lediglich: »Ja, das habe ich. Wenn du jemals das Glück hast, die Eine zu treffen, dann weißt du, was ich meine, Rus.« Ich beuge mich vor, und mein Gesicht füllt den kompletten Bildschirm aus. »Sie ist etwas ganz Besonderes. Ich liebe sie so sehr! Fuck, auch nach all der Zeit kann ich mir ein Leben ohne sie nicht vorstellen.«

»Ja, sie ist knallhart!«

»Schwachsinn!«, widerspreche ich. »Niemand ist knallhart. Wir reden uns das gern ein. Wir verstecken uns dahinter, weil wir Schiss haben. Wir haben einfach nicht genug Eier in der Hose, um uns so zu zeigen, wie wir wirklich sind. Es ist die Angst, abgelehnt zu werden, die uns kastriert.«

»Du bist doch betrunken«, entgegnet er mit schleppender Stimme. Aber er? Er ist so was von blau. Zusammen haben wir an diesem Abend eine ganze Flasche Jack Daniel's gekillt.

»Ich habe keine Angst davor«, verkündet Russel.

»Jeder hat Angst vor Ablehnung. Ich wette meinen Arsch darauf, dass du selbst Joe oder mir Dinge verschweigst aus Angst, wir könnten dich dadurch mit anderen Augen sehen.« Yep, und ob er das getan hat.

»Und ja, Rus, ich bin betrunken, und doch bin ich so klar wie niemals zuvor in meinem Leben«, behaupte ich. Die Kamera wackelt etwas, als Russel schallend anfängt zu lachen. »Es ist mein Ernst. Plötzlich ergibt alles einen Sinn. Ich weiß, warum sie mich zurückgestoßen hat. Warum sie – ohne ein Wort, über diese Nacht zu verlieren – abgehauen ist.«

Keine Ahnung mehr, was ich damit gemeint habe. Meine Erinnerung an diesen Abend ist leicht getrübt, und wenn ich daran zurückdenke, dann ist der bleibende Eindruck der fette Kater, den ich am nächsten Tag hatte.

»Ich an deiner Stelle wäre darüber scheißwütend, genauso wie darüber, dass sie erst mit dir in die Kiste springt und dann Brad den Schwanz lutscht.«

Bei der Erinnerung daran verzieht mein Video-Ich das Gesicht, und der Schmerz ist deutlich in meiner Miene abzulesen. »Erwähne dieses Arschloch nicht«, stoße ich hervor. »Wenn ich mich daran erinnere, wie sie vor Brad gekniet und ihm einen geblasen hat hat, dann könnte ich ausrasten. Ich werde dieses Bild nie mehr aus meinem verkackten Hirn bekommen.« Ich seufze und sage dann: »Ich kann immer noch nicht begreifen, wie sie das machen konnte.«

»Komm schon, Bruder, wundert dich das wirklich? Sie ist doch dafür bekannt, dass sie …«

»Lass es! Sie ist nicht so! Sie …«, beginne ich, doch Russel unterbricht mich. Er ist wütend und enttäuscht, weil Sam ihm fortgelaufen ist.

»Sie ist eine Schlampe, Dean!« Sam neben mir zuckt bei Russels Worten merklich zusammen. Ich lege ihr den Arm um die Schulter, ziehe sie an mich und küsse ihre Schläfe. »Er hat es nicht so gemeint«, wispere ich. »Sam, du weißt doch hoffentlich, dass er völlig verrückt nach dir war. Er hat dich geliebt. Er war bloß gefrustet, weil du zu diesem Hunter abgehauen bist.«

Sie nickt lediglich und schmiegt sich an mich. Im Video herrsche ich meinen Bruder an: »Rede nicht so über sie, Rus!«

»Ich verstehe nicht, wie du sie in Schutz nehmen kannst!

Wie kann man nur so verblendet sein? Sie wird sich nie ändern.«

»Sie ist großartig, Russel. Ja, sie hat ihre Fehler, aber ich liebe sie trotzdem. Seit diesen verdammten Küssen im Wandschrank vor acht Jahren bekomme ich sie nicht aus dem Kopf. Es ist egal, mit wie vielen Frauen ich schlafe. Keine ist wie sie, keine …«

»… ist so ein herzloses Miststück«, wirft Russel ein, und in seiner Stimme schwingt ein ungeheurer Schmerz mit.

»Rus, ich weiß, ich bin in den letzten Jahren mehrfach heftig über sie hergezogen, denn wie sie unsere gemeinsame Nacht mit Füßen getreten hat, das hat mich fertiggemacht. Aber inzwischen denke ich anders darüber. Du weißt, wie Sammy ist, wie sie tickt, und vor ihrem Hintergrund ist es nur verständlich, was sie tut. Denk an ihre Mum, die sich jedem Typen an den Hals wirft«, gebe ich zu bedenken und hoffe, zusammen mit meinem Video-Ich, dass er versteht.

»Als ob Sam anders wäre!«, knurrt er wütend.

»Sie ist anders, Rus. Ihre Mum kettet sich an diese Typen. Wie oft war sie bereits verheiratet? Sam hat einfach Spaß am Sex. Sie verhält sich wie ein Kerl. Es ist, wie sie sagt: Warum sollten für sie andere Regeln gelten? Wenn Sammy eins nicht sein will, dann eine dieser Frauen, die von einem Kerl abhängig sind, und ich habe damals überdeutlich gemacht, dass sie zu mir gehört. Es ist also kein Wunder, dass sie mit fliegenden Fahnen die Flucht ergriffen und sich nach Neuseeland abgesetzt hat.«

»Wenn du denkst, sie hat sich inzwischen geändert, dann irrst du dich. Wer weiß, wo sie gerade steckt und was sie so treibt?« Als er das sagt, klingt er unendlich traurig und gar nicht mehr aufgebracht. Der letzte Satz macht mir klar, wie sehr er sie geliebt hat.

»Nichts anderes als wir«, tippe ich. »Vermutlich fällt sie von einem Bett ins andere. Versteh mich nicht falsch, Rus, es tut immer noch weh, was sie nach dieser Nacht abgezogen hat, aber sie war erst achtzehn. Ich habe ihr mit meiner Liebeserklärung, dem Fußkettchen und den Rosen vermutlich den Schreck ihres Lebens eingejagt. Du kannst sie nicht mit Frauen wie Melanie und Trish vergleichen. Sam ist niemand, der einen Beschützer braucht. Sie ist eine starke und unabhängige Frau.«

Russel schnaubt freudlos und ätzt: »Stark und unabhängig? Sie ist ein Feigling, Dean, ein elender Feigling! Mehr nicht!«

Sam hält das Video an, legt das Handy auf den Tisch und sagt dann: »Mir war nicht klar, dass du mir das Fußkettchen und die Rosen geschenkt hast, und auch nicht, dass du mir eine Liebeserklärung gemacht hast, denn ich erinnere mich nicht, was in dieser Nacht passiert ist.« Wie kann sie das nicht wissen, frage ich mich. Allem Anschein nach haben sich meine Zweifel auf meinem Gesicht gespiegelt, denn Sam sagt: »Ich habe dir doch erzählt, dass ich keinerlei Erinnerungen an die Nacht habe, in der man mich vergewaltigt hat.« Ich nicke, verstehe jedoch immer noch nicht, was sie meint. »Erinnerst du dich noch an diesen einen Film, den mit den Roofies meine ich?«

»Ja«, entgegne ich knapp. Und ob. Sam hat mir an diesem Abend schließlich den Schreck meines Lebens eingejagt.

»Ich weiß, wie das klingt, Dean. Völlig Banane und total unglaubwürdig, und ich kann dir nicht mal irgendwas zu diesem Abend sagen, denn ich weiß gar nichts mehr«, plappert sie. »Da, wo dieser Abend sein sollte, also erinnerungstechnisch, klafft einfach nur ein riesengroßes, schwarzes Loch.« Sie leckt sich über die Lippen und sieht mich verzweifelt und flehend an. »Bitte glaub mir, Deany. Ich wusste es nicht. Ich …«

»Schon gut, Sammy. Ich glaube dir«, presse ich hervor. Ich halte sie einen Moment lang ganz fest, während ich beginne zu begreifen. Stück für Stück erscheinen die Dinge in einem neuen Licht. Brad hat mich nicht belogen, wird mir klar. Doch das ist nicht der Grund, weshalb ich Sam glaube. Ich tue es einfach, und das, obwohl ich noch nicht mal ansatzweise erfasst habe, was das Ganze im Detail bedeutet.

»Was?«, fragt sie verwirrt. »Wirklich? Einfach so?«

Ich nicke. »Ja, wirklich einfach so.« Ich brauche noch einen Moment, um alles neu zu sortieren, dann sage ich: »Nur so ergibt das schließlich alles einen Sinn.« Auch die letzten Fragmente dieses Scherbenhaufens fügen sich zusammen, ergeben eine neue und völlig andere Perspektive. Noch nie in meinem ganzen Leben war ich so maßlos erleichtert. Ich schließe meine Augen und spüre diesem Gefühl nach, das durch mich hindurchbrandet. Schon lange habe ich es nicht mehr verspürt, und doch ist es überdeutlich und durchdringt jede Zelle meines Körpers. Es breitet sich rasend schnell aus. Ich verspüre Frieden. Meine Seele kommt endlich zur Ruhe. Sam rutscht auf meinen Schoß, schlingt ihre Arme um meinen Hals und schmiegt sich eng an mich. Ich halte sie ganz fest. Sie drückt ihre Lippen auf meine Stirn und küsst sie.

»Es tut mir so leid, Deany. Es tut mir so schrecklich, schrecklich leid«, versichert sie mir.

»Muss es nicht. Endlich verstehe ich, was passiert ist. Es ergibt nur Sinn, wenn das mit den Roofies stimmt. Ich glaube dir, und ich glaube auch Brad, der sagte nämlich vor ein paar Tagen, dass du damals auf einem Trip gewesen wärst und er sofort aufgehört hätte, als er es bemerkt hat. Er hatte ein tierisch schlechtes Gewissen, und der Abend scheint ihm extrem peinlich zu sein. Ich meine, klar, er war damals schließlich schon mit Sky zusammen.« Ich hole Luft und versuche, mich zu sammeln. »Aber ich glaube, ihm macht die Tatsache, dass er deinen Zustand irgendwie ausgenutzt hat, mehr zu schaffen als sein Betrug. Es sah so aus, als würde er sich ernsthaft Vorwürfe deshalb machen.«

»Ich kann nicht fassen, dass ich Brad einen geblasen habe. Joe wird mich hassen«, wispert Sam. »Ich verstehe überhaupt nicht, wie es dazu kommen konnte. Ich meine …«

Ich nehme ihr Gesicht in meine Hände, schaue ihr tief in die Augen und versichere ihr, dass das nicht der Fall sein wird. »Und Brad und du, ihr müsst es ihr nicht sagen, denn ja, es würde ihr vermutlich wehtun. Aber das war immer einer der Punkte, über den ich gestolpert bin.«

»Ach, Dean«, wispert Sam verzweifelt.

»Sam, es ist alles gut! Jetzt ist alles gut.«

»Nein, das ist es nicht«, widerspricht sie. »Ich … ich bin so enttäuscht von Russel. Wie konnte er dir das nur antun?«, fragt sie. Sie klingt aufrichtig erschüttert. Die Bewunderung und die Liebe, die bei der Nennung seines Namens immer in ihren Augen zu sehen waren, sind fort. Stattdessen steht ihr die Enttäuschung deutlich ins Gesicht geschrieben.

Aber so sehe ich es nicht mehr. Dadurch, dass alle Puzzleteile an ihren Platz gefallen sind, habe ich einen völlig neuen Blick auf die Dinge gewonnen. »Ehrlich, Sammy, das habe ich mich monatelang auch gefragt, aber jetzt, jetzt sehe ich es anders. Russel war unser Wegbereiter. Ohne ihn hätten wir nicht zusammengefunden und dieses Missverständnis nicht aufklären können.«

»Vielleicht, aber …«

»Was, Sammy?«, frage ich, denn sie sieht mit einem Mal total erschüttert aus.

»Oh Gott, Deany, ich dachte immer, dass ich in dieser Nacht vergewaltigt worden wäre«, entfährt es ihr. Ich weiß längst, dass das nicht geschehen ist, aber Sam, die keinerlei Erinnerungen hat, zieht diesen Schluss erst jetzt, und es haut sie um.

»Bist du nicht! Ich bin mir ziemlich sicher, dass das nicht geschehen ist.«

Sie schüttelt verwirrt den Kopf. »Meine Lampe lag zerbrochen auf dem Boden, ich hatte ungeschützten Geschlechtsverkehr, aber wir haben einfach kein Kondom benutzt, oder?«

Ich streiche ihr eine Haarsträhne aus dem Gesicht, und sie schmiegt es gegen meine Handfläche. »Ja, die Schublade deines Nachttischschränkchens hat geklemmt«, schildere ich ihr, was vorgefallen ist. »Wir haben uns bemüht, sie aufzubekommen, doch unsere Versuche waren nicht erfolgreich.«

»So ging die Lampe also kaputt«, schlussfolgert sie atemlos. Sie ist aufgeregt und völlig angespannt, beinahe so, als würde sie sich einen nervenaufreibenden Krimi ansehen. Nur dass sie in dieser Geschichte die Hauptrolle spielt. Allerdings ist sie nicht mehr das Opfer, und das ist verdammt gut so.

»Ja, weil du wie eine Irre an der Schublade gezogen hast«, lasse ich sie wissen und grinse bei der Erinnerung. »Da lagen wir schon nackt zusammen im Bett.«

»Ich dachte, dass du nicht mit mir schlafen würdest, wenn wir keine Kondome zur Hand haben.«

»Ist das eine Frage?«, frage ich, und sie schüttelt den Kopf.

»Nein! Ich kann es mir vorstellen.« Sie schluckt beklommen. »Ich wollte es so sehr.«

Ich nicke. »Wir wollten es beide, Sammy.«

»Haben wir es oft gemacht? Ich war unglaublich wund.«

Ich nicke erneut. Sam senkt ihre Stirn gegen meine, schließt ihre Augen und wispert: »Und dann? Was ist dann passiert?«

Ich erzähle ihr die ganze Geschichte. Ich beginne bei unserer Ankunft und ende mit meinem persönlichen Super-GAU, als ich Brad uns sie im Atelier erwischt habe. Es bleibt eine Lücke von rund zwei Stunden, in der ich mich um Russel gekümmert habe. »Ich kann dir nicht sagen, was in dieser Zeit war«, sage ich traurig. Zu gern würde ich auch die letzten Zweifel ausräumen, doch dazu bin ich nicht in der Lage. Sie wird Brad fragen müssen, und vielleicht kann Gab oder Darell noch etwas zur Rekonstruktion der Geschehnisse beitragen.

»Ich glaube nicht, dass etwas passiert ist«, sagt Sam und sieht mich ernst an. »Dean, ich weiß, wer mir beziehungsweise uns das Zeug ins Bier gekippt hat.«

»Wer?«

»Travor Hall und seine schmierigen Freunde. Und Darell hat sie ja rausgeworfen.«

»Ja, und er hätte die Typen auch unter keinen Umständen wieder reingelassen«, sage ich und frage dann: »Bist du sicher, dass die es waren?«

Sam nickt. »Ziemlich. Dean, Travor ist der, der Joe missbraucht hat. Also nicht an diesem Abend, sondern später.«

»Fuck!«

Sam seufzt leise und erzählt mir dann die ganze Geschichte. Ihr schlechtes Gewissen, weil sie ihr Versprechen Joe gegenüber bricht, spiegelt sich in ihrer Miene. Doch sie tut das Richtige, und das sage ich ihr auch, nachdem sie geendet hat. Nun bin auch ich davon überzeugt, dass dieser Typ, der mir lieber nicht noch mal über den Weg laufen sollte, hinter der Sache mit den Roofies steckt. Ich werde ihn windelweich prügeln, wenn ich ihm begegne.

»Russel wusste, was an dem Abend passiert ist«, sagt Sam leise. »Oder vielmehr wusste er, was nicht passiert ist. Deshalb war er so seltsam.«

Auch diese Erkenntnis hatte ich bereits vor einer ganzen Weile. »Ja, Sammy«, bekräftige ich ihre Vermutung, »und er war auf dem Weg, um es mir zu sagen. Er wollte das Richtige tun. Für dich. Für mich. Für uns, und das, obwohl er sich sicher war, dass er dich dadurch verlieren würde. Er wollte seinen Fehler korrigieren.«

»Ich weiß nicht, wie ich mich dann entschieden hätte«, gesteht sie mir. Sie klingt schuldbewusst.

Ich zucke mit den Schultern. »Das ist nicht schlimm«, versichere ich ihr. »Denn die Dinge sind, wie sie sind, und ich bin froh, dass es dich in seinem Leben gab. Ich bin froh, dass er vor seinem Tod erfahren hat, was wahre Liebe ist. Ja, es hat mich fast umgebracht. Es tat schrecklich weh, aber irgendwie erkenne ich jetzt einen Sinn in allem. Wirklich. Du nicht?«

Sam sieht mich benommen an. »Doch, Deany, auch ich erkenne einen Sinn darin«, entgegnet sie kaum hörbar.

Epilog

SAM | 11.02.2022 | Lāhainā | Maui | Hawaii

Ich lege die Blumen an den Baum, an dem Russels Leben vor acht Jahren völlig unvermittelt geendet hat. Dean steht neben mir, und auch Brad, Rory und Joe sind da. Das hier ist unser Ritual an seinem Todestag.

Obwohl unsere Leben vorübergehend aus den Fugen geraten waren, hat sich letztendlich doch alles gefügt. Rory und Joe haben zwei wunderbare Söhne zusammen, die gerade von ihren Großvätern bespaßt werden, und Dean und ich haben unseren Frieden mit der Vergangenheit gemacht. Aber natürlich haben wir Russel nicht vergessen – wie könnten wir auch? Wir haben ihn geliebt – tun es genau genommen immer noch, denn Liebe überdauert den Tod. Es vergeht kein Tag, an dem wir nicht an ihn denken, und manchmal – wenn wir Glück haben – bekommen wir ein Zeichen von ihm, denn eines ist sicher: Er ist nicht weg. Er ist immer noch da. Irgendwie erscheint der Gedanke daran, dass seine unglaublich kraftvolle Energie einfach so verpufft sein könnte, nur weil sein Herz aufgehört hat zu schlagen, auch absurd.

Ich blicke zu Joe, die eine Muschelkette in den Baum hängt. Rory hilft ihr, weil sie zu klein ist und nicht an den Ast kommt, an dem man sie gut befestigen kann.

»Wisst ihr noch«, beginnt Rory und erzählt dann davon, wie Russel, während er in Europa auf Tour war, auf die Idee kam, den Mietwagen von Kane mit Einkaufswagen einzubauen. Die Wagen waren nicht einfach nur ineinandergeschoben und in einem großen Kreis um das Auto platziert, sondern sie waren auch über Sperrketten miteinander verbunden, in die man erst eine Pfandmünze stecken musste, um sie lösen zu können. Die schräge Aktion sieht Russel reichlich ähnlich. Danach teilt Dean eine Erinnerung mit uns, und so geht es weiter, bis jeder einmal an der Reihe gewesen ist. Wie immer ist es schön und traurig zugleich. Wir lachen und, ja, wir weinen auch, denn obwohl wir das Gefühl haben, dass er noch bei uns ist, so fehlt er uns sehr.

Später sind wir alle zusammen in Deans und Joes Elternhaus, wo inzwischen Rory, Brad, Joe und die Kinder wohnen. Joe und ich haben es uns auf dem Sofa bequem gemacht, und einen Moment lang gleiten meine Gedanken in die Vergangenheit. Ich bin so froh und dankbar dafür, wie sich alles gefügt hat. Das Magazin gibt es immer noch. Sean hat es vor einem Jahr verkauft und genießt von dem Geld inzwischen seinen Ruhestand. Er trinkt nicht mehr und erfreut sich an Russel und Ashley, meinen wunderbaren Patenkindern und den größten Lausejungen auf diesem Planeten. Rorys und Joes Söhne sind großartig und zuckersüß. Auch Deans Drogenprobleme gehören der Vergangenheit an. Seine leichtsinnige Episode mit dieser Tussi aus der Hotelbar blieb zum Glück ohne Folgen. Unser Segeltörn rund um die Welt jedoch nicht. Dieser hat uns noch näher zusammengebracht, und inzwischen leiten wir Nauti Gal gemeinsam. Wir arbeiten viel, doch der Erfolg gibt uns recht. Meine Gedanken kehren abrupt zurück ins Hier und Jetzt, als verdächtige Geräusche durch das Babyphone zu uns dringen. »Oh, ich fürchte, Ash ist wach«, stöhnt Joe und ist schon dabei, sich zu erheben, als ich Deans Stimme höre.

»Fuck, ich bin so scheißaufgeregt.«

»Du hättest Brad damals sehen sollen, bevor er Joe einen Antrag gemacht hat. Der hat sich echt fast ins Hemd gemacht.« Rory kichert.

»Meint ihr, sie sagt Ja?«

»Garantiert«, kommt es von Brad.

»Aber klar!«

Joe und ich starren uns entgeistert an. Ich muss mich beherrschen, um nicht laut loszuquietschen. Dean will mir einen Antrag machen? »Er will dir einen Antrag machen«, wispert Joe.

»Ja, ich weiß«, quietsche ich nun doch euphorisch, aber sehr leise.

»Warum flüstern wir eigentlich. Die können uns ja nicht hören.«

»Stimmt auch wieder«, entgegne ich – noch immer flüsternd. Joe lacht.

»Ich will einfach, dass es perfekt ist.«

»Brad kann was auf dem Klavier spielen«, wirft Rory ein.

»Kann ich das?«

»Klar, kannst du.«

»Wenn du aus dem Klavier ein Piano machst, dann kann ich es mit Sicherheit. Unfassbar, dass du nach all den Jahren noch immer nicht den Unterschied kennst.«

Joe presst die Lippen aufeinander, um nicht laut loszulachen. Ich kichere ebenfalls in mich hinein und habe schweißnasse Hände vor lauter Aufregung.

»Würdest du das wirklich tun?«, fragt Dean hoffnungsvoll.

»Aber klar! Wunder dich dann nur nicht, wenn Sam mit mir durchbrennt. Die Frauen stehen darauf, wenn ich in die Tasten haue.« Joe nickt mehrmals heftig hintereinander, und ich schmunzle, weil sie wie eine dieser solarbetriebenen Wackelsurferinnen aussieht.

»Und, was spielst du, großer Meister?«, neckt Rory ihn.

»Weiß nicht. Entscheide ich spontan nach Lust und Laune.«

»Meint ihr wirklich, ich soll ihr heute den Antrag machen? Wegen Russels Todestag ist es vielleicht unpassend.«

Rory atmet schnaubend aus. Er klingt genervt. »Findest du es unpassend?«, fragt Joe.

»Nein. Du?«

»Nein!«

»Dann sind wir uns ja einig.« Ich bete inständig, dass Dean nicht doch noch kalte Füße bekommt oder dass sie bemerken, dass das Babyphone an ist und Joe und ich jedes Wort mithören können.

»Meint ihr …«, beginnt Dean.

»Sie wird sicherlich Ja sagen«, beruhigt Rory ihn, ehe er erneut danach fragen kann.

»Okay, dann los!«, meint Brad und fügt hinzu: »Du schaffst das schon, Bro.«

Kurze Zeit später kommen sie lachend und flachsend die Treppe hinunter und tun so, als würden sie nichts im Schilde führen. Rory kann so verdammt unschuldig gucken, dass es beinahe schon unheimlich ist. »Brad dachte, dass es cool wäre, wenn er noch was auf dem Piano spielt. Was dagegen?«, fragt er.

»Nein, sehr gern«, erwidere ich schnell. Dean gesellt sich zu mir aufs Sofa, und Rory nimmt neben Joe Platz. Er zieht sie an sich und flüstert ihr etwas ins Ohr, woraufhin sie verlegen die Augen niederschlägt. Was auch immer er gesagt hat, es war mit Sicherheit was Schmutziges, denn sie errötet sichtlich.

Brads kundige Hände entlocken dem Piano die ersten Klänge des Songs, und ich halte unwillkürlich die Luft an, als er *All of Me* von John Legend zu spielen beginnt. Russels und mein Song erfüllt den Raum, als Dean vor mir niederkniet und um meine Hand anhält. In Gedanken flüstere ich ein Danke, ehe ich von ganzem Herzen Ja sage.

Danksagung

Liebe Leserin, lieber Leser,

es ist an der Zeit, Abschied zu nehmen. Das hier war der finale Teil meiner Waves-of-Love-Reihe. Ich muss gestehen: Ich kann mir ein Leben ohne Joe, Rory, Brad, Russel, Sam und Dean nicht vorstellen. Wenn es dir ähnlich ergeht, dann solltest du mal meine Seite (www.truelovejoy.de) besuchen, denn die ein oder andere Kurzgeschichte wird sicherlich noch folgen. Ich hoffe, die Reihe hat dir gefallen und ich freue mich immer über Feedback und Empfehlungen.

Mein Dank gilt an dieser Stelle dem kompletten feelings-Team. Ihr seid toll. Danke, dass ihr an mich glaubt und mich unterstützt. Ein ganz besonderer Dank gilt meiner Lektorin Ulla Mothes.

Auch möchte ich mich bei meinem Mann für seine Geduld bedanken und dafür, dass er mein Gejammer ertragen hat. Mit Sam und Dean war es nicht immer einfach, doch Markus hatte stets ein offenes Ohr für mich. Er ist mein Dean und der Mensch, der immer für mich da ist. Dean trägt all seine guten, aber auch einen Teil seiner schlechten Eigenschaften in sich vereint. Dean ist verantwortungsvoll – allerdings bis hin zur Selbstaufgabe. Ich gebe die Hoffnung nicht auf, dass mein Mann irgendwann lernt, seine eigenen Bedürfnisse auf die gleiche Weise zu achten wie meine, doch bis dahin danke ich ihm einfach aus tiefstem Herzen für all das, was er für mich tut.